Man nannte sie Wildgänse

Eilís Dillon

Man nannte sie Wildgänse

Roman

Aus dem Englischen
von Margaret Carroux

Rainer Wunderlich Verlag Hermann Leins

CIP-Kurztitelaufnahme der Deutschen Bibliothek

Dillon, Eilís:
Man nannte sie Wildgänse / Eilís Dillon. Aus
d. Engl. von Margaret Carroux. – 1. dt. Ausg.
– Tübingen : Wunderlich, 1982.
Einheitssacht.: Wild geese [dt.]
ISBN 3-8052-0365-9

ISBN 3 8052 0365 9

Erste deutsche Ausgabe 1982
© 1980 by Eilís Dillon. Die Originalausgabe erschien 1980 im Verlag
Simon & Schuster, New York, unter dem Titel »Wild Geese«. Alle
Rechte für die deutsche Sprache beim Rainer Wunderlich Verlag Hermann Leins GmbH & Co., Tübingen. Printed in Germany. Satz von
studiodruck Brändle, Raidwangen. Druck und Bindung von Pustet,
Regensburg.

Für Vivian,
deren Vorfahren zur gleichen Zeit
von Frankreich nach Irland flohen,
wie meine von Irland nach Frankreich.

Erster Teil

1

Als James Brien 1736 seines Vaters Gut in der Nähe von Moycullen, einige Meilen westlich von Galway, erbte, fuhr er gleich nach Paris, um sich nach einer Frau umzusehen. Er hatte Grund zu der Annahme, daß er dort unter seinen vielen Verwandten eine finden würde, aber die Suche erwies sich als nicht so einfach. Erst fünfundvierzig Jahre waren vergangen, seit die irischen Aristokraten nach der verhängnisvollen Belagerung von Limerick nach Frankreich geflohen waren, aber schon hatten sie sich an das erfreuliche, angenehme Leben dort gewöhnt. Der Empfang, den ihnen der Hof bereitete, und die Titel, die Ludwig XIV. ihnen wieder verlieh, entschädigten sie einigermaßen für den Reichtum und die Stellung, die sie zurückgelassen hatten. Sie wurden alle zu Franzosen, ihr erster Zorn und ihre Verzweiflung über ihr Exil legten sich, sie gewöhnten sich an ihre neue Lage und fanden sich damit ab.

James hatte im voraus an Graf de Blezelle geschrieben, der ein Gut nicht weit von Tours besaß und ein Haus in Paris in der Rue du Bac. Seine Frau war die Tochter des Grafen Richard de Lacy, der mit König Jakob gegen Wilhelm von Oranien gekämpft und Irland 1691 mit dem Dillon-Regiment verlassen hatte. Arthur Dillon, dem das Regiment gehörte, heiratete Christine Sheldon, deren Vater ein weiteres Regiment nach Frankreich brachte, und in den folgenden fünfundvierzig Jahren hatten die Dillons, de Lacys, Butlers, Sheldons, Brownes, Lallys und Briens untereinander geheiratet. Immer mehr Familien verließen Irland, da die Gesetze gegen Katholiken strenger wurden. Einige versuchten, für eine Weile zurückzugehen, oder statteten ihren verkommenen Gütern kurze Besuche ab, aber immer kamen sie mit grauenhaften Geschichten über das dortige Leben zurück. Zuletzt gab es in Frankreich mehr Verwandte, als James je in der Heimat kennengelernt hatte. Sie vergaßen ihre Herkunft nie, aber jetzt schien es, als wollte keiner von ihnen wieder ständig in Irland leben.

Die einzige unter all den jungen Cousinen, die James etwas ermutigte, war die sechzehnjährige Sophie de Blezelle. Sie war das jüngste der acht Kinder des Grafen und neigte zum selbständigen Denken, was ihre Mutter und ihre Schwestern höchst gefährlich fanden. Der alten Cousine Marie, die James betreute, sagte die Gräfin vertraulich, er könnte die Lösung ihrer Schwierigkeiten sein. Nicht, daß es Sophie an Heiratsanträgen mangelte. Schon als Zwölfjährige galt sie als geeignete Partie, Anfragen waren sogar aus England gekommen, wo katholische Bräute knapp waren. Wer einflußreich genug war, wurde von den Gesetzen nicht betroffen – ihr Vetter Henry Dillon, der elfte Viscount, war mit Lady Charlotte Lichfield verheiratet, und es war bekannt, daß sie Sophie für den Sohn von Freunden ins Auge gefaßt hatten. Viel könnte für sie getan werden, wenn sie nur den Mund halten und sich mit dem Leben, wie es war, abfinden würde.

Aber das tat sie nicht. Als ihre Schwestern Männer heiraten sollten, die in den Regimentern der Familie dienten, sagte die erst zehnjährige Sophie zu ihnen:

»Ihr habt diese Männer noch nie gesehen. Wenn ihr sie am Hochzeitstag erblickt und sie gefallen euch nicht, was macht ihr dann? Wird es nicht zu spät sein? Vielleicht könnt ihr sie nicht lieben.«

Sie waren entsetzt. Hélène, die ältere, faßte sich dann und sagte nachsichtig:
»Nun, meine liebe Sophie, es wird Zeit, daß du ein paar nützliche Dinge lernst. Wenn du in unserem Alter bist, wird Papa einen Ehemann für dich aussuchen, und genau wie wir wirst du verheiratet werden. So ist das nun mal.«
»Aber warum? Warum könnt ihr ihn nicht erst sehen? Warum könnt ihr nicht jemanden heiraten, den ihr kennt? Was würde geschehen, wenn sich herausstellt, daß er wirklich und wahrhaftig ganz entsetzlich ist?«
Hélène wurde rot vor Ärger und sagte:
»Oh, dann könnte man protestieren, aber es wäre gefährlich.«
»Wieso gefährlich?«
»Das weißt du ganz genau, Papa würde einen dann ins Kloster stecken und allen sagen, man habe es selbst gewollt; oder man bleibt sein Leben lang eine alte Jungfer.«
»Ich will keine alte Jungfer werden, und ich will auch nicht ins Kloster gehen. Ich will aus Liebe heiraten und glücklich sein.«
»Du wirst es sehen«, sagten sie, »das ist nicht so einfach.«
Als all die anderen Mädchen James aus dem Weg gingen, tat er Sophie leid. Sie zwang sich, seine endlosen Berichte über sich und seine Besitzungen anzuhören. Er war siebenundzwanzig Jahre alt. Er besaß ein schönes Schloß, das sein Vater 1710 restauriert hatte, Tausende von Morgen Land und einen großen Fluß, der unter den Fenstern dahinströmte wie in Chenonceau. Er zog eine Miniatur aus der Tasche, auf der ein großes weißes Haus zu sehen war und Bäume auf Anhöhen dahinter, und der Fluß strömte vorbei, nicht genau unter den Fenstern, aber nahe genug, um den Vergleich mit Chenonceau möglich zu machen. Im Vordergrund war ein kleiner

gemauerter Hafen mit mehreren Booten, und James sagte, der Fluß wimmele von Lachsen. Sophie sah sich die Miniatur genau an, dann holte sie sich ein Vergrößerungsglas, um sie richtig zu betrachten. Als sie zurückkam, erzählte er ihr alles noch einmal und auch von seinen Plänen für Bodenverbesserungen, die sein Vater bereits in Angriff genommen hatte.

Später fragten die Cousinen:

»Wie können Sie ihn nur ertragen? Er ist ja so langweilig und redet immer bloß von seinen Bäumen und seiner Sägemühle. Dieses Haus von ihm liegt doch auf dem platten Land. Die nächste Stadt ist Galway, ein jämmerlich kleiner Ort. Selbst in Dublin ist kaum etwas los, kein König, kein Hof, nur ein Lord Lieutenant, eine Art Gouverneur, der die Saison mit einem einzigen Empfang in Dublin Castle eröffnet und dann nach London zurückkehrt, so schnell er kann. Cousin James lebt das ganze Jahr auf seinem Gut – man stelle sich das vor! – zwischen Kühen und Hennen. Und er sagt, es sei einem Katholiken gesetzlich verboten, gute Pferde zu halten, nicht einmal für die Landarbeit, und ohne unsere einflußreichen englischen Verwandten würde er sowieso von seinem schönen Haus und seinem Land vertrieben.«

Beklommen antwortete Sophie auf diese Tirade:

»Es muß doch noch andere Herrenhäuser in der Gegend geben. Seines kann doch nicht das einzige sein.«

»Es gibt noch andere, aber die meisten sind leer, niemand ist da außer Dienern und Verwaltern. Der größte Teil des katholischen Adels ist ausgewandert, und die Protestanten verbringen ihre Zeit in Bath und Cheltenham und London, so wie wir in Paris. Wäre Cousin James nicht so ein Langweiler, würde er es genauso machen.«

»Woher wißt ihr das alles?«

»Wir stellen die richtigen Fragen.«

»Ich finde, ihr seid sehr garstig zu ihm«, sagte Sophie mit dem Mitgefühl, das sie auch für eine verachtete Katze aufgebracht haben würde.

»Passen Sie nur auf«, sagten sie. »Ihre Mama hat Sie beobachtet.«

»Was meint ihr damit? Alle haben doch gesagt, wir sollten nett zu ihm sein.«

Zu spät erkannte Sophie, was sie getan hatte. Ein oder zwei Tage nach diesem Gespräch ließ ihre Mutter sie kommen und sagte:

»Sir James Brien hat um dich angehalten. Dein Vater und ich glauben, er sei sehr geeignet. Er sagt, er finde dich sehr anregend. Ich habe dich öfter im Tête-à-tête mit ihm gesehen, als schicklich war, aber wenn du ihn heiratest, spielt das keine Rolle.«

»Nur weil die anderen über ihn lachten, nur weil sich niemand mit ihm unterhalten wollte...«

»Dir ist beigebracht worden, wie sich eine Dame zu benehmen hat. Nun, sobald du mit ihm verlobt bist, wird das alles verziehen sein.«

»Aber ich bin nicht mit ihm verlobt!«

»Erhebst du Einwände? Weigerst du dich?«

»Könnte mir nicht mehr Zeit gelassen werden? Ich kenne ihn gar nicht.«

»Du hast Zeit genug gehabt. In Wirklichkeit bist du wahrscheinlich schon kompromittiert. Es wäre sehr ungehörig, ihn jetzt abzuweisen.«

»Aber ich liebe ihn nicht«, protestierte Sophie zuletzt.

»Davon verstehst du nichts. Das darfst du nie sagen.« Die Stimme ihrer Mutter wurde scharf, und wütend ballte sie ihre kleinen, knochigen Fäuste. »Du solltest froh sein, ihn zu bekommen, ein stattlicher, gut aussehender Mann, zehnmal zu gut für dich, mit einem Titel, und außerdem ein Verwandter. Was hast du denn geglaubt, wen du kriegen würdest? Einen Prinzen aus dem Königshaus vielleicht? Glaubst du, wir hätten dir einen kaufen können? Du bist weiß Gott keine Schönheit. Ein Mädchen mit deinem Aussehen kann nicht wählerisch sein.«

Sophie gab klein bei, halb aus physischer Angst, halb aus Verzweiflung, aber sie vergaß diese Szene niemals, und in den schlimmsten Zeiten der kommenden Jahre erlebte sie sie immer wieder von neuem.

Vielleicht war es auf ihr schlechtes Gewissen zurückzuführen, daß ihre Mutter anordnete, Amélie, ihre eigene Zofe, solle sie nach Irland begleiten. Sie stellte auch ein Minimum an Silber und Leinen zur Verfügung, denn was immer James auch sagte, sie konnte nicht glauben, daß ein irischer Haushalt genug davon haben könnte. Gelegentlich sagte sie:

»Es wird sicher alles gut werden. Du bist jung genug, um mit allem fertig zu werden, was geschehen mag. Sie müssen ein Haus dieser Größe gut eingerichtet haben. Wir hören immer von den Herrenhäusern, die sie vor der Flucht der Wildgänse hatten.« Das war der Name, unter dem die auswandernde Aristokratie bekannt war. »Die Iren sind ein freundliches Volk. Amélie wird gut für dich sorgen, wenn etwas nicht klappt. Was du brauchst, ist eine Französin. Und vergiß nicht, es war deine eigene Entscheidung. Du darfst dich später nicht beklagen. Papa wird es nicht zulassen.«

Innerhalb weniger Wochen, gleich nach Ostern, wurden sie vom Erzbischof von Paris getraut, und Herzöge und Prinzen kamen zur Hochzeit. Das Hinterher war schlimmer, als sie sich vorgestellt hatte. Ihre Schwestern wollten ihr nichts sagen, und eingedenk jener Szene wagte sie nicht, ihre Mutter zu fragen, was von ihr erwartet werde. Nach dem Bankett am Abend brachte Amélie sie in das große Gastzimmer, zog ihr eins ihrer neuen Nachthemden an, setzte ihr eine Spitzenhaube auf und wollte dann gehen; sie wand sich vor Verlegenheit, als Sophie sie an der Hand festhielt, damit sie bleibe. Früher sei die Kammerjungfer bei der Braut im Zimmer geblieben, sagte sie und zog die Bettvorhänge fest um sie zusammen, aber seit der Zeit ihrer Mutter sei das aus der Mode gekommen.

»Du kannst in einer dunklen Ecke bleiben«, bat Sophie. »Er wird dich nicht sehen. Die Vorhänge sind schwer. Bitte, bitte laß mich nicht mit ihm allein.«

»Ich kann nicht bleiben. Er ist Ausländer. Die sind anders. Seien Sie jetzt brav. Ich muß gehen – ich höre ihn kommen.« Sie rannte aus dem Zimmer.

James versuchte, Geduld zu haben, aber nach zwei Stunden vergeblicher Versuche, die Ehe mit Sophie zu vollziehen, rief er aus:

»Hat Ihre Mutter Ihnen denn überhaupt nichts gesagt? Ich dachte, französische Mädchen wissen über alles Bescheid.«

Er machte Licht und sah sie mit großen, enttäuschten Augen an, betrübt und bekümmert, so daß er ihr wieder leid tat und sie ihm zuredete, er solle die Geduld nicht verlieren, und sie verbarg ihren Abscheu über das, was ihr widerfuhr. Am Morgen, bei ihrer ersten Begegnung, warf sie ihrer Mutter einen so haßerfüllten Blick zu, daß sie sah, wie diese sich duckte. Es war ihre einzige Rache für die Qualen, die sie erlitten hatte, die um so schlimmer waren, als sie das Gefühl hatte, es hätte gar nicht so zu sein brauchen. Wenn er nur nicht so langweilig und humorlos wäre – er war ganz beleidigt gewesen, als sie gekichert hatte über die Lächerlichkeit dessen, was sie taten, und damit den Rest von Spaß daran verdorben. Dennoch stellte sie fest, daß sie ihn bald fast gern mochte. Er war wirklich entsetzlich langweilig, aber er sah gut aus und war aufmerksam. Zuerst fand sie es erfreulich, von den Cousinen beneidet zu werden, die zur Hochzeit gekommen waren, aber bald merkte sie, daß sie es der Familie abgeguckt hatten, ihn zu verachten und daher auch sie. Sie war froh, als es nach weniger als einer Woche Zeit war, nach Irland aufzubrechen.

Sie reisten über England, wo sie weitere Verwandte besuchten und weitere Geschenke erhielten, die in einer neuen Kutsche verstaut wurden. Sie fuhren durch die düsteren Berge von Nord-Wales und mußten bei schlechtem Wetter drei Tage in Holyhead warten, bis der Kapitän des Paketbootes fand, daß es ruhig genug sei, um in See zu stechen. Er hatte sich ziemlich getäuscht. Dreißig Stunden später landeten sie, geschwächt und durchgefroren, in Dunleary, dem kleinen Hafen außerhalb von Dublin, und machten sich sofort nach Galway auf. Sophie hätte gern etwas von Dublin gesehen, aber nachdem James so lange weggewesen war, mehr als sechs Monate, sagte er, sie müßten gleich nach Hause fahren. Um einem langen Vortrag von ihm über seine Pflichten zu entgehen, erklärte sich Sophie einverstanden. Seine eigene Reisekutsche sowie zwei Diener und zwei Vorreiter waren mit ihm in Frankreich gewesen, aber frische Pferde und zwei weitere Reitknechte und Wagen für das Gepäck waren aus Galway gekommen und hatten in Dunleary über eine Woche gewartet.

Sophie war zuerst entzückt von der Reise. Das Wetter hatte sich gebessert, und das ganze Land war überstrahlt von der Maisonne. Die Gegend um Dublin war so schön wie irgend etwas, das sie je in ihrem Leben gesehen hatte: ordentliche Bauernkaten und von Mauern umgebene Landsitze, manchmal auch große, gut gehaltene Herrenhäuser. Aber je weiter sie nach Westen kamen, um so armseliger wurde alles. In elenden Hütten direkt an der Straße hausten Scharen zerlumpter Bauern, die hinter der Kutsche herliefen, wie Vögel piepsten und die knochigen Hände nach den paar Münzen ausstreckten, die James manchmal aus den Fenstern warf. Dreimal übernachteten sie in Gasthäusern, die Diener ritten voraus, um ihr Kommen anzukündigen und das Abendessen zu bestellen. Sie wurden wie Könige empfangen, Zimmer wurden freigemacht, damit sie allein essen konnten, die Wirte begleiteten sie nach oben und verbeugten sich dauernd, während die vertriebenen Scharen gewöhnlicher Gäste sie durch halboffene Türen und um die Ecken von Korridoren anstarrten. James sagte, es habe keinen Zweck, in den Herrenhäusern, an denen sie vorbeikamen, vorzusprechen, denn die Eigentümer seien alle mindestens bis Juni abwesend, falls sie überhaupt zurückkämen. Viele neue Häuser schienen gebaut zu werden oder gerade gebaut worden zu sein und wirkten groß und kahl zwischen erst dürftig begrünten Rasenflächen und Gärten, aber es gab auch ältere Häuser, von denen die meisten offensichtlich verfielen. Es sei Mode, sagte James, neue Häuser zu bauen, weil gerade jetzt alles so billig sei. Sophie dachte an die Miniatur, konnte es aber nicht über sich bringen, Fragen über Mount Brien Court zu stellen.

Am Nachmittag des fünften Tages kamen sie durch Galway. Jämmerliche strohgedeckte Hütten standen in Gruppen mitten in der Stadt, und es gab einige große, dunkle Steinhäuser mit Fenstern, so schmal wie in einer Festung. Die Hauptstraße wimmelte von zerlumpten Bauern, die in die Stadt gekommen waren, um Eier und Fisch zu verkaufen, und die ihre Kiepen jetzt vor sich auf die Erde gestellt hatten. Keine einzige Frau schien ein buntes Band oder ein Stückchen Spitze zu besitzen, wie es in Frankreich üblich war. Ein helles Grün am Ende der Hauptstraße waren unzählige Eselskarren, die kleinsten, die sie je gesehen hatte, sie hatten einer hinter dem anderen angehalten und dienten als Pferch für Kälber und Hühner und Schweine. Laute Stimmen erschallten in einer Sprache, die sie noch nie gehört hatte. Es sei Markttag, sagte James und blickte gleichgültig auf die Szene, als die Kutsche sich vorsichtig den Weg bahnte.

Der Kutscher knallte mit der Peitsche hoch in der Luft, daß Sophie schon fürchtete, er würde die Leute schlagen, aber es war nur ein Zeichen, daß er freie Fahrt für sein Gespann haben wollte. Viele Menschen erkannten den Wagen und rannten nebenher, winkten und riefen. Sophie fragte leise:

»Was sagen sie? Verstehen Sie ihre Sprache?«

»Natürlich. Ich spreche sie doch mit den Arbeitern. Sie heißen uns beide willkommen, vor allem Sie. Sie sollten ihnen zuwinken.«

Obwohl einige der Gesichter ganz und gar nicht freundlich aussahen, steckte sie den Kopf zum Fenster hinaus und winkte und nickte und lächelte, so als hätte sie keinerlei Angst vor ihnen. Die Kutsche fuhr noch über einen zweiten, kleineren Markt, wo Kartoffeln verkauft wurden, und an strohgedeckten Hütten vorbei, die so abscheulich waren, daß nicht einmal der sonnige Tag sie annehmbar machen konnte. Dann überquerten sie auf einer Brücke einen seichten, breiten, schnell fließenden Fluß und waren plötzlich aus der Stadt heraus und auf einer langen, windigen Straße, zu ihrer Rechten ein Fluß, der fast so breit war wie die Loire, und am jenseitigen Ufer eine liebliche hügelige Landschaft. Auf diesem jenseitigen Ufer sah sie eine steinerne Burg am Fluß und fürchtete, so würde ihr neues Heim sein, ein Verlies, eine Feste, ein Vorposten in der Wildnis. Eine halbe Stunde später fuhren sie durch ein mit Säulen verziertes Tor und durch einen weitläufigen, baumlosen Park auf einer gewundenen Allee, die den Konturen der Landschaft folgte. Noch war kein Haus zu sehen, nur der blasse Himmel und der weiße Kies auf der Allee, die sich über Meilen zu erstrecken schien. Als sie die Kuppe des letzten Hügels erreichten, kam ein langes weißes Haus in Sicht, mit einem kleinen Hafen darunter, genau wie auf der Miniatur. Sie drehte sich rasch zu James um und sagte auf Englisch:

»Das ist schön.«

Amélie steckte den Kopf zum Fenster hinaus und warf einen beifälligen Blick auf das Haus, der erste, den sie für etwas aufgebracht hatte, seit sie in Irland an Land gegangen waren.

Später führte James Sophie durch das ganze Haus und erklärte jede Einzelheit, als ob es wirklich Chenonceau wäre, bis ihr die Füße weh taten und ihre Gesichtsmuskeln steif waren, nachdem sie Dutzenden von Dienern zugelächelt hatte, von denen nicht einer in Livree war, und häßliche, mittelmäßige Statuen gelobt hatte, die überall in Nischen und auf Sockeln standen. James' Vater hatte sie auf seiner Bildungsreise gekauft, hauptsächlich in Italien. Ein einziges gutes Bild war da, von einem italienischen See, und ein kleiner Marmorfaun, der zwischen all dem anderen Plunder fehl am Platz wirkte.

Das Haus selbst war schön mit hellen, hübsch möblierten Zimmern, guten Küchenräumen, Hofgebäuden und Wagenschuppen. Zuerst war sie enttäuscht, daß es nur fünf Schlafzimmer für Gäste gab. Trotz allem hatte sie mit ihren sechzehn Jahren immer noch Sehnsucht nach ihrer Mutter, und sie hätte sich sogar mit einigen ihrer Schwestern zufrieden gegeben, wenn auch nur um des Vergnügens willen, ihnen ihr ganzes neues Hab und Gut zu zeigen.

Allmählich aber wurde ihr klar, daß keiner je kommen würde. Es sei zu gefährlich, schrieben sie, bei den strengen Gesetzen gegen Katholiken und Jakobiten. Als sie ihnen versicherte, daß es in Mount Brien niemals Unruhen gebe, sagten sie, sie seien zu beschäftigt mit ihren Familien. Mit der Zeit wollte sie sie dann gar nicht mehr bei sich haben. Sie hatte genug Irisch gelernt, um mit den Dienern zu sprechen und ihnen französische Umgangsformen beizubringen, aber sie konnte sie unmöglich alle in Livree stecken. James sagte, sie könnten es sich nicht leisten, weil er so viel Geld für neue Bauernhäuser ausgebe und für Entwässerungsanlagen und Düngemittel, um den Boden zu verbessern. Franzosen würden ihre Lebensweise barbarisch finden oder zu dem Schluß kommen, sie habe an Rang eingebüßt. Und sie würden nie verstehen, warum ein Haufen wandernder Dichter und Sänger und Musiker in den Gesindestuben und in den Küchen bewirtet werden mußte, manchmal wochenlang. James erklärte, das sei eine Familientradition, und sie sollten immer das Gefühl haben, willkommen zu sein.

Sophies ältester Sohn Maurice wurde geboren, als sie siebzehn war, dann kamen noch drei Söhne jeweils im Abstand von einem Jahr. Ihre beiden Töchter, die letzten ihrer Kinder, starben, als sie zwei und drei Jahre alt waren, bei einer Pockenepidemie, der auch ihr Mann erlag. Jetzt war sie endlich frei. Sie war erst sechsundzwanzig Jahre alt. Sie könnte das Gut aufgeben und nach Frankreich zurückkehren und ihre noch lebenden Kinder mitnehmen, dieses verfluchte Land verlassen, wie es ihre Vorfahren vor ihr getan hatten. Pläne und Gedanken schossen ihr durch den Kopf bei diesen drei entsetzlichen Beerdigungen. Die von James, die letzte, war die schlimmste. Wenigstens hatte er den Tod seiner Töchter nicht mehr erfahren. Als die Familiengruft wieder geöffnet wurde, umklammerte sie die Hand ihres ältesten Sohnes und schloß die Augen, unfähig, noch mehr Leid zu ertragen. Einige Gutsbesitzer aus der Nachbarschaft, die zufällig zu Hause waren, hatten ihre leeren Kutschen geschickt. Sie erkannte Mr. Flaherty von Moycullen House und Mr. d'Arcy aus Woodstock und John Nugent, der ihr unmittelbarer Nachbar war, und sie wußte, daß es sehr freundlich von ihnen war, persönlich zu kommen, obwohl sie doch solche Angst vor den Pocken hatten.

Die armen Leute hatten meilenweite Wege zurückgelegt und waren zu Hunderten gekommen, Menschen, die

James und seine Familie ihr Leben lang gekannt hatten. Viele von ihnen weinten und murmelten wehklagend Gebete auf Irisch und wiegten sich auf den Knien hin und her. Sophie wußte, daß ihr Kummer echt war. James war ihr Freund gewesen, hatte Wert darauf gelegt, über das Familienleben von allen im Bilde zu sein, und die Meliorationen auf seinem Gut waren in ganz Connaught berühmt. Einer nach dem anderen kamen sie zu ihr, um ihr Beileid zu bekunden, aber sie sah die Furcht in ihren Gesichtern. Schließlich sagte ein Mann mit Namen Colman Quin, der alle Pferde auf dem Gut betreute, in sorgfältig betontem Englisch zu ihr:

»Wir nehmen an, Mylady, daß Sie nach diesem Unglück wieder in Ihre Heimat zurückkehren wollen. Warum sollten Sie nicht? Irland ist heutzutage für alle ein schlechtes Land.«

»Ich weiß es nicht«, antwortete sie unsicher. »Ich habe darüber nachgedacht.« Er war ein kleiner, krummbeiniger Mann und früher Jockey gewesen. Sie mußte hinabblicken in sein Gesicht, wie wenn man ein Kind ansieht. Dieser Eindruck verstärkte sich, als sich bei ihrer Antwort sein Gesicht verzog, als ob er anfangen würde zu weinen. Rasch fuhr sie fort: »Ich habe noch keine Zeit gehabt, irgendwelche Entschlüsse zu fassen, Colman. Es besteht kein Grund zur Eile. Zumindest eine Weile werden wir wie üblich weitermachen.«

Er wirkte weniger bedrückt nach dieser halbherzigen Ermutigung, und später sah sie ihn dann zwischen den anderen Gutsarbeitern herumgehen, denen er offenbar erzählte, was sie gesagt hatte.

Zwei Gründe veranlaßten sie zu bleiben. Zum einen wußte sie, daß es für die Pächter und Landarbeiter nötig war, denn selbst wenn es ihr gelingen sollte, das Gut zu verkaufen, würde der neue Eigentümer sie fast gewiß vom Land vertreiben, um Platz zu schaffen für eine wirtschaftlich vernünftigere Weidewirtschaft mit Kühen und

Schafen. Der zweite Grund war ebenso gewichtig, vielleicht sogar gewichtiger: Sie würde in Frankreich nicht willkommen sein. Ihre seit einigen Jahren verwitwete Mutter gab sich nicht viel Mühe, so zu tun, als sei sie an Sophie interessiert, nicht einmal jetzt. Ihr jährlicher Brief, gewöhnlich zu Weihnachten geschrieben, war sehr kurz und endete immer mit einer kühlen Erkundigung nach der Gesundheit »all dieser kleinen Kinder«. Sophie vermutete, daß ihre Mutter sie für die Todesfälle verantwortlich machen und diesen Beweis ihrer Nichtswürdigkeit benutzen würde, um ihr Verhalten Sophie gegenüber zu rechtfertigen. Und sie vermutete auch, daß ihre Mutter die Stimme des Gewissens nicht ganz hatte ersticken können und deshalb ihre Tochter nicht wiedersehen wollte. Aber ihre Mutter hatte einige Verpflichtungen, und Sophie bestand auf ihren Rechten. Sobald sie alt genug waren, schickte Sophie ihre drei jüngeren Söhne nach Frankreich, damit sie in die Familienregimenter einträten. Sie hießen nach ihren Dillon-Paten Arthur, Theobald und Henry und dienten bald in verschiedenen Teilen der Kolonien. Maurice erzog sie selbst und erinnerte sich mit großem Nutzen der endlosen, langweiligen Vorträge, die sie von ihrem Mann erduldet hatte. Sie fand einen Priester als Hauslehrer für ihn und später für ihre Enkel, und dann schickte sie Maurice für zwei Jahre auf das Gut eines Verwandten in England, ehe sie 1758, als er einundzwanzig Jahre alt war, einen Besuch in Frankreich für ihn arrangierte, damit er sich eine Frau suche. Denn eins wußte sie genau, daß sie kein einziges Mädchen aus dem irischen Landadel, mit dem sie Umgang pflegte, als Schwiegertochter in ihrem Haus willkommen heißen würde.

2

Die Braut von Maurice, Cécile, war nie glücklich in Irland. Sophie gab nie zu, daß sie mit ihr unzufrieden war. Mit Bitterkeit entsann sie sich ihrer eigenen Verzweiflung über die Armut und den Verfall, die sie bei ihrer Ankunft gesehen hatte, und sie war über sich selbst verwundert, daß sie eine andere Frau in dieselbe Falle gelockt hatte. Sie hatte es automatisch getan, fast ohne nachzudenken, und wegen seiner Jugend hatte Maurice ihre Anweisungen blind befolgt. Die andere Möglichkeit war, sich nach einem englischen Mädchen umzusehen, das mindestens ebenso unglücklich gewesen wäre und sich wahrscheinlich geweigert hätte, das ganze Jahr in Mount Brien Court zu leben, wozu Cécile bereit war. Sophie hatte eine zweite Französin im Haus haben wollen, um ihr Heimweh zu lindern und ihre Muttersprache zu sprechen. Leider war Cécile von schwacher Gesundheit. Immerhin brachte sie zwei Kinder zur Welt, Robert, der ein Jahr nach der Hochzeit geboren wurde, und Louise drei Jahre später. Sieben Jahre danach starb Cécile bei einer schweren Geburt, und auch das Kind blieb nicht am Leben.

Sophie hatte Maurice immer für einen ziemlichen Schwächling gehalten, aber nun erstaunte er sie. Cécile war noch nicht ein Jahr tot, da brachte er Fanny Warner zum erstenmal ins Haus. Sophie nahm ihn nachher beiseite und sagte:

»Maurice, ich hoffe, es ist noch nicht zu spät, dir zu raten, diese ungebildete Frau nicht zu heiraten.«

Es war zu spät, und er heiratete sie, und seine Mutter hatte recht gehabt mit ihrem Urteil, daß er es bereuen würde, aber er konnte nicht viel daran ändern. Nach Cécile, die so zart, überkultiviert und so empfindsam gewesen war, daß es manchmal schien, als hindere sie ihn am Atmen, bot Fanny als Ehefrau gewisse Entschädigungen, aber das tägliche Leben war unerquicklich und ungeschliffen im Vergleich zu dem früheren. Und Fanny war grob zu Louise, weil diese genau wie ihre Mutter aussah, obwohl sie kerngesund war. Die schöne, schlanke, zarte Cécile war für die ganze Nachbarschaft eine legendäre Gestalt, um so mehr, als sie so jung und fern der Heimat gestorben war. Maurice hatte gehört, daß es sogar eine Ballade über sie gab.

Sophie versuchte, den schlimmsten von Fannys schlechten Eigenschaften entgegenzuwirken, aber sie konnte nicht alles erreichen. Auch vermochte sie ihre Abneigung gegen Fannys drei Söhne nicht zu verbergen. Sie waren alle schwarzhaarige Briens, alle gesund, worüber sie sich hätte freuen sollen, aber Sophie schien fast zu vergessen, daß sie genauso ihre Enkel waren wie Robert und Louise. Fanny nahm das natürlich übel, und zu Zeiten machte ein kalter Krieg im Haus allen das Leben schwer, von der Dienerschaft aufwärts. Sophie behielt die Zügel in der Hand, zögernd von Maurice unterstützt, und ließ sich von Fanny nicht aus der Stellung verdrängen, die sie während des Interregnums, ja, sogar während Céciles ganzer Zeit in Mount Brien Court innegehabt hatte. Selbst als Fanny ihre Schwester veranlaßte, ständig bei ihnen zu leben, vermochten die beiden trotz ihrer gemeinsamen Bemühungen nichts gegen Sophie auszurichten.

Einer von Sophies Siegen war, daß sie Pater Burke als Hauslehrer für die älteren Kinder gewann. Seine Familie stammte aus dem fünfzig Meilen entfernten Ennis, und als Sophie ihn kennenlernte, war er gerade aus Bordeaux gekommen, um seine Verwandten zu besuchen, die die nächsten Nachbarn der Briens waren. Er hatte nicht bleiben wollen, denn er war Gemeindepfarrer in Frankreich, aber Sophie nützte ihren Einfluß bei einigen Verwandten in Bordeaux aus, um ihn leihweise für mehrere Jahre zu bekommen. Fanny lamentierte, seine Anwesenheit sei eine Gefahr für die Familie. Es sei gesetzwidrig, einen Priester zu beherbergen, sagte sie, vor Angst zischend, und sie blickte auf lächerliche Weise über ihre Schulter, als glaubte sie, ein Spion sei an der Tür hinter ihr. Dann ging sie zum Irischen über, ihrer Muttersprache, deren sie sich immer noch bediente, wenn sie erregt war, bis sie sah, daß Sophie mißbilligend die Augenbrauen gehoben hatte. Sie kehrte rasch zum Englischen zurück. Auf Meilen im Umkreis wisse jedermann, daß der Priester da sei. Früher oder später werde jemand Anzeige erstatten, und sie würden alle verhaftet, deportiert, enteignet, das Haus niedergebrannt – sie wisse nicht, welches Unglück ihnen widerfahren werde. Sophie erwiderte scharf:

»Nichts dergleichen wird dieser Familie widerfahren. Sie sind jetzt eine Brien, meine Liebe. Die Familie eines Mannes von Stand braucht einen Hauslehrer.«

Die letzte Aussage wurde gemacht, als wäre sie etwas Neues für Fanny. Sie stotterte wütend und ging weg, denn sie wagte nicht, Sophie anzuschreien. Sie wußte, daß tatsächlich niemand die Briens behelligen konnte, obwohl sie Katholiken in einem Land waren, in dem allein das ein Verstoß gegen das Gesetz war. Später schrie Fanny jedoch Maurice an:

»Ihre Mutter verachtet mich. Sie sieht mich an, als wäre ich von der Straße aufgelesen worden. Die Briens! ›Sie sind jetzt eine Brien, meine Liebe.‹« Sie machte Sophies französischen Akzent nach, ein Trick, den sie fast sofort gelernt hatte, und Maurice wandte sich verärgert ab. »Ich weiß alles über die Briens, die schlauesten Geschäftemacher in den vier Grafschaften, die immer gut zurechtkommen, während alle anderen zur Strecke gebracht werden, auch schlau genug, ihren Namen zu ändern. O'Briens sind sie, aber keiner wagt sie so zu nennen. Ich sollte froh sein, sicher sollte ich froh sein, daß ich jetzt eine von ihnen bin, aber sie verspottet mich und lacht mich aus. Sie behandelt mich, als wäre ich ein

Parvenu oder eine Mätresse, aber nicht wie die Frau ihres Sohnes. Ich bin allemal von so guter Herkunft wie sie, trotz all ihrem vornehmen Getue.«

Das war reine Prahlerei. Fanny stammte von einem Subalternoffizier in Cromwells Armee ab, der 1650 mit einer Landzuweisung anstelle seines Solds in Irland zurückgelassen wurde. Er hatte sich herabgelassen, ein armes katholisches Mädchen zu heiraten und sein protestantisches Erbe aufzugeben, so daß Fannys Familie von dem enteigneten irischen Landadel ebenso verachtet wurde wie von der protestantischen Aristokratie. Maurice gestand sich manchmal heimlich ein, daß er verdient hatte, was ihm widerfuhr, denn er hatte sie absichtlich erwählt, weil er glaubte, wegen ihrer bescheidenen Herkunft werde sie fügsam und nicht anspruchsvoll sein. Sie verstand viel von der Landwirtschaft und hatte ein munteres Wesen, aber das verwandelte sich im Lauf der Zeit in Streitsucht und Grobheit. Selbst ihre natürliche Anmut verflüchtigte sich in wenigen Jahren, sie wirkte verwelkt und verdrossen und hatte einen lauernden und mürrischen Ausdruck.

Fannys Schwester Sarah war wie eine jener Katzen, die man nie deutlich sieht, die immer durch Türen oder zwischen Sträuchern verschwinden und nur von ihrem nachschleppenden Schwanz verraten werden. Sie sprach wenig, immer mit leiser Stimme im Gegensatz zu Fannys schrillem Organ, so daß die Leute ihre Umgänglichkeit dankbar empfanden. Die Kinder bemerkten, daß sie immer still und leise auftauchte, wenn es Ärger oder Streit gab. Jedes Unglück zog sie an. Dann ruhte der Blick ihrer runden, blassen Augen ausdruckslos auf der hauptsächlich betroffenen Person, und obwohl sie weder gleich noch später etwas sagte, hatte man den Eindruck, daß sie von dem Schmerz anderer zehrte. Maurice ertrug sie, weil er glaubte, sie lenke einige von Fannys Klagen ab. Manchmal fragte er verärgert:

»Warum können Sie meiner Mutter nicht aus dem Weg gehen?«

»Wie kann ich das in meinem eigenen Haus?« fragte Fanny.

»Oder versuchen, es ihr recht zu machen.«

»Man kann es ihr nicht recht machen. Wenn ich etwas so mache, wie sie es tut, dann zieht sie die Augenbrauen hoch, als wollte sie sagen: ›Sie glauben also, Sie könnten es so gut machen wie ich?‹ Wenn ich etwas auf meine Weise erledige, dann sieht sie mich an, als sei ich ein Bauerntrampel und Hopfen und Malz an mir verloren. Das steht ihr im Gesicht geschrieben.«

Als sein ältester Sohn Robert neunzehn Jahre alt war, vereinbarte Maurice mit Pater Burke, daß Robert nach Paris gehen und an der Sorbonne studieren solle. Es war das Ende eines langen Kampfes mit Fanny, die Robert und seine Schwester seit Jahren aus dem Haus hatte haben wollen.

»Sie sind ein paar kleine Ausländer«, hetzte sie ihren Mann immer wieder auf. »Hier wird nie etwas aus ihnen werden. In Frankreich, wo sie herkommen, werden sie besser dran sein.«

Es war vernünftig, Robert wegzuschicken, aber ein Vorwand mußte gefunden werden, um auch seine Schwester mitzuschicken. Es traf sich gut, daß ihr französisches Erbe in der Obhut von Cousine Charlotte in Paris gelandet war, und die einzige Möglichkeit, es in Besitz zu nehmen, war, dort persönlich vorzusprechen. Dann begann für Maurice der Kampf mit seiner Mutter, und das führte dazu, daß er sich schließlich, als alle Vorkehrungen abgeschlossen waren, wie ein Verbrecher vorkam.

Zum erstenmal brachte er das Thema seiner Mutter gegenüber an einem Nachmittag im September 1779 zur Sprache. Er war kaum so weit gekommen, ihr zu sagen, daß Louise gebeten hatte, mit Robert nach Frankreich zu gehen, als Sophie aufstand und ohne ein Wort das Zimmer verließ. Eine Stunde später wurde er unruhig, suchte im ganzen Haus nach ihr, oben und unten, in der Meierei, im Vorratskeller, in den Speisekammern, und wurde schließlich von Sarah auf ihr Wohnzimmer hingewiesen, die mit durchtriebenem Lächeln sagte:

»Ich glaube, Sie werden sie in ihrem kleinen Schlupfwinkel finden.«

»Schlupfwinkel? Schlupfwinkel? Wovon sprechen Sie eigentlich?«

Wie üblich erbost über Sarah, ging Maurice in das Wohnzimmer seiner Mutter im ersten Stock. Als Maurice zum erstenmal geheiratet hatte, war es für sie eingerichtet worden, Sesselbezüge und Vorhänge in einem Rosenmuster, die Möbel goldlackiert, um dem französischen Geschmack zu entsprechen. Das Zimmer wurde immer gut in Ordnung gehalten, und bei schlechtem Wetter nahm Sophie manchmal Robert und Louise mit nach oben und erzählte ihnen Geschichten aus ihrer Jugend in Frankreich – vor tausend Jahren, so schien es ihnen. Maurice kam unvermutet ins Zimmer und sagte:

»Mutter, um Gottes willen, was machen Sie denn da?«

Sophie drehte sich zu ihm um, ihr Gesicht war unsichtbar gegen das Licht, dann sagte sie mit unnatürlich hoher Stimme und zu schnell:

»Lästere nicht, Kind. Und nenne mich nicht ›Mutter‹. Darum habe ich dich tausendmal gebeten. Ich mache Spitze. Warum sollte ich das nicht? Ich habe als Mädchen sehr viel Spitze gemacht. So bin ich erzogen worden. Wir haben das in Paris jeden Tag eine Stunde gemacht, nachmittags, auch in Hautefontaine, wenn wir dort zu Besuch waren, Sticken, Tapisserie und Spitze.« Ihre Stirn krauste sich ärgerlich, als sie daran dachte.

»Aber hier! Hier haben Sie es nie getan.«

Es war nicht nötig zu fragen, warum sie auf das Herstellen von Spitze zurückgreifen mußte. Maurice fuhr fort:

»Sie haben immer gewußt, daß Robert eines Tages nach Frankreich gehen werde. Wir haben hundertmal davon gesprochen.«

»Ja, hundertmal. Ich muß geglaubt haben, ein Wunder würde geschehen, um es zu verhindern. Und von Louise hast du nie etwas gesagt. Erst vor einer Stunde hast du es erwähnt, als du sagtest, du habest an Cousine Charlotte geschrieben.«

»Sie hat darum gebeten, mitzugehen. Ich habe zugestimmt. Pater Burke wird sie begleiten und sie heil und sicher in Cousine Charlottes Haus abliefern. Es ist die einzige Möglichkeit für Louise, jemals das Geld ihrer Mutter zu bekommen. Wenn sie nicht selbst hingeht, wird Cousine Charlotte es nie herausgeben.«

»Du glaubst, sie wird es Louise geben?«

»Das muß sie. Ich habe gehört, sie hoffe, daß Louise nie kommen werde, um es zu verlangen.«

»Daß sie sterben werde wie ihre Mutter. Das käme Charlotte sehr gelegen. Aber Louise ist, Gott sei Dank, sehr gesund.«

Erleichtert über diese sachliche Bemerkung, sagte Maurice:

»Sie wird viele Freunde unter den Verwandten haben. Da brauchen wir uns keine Sorgen zu machen.«

»Ich wünschte, sie brauchte gar nicht hinzugehen. Sicherlich kannst du das doch für sie erledigen.«

»Mama, Sie wissen, daß ich hier unmöglich fort kann. Sie ist ein vernünftiges Mädchen. Und Robert möchte, daß sie mitgeht. Er sagt, sie werde keinen Unterricht mehr erhalten, wenn er weg ist.«

Er hielt inne, denn ihm wurde klar, daß er im Begriff war, die Debatte unliebsam auszudehnen.

Erst im Januar 1780 kam ein Brief von Cousine Charlotte mit der Mitteilung, daß Robert und Louise sofort nach Paris aufbrechen könnten. Diesmal wußte Maurice, wo er Sophie finden würde, die jetzt von ihrem Wohnzimmerfenster aus die Allee ständig zu überwachen schien. Gewiß hatte sie den Boten heranreiten sehen, der den Brief brachte. Sie wußte, was darin stand, ehe Maurice den Mund aufmachte. Er blieb an der Tür stehen und sah sie an, so daß sie als erste sprechen mußte.

»Nun? Wann können sie abreisen?«

»So bald als möglich, sagt Cousine Charlotte. Sie hat die Verlobung ihrer Tochter arrangiert und sagt, sie sei jetzt bereit, die beiden zu empfangen. Sie klingt nicht sehr freundlich, aber vielleicht ist das bloß ihr steifes Englisch. Der Name ihrer Tochter ist Teresa. Ich hatte es vergessen.«

»Wer ist der Mann?«

»Einer von den de Lacys. Er ist in Amerika in der Armee, sagt sie. Sie möchte, daß Robert und Louise sich schon vor der Hochzeit eingewöhnt haben.«

»Wird die Hochzeit bald sein?«

»Das sagt sie nicht. Wer weiß, wann der Bräutigam zurückkommt. Wenn sie in einer Woche aufbrechen, werden sie vielleicht die Äquinoktialstürme vermeiden.«

»Ja, dann je früher, je besser.«

»Sie haben auch meine Brüder alle weggeschickt.«

»Deine Schwestern hätte ich nicht weggeschickt.«

»Sie werden zurückkommen.«

»Glaubst du? Ich bezweifle es.«

»Es wird das Problem Celia Nugent lösen.«

»Ich hatte mir bessere Möglichkeiten überlegt, das zu lösen.«

»Sie könnten sie besuchen.«

»Du weißt genau, daß ich nie wieder nach Frankreich gehen werde. Aber ich will Biddy gleich Bescheid sagen. Da ist noch viel zu erledigen.«

»Ja.«

Das würde sie beschäftigen. Biddy war Louises Kammerzofe und von der alten Amélie angelernt worden, die Sophie immer noch betreute. Biddy hatte von Amélie sogar ein bißchen Französisch gelernt, hatte ihr Fragen gestellt und versucht, etwas über das seltsame Land herauszufinden, das allen so wichtig erschien. Sie war in diesen Tagen verrückt, fast krank vor Aufregung über die Aussicht auf die Reise nach Frankreich mit Louise und darüber, daß sie vier neue Kleider bekäme.

Sophie war beim Essen an jenem Abend so ruhig, daß alle sie bestürzt ansahen. Gegen Ende der Mahlzeit wandte sie sich an Pater Burke und sagte in unnatürlich liebenswürdigem Ton:

»Mr. Burke, Sie werden uns also bald verlassen.«

Der lange, eichene Eßtisch wurde erhellt durch drei prächtige Leuchter, die Sophie aus Frankreich mitgebracht hatte. Jeder trug sechs Kerzen, deren Licht auf dem Silber und dem polierten Holz schimmerte. Es ließ auch allzu deutlich die Mienen der Familie erkennen: Fanny hielt sich nur mühsam im Zaum, Maurice sah gereizt aus, Sarahs Blick schweifte von einem Gesicht zum anderen, die drei kleinen Jungen drückten sich an die Stuhllehnen, als ob sie erwarteten, angegriffen zu werden. Sie waren zum Nachtisch hereingeholt worden, aber ihre Blicke ließen erkennen, daß das heute kein großes Vergnügen sein würde. Robert und Louise sahen verbindlich und höflich aus, aber ihre hellblonden Köpfe näherten sich einander um den Bruchteil eines Zolls. Pater Burkes Gesicht zuckte und verzog sich, seine Erregung war unbedacht und deutlich sichtbar. Sophie beobachtete ihn amüsiert, während er versuchte, Worte zu finden, um die Situation zu retten. Er war ein riesengroßer Mann mit borstigem schwarzem Haar, das er zu bändigen versuchte, indem er es zu einem Zopf flocht. Er sah an diesem Abend sehr gepflegt aus in einem schwarzen Anzug, den Maurice ihm in Galway hatte machen lassen, aber schon waren vorn die ersten Flecke von Schnupftabak zu sehen. Fanny sagte:

»Er wird natürlich zu uns zurückkommen. Hat er nicht drei weitere Schüler, die für ihn heranwachsen?«

»Ach ja.« Sophie wandte sich um und sah die drei kleinen Jungen an, als wären sie Möbelstücke, die sie in einem Laden abschätzte. »Sie glauben, sie werden Latein und Griechisch und Mathematik lernen können? Ich wußte nicht, daß Sie von derlei Dingen viel halten. Und vielleicht ist es schon zu spät. Hubert muß fast zehn sein.«

»Mama!«

Maurice beugte sich vor, eine Faust auf dem Tisch. Sophie gab nach, mit einem befriedigten Lächeln und einem langgezogenen Seufzer. Maurice wußte, daß sie im nächsten Augenblick hinzugefügt hätte, Fanny solle froh sein, den Priester loszuwerden, da es sie immer so geängstigt hatte, ihn im Haus zu haben. In den beiden letzten Jahren, als Fanny gewollt hatte, daß er mit Huberts Unterricht beginnen sollte, hatte Sophie es mit dieser oder jener List verhindert, hatte sogar gedroht, die Gouvernante wegzuschicken, die die jüngeren Kinder unterrichtete, mit der Begründung, sie würde ohne Hubert nicht ausreichend beschäftigt sein. All das wäre zur Sprache gekommen, wenn Maurice zugelassen hätte, daß Fanny und Sophie miteinander redeten. Nachher folgte er ihr in die Halle und führte sie in seine Rentkammer, indem er sie am Ellbogen hielt, und als er die Tür geschlossen hatte, sagte er:

»Mama, Sie dürfen Fanny nicht so aufziehen, wenn andere dabei sind.«

»Sie aufziehen?« Sophies große blaue Augen blickten unschuldig, aber sie schnaubte verächtlich. Maurice packte sie fester, und sie sagte: »Drohst du mir?« Sie riß sich los. »Ich werde sie nicht mehr aufziehen, wie du dich ausdrückst, aber wie soll sie es je lernen?« Als sie seine verzweifelte Miene sah, wandte sie sich ab und sagte: »Nun gut, ich werde sie zufrieden lassen. Aber was soll ich ohne Louise anfangen? Warum muß sie auch weg? Wir könnten sie hier in die Gesellschaft einführen, in Dublin oder in London, und auf die Erbschaft verzichten. Wir könnten irgendwo einen guten Ehemann für sie finden.«

»Sie wissen doch, daß sie in Frankreich viel bessere Chancen hat.« Als er Sophies Unsicherheit sah, fuhr er fort: »Und außerdem ist Louise zu französisch für einen irischen oder englischen Ehemann.« Jetzt sah sie ihn wütend an, und er sagte leise: »Cécile war hier nicht glücklich. Wir müssen aus Erfahrungen lernen.«

»Was für ein Unsinn! Cécile ist in Frankreich geboren. Das Klima, die Sprache, die ganze Lebensweise – alles war für sie fremd. Louise ist irisch.«

»Es tut mir auch weh, wie Sie sehr wohl wissen.«

»Vergiß nicht, daß ich in Irland glücklich war, solange dein Vater lebte.«

In den ganzen dreißig Jahren seit seines Vaters Tod hatte sie an dieser Fabel festgehalten, und er brachte es nicht über sich, weiter mit ihr zu streiten.

3

Während ihrer letzten Woche in Irland machten sich Robert und Louise jeden Nachmittag für mehrere Stunden davon unter dem Vorwand, sie müßten den Pächtern Abschiedsbesuche abstatten. Sie blieben auf dem Gebiet des Familiengutes, obwohl ein Teil des Besitzes zwanzig Meilen entfernt war, in der Nähe von Cong, wo Maurice vor zwölf Jahren zwei aneinandergrenzende Farmen erworben hatte, als die Eigentümer sie verkauften und nach Amerika gingen. Er hatte Robert ein- oder zweimal mitgenommen auf langen Ritten über

Bergpässe, die sich schließlich zu den oberen Ufern des Lough Corrib absenkten. Hier lagen sanft geneigte Felder, die zu Schafweiden gemacht wurden. Obwohl sie die meisten Pächter vertrieben hatten, vermochten die früheren Eigentümer keinen Erfolg zu erzielen. Kaum waren die Farmen mit Schafen ausgestattet gewesen, da erließ das englische Parlament neue Gesetze gegen den Export von Wolle aus Irland, und die Farmer verloren alles. Maurice war mit seiner Mischkultur und vor allem mit seinem Sägewerk besser dran, aber für das Gut in Moycullen war es immer noch eine starke Belastung, den Betrieb in Cong in Gang zu halten, bis die Zeiten besser würden.

Robert hatte keine erfreulichen Erinnerungen an diese Ausflüge. Maurice erklärte den Leuten, daß es einige Zeit dauern werde, bis alles wieder ins Lot gebracht sei, aber sie glaubten ihm kaum. Alle Gutsbesitzer waren Feinde, und außerdem war Maurice Katholik und konnte jederzeit enteignet werden. Sie wußten, er hatte einflußreiche Verwandte in England, die ihn bisher vor dem Verderben bewahrt hatten, aber wenn irgendein Protestant ihn anzeigte, dann durfte das Dubliner Parlament seinen ganzen Besitz dem Denunzianten übergeben, ohne die Engländer überhaupt zu Rate zu ziehen. So war das Gesetz, und darüber wurde in ganz Connemara endlos an Torffeuern diskutiert, wann immer sein Name fiel. Wie konnte man Vertrauen haben zu einem so unsicheren Kantonisten? Er würde Jahre brauchen, um zu beweisen, daß sein Wohlwollen wirklich aufrichtig war und nicht bloß eine weitere Falle, obwohl sein guter Ruf ihm von Moycullen vorangegangen war. Finstere Blicke folgten ihnen, wenn sie über ihr Land ritten, haarige Gesichter starrten aus verrauchten Türöffnungen, der Verwalter schlug einen herrischen Ton an, wenn er mit den Kätnern sprach, und Robert sah den mörderischen Haß in ihren Augen. Sein Vater und der Verwalter nahmen keine Notiz davon, obwohl sie es bemerkt haben mußten.

Maurice, der oft als ein echter Brien bezeichnet wurde, war groß, stattlich und schwarzhaarig, und Robert kam sich lächerlich vor, weil er so schmächtig und blaß und hellhäutig war wie ein untergeschobenes Kind. In jedem Haus, das er und Louise in dieser letzten Woche aufgesucht hatten, äußerten sich die alten Leute laut und bewundernd über ihr Aussehen. Das war schön und gut in der Nähe des Hauses, wo die Leute sie ihr Leben lang gekannt und Grund hatten, Maurice dankbar zu sein, aber am letzten Nachmittag, als sie Roberts alte Amme besuchen wollten, kamen sie auf einer fernen Gebirgsstraße, die sie für einen Abkürzungsweg hielten, in ein unbekanntes Dorf. Es war eine Gruppe strohgedeckter Hütten, wahllos auf einem steinigen Stück Land verstreut, umgeben von Ödland, Moor und Gebirge. Von hier oben hatte man einen herrlichen Blick auf den See, dessen Wasser ab und an vom steifen Wind aufgewühlt wurde und dann eine bleierne Farbe annahm. Die Hufe ihrer Pferde klapperten auf den Steinen, als sie sich mühsam den Weg zwischen den Hütten suchten. Alte und junge Frauen kamen heraus, standen barfuß auf ihren Schwellen und johlten höhnisch auf Irisch Komplimente, die an keinen bestimmten gerichtet waren:

»Sie sind wie ein kleiner König und eine Königin. Seht nur ihre Haut, weiß wie Schnee, und ihr goldenes Haar. Das Mädchen hat einen Hals wie ein Schwan. Ihre Taille ist so schlank, daß man sie mit zwei Händen umfassen kann.«

Das rief ein Gelächter bei einer kleinen Gruppe von Männern hervor, die etwas abseits von den Häusern reglos auf einem Felsen saßen. Offensichtlich war sich keiner darüber klar, daß ihre Worte verstanden wurden. Robert drehte sich im Sattel um und rief auf Irisch:

»Bringt uns diese Straße nach Creevagh hinunter?«

Die Leute verstummten, blieben aber stehen und starrten, anscheinend ohne Verlegenheit. Dann trat eine Frau in einem zerfetzten roten Flanellrock und einer zerrissenen blauen Bluse vor und strich sich mit beiden Händen das struppige schwarze Haar aus der Stirn. Sie sagte rasch:

»Ja, das tut sie. Wen wollen Sie unten sehen in Creevagh?«

»Katta Folan, die mit Matthias Crowley verheiratet ist.«

»Ist das nicht ein schönes Irisch, das er spricht! Wo haben Sie das so gut gelernt? Sind Sie vielleicht ein Brien vom Court?«

»Ich bin Robert Brien. Ich lernte mein Irisch von Katta, als ich klein war.«

»Sie haben an ihrer Brust getrunken?«

»Ja.«

»Sie ist ein Barna-Mädchen. Ihr Sohn Colman ist so alt wie Sie. Er ist Ihr Bruder.«

»Ja.«

»Und das ist Ihre richtige Schwester. Wir haben gehört, daß Sie weggehen.«

»Morgen früh.«

»Sie sehen glücklich aus, wenn Sie das sagen. Warum sollten Sie auch nicht, so jung und die Welt vor Ihnen. Alle Grundbesitzer gehen weg. Darum geht es uns so, wie es uns geht, sagen sie. Sie nehmen ihre Goldmünzen und gehen weg.«

»Mein Vater geht nicht weg.«

»Seien Sie nicht ärgerlich, Söhnchen. Ich weiß sehr wohl, daß er nicht weggeht. Er ist ein guter Mann, wie sein Vater vor ihm. Ich wünschte, wir hätten einen wie ihn hier.«

»Wen haben Sie hier?«

»Einen Mann namens Mr. Herbert.« Sie sprach den fremden Namen sehr sorgfältig aus. »Aber wenn er zu mir käme und zöge mich an der Nase, würde ich ihn nicht kennen. Er kommt nie her, nur Mr. Ross, sein Verwalter. Kennen Sie Mr. Ross?«

»Nein.«

»Ich dachte, Sie würden ihn kennen, weil er ein Herr von Stand ist.« Sie sagte das sehr verachtungsvoll. »Er kommt die Pacht holen und seine Kartoffeln und Hühner. Er ist fett und feist von all den Hühnern. Er würde ein Schwein oder ein junges Kalb meilenweit wittern.« Plötzlich schien ihr einzufallen, daß sie mit jemandem aus derselben Schicht sprach, und sie hielt inne, aber im nächsten Augenblick fuhr sie fort: »Als wir Sie kommen sahen, dachten wir, Sie könnten zur Familie von Mr. Herbert gehören und wollten sich Ihr Land und Ihren Besitz ansehen. Reiten Sie da geradeaus und dann den Berg hinunter, dann werden Sie sehen, daß sich der Weg gabelt. Es ist ein ziemlich steiler Berg, aber mit den Pferden kommen Sie gut hinunter. Sie nehmen die linke Abzweigung. Nun sagen Sie mir, sind Sie noch nie in Creevagh gewesen?«

»Nein. Katta kommt manchmal zu uns, aber es ist weit zu laufen für sie.«

»Das ist es, Söhnchen, sehr weit. Sie kommen am besten auf dem unteren Weg zurück, wenn Sie spät dran sind. Es ist nicht gut auf den Bergen nach Einbruch der Dunkelheit, wenn der Mond nicht hell scheint. Katta wird Ihnen die richtige Straße zeigen.«

»Danke tausendmal.«

»Spricht Ihre Schwester auch Irisch?«

»Freilich«, sagte Louise rasch, um den Beweis zu erbringen.

»Gott segne Sie beide. Sagen Sie, mein Junge, wollen Sie in Frankreich Soldat werden?«

»Nein. Ich gehe nach Frankreich, um ein Gelehrter zu werden.«

»Das ist viel besser. Ich freue mich, das zu hören, und

das ganze Land wird sich auch freuen. Kommen Sie eines Tages zu uns zurück mit all Ihrer Gelehrsamkeit.«

»Wir werden zurückkommen.«

Sie begleitete sie aus Höflichkeit ein Stückchen, eine Hand auf dem Hinterteil von jedem Pferd, und ging auf ihren bloßen Füßen sorglos zwischen ihnen. Dann blieb sie stehen und sah ihnen nach, als sie wegritten. An einer Biegung des Weges drehten sie sich auf den Sätteln um und winkten ihr. Eine Weile konnten sie nebeneinander reiten und ab und zu miteinander reden, wenn das Sausen des Windes und der Schritt ihrer Pferde es zuließen. Kaum waren sie aus dem Dorf heraus, da sagte Robert:

»Ich habe wirklich vor, zurückzukommen. Papa will es nicht. Er hat mich verrückt gemacht mit seinem Gerede, ich sei ein Franzose. Gestern habe ich ihn daran erinnert, daß ich eines Tages sein Erbe sein werde, und er war ganz erregt. Er verlangte, ich solle das nie wieder sagen – dabei hatte ich bloß einen Scherz gemacht, aber er nahm es ganz ernst. Ich wünschte, ich wüßte, was in seinem Kopf vorgeht. Er scheint so erpicht darauf zu sein, uns loszuwerden, und doch glaube ich, eigentlich will er gar nicht, daß wir weggehen.«

»Tante Fanny setzt ihm heimlich zu. Biddy hat mir das gesagt.«

»Ich hätte es mir denken können«, sagte Robert verbittert, dann fügte er hinzu, als wollte er, daß sie ihre Enthüllungen fortsetze: »Biddy scheint alles zu wissen.«

»Biddy sagte mir, Tante Fanny wolle, daß Hubert eines Tages ein Sir werde. Sie deutete sogar an, er könne Protestant werden und dich ausstechen. Sie hat auch über Celia Nugent gesprochen.«

»Was hat sie gesagt?«

»Alles mögliche. Du kennst Tante Fanny.«

Louise war höchst interessiert an ihres Bruders Freundschaft mit Celia, hatte aber niemals Gelegenheit gehabt, mit ihm darüber zu reden. Jetzt wurde sie abgeschreckt durch seinen abweisenden Ton, obwohl sie wußte, daß er begierig auf ihre Antwort war. Noch vor einem Jahr hätte sie sich in die allerpersönlichste Unterhaltung gestürzt, aber in letzter Zeit fand sie, daß etwas, das sie nicht verstehen konnte, sie beide hemmte. Ihre alte, ungezwungene Freundschaft schien für immer vorbei zu sein. Sie spürte, daß Celia etwas damit zu tun hatte, obgleich Celia selbst immer sehr freundlich zu Louise war. Alles war in letzter Zeit so unerfreulich geworden, daß sie die Nachricht, sie könne mit Robert nach Frankreich gehen, wie die Aussetzung einer Todesstrafe begrüßte.

Sein Gesicht war jetzt gerötet und sein Mund ärgerlich verzogen, als er sagte:

»Tante Fanny ist eine richtige Klatschbase. Wie erfährt Biddy das alles?«

»Natürlich von Tante Fannys Nell. Worüber sollen Dienstboten sonst reden? Tante Fanny besitzt kein Taktgefühl. Sie redet immer drauf los, aber Papa versucht, ihr nicht zu antworten, solange Nell im Zimmer ist; er gehe nur auf und ab und sehe unglücklich aus, sagt Nell. Kein Mann könne diesem Miststück gewachsen sein...«

»Louise! Wenn du solche Ausdrücke gebrauchst, werde ich Grand-mère sagen, daß Biddy nicht geeignet ist, dich zu betreuen.«

»Das wirst du doch nicht tun! Robert, es war garstig, was ich gesagt habe. Jedenfalls habe ich es bloß nachgesprochen. Willst du nicht mehr hören?«

»Na gut. Mach weiter.«

»Es ist schon so lange so grauenhaft gewesen, daß es mir nicht leid tun kann, wegzugehen. Ich bin nicht sicher, ob ich jemals zurückkommen möchte. Wenn du nicht wärst, Robert, müßte ich ewig hierbleiben. Weißt du, was Tante Fanny vorhatte?«

»Bestimmt etwas Dummes.«

»Ich sollte Haushaltsführung lernen. Meine Bücher

sollten mir weggenommen werden, weil sie mich von der eigentlichen Aufgabe einer Frau ablenken und mich reizlos machen. Ich sollte bei Molly Davis in unserer Küche kochen und bei Patty in der Meierei buttern und Hühnerhaltung lernen, um von meinen hochgestochenen Vorstellungen herunterzukommen. All das habe ich schon vom Zuschauen gelernt. Nell sagte, Papa sei wütend gewesen, als er das hörte. Allerdings könnte er später mit einigem einverstanden gewesen sein. Ich habe dir das schon erzählt, als ich dich bat, mich mitzunehmen, doch hast du, glaube ich, nicht zugehört.«

»Aber getan, worum du mich gebeten hast, nicht wahr? Ich hasse Klatsch. Er ist entwürdigend.«

»In der Not sind alle Mittel recht. Ich höre mir Klatsch gern an, wenn es die einzige Möglichkeit ist, mich meiner Haut zu wehren. Ich hatte nicht geglaubt, daß du bei Papa Erfolg haben würdest.«

»Es ist jetzt alles geklärt.«

»Vielleicht. Fanny bearbeitet ihn noch, denn sie möchte sicherstellen, daß wir für immer weggehen. Darum sieht sie zur Zeit nicht wie eine Katze aus, die sich an Kutteln sattgefressen hat.«

»Louise, solche Ausdrücke darfst du nicht gebrauchen. Wenn du das in Frankreich tust, bist du erledigt.«

»In Frankreich wird es andere Möglichkeiten geben, sich zu äußern. Wir werden nicht viel Englisch sprechen.«

»Und wenn wir es tun, wird von uns erwartet werden, daß wir gutes Englisch sprechen. Sie werden uns scharf im Auge behalten, um zu sehen, ob wir durch das Leben in Irland *farouche* geworden sind. Bitte denke dran, vorsichtig zu sein. Papa sagt, die Franzosen lieben im Augenblick alles Englische. Es ist Mode.« Plötzlich änderte sich sein Ton und nahm eine unechte Heiterkeit an, so daß Louise ihn besorgt ansah. »Als Mama noch lebte, sang sie mir vor:

Marie Madeleine, veux-tu te marier?
Non, non, non, non, non, je ne veux pas ça...
Ich habe den Text vergessen. Er war, glaube ich, nicht ganz richtig. Ob sie dieses Lied wohl immer noch Kindern vorsingen: *Ni avec un prince, ni avec un roi...*«

»Warum singst du: *Veux-tu te marier?*« fragte Louise unvermittelt. »Hast du irgendwelche Pläne gehört, mich zu verheiraten?«

»Nichts Ernstliches.«

»Aber etwas. Sag es mir, sag es mir.«

»Da gibt es nichts zu sagen.«

»Ich weiß, da ist etwas. Grand-mère hat mir einen Rat gegeben, für alle Fälle, sagte sie, aber ich merke, daß da mehr dran ist. Haben sie dir etwas gesagt? Wer ist es?«

»Überhaupt niemand, wirklich und wahrhaftig. Und was immer geschieht, es wird dir besser ergehen als bei Fanny.«

»Ich wünschte, wir wüßten mehr über Cousine Charlotte. Papa mag sie nicht, da bin ich sicher.«

»Ich bin froh, daß wir weggehen«, sagte Robert. »Grand-mère wird sich um Papa kümmern. Tante Fanny wird ihren Kopf nicht durchsetzen, selbst wenn Tante Sarah für sie spioniert.«

»Es tut mir leid um Tante Fanny. Als sie zu uns kam, mochte ich sie gern. Ich vermißte Mama nicht mehr so. Fanny war warmherzig, sie spielte mit mir und ging mit mir im Garten spazieren. Ich versteckte mich immer hinter den Buchsbaumhecken und rannte dann auf sie zu, und sie tat so, als hätte ich sie erschreckt. Erinnerst du dich daran? Als dann Hubert geboren wurde und Tante Sarah kam, wurde sie unwirsch und gehässig und stieß mich weg, wenn ich ihr nahe kam. Mich zu schlagen begann sie erst, als Hubert drei war und sie ihn schlug. Ich erinnere mich an das erste Mal. Sie sagte, es sei der Ausgleich für all die Male, die sie mich nicht geschlagen hatte...«

»Mußt du dich an derlei Dinge erinnern?«

»Wie kann ich sie vergessen? Es ist nicht so lange her«, sagte Louise.

»Nein, vermutlich kann man es nicht vergessen.«

»Es wäre vielleicht besser gewesen, wenn sie ein Kindermädchen engagiert hätte wie Mama für uns. Ein Dienstbote hätte ihr besser die Stirn geboten als Tante Sarah.«

»Ich will an sie alle nicht denken«, sagte Robert und trat seinem Pferd in die Weichen, so daß es sich nach vorn warf.

Louise wußte, daß es ein Fehler war, mit Robert über ihre Mutter zu sprechen. Er hatte einmal gesagt, es sei dumm, noch an jemanden zu denken, der tot sei. Der Tod schlage zu und raffe dahin, und das sei das Ende. Heute war Mama noch da, am nächsten Tag nicht mehr, obwohl ihr schöner Körper, steif wie eine Puppe, in einem Schlafzimmer aufgebahrt war, damit die ganzen Landleute kommen und sie sehen und für sie beten konnten. Louise hörte diese gemurmelten Gebete immer noch von fern wie auf- und abwogende Meereswellen. Ehe sie es verhindern konnte, entrang sich ihr ein lautes Schluchzen. Robert schien es nicht gehört zu haben, und sie ritten schweigend weiter.

Der Weg war schmaler geworden, und sie konnten jetzt nicht mehr nebeneinander reiten. Nach der Gabelung übernahm Robert die Führung, und die Pferde setzten die Hufe vorsichtig auf, um bei jedem Schritt den rutschigen Boden erst zu erkunden, ehe sie ihr Gewicht verlagerten. Robert und Louise legten sich im Sattel zurück, um im Gleichgewicht zu bleiben, und beobachteten, wie die weißen Wolken am Himmel jagten, dessen Blau sich stellenweise im Wasser des Sees unten spiegelte. Mehrere Fischer angelten zwischen den Inseln. Creevagh tauchte auf, das zum Gut Burke gehörte, eine Gruppe von Lehmhütten am Seeufer, die sich ohne Form oder Muster zu einem wirren Haufen zusammendrängten. Etwas Grün ließ erkennen, wo das Land entwässert worden war, um den Anbau von Kartoffeln zu ermöglichen. Die meisten Schafe auf den Berghängen ringsum gehörten Burke von Moycullen, aber an einigen Hütten war ein kleines Stück Land eingezäunt für ein Schwein, das in kalten Nächten und zur Ferkelzeit gewöhnlich ins Haus gebracht werden mußte. Ziegen und Esel waren widerstandsfähiger und konnten einen großen Teil des Jahres draußen oder in einem an den Giebel des Hauses angebauten Schuppen gelassen werden. Katta besaß ein Schwein, aber sie hatte sich von Matthias einen Stall dafür bauen lassen. Robert war gesagt worden, er würde die Kate an dem Schweinestall erkennen, dem einzigen im Dorf.

Es war nicht nötig. Katta hatte sie schon lange auf dem Berghang kommen sehen und erwartete sie am anderen Ufer des kleinen Baches, der neben ihnen dem Lough Corrib entgegenfloß. Katta hatte sie seit Tagen erwartet, denn sie hatte Nachricht erhalten, daß sie kommen würden, aber ein Datum war nicht erwähnt worden. Sie ließen die Pferde über den Bach springen, dann saßen sie sofort ab und rannten zu Katta, Louise zuerst, dann Robert, und umarmten sie. Sie betrachtete die beiden, denen sie je eine Hand auf die Schulter gelegt hatte, prüfend. Sie roch nach Torfrauch, der lieblichste Geruch, den sie kannten, denn Katta war die einzige, die sie je im Arm gehalten hatte. Louises Amme, die Frau eines der Gärtner, war an Lungenentzündung gestorben, ehe Louise ein Jahr alt war, und Katta hatte sie als zweites Pflegekind angenommen, wann immer sie zu Besuch kam. Sie war eine gut aussehende Frau mit lockigem schwarzem Haar, in dem jetzt mehrere weiße Strähnen auftauchten, und großen, schönen dunkelblauen Augen. Ihr Gesicht war zu markant gewesen, um hübsch zu sein, als sie jung war. Sie war viel größer als die beiden Briens, und als sie mit ihnen, die die Pferde an den Zügeln hinter sich herzogen, zur Kate ging, sagte sie:

»Du mußt noch wachsen, Robert. Du mußt gut essen und dick werden, wenn du nach Frankreich gehst, und so stark wie dein Vater sein, wenn ich dich wiedersehe.«

»Ich werde nie so stark sein wie mein Vater, Katta. Das weißt du genau.«

»Wie lange wirst du wegbleiben?«

Natürlich stellte sie diese Frage zuerst, die einzige Frage, die die beiden nicht beantworten konnten.

»Nicht allzu lange«, sagte Robert. »Frankreich ist sehr weit weg. Wir gehen zum Studieren dorthin.«

»Ihr beide?«

»Louise wird auch studieren. Sie nimmt ihre Bücher mit in Cousine Charlottes Haus. Ich werde sie jede Woche besuchen.«

»Die ganze Welt ändert sich. Sie wird einen Franzosen heiraten, und ich werde sie nie wiedersehen.«

»Selbst wenn ich einen Franzosen heirate, kann ich zurückkommen.«

»Das kannst du natürlich«, sagte Katta hastig, dann schüttelte sie den Kopf wie ein störrisches Pferd und fuhr fort: »Und ihr geht über Cork, haben wir gehört.«

»Über Kerry, mit Pater Burke. Seine Verwandten haben Schiffe, die von Cahirdaniel abgehen. Wir können nicht über England fahren, wir würden womöglich angehalten wegen des Krieges mit Frankreich.«

»Na, ihr wißt ja sicher über alles Bescheid. Pater Burke begleitet euch – das ist eine gute Nachricht. Wird er zurückkommen?«

»Vorläufig nicht.«

»Vielleicht schickt er eine Botschaft. Ich werde zum Court gehen und Neues von euch hören.«

»Wir werden ihn bitten, dir eine besondere Botschaft zu schicken – wir werden dir auch selbst schreiben.«

Danach sah sie fröhlicher aus. Plötzlich hob sie das Kinn und stieß einen langen Ruf aus, der wie der Schrei einer Möwe klang und von den Berghängen widerhallte. Leute kamen an die Hüttentüren, um sie vorbeigehen zu sehen, und Katta sagte:

»Wir werden die Nachbarn nachher besuchen. Colman wird jetzt vom Berg herunterkommen.«

Die reine Januarluft blies in die Kate und wirbelte den Rauch von der Feuerstelle durch den Raum, bis er über der Halbtür den Weg nach draußen fand. Es gab keinen Schornstein. Der Fußboden war eine Felsschicht, und das war der Grund, warum die Kate an eben dieser Stelle gebaut worden war. Draußen an der Küste, wo es Felsen und Steine in Mengen gab, wurden sie zum Bau der Häuser verwendet. Hier am See mußten sie aus Lehm und Torfstücken gebaut werden, an denen die Grasnarbe belassen wurde, um Halt zu gewähren. Das ganze Haus war nicht größer als zwölf Fuß im Quadrat. Ein auf Steinen ruhendes Bett nahm eine Ecke ein und diente der ganzen Familie. Zwei flache Steine waren zum Sitzen gedacht, auf jeder Seite des Feuers einer, aber es gab auch vier Hocker für Gäste. Als Katta ihnen entgegengegangen war, hatte Matthias ein gewaltiges Torffeuer entfacht, ein Kreis von Torfsoden um die Reste des alten Feuers in der Mitte des Raums, das eine unglaubliche Hitze ausströmte. Torf, selbst gestochen und getrocknet, war der einzige Luxus der Leute, sofern der Grundbesitzer nicht die Bezahlung jedes vom Moor geholten Korbs erzwang. Mr. Herberts Verwalter hatte noch nicht damit angefangen, so daß die großartige Gastlichkeit des Feuers möglich war. Da sie wußte, daß Robert heißes Feuer haßte, ließ Katta die beiden auf Hockern Platz nehmen, wo sie die frische Luft von der offenen Tür atmen konnten. Matthias kam ihnen entgegen, um sie zu begrüßen, und zwar aus Höflichkeit auf Englisch. Er wartete kaum ab, bis sie saßen, um zu fragen:

»Was glauben Sie, Sir, werden die Franzosen kommen?«

»Es heißt so«, erwiderte Robert, »sofern sie nicht durch die Freiwilligen abgeschreckt worden sind.«

»Wollen Sie Soldat werden?«

»Das habe ich ihn auch gefragt«, warf Katta ein, »und er sagt, er will Gelehrter werden.«

»Gott sei Dank. Dann brauchen Sie nicht gegen Ihr eigenes Volk zu kämpfen. Es wäre seltsam, nach Irland geschickt zu werden in der Uniform eines französischen Soldaten und von unseren Freiwilligen beschossen zu werden.«

Er lachte, und es klang wie ein Bellen.

»Haben Sie sich gemeldet?«

»Ich bin zu alt«, sagte Matthias, »aber Colman denkt daran, obwohl ihm der Sinn nicht danach steht, Soldat zu werden. Er wird sowieso ein Gewehr haben, aber er sagt, auf Franzosen wird er nicht schießen. Die Engländer glauben, wir werden das Land gegen Franzosen und Amerikaner verteidigen, aber sind die jetzt nicht unsere besten Freunde? Der Werbesergeant war im vorigen Monat hier in der Gegend und suchte Leute, die gegen die Amerikaner kämpfen sollten, aber er hatte nichts zu melden, denn ein stattlicher Franzose war eine Woche vor ihm da. Er warb ein paar von den jungen Leuten für die amerikanische Armee an. Es ist eine verrückte Welt, keiner kann sie richtig verstehen. Colman sagt, gute Zeiten kommen, und unser Land wird uns gehören und wir verkaufen selbst unsere Schafe und Wolle und Vieh – ich glaube nicht, daß der Tag je kommen wird.«

»Die Lage ist besser, als sie war.«

»In welcher Weise besser?«

»Die Protestanten sagen, die Katholiken müssen anständiger behandelt werden. Das Parlament in Dublin sagt, wir müssen Freihandel haben, sonst trennen wir uns ganz von England.«

»Freihandel für Protestanten, das meinen sie.«

»Es wird von einer Erklärung der Irischen Rechte gesprochen.«

»Wird auch von Priestern für das Volk gesprochen? Sagt irgend jemand, sie können heimkommen zu uns und brauchen nicht in ständiger Todesangst zu leben?«

»Mein Vater sagt, mit den Gesetzen gegen uns werde Schluß gemacht werden müssen.«

»Gewiß, gegen den Landadel gibt es keine Gesetze«, sagte Matthias, und sein freundlicher Ton nahm seiner Bemerkung jede Spur von Verbitterung.

»Das ist nicht wahr! Der Grund, warum ich mich nach Frankreich davonstehlen muß, ist, daß ich katholisch bin. Ich kann nicht aufs Trinity College in Dublin gehen. Mein Vater könnte jederzeit sein Land verlieren. Die Freiwilligen sind der Anfang eines Wandels – jetzt, da die Katholiken beitreten dürfen, ist das ganze Land bewaffnet. In Belfast sagen die Katholiken und die Protestanten, sie wollen zusammenarbeiten, und bald werden wir ein freies Land haben.«

Robert merkte, daß er übermäßig erregt sprach, so entsetzt war er über die Verhältnisse, in denen Katta lebte. Die nackten Dachsparren und die Unterseite des Reetdaches waren dick verrußt. Die Wände waren häßlich gelb verfärbt durch den Rauch des Feuers und rissig und gesprungen durch ständiges Schrumpfen und Ausdehnen je nach dem Grad ihrer Feuchtigkeit. Matthias sagte ruhig:

»Jeder hat neue Ideen. Jeder sagt etwas. Ich frage mich, ob das alles bloß Gerede ist.«

»Vieles kann durch Reden erreicht werden.«

»Nur, wenn man auch Gewehre hinter sich hat. Colman sagt, wir haben jetzt die Gewehre und brauchen auf nichts mehr zu warten. Wie Sie sagt er, es ist Zeit, etwas Neues zu tun.«

»Das habe ich nicht gesagt.«

»Das haben Sie gemeint. Wir haben zu lange stillgehalten. Und was kümmert uns der deutsche König? Hätten sie den richtigen König behalten, wäre es etwas anderes.«

In diesem Augenblick erschien Colman an der Tür und sah die Gäste hocherfreut an. Sogar als sie aufstanden, mußte er auf sie heruntersehen – mit neunzehn maß er über sechs Fuß, aber er war mager durch Arbeit und Hunger und hatte das schwarze Haar und die dunkelblauen Augen seiner Mutter. Seine Kleidung bestand aus lauter Lumpen, mehrere Nummern zu klein und an wichtigen Stellen durch eingesetzte Stücke von andersfarbigem Stoff erweitert. Robert erkannte sie, es waren abgelegte Kleidungsstücke von ihm. Colman sprach Irisch.

»Du gehst weg, Bruder?«

»Ja, aber ich komme zurück.«

»Geh gar nicht erst weg. Bleib hier bei uns und hilf uns. Der ganze Landadel geht weg. Wir werden dich brauchen, wenn die Franzosen landen. Wir werden Seite an Seite kämpfen und die Engländer mit ihren eigenen Gewehren erschießen.«

»Ich komme zurück.«

»Laß ihn zufrieden«, sagte Matthias. »Du hast kein Recht, etwas von ihm zu verlangen. Er wird nach Frankreich gehen und in all die Länder, die die Herren aufsuchen, Italien und Griechenland und die Türkei, und wenn er heimkommt, kann er es mit all den Rednern in Irland aufnehmen.«

Colman schwieg nach diesem Verweis, blieb aber so vergnügt wie immer. Er setzte sich dicht bei Robert auf den Fußboden und zog die Knie bis zum Kinn hoch. Sie liebten einander wie Zwillinge, jeder hatte immer teilgehabt am Leben des anderen, obwohl sie sich jetzt nur noch zweimal im Jahr trafen, wenn Colman seine Mutter nach Mount Brien Court begleitete. Zusammen hatten sie in ihren Armen gelegen, jeder an einer Brust, solange sie sie nährte, bis sie zwei Jahre alt waren. Dank einem dieser seltsamen Gedächtnisbilder, die einem aus der Kindheit bleiben, erinnerte sich Robert daran, wie sie geweint hatte, als ihr Mann kam und sie zurückverlangte. Jedes Jahr war sie im Frühling und Herbst gekommen, um ihn zu besuchen, wie sie versprochen hatte, sogar wenn sie schwanger war. Gewöhnlich blieb sie über Nacht, schlief in einem der Gesindezimmer und nahm immer Geschenke mit nach Hause, ein Stück Stoff für ein Kleid, abgelegte Kleidung für die Kinder, Weizen- oder Schrotmehl, Obst aus dem Garten. Robert hatte es für selbstverständlich gehalten, daß sein Vater ihr ab und zu auch Geld gab. Oder hatte er überhaupt darüber nachgedacht?

Er war nicht sicher. Den ganzen Nachmittag über, während sie in Creevagh die Runde machten, um vorgeführt zu werden und jeder Familie ein paar Worte zu sagen, um sich Lieder anzuhören und Tänze anzusehen, empfand er zunehmend ein Gefühl der Selbstverachtung. Nie hatte er sich erkundigt, wie Katta lebte. Nie war er nach Creevagh gekommen, um es herauszufinden. In seinem ganzen Leben hatte er nicht so viele unbeschäftigte, kränkliche Menschen gesehen wie hier in diesem Dorf. Es gab nichts für sie zu tun. Die meisten sahen halb verhungert aus. Alle gingen in Lumpen, sogar Kattas Familie trotz ihrer Gönner. Robert wußte, daß die anderen Grundbesitzer, wenn sie aus England heimkamen, über seinen Vater lachten, weil er für unrentable Verbesserungen der Häuser seiner Pächter so viel Geld ausgab, und Robert hatte angenommen, für Katta werde auch gesorgt. Pater Burkes Vetter, James Burke, war der lautstärkste Kritiker, der immer sagte, es sei billiger, die Katen niederzureißen, als sie auszubessern. Er sah Mr. Burke jetzt vor sich, wie er mit dem Whiskey-Glas in der Hand vor dem Kamin im Wohnzimmer stand, als er das letztemal zurückkam und mit zynischem Ausdruck zuhörte, als Maurice sagte, die einzige Hoffnung für Irland sei ein zufriedener Bauernstand. Dreckig, träge, kaum besser als Vieh und ebenso dumm, sagte Burke verächtlich, und sie vermehrten sich wie Ungeziefer. Maurice hätte auf jede seiner Behauptungen antworten können, aber er unternahm keinen Versuch, ihn zu bekehren.

Einen hatte er bekehrt, und zwar Celias Vater, John Nugent. Sein Land hatte eine gemeinsame Grenze mit Mount Brien an der Oughterard-Straße, so daß Nugent voll Neid sehen konnte, was da vor sich ging. Maurice hatte ihm Sämlinge geschenkt und ihm zugeredet, auf seinem Ödland Bäume zu pflanzen, aber eine Art geistige Trägheit hielt Nugent davon ab, sie zu pflegen, und die kleinen Bäume gingen ein. Er nahm das als ein unvermeidbares Schicksal hin, aber dennoch ging er an sommerlichen Tagen nach Mount Brien, um zu sehen, wie die Sägemühlen arbeiteten, und um Vorschläge für die Verbesserung der Katen zu machen. Maurice seinerseits machte Vorschläge für Castle Nugent, aber nach dem Mißerfolg mit den Bäumen wurden sie nicht befolgt. Mrs. Nugent war niemals zu sehen. Vor vielen Jahren hatte sie sich in ihr Bett zurückgezogen, und einige Nachbarn glaubten sogar, sie sei tot, wenn sie überhaupt an sie dachten. Im Haus wimmelte es von unbezahlten Dienstboten. Celia, ein Jahr jünger als Robert, war das einzige weitere Mitglied dieser seltsamen Familie.

Celia hatte lockiges braunes Haar und dunkelbraune, sehr große Augen mit langen Wimpern. Ältere Frauen sagten, es sei schade, daß ihr sonstiges Aussehen diesen Vorzügen nicht entsprach. Nase und Hals waren zu kurz, die Stirn zu hoch, und sie hätte mindestens vier Zoll größer sein müssen. Robert hatte Fanny und Sarah in Mount Brien darüber reden hören und war erstaunt, wie zutreffend ihre Beschreibung war, doch ließen sie so vieles aus – Celias leichten Schritt, ihr fröhliches Lachen, ihren warmherzigen, freundlichen Ausdruck, ihre sanfte, klare Stimme, ihr Gebaren, das von Selbstvertrauen und Unabhängigkeit zeugte – lauter Eigenschaften, auf die ein längerer Hals oder eine niedrigere Stirn oder ein paar Zoll mehr an Körpergröße sich überhaupt nicht ausgewirkt hätten. Robert hatte sie sein Leben lang gekannt, und sie war immer unbefangen und selbstsicher gewesen, sogar als Kind, bis zu dem Tag, an dem er hinübergeritten war, um ihr zu sagen, daß er zum Studieren nach Frankreich gehen werde. Sie hatte geweint und seine Hände krampfhaft festgehalten und geschluchzt, sie werde sterben, und hatte ihn angefleht, sie nicht zu verlassen. Ihm kam es vor, als wäre er mit einer Fremden zusammen. Er war nie auf den Gedanken gekommen, daß er diese Wirkung auf ein Mädchen haben könnte. Es war das erstemal, daß er sie anrührte. Zaghaft nahm er sie in die Arme, und das im Wohnzimmer ihres Vaters, beobachtet von den glänzenden, runden Augen der ausgestopften Füchse und Dachse und Eichhörnchen in den Glaskästen ringsum an den Wänden. Er drückte sie an sich, bis sie sich wieder beruhigt hatte. Dann sagte er:

»Wir werden heiraten, wenn ich zurückkomme. Willst du auf mich warten?«

Es klang entrüstet, als sie antwortete:

»Warten? Natürlich werde ich warten. Aber wirst du warten?«

Bestürzt über diese direkte Frage antwortete er betrübt:

»Natürlich werde ich auch warten. Ich gehe nur weg, um zu studieren. Ich komme zurück.«

Er hatte es genauso gesagt wie jetzt zu Katta. Sein Vater wußte, daß er Irland nicht für immer verlassen wollte, daß er nicht an der französischen Armee interessiert war, in der er durch seine Dillon- und Brien-Verwandten jederzeit ein Offizierspatent erhalten konnte. Wenn jemand ins Heer eintrat, dann sollten es die jüngeren Söhne sein – das hatte Robert immer gewußt. Mount Brien stand ihm zu, und er wollte es haben. Er wollte zurückkommen, wenn es soweit war, und gemeinsam würden er und sein Vater Fanny und allen anderen das klar machen. Fast täglich hatte er Celia besucht, oder sie war nach Mount Brien gekommen seit dem Tag, an dem er sich ihr versprochen hatte, und natürlich wurden die Besuche bemerkt, und Tante Fanny äußerte sich lauthals darüber:

»Da ist jemand, der möchte das beste Land in Connaught in die Finger kriegen. Was führt sie so oft her? Auf frische Luft ist sie nicht erpicht, da könnt ihr Gift drauf nehmen.«

Tante Sarah war leiser, aber ihre Methode war ebenso übel, wenn sie ins Wohnzimmer kam und der dort versammelten Familie zuzischelte:

»Sie ist wieder da, fragt nach Robert, ganz dreist. Du gehst am besten hinaus zu ihr.«

Maurice ließ das nie zu und schickte entweder einen Dienstboten oder ging selbst hinaus, um sie ins Zimmer zu geleiten und sie in die Nähe von Robert zu setzen, so daß sie sich ruhig unterhalten konnten. In jedem anderen Haus wäre sie einfach hereingekommen, aber Sophie hatte Förmlichkeit für Gäste vorgeschrieben, und niemand hatte den Mut, sich ihr zu widersetzen. Celia lachte über Fannys und Sarahs Verhalten und sagte:

»Laß ihnen Zeit. Sie werden sich an mich gewöhnen. Vielleicht glaubt die arme Sarah, für sie werde kein Platz hier sein, wenn ich herkomme. Man sollte eigentlich glauben, sie könnten froh sein über eine protestantische Braut für dich.«

Sie schien nicht zu wissen, daß sie gar nicht heiraten durften. Robert sagte nur:

»Ich habe ihnen überhaupt nichts erzählt! Ich habe kein Wort gesagt.«

»Sie können es sich denken. Es bedarf keiner Worte, um dergleichen zu sagen. Sie begreifen alles.«

Als er das letzte Mal mit ihr nach Hause ritt, sagte sie:

»Deine Großmutter mag mich. Das weiß ich.«

»Hat sie mit dir gesprochen?«

»Nein, aber ich erkenne es daran, wie sie mich ansieht. Bist du überrascht?«

Er war nicht auf der Hut und antwortete: »Ja.«

»Warum?«

»Sie zieht im allgemeinen Franzosen vor.«

»Dann spricht sie nicht gut von mir?«

»Das nicht – sie spricht überhaupt nicht von dir.«

Doch wußte er, daß sie es tun würde, wenn er ihr Gelegenheit gäbe. Ihre Einstellung zu Celia war ihm völlig klar, aber Celia zum Glück nicht. Er bemerkte immer ein ganz schwaches Zusammenpressen der Lippen, ein leichtes Aufreißen der Augen und immer eine ganz kleine Pause, ehe sie auf etwas antwortete, das Celia zu ihr gesagt hatte. Einmal, als Celia sie etwas fragte, stand sie auf und ging, ohne zu antworten, aus dem Zimmer, als wäre sie taub. Sie begann nie ein Gespräch mit Celia. Außerdem konnten die seit eh und je gemachten verächtlichen Bemerkungen über die Unzulänglichkeiten der ganzen Familie Nugent, also einschließlich Celia, nicht in ein paar Wochen vergessen werden. Es schien ihm sogar, als würde Sophie bereit sein, ihn zu retten, wenn er sich ihr nur anvertrauen wollte.

All das bewirkte, daß er sich wie in einer Falle vorkam, obwohl Celia ihn lediglich hatte sehen lassen, was sie für ihn empfand. Das übrige hatte er selbst getan. Sein Wunsch, sie jetzt zu trösten, war vielleicht der stärkste Beweis, daß er sie wirklich liebte.

Bei ihr zu Hause war niemand zu sehen, nicht einmal ein Reitknecht, um ihnen die Pferde abzunehmen. Er half ihr herunter, dann hielt er sie einen Augenblick im

Arm. Er wußte so genau, als ob sie es schon gesagt hätte, daß sie ihn mit hineingehen und sich im dunklen Wohnzimmer von ihm lieben lassen würde, denn das war der Trost, den sie brauchte. Ein letzter Rest von Vernunft veranlaßte ihn, sie rasch zu küssen, sich dann von ihr zu lösen und liebevoll zu sagen:

»Celia, ich werde bestimmt zurückkommen.«

»Du wirst nie zurückkommen. Ich werde dich nie wiedersehen. Warum mußt du weggehen?«

»Ich kann es jetzt nicht mehr rückgängig machen. Ich liebe dich, Celia. Wir müssen warten.«

»Warum? Warum müssen wir warten?«

Darauf konnte er ihr keine Antwort geben. Er führte sie, die jämmerlich weinte, ins Haus, dann brachte er ihr Pferd zu den Ställen, wo er einen verschlafenen Reitknecht fand, der es versorgte. Als er nach Hause galoppierte, fühlte er sich verlassen, ihm war angst und bange, und er sehnte sich danach, zu ihr zurückzureiten, während ein anderer Teil von ihm kühl sagte, er habe seit Wochen das erste Anzeichen von Verstand erkennen lassen. Der Besuch in Creevagh machte es nun unmöglich, sie wiederzusehen.

Matthias begleitete sie eine Meile auf dem Heimweg. Katta war so aufgelöst, daß sie nicht mitkommen konnte, und sie und Colman und die übrige Familie standen an der Tür und blickten ihnen nach bis zu der Biegung des Weges, der zum See führte. Schließlich sagte Matthias:

»Bleiben Sie am Ufer, solange Sie können, bis die Straße sich den Berg hinaufzieht. Sie wird dann breiter und bringt Sie direkt nach Oughterard. Von da an können Sie nicht mehr fehlgehen. Gott sei mit Ihnen beiden. Kommen Sie heil und gesund zu uns zurück.« Er brach wieder in sein seltsam bellendes Lachen aus. »Sagen Sie dem König von Frankreich, ich hätte mich nach ihm erkundigt. Sagen Sie ihm, er soll schnell eine Armee herüberschicken, damit sie auf unserer Seite kämpft, und wir werden die grüne Fahne an allen Küsten hissen und ihm einen herzlichen Empfang bereiten.«

»Das werde ich tun«, sagte Robert.

Die Dunkelheit brach herein, und schwere Wolken zogen sich zusammen und zerteilten sich wieder, und ständig drohte Regen. Trübe Lampen brannten in den Hütten von Oughterard. Die Januar-Winde hatten den Staub auf der Straße weggeblasen, so daß die Hufe ihrer Pferde auf den blanken Steinen klapperten. Hier kamen nur ein paar Leute heraus, genug, um allen im Dorf zu sagen, daß die jungen Briens vorbeigekommen seien. Dann waren sie auf der Straße nach Galway. Nach ein paar Meilen hatten sie die Felder von Mount Brien erreicht und trabten dann zwischen den beiden Pförtnerhäusern hindurch und die lange Allee hinauf. Als sie zum Haus hinaufblickten, sahen sie, daß Sophie wie gewöhnlich an ihrem Fenster saß und nach ihnen Ausschau hielt.

4

Pater Burke hatte angekündigt, die Messe werde um sechs Uhr gefeiert, und der ganze Haushalt solle daran teilnehmen. Die Kapelle war auf dem Dachboden, denn es war gesetzlich verboten, überhaupt eine zu haben. Sie befand sich nicht im Hauptdachgeschoß, sondern in einem Teil, der nur über eine Hintertreppe erreichbar war und im rechten Winkel zum Haupthaus über den Küchen und der Meierei lag. Der Raum hatte Fenster an beiden Seiten. Die eine Seite ging auf den Hof hinaus, die andere auf die große Wiese, über die ein Teil der Allee verlief. Auf dieser Seite konnten dicke Vorhänge vor die Fenster gezogen werden, aber in den letzten Jahren hatte man es nicht für nötig gehalten. Wie Fanny sagte, wußte auf Meilen im Umkreis jedermann, daß auf Mount Brien ein Priester war und die Messe gelesen wurde, so daß es sinnlos war, besondere Vorsichtsmaßnahmen zu ergreifen.

Louise wurde von Biddy geweckt, die gerade zurückgekommen war, nachdem sie die letzte Nacht bei ihrer Mutter im hinteren Pförtnerhaus verbracht hatte. Sie war achtzehn, zwei Jahre älter als Louise, und ihre Aufregung wich einem neuen Gefühl der Verantwortung, das sich in dem besorgten Stirnrunzeln zeigte, als sie sich mit einer brennenden Kerze über Louises Bett beugte und sie an der Schulter schüttelte.

»Stehen Sie auf, Miss Louise. Es ist fünf Uhr. Wenn Sie sich dranhalten, werden Sie noch rechtzeitig fertig. Nun kommen Sie schon, wachen Sie auf, seien Sie lieb.«

Louise reckte die Arme, so weit sie konnte, über ihren Kopf, dann packte sie Biddy um den Hals, zog sie zu sich herunter und küßte sie. Biddy hielt die Kerze vorsichtshalber weit weg und sagte:

»Ach, dafür haben wir jetzt keine Zeit. Was ist überhaupt mit Ihnen los? Sie sollten weinen wie ich.«

»Du weinst nicht!«

»Jetzt nicht, aber vorhin. Als ich meine Mutter sah, da kamen mir die Tränen.« Sie hielt plötzlich inne, denn ihr fiel ein, daß Louise keine Mutter hatte, um die sie weinen konnte. »Jetzt haben wir keine Zeit zum Reden. Heraus aus dem Bett, und dann ziehe ich Ihnen was an. Sie können auf Irlands Straßen nicht im Nachthemd reisen.«

Kichernd vor Aufregung machten sich die beiden Mädchen daran, Louise anzukleiden. Biddy hielt ihr jedes Kleidungsstück hin, und sie stieg entweder hinein oder zog es sich über den Kopf. Heute war es ein neues, dunkelbraunes Reisekleid mit einem sehr weiten Rock, einem dreifachen Kragen, mit weichem Feh besetzt. Sophie hatte es sorgfältig geplant, um Louise in der Kutsche auf dem Weg nach Kerry und später auf dem Schiff nach Le Havre warm zu halten, doch danach, sagte Sophie, werde sie es wahrscheinlich nie wieder tragen können. Dazu gehörte auch ein Umhang mit Kapuze, und in beides eingehüllt, würde Louise vor der Kälte gut geschützt sein. In einem der Koffer war ein zweites Reisekleid in hellerem Braun und ein Umhang mit Satinfutter, und das sollte sie anziehen, wenn sie nur noch eine Tagesreise von Paris entfernt seien, damit sie bei der Ankunft aussehe, wie es sich für eine Dame schicke. Biddy mußte ihre Anweisungen viele Male wiederholen, bis Sophie überzeugt war, daß sie imstande sei, den richtigen Eindruck bei Cousine Charlotte zu erwecken. Sophie machte sich soviel Gedanken darüber, daß sie sogar erwog, die alte Amélie mitzuschicken, aber Maurice redete ihr das aus:

»Es wird ein sehr kleines Schiff sein. Amélie ist zu alt für solches Ungemach.«

»Sie hat schon mit mir das Meer überquert.«

»Das war vor langer Zeit. Und sie hat so viele Gewohnheiten, die sie in Frankreich hatte, abgestreift. Sie könnte uns alle vor den französischen Verwandten blamieren.«

»Glaubst du?«

»Ja, Mama. Denn die Zeiten müssen sich dort ebenso geändert haben wie hier.«

So mußte Biddy also immer wieder ermahnt werden. Sie solle die anderen Kammerjungfern beobachten und sehen, wie sie alles erledigten, möglichst wenig Fragen stellen, aber die Augen offen halten und allmählich lernen, was von ihr erwartet werde. Cousine Charlotte könne behilflich sein, aber es sei besser, auch ihr nicht allzuviele Fragen zu stellen, damit sie nicht glaube, die Iren seien unzivilisiert. Biddy begriff, was sie zu tun hatte: ihnen keinen Grund geben, sie auszulachen, nicht zuviel reden, sondern sie sehen lassen, daß nichts sie überraschte. Fragen nach Möglichkeit nicht beantworten und vor allem Louise immer nahe zu sein, um sich zu überzeugen, daß sie nicht in Gefahr sei. Robert werde sie jede Woche besuchen, so daß sie nicht einsam seien, und er und Louise würden Briefe schreiben, die Sophie dann Biddys Mutter vorlesen werde. Sophie sah sie wieder zweifelnd an, und mit Tränen in den Augen sagte Biddy:

»Madame, ich glaube, Sie vertrauen mir überhaupt nicht. Warum sollte ich für Miss Louise nicht gut sorgen? Ich werde sie nie verlassen, solange ich lebe.«

»Nun gut, ich vertraue dir.«

Endlich war sie befriedigt, und später sagte Louise zu Biddy, ihre Großmutter habe gemeint, Biddy sei so gut wie eine Französin.

Als das Kleid richtig zugehakt war, steckte Biddy Louises langen blonden Zopf zu einem flachen Knoten im Nacken auf. Dann gab sie ihr einen schwarzen Spitzenschleier für die Messe, und nun waren sie bereit zu gehen. Als sie die Haupttreppe zur Halle herunterkamen, hörten sie Getuschel und das Scharren von Füßen auf den Fliesen des Hintereingangs, als die außerhalb wohnenden Landarbeiter und ihre Familienangehörigen kamen und sich ins Dachgeschoß begaben. Es würde für lange Zeit ihre letzte Messe sein, vielleicht für Monate, bis Pater Burke zurückkam. Louise und Biddy warteten einen Augenblick und folgten der Menge dann.

Vielleicht siebzig Personen hatten sich schon versammelt, als sie in die Kapelle kamen, und noch mehr strömten herbei. Pater Burke, bereits im Meßgewand, saß an der Seite und las in seinem Brevier. Die alten Leute waren auf dem Boden zusammengesunken, die Köpfe gebeugt, die Hände gefaltet, sie stöhnten und murmelten alte Gebete und schwankten sanft hin und her. Die jüngeren waren ruhiger, gehemmter und knieten aufrecht, vor allem diejenigen, die im Haus beschäftigt waren und

Dienstkleidung oder Livree trugen. Sophie hatte sie mehr im Auge gehabt und ihnen eine unnatürliche Steifheit beigebracht. Ein paar Stühle waren für die Familie dicht am Altar aufgestellt worden, und Louise setzte sich dort auf der Frauenseite zu Sophie und Fanny hin. Maurice, Robert und die drei verschlafenen kleinen Jungen kamen eine Minute später und nahmen die übrigen Stühle ein. Die Kerzen auf dem Altar hatten in der feuchten, kalten Luft einen strahlenden Lichthof, so daß Louises Augen geblendet waren und Pater Burkes breite Schultern noch massiger wirkten, als sie waren. Sein Meßgewand war grün, und auf dem Tisch, der als Altar diente, lag eine grüne Decke. Die Messe begann, und Robert gab Pater Burke die Antworten des Ministranten:

»*Introibe ad altare Dei.*«
»*Ad Deum qui laetificat iuventutem meam.*«
»*Confiteor Deo omnipotenti...*«

Die lateinischen Worte gingen in einem leisen Summen unter, als die Leute die Gebete auf Irisch wiederholten. Die ganze Familie mit Ausnahme von Sophie beteiligte sich. Während die Messe weiterging, wandte Louise den Blick nicht von ihrer Großmutter. Sie saß aufrecht, und ihr Gesicht war fast ausdruckslos. Sie hatte Louise oft gesagt, wie wichtig es sei, keine Miene zu verziehen, um die Dienstboten und all die zu täuschen, die in der Rüstung einer Dame nie einen Spalt sehen dürften. Louise tat ihr möglichstes, denn sie wußte, daß alle sie heute morgen beobachteten, aber die Kerzen warfen beängstigende Schatten, und mit einemmal merkte sie, daß sie sich vor der Seereise fürchtete. Sie könnte Wochen dauern, wenn das Wetter schlecht wäre. Oft sah man diese kleinen Schiffe nie wieder, nachdem sie die irische Küste verlassen hatten. Große Schiffe seien sicherer, hatte Maurice gesagt, und viele, die aus Frankreich kamen, liefen in den Hafen Cork ein, Schiffe von vier- oder fünfhundert Tonnen. Aber es sei nicht ratsam, in irgendeiner Weise die Aufmerksamkeit auf seine Familie zu lenken, deshalb müßten sie diese unübliche Route einschlagen, die Route, auf der Waren und Menschen nach Frankreich hinein- und herausgeschmuggelt wurden. Auch Sophie machte sich Sorgen um sie und Robert. In den letzten Wochen war ihr Ausdruck manchmal nicht kühl, sondern für einen Augenblick angstvoll gewesen, wenn sie über die Seereise sprachen. Louise wurde plötzlich von Zorn gepackt, so daß sie stöhnte, als hätte sie Schmerzen. Biddy neben ihr sah sie besorgt an, dann berührte sie ihren Arm und flüsterte:

»Geht es Ihnen nicht gut, Miss Louise?«

»Doch, mir geht es gut.«

Es wäre gemein, auch Biddy Angst zu machen, denn sie wurde ohne ihr Einverständnis in die Verbannung geschickt. Louise hatte sich immerhin für das Weggehen entschieden, weil es unerträglich wäre, ohne Robert in Mount Brien zu bleiben. In diesem Augenblick drehte sich Pater Burke um und sprach einen Segen:

»*Pax Domini sit semper vobiscum.*«

Alle antworteten: »*Et cum spiritu tuo.*«

Louise konnte Fanny hinter Sophie kaum sehen; sie hatte das Kinn triumphierend gehoben, die Augen andächtig geschlossen, die großen roten Hände gefaltet, ihre Lippen bewegten sich, als sie betete, und gaben ein zwitscherndes Geräusch von sich. Maurice hatte viele Male versucht, sie von dieser Gewohnheit abzubringen, aber vergeblich. Dieses Geräusch, das in keinem Verhältnis zu dem sanften Gemurmel der anderen Leute stand, hatte etwas eigentümlich Unangenehmes an sich, und es wirkte merkwürdig unaufrichtig, wie sich Fanny, genau wie die alten Leute, an die Brust schlug, als Pater Burke dreimal sagte:

»*Domine, non sum dignus ut intres sub tectum meum, sed tantum dic verbo et sanabitur anima mea.*«

Die Messe schien an diesem Morgen nicht enden zu

wollen. Schließlich drehte sich Pater Burke um, starrte die Gemeinde an und sprach auf Irisch Gebete für eine gefahrlose Reise nach Frankreich, Gebete, daß die Leute sich wohlverhalten mögen, während ihr Priester abwesend sei, damit er nicht, wenn er heimkomme, feststellen müsse, daß sie wieder in den Zustand wilder Tiere zurückgefallen seien, und dann sprach er seine üblichen Gebete für Irland, wo eines Tages die wirklichen Eigentümer des Landes so behandelt werden würden, als hätten sie zumindest das Recht, am Leben zu sein und ihre eigene Luft zu atmen. Einstweilen, sagte er, habe Sir Maurice die Stellung eines Königs inne, und alle wüßten, daß sie ihm Gehorsam schuldeten und seine Entscheidungen gerecht sein würden, und wenn er jemanden verurteile, dann sei anzunehmen, daß der Betreffende ein Schuft oder ein Lump sei und die Strafe verdient habe. Diese Erklärung wurde im selben Ton abgegeben wie alles übrige, also würde jeder wissen, daß Gott es hörte.

Schließlich war die Messe zu Ende, und die Dienstboten und Nachbarn scharten sich um den Altar, um den Segen des Priesters zu erhalten, ehe er abreiste. Er legte ihnen die Hände auf die Schultern und beugte sich herab, um mit ihnen zu sprechen, und dann und wann flüsterte er, um ganz persönliche Ratschläge oder Ermutigungen zu geben. Mehrere Leute wollten beichten, weil es für lange Zeit die letzte Gelegenheit war, und er wartete auf sie, bis die anderen gegangen waren. Derweil verließ die Familie die Kapelle und ging hinunter zum Eßzimmer, wo sehr bald das Frühstück mit Eiern und Kaffee serviert wurde.

Louise versuchte zu essen, aber die Kehle war ihr wie zugeschnürt, und Tränen verschleierten ihre Augen, wie sehr sie sich auch bemühte, sie wegzuzwinkern. Sie saß neben Maurice, und schließlich nahm er ihre linke Hand in seine und hielt sie fest, und Fanny beobachtete es mit einem gewissen Mitgefühl. Dann stieß sie einen lauten, gekünstelten Seufzer aus und sagte:

»So ist das immer mit den Jungen. Wenn ihnen die Flügel gewachsen sind, müssen sie das Nest verlassen und hinaus in die weite Welt fliegen, um sie sich selbst anzusehen.«

Niemand antwortete darauf, obwohl Sophie die Brauen hochzog. Einen Augenblick später kam Pater Burke ins Zimmer, rollte im Gehen seine Stola zusammen und steckte sie in die Tasche. Fanny hob ihre Stimme um einen Ton, wodurch sie einen leicht hysterischen Klang erhielt, und wiederholte ihre törichte Bemerkung:

»Ich sage, wenn den Jungen die Flügel gewachsen sind, wollen sie immer in die Welt hinausfliegen. Es ist ein natürlicher Trieb, nie in dem Haus zu bleiben, in dem man aufgewachsen ist.«

Sophie schob heftig ihren Stuhl zurück. Sie nahm keine Notiz von Fanny, als ob sie eine Katze oder ein Hund wäre, ging um den Tisch zu Louises Stuhl, blieb einen Augenblick dahinter stehen und sagte:

»Versuche etwas zu essen. Es wird Proviant in der Kutsche sein, aber es ist nicht so angenehm, unterwegs zu essen. Ich will jetzt nachsehen und mich darum kümmern.«

Dann ging sie aus dem Zimmer. Fanny war sehr rot geworden und stammelte:

»Sie braucht nicht... ich habe nicht... das ist immer...« Sie hielt inne, denn schließlich hatte Sophie nichts gegen sie gesagt oder getan.

In ein paar Minuten würden sie in der Kutsche sein. Die vier besten Pferde sollten sie die ersten fünfzig Meilen bringen und dann dort bleiben für die Rückfahrt. Ersatzpferde waren für die verschiedenen Reiseabschnitte bestellt, und zwei Reitknechte waren vorausgeschickt worden, um sich darum zu kümmern. Fünf Tage waren vorgesehen für die Strecke nach Cahirdaniel in Kerry, wo die O'Connells versprochen hatten, das nächste einlaufende Schiff werde auf sie warten. Maurice wiederholte diese Abmachungen für Mike Conran, den Kutscher, als er mit seinem Gespann unten an der Treppe stand. Ein wenig abseits hielten die vier Vorreiter ihre Pferde am Zügel, alle bereit zum Aufbruch. Von ihrem Platz an der offenen Haustür, geschützt vor dem kalten Morgenwind, sah Louise all das wie im Traum. Biddy saß schon in der Kutsche und wartete auf sie. Robert sprach mit Martin Jordan, seinem Diener, der neben Mike auf dem Kutschbock sitzen sollte, und Robert sagte, er solle ein bißchen beiseite rücken und auch für ihn Platz lassen, damit er die Gegend sehen könne, die ihm zum größten Teil unbekannt war. Er war sehr heiter gestimmt an diesem Morgen, offenbar gar nicht so ängstlich wie sie.

Maurice sah besorgt und müde aus, als er rasch um die Kutsche herumging und überprüfte, wie das Gepäck verstaut war, und Biddy half, die Hutschachteln so unterzubringen, daß noch Platz für die Füße blieb. Im Dunkel der Halle stand Sophie mit einemmal neben Louise, zog sie am Ärmel und sagte nervös:

»Komm einen Augenblick ins Wohnzimmer. Ohne dich können sie nicht abfahren. Wir haben noch Zeit.«

Die Dämmerung brach an, überzog die vergoldeten Spiegel mit einem schwachen Grau und machte die Umrisse der Sofas und Sessel und die geschweiften Beine der Wandtischchen und des großen, langen Tisches mit der Marmorplatte, auf dem des Abends immer Wein kredenzt wurde, sichtbar. Sie nahm das alles noch einmal in sich auf, unerquicklich und kalt in dem trüben Licht, dann drehte sie sich zu Sophie um und fragte:

»Was gibt es denn, Grand-mère?«

Nie zuvor hatte sie Sophie so gesehen. Ihr Mund war schmerzhaft verzogen, mit den zarten Händen umklammerte sie immer noch Louises Arm und hielt ihn so fest, daß Louise ihre Finger durch die dicke Wolle des

Umhangs spürte. Die Wohnzimmertür stand offen, und sie hörte Leute durch die Halle gehen, eilige Schritte, Stimmen, die Befehle gaben, alles, um Robert und sie loszuwerden und dorthin zu bringen, wo sie für niemanden mehr eine Bedrohung wären. Louise streckte plötzlich die Arme aus und drückte ihre Großmutter an sich, was sie bisher nie gewagt hatte, hielt sie ganz fest und hörte die angstvolle Stimme ihr ins Ohr sagen:

»Laß nicht zu, daß sie dich mit jemandem verheiraten, den du nicht liebst. Laß dich nicht von ihnen verschachern oder verraten. Was immer auch geschieht, heirate nicht, um ihnen gefällig zu sein.«

»Wer sind *sie*?«

»Die ganzen Verwandten, vor allem Charlotte. Sie werden versuchen, dich dazu zu bringen, daß du dir minderwertig vorkommst. Höre nicht darauf, versprich es mir.«

»Ja, ja, natürlich.«

»Ich kenne ihre Art sehr gut. Cousine Charlotte ist annähernd in meinem Alter, aber wir haben uns nie leiden können.«

»Warum muß ich dann zu ihr gehen?«

»Sie hat dein Vermögen. Sie ist verpflichtet, dich aufzunehmen.«

»Weiß Robert über sie Bescheid?«

»Männer brauchen nicht zu wissen, was Frauen wissen. Du bist verständiger als Robert. Wirst du an das denken, was ich dir sage?«

»Ja, ich werde daran denken.«

»Und du mußt deinen Ehemann bestimmt gesehen haben, ehe du dich bereit erklärst, ihn zu heiraten. Du darfst keinen nehmen, den du nie gesehen hast.«

»Ja.«

»Und es muß jemand sein, den du gern magst, nicht nur jemand, den du respektierst. Wie kann ich es dir klarmachen? Männer sind manchmal sehr schwer von

Begriff. Wenn du an einen solchen gerätst, mußt du ihn dazu bringen, daß er dich respektiert und dich auf deine Weise leben läßt.«

»Das verstehe ich nicht. Wie kann ich das tun?«

»Sie warten jetzt auf dich. Es ist Zeit, daß wir gehen. Heirate aus Liebe. Heirate einen Freund.«

»Ich will überhaupt nicht heiraten«, sagte die arme Louise, die endlich zu verstehen begann, was Sophie ihr klarmachen wollte.

»Natürlich wirst du heiraten. Das tun alle. Ich werde dir schreiben. Jetzt kommen sie – leb wohl, mein liebes Kind. Werde glücklich.«

Sophie schob sie aus dem Zimmer zur Haustür, wo es plötzlich sehr still geworden war, obwohl eine Menge Leute sich draußen versammelt hatten, Dienstboten und Pächter aus den nahegelegenen Katen.

Die Kutschentür stand offen. Pater Burke saß schon drinnen. Louise sah seine langen Beine in schwarzen Strümpfen, ausgestreckt über die ganze Breite des Kutschenbodens. Dann drängten alle sie plötzlich zur Kutsche, die Leute winkten und riefen, einige weinten, es gab eine lange, durchdringende Wehklage, und eine Stimme rief: »Die Wildgänse fliegen!« Maurice umarmte sie, jetzt unverhüllt weinend, sogar Fanny sah traurig aus, und die kleinen Jungen umklammerten ihre Hände und wollten wissen, wann sie wiederkomme. Biddy kauerte sich soweit wie möglich in ihre Ecke, um einen letzten, herzzerreißenden Blick auf ihre Mutter zu vermeiden. Als sich die Kutsche ächzend in Bewegung setzte, lief Sophie einen Schritt hinter ihr her, sie lief tatsächlich und sagte:

»Louise, denke an das, was ich gesagt habe!«

Dann fuhren sie die lange Allee entlang und ließen ihre ganze Welt hinter sich.

5

Das Haus der O'Connells in Kerry war ein seltsames, düsteres Anwesen. Es war teilweise um einen kopfsteingepflasterten Hof gebaut, auf den die meisten Zimmer hinausgingen, so daß das ganze Haus dunkel und geheimnisvoll erschien. Die Wandtäfelungen und die hohen, schmalen Fenster schluckten das letzte Licht. Man ging in ein Zimmer, glaubte allein zu sein, und plötzlich kam eine Stimme aus einer Ecke, wo jemand saß und auf einen wartete, so schien es jedenfalls. Etwas anderes taten sie mit Sicherheit nicht, dachte Louise verzweifelt, nachdem sie am ersten Tag zu verschiedenen Zeiten auf diese Weise von drei alten Leuten angesprochen worden war. Sie konnte nicht einmal feststellen, ob es Männer oder Frauen waren. Sie hatten alle tiefe Stimmen und trugen alle lange Röcke, und sie schlüpften aus dem Zimmer, nachdem sie ihr in altmodischem Englisch Glück gewünscht hatten und Louise mit dem Gefühl zurückließen, sie aus einem geschätzten Zufluchtsort vertrieben zu haben.

Der vierte Tag ihrer Fahrt von Galway hatte die Briens spät am Abend, nach Einbruch der Dunkelheit, in ein raunendes Haus gebracht, wo Louise sofort eiligst nach oben in ein großes, kaltes Schlafzimmer geführt wurde. Ein unzivilisiert aussehender Diener brachte ein Abendbrottablett und wartete ihr auf, während sie aß, reichte ihr mit schmutzigen Händen Dinge, von denen er glaubte, daß sie sie brauche, und schwatzte gleichzeitig über die Schulter mit Biddy auf Irisch. Als sie fertig war, half Biddy ihr in das altertümliche Himmelbett, aß dann selbst zu Abend und legte sich schließlich neben sie. Die beiden Mädchen lauschten, eng umschlungen in der undurchdringlichen Dunkelheit, schliefen aber sehr bald ein.

Als Louise am nächsten Morgen hinunterging, fand sie

nur die alten Leute. Später kamen und gingen verschiedene Angehörige des Haushalts, zum Ausgehen gekleidet, Pferde tänzelten an den Türen und scharrten auf dem Kopfsteinpflaster des Kutschhofes, offenbar ebenso rastlos wie ihre Besitzer. Sie sah Robert, aber er verschwand fast sofort, und Pater Burke war überhaupt nicht zu erblicken. Etwas später läutete dann jedoch eine Glocke, und als sie dem Klang sowie den schlurfenden Schritten der alten Leute folgte, fand sie ihn im Eßzimmer, wo er die Messe las.

Den ganzen Vormittag über eilten Dienstboten geschäftig hin und her, als hätte Louises Großmutter ein wachsames Auge auf sie, sie wienerten und putzten und unterhielten gewaltige Torffeuer in den Wohnräumen. Mittags machte sie mit Biddy einen Spaziergang über grasbedeckte Hügel und kam zum Atlantischen Ozean, nur ein paar hundert Schritt vom Haus entfernt. Auf einem Pfad oberhalb des Ufers gelangten sie zu einem landumschlossenen Hafen mit undurchsichtig blauem Wasser, geschützt vor dem heftigen Januarwind durch eine schwarze Felswand, auf deren Gipfel spärliches Gras wuchs. Davor hörte sich das Meer wie Donner an. Wellen mit weißen Schaumkronen rauschten heran, der Schaum zersprühte zu dunstiger Gischt, und ehe jede Welle krachend ans Ufer schlug, herrschte eine Sekunde lang entsetzliche Stille.

Louise blickte voll Grauen auf das grau-grüne Wasser des Ozeans außerhalb des Hafens. Dunst hing über dem Horizont, der in verschiedenen Abstufungen von Weiß und Grau mit dem weißen Himmel verschmolz. Morgen, vielleicht sogar noch heute, würde sie sich auf diesem erschreckenden Meer einschiffen müssen und wochenlang von den vier Winden hin- und hergeworfen werden, ehe sie die Gestade Frankreichs erreichten. Völlig unerwartet tauchte Fannys hämisch lächelndes Gesicht vor ihr auf, der Seitenblick aus Augenschlitzen, der verkniffene Mund, der Wut und Verachtung ausdrückte. Zu ihr zurückzugehen kam nicht in Frage. Sie konnte Fannys schrille Stimme sagen hören: »Die große Welt war also letztlich doch nicht allzu einladend, Miss Grandeur.« So hatte sie Louise in der letzten Zeit tituliert. Maurice hatte es natürlich nie gehört, und Louise konnte es nicht über sich bringen, sich bei ihm zu beschweren. Als sie an seine treuen Hundeaugen dachte, die sie schweigend anflehten, Frieden zu halten, wurde sie von einer Welle unvermittelter Zuneigung zu ihm überflutet. Als sie zu dem Pfad zurückgingen, sagte Biddy:

»Sie haben Angst vor dem Meer, Miss Louise.«

»Ja.«

»Sie waren noch nie auf See, darum. Meine Onkel in Carraroe haben große Boote, groß genug, um einen nach Amerika zu bringen. Es heißt, der heilige Brandanus sei vor langer Zeit in einem ebenso gebauten Boot da hingefahren. Wenn wir nach Frankreich fahren, wird das Schiff sogar noch größer sein. Wir werden es gemütlich und warm darin haben, und schließlich und endlich gibt es keine andere Möglichkeit, nach Frankreich zu kommen.«

Später am Tag faßte Louise wieder etwas Mut. Das Mittagessen war um vier Uhr, und Biddy brachte sie so schnell weg, damit sie sich ausruhe, daß alles, woran sie sich erinnerte, eine Menge geschäftiger, selbstsicherer Menschen war, die in raschem Irisch schwatzten; Dutzende von ihnen gingen ein und aus, und mindestens vierzig von ihnen setzten sich zu Tisch. Es war unmöglich, die Gesichter und Namen zu entwirren, und beim Nachtmahl stellte sie fest, daß sie wieder von neuem bekanntgemacht werden mußte. Da waren alle Lebensalter vertreten, fast alle waren miteinander verwandt, und annähernd alle hießen O'Connell. Zusätzlich verwirrend war die Tatsache, daß die Frauen ihre Namen nicht gewechselt hatten, als sie heirateten, so daß Louise die Ehemänner und Ehefrauen nicht richtig einander zuordnen konnte. Da war ein hochgewachsener, knochiger Hauslehrer und einige schlau aussehende Kinder, die aber den Blick zuerst nur auf die Älteren richteten und später aus dem Zimmer huschten, um mit ihren eigenen geheimen Beschäftigungen fortzufahren.

Mehrere scharf beobachtende Onkel und Tanten, wahrscheinlich diejenigen, die vorher im Haus herumgeschlichen waren, hatten die Ehrenplätze am oberen Ende des beleuchteten Tisches inne und saßen auf geschnitzten Eichenstühlen. Seit Beginn der Mahlzeit bombardierten sie Louise mit Fragen und beugten sich eifrig vor, um sie zu beobachten, wenn sie antwortete. Sie sprachen auch mit Robert, aber Louise schien sie am meisten zu interessieren. Am Ende der herzhaften Mahlzeit, als große Schalen mit Orangen auf die Mitte des Tisches gestellt wurden, erhob die älteste der Frauen die Stimme und rief:

»Nun ja! Wenn Sie nach Paris gehen, werden Sie nach Irland gefragt werden. Was werden Sie sagen?«

Alle Blicke richteten sich zuerst auf Robert und dann auf Louise. Als Robert schwieg, stammelte Louise:

»Daß es arm ist. Daß die Menschen hungern.«

Wütende lange Finger stießen von allen Seiten auf sie zu, und harsche Stimmen gellten:

»Das wird ihnen gleichgültig sein. Die Leute, mit denen Sie Umgang haben werden, sind alle reich. Sie werden Sie über Politik, Volksvertretung, Erschließung, Besteuerung, das Heer, die Grundbesitzer, über Straßen und Brücken, Pferde und Rinder und Schafe, über den Wollhandel, Leinen und Leder, die Gesetze gegen Katholiken, die Gesetze über Land und Erziehung befragen. Was werden Sie darüber sagen?«

»Ich werde sagen, die Gesetze seien nicht mehr so schlimm, wie sie waren. Ich werde sagen, einige könne man umgehen. Ich werde sagen, sie werden nicht alle durchgeführt. Ich werde sagen, die Amerikaner werden uns zu Hilfe kommen, wenn sie selbst die Unabhängigkeit erlangen, und wir werden bald Freihandel haben. Ich werde sagen, daß bessere Zeiten kommen.«

»Unsinn, Mädchen!« Das war eine andere alte Frau. »Das ist es nicht, was gesagt werden muß. Sie werden antworten, wenn das wahr wäre, brauchte Ihr Bruder nicht das Land zu verlassen, um zu studieren. Sie werden fragen, wie es in Dublin ist. Sie werden sagen, Sie sprechen nur für Connaught, und das ist eine rückständige Gegend, wie jedermann weiß. Und sie werden sagen, wenn die Zeiten so viel besser sind, dann sei es nicht nötig, daß der König von Frankreich uns eine Armee schicke, um uns von unseren Tyrannen zu befreien, wie er es für Amerika tut.« Das rief bei einigen der Männer ein Murren hervor, und dann begannen sie alle auf einmal:

»Sie werden bessere Antworten als diese parat haben müssen.«

»Sie werden Geschichtskenntnisse haben müssen.«

»Sie werden daran denken müssen, daß Sie ein Botschafter Ihres Landes sind.«

»Sie werden alle guten Iren in Paris aufspüren und ihnen sagen müssen, sie sollten sich mit ihrer Hilfe beeilen, den König immer wieder bitten...«

Die Stimmen waren wie Hundegekläff ringsum. Tränen verschleierten Louises Augen, und ihr Gesicht wurde heiß, während ihr Herz vor Ärger und Erregung rasch schlug. In ihrer Verzweiflung sah sie Pater Burke hilfesuchend an, aber er setzte wieder die Miene enttäuschter Betrübnis auf, die sie so gut kannte und die bedeutete, sie habe bei einer Lektion versagt, die zu lernen sie durchaus Gelegenheit gehabt habe. Tatsächlich sagte er mit schwerer Stimme:

»Ich werde ihr erklären, was sie sagen soll, und ehe ich

nicht sicher bin, daß sie es weiß, können Sie beruhigt sein, daß sie nichts sagen wird.«

»Sehr gut«, erwiderten sie. »Sie könnte viel Schaden anrichten mit ihrer Redeweise und wenn sie so hübsch und vornehm aussieht und dabei direkt aus Irland kommt, wo wir alle angeblich am Ende sind.«

Das rief ein lautes, gackerndes Gelächter hervor, und etwa fünfundzwanzig von ihnen hoben ihre Gläser und tranken auf Irland, in jedem Glas die besten der guten französischen Weine. Den Trinkspruch brachte ein kräftiger Mann mit groben Gesichtszügen aus, der Morgan O'Connell hieß, am oberen Ende des Tisches saß und der Vater eines Teils der Sippe zu sein schien. Plötzlich hörte sie sich laut sagen:

»So wahr mir Gott helfe, ich werde nur die Wahrheit sagen, nämlich, daß die O'Connells wie Könige leben. Ihnen jedenfalls geht nichts ab.«

Totenstille trat ein. In ihrem Kopf begann es zu hämmern, aber sie zwang sich, die starrenden Blicke zu erwidern. Robert, am anderen Ende des Tisches, traf keine Anstalten, ihr zu Hilfe zu kommen, dabei wußte sie genau, daß er sie gehört hatte. Vorher war er in eine Unterhaltung vertieft gewesen mit einem hochgewachsenen, kräftig gebauten Mann, mehrere Jahre älter als er, der neben ihm saß. Dieser Mann war kurz vor dem Mittagessen gekommen und noch in seiner Reisekleidung. Louise hatte gesehen, daß sein Diener mehrere Koffer die Treppe hinauf in eines der Schlafzimmer brachte, was bedeutete, daß er ein besonderer Gast war. Die meisten Junggesellen wurden in dem langen, kahlen Raum untergebracht, der die Kaserne genannt wurde, wo sie auf Pritschen schliefen, wenn sie nicht ihre eigenen Strohsäcke mitgebracht hatten. Dieser Mann beobachtete sie jetzt, und sie fand, er sehe verständnisvoller aus als die übrigen. Am liebsten wollte sie wegrennen, zu Biddy laufen, die sie ins Bett bringen würde, wo sie sich nach

Herzenslust ausweinen könnte. Weinen? Was für ein Unsinn! Grand-mère würde wütend sein wie jetzt die Damen am Tisch, die beleidigt waren, Worte murmelten, die Louise nicht hören konnte, und entrüstete Laute von sich gaben wie das vom Wind verwehte Gegacker von Hennen. Dann sagte eine alte Frau:

»Die sollte rasch unter die Haube gebracht werden, diese da. Sie ist reif dafür. Wenn sie erst verheiratet ist, wird sie im Handumdrehen ruhiger werden.«

Rauhes Gelächter verletzte ihre Ohren. Wieder sah sie verzweifelt über den Tisch zu Robert, aber er sagte immer noch nichts. Sie spürte, daß ihr eine weitere scharfe Erwiderung auf der Zunge brannte, dann sah sie, daß Roberts Tischgenosse fast unmerklich den Kopf schüttelte, um anzudeuten, daß sie still sein solle. Er blickte zynisch auf die Gesellschaft, die vollen Lippen zu einer dünnen, harten Linie zusammengepreßt. Es waren sehr rote Lippen, sie hatte sie schon bemerkt. Und seine Haut war dunkler als die von allen anderen, als sei er aus einer sonnigen Gegend gekommen. Vor allem waren ihr seine Hände aufgefallen, die rastlos sein Glas drehten, obwohl er sehr wenig trank. Es waren schöne Hände, und er hatte die Angewohnheit, sie gedankenverloren mit gespreizten Fingern auf den Tisch zu legen, als würde er sie selbst bewundern. Trotz seiner breiten Schultern hatte er etwas Unmännliches an sich, das fast unangenehm war und mit dem sanften Blick seiner Augen und seinem Mund zusammenhing. Sie konnte nicht erkennen, ob seine Augen dunkelbraun waren oder hellbraun mit einem Anflug von Grün. Das Kerzenlicht war irreführend. Sein Hemd aus feinem Leinen war mit Spitze besetzt, und obwohl er eine Reise hinter sich hatte, war seine Perücke gelockt und tadellos gepudert, als hätte er sie gerade frisieren lassen. Die Männer von Derrynane trugen ihr Haar natürlich, mit schwarzen Bändern zurückgebunden.

Sie hatte ihn zu lange angestarrt. Sie merkte es plötzlich, und Verlegenheit überflutete sie. Wie hatte sie nur so frei heraussprechen können, auf eine so derbe und ungestüme Weise? Zu Hause hatte sie das nie getan, und selbst wenn es um ihr Leben ginge, könnte sie es jetzt hier nicht wieder tun. Sie hörte Grand-mères Stimme in ihrem Ohr erklingen, als wäre sie im Raum.

»Eine junge Dame erhebt niemals die Stimme in Gesellschaft von Herren. Wenn sie das Mißgeschick hatte, es doch zu tun, sollte sie sich genau merken, wer da ist, denn keiner der Anwesenden wird sie jemals wieder respektieren. Auch später wird sie ihnen aus dem Weg gehen müssen.«

Sie wußte nicht einmal den Namen dieses Mannes. Er war jemand, den die Leute hier bewunderten, wie sich einen Augenblick später zeigte, als er mit leiser, eher zögernder Stimme sagte:

»Es würde nichts schaden, wenn alle Frauen, die am Hof von Frankreich erscheinen, so elegant wie Miss Brien wären.«

Dann wandte er sich direkt an sie: »Wir werden uns in Paris sehen, Cousine.«

Robert fand plötzlich die Sprache wieder und fragte:
»Dann kommen Sie mit uns mit?«
»Noch nicht. Ich werde in ein paar Wochen reisen. Ich muß noch Leute in Irland aufsuchen.«

Dieselbe alte Frau, die gesagt hatte, Louise sollte rasch verheiratet werden, schnaubte verächtlich und sagte:
»Andrew hat tatsächlich ein Auge für Mädchen, je jünger, um so besser.«

Morgan schlug ärgerlich auf den Tisch, und seine Stimme schallte durch den Raum:
»Bessere Manieren, wenn ich bitten darf. Unsere Gäste werden glauben, wir seien nichts als ungehobelte Bauern.«

Genau das dachte Louise. Sie ließen sofort von den

Gästen ab und begannen untereinander eine Debatte darüber, ob Hilfe von Frankreich das sei, was das Land brauche. Louise hätte sich am liebsten die Ohren verstopft vor dem Getöse ihrer arroganten, selbstsicheren Stimmen. Die meisten Frauen waren für eine bewaffnete Rebellion und imstande, die Männer in Grund und Boden zu reden, die offenbar ein ruhiges Leben ohne Zwischenfälle haben wollten. Mehrere der Männer hatten hohe Posten in der österreichischen und der französischen Armee innegehabt, und sie unterstützten die Frauen und sagten, ein paar Schlachten würden beweisen, daß die Iren sehr wohl für sich selbst zu sorgen vermöchten. Morgan O'Connell sagte beschwichtigend:

»Wir werden bald unser eigenes Parlament haben. Immer ein Schritt nach dem anderen. Schlachten sind nicht nötig. Sprecht mit einem alten Soldaten nie über Politik.«

Eine alte Frau sagte wütend:

»Es wird ein Parlament von Protestanten sein, wenn wir es je bekommen, wie ein Parlament von Katzen, das Gesetze für die Mäuse erläßt. Was wir brauchen, ist eine Armee aus Frankreich und eine weitere aus Amerika, dann werden wir die Engländer aus dem Land jagen und es zur Abwechslung für uns haben.«

»Es könnte uns ohne sie erheblich schlechter gehen.«

»Wieso schlechter? Sie haben dem Volk das Rückgrat gebrochen.«

»Noch mehr von dem Gerede, und du wirst am Galgen enden.«

»Das ist Geschwätz von Weibern. Sie bleiben immer gemütlich zu Hause.«

»Sie müssen ihre Toten begraben.«

Während es noch heftig hin und her ging, eilte ein Diener herein und flüsterte Morgan etwas ins Ohr. Dieser stand sofort auf und sagte:

»Das Schiff ist eingelaufen. Der Kapitän ist in diesem Augenblick in der Küche.«

»Welches Schiff? Welches Schiff?«

»Die *Valiant*.«

»Gott sei Dank. Gute Zeiten kommen!«

Morgan sagte zu Pater Burke:

»Eine Gruppe von fünf Leuten soll heute abend noch aus Cork kommen. Morgen werden Sie abfahren. Sie sehen, daß Sie doch nicht lange zu warten brauchten.«

»Wieviele Passagiere werden es sein?« fragte Pater Burke.

»Elf, soviel ich zählen kann, und acht Bediente. Wenn der Wind seine Richtung beibehält, werden Sie in drei oder vier Tagen drüben sein.«

»Wird er das tun?«

»Wer weiß, was der Wind tun wird?«

Er rüttelte jetzt am Haus, ließ die Fenster und Türen klappern, gab einen erstaunlich sanften, klaren Pfeifton von sich, als er um die Ecken fegte, und schickte manchmal einen Schwall von Rauch, der sich im Zimmer ringelte und wirbelte, den Schornstein hinunter. Der scharfe Geruch dieses Rauchs war ein Symbol all dessen, was Louise hinter sich ließ, eine Zivilisation, die so alt war wie die schwarzen Felsen an der kleinen Bucht.

Die Ankündigung, daß das Schiff eingetroffen sei, rief große Aufregung unter den Sippen hervor. Die Frauen begannen über die Ladung zu plaudern, die französischen Brokat und Seide und Spitze und Wein sowie spanischen Branntwein und Orangen und Silber enthalten müßte. Alle standen rasch vom Tisch auf, um in die Küche zu gehen. Pater Burke wartete einen Augenblick, er sah beklommen aus, dann folgte er Robert. Als er an Louises Stuhl vorbeikam, sagte er:

»Mach dir nichts draus, Mädchen. Sie sind gutherzig. Sie meinen es nicht böse.«

Er sah sie gespannt an, und sie wußte, daß er auf ein

Zeichen der Freundschaft hoffte, aber das wollte sie ihm nicht geben. Er hatte sie abscheulich im Stich gelassen vor diesen Piraten. Er seufzte geräuschvoll und wandte sich ab. Der Mann, der Andrew genannt wurde, wartete, bis Burke das Zimmer verlassen hatte, dann sagte er sehr leise:

»Hätten wir mehr Familien wie die O'Connells, wäre das hier ein anderes Land. Sie sind nie unter Druck gesetzt worden, wahrscheinlich, weil ihnen in dieser abgelegenen Gegend niemand etwas anhaben kann. Wenn Sie länger hierblieben, würden Sie sie mögen und Gefallen an ihnen finden.«

»Ich kann mir nicht vorstellen, daß dieser Tag je käme.«

»Sie sind ihnen in mancher Hinsicht ziemlich ähnlich. Sie äußern Ihre Meinung frei.«

»Ich hoffe, ich werde nie eine Meinung wie die ihre zu äußern haben.«

»Ihre Großmutter hat zu hohe Anforderungen an Sie gestellt. Ich werde ihr das sagen, wenn ich sie sehe.«

»Wann? Wann werden Sie sie sehen?«

»Nächste Woche.«

»Oh, bitte erzählen Sie ihr nichts von diesem Abend. Ich wußte nicht, daß Sie sie kennen. Sind Sie schon mal auf Mount Brien gewesen? Ich habe Sie da nie gesehen.«

»Ich war immer nur kurz da. Wir haben uns kennengelernt, als Sie noch ganz klein waren.«

Wie konnte sie ihn vergessen haben? Sie schüttelte den Kopf und versuchte, sich zu erinnern. Er sagte:

»Ich werde ihr nicht erzählen, wie aufgebracht Sie waren. Ich werde nur sagen, Sie haben sich wacker gehalten.«

»Ja, das würde sie gern hören.« Ohne nachzudenken, fügte sie hinzu: »Wir sind am Rand der Welt, am Rand eines Abgrunds. Wenn wir von hier fortsegeln, wird man nie wieder von uns hören. Wir werden einfach im Nichts verschwinden. Wir werden von der Welt herunter in die Hölle fallen.« Sie lachte hysterisch.

»Die O'Connells«, sagte er, »verstehen ihr Geschäft. Die Küste ist so unwirtlich, daß sie gute Schiffe haben müssen, um von hier aus überhaupt Handel treiben zu können. Ich bin so viele Male mit ihnen nach Frankreich und wieder zurück gefahren, daß ich es nicht mehr zählen kann. Soviel ich weiß, fahren sie nicht nach Amerika, aber sie könnten es, wenn sie wollten. Gewöhnlich segle ich von Frankreich aus nach Amerika.«

»Gewöhnlich! Wie oft sind Sie in Amerika gewesen?«

»Viermal. Bald muß ich wieder hinüber. Sie sehen, es ist nicht so entsetzlich, nach Frankreich zu fahren.«

»Was führt Sie nach Amerika?«

»Ich bin Dr. Franklins Bote. In Kinsale sind im Augenblick Hunderte amerikanischer Kriegsgefangener. Ich versuche, sie gegen englische in Amerika auszutauschen. Sie würden verhungern, wenn die Bevölkerung von Cork ihnen nicht Lebensmittel schickte. Dann gehe ich zu verschiedenen Treffpunkten im Süden mit Pässen für Männer, die nach Amerika gehen wollen – sie können ihre Familien mitnehmen und sich dort ansiedeln, wenn sie Lust haben. Den Amerikanern ist das lieber, als wenn sie ins englische Heer eintreten. Ich werbe auch für das amerikanische Heer an.«

»Heutzutage treten sie nicht in die englische Armee ein. Sie wollen nicht nach Amerika geschickt werden, um gegen die Kolonisten zu kämpfen.«

»Haben Sie das in Galway gehört?«

»Ja. Sie schließen sich statt dessen den Freiwilligen an. Sie sagten, wenn sie Gewehre in der Hand haben, können sie sich zusammentun und für Irlands Freiheit kämpfen.«

»Haben Sie nicht Angst bei all diesem Gerede von

Kämpfen? Sie haben doch Angst, nach Frankreich zu segeln.«

»Ich finde es nur sehr aufregend.«

»Was ist mit Robert? Würde er in die amerikanische Armee eintreten?«

»Das ist nur etwas für die armen Leute. Wenn Robert irgendwo eintreten sollte, dann wäre es das Dillon-Regiment, wie meine Onkel.«

»Viele französische Edelleute sind in die amerikanische Armee eingetreten. Was will Robert denn tun?«

»Hat er es Ihnen nicht gesagt? Er soll auf die Universität gehen. Ist das der Grund, warum die O'Connells über uns gelacht haben?«

»Keineswegs. Sie sind rauhbeinig, aber sie halten viel von Bildung. Und wie Pater Burke sagte, sie sind gutherzig.«

Dieses Gespräch, so flüchtig es auch war, tröstete sie in der langen, schlaflosen Nacht. Ehe sie sich früh am nächsten Morgen einschifften, erfuhr sie von Biddy, daß ihr Überschwang eine günstige Auswirkung auf die O'Connells gehabt hatte, die wütend waren, als sie feststellten, daß zwei Mädchen der Reisegesellschaft angehörten. Sie hatten nur mit Robert und Pater Burke gerechnet und davon gesprochen, Louise und Biddy mit Sack und Pack nach Mount Brien zurückzuschicken. Biddy sagte:

»Als Sie ihnen Paroli boten, da konnten sie nicht sagen, Sie seien zu ängstlich, um in See zu stechen, und später hat der Priester die letzten von ihnen niedergeschrien. Er sagte, sie würden sich wahrscheinlich den König von Frankreich zum Feind machen, wenn sie die Cousine von Madame Dillon zurückwiesen, die doch die beste Freundin der Königin sei. Ist das wahr?«

»Ich weiß es nicht. Ja, ich habe es gehört. Grand-mère sagte es.«

»Nun ja, wahr oder falsch, eine alte Frau hörte plötzlich auf zu kreischen und machte den Mund zu, so daß ich dachte, sie hat bestimmt ihre Zunge verschluckt. Aber trotzdem halten Sie besser den Mund. Es wäre eine Schande, jetzt nach Hause geschickt zu werden.«

»Vielleicht werden sie bei diesem Wetter nicht segeln.«

»Sie sind schon bei schlimmerem gesegelt, sagen sie. In der Küche haben sie mit dem Kapitän darüber gesprochen. Es ist so, wie sie es gern haben, keine Küstenwache zu sehen und weit und breit keiner außer ihresgleichen.«

Louise hätte Andrew gern wiedergesehen, aber sie stellte fest, daß er schon sehr früh aufgebrochen war.

Alle im Haus gingen hinunter zum Schiff. Der Himmel war bedeckt mit grauen, dahineilenden Wolken, und der Wind, der heulend durch die kahlen Äste der Eichen rings um das Haus fuhr, schnitt ihnen ins Gesicht. Die alten Leute, eingehüllt in Schals und Kopftücher, gingen auf dem hohen Pfad, der zur Bucht führte, taumelnd voran, so daß es manchmal aussah, als würden sie auf das Ufer hinuntergeweht. Die Masten des kleinen Schiffs waren schon lange zu sehen, ehe sie um die letzte Biegung kamen. Sie schienen in die Luft zu springen, dann seitwärts zu gleiten, bis sie fast außer Sicht waren, ehe sie mit einer stoßartigen Bewegung wieder auftauchten. Ein Schwarm kleiner Boote fuhr mit Ballen und Kisten zwischen dem Schiff und dem Sandstrand hin und her, bevor die Passagiere an Bord gebracht wurden. Dann war das dunkle Wasser entsetzlich nahe, und die Wellen schlugen mit einem häßlichen, dumpfen Getöse ans Boot. In langen, schauerlichen Schwüngen erklommen sie die Brandung und gelangten darüber hinweg, und die beiden Ruderer mit ihren langen Wollmützen sahen sich dauernd um, um sich zu vergewissern, daß sie nicht abgetrieben wurden. Fest eingewickelt in ihren Reiseumhang und die Kapuze übergestülpt, blickte sich auch Louise um und sah das kleine Schiff, das ruckartig an seiner Vertäuung zerrte und in einem wilden Rhythmus stampfte und schlingerte. Eine hölzerne Leiter hing an der Seite für sie bereit. Wie die Ballen von Exportwolle wurden sie irgendwie an Bord gehievt.

Während der Überfahrt nach Frankreich sah Louise die anderen Passagiere kaum. Robert und Pater Burke waren in einer Kabine im Achterschiff mit den Passagieren aus Cork, jungen Männern auf dem Weg zum Irischen Kolleg in Bordeaux. Einmal kam sie an der offenen Tür vorbei, hörte entsetzliches Stöhnen und sah mehrere von ihnen auf ihren Kojen liegen und sich vor Schmerzen krümmen. Auch Biddy war trotz all ihrer Prahlerei schrecklich seekrank und konnte sich nicht aus der winzigen Kabine rühren, die ihnen als den einzigen Frauen an Bord zugestanden worden war. Jetzt hatten sie die Rollen getauscht. Louise war es, die sich den Weg zur Kombüse mittschiffs erkämpfen mußte, wo der Koch zwischen seinen Töpfen eingekeilt war, und dann versuchte, ein wenig Suppe oder Kaffee unverschüttet zurückzubringen.

Das Meer war schiefergrau mit weißen Spitzen, eine schäumende weiße Wüste, so weit das Auge reichte, aber es hatte etwas Berauschendes an sich, das sie liebte. Das laute Knarren des Spantenwerks und das Brausen des Windes in den Segeln wurden für sie erfreuliche, angenehme, natürliche Geräusche. Das Schiff war erschreckend klein, nicht viel größer als das Speisezimmer zu Hause, aber die Mannschaft und der Kapitän waren von einer solchen Gelassenheit, daß sich ihre Ängste nach dem ersten Tag auf See legten. Nachts schlief sie tief und fest und konnte sich nur mühsam aufraffen, wenn Biddys Schreie zu laut wurden, um zu ihr zu gehen und ihr nutzlosen Trost zu spenden, und dann schlief sie gleich wieder ein.

Nach drei Tagen gelangten sie dicht bei Le Havre in

ruhigere Gewässer. Am späten Nachmittag des nächsten Tages sahen sie Land, niedrige Hügel unter dunklen Wolken, dann eine lange Kette von Felsen und schließlich den Hafen voller schwankender Schiffe, die hier vor dem Sturm Zuflucht gesucht hatten. Die Kais waren gesäumt mit Matrosen, die die O'Connells landen sehen wollten, und Verwunderung und Respekt malten sich auf allen Gesichtern. Nach einer kurzen, scheußlichen Fahrt in einem ramponierten Beiboot waren sie dann endlich in Frankreich. Erst als sie dessen sicher war, hob Biddy den Kopf, aber kaum hatte sie festen Boden unter den Füßen, erholte sie sich. Cousine Charlotte hatte eine Kutsche geschickt mit einem Kutscher und sechs Vorreitern, die sie für die Nacht in ein Gasthaus und dann am nächsten Tag nach Paris bringen sollte.

Zweiter Teil

6

Die Rue du Bac war eine lange, schmale, gewundene Straße. Mit den vergitterten Fenstern und den geschlossenen zweiflügeligen Toren sahen alle Häuser ausgesprochen abweisend aus. Der Kutscher hämmerte mit der Faust an Cousine Charlottes Tor, und nach einer gellenden Beratung mit jemandem drinnen wurde es geöffnet, und die Kutsche fuhr auf einen langen kopfsteingepflasterten Hof mit Gebäuden auf beiden Seiten. Als Louise aus der Kutsche stieg, sah sie, daß hinter diesem Hof ein zweiter lag, eine Art Garten mit ein paar Bäumen und Pflanzen in Kübeln. Ein Diener kam aus dem Haus, führte eine laute, offenbar unfreundliche Unterhaltung mit dem Kutscher und geleitete sie dann widerwillig ins Haus.

Drinnen war es besser, eine große, quadratische, fliesenbelegte Halle mit einem gemauerten Kaminsims und einer hinter einem Korridor gerade noch sichtbaren Treppe. In einem eiskalten Raum links von der Halle, dessen Fenster auf die Straße gingen, ließ man sie warten. Pater Burke schien plötzlich doppelt so groß geworden zu sein, er stand verlegen mitten im Zimmer, offenbar zu aufgeregt, um sich auf einen der unbequemen kleinen Stühle zu setzen. Biddy und Martin Jordan standen an der Tür, beide mit mißtrauischer Miene, als ob sie fürchteten, jemand würde das persönliche Gepäck ihrer Herrschaft, das zu ihren Füßen aufgestapelt war, ergreifen und damit wegrennen. Die großen Reisekoffer wurden von Dienern des Hauses abgeladen, wie sich aus verschiedenen dumpfen Schlägen und Rufen aus der Halle entnehmen ließ.

»Riecht mal diese Luft«, sagte Pater Burke leise, und seine Stimme bebte. »Nichts kommt der Luft von Paris gleich.«

»Das will ich glauben«, sagte Louise und rümpfte angewidert die Nase. Es war eine Mischung von Ausdünstungen des Flusses und schlechter Kanalisation, die ihr noch unvertraut war und nicht im entferntesten an die Gerüche daheim erinnerte. Pater Burke sagte besorgt:

»Du darfst nichts Abfälliges sagen – die Franzosen lieben Paris, du darfst kein Wort sagen.«

»Natürlich nicht, warum sollte ich?«

»Sei vorsichtig, Mädchen. Es ist eine verruchte Stadt. Hier gibt es Leute, die alles leugnen und bestreiten werden, was ich dir gesagt habe. Oh, eine verruchte, wirklich verruchte Stadt!«

Aber er sagte es in einem solchen Ton der Bewunderung und wehmütigen Hochachtung, daß es ihr schwer fiel, nicht zu lachen. Obwohl er zwei Jahre in ihrem Haus gelebt und sie tagtäglich unterrichtet hatte, kam es ihr jetzt so vor, als würde sie ihn kaum kennen. Sie war froh, von ihm wegzukommen. Er hatte sie oft in Angst und Schrecken versetzt mit seinen plötzlichen Ausbrüchen von schlechter Laune, wenn er sie und Robert für Stunden mit irgendeiner gewaltigen Aufgabe eingesperrt hatte, um sie zu beschäftigen. An derlei unerfreuliche Dinge würde sie sich vor allem erinnern. Robert hörte ihrem Gespräch kaum zu, er saß seitlich auf seinem Stuhl, und seine Hände zuckten vor Ungeduld. Jetzt sagte er:

»Was für ein Willkommen! Wo sind denn diese Verwandten von uns? Könnt ihr euch vorstellen, wie es wäre, wenn sie nach Mount Brien kämen?«

»Nun, nun, die Damen haben wahrscheinlich irgendwelche wichtigen Dinge zu erledigen. Sie leben nicht so wie wir.«

»Offenbar.«

»Seid still, ihr beiden. Wir sind Gäste in diesem Haus.«

»Davon merke ich nichts. Wir behandeln unsere Gäste nicht so. Sie können sich darauf verlassen, daß ich sie nach diesem Empfang nicht sehr oft wieder belästigen werde.«

Aber dann waren die beiden still, und der Priester ging zum Fenster und schaute hinaus, und sein gewaltiger Rücken sperrte das halbe Licht aus. Es dauerte noch eine Viertelstunde, bis derselbe Diener wiederkam und sie nach oben zu Cousine Charlotte führte.

Sie saß am Ende eines langen Salons neben einem hohen Ofen, der eine angenehme Wärme ausstrahlte. Während sie sprach, hatte sie ein halb fertiges Stück Tapisserie auf dem Schoß. Zuerst glaubte Louise, sie sei gelähmt, denn sie machte keine Anstalten, aufzustehen, sondern streckte die rechte Hand aus, die an einem langen, schlaffen Arm hing, damit Robert und Pater Burke sie küßten. Louise knickste, wie Grand-mère es sie gelehrt hatte, und zum erstenmal hörte sie Cousine Charlottes spöttisches Lachen, das ihr später so vertraut werden sollte wie das Gackern der Hühner daheim.

»Ach ja«, sagte sie, »altmodische Manieren. Ich sehe, daß da viel getan werden muß. Teresa!«

Das Mädchen, das etwas abseits von seiner Mutter saß, stand auf, trat einen Schritt vor, machte einen tiefen, gemessenen Knicks und setzte sich schweigend wieder hin. Louise knickste noch einmal, diesmal so unsicher, daß sie in Gefahr war, zu stolpern und der ganzen Gesellschaft zu Füßen zu fallen. Robert kam ihr zu Hilfe und sagte:

»Meine Schwester ist müde – wir alle sind müde. Wir

hatten eine schreckliche Seereise. Vielen Dank für die Kutsche.«

»Ach ja. Und wie geht es Cousine Sophie? Und Ihrem Vater?«

»Sehr gut. Wir haben Briefe von ihnen mitgebracht.«

»Ich werde sie später lesen. Jetzt wird jemand Sie zu Ihrer Unterkunft bringen. Umarmen Sie Ihre Schwester.«

»Robert!«

Natürlich verließ er sie. Sie fühlte sich einer Ohnmacht nahe wie voriges Jahr in der Frühmesse. Wie seltsam, daß sie sich so fühlte bei dem Gedanken, allein bei Cousine Charlotte zu bleiben, nachdem sie während der Seereise kein einziges Mal schwach geworden war.

Im Nu waren Robert und Pater Burke fort. Sie stand an der Tür des Salons und sah sie rasch die Treppe hinunter und hinaus in den Hof gehen. Sie hätte nicht zur Tür laufen sollen. Sie hörte, wie sich die schwere, mit Leder gepolsterte Haustür mit einem leisen, gedämpften Ton schloß. Sie wartete, unhöflicherweise, aber sie hörte die Kutsche nicht abfahren. Es blieb ihr nichts anderes übrig, als sich abzuwenden.

Dann brachten Bediente sie und Biddy in ein Schlafzimmer im zweiten Stock über dem Empfangsraum, in dem sie zuerst gewartet hatten. Hier war dieser seltsame Geruch noch stärker, man konnte ihn fast schmecken, und er wurde verstärkt durch den staubigen Geruch von altem Brokat und Aubusson-Teppichen wie dem in Grand-mères Schlafzimmer.

Biddy wartete, bis die französischen Diener das Zimmer verlassen hatten, dann ging sie schnell hinüber und öffnete eines der hohen Fenster. Die frische Luft, die hereinströmte, brachte die ungewohnten Straßengeräusche mit sich, das Klappern von Holzschuhen, das Trappeln von Pferden, das schwere Rasseln von Kutschenrädern auf Pflastersteinen und die Rufe der Kutscher.

Louise rannte zum Fenster, um hinauszuschauen. Jetzt verstand sie Pater Burkes Begeisterung. Sie drehte sich rasch um und sagte:

»Biddy! Pack die Koffer aus und nimm alles heraus. Wir müssen gleich so tun, als wären wir hier zu Hause.«

»Zu Hause! Was hat diese Dame gesagt?«

»Sie fragte, wie es meinem Vater und meiner Großmutter gehe.«

»Es klang mir nicht so.«

»Denke jetzt an Grand-mères Anweisungen. Wir müssen uns der Lebensweise hier anpassen. Das hat sie gesagt, erinnerst du dich?« Biddy nickte unsicher. »Es ist eine wunderbare Stadt. Spürst du das nicht? Haben wir nicht Glück, daß wir hier sind? Schau mal, diese Tür muß zum Vorraum gehen, und hier ist dein Bett, und es gibt viele Schränke, und dein Fenster geht auf meinen Balkon. Jetzt werden wir alle Kleider auspacken und aufhängen. Ich helfe dir, dann sind wir fertig, ehe es dunkel wird.«

Biddy begann etwas weniger trübselig auszusehen, aber kaum hatten sie das erste Kleid herausgenommen, als an der Tür geklopft wurde und Teresa hereinkam, hinter ihr eine Bediente mittleren Alters, die Louise schon unten gesehen hatte. Teresa sagte:

»Ich habe meine Catherine mitgebracht, damit sie Ihrem Mädchen hilft.«

Catherine stieß einen Entsetzensschrei aus, als sie Louise mit einem Kleid auf dem Arm sah. Sie rannte auf sie zu und entriß es ihr, dann scheuchte sie Biddy ins Nebenzimmer, dabei gluckste und zirpte sie wie eine erschreckte Henne und knallte die Tür zu. Louise wollte ihr folgen, denn sie fürchtete, Biddy könnte sich ängstigen, aber Teresa sagte:

»Lassen Sie sie nur. Catherine war bestürzt, als sie sah, daß Sie Ihre Kleider selbst in die Hand genommen haben, weiter ist es nichts. Sie wird Ihrem Mädchen alles zeigen. Wie heißt sie?«

»Biddy – Bridget.«

»Wie komisch das klingt. Jetzt setzen Sie sich und unterhalten Sie sich mit mir. Im Salon konnte ich nichts zu Ihnen sagen, als Mama da war.«

»Habe ich sehr verängstigt ausgesehen?«

»Ja, aber ich weiß, wie es ist, durch diesen langen Raum gehen zu müssen. Mama hat es absichtlich so eingerichtet, um zu sehen, wie Sie es machen. Wie alt sind Sie?«

»Sechzehn.«

»Als Sie gegangen waren, sagte Mama, Sie sähen älter aus. Sie sagte, in einem Jahr würden Sie Aufsehen erregen. Machen Sie kein so betrübtes Gesicht. Ich wünschte, sie würde so etwas von mir sagen. Besser, Aufsehen zu erregen als übersehen zu werden. Blondinen sind jetzt in Mode, und Sie brauchen sich das Haar nicht zu pudern. Pudert man sich in Irland das Haar?«

»Diejenigen, die in Frankreich waren.«

»Leben viele Franzosen in Irland?«

»Nicht viele.«

Teresa lächelte so freundlich, daß es Louise hätte irreführen können, aber sie sah etwas Diabolisches in Teresas Augen – einen bösen, kalten Blick, der in seiner Feindseligkeit unmißverständlich war. Die Fähigkeit, Aufrichtigkeit von Falschheit zu unterscheiden, dachte sie, war ihr einziger Schutz, ihre einzige verläßliche Stütze in diesem Haus von Dieben. Das Gerede von gepudertem Haar, die überschwengliche Umarmung, als sie ging, die kätzchenhafte Art, mit der Teresa den Kopf hielt – lauter durchsichtige Täuschungen. Ihr verdrossener Ton, wenn sie von ihrer Mutter sprach, war das einzige, was aufrichtig klang.

Als Biddy ihr am nächsten Morgen um sieben Uhr Kaffee brachte, sagte sie, Pater Burke warte nebenan in dem kleinen Wohnzimmer auf sie. Sie zog eilig ein lose sitzendes Kleid an, von dem Grand-mère gesagt hatte, es werde für vormittags in Paris geeignet sein, und mit nur halb gebürstetem Haar rannte sie zu ihm, da sie nicht wußte, welches Unglück ihn so früh hergeführt hatte. Er saß am Tisch, eine Reihe Bücher und Papiere vor sich, blätterte Seiten um und machte Notizen in einem kleinen Heft, das er in der linken Hand hielt. Er blickte auf und sagte:

»Spät wie üblich. Schon nimmst du schlechte Gewohnheiten an. Du bist früh zu Bett gegangen, bist zum Essen nicht heruntergekommen, wie ich höre.«

»Ich wußte nicht, daß Sie kommen – ich war so müde, die lange Fahrt gestern und die Aufregung, ich konnte nicht schlafen...«

»Ausreden, Ausreden. Wann wirst du lernen, dich nicht zu rechtfertigen? Setz dich. Es ist schon genug Zeit vertan worden. Hier ist also deine Geometrie. Du wirst nichts als Unsinn in deinem albernen Kopf haben. Geometrie ist das beste Heilmittel dafür. Euklid, das ganze. Fang wieder von Anfang an. Arbeite wieder alle Beweise und Schnitte aus. Du wirst sie inzwischen wohl alle vergessen haben. Diese leichtfertigen Frauen werden ihr möglichstes tun, um dir alles auszutreiben, was zu erinnern du Verstand genug hast. Da ist deine Algebra. Die Logik der Algebra kann man unmöglich vergessen. Stell dir zuerst eine Reihe von Gleichungen zweiten Grades zusammen und geh von da aus weiter. Löse alle Aufgaben. Ich habe dir ein neues Heft dafür mitgebracht, und denke dran, sie in Ordnung zu halten, und daß das Heft sauber bleibt. Ich werde sie alle durchsehen, wenn ich zurückkomme.«

Sie fragte eingeschüchtert: »Wohin gehen Sie?«

»Nach Bordeaux natürlich, und du brauchst nicht so erfreut auszusehen. Es ist nicht sehr weit. Ich könnte es mir jederzeit einfallen lassen, nach Paris zu kommen, um zu sehen, ob du auch arbeitest. Jetzt das Latein. Bei Vergil hast du es gut gemacht. Ich habe die Stellen angekreuzt, die du auswendig lernen sollst, und vergiß nicht, den Rhythmus genau einzuhalten. Du mußt sie laut aufsagen, auch wenn ich nicht hier bin, sonst machst du es nicht richtig. Und denke darüber nach, was du sagst, sonst könnte es auch ein Eselsschrei sein. Es sind schöne Texte, wirklich schön. Dann die Briefe von Plinius. Du kannst alle seine Briefe an den Kaiser Trajan ins Französische übersetzen. Das wird auch für dein Französisch gut sein.«

»Wieviele Briefe hat Plinius an Trajan geschrieben?«

»Eine Menge. Genug, um dich in Trab zu halten. Und Latein ist das Schönste, was je geschrieben wurde, was immer die Leute sagen mögen. Vergiß das nicht, wenn du daran arbeitest. Du kannst mir jeden Monat einen Brief auf Lateinisch schreiben, im Stil von Plinius, und mir über Paris berichten. Vielleicht solltest du auch einige der Briefe auswendig lernen – aber ich glaube, du würdest deine Zeit besser anwenden, wenn du statt dessen einige französische Sonette lernst. Ja, das wäre besser. Warte mal, hier ist das Buch. Hier ist ein wunderschönes: *Quand vous serez bien vieille, le soir à la chandelle.*« Er starrte sie plötzlich mit gesenktem und schräggelegtem Kopf an, das Gesicht halb im Schatten. »Du findest, das sei zu viel? Du findest, dafür seist du nicht hergekommen? Vergiß nicht, du bist noch ein Kind. Diese feinen Verwandten von dir werden dich verderben, wenn sie können, mit ihren Bällen und ihren Hofhaltungen und ihren Opern und ihren Theatern und allem möglichen Tun und Treiben. Paris ist eine verruchte Stadt, eine wirklich verruchte Stadt.«

»Ich dachte, Sie sagten, es sei eine wundervolle Stadt.«

»Das sagte ich, das sagte ich, verrucht und wundervoll«, und er seufzte tief.

»Was werden Sie in Bordeaux tun?«

»Ich habe meinen Pfarrbezirk, und ich werde die Studenten im irischen Kolleg in Latein unterrichten.«

»Ist Bordeaux eine verruchte Stadt?«

»Reichlich verrucht. Nun genug davon. Hast du verstanden, was du zu tun hast? Sie werden dich für den Sommer in eines ihrer schönen Landhäuser mitnehmen, vielleicht im Mai, vielleicht früher, aber du wirst deine Arbeit haben. Du brauchst dich nicht überall mit ihnen herumzutreiben, wo immer sie auch hingehen. Du kannst sagen, du hast zu tun.«

»Cousine Charlotte wird mir das Pariser Benehmen beibringen und mich nach Versailles mitnehmen und bei Hofe einführen.«

»Und was hast du davon, Miss? Du mußt der Versuchung Widerstand leisten, wie wir alle.«

»Wie kann ich es verhindern? Wenn sie sagen, ich soll mitgehen, was kann ich da tun?«

»Schon gut, schon gut, weine doch nicht. Natürlich mußt du tun, was du geheißen wirst. Aber wenn du weißt, daß du nicht mitgehen solltest, kannst du immer sagen, du habest zu arbeiten. Kannst du mir folgen?« Er schloß ein Auge mit einem langsamen, kräftigen Zwinkern, das andere sah sie bedeutungsvoll und rollend an, so daß sie kichern mußte. »So ist es besser. Nun sei ein braves Mädchen. Gott hat dir diesen guten Verstand nicht umsonst verliehen. Ich will nicht schuld sein, daß aus dir ein Dummkopf wird. Schon gut, schon gut. Als ich in deines Vaters Haus kam, wußte ich, daß es nicht für lange sein würde. Mehrmals war gesagt worden, daß ich zu meiner Arbeit in Bordeaux zurückkehren sollte und ihr nach Paris gehen würdet. Ja, alles war klipp und klar.«

Er stand mit einem Ruck auf, stürzte zum Fenster und schaute hinaus, zog ein riesiges Taschentuch heraus und schneuzte sich so heftig, daß es wie ein Trompetenstoß klang. Louise blieb sitzen, beobachtete ihn und wußte nicht, was sie sagen sollte. Nach einer Minute drehte er sich um und sah sie wieder an. »Dein Bruder hat gesagt, er werde jeden Tag kommen. Ich glaube, er hat Gefallen gefunden an seiner Cousine – er hat ihr gestern schmachtende Blicke zugeworfen. Ich habe ihn gewarnt, er solle vorsichtig sein. Sie werden auf etwas Besseres als ihn hoffen für das Mädchen. Sie haben schon jemanden im Sinn. Es ist, glaube ich, sogar schon alles abgemacht. Du kannst dein Wort dem meinen hinzufügen, wenn du merkst, wie der Wind weht. Du weißt nicht, wovon ich spreche. Wie könntest du auch? Du bist noch ein Kind.«

»Ich bin kein Kind. Grand-mère hat uns gesagt, daß Teresa verlobt ist.«

»Um Gottes willen, weine nicht, Mädchen. Woher hast du diese häßliche Angewohnheit? Ich will dich nicht beleidigen. Ich wünschte nur, ich müßte dich nicht bei dieser Schlangenbrut zurücklassen...«

»Schlangenbrut! Wie können Sie das sagen? Cousine Charlotte bemüht sich offenbar, freundlich zu sein.«

»Schon gut, schon gut, wir dürfen darüber nicht urteilen. Aber sei vorsichtig. Vergiß meine Warnungen nicht. Mehr will ich nicht sagen. Jetzt mach dich an die Arbeit. Ich muß sehen, daß du daran bist, ehe ich gehe.«

»Wann gehen Sie?«

»Jetzt, sofort.«

Sie sprang auf und rannte zu ihm, verbarg ihr Gesicht an dem schnupftabakbefleckten Stoff seines Rocks, spürte, wie er die Arme um sie legte und seine Tränen auf ihren Nacken fielen. Dann schob er sie behutsam von sich weg und wandte sich ab, um hinauszugehen, und ehe er die Tür leise schloß, hatte er sich kein einziges Mal umgeschaut.

Sie setzte sich an den Tisch, betrachtete mit leerem Blick die Papiere und Bücher, die ihre Aufgaben waren, und versuchte mit aller Kraft, sich zu beruhigen und das zu verstehen, was er zu ihr gesagt hatte. Unter anderem, daß das Studium der Geometrie einem zu klaren Gedanken verhelfe; und nach einer Weile begann sie daran zu arbeiten, langsam zuerst, dann fand sie wirklich Trost darin, die vertrauten Aufgaben zu lösen. Aber mit einemmal war es um ihre Konzentration geschehen, und lange Zeit saß sie ganz still da, tat nichts und dachte eigentlich auch nichts, als ob sie versuchte, durch irgendeine Zauberei ihren Weg zwischen all den neuen Fallen, die für sie aufgestellt worden waren, zu finden. Grand-mère hatte sie gewarnt. Pater Burke hatte nur bestätigt, was sie schon wußte. Es gab jetzt keinen Zufluchtsort. Enthaltsamkeit und Arbeit waren Pater Burkes Heilmittel für alles. Sie kicherte hysterisch und imitierte sein »Schon gut, schon gut«. Ihre Stimme klang lächerlich in dem leeren Raum.

Erregt stand sie auf und begann auf- und abzugehen, blieb manchmal stehen, um aus dem Fenster zu schauen, oder stand ohne ersichtlichen Grund ein paar Minuten mitten im Zimmer. Das Haus war erfüllt von leisen Geräuschen, Schritte auf dem Korridor waren zu hören, Türen wurden geöffnet und geschlossen, aber niemand kam herein, nicht einmal Biddy. Vielleicht hatte Pater Burke ihr gesagt, sie solle draußen bleiben, oder vielleicht hatten alle sie vergessen, die törichte kleine irische Cousine, die so viel zu lernen hatte. Sie wurde von heftigem Verlangen ergriffen, nach Hause zurückzukehren, zu den Gerüchen und Geräuschen, mit denen sie sich auskannte, zum Landleben mit Pferden und Kühen und Butterbereitung und stillen schwarzen Nächten, in denen nicht einmal ein Vogel schrie.

Schließlich setzte sie sich auf den Sessel, den Pater Burke halb zum Tisch gedreht hatte. Dort fand Teresa sie, als sie um die Mittagszeit kam, lachend und voller Pläne für den Nachmittag. Sie blieb wie angewurzelt auf der Schwelle stehen, dann rannte sie herein, hob Louise hoch, umarmte sie fest, hielt sie dann ein wenig von sich ab, um ihr betrübtes Gesicht zu betrachten, und sagte:

»Dieses Scheusal! Ich hätte es wissen müssen. Was hat er Ihnen angetan? Ich werde Sie nie wieder so lange allein lassen. Und noch dazu an Ihrem ersten Tag. Er hat gesagt, keiner von uns dürfe zu Ihnen gehen.«

»Er hat mir Arbeit gegeben. Ich war nicht unbeschäftigt.«

»Das sehe ich.« Teresa blickte mißfällig auf den Tisch, auf dem sich Bücher, Bleistifte und Papier häuften. »Sie müssen sich von alledem erst mal erholen.«

»Er ist nach Bordeaux abgefahren. Er wollte mir sagen, was ich in seiner Abwesenheit zu tun habe.«

»Nun, das können Sie später tun. Sie sollen mir Gesellschaft leisten, sagt Mama, bis André zurückkommt.«

»André?«

»Mein Verlobter, André de Lacy. Er ist im Krieg in Amerika, glaube ich. Ich weiß nie genau, wo die Kriege sind – die sind heute sowieso alle miteinander verquickt. Sehen Sie nicht so erstaunt aus. Ich kenne ihn kaum. Jetzt ist es Zeit zum Déjeuner«, fuhr sie munter fort. »Sie können herunterkommen, wie Sie sind. Erst später muß man sich ankleiden.«

»Sind Gäste da?« fragte Louise voll Schrecken.

»Nur die üblichen, nicht zu viele. Machen Sie sich keine Sorgen. Sie sehen reizend aus in diesem Kleid. Alle werden Sie sehen wollen. Sie sehen junge Mädchen gern *en déshabillé.*«

Das Speisezimmer schien erfüllt von starrenden Blicken und Gekicher, aber bald wandten die Gäste sich ab, nahmen ihre Gespräche wieder auf und sahen sich nur noch gelegentlich nach ihr um. Dann machte eine der älteren Frauen leise eine Bemerkung, und ihr ganzer kleiner Kreis brach in gellendes Gelächter aus. Louises Gesicht brannte vor Zorn, aber sie hielt den Blick gesenkt und blieb dicht bei Teresa, die sich über dieses Benehmen keine Gedanken zu machen schien.

7

Teresa hielt ihr Versprechen, und in den folgenden Wochen fand Louise, daß sie kaum je zum Studieren allein gelassen wurde. Jeden Tag entdeckte sie Neues darüber, wie es in der Pariser Welt zuging. Sie lernte zu lachen, auch wenn sie keine Ahnung hatte, worin der Witz bestand oder gegen wen er sich richtete. Die meisten Witze waren gegen jemanden gerichtet, aber die Geschichten sagten ihr wenig, weil sie über die Beteiligten nichts wußte. Eine Geschichte betraf eine Dame, die sich, in die Livree ihres Vorreiters gekleidet, mit verschränkten Armen auf das hintere Trittbrett ihrer Kutsche stellte und so durch Paris fuhr. Dann wurde über eine Mutter geklatscht, die sich entsetzliche Sorgen machte, weil ihr Sohn es ablehnte, sich eine Mätresse zu halten. Es hieß, sie durchstöbere jetzt die Stadt nach einer geeigneten verheirateten Frau, die die Aufgabe übernehmen wolle, ihn zu animieren. Die Mutter sagte, Keuschheit sei das erste Anzeichen von Dekadenz, und ganz Frankreich werde durch diese Auffassung gefährdet, wenn sie sich je durchsetzen sollte. Selbst für Paris war das ein bißchen zu viel, denn wo blieb der Spaß, wenn Heimlichkeit nicht nötig war? Louise hörte sich das ruhig an, dann betrachtete sie die anderen jungen Mädchen eingehend, um möglichst wie sie auszusehen, beobachtete und analysierte ihren Ausdruck, ihre Gesten, ihre Haltung, und versuchte, so zu denken wie sie, um ihnen zu gleichen.

Ihr Äußeres veränderte sich völlig. Cousine Charlotte ließ ihr nur zwei ihrer sorgfältig ausgewählten Kleider, die anderen wurden nach neuester Mode umgearbeitet.

Stunden und aber Stunden wurden mit Anstandsunterricht verbracht. Catherine zeigte Biddy, wie sie Louise frisieren sollte, und zwar mußte das Haar über ein Drahtgestell hochgezogen und mit beinernen Nadeln festgesteckt werden, die es festhalten sollten, aber bewirkten, daß Louise Angst hatte, sich zu bewegen. Biddy steckte Federn hinein und flocht eine Perlenkette mit ein, so daß sie hier und da zu sehen war und sich durch das Haar zog wie eine schimmernde Schlange. Sie befestigte auch Broschen und Straußenfedern und künstliche Blumen an der Haartracht und türmte sie auf, bis sie Louises Kopf um zwölf Zoll überragte und wie ein wildes Kornfeld wogte. Louise mußte sich langsam bewegen, den Kopf recken, mit den Händen die bauschige Seide ihres Rocks sorgfältig hochhalten, der durch ein Reifrockgestell auf jeder Seite einen Fuß breit abstand, die Schultern zurückziehen und die Brust vorstrecken, damit ihr Rücken völlig senkrecht war. Als sie zum erstenmal auf diese Weise frisiert wurde, glaubte sie, es werde eine besondere Gesellschaft gegeben, aber sie stellte fest, daß es üblich war, sich allabendlich so zurechtzumachen.

Dann und wann wurde sie von Verwunderung über ihr seltsames Tun und Treiben befallen, und fragte sich, ob es ihr je gelingen werde, sich der Gesellschaft ringsum ganz anzupassen. Sie hatte nicht viel Zeit für solche Überlegungen, und allmählich stellte sie fest, daß sie sich immer mehr zu der Manieriertheit verleiten ließ, die ihr einziger Schutz war. Sie lernte, Wortspiele und Andeutungen zu machen und zungenfertig über Menschen zu klatschen, die sie nie gesehen hatte, und mit einemmal merkte sie, daß sie tatsächlich als einer der Schmarotzer angesehen wurde, die täglich in das Haus ihrer Cousine kamen.

Ganz in Anspruch genommen durch die Albernheiten ihrer Kleidung und Frisur, betrat sie eines Abends Ende

Februar, als sie sechs Wochen in Paris war, um sieben Uhr den Salon von Cousine Charlotte. Wie üblich standen die Herren herum und warteten auf das Erscheinen der Damen. Einige waren vormittags gekommen und den ganzen Tag dagewesen, hatten auf das Diner um drei Uhr gewartet und keine Anstalten getroffen, sich zurückzuziehen, als die Damen sie verließen, um sich für den Abend umzukleiden. Louise kannte die meisten vom Sehen, und gleich kamen ein oder zwei auf sie zu und rasselten ihre Schmeichelreden herunter, auf die sie auf dieselbe Weise antwortete. Die dunklen, altmodischen Räume brauchten viele Kerzen. Ihr unerwartet hell schimmerndes Licht war immer eine große Freude und löschte Louises ersten Eindruck von dem Haus und besonders vom Salon aus. Sie wußte jetzt, daß an jenem ersten Tag die Gesellschaft weggeschickt worden war, weil sie und Robert erwartet wurden. Gewöhnlich waren mindestens zwanzig Personen da. Wie oft sie den Salon auch betrat, immer empfand sie dabei ein Gefühl der Erregung und Vorfreude. Jeden Tag erwartete sie, daß etwas Überraschendes geschehen werde, und es geschah immer, denn allein dort zu sein war an sich schon eine Überraschung. Die bestickten Röcke der Herren und ihr gepudertes Haar, der Duft und das Geraschel der Kleider der Damen, die köstlichen Appetithäppchen, die von den Dienern herumgereicht wurden, der nicht enden wollende Strom von Komplimenten, die ihr, ihrer Frisur, ihrer Figur, ihrem Verstand gemacht wurden, all das war berauschend.

Wie üblich, drehten sich an diesem Abend alle Köpfe nach ihr um, als sie erschien, und ein befriedigtes Gemurmel erhob sich unter der Gesellschaft, eine Mischung von Bewunderung und Belustigung, weil ihr neuestes Spielzeug gekommen war. Cousine Charlotte sah erfreut aus. Sie hatte zu Louise gesagt, sie habe gar nicht geahnt, daß die irischen Verwandten überhaupt gesellschaftsfähig seien. Die Tatsache, daß sie mit so vielen Angehörigen des englischen Adels verwandt waren, gewährleiste nicht, daß sie sich zu benehmen wüßten. Außerdem war Lord Falkland, Lord Lichfield, Viscount Dillon, Lord Strafford und den übrigen offenbar nicht sehr viel daran gelegen gewesen, daß Louise und Robert besondere Aufmerksamkeit und Auszeichnung zuteil werden sollten. Nicht einmal Lord Kenmare hatte geschrieben, obgleich er sehr wohl wußte, daß sie kommen würden. Nur Madame Dillon hatte eine freundschaftliche Gesinnung an den Tag gelegt und eine Nachricht hinterlassen, daß sie in ihr Haus eingeladen werden sollten. Sie war mit ihrer kleinen Tochter in Brüssel zu Besuch bei ihrer Schwester, aber sie hatte geschrieben, ihre Mutter solle sich um sie kümmern.

Louise hatte gelernt, ihr anfängliches erschrecktes Anhalten auf der Schwelle in einen koketten Auftritt zu verwandeln. Dennoch hielt sie, gut gedrillt von Cousine Charlotte, zuerst ihre Blicke in Schach, bis sie Henry Dillon begrüßt hatte, den Erzbischof von Narbonne. Es war leicht zu erkennen, ob er da war, denn wenn er zum Abendessen kam, ließ er sich immer am hinteren Ende des Raums neben einem kleinen Tisch mit einem freien Raum vor sich nieder. Gewöhnlich wurde er von Madame Dillons Mutter, der Gräfin de Rothe, begleitet, die zusammen mit ihrem Onkel im Haus ihrer Tochter wohnte. Sie war ungefähr in Cousine Charlottes Alter und besaß dieselbe beängstigende Würde und Selbstsicherheit.

An diesem Abend war der Erzbischof da, ein sehr großer, schlanker, gutaussehender Mann, immer tadellos gekleidet, und er lehnte sich erschöpft auf seinem Sessel zurück. Bei ihrer ersten Begegnung hatte er über Mr. Burke mit ihr gesprochen, und sie hatte ihm ihr Leid geklagt über die viele Arbeit, die sie in dessen Abwesenheit bewältigen sollte. Jetzt zwinkerte er belustigt mit den Augen und fragte sie, als er ihr die Hand gab:

»Nun, kleine Cousine, wie kommen Sie mit Ihren Studien voran?«

»Nicht sehr schnell, Eure Gnaden. Wenn Pater Burke bald kommt, wird er nicht zufrieden sein. Ich genieße das Leben zu sehr, um zu studieren.«

»Reizend!« sagte die Gräfin scharf und deutete mit einer kleinen Kopfbewegung an, daß Louise beiseite treten sollte, damit die nächste Person vorgestellt werden könne. Sie knickste auf die neue Weise, die Cousine Charlotte sie gelehrt hatte, und eilte zu einer Tür, die in einen kleineren Salon führte. Ihr Gesicht glühte vor Verlegenheit, sie blieb stehen, um nicht erregt zu erscheinen, und hörte Madame d'Ossun zu, die wie gewöhnlich von der Königin sprach:

»So elegant, so lieblich, so gut«, flötete sie, und alle ringsum sagten: »Ah!«

Die Leute fanden Madame d'Ossun langweilig, und die Zusammensetzung ihrer kleinen Gruppe änderte sich dauernd, da ihre Zuhörer sich rasch davonstahlen und andere kamen, um ihr den Hof zu machen. Louise war nicht so töricht, länger als einen Augenblick zu bleiben: die Jungen wurden von diesem Kreis kaum geduldet, es sei denn, sie gehörten einer so mächtigen Familie an, daß sogar ihre Hunde respektiert werden mußten. Louise suchte Robert, der jetzt jeden Tag kam und seine Zeit mit ihr und Teresa verbrachte, als wäre er ein Pariser Lebemann. Langsam ging sie umher, bis sie zur Tür des kleinen Salons kam, die sie aufmachte, weil sie glaubte, er könnte dort mit anderen jungen Leuten sein.

Der kleine Salon ging auf eine Seitenstraße, die noch schmaler und dunkler war als die Rue du Bac. Zuerst schien es, als wäre das Zimmer leer. Eine einzige Lampe stand auf einem niedrigen Tisch, und ihr Schirm war aus so dickem Stoff, daß nur ein kleiner Kreis direkt darunter erhellt war. Enttäuscht wollte sie wieder hinausge-

hen, als ein leises Geräusch, nicht mehr als ein kurzes Atemholen in der dunkelsten Ecke, ihre Aufmerksamkeit erregte. Als sie rasch hinblickte, sah sie zwei auf sie gerichtete Augenpaare und erkannte zwei Gestalten auf dem Sofa, verschlungen, fast als kämpften sie miteinander. Dann sagte Robert, und in seinem heiseren Geflüster klang eine Art Kichern an:
»Es ist Louise. Alles in Ordnung.«
Sie machte die Tür ganz zu, stellte sich mit dem Rücken dagegen und tastete in blinder Angst nach einem Schlüssel, der sie alle für immer einsperren würde. Es war keiner da, und sie blieb voll Schrecken stehen. Die beiden begannen sich zu erheben, und jetzt sah sie deutlich, daß die zweite Person Teresa war. Einen Augenblick lang hatte sie gehofft, sie hätte sich geirrt. Tränen der Wut traten ihr in die Augen, und sie zischte:
»Seid ihr beide verrückt? Was tut ihr?«
Aber sie wußte genau, was die beiden taten. Teresa stand schweigend da und glättete ihren Rock, sie hielt den Kopf gesenkt, und ihre Hände machten bedächtige, langsame Bewegungen, die länger dauerten, als nötig war. Robert sagte leise:
»Nun sei nicht albern, Louise.«
»Albern! Bist du dir klar, daß jeder – *jeder* – durch diese Tür hätte hereinkommen können?«
Robert ging auf sie zu. In der Düsternis konnte sie sein Gesicht kaum sehen, aber sein betont forscher Schritt ließ erkennen, daß er unsicher war. Er sagte:
»Wir kamen durch die andere Tür herein. Niemand hat uns gesehen.«
»Woher weißt du das? In diesem Haus hat jeder tausend Augen.« Sie hielt mit aller Macht ihre Tränen zurück, denn sie wußte, daß die Wimperntusche, die Catherine ihr immer unbedingt auftragen wollte, verlaufen und sich mit der rosa Schminke auf ihren Backenknochen vermischen würde. Sie holte langsam tief Luft

und zitterte vor Anstrengung, damit es kein Schluchzer werde. »Willst du uns beide zugrunde richten?«

Sie konnte es nicht über sich bringen, mit Teresa zu sprechen, die ihnen den Rücken gekehrt hatte, als wollte sie die beiden sich selbst überlassen. Louise sah, wie sie hinüberging und sich auf den Sessel an dem beleuchteten Tisch setzte; das Gesicht war im Schatten, und das Licht fiel auf ihre Füße. Wenn sie nur aus dem Zimmer laufen und von ihnen wegkommen könnte, irgendwohin – aber es gab kein Entrinnen. Wenn sie die Gesellschaft jetzt verließ, würde sie nur die Aufmerksamkeit auf sich und Robert lenken und sie beide tatsächlich zugrunde richten. Robert sagte in ärgerlichem Ton:

»Sei nicht so spießbürgerlich.« Er hielt einen Augenblick inne, und als er fortfuhr, zitterte seine Stimme vor Trotz und Erregung: »Du hättest es sowieso bald erfahren. Teresa und ich lieben uns.«

»Und wie hätte ich das erfahren sollen, bitte schön? Das könnt ihr nicht. Teresa hat einen Verlobten, der im Krieg ist. Ach, Robert, rede keinen Unsinn.«

»Ich rede keinen Unsinn. Sie will André nicht heiraten. Sie will mich heiraten.«

»Heiraten!«

»Nicht so bald. Ich muß erst studieren oder vielleicht doch noch ins Heer eintreten.«

»Cousine Charlotte wird wütend sein.«

»Warum? Ich werde eines Tages Mount Brien haben. Ich wäre nicht der erste Brien, der eine französische Cousine heiratet.«

»Wie selbstsicher du bist.« Sie sah zu Teresa hinüber, die immer noch schweigend im Schatten saß. »Wie hat das alles angefangen? Warum habe ich nicht gesehen, was geschah? Oder ist es ganz plötzlich gekommen?« Sie hielt inne, denn sie merkte, daß sie wie von einer Krankheit sprach. Dann fuhr sie stockend fort: »Wir sind doch alle zusammen gewesen.«

»Nicht die ganze Zeit. Du bist bei deiner Schneiderin gewesen und bei den Tanzstunden. Wir haben unsere Zeit besser verbracht.«

»Wie kannst du darüber scherzen? Denke an Cousine Charlotte – was wird sie sagen?«

Roberts Stimme wurde scharf, als er antwortete:

»Woher soll ich das wissen? Komm, nun sei nicht so zimperlich. Setz dich hier zu uns. Warum sollten wir uns nicht verlieben?«

»So gehört sich das nicht.«

»Nicht in unseren Kreisen«, sagte Teresa kühl. Ihre Stimme klang sehr tief, als ob sie plötzlich viel älter geworden wäre. »Sie haben ganz recht. Und Sie haben auch damit recht, daß Mama wütend sein wird. Sie war ganz fest entschlossen, daß ich André heiraten sollte. Sie hat ihn ausgewählt.«

Ihre Worte hätten Louises Mitgefühl erwecken können, aber ihr Ton tat das nicht. Angstvoll fragte sie:

»Was werdet ihr tun? Werdet ihr es geheimhalten? Wie lange könnt ihr es geheimhalten?«

»Darüber haben wir noch nicht nachgedacht.«

Louise versuchte, Teresas kühlen Ton zu übernehmen, obwohl ihre Hände vor Angst heiß waren und sie nicht verhindern konnte, daß ihre Stimme zitterte, als sie sagte: »Natürlich freue ich mich – ich bin froh für Robert.«

»Das ist besser«, sagte Teresa. »Dann ist es vorläufig nicht nötig, darüber zu sprechen. Wenn wir es genauso machen wie bisher, wird niemand etwas vermuten.«

»Sie glauben, das wird gehen?«

»Ja. Wir können vorsichtiger sein. Wir müssen es sein. Es ist bedauerlich, daß Sie gerade jetzt hereinkamen. Sie hätten es noch lange nicht herauszufinden brauchen.«

Sie sah Robert verärgert an, als ob er an Louises Erscheinen schuld wäre.

In diesem Augenblick öffnete sich die Tür, und sie

mußten alle drei aufstehen, damit sich mehrere Leute mit ihrem Tricktrack an den Tisch setzen konnten. Sie gingen in den großen Salon zurück und schlossen sich der Gesellschaft wieder an, als ob überhaupt nichts geschehen wäre.

8

Robert lebte jetzt in einem Zustand ständiger Verzükkung. Er wußte, daß Louise nichts dergleichen empfand, daß die Enthüllung seines und Teresas Geheimnisses nur bewirkt hatte, ihr Mißtrauen gegen jedermann in ihrem illustren Bekanntenkreis zu verstärken. Sie schien sich kaum darüber klar zu sein, daß sie Teresa ebenfalls verurteilte, als sie verbittert sagte:

»Nicht einer von ihnen spricht die Wahrheit.«

»Paris ist eine andere Welt als diejenige, an die wir gewöhnt waren«, erwiderte Robert.

»Sie betrügen einander, dauernd hintergehen sie einander. Sie halten nichts von der Wahrheit, solange sie erreichen, was sie wollen.«

»Es ist nicht schwierig, sie zu durchschauen«, sagte er. »Und denke daran, man muß bei ihrem Spiel mitmachen, wenn man am Leben bleiben will. Das habe ich von Teresa gelernt.«

Er sprach ihren Namen ehrfurchtsvoll aus. Jede Minute und jede Stunde des Tages sehnte er sich danach, ihn auszusprechen, aber Teresa selbst hatte ihn gewarnt, er solle sich davor hüten. Gekicher und Sticheleien, sagte sie, begannen immer, wenn jemand bemerkte, daß ein Paar es nicht lassen konnte, in jeder Unterhaltung den Namen des anderen zu erwähnen. Selbst die Weltgewandtesten und Erfahrensten gerieten in diese Falle, und er schwor, er werde vorsichtig sein, obwohl er bei der Bemühung manchmal fast an seiner Zunge erstickt wäre.

»Teresa, Teresa, Teresa!« Es war ein himmlischer Name, und ihm war, als habe er immer gewußt, daß seine Geliebte so heißen werde.

Von dem Augenblick an, da er sie im Wohnzimmer ihrer Mutter sah, war er von ihren strahlenden Augen angezogen, und ihm schien, ihr zierlicher, geschmeidiger Körper sei nur für ihn geschaffen worden. Wenn er allein in seinem Zimmer saß, beschwor er ihr Bild so deutlich herauf, daß er fast die Hand ausstrecken und sie berühren konnte. Sein Vater hatte mit einundzwanzig geheiratet. In einem Jahr, wenn Robert zwanzig wäre, könnte nichts mehr dagegen eingewendet werden. Bis dahin würde er ins Heer eintreten. Eins der irischen Regimenter würde ihm ein Offizierspatent geben. Es gab viele Möglichkeiten.

Der einzige Schatten auf seinem Glück war, daß Teresa ihm nicht erlaubte, zu Cousine Charlotte zu gehen und ihr zu sagen, daß sie sich liebten. Er sah ein, daß sie recht hatte. Cousine Charlotte hatte ihn nicht wirklich herzlich aufgenommen. Ihr Verhalten ihm gegenüber war immer etwas befangen, als ob sie einen Argwohn gegen ihn hegte. Er lauerte auf jede Gelegenheit, sie zu beruhigen, aber in den wenigen Wochen war nicht viel Zeit gewesen, sich richtig kennenzulernen. Sie wußte nichts von seinem Vermögen, das unabhängig von dem seiner Schwester war.

All diese Dinge müßten zur Sprache kommen, aber jetzt noch nicht. Mit der Zeit, sagte Teresa und sah ihn mit ihren herrlichen, geheimnisvollen grauen Augen an, werde ihre Mutter ihn ebenso lieben, wie sie ihn liebe, und sich ihren Wünschen nicht widersetzen wollen. Teresa werde es ihm sagen, wenn die Zeit reif sei, sie werde ihre Mutter ab und zu aushorchen, bis sich herausstellte, daß Cousine Charlotte wirklich für ihn eingenommen sei, und dann werde sie ihm die Erlaubnis geben, bei ihrer Mutter um sie anzuhalten. Aber schon vorher, erwiderte Robert, könnten sie sich trotz ihrer Vorsichtsmaßnahmen verraten, oder jemand könnte eine Bemerkung darüber machen, was für ein gut zusammenpassendes Paar sie abgeben würden. Teresa warf ihm einen bestürzten Blick zu und wies noch einmal warnend darauf hin, daß er ihrer beider Geheimnis nicht lüften dürfe, ehe sie bereit sei. Das werde er bestimmt niemals tun, sagte er, und sie beruhigte sich und war wieder glücklich.

All das erzählte er Louise, wenn er sie allein antreffen konnte, was nicht sehr oft der Fall war. Wenn er früh am Morgen kam, war sie manchmal in ihrem Zimmer mit ihren Büchern, aber dann hatte er ein schlechtes Gewissen wegen seines Müßigganges, und außerdem stellte er bald fest, daß der Haushalt frühe Besuche mit Mißfallen betrachtete. Teresa sagte:

»Genau damit erregt man Argwohn. Niemand wird glauben, daß Sie nur gekommen sind, um Ihre Schwester zu sehen.«

Ihr zu Gefallen erklärte er sich bereit, nicht so früh zu kommen, und bald fand er es fast unmöglich, ein Gespräch mit Louise allein zu führen.

Was er niemals sagen konnte, nicht einmal zu Louise, war, daß Teresa die ersten Annäherungsversuche unternommen hatte. Er hätte sich damit begnügt, sie aus der Ferne anzubeten, und war verblüfft, als sie mit einer unmißverständlichen Aufforderung ihr Knie an das seine drückte. Nach der ersten Erschütterung überkam ihn reines Entzücken, und er drehte sich sofort zu ihr um, aber sie hielt ihn mit einer ruhigen Hand auf seinem Arm zurück. Er war damals erst drei Wochen in Paris. Sie waren auf der Terrasse von Kardinal Rohans schönem Haus bei dem glänzendsten Empfang, den Robert je gesehen hatte, Damen und Herren schimmernd wie Sterne, mit Gold und Juwelen und Perlen, groß wie Eier. Nur Teresa war schlicht gekleidet, aber mit ihrem glatten, dunklen und eng am Körper anliegenden Kleid war sie so auffällig wie eine Amsel unter Pfauen.

Das Haus des Kardinals war nur für den Abend geöffnet worden, da er aus seinem großen Palast im Elsaß zu einem kurzen Besuch nach Paris gekommen war, aber es strahlte und funkelte, als würde es an jedem Tag des Jahres bewohnt. Diener rannten mit Tabletts voller Gläser herum, köstliche Leckerbissen waren in den Vorräumen angerichtet, wo die Gäste sich bedienten, wann immer ihnen der Sinn danach stand, der Kardinal selbst machte die Runde mit erhobenem Kinn, großmächtig wie ein König, was nicht verwunderlich war, da er König Ludwigs Pate war und einem ebenso alten wie berühmten Geschlecht entstammte. Dennoch hatte er etwas Lächerliches an sich, und hier in seinem eigenen Haus hatte Robert gehört, daß er »la belle Eminence« genannt wurde, eine Anspielung auf sein unmännliches Wesen. Die Damen liebten ihn alle, vielleicht, weil er ihre Positionen niemals ernstlich bedrohen konnte.

Er hatte Robert und Louise an diesem Abend mit besonderer Herzlichkeit begrüßt wegen des frommen Märtyrertums ihres Landes, wie er sagte. Louise sah besonders hübsch aus, ihr dickes blondes Haar besaß einen natürlichen Glanz, ihr heller Teint bedurfte nicht der Unterstützung durch die Schminke, die sie aufgelegt hatte, der arglose Blick ihrer Augen drückte noch Vertrauen und Freundschaftlichkeit aus. Sie konnte dem Kardinal nicht ins Gesicht sehen, als er diese Bemerkung machte, aber sie hatte schon gelernt, sich die Erwiderung zu verkneifen, daß in seinem Salon nicht viel frommes Märtyrertum zu finden sei.

Robert schlenderte für sich durch die Räume, nie weit entfernt von Teresa. Er wußte, daß diese Vernarrtheit ungehörig war, denn Teresa war ja mit ihrem Cousin verlobt. Er wußte, daß sie eigens wegen André das Kloster verlassen hatte und alle Schriftstücke ausgefertigt und unterzeichnet waren, aber er konnte sich von dieser Leidenschaft nicht befreien. Dann geschah das Wunder auf der Terrasse. Andere Gruppen standen dort herum, aber niemand war besonders interessiert an dem linkischen jungen Mann aus Irland. Teresa schlüpfte durch die hohen, offenen Fenstertüren auf die Terrasse und drängte sich dicht an ihn, und da wußte er plötzlich, daß sie die Seine war. Sein erstes Wort war so dumm, daß er es sich tagelang nicht verzeihen konnte.

»André – was ist mit André?«

Ein ärgerlicher Seufzer war ihre Antwort, sie drückte sich noch einmal an ihn und sagte dann:

»André ist nicht hier. Aber wir. Ich habe Sie beobachtet.« Sie senkte züchtig den Blick. »Ich weiß, was Sie empfinden.«

Ein in einem Kloster erzogenes Mädchen konnte kaum mehr sagen, aber Worte waren nicht nötig, um ihre Gefühle auszudrücken. Sie begann ihm von ihrem bisherigen Leben zu erzählen. Sie rückte ein wenig ab von ihm, während sie sprach, nur ab und zu kam sie ihm wieder nahe und berührte seinen Arm oder sein Knie mit dem ihren. Die illustren Gäste des Kardinals, die sich auf der Terrasse ergingen, hatten keine Ahnung von dem Wunder, das sich vor ihren Augen ereignete.

Jetzt hörte er zum erstenmal, wie es sich mit Cousine Charlotte und ihrer Familie verhielt. Entweder war Grand-mère zu verschwiegen gewesen, oder sie hatte es gar nicht gewußt. Cousine Charlotte war die Witwe des Grafen de Laval und wäre sehr reich gewesen, hätte ihr Mann, Teresas Vater, nicht so viele Schulden hinterlassen, daß sie nicht im mindesten hoffen konnte, sie jemals abzuzahlen, sofern sie ihre Lebenshaltung nicht auf Jahre hinaus gewaltig einschränkte. In Anbetracht ihrer demnächst heiratsfähigen drei Töchter war sie bestürzt über die Aussicht, das tun zu müssen. Wenn die Schulden endlich abbezahlt wären, würden die Töchter zu alt sein, um überhaupt zu heiraten. Teresa war die älteste der drei und hatte selbst vorgeschlagen, daß sie sich für vier Jahre, bis sie achtzehn war, ins Kloster Sainte Marie de Chaillot zurückziehen wolle. Ihre beiden jüngeren Schwestern wurden zu ihrer Großmutter väterlicherseits auf ein Gut im Languedoc geschickt. Sie genossen das Leben dort nicht, sagte Teresa, denn die Großmutter sei fast achtzig, und wenn sie im Sommer um acht Uhr und im Winter um sieben Uhr ins Bett gehe, werde das Haus zugesperrt, und die Dienstboten haben Wachdienst.

Teresa sei es nicht viel besser ergangen, aber wenigstens sei sie ihrer Mutter näher gewesen und habe die Entwicklung ihrer Vermögensverhältnisse verfolgen können. Mama sei tüchtig, sagte sie, und habe irgendwie genug Geld in die Finger bekommen, um das Haus zu unterhalten und dann und wann Gäste zu empfangen. Das sei absolut notwendig, damit man selbst eingeladen werde. Um ihrer Töchter willen habe sie sich nicht aus der Gesellschaft zurückziehen können. Kardinal Rohan habe ihr ab und zu Geld gegeben, er helfe ja vielen Menschen. Teresa habe sich die Zeit im Kloster zunutze gemacht, um die französischen Philosophen des vorigen Jahrhunderts zu lesen und Italienisch zu lernen, das sie jetzt fließend spreche. Sie liebe vor allem die italienische Poesie, die ihr geholfen habe, die langen Tage im Kloster zu verbringen. Sie sagte:

»Sie ahnen gar nicht, wie lang ein Tag sein kann. Wenn ich glaubte, es müsse mindestens Mittag sein, dann war es erst neun, und mittags dachte ich, es müßte fünf Uhr sein. Die Nonnen waren ständig beschäftigt, sie erledigten den Haushalt, beteten in der Kapelle, hatten Besuch im Sprechzimmer. Sie sahen nie gelangweilt aus, aber mit derlei Dingen mochte ich mich nie abgeben. Ich beobachtete, wie sie das fertigbrachten: sie haben eine Schwäche für Ordentlichkeit, und die Welt ist nicht ordentlich. Man könnte sein ganzes Leben damit verbringen, hier Ordnung zu schaffen. Man könnte Bindfäden aufrollen und Kleidungsstücke wegräumen und Teppiche geradeziehen und Fußböden bohnern und Blumen in Vasen stellen und Unkraut jäten und Obst im Garten ernten und einkochen und Brot backen – unendlich viele Dinge können Menschen tun, um die Zeit zu verbringen, bis sie sterben. Einige der Nonnen studierten, aber die meisten kümmerten sich nur um die Haushaltsführung.«

»Aber waren Sie das einzige Mädchen dort? War es keine Schule?«

»O ja, wir hatten ununterbrochen Unterricht, der ausschließlich darauf ausgerichtet war, gute Nonnen aus uns zu machen. Das wurden die meisten Mädchen auch, aber ich gab nie die Hoffnung auf, herauszukommen.«

»Sie stellen es so dar wie ein Gefängnis. Es fehlt nicht viel, und ich erwarte, daß Sie mir von einer zutraulichen Ratte in Ihrer Zelle erzählen.«

»Ganz so war es nicht«, sagte sie brüsk, und er zitterte vor Angst, er hätte sie beleidigt. Nach einem Augenblick stieß sie einen Seufzer aus und fuhr fort: »Ja, so war es, bis Mama eines Tages im November kam und sagte, über ihren Bruder sei ein Heiratsantrag gemacht worden, und zwar von Cousin André de Lacy. Ich hatte ihn vor vier Jahren nur ein- oder zweimal auf Gesellschaften gesehen und fand ihn passabel. Meine jüngere Schwester Émilie hat auch einen Heiratsantrag bekommen von einem Nachbarn meiner Großmutter im Languedoc, der ziemlich reich, aber schrecklich alt ist. Wegen seines Alters kann er bei ihr keine Mitgift erwarten, sagt Mama. Als ich das hörte, nahm ich Andrés Antrag auf der Stelle an.«

»Wird André keine Mitgift erwarten?«

»Es wird eine Sammlung unter den Verwandten für mich veranstaltet.« Sie zog eine Grimasse, die bei jedem anderen Mädchen häßlich gewesen wäre, die Robert aber bei ihr entzückend fand. »André hat Güter in Irland und Frankreich und ein Haus in Paris. Wahrscheinlich wird er auch noch in andere Kriege ziehen. So ist das nun mal.«

»Es klingt nicht, als seien Sie darüber glücklich. Ich dachte, Mädchen seien gern verlobt.«

»Die einfältigen ja, aber ich war nie einfältig genug zu meinem eigenen Vorteil. Wenn ich es wäre, hätte ich vermutlich schon lange verheiratet sein können. André ist in Ordnung, aber ich finde die Aussicht nicht aufregend. Sie werden es verstehen, wenn Sie ihn kennenlernen, falls er herkommt, solange Sie hier sind. Er hat kalte Augen, einen berechnenden Blick. Am Hof wird er nicht geschätzt, und er tut nichts, um sich beliebt zu machen. Er hat keinen Ehrgeiz, nur eine Menge Grundsätze, die den ganzen Spaß verderben. Er ist nicht ein Ehemann der Art, wie ich ihn mir wünsche – er ist alt geboren. Selbst wenn er jünger wäre, glaube ich nicht, daß er mir besser gefiele. Sind Sie entsetzt?«

»Keineswegs.«

Aber er hatte bisher niemals ein Mädchen so reden hören. Jetzt lag ihm nur daran, sie bei sich zu behalten, dafür zu sorgen, daß sie nicht eine ihrer plötzlichen, wegwerfenden Gesten machte, den Kopf schüttelte und wegging, wie er oft gesehen hatte, daß sie es bei anderen Leuten tat. Nachher sagte sie dann, sie seien dumm. Das war ein Schlagwort von ihr: dumm. Robert war nicht ganz sicher, was sie damit meinte. Sie mochte es gern, wenn Leute witzig und amüsant waren und bissige Bemerkungen über das Verhalten von anderen zu machen vermochten. Einmal hatte er gehört, wie sie mit ihren Freundinnen ein Spiel daraus machte, die Gäste im Haus ihrer Mutter mit verschiedenen Tieren zu vergleichen – einer war ein Löwe, einer ein Storch, einer eine Katze, einer ein Hund und so weiter. Er hatte aufmerksam gelauscht, um herauszufinden, was er sei, aber er war überhaupt nicht erwähnt worden.

Jetzt blieb sie durch ein Wunder lange Zeit bei ihm, fragte nach Irland und seiner Familie dort und erzählte ihm von ihrer Kindheit, als ob sie in dieser glänzenden Gesellschaft nichts besseres verlangte als ihn. Schließlich kam ein eleganter junger Mann, Graf Philippe de Loudun, auf die Terrasse gestürzt und sprach von irgendeinem Spiel, das sie versprochen hatte, in einem der Räume im ersten Stock mit ihm zu spielen. Sie schien zu zögern, aber dann ging sie doch mit de Loudun mit und warf Robert einen letzten Blick über die Schulter zu, ehe sie im Haus verschwand. Er hoffte verzweifelt, sie werde zurückkommen und ihn auffordern, mitzukommen und auch mitzuspielen, aber sie tat es nicht.

Er stand lange Zeit auf der Terrasse und überdachte immer von neuem, was ihm widerfahren war. Sie hatte abfällig, fast geringschätzig von ihrem Verlobten gesprochen. Gewiß bedeutete das eine Aufforderung, besonders in den Kreisen, zu denen sie gehörte. Auf mehreren Gesellschaften wie der heutigen hatte er gesehen, daß sich Pärchen in dunkle Ecken und dann in Schlafzimmer zurückzogen. Vielleicht war es das, was sie ihm zu verstehen geben wollte, doch eine endgültige, eindeutige Aufforderung war es nicht gewesen. Dessen war er sicher.

Er wiederholte sich ihr Gespräch immer wieder, bis er, unerträgliche Tantalusqualen erleidend, sie glühend begehrte. Er wußte, wie sie aussehen würde, ihre langen, schlanken Beine, die schmalen Schultern, die kleinen, entzückenden, weichen Brüste. Er drehte sich rasch um und wollte sie suchen, wollte mit ihr irgendwo in diesem riesigen Haus hingehen und sie lieben, wie er es ersehnt hatte fast seit dem ersten Tag, an dem er sie sah. Sie war es, die all diese halb-bewußten Leidenschaften erst zutage gefördert hatte. Sie war es, die es auch wollte.

In einem wirren Traum befangen, wanderte er durch die Räume und hielt nach ihr Ausschau, aber erst, als die Gäste zum Aufbruch rüsteten, sah er sie wieder. Sie stand in der Halle und ließ sich von einem der Diener des Kardinals ihren Umhang um die Schultern legen. Philippe stand neben ihr, die Augen anbetend verklärt, und schob Catherine beiseite, als sie vortrat, um Teresa zur Kutsche zu geleiten.

Es war wie ein Schlag für Robert, und er taumelte fast. Er lehnte sich an eine Säule und rührte sich nicht von der Stelle. Sie sah ihn jedoch und warf ihm einen so herzlichen und verständnisvollen Blick zu, daß er sich aufrichtete wie eine durstige Pflanze, die begossen wird, und einen Schritt auf sie zuging. Aber dann erschien ihre Mutter, und sie verließen sofort das Haus.

Am nächsten Morgen erwachte er lauernd wie ein Fuchs in einem Dickicht. Es konnte nicht wahr sein. Sie konnte ihn unmöglich lieben. Wie könnte sie? Paris war eine andere Welt, was für sie tagtäglich selbstverständlich gewesen war, hatte es in seinem Leben niemals gegeben. Aber einmal, nicht gestern, sondern an einem anderen Tag, als er zu dumm gewesen war, um zu merken, daß sie ihm Avancen machte, hatte sie gesagt, sein bisheriges Leben sei so frisch und rein gewesen, daß es sie fasziniere. Frisch? Rein? Diese Wörter hatte sie gebraucht. Er hatte ihr nie von Celia erzählt. Während er sich von Martin anziehen ließ, stand er Qualen des Zweifels und des mangelnden Selbstvertrauens aus. Sie war umgeben von Menschen, die ihre Zeit mit Anziehen und Pudern und dem Achtgeben auf Kleidermoden und Lebensstil verbrachten. Winzige Erinnerungen an Ausdrücke und Wörter wurden wach und plagten ihn. Wie ein Wilder fuhr er in seinem neuen gelben Einspänner los, an dem sich Martin hinten festklammerte, und kam zitternd in der Rue du Bac an. Er rannte die Stufen hinauf und hämmerte ungestüm an die Tür, ohne Martin vorausgehen und klopfen zu lassen, wie es sich für einen Herrn schickte.

Als dann die Tür geöffnet wurde, war es wie eine kalte Dusche, daß Cousine Charlotte in der Halle stand. Sie war zum Ausgehen angekleidet, das kleine Päckchen von Listen, das sie immer bei sich trug, in der Hand. Sie sah ihn überrascht und mißtrauisch an. Er blieb wie angewurzelt stehen, dann ging er langsam an dem Diener vorbei ins Haus. Sie sagte in scharfem Ton:

»Nun, junger Mann, Sie sind früh dran heute morgen.«

»Entschuldigung. Ich bin seit Stunden auf. Ich dachte, es sei viel später.«

»Uhren sind erfunden worden für Leute wie Sie.«

Er küßte ihr die Hand und beugte sich tief darüber, damit sie nicht merkte, wie heftig er errötete, dann sagte er:

»Ich hoffte, Louise zu sehen, ehe sie ausgeht. Sie führt ein so ereignisreiches Leben, ich verpasse sie oft.«

»Sie haben noch reichlich Zeit. Was für ein zärtlicher Bruder.«

Sie konnte unmöglich etwas argwöhnen, denn bis zum gestrigen Abend hatte es keinen Grund zum Argwohn gegeben. Aber ihr strenger, starrer Blick, ehe sie zu ihrer Kutsche hinausrauschte, die die ganze Zeit im Hof auf sie gewartet und die er in seiner Aufregung gar nicht bemerkt hatte, erschreckte ihn sehr. Er verlangsamte seinen Schritt absichtlich, als er die Treppe hinaufstieg, als wollte er in das kleine Wohnzimmer gehen, wo er Louise vielleicht finden würde.

Er hatte Glück. Teresa hatte ihn kommen sehen. Sie erwartete ihn am Treppenabsatz und zog ihn in ihr eigenes Wohnzimmer, in dem er nie gewesen war. Seine Kahlheit überraschte ihn, da war nichts, was auf eine weibliche Bewohnerin hindeutete, kein geblümtes Kissen, keine bemalte Schachtel oder bestickte Decke, nicht eins von den Dingen, mit denen Frauen gern ihre Zimmer ausschmücken. Ein einfacher Schreibtisch mit Stuhl, ein paar Bücher, Sessel, die aussahen, als wären sie aus den anderen Zimmern ausrangiert worden, verliehen dem Raum eine gewisse Strenge und bestätigten einen Zug ihres Charakters, den er schon bemerkt und bewundert hatte. Sie konnte auf Dinge verzichten – so hatte er es sich selbst gegenüber ausgedrückt. Dieses Zimmer war wie die Zelle einer Nonne.

Sie beobachtete ihn, vielleicht um ihm Zeit zu lassen, sich zu erholen, und ihre schönen Augen blickten leicht spöttisch drein. Dann sagte sie leise:

»Mama ist ausgegangen. Ich hörte, daß sie mit Ihnen sprach.«

»Sie sagte, ich sei ein zärtlicher Bruder.«

»Dann ist es in Ordnung.«

»Es ist also wahr? Es ist wirklich wahr?«

»Ja, es ist wahr. Kommen Sie.«

Sie nahm ihn an die Hand, ging zur Tür und drehte besonnen den Schlüssel im Schloß um. Er sah sie hingerissen an. Dann flackerte einen Augenblick ein Funken Vernunft auf, und er fragte:

»Was ist mit den Dienstboten?«

»Sie wissen, daß sie nicht herzukommen haben.«

»Und Louise?«

»Sie kommt auch nie her.«

Eine Tür an der anderen Seite des Raums ging in ihr Schlafzimmer. Wie im Traum ließ er sich dort hineinführen, bis sie neben dem kleinen, schmalen Bett standen. Dann warf sie sich ihm in die Arme, drückte ihn auf das Bett hinunter, griff nach seinem Kragen und legte seine Hände auf ihre Brüste. In einem wilden Rausch erkannte er plötzlich, daß er der Stärkere von ihnen beiden war, und sie stieß einen befriedigten Seufzer aus, als hätten ihre Pläne sich verwirklicht. Sie wußte genau, was sie zu tun hatte, und er war einen Augenblick bestürzt. Dann überließ er sich völlig diesem Gefühl, sie zu besitzen.

Später, als ihr Kopf auf seinem nackten Arm ruhte und die Sonne gerade begann, ins Fenster zu scheinen, fragte sie:

»Nun glauben Sie, daß es wahr ist?«

»Ja. Gestern abend glaubte ich, ich hätte es geträumt oder mir eingebildet. Jetzt weiß ich es.« Er wand sich vor Verlegenheit, bis sie seine Schulter streichelte; dann sagte er: »Erzählen Sie mir vom Grafen de Loudun.«

»Er ist gar keiner. Bloß Philippe. Er ist der dritte Sohn. Niemand beachtet ihn.«

»Er scheint Sie sehr gern zu haben.«

»Vielleicht. Aber er ist einfältig, dumm. Mir bedeutet er nichts.«

»Sie mögen ihm etwas bedeuten.«

»Das ist seine Sache. Außerdem hat er eine Frau zu Hause. Er wurde verheiratet, als er fünfzehn war.«

»Wie lange kennen Sie ihn?«

»Seit Jahren. Er ist wie ein Bruder. Reden wir nicht von ihm.«

»Wir werden in Irland leben. Es wird Ihnen dort gefallen. Ich bin eine recht gute Partie«, sagte er prahlerisch, plötzlich voller Selbstvertrauen. »Ich bin ein Brien von Mount Brien Court. Meine Großmutter wird sich freuen, wieder eine junge Französin im Haus zu haben.«

Teresa lachte leise. »Ihre Großmutter? Herrscht sie im Haus?«

»Ganz gewiß. Sie ist nach meinem Vater die wichtigste Person dort. Ohne sie würden Louise und ich ein Hundeleben führen. Ich werde Ihnen alles darüber erzählen, wie wir dort leben...«

»Nicht jetzt«, sagte Teresa. »Ein andermal. Sie müssen jetzt gehen, ehe Mama zurückkommt.«

Und das war das einzigemal, daß sie ihn in ihr Schlafzimmer gelassen hatte. Er zehrte von der Erinnerung und kostete jeden einzelnen Augenblick aus, so wie ein ausgehungerter Mensch jeden Bissen möglichst lange im Mund behält. Mit Teresa zusammenzusein war eine Tortur und um so quälender, wenn sie ihn auf einer Gesellschaft beiseite zog in einen der dunklen Räume, wo sie zuließ, daß er sie berührte und sie an sich drückte, sie ihn aber nach kurzer Zeit abschüttelte, als ob sie spürte, daß er bald die Selbstbeherrschung verlieren und ihr Gewalt antun würde. Sie war sehr vorsichtig bei der Wahl der Orte, die sie mit ihm aufsuchte, bis zu dem Tag, an dem Louise sie beide in dem kleinen Zimmer neben dem Salon fand. Ein paar Tage später sagte sie in unfreundlichem Ton, den er noch nie bei ihr gehört hatte:

»Louise beobachtet mich die ganze Zeit.«

Er antwortete leichthin: »Was kann man erwarten? Sie würde uns nie schaden.«

»Ich wünschte, sie hätte das über uns nicht herausgefunden. Sie hätten ihr nicht so viel erzählen dürfen.«

»Es ist zu spät, das jetzt zu wünschen.«

Aber sofort spürte er, daß er von einer neuen Empfindung ergriffen wurde, die sich seit jenem verhängnisvollen Abend an die Oberfläche durchgekämpft hatte. Zu seiner Verwunderung war Louise seine Feindin geworden. Ihr bloßes Dasein schien ihn zu bedrohen. Sie könnte der Grund sein, wenn er Teresa verlor.

Er wünschte, er hätte nie darum gebeten, daß sie mit ihm nach Paris geschickt werde. Er war damals ein Kind. Sie war immer noch ein Kind. Durch eine Unbesonnenheit von ihr könnte ihm Teresa jederzeit entrissen werden. Und sie verdarb ihm seine Freude durch Schuldgefühle. Sie machte ihm nie Vorwürfe, aber das änderte nicht viel. Wenn sie ihn oder Teresa ansah, enthielten ihre Blicke hundert Vorwürfe, die auszusprechen ihr nicht im Traum eingefallen wäre.

»Wir könnten durchbrennen«, sagte er plötzlich. »Dann würden sie uns heiraten lassen müssen. André würde dann an seinem Vertrag nicht festhalten wollen.«

Mörderische Eifersucht durchschoß ihn wie ein Pfeil, so daß er sich nicht enthalten konnte, die Frage zu stellen, über die er sich das Hirn zermartert hatte seit jenem wunderbaren Morgen, an dem sie ihn zu ihrem Bett geführt hatte: »Haben Sie mit André geschlafen? Ja? Ja?«

Unbewußt hatte er die Hand auf den Degen gelegt, als ob er André damit hätte durchbohren wollen. Teresa streckte die Hand aus, löste ruhig seine Finger vom Heft und sagte:

»Nein, natürlich nicht. Ich sagte Ihnen ja, ich traf ihn auf Gesellschaften, als ich noch ein Kind war. Ich hatte keine Ahnung, daß er je an mir interessiert sein würde. Es war eine große Überraschung, als sein Antrag kam. Ich kenne ihn eigentlich überhaupt nicht.«

»Wie haben Sie dann... wie haben Sie...«

Den Satz zu beenden wäre ungehörig und beleidigend gewesen. Er brachte es nicht über sich. Wieder war sie die Ruhige, Vernünftige. Mit leiser Stimme sagte sie:

»Frauen reden untereinander über vieles. Wenn man verliebt ist, kommt alles spontan.«

Dann senkte sie den Blick, während er sie anbetend ansah. Schließlich sagte sie:

»Es wäre töricht, durchzubrennen. Wir würden verhaftet und zurückgebracht. Sie wären ruiniert. Viel besser, eine Weile zu warten. Es wird nicht lange sein, das verspreche ich.«

»Teresa, erscheint es Ihnen nicht seltsam, daß ich unser ganzes gemeinsames Leben schon sehe wie eine lange, glatte, silberne Linie, die sich über ein dunkles, ruhiges Meer erstreckt?«

»Sie klingen wie ein Wahrsager.«

»Vielleicht bin ich einer. Wir gehen Hand in Hand an dieser Linie entlang, jeder Schritt macht uns glücklicher und friedlicher. Finden Sie das eine törichte Vorstellung?«

»Ich finde sie schön und romantisch, und darum liebe ich Sie so sehr. Jetzt müssen wir besonders vorsichtig sein, um keinen Verdacht zu erregen. Ich brauche Zeit, mehr Zeit, ehe ich mit Mama sprechen kann.«

»Ist es nicht meine Sache, das zu tun?«

»Nein, nein. Sie dürfen das nicht. Ich werde es tun, und zwar bald. Danach wird alles wunderbar sein.«

9

Seit Tagen war Louise Cousine Charlotte aus dem Weg gegangen. Äußerlich hatte sich nichts geändert, die verbindliche, sanfte Stimme mit der tadellosen Aussprache war so unpersönlich wie eh und je, die Ratschläge für eine junge Dame, die bestrebt war, sich zu vervollkommnen, wurden nach wie vor regelmäßig erteilt, und die kühlen Glückwünsche zu jedem Erfolg wurden von demselben blechernen, spöttischen Lachen begleitet. Verändert hatten sich Cousine Charlottes Augen, die jetzt wie aus grauem Marmor waren, stumpf vor Haß und etwas anderem, das Louise nicht ausmachen konnte. Es erinnerte sie an den Blick, mit dem Patty eine Henne im Hühnerhof zu Hause begutachtete, ehe sie zu dem Schluß kam, daß sie reif für den Kochtopf sei.

Louise bemerkte diesen Blick zum erstenmal ein paar Tage vor ihrem versprochenen Besuch bei der Gräfin de Rothe, die in derselben Straße wohnte wie Cousine Charlotte. Es war ihr nie schwergefallen, zu erkennen, daß die Gräfin sie nicht mochte, obwohl sie sich den Grund dafür nicht vorstellen konnte. Biddy, die offenbar allen Klatsch aufzuschnappen vermochte, sagte, die Gräfin sei auf jedes hübsche junge Mädchen in der Familie eifersüchtig und behandele sie prinzipiell grob. Sie mache auch keine Ausnahme bei ihrer eigenen Tochter, Lucie Dillon, oder bei ihrer zehnjährigen Enkelin, die ebenfalls Lucie hieß und Louise sehr ähnlich sein solle.

»Wie sie den beiden das Leben sauer macht!« sagte Biddy. »Ihr Vater war ein englischer Lord, und ihr Schwiegervater war mit Herzögen verwandt, obwohl er selbst keiner war, aber es heißt, sie kreische wie ein Fischweib, wenn sie wütend sei. Die arme Madame Dillon sei fast am Ende, sagte Catherine, spucke Blut und all das, aber das hindere ihre Mutter nicht. Sie werden sie bald sehen, wenn wir aufs Land gehen.«

»Woher weißt du, daß wir aufs Land gehen?«

»Catherine hat es mir gesagt. Wir sind alle in Madame Dillons Haus in Hautefontaine eingeladen, wenn sie aus Brüssel zurückkommt. Nun seien Sie brav auf der Gesellschaft, Miss Louise, sonst lassen sie uns womöglich gar nicht aufs Land gehen. Ich sehne mich so danach, möchte mal wieder eine grüne Wiese sehen nach all dem Staub und Schmutz hier.«

»Ich bin nicht sicher, ob ich gehen möchte.«

»Natürlich wollen Sie. Da sehen Sie es, meine geschwätzige Zunge wird noch mein Untergang sein. Warum habe ich Ihnen überhaupt was erzählt?«

»Zusammen mit den beiden, der Gräfin und Cousine Charlotte, werde ich verrückt werden. Wenn es nur die Gräfin wäre – wenigstens wohnen wir nicht bei ihr. Aber jetzt hat Cousine Charlotte denselben Ausdruck. Was kann nur mit ihr geschehen sein? Was habe ich ihrer Ansicht nach getan? Tag und Nacht versuche ich, es ihr recht zu machen und alles zu tun, was sie will, und dennoch funkelt sie mich böse an.«

»Es tut mir leid, daß ich was gesagt habe. Sie fangen an, sich was einzubilden.«

»Ich bilde mir nichts ein. Ich bin da ganz sicher. Bitte, Biddy, sei nicht eingeschnappt. Wie kann ich mich richtig verhalten, wenn du mir solche Sachen nicht erzählst?«

»Ich weiß nicht, was mit ihr geschehen ist, und das ist

die Wahrheit«, sagte Biddy. »Vielleicht sind Sie nicht brav, vielleicht widersprechen Sie ihr, wenn sie Ihnen sagte, was Sie tun sollen...«

»Ihr widersprechen! Da hätte ich Angst um mein Leben, wenn ich das täte!«

»Bestimmt, das weiß ich, Gott steh Ihnen bei. Ich will versuchen, es herauszufinden. Jetzt seien Sie einfach nett zu allen, wie Sie es immer sind, und alles wird in Ordnung sein. Tun Sie alles, was sie sagt, und reden Sie nicht zu viel. Vielleicht glaubt sie, Sie erregen zuviel Aufmerksamkeit im Gegensatz zu ihrer Tochter. Es würde Ihnen nicht schwerfallen, netter auszusehen als die – sie ist wie der aufgewärmte Tod, wenn Sie mich fragen.«

Louise war zu bekümmert, um ihr für diese Bemerkung einen Verweis zu erteilen, sondern sagte nur:

»Ich habe jetzt Angst, überhaupt zu reden, wenn sie da ist.«

Auch zu Teresa hatte Louise kein Vertrauen mehr, obwohl sie es Biddy nicht sagte. Nachdem sie in den ersten Tagen eine liebevolle Freundin gewesen war, hatte sie sich jetzt darauf verlegt, gemeinsam mit ihrer Mutter über die letzten Reste von Louises Unkenntnis der Bräuche von Paris zu spotten. Louise gab vor, es nicht zu bemerken, denn sie vermutete, das Geheimnis, das Teresa mit Robert teilte, sei eine zu starke Belastung.

Mit aller Macht wünschte Louise, sie brauchte die ganze Gesellschaft nicht mehr zu sehen, und mit der Zeit wurde sie immer ärgerlicher über Roberts Torheit. Das Haus machte einen bedrückenden Eindruck, als wäre sie in einem Familiennetz von Spinnen gefangen, die sich alle an sie heranarbeiteten, alle absolute Gewalt über sie hatten und alle im Einverständnis miteinander waren. Grand-mère hatte nicht geschrieben, obwohl sie jetzt schon lange die Nachricht erhalten haben mußte, daß sie heil angekommen waren. Nicht einmal ein Lebenszeichen von Pater Burke war gekommen, ein fragwürdiger

Fürsprecher, wenn es überhaupt einen gab, und doch wünschte Louise, er würde einen Besuch in Paris machen, damit sie ihn um Rat fragen könnte. Vielleicht hätte er einen Anhaltspunkt, was sie im Schilde führten, oder ob überhaupt etwas zu befürchten sei. Womöglich hatte Biddy recht und sie bildete es sich nur ein.

Aber als Louise die Gräfin de Rothe an dem Abend der Gesellschaft in ihrem Haus zusammen mit Cousine Charlotte sah, spürte sie, daß ihr von den beiden eine Feindseligkeit entgegenschlug, die unmißverständlich war. Nachdem sie die Gastgeberin begrüßt hatte, hielt sie nach Robert Ausschau und fand ihn, allein auf einem Sofa träumend, in einem Alkoven neben dem Salon. Sie fragte sofort:

»Robert, glaubst du wirklich, wir hätten in dieses Haus kommen sollen? Sind wir willkommen? Hast du bemerkt, wie sie uns ansehen?«

»Wer?«

»Gräfin de Rothe und Cousine Charlotte.«

»Das hat nichts mit Cousine Charlotte zu tun. Gräfin de Rothe hätte uns nicht eingeladen, wenn sie uns nicht hier haben wollte«, meinte er obenhin. »Wir füllen das Parkett. Ich habe die Gräfin sagen hören, sie habe gern jung und alt durcheinander.«

»Es betrifft doch Cousine Charlotte. Glaubst du, sie hat das herausgefunden über dich und Teresa? Ich habe seit Tagen darüber nachgedacht, und jetzt bin ich sicher, das ist die einzig mögliche Erklärung, warum sie sich so verändert hat. Sie war nicht so zu Beginn unseres Aufenthalts.«

Jetzt war er ganz bei der Sache. Er fragte rasch:

»Wo ist Teresa? Ist sie nicht mit dir gekommen?«

»Sie kommt später. Sie hatte Besuch, als wir gingen, Biddy und ich. Cousine Charlotte war früher gekommen. Catherine wartet auf Teresa. Es sind nur ein paar Schritt – ein Fußweg von wenigen Minuten.«

Warum schwatzte sie so viel? Etwas Häßliches und Erschreckendes spiegelte sich in seiner Miene, etwas, das sie noch nie gesehen hatte. Er war immer derjenige gewesen, der selbstsicher und optimistisch war und ihre Gereiztheit mit freundlichem Rat beschwichtigt hatte. Jetzt war sein fröhlicher, jungenhafter Ausdruck durch einen Ausbruch von Leidenschaft entstellt. Wut auf Teresa loderte in ihr auf, aber sie war klug genug, es Robert nicht merken zu lassen. Er fragte:

»Wer kam zu Besuch?«

»Graf de Loudun, dieser junge Lebemann, dessen Frau so schwer verkrüppelt ist. Ich habe sie erst neulich kennengelernt – sie ist reizend und so gebildet. Sie erzählte mir, daß sie dauernd liest, weil sie nicht viel ausgehen kann. Robert, was ist los? Bitte, Robert, mach keine Szene. Die Leute sehen schon zu uns herüber.«

Ihr Verhalten begann in der Tat Aufmerksamkeit zu erregen. Ein Paar hatte angehalten und neugierig Bruder und Schwester angestarrt, die die Köpfe zusammengesteckt hatten und offenbar in einem Zustand beträchtlicher Erregung waren. Louise ließ das erkennen, als sie sich jetzt verlegen umschaute und die hochgezogenen Augenbrauen sah, und der Mann machte eine verächtliche und höhnische Grimasse, als er mit seiner Partnerin weiterging. Louise sagte leise:

»Ich muß dich verlassen. Cousine Charlotte wird wütend sein. Sie hat mir immer wieder gesagt, man dürfe auf Gesellschaften keine ernsthaften Gespräche führen. Das sei eine Beleidigung der Gastgeberin, sagte sie. Oh, Robert, um Gottes willen, nimm es nicht so schwer. Denke an Irland, denke an den Tag, als wir nach Creevagh ritten, um Katta zu besuchen. Das hier ist überhaupt nicht wirklich. Es wird alles gut werden...«

Sie stand auf, denn sie wußte nicht, was sie ihm noch sagen sollte, ihre Hände machten eine unbewußte ungeduldige Bewegung, als ob sie ihn schütteln wollte, um ihn zur Vernunft zu bringen. Er sah sie lange an mit einem leeren Blick, wie man ein Tier ansehen könnte, ohne Gefühl. Dann stand auch er auf, nahm ihre Hand und küßte sie feierlich nach französischem Brauch, den er in letzter Zeit übernommen hatte, und verließ ohne ein Wort den Raum. Sie stand da und sah ihm nach, beunruhigt über eine gewisse Unsicherheit seines Ganges, fast als ob er betrunken wäre. Sie folgte ihm rasch, dann hielt sie inne und sah ihn die zwei Stufen hinaufgehen, die aus dem großen Salon hinausführten, und sich vor der Gräfin de Rothe verbeugen, die zu weit entfernt war, als daß er mit ihr sprechen konnte. Ein Diener öffnete ihm die Doppeltür, und er ging hinaus.

Ihr gesunder Menschenverstand hieß sie, ein liebenswürdiges Lächeln aufzusetzen. Sie hob den Kopf, sah sich im Raum um und betrachtete die Gesellschaft. Cousine Charlotte war nicht zu sehen. Madame Nagle, eine Cousine, die sie immer gern gehabt hatte, saß bei der Gräfin de Rothe und einigen anderen und schien ihnen eine Geschichte zu erzählen. Sie schrien vor Lachen, ein Lachen der Art, das einem einen Schauer über den Rücken laufen ließ, wenn man seinen Anlaß erriet. Louise ging auf die Tür zu, als ob sie sich jemandem am anderen Ende des Raums anschließen wollte. Sie hatte ihre Flucht fast bewerkstelligt, als es eine kleine Unruhe unter den Bedienten gab, die Türen aufgerissen wurden und Erzbischof Dillon eintrat. Sein Blick fiel sofort auf Louise, er nahm ihre Hand und hielt sie mit seinen dürren Greisenfingern fest, während er sich an die übrige Gesellschaft wandte:

»Keine Förmlichkeiten, wenn ich bitten darf. Das ist gut und schön, wenn ich bei Ihnen Besuch mache, aber nicht in meinem Haus. Nun, kleine Cousine, kommen Sie und setzen Sie sich zu mir und erzählen Sie mir, wie Sie sich die Zeit vertrieben haben.«

Er führte sie zu einem Sessel, der eindeutig für ihn reserviert war, ein Diener stellte für sie einen Sessel neben den seinen, und da mußte sie bleiben, länger als eine halbe Stunde Mittelpunkt der Aufmerksamkeit. Trotz seines Verbots von Förmlichkeiten standen die Gäste Schlange, um ihn nacheinander zu begrüßen, und allen wurde Louise als seine liebe Cousine vorgestellt. Nur einmal fragte er:

»Und Ihr Bruder? Ist er heute abend bei uns?«

»Ja, er war hier, aber er mußte fort. Er hofft, zurückzukommen, ehe der Abend vorbei ist.«

»Junge Männer sind immer mit irgend etwas beschäftigt. Nur Damen haben Zeit.«

Sie wußte, daß er sie auf keinen Fall absichtlich zurückhielt. Er war der weltlichste Priester, den sie je kennengelernt hatte – Kardinal Rohan betrachtete sie überhaupt nicht als einen Priester, obwohl sie wußte, daß er einer war –, aber Erzbischof Dillon war ein wirklicher Herr, von dem man wußte, daß er niemals jemandem etwas zuleide getan oder seine Amtspflicht vernachlässigt hätte. Die Möglichkeit zu entwischen wäre allenfalls durch eine vorgetäuschte Ohnmacht zu bewerkstelligen gewesen, aber bei ihrem gesunden Aussehen hätte niemand auch nur einen Augenblick geglaubt, daß sie krank sei. So oft sie konnte, blickte sie zur Tür, aber weder Teresa noch Robert erschienen.

Schließlich wurde sie von Cousine Charlotte erlöst, die zu ihr kam und glattzüngig sagte:

»Nun, meine Liebe, Sie sollten daran denken, die wichtigste Person im Raum nicht in Beschlag zu nehmen. Man könnte meinen, ich hätte Ihnen nichts beigebracht.«

Das wurde mit einem leichten Lachen vorgebracht, aber ihre Augen blickten giftig. Der Erzbischof sagte:

»Schelten Sie sie nicht. Ich war es, der sie in Beschlag nahm.«

Aber er ließ ihre Hand los und stand auf, begann müde durch die Räume zu gehen und die anderen Gäste zu begrüßen. Louise brauchte weniger als eine Minute, um sich zur Tür durchzuschlängeln, dann war sie frei, ließ sich von einem der Mädchen im Vestibül ihren Umhang geben, rannte hinaus in die klare Nachtluft, merkte, daß Biddy ihr folgte und rief ihr zu, sie solle stehenbleiben. An der Tür von Cousine Charlottes Haus wartete sie und sagte, als Biddy sie einholte:

»Ich mußte zurückkommen. Mit Robert ist etwas los. Ich weiß es. Ich spüre es. Wo ist Martin Jordan? Hast du ihn gesehen?«

»Er suchte Herrn Robert beim Erzbischof. Er konnte ihn nirgends finden.«

Sie hämmerten an die Tür, bis sie von Michel geöffnet wurde, dem alten Pförtner, der zu diesem Behufe immer zu Hause blieb. Sie rannten nach oben und blieben auf dem ersten Treppenabsatz stehen, um zu lauschen, während Michel wieder in die Küche schlurfte. Es brannten wenig Lampen, da die Herrschaften ausgegangen waren. Sie schauten in die Salons, dann machten sie die Schlafzimmertüren auf diesem Korridor eine nach der anderen auf. Louise hatte das Gefühl zu ersticken und blieb stehen, um Luft zu holen. In diesem Augenblick öffnete sich die Tür von Teresas Wohnzimmer, und sie stand vor dem schwachen Lichtschein im Zimmer und starrte sie an. Ihr Gesicht war totenbleich und ließ ihr offenes dunkles Haar kohlschwarz erscheinen. Louise schreckte zurück vor dem Blick, der ihr entgegengeschleudert wurde. Teresas Mund stand offen wie bei einem zähnefletschenden Hund, die Oberlippe war auf seltsame Weise hochgezogen, starr und häßlich. Ihre Stimme war so leise, daß Louise erst nach einem Moment erkannte, daß sie vor Wut fast hysterisch war:

»Er wird ihn töten, er wird ihn töten! Parvenü! Grünschnabel!«

»Wer? Wer wird ihn töten? Wo ist denn mein Bruder?«

»Ist hereingestürmt, hat geschrien – eine solche Unverschämtheit.« Dann machte sie den Mund zu und starrte wieder, als ob ihr der Zorn die Sprache verschlagen habe. Dann preßte sie noch ein paar Worte heraus: »Philippe war hier. Robert führte sich wie ein Verrückter auf.«

»Wo ist er? Wo?«

»Sie gingen zusammen weg.«

»Um sich zu schlagen?«

»Woher soll ich das wissen?«

»Philippe sollte Ihre Ehre schützen – ist das Ihre Lesart?«

Louise ging drohend einen Schritt vor und sah, daß Teresa die zur Faust geballten Hände hob, als wollte sie sich verteidigen. Plötzlich schrie sie:

»Verlassen Sie das Haus, Sie kleine Schlampe. Hinaus mit Ihnen! Nein, warten Sie! Ich habe es nicht getan – es war meine Mutter. O Gott, ich wußte nicht, daß es so sein würde!«

»Was? Was würde so sein?«

Aber Teresa war jetzt völlig hysterisch, und es war kein vernünftiges Wort aus ihr herauszubekommen. Louise ließ Biddy zurück, damit sie sich um sie kümmere, da Catherine nirgends zu sehen war, und rannte wieder nach unten. Die Halle war leer, sie machte sich selbst die Tür zum Hof und dann zur Straße auf, und vor Aufregung und Angst begannen Tränen ihr die Augen zu verschleiern. Sie wußte, daß sie nicht allein sein sollte, daß es unverzeihlich war, in Paris so durch die Straßen zu rennen. Einen Narren hatte Teresa Robert genannt, oder einen Grünschnabel? Sie hatte zu verstehen gegeben, daß er und Philippe sich duellieren würden, aber wo? Louise hatte vom Bois de Boulogne munkeln hören, aber der war meilenweit weg. In der dunklen Straße beleuchteten die Fackeln die Fassaden der Häuser. Sie konnte ihn nicht retten, sie konnte nichts für ihn tun, selbst wenn sie ihn finden sollte. Aber sie konnte auch nicht ins Haus zurückgehen. Es war undenkbar, ihn einfach im Stich zu lassen und nicht nach ihm zu suchen. Wohin mochte er gegangen sein? Ein Duell könnte doch sicher nicht vor morgen früh stattfinden. Sie stand an dem großen Außentor des Hauses und wandte sich zuerst nach dieser Richtung, dann nach der anderen und wußte nicht, was sie tun sollte.

Eine Kutsche hatte ein paar Schritt entfernt angehalten, und einige Leute stiegen aus. Sie schaute hin, denn sie fürchtete, Cousine Charlotte sei nach Hause gekommen, sah aber gleich, daß sich fremde Diener dort zu schaffen machten und ein hochgewachsener Mann auf die Straße sprang und auf sie zukam. Sie schämte sich, denn sie sah ja aus wie eine Katze, die für die Nacht aus dem Haus geworfen wurde. Wenigstens würde die Dunkelheit ihre Verlegenheit einigermaßen verhüllen, aber ihre lächerliche Frisur würde sofort verraten, daß es ihr nicht anstand, allein dort zu sein. Er lächelte, wenngleich etwas gezwungen und verwundert. Als er sprach, merkte sie, daß sie sich kannten.

»Was ist denn los? Warum sind Sie allein hier? Sie sehen verstört aus. Was geht hier vor?«

»Sie sind Andrew!« Ihr wurde ganz heiß, und sie bedeckte das Gesicht mit den Händen, dann nahm sie sie herunter und fragte mißtrauisch: »Was machen Sie denn hier?«

»Dieselbe Frage habe ich gerade gestellt«, erwiderte er in belustigtem Ton.

»Ich verstehe mich selbst kaum. Ich habe nir Ihren Familiennamen gehört, Monsieur. Wir haben uns in Irland gesehen. Sie erinnern sich gewiß meines Bruders.«

»Natürlich.«

»Ich glaube, er ist zu einem Duell gegangen. Ich kam heraus, um ihn zu suchen.«

»Haben Sie eine Ahnung, wohin er gegangen ist?«

»Nein, ich wünschte, ich wüßte es.«

»Steigen Sie in die Kutsche ein. Erzählen Sie mir, was geschehen ist. Oder können wir ins Haus gehen?«

»Nein, nein!« Sie stieg in die Kutsche ein, während sie sprach, und war sich bewußt, daß Cousine Charlotte es nicht gebilligt hätte. »Warum sind Sie hier? Woher sind Sie gekommen?«

»Ich sagte Ihnen ja, wir würden uns in Paris sehen. Nun erzählen Sie mir genau, was geschehen ist.«

Im höchsten Grade erleichtert berichtete sie die ganze Geschichte von Roberts Vernarrtheit in Teresa, die, wie es jetzt schien, ihn die ganze Zeit mit dem Grafen Philippe de Loudun betrogen habe, einem Lebemann, der verheiratet sei. Seine Frau sei unheilbar verkrüppelt. Zu ihrer Überraschung fragte er:

»In welcher Weise ist sie verkrüppelt?«

»Ihr Rückgrat ist völlig krumm. Es geschah, nachdem sie geheiratet hatten, als sie fünfzehn war. Er zog in den Krieg für zwei Jahre, und als er zurückkam, war sie in diesem Zustand. Sie ist sehr unglücklich darüber, aber sie beklagt sich nicht. Teresa hat es mir erzählt.«

»Und Robert glaubte, er und Teresa würden heiraten?«

»Ja, natürlich. Er hätte es wissen müssen – sie sind hier alle falsch, ausnahmslos alle. Aber er glaubte an sie. Er erzählte mir, sie habe gesagt, daß ihre Mutter vorläufig nichts davon erfahren dürfe, weil sie mit jemand anderem verlobt sei...«

Mit einemmal merkte sie, daß sie kein Wort mehr hervorzubringen vermochte, als ihr alles klar wurde. Sie schloß die Augen und lehnte sich zurück an die harten Kissen der Kutsche und sackte zusammen. Neben sich hörte sie ihn sagen:

»Louise! Louise! Werden Sie jetzt nicht ohnmächtig, was Sie auch immer tun. Senken Sie Ihren Kopf, ganz tief, nehmen Sie meine Hand. Ich werde Sie nicht fallen lassen. Jetzt holen Sie tief Luft. Nun setzen Sie sich wieder auf, Kind. Jetzt fühlen Sie sich besser. Sie müssen ins Haus zurückgehen.«

»Das kann ich nicht, das kann ich nicht. Sie sagte, ich soll es verlassen – ich kann nicht zurückgehen...«

»Teresa ist jetzt da?«

Er sprach ihren Namen in einem ruhigen, klanglosen Ton aus, der sie erschreckte. Sie sagte:

»Ich habe mein Mädchen bei ihr gelassen. Sie war hysterisch. Ich konnte nicht bei ihr bleiben, aber ich ließ meine Biddy bei ihr.«

»Wenn Sie nicht zurückgehen können, wohin, glauben Sie, können Sie dann gehen?«

»Zu meinem Cousin, dem Erzbischof von Narbonne, wo der Empfang heute abend ist, wo ich bis vor kurzem noch war. Ich weiß keinen anderen Ort. Aber Cousine Charlotte ist jetzt da. Ich könnte zu Madame Nagle gehen, wenn sie mich aufnimmt.«

»Unsere Cousine, Madame Nagle?«

»Ja. Sie ist immer sehr nett zu mir, aber vielleicht wird sie mich jetzt auch hinauswerfen. Ach, Monsieur de Lacy, ich wünschte, ich könnte nach Hause gehen, nach Irland!«

»Nun verlieren Sie nicht den Mut. Vor einem Augenblick hatten Sie noch eine Menge. Zuerst müssen Sie zu der Gesellschaft zurückgehen, dann muß ich Robert suchen. Ich habe eine Ahnung, wo sie hingegangen sein können.«

»Wohin?«

»Ich kenne Paris. Es gibt wenig Orte, an denen man sich zu dieser nächtlichen Stunde duellieren kann. Ich werde ihn finden. Jetzt bringe ich Sie zu Madame Dillons Haus zurück.«

»Es ist das Haus des Erzbischofs.«

»Nein, es ist Madame Dillons Haus, aber es spielt keine Rolle.«

»Sehe ich fürchterlich aus?«

»Ich kann es nicht richtig sehen.« An der Tür half er ihr hinunter und betrachtete ihr Gesicht im Schein der Fackel an der Haustür genau. »Sie sehen ganz in Ordnung aus. Nun Kopf hoch! Ich komme zurück, wenn ich etwas erfahren habe. Am Morgen werde ich kommen.«

»Nicht erst am Morgen! Was soll ich machen, wenn die Gesellschaft zu Ende ist? Sie sagte, ich müsse das Haus verlassen.«

»Sie werden wie gewöhnlich in Ihrem eigenen Bett schlafen. Sie können nicht einfach vor die Tür gesetzt werden. Dafür werde ich sorgen. Jetzt gehen Sie hinein und versuchen Sie, sich so zu verhalten, als wäre nichts geschehen.«

Noch einen Augenblick atmete sie unter freiem Himmel die Pariser Luft ein, die nach dem Fluß und verfaulendem Gemüse und Pferdeäpfeln und tausenderlei anderem roch, das ihr Aroma ausmachte und ihr lieblich erschien im Vergleich mit dem, was drinnen auf sie wartete. Cousine Charlotte war die erste, die sie im Salon traf, und sie sagte:

»Ich habe Sie vermißt, Louise. Wo waren Sie?«

»Ich bin mit Biddy eine Weile hinausgegangen. Es ist so heiß hier drinnen.«

Nach einem langen, starrenden Blick fragte Cousine Charlotte: »Sind Sie zu Hause gewesen? Haben Sie Teresa gesehen?«

»Ja.«

Sie maßen einander, und dann senkte Cousine Charlotte den Blick. Ihr Verhalten ließ eine neue Nervosität erkennen, und später sprach die Gräfin de Rothe auch höflich mit Louise, vielleicht wegen des Wohlwollens, das der Erzbischof ihr in aller Öffentlichkeit bekundet hatte. Es war eine angenehme Abwechslung, was immer der Grund war. Louise verbrachte die letzte Stunde auf der Gesellschaft mit dem Versuch, ihre Ängste um Robert zu beschwichtigen. Mit aller Macht klammerte sie sich an die Erinnerung an Andrew, der so gelassen und selbstsicher und erfahren war, und so überzeugt, daß er Robert finden und alle Schwierigkeiten ausräumen könne. Sie wand sich vor Verlegenheit über den Irrtum, der ihr unterlaufen war – keinen Augenblick hatte sie ihn mit Teresas Grafen André de Lacy in Verbindung gebracht. Sie hatte die O'Connells nie nach seinem Familiennamen gefragt, denn sie wußte, sie hätten sich über ihn lustig gemacht, wenn sie Interesse bekundet hätte. Und seitdem war sie zu beschäftigt gewesen, um an ihn zu denken.

Wenn Grand-mère nur schreiben würde, und wäre es nur ein einziger Brief als Antwort auf alle, die Louise ihr geschrieben hatte. Vielleicht war sie krank – aber sie war nie krank. Von einer Gruppe zur anderen schlüpfend, sich immer am Rand haltend, ohne sich an der Unterhaltung zu beteiligen, schlängelte sich Louise durch die Räume und ging schließlich hinaus auf die kleine Terrasse, die Aussicht auf den Hof gewährte. Da war nur Platz für ein paar Blumenkübel, und niemand kam auf den Gedanken, sich dort hinzusetzen. Es war eine Erlösung, ihnen allen zu entwischen, und sei es nur für einige Minuten.

Von diesem Platz aus sah sie dann, daß die Gesellschaft beendet war und alle zur Tür strömten. Sie schloß sich ihnen unauffällig an, wünschte der Gräfin de Rothe gute Nacht und folgte Cousine Charlotte aus dem Haus.

10

Als er auf einem harten Bett in einer Mansarde im Collège des Irlandais in der Rue du Cheval Vert saß, spürte Robert seine Trostlosigkeit und Schande am ganzen Leibe. Ohne André wäre er jetzt tot, aufgespießt auf Philippes Säbel unter dem grölenden Gelächter seiner Freunde. Robert hatte Pistolen vorgeschlagen, aber Philippe hatte höhnisch erwidert, Säbel seien die Waffen von Herren, Pistolen seien etwas für Possenreißer. Dann war er um ihn herumgegangen, hatte ihn von allen Seiten betrachtet, als wäre er ein Tier auf dem Viehmarkt, und Bemerkungen über seine Stärken und Schwächen gemacht, während seine Freunde den Kopf zurückwarfen und vor Lachen brüllten. Der Ort, wo sie waren, schien eine Art Klub zu sein. Offene Kragen und Hosenbunde, zerzauste Haare und weinbefleckte Hemdbrüste ließen erkennen, daß sie schon eine ganze Weile getrunken hatten. Sie waren aufgestanden und hatten ihre Gläser geschwenkt und gejohlt, als Philippe hereinkam und Robert vor sich herschob, um deutlich zu machen, daß er eher ein Gefangener denn ein Gegner sei. Sie hatten sich dann an dem Spiel beteiligt, seine trotzige Miene nachgeäfft, waren vor ihm auf- und abgetänzelt und hatten ihn zum Schein mit Säbelhieben bedroht, aber die in ihren Händen gar nicht vorhandenen Waffen wirkten so echt, daß Robert vor Angst schwitzte. Als sie das sahen, waren sie belustigt, und ihr Ton wurde bösartiger.

Unverschämtheit war das Wort, das er am häufigsten gehört hatte, das Wort, das Philippe gebraucht hatte, als Robert in Teresas Zimmer stürmte und die beiden eng umschlungen in unverhüllter Umarmung auf dem schmalen Bett fand. Als er mit einem Schmerzensschrei zur Tür zurücktaumelte, sprang Philippe auf ihn zu wie ein wildes Tier, wie ein wütender haariger Affe, doch hielt ihn ein warnender Ruf von Teresa zurück. Dann wandte er sich ab und zog sich etwas an, während Robert betäubt stehenblieb und die beiden anstarrte. De Loudun ging wieder auf ihn los, jetzt ganz selbstbeherrscht, und sagte:

»Nun, Kleiner, weshalb sind Sie eigentlich hergekommen?« Er wandte sich an Teresa: »Soll ich ihn aus dem Fenster werfen?«

Sie zog sich die Bettdecke über den Kopf und antwortete nicht.

Und dann führte de Loudun Robert die Treppe hinunter, aus dem Haus hinaus und durch die Straßen, hatte ihn fest am Ellbogen gepackt und ging schnell und sicher, und das einzige Anzeichen seiner Erregung war das ständig wiederholte Wort »Unverschämtheit«. Es war ein schwaches und unzulängliches Wort, aber jede Wiederholung schien Philippe mehr zu erzürnen. In einem hohen Eckhaus wurde Robert die Treppe hinaufgetrieben in einen Raum, dessen Fenster auf der einen Seite nach der Straße gingen und auf der anderen Aussicht auf den Fluß gewährten. Schwärme von Mücken umtanzten die Lampen. Es waren nur Männer dort, obwohl ein Duft von schalem Parfum sich mit den unerfreulichen Ausdünstungen des Flusses, die durch das Fenster hereindrangen, und dem Geruch von überhitzten Männern und Wein vermischte. Nachdem sie ihn eine Weile mit ihren vorgetäuschten Säbeln gepeinigt hatten, sagte einer von ihnen:

»Laßt uns diesen Knaben mal ein bißchen aus dem Fenster hängen.«

Die ganze Gesellschaft griff das auf, und einige rannten zum Fenster, um zu sehen, ob die Polizei in der Nähe sei. Robert versuchte, die Entfernung zur Tür abzuschätzen, und fragte sich gerade, ob er sich mit einem Sprung zur Tür retten könnte, als sie von André aufgerissen wurde, der einen Augenblick reglos verharrte, um die Szene zu überblicken, dann rasch hereinkam und sagte:

»Was treiben Sie denn? Was geht hier vor? Schon auf der Straße habe ich das Geschrei gehört.«

Die gebieterische Stimme genügte, um ein Zögern hervorzurufen, die Gesichter von Roberts Quälgeistern sahen plötzlich erschreckt aus, ihre Blicke schossen zwischen André und de Loudun hin und her wie die Blicke von jungen Füchsen. Einer nach dem anderen ließ die Hände sinken und wich zurück; sie bewegten sich so langsam, daß sie fast zu zerfließen schienen, bis um de Loudun und Robert ein freier Raum blieb.

Philippe starrte André voll Verblüffung an, die rasch zu Überheblichkeit wurde, als er sich von seinem ersten Schreck erholte. Er trat angriffslustig einen Schritt vor und sagte laut:

»Ich bin nicht gewöhnt, in solchem Ton ausgefragt zu werden.«

Er ging auf André zu und hob die rechte Hand, um ihn zu schlagen. Benommen sah Robert, daß sich auf Andrés Gesicht Verwunderung malte. Dann schnellte seine Hand hoch, er packte de Loudans Arm, hielt ihn hoch und so fest, daß die Finger vor Schmerz herabhingen und weiß wurden. Nach einem Augenblick sagte André:

»Sie werden mich nicht schlagen, Graf. Es wird kein Duell geben. Die Gesetze dieses Landes sind in dem Punkt sehr streng.«

»Ich will mich duellieren – ich will mich duellieren...«

»Es würde nicht ein Duell der Art sein, wie Sie es sich vorstellen. Wenn ein Duell überhaupt in Frage kommt, dann wird es hier und jetzt stattfinden, in diesem Raum, und ich werde Sie töten. Das Gesetz wird mich schützen, denn Sie haben sich an meiner Verlobten vergangen. Und wenn wir uns schlagen, wird es kein ritterlicher Kampf sein, wie Sie ihn erwarten. Ich werde Sie einfach totschießen.«

André sprach diese Worte langsam, mit zusammengebissenen Zähnen und einem Ausdruck außerordentlicher, fast rasender Wut. Langsam senkte er seinen Arm, dann lockerte er seinen Griff, und de Loudons Arm fiel schlaff herunter. Ohne ihn aus den Augen zu lassen, sagte er zu Robert:

»Sie können mit mir kommen.«

Robert schoß wie ein Hase zur Tür und blieb keuchend draußen stehen. André folgte ihm langsamer, dann polterten die beiden die Treppe hinunter und hörten den Tumult in dem Raum oben, der sofort begonnen hatte, als sie gegangen waren. André sagte, als sie davoneilten:

»Das waren leere, schöne Worte von mir. Der Graf wird auf unser Blut aus sein, sobald er seine fünf Sinne wieder beisammen hat. Sie werden für eine Weile von der Bildfläche verschwinden müssen.«

Sie gingen um zwei oder drei Ecken und fanden Andrés Kutscher, der mit seinem Wagen auf sie wartete, und wurden rasch durch die dunklen Straßen gefahren. Robert kam es vor, als sei sein ganzer Körper empfindungslos, die Lunge luftleer, die Geschwindigkeit der Kutsche unwahrscheinlich hoch, Andrés Stimme so unwirklich wie ein Traum, als er sagte:

»Ich bringe Sie zuerst ins Irische Kolleg. Sie können jetzt nicht in Paris bleiben.«

Robert antwortete nicht. Die Ereignisse der letzten Stunde tauchten in einer Reihe von Bildern immer wieder vor seinem geistigen Auge auf, ein Durcheinander von Schreck und Schmerz hämmerte in seinem Kopf, so daß er keinen vernünftigen Gedanken oder Plan fassen konnte. Die demütigende Art und Weise seiner Rettung war das geringste seiner Kümmernisse. Wie konnte er sich nur eingebildet haben, daß ein Mädchen, das so aussah und sich so verhielt wie Teresa, eine keusche Jungfrau wäre und ihn lieben könnte? Seine ersten Zweifel waren berechtigt gewesen, aber er hatte sie leicht zum

Schweigen bringen lassen. Er wollte, daß sie zum Schweigen gebracht würden, Teresa hatte ihn durchschaut und es verstanden, ihn richtig zu behandeln.

»Aber warum? Warum hat sie mir das angetan?« platzte er plötzlich heraus. Dann hielt er beschämt inne und fügte nach einem Augenblick hinzu: »Sie sagten, sie sei verlobt. Sie erzählte mir von jemandem – ich wußte nicht, daß Sie es sind.«

André antwortete fast gleichmütig: »Es fand eine Zeremonie in der Kirche statt, aber ich war nicht anwesend. Ich kenne sie kaum. Das erleichtert es mir. Sie hat uns beide zum Narren gehalten.«

Robert empfand plötzlich Zorn gegen André. Ungeachtet dessen, was er gesehen hatte, ungeachtet dessen, was er über Teresas nichtswürdigen Charakter wußte, wünschte er immer noch aus tiefster Seele, sie wiederzuhaben. In den nächsten Stunden war er besessen von diesem Verlangen, so daß er die Gespräche, die über seinen Kopf hinweg über seine Zukunft geführt wurden, kaum hörte. Sie wurden vom Rektor selbst in das Irische Kolleg eingelassen, der Besuch von seinem Kollegen vom Collège des Lombards hatte, wo die höheren Semester der irischen Studenten lebten. Beide schienen André gut zu kennen. Sie wurden schleunigst nach oben gebracht. Im Arbeitszimmer des Rektors wurde der größte Teil von Roberts Geschichte erzählt, und dann saß er in einer Ecke, während sie unaufhörlich darüber redeten, ob er Paris sofort verlassen sollte, noch in dieser Nacht, oder ob man ruhig noch ein paar Tage abwarten könne, ob er nach Amerika geschickt werden sollte oder nur in ein anderes Irisches Kolleg in Frankreich. Von Zeit zu Zeit warfen ihm die beiden Patres Blicke zu, die halb mitleidig und halb neugierig waren, als ob er an irgendeiner seltsamen Krankheit leide.

Wenn Teresa, dachte Robert, zu ihm zurückkommen sollte, würde er sie wieder nehmen und keine Fragen stellen, wenn sie bereuen sollte, würde er kein Wort darüber verlieren. Er würde ihr nie Vorwürfe machen. Sie würde sagen, es sei alles ein Irrtum, sie habe den Kopf verloren, aber ihr Herz gehöre ihm noch. Sie würde ihm sagen, er solle sofort Vereinbarungen mit ihrer Mutter treffen, damit sie unverzüglich heiraten könnten. Er würde mit ihr zurück nach Irland gehen, wo es keine Versuchungen geben würde und sie die Seine wäre, die Seine für immer und ewig. Ein lauter, tiefer Seufzer entrang sich ihm, der bewirkte, daß sich alle Köpfe drehten und alle Augen starrten. Einer der Priester fragte:

»Was ist los mit ihm? Ist er verwundet?«

André senkte seine Stimme zu einem Flüstern, und dann gab es weitere neugierige Blicke, aber wenigstens lachte keiner über ihn. Dann hörten sie auf mit Reden, und er wurde in ein Zimmer im Dachgeschoß geführt, eine kleine kahle Mansarde mit einem schmalen, eisernen Bett. Das Gebäude war ziemlich neu, und die Wendeltreppe erschien endlos. Ein Nachtstuhl in einer Ecke der Mansarde ließ erkennen, daß der Bewohner sie niemals zu verlassen brauchte. Die einzige Lampe schuf schattige Winkel. Obwohl er selbst die Tür abgeschlossen hatte, nachdem es ihm dringend angeraten worden war, kam er sich, als sie weggingen, wie ein Gefangener vor.

Er kletterte auf einen Stuhl und schaute hinaus auf Paris, das im Schein des Vollmonds vor ihm lag, ein Wirrwarr von Dächern, hohe und niedrige und in allen erdenklichen Formen und Größen und mit freien Stellen dazwischen, wo sich Parks erstreckten und Paläste erhoben. Was für eine wunderbare Stadt war es – und er kannte sie kaum. Mr. Burke würde entsetzlich enttäuscht über ihn sein. Kurz vor seiner Abreise war er in Roberts Unterkunft gekommen und hatte ihm eine Predigt über die Pflichten von Studenten und die Freuden von Paris gehalten, und in den Ausführungen des Priesters waren die beiden Themen so miteinander verquickt, daß sich nicht feststellen ließ, welches ihm mehr am Herzen lag.

Robert hatte versprochen, sich mit beiden zu befassen. In Irland war er fest überzeugt gewesen, daß er gegen Weiberlist gefeit sei. Er erinnerte sich, wie erleichtert er war, von Celia loszukommen. Er wollte seine Freiheit auf Jahre hinaus nicht verlieren, nicht bis er Zeit gehabt hatte, all das zu genießen, was einen begüterten jungen Mann erwartete. Dann hatte er sich in einer Woche, seiner allerersten Woche, ganz töricht verliebt und sich für immer zugrunde gerichtet. Seine Studien hatten kaum begonnen, erst drei Vorlesungen an der Universität hatte er besucht, als sein Verstand ihn verließ. Niemals wieder würde ihn jemand achten, selbst wenn er diese mißliche Lage lebend überstand. Er würde als Liederjan und Lüstling bezeichnet werden. Sein Vater würde natürlich davon hören, und seine Großmutter und die widerliche Fanny. Die würde sich jedenfalls freuen.

Er stieg vom Stuhl herunter, auf dem er lange gestanden hatte, und setzte sich aufs Bett, den Kopf in den Händen vergraben. All diese Fragen von Achtung, die Freude anderer an seinem Unglück, selbst der Kummer seiner Freunde – all das war äußerlich und belanglos. Wichtig war nur sein Abscheu vor sich selbst. Er wußte jetzt, daß seine Beurteilungen von allem wertlos sein mußten. Nichts, was er je in Zukunft tun könnte, würde dieses Bewußtsein auslöschen. Er würde es mit sich schleppen müssen, wohin er auch ging, müßte die Schande ertragen und sich klar sein, daß jedermann, genau wie er selbst, wußte, daß er ein ausgemachter Narr war. Seine Ohren dröhnten vor Erregung und Qual, und er stöhnte vor Schmerz. Er konnte nicht mehr logisch denken. Nichts war mehr verständlich. Es wäre besser gewesen, in diesem Klub unter all diesen jungen Männern zu sterben. Das hätte wenigstens wie ein ehrenhaftes Ende ausgesehen. André, der Mann, dem er so entsetzlich unrecht getan hatte, war derjenige, der ihm geholfen hatte. Das war die letzte und schlimmste Demütigung.

Bei dem Gedanken an André sprang Robert auf und begann im Zimmer herumzurennen, als ob er einen Ausgang suchte. Nach einer Weile merkte er, was er tat, und blieb stehen, dann machte er wieder ein paar Schritte zum Fenster, dann zurück zum Bett, dann zur Tür, bis er schließlich die Fußleiste des Bettes packte und wie ein Rasender daran rüttelte, als wollte er sie in Stücke brechen. Nach einer Minute kehrte sein Wirklichkeitssinn zurück, und er ließ die Arme sinken, dann setzte er sich wieder aufs Bett in derselben Stellung wie vorher, den Kopf in den Händen. Zuletzt überwältigte ihn schiere Erschöpfung, er sank, völlig angezogen, aufs Bett und fiel in einen unruhigen Schlaf, der allmählich sanfter wurde, bis er leise und friedlich schnarchte.

Ein lautes Hämmern an der Tür weckte ihn am nächsten Morgen, ein Diener kam mit einem Frühstückstablett. Er krabbelte aus dem Bett, reckte sich und rief:

»Einen Augenblick! Ich komme!«

Der Diener betrachtete ihn ebenso neugierig wie die Priester am Abend. Kannte das ganze Haus seine traurige Geschichte? Der Mann sagte auf Französisch:

»Der Rektor wird Sie nach dem Frühstück aufsuchen. Er sagte, Sie sollten nicht hinunterkommen.«

»Warum nicht?«

Die Frage war töricht, und natürlich bekam er als Antwort nur ein Schulterzucken. Dann war er wieder allein. Vielleicht wurde nach ihm gesucht. Graf de Loudun konnte fast alles erreichen, was er wollte, sogar Robert mit einem *lettre de cachet* für immer ins Gefängnis werfen lassen. Am vorigen Abend hatte er so wütend ausgesehen, daß ihm alles zuzutrauen war. Plötzlich verspürte Robert Hunger und machte sich über das Brot und den Kaffee her, dann versuchte er, sich für den

Besuch des Rektors etwas manierlicher herzurichten.

Als er kam, war es fast Mittag, und André begleitete ihn. Robert öffnete die Tür, als geklopft wurde, und trat dann beiseite, um sie hereinzulassen. Erfrischt durch den Schlaf, stellte er fest, daß ihm das gestrige Abenteuer nicht mehr, wie am Abend, als ein Verhängnis erschien. Obwohl ihn die Erinnerung an Teresa noch tief schmerzte, sah er allmählich ein, daß es für andere nicht eine solche Tragödie war wie für ihn. André sagte besorgt:

»Ich hoffe, Sie haben schlafen können. Ich hatte vor, früher zu kommen. Ich war bei Charlotte und Teresa. Es ist eine unglaublich traurige Geschichte. Ich habe herausgefunden, um was es dabei ging.«

Er setzte sich auf die Bettkante, während der Rektor den Stuhl ergriff und hinüber zum Fenster trug. André sah mitgenommen und erschöpft aus, aber er war so adrett gekleidet wie immer. Sein Ton war gleichmütig, doch ließ sich unschwer erkennen, daß er einen unerfreulichen Vormittag verbracht hatte.

»Sie haben Angst, alle beide«, sagte er, »und wollen uns keine Schwierigkeiten machen. Charlotte wird tun, was sie kann, um Graf de Loudun zu besänftigen – er stellt die größte Gefahr für Sie dar.«

»Cousine Charlotte! Was hat sie damit zu tun?«

»Es war ihr Gedanke. Sie zwang Teresa mehr oder weniger, dabei mitzumachen. Teresa tut mir leid. Charlotte glaubte, sehr schlau zu sein, aber sie war tollkühn. Es war ein kompliziertes Komplott, zu kompliziert, als daß es gelingen konnte, wie sich dann auch herausstellte.«

»Ein Komplott?«

»Ein törichtes Komplott, um Ihre Schwester aus dem Haus zu schaffen, obwohl ich nicht einsehe, welchen Unterschied das gemacht haben würde. Charlottes Bruder war in der Armee mit mir in Amerika. Er warnte mich, daß sie sich für sehr geschickt in Gelddingen halte.

Er glaubte, sagte er, sie werde sich und ihre Familie zugrunde richten, ehe sie ihr Ziel erreiche. Als er im Sterben lag, bat er, ich möge mich um sie kümmern, Teresa heiraten und die ganze Familie unter meine Fittiche nehmen. Ich unterbreitete Charlotte meinen Heiratsantrag, als ich ihr die Nachricht vom Tod ihres Bruders übermittelte. Ich konnte ihr schreiben, daß er beruhigt starb.« Er zuckte ärgerlich die Schultern, als sei es ihm peinlich, so einfältig gewesen zu sein, dann fuhr er fort: »Das kommt dabei heraus, wenn man sich wie Don Quixote aufführt, und es ist der Anfang der jetzigen Geschichte. Charlotte hat Louises Erbteil durchgebracht – na, das müssen Sie inzwischen schon vermutet haben.«

Robert hatte es nicht vermutet.

»Sie nahm meinen Heiratsantrag für Teresa an, aber dann bin ich nicht gleich gekommen, und sie konnte Ihr Eintreffen aus Irland nicht länger hinauszögern. Ihr Vater bedrängte sie. Charlottes Plan war, zu sagen, Louise sei zu *farouche* für Paris, und sie aufs Land zu schikken, damit sie bei ihrer Schwiegermutter lebe. Dort hätten sie dann eine Heirat ohne Mitgift für Louise in die Wege geleitet. Aber Ihre Schwester bezauberte alle mit ihren guten Manieren und konnte nicht so leicht abgeschoben werden.«

»Hat sie Ihnen das alles heute vormittag erzählt? Sie gab es zu?«

»Ja. Sie bedurfte einiger Überredung, aber dann berichtete sie mir alles. Der Erzbischof, sagte sie, habe ihre Pläne zunichte gemacht, indem er allen Leuten von seiner reizenden Cousine aus Irland erzählte. Sie machte einige sehr häßliche Bemerkungen über Seine Gnaden. Und sie gab zu, daß sie die Briefe Ihrer Großmutter unterschlug. Sie hielt Louises Briefe an, ehe sie abgingen, und gab die ankommenden nicht weiter.«

Robert zwang sich zu der Frage:

»Da wußte sie also über Teresa und mich Bescheid?«

»Ja. Das war ihr letzter, verzweifelter Versuch. Sie sollten im richtigen Augenblick bloßgestellt und entehrt aus dem Haus gewiesen werden.«

»Teresa sagte mir, Kardinal Rohan gebe ihnen Geld.«

»Ja, das tut er gern, aber es ist nie viel, gerade genug, um den Bäcker zu bezahlen. Er tut das für viele Leute.«

»War de Loudun in das Komplott verwickelt?«

André warf ihm einen scharfen, anerkennenden Blick zu, als wollte er sagen, Robert beginne zu lernen, wie das Spiel gespielt wurde. »Kaum. Er machte gestern abend nicht den Eindruck. Es ist eher anzunehmen, daß er die Aufgabe hatte, Teresa bei Hof einzuführen. Sie ist sehr ehrgeizig. Wissen Sie, diese Pariser Aristokraten würden ihre Mütter verkaufen, um in die Nähe der Königin zu kommen.«

»Kann ihre Mutter sie nicht dort einführen? Sie hat es sogar Louise versprochen.«

»Ach? Nein, sie gehört überhaupt nicht zu diesem Kreis. Aber Madame Dillon.«

Während dieser ganzen Unterhaltung saß der Rektor schweigend am Fenster, so unbeteiligt, als höre er eine fremde Sprache, die er nicht verstand. Diese beiden Männer sind von einer Frau betrogen worden, schien er sich zu sagen, ihr Leben ist durch diese seltsame Erfahrung in Unordnung geraten. Wie merkwürdig ist das alles, und wie frei bin ich. Sie werden es verwinden, und wenn sie die ganze Angelegenheit genau untersucht und die Wahrheit dessen, was ihnen widerfahren ist, aufgedeckt haben, werden sie mich nützlich finden. Und in der Tat, nach einer Weile drehten sie sich zu dem Rektor um, und André sagte:

»Nun, Pater, was sollten wir Ihrer Ansicht nach als nächstes tun?«

Der Rektor hatte seine Gedanken durchaus beisammen. Robert habe die Wahl zwischen drei Möglichkeiten. Er könne nach Irland zurückkehren; er könne nach Bordeaux gehen und Jura oder Medizin am Irischen Kolleg studieren, wo Pater Burkes Beaufsichtigung vorteilhaft für ihn wäre; oder er könne in die französische Armee eintreten, am besten in das Dillon-Regiment, und in den Krieg in Amerika ziehen.

Robert zögerte nicht länger als zehn Sekunden, ehe er sich für die letzte Möglichkeit entschied.

11

Vor seiner Abreise, als er immer noch in der Mansarde im Irischen Kolleg wohnte, besuchte Robert Louise mehrmals. Aus Angst vor Loudun fuhr ihn Andrés Kutscher in einer geschlossenen Equipage hin, während Martin Ausschau hielt, aber von Philippe schien keine Gefahr zu bestehen. André hatte seit dem Abend, als er gedroht hatte, ihn zu töten, nichts von ihm gehört. Louise war jetzt mit dem Erzbischof und der Gräfin de Rothe in Madame Dillons Haus. André hatte alles in die Wege geleitet. Madame Dillon und ihre Tochter waren noch in Brüssel. Louise hatte zwei Zimmer im zweiten Stock.

»Es ist so friedlich«, sagte sie zu Robert bei seinem ersten Besuch. »Alle im Haus sind alt, aber mir gefällt das viel besser. Biddy auch, obwohl sie sagt, die Gräfin sei sehr launisch. Die anderen Dienstboten haben es ihr erzählt. Aber wir können ihr aus dem Weg gehen.«

Sie blickte ihn die ganze Zeit beklommen an, als wollte sie sehen, wie sehr er sich verändert habe. Er beobachtete sie auch und merkte, daß sie nicht mehr das unbekümmerte junge Mädchen war, das von Irland aufgebrochen war. Sie war stiller und selbstsicherer, aber am meisten vermißte er die vergnügten, belanglosen Bemerkungen, die sie früher gemacht hatte und die jede Unterhaltung mit ihr belebt hatten. Er hatte es nicht anders erwartet, aber obwohl er wußte, daß er dafür verantwortlich war, brachte er es nicht über sich, sich für das zu entschuldigen, was er getan hatte.

Der erste Besuch war der schlimmste. Danach nahm seine Vorfreude auf das große Abenteuer, das vor ihm lag, ständig zu und riß ihn so mit, daß der Schmerz über seinen Verlust ihn nur noch dann und wann überfiel. Er war in unnatürlich ausgelassener Stimmung, und alles, was er tat, wirkte übertrieben. An seinem letzten Tag kam er früh, rannte, immer drei Stufen auf einmal nehmend, zu Louise hinauf und stürzte schlankweg ins Zimmer. Sie hob den Kopf von den Büchern, die säuberlich auf dem Tisch vor ihr ausgebreitet waren.

»Wir brechen gleich nach Brest auf. Wir fahren mit General Rochambeau. André ist phantastisch. Alle im Kolleg beneiden mich. Die Flotte ist schon unterwegs von Bordeaux. Ich werde die Welt kennenlernen!«

Er trug seine Uniform, einen weißen Überrock mit himmelblauen Aufschlägen und eine lange Weste sowie einen Hut mit einer weißen Feder. Er drehte sich im Kreis, so daß seine Rockschöße flatterten. »Ich bin den Husaren zugeteilt. Wenn wir landen, bekomme ich meine neue Uniform. General Rochambeau habe ich heute gesehen. Er war gerade von einer Audienz beim König zurückgekommen.«

»Wie sieht er aus?«

»Ziemlich klein und schmächtig. Sein Mund ist fürchterlich. Er ist recht alt. Alle sagen, er sei ein Genie. Seine Knie machen ihm Beschwerden, er hat so viele Feldzüge mitgemacht. Seit achtunddreißig Jahren Soldat! Du solltest ihn sehen.«

»Gott sei gedankt.«

»Wofür sei Gott gedankt?«

»Daß einer achtunddreißig Jahre lang Soldat sein kann, noch am Leben ist und sie zu zählen vermag. Robert, hast du Papa einen Brief geschrieben?«

»Ja, ja, hier ist er.« Er nahm den Brief aus der Tasche und zeigte ihn ihr, zog ihn dann aber wieder zurück, ohne sie ihn lesen zu lassen. »Ich habe ihm nichts über Teresa geschrieben. Das heißt, etwas davon habe ich erwähnt, aber nicht alles. Wie könnte ich das niederschreiben?«

»Was hast du dann gesagt?«

»Bloß, daß wir entdeckt haben, daß Cousine Charlotte das Geld gestohlen hat, das deins sein sollte, und daß du in Madame Dillons Haus gezogen bist.«

»Und über dich?«

»Daß Teresa mich betrogen hat, daß ich Paris jetzt nicht mehr ertragen kann und in das Dillon-Regiment eintrete.« Sie sahen einander betrübt an. »Ich konnte es nicht über mich bringen, ihm mehr zu erzählen. Du kannst es vielleicht. Ich habe erwähnt, daß deine Briefe von Cousine Charlotte angehalten wurden.«

»Robert, es tut mir leid mit Teresa.«

Mit gespieltem Gleichmut sagte er:

»Wer weiß, ob ihr ein Vorwurf zu machen ist. Sie ist Pariserin. Sie tut nur, was alle anderen tun. Ich hätte das erkennen müssen.« Er nahm eines von Louises Büchern in die Hand und blätterte darin. »Jetzt bist du die Studentin und ich der Herumtreiber. André sagt, verschiedene Leute haben Bemerkungen über deinen Umzug hierher gemacht. Sie hatten vermutet, was Cousine Charlotte im Schilde führte, und fragten sich, wie lange wir brauchen würden, um es herauszufinden. André meint, jemand hätte es uns sagen sollen.«

»Dann hätten sie nicht so viel Spaß gehabt. Sie lieben Klatsch.«

»Aber nicht in diesem Haus?«

»Hier ist es besser. Ich bin noch nicht ganz sicher, wie ich mich hier einfügen werde, aber ich werde es lernen. Es ist nicht wie bei Cousine Charlotte.«

»André hat der Gräfin de Rothe genug gesagt, um

sicherzugehen, daß sie Cousine Charlotte nicht wieder einlädt.«

»Ich hatte mich schon gefragt, was ich sagen könnte, wenn wir uns wiedersehen. Sie ist nicht aus ihrem Zimmer herausgekommen und hat nicht wieder mit mir gesprochen nach jenem Abend – dem Abend der Gesellschaft in diesem Haus.«

»Und André sagte, er werde dich besuchen, bevor er Paris verläßt.«

»Du wirst mir schreiben?«

»Mit jeder Post. Niemand weiß bis jetzt genau, wohin wir gehen. Du wirst nichts hören, ehe wir irgendwo landen, aber dann werden die Briefe allmählich kommen. Jetzt muß ich gehen.«

Sie starrte ihn an, wie betäubt vor Kummer. Dann sprang sie auf, rannte um den Tisch herum zu ihm und sagte, als sie ihm die Arme um den Hals legte:

»Lieber Robert, ich beneide dich! Was für eine herrliche Zeit wirst du haben! Ich werde gleich an Vater und Grand-mère schreiben und ihnen sagen, wie prächtig du in deiner Uniform aussiehst und daß du mit dem General und den besten Soldaten zusammen sein wirst und daß du mit Ruhm bedeckt zurückkommen wirst.«

Aber sie vermochte das nicht durchzuhalten, und als er sich anschickte, sie endlich zu verlassen, saß sie wieder zitternd am Tisch und sagte: »Jetzt werde ich mich wieder fangen. Je eher du gehst, um so besser. Denke nicht an mich. Ich werde etwas Geometrie machen. Mr. Burke sagt, Geometrie beruhige das Gemüt. Ihm werde ich natürlich auch schreiben und alles erklären. Ich werde ihm nicht zu viel sagen. Nun geh schnell.«

Er küßte ihr die Hand und verließ leise das Zimmer, dann mußte er eine volle Minute auf dem Treppenabsatz stehen bleiben, ehe er imstande war, in den Salon zu gehen und mit Gräfin de Rothe zu sprechen.

Sie erwartete ihn, die Hände flach wie zwei kleine

Fische auf die Armlehnen ihres Sessels gelegt, und die harte Stimme klang kühl, als sie sagte:

»Nun, junger Mann, Sie reisen ab, wie ich sehe. Sehr schön. Lassen Sie sich nicht aufhalten. Louise wird sich wohl fühlen bei mir. Ich werde gut für sie sorgen. Es ist nicht das erstemal, daß ich einem Familienmitglied zu Hilfe komme. Wir werden versuchen, einen Ehemann für sie zu finden. Sie werden verstehen, daß das jetzt nicht einfach ist, da sie kein Geld hat.«

»Ja.«

»Aber es gibt immer jemanden, der eine schöne, gesunde junge Frau brauchen kann. Ich werde mich drum kümmern.«

»Aber wird sie denn überhaupt kein Geld haben?« fragte Robert, entsetzt über diese Aussicht.

»Ihr Vater sagt, er könne ihr nichts geben. Warum sollte er auch? Sie hat ihre eigene Erbschaft. Vielleicht kann ich Charlotte überreden, Schulden zu machen und etwas zurückzuzahlen. Machen Sie sich keine Gedanken darüber. Ich habe Ihnen gesagt, ich werde mich darum kümmern.«

»Sie sind sehr gütig.«

»Nicht jeder würde Ihnen zustimmen. Aber ich bin nicht wie Cousine Charlotte. Jetzt machen Sie sich lieber auf den Weg.«

Sie hatte ihm keine Vorwürfe wegen Teresa gemacht. Dafür war er ihr dankbar, obwohl er ihre Zurückhaltung nicht verstehen konnte. Vielleicht paßte das zum übrigen, was er von diesen Leuten wußte. Sie waren in allem ausgesprochen realistisch.

Er reiste nach Brest mit der Suite des Generals und versuchte bei jedem Halt, einen Blick auf ihn zu werfen, aber er war immer von einem solchen Schwarm von Adjutanten umgeben, daß es ihm nicht gelang. Dann wurde Robert in Rennes die Aufsicht über die beiden Schlachtrösser des Generals übertragen. Die Reitknechte waren Soldaten, die zu alt waren für den Dienst im Ausland, und hatten nur Befehl erhalten, die Tiere vom Gut des Generals in Vendôme herzubringen. Robert fand sie im Stall des Gasthauses, die Uniformen und Mützen voller Heubüschel, und ihre schweren Holzschuhe klapperten auf den Pflastersteinen. Man konnte sich kaum etwas weniger Soldatisches vorstellen. Sie sahen aus wie zwei Bauern, die alte Uniformen gestohlen hatten.

Die Pferde waren indes in prächtiger Verfassung, ihr Fell schimmerte vor Gesundheit, die gespitzten Ohren ließen ihre Klugheit erkennen. Robert gab die Hoffnung auf, die Leute jemals dazu zu bringen, in ihrem Äußeren ebenso gepflegt zu sein, aber der ältere sagte entrüstet:

»Glauben Sie, wir würden uns so vor dem General sehen lassen? Natürlich haben wir saubere Uniformen.«

Als Robert sie das nächstemal sah, erkannte er sie kaum wieder, so schmuck waren sie in tadellosen Husarenjacken, und die Sporen ihrer Reitstiefel schimmerten wie Glas. Als sie dastanden und die Pferde am Zaum hielten, war sogar der Winkel ihrer behandschuhten Hände symmetrisch, ihre Rücken kerzengerade und nicht der kleinste Grassamen zu sehen. Der General kam aus der Vordertür des Gasthauses und inspizierte sie sehr befriedigt, dann sagte er zu Robert:

»Gut gemacht, mein Junge. Solange die Pferde in guten Händen sind, geht alles gut.«

Anderthalb Tage später erreichten sie Brest. Es war ein jämmerlicher Ort, die Wattflächen erstreckten sich, so weit das Auge reichte, das Meer war bei Ebbe so weit zurückgewichen, daß es nur als eine dunklere Linie am fernen Horizont zu sehen war. Robert ging zu einem nahegelegenen Bauernhof, um sich zu überzeugen, ob die geliebten Pferde gut untergebracht waren, und kam dann in die Stadt zurück. In jedem Haus in den Dörfern ringsum waren Soldaten einquartiert und fluchten und murrten, daß die Transportschiffe aus Bordeaux so endlos auf sich warten ließen. Diejenigen, die gekommen waren, waren nicht viel besser als Fischerboote, einige konnten, selbst wenn sie sehr geschickt beladen wurden, nur fünfzig Mann an Bord nehmen. Die Adjutanten des Generals berichteten, daß Rochambeau den ganzen Tag finster dasaß und einen Berg von Papieren durcharbeitete, von denen er sagte, die ganze Welt könnte erobert werden, wenn ein Zehntel der darin gemachten Versprechungen erfüllt würde. Admiral de Ternay behauptete immer wieder, ihm sei eine undurchführbare Aufgabe übertragen worden, aber weder er noch Rochambeau ließen etwas von ihrer Besorgnis erkennen, wenn sie in der Öffentlichkeit erschienen. Täglich kamen Botschaften aus Paris, die schmutzbespritzten Reiter wurden höhnisch begrüßt, wenn sie in die Stadt galoppierten, und Stimmen riefen:

»Eilt euch nur, ihr da, sonst fahren wir noch ohne euch ab!«

Eine Woche später waren immer noch nicht genug Schiffe da, und immer mehr Soldaten kamen. Gerüchte verbreiteten sich. In jedem Gasthaus fanden sich des Abends Gruppen zusammen und spekulierten darüber, wohin diese große Armee verschifft werde.

Niemand wußte es außer dem General und dem Admiral, deren Adjutanten mit mehr oder weniger List und Tücke ausgefragt wurden. Sie wollten nichts sagen, tatsächlich wußten sie auch nichts, aber offensichtlich genossen sie die Ehre, von Fragestellern umgeben zu sein, die sie alle so erwartungsvoll ansahen, als wären sie die Befehlshaber des Feldzugs. Einige Schlauberger sagten, sie kämen nach Jamaika, andere sprachen vom amerikanischen Kontinent, und das war es, worauf alle hofften. Niemand war dagewesen, aber die Geschichten von Freunden und der Freunde von Freunden wurden überall wiederholt. Da gebe es Flüsse, so breit wie der Ozean, Bäume, die bis zum Mond reichen, Indianer, die sich in den weglosen Wäldern so gut auskennen wie in einer Dorfstraße, Berge, Felsschluchten und wilde Tiere, die in keinem anderen Teil der Welt ihresgleichen haben. Außerdem wollten alle der Armee angehören, die einen Schlag gegen Englands deutschen König führte, dessen Kolonien jedes Jahr größer wurden. Das war nicht nur das Gesprächsthema von Offizieren: die Mannschaften sagten dasselbe, allerdings sprachen sie hauptsächlich von ihren Hoffnungen auf gute Beute und guten Sold.

Robert langweilte sich und war enttäuscht. Er konnte nicht die Hälfte von dem verstehen, was die anderen sagten, denn selbst die Offiziere verfielen in ihren heimatlichen Dialekt, wenn sie erregt waren. Er verbrachte möglichst viel Zeit bei den Pferden, den beiden prächtigen Schlachtrössern, die jetzt wie Fürsten in den Ställen des Gasthauses lebten, in dem der General abgestiegen war. Er sah zu, wenn sie gestriegelt wurden, sprach mit ihnen, freute sich darüber, wie sie den Kopf drehten, um ihn zu begrüßen, wenn er in den Stall kam. Oft schickte er die beiden alten Soldaten weg, führte die Tiere selbst hinaus auf den Hof und empfand dabei eine fast unerträgliche Sehnsucht nach Irland und den Pferden, die er dort zurückgelassen hatte.

An einem Spätnachmittag führte er eines der Pferde immer im Hof herum und beobachtete eine Hinterhand, die am Huf wund zu sein schien, als sich das Tor leise öffnete und der General hereinkam. Er blieb erstaunt stehen, ging dann rasch zum Stall und schaute hinein. Als er zurückkam, fragte er Robert:

»Ganz allein? Wo sind die Reitknechte?«

»Ich habe sie weggeschickt. Ich bin manchmal gern allein mit den Pferden.«

Rochambeau streichelte den Hals des Pferdes, das mit einer wunderbar eleganten Bewegung wie eine Frau den Kopf drehte und an seiner Hand schnüffelte. Er bedeckte die Schnauze mit der Hand, und es leckte an seiner

Handfläche. Dann sah er Robert scharf an und fragte:

»Die Pferde mögen Sie?«

»Ja, ich glaube. Ich weiß mit Pferden umzugehen von zu Hause.«

»Zu Hause? Wo ist das?«

»Irland.«

»Ein Dillon?«

»Nur ein Verwandter.«

»Ihr Iren seid alle verwandt. Sie sind auf Abenteuer aus?«

»Ja.«

»Sie werden es bekommen. Sind Sie schon Soldat gewesen? Sie sehen zu jung aus, um weit herumgekommen zu sein.«

»Nein, noch nicht.«

Der alte Mann seufzte tief und sagte dann:

»Die Pferde kommen nicht mit. Der Admiral sagt, es gibt keinen Platz für sie.«

»Es muß Platz geben... sie müssen mitkommen... Ihre Pferde...«, stotterte Robert, dann hielt er verlegen inne, während Rochambeau ihn forschend ansah.

»Ich habe dem Admiral sehr zugesetzt, aber er antwortet immer, es sei kein Platz da, sofern ich sie nicht in meine Kajüte nehme. Auch nur zwei Pferde nehmen viel Platz in Anspruch. Ich mußte gehorchen – denken Sie daran, mein Junge. Gehorsam ist die Pflicht und Schuldigkeit eines Soldaten.«

»Ja, mon général.«

Rochambeau streichelte mit einer langen, sanften Bewegung den Hals des Pferdes, dann sagte er:

»Ich könnte Sie mit ihnen zurück nach Vendôme schicken. Wie würde es Ihnen gefallen, Ihrem König auf meinem Gut in Vendôme zu dienen? Sehen Sie nicht so erschreckt aus. Ich werde es nicht tun. Aber Sie kennen meine Pferde, und der Gedanke, daß Sie bei ihnen sind, würde mich beruhigen, wenn ich in diesem wüsten Land sein werde. Nein, wir werden sie mit ihren alten Reitknechten nach Hause zurückschicken und hoffen, daß ich am Leben bleibe, um sie wiederzusehen.« Er schlug dem Pferd auf die Flanke, so daß es von ihm wegtänzelte. »Hier will ich sie nicht wiedersehen. Wie kann ich in meinem Alter so in ein paar Tiere vernarrt sein? Der Admiral sagt, da, wo wir hingehen, gebe es Hunderte von besseren Pferden. Na, er weiß es am besten, und die Schiffe sind seine. Sie werden zu meinem Stab kommen, mein Junge. Wie heißen Sie?«

»Robert Brien.«

»Graf?«

»Nein. Mein Vater ist Sir Maurice.«

»War er Soldat?«

»Nein, aber seine Brüder.«

»Natürlich. Ich kenne sie. Sie sind in Sainte Lucie und Saint Dominique.«

»Ja. Ich habe sie nicht gesehen, seit ich nach Frankreich kam.«

»Vielleicht werden Sie sie sehen, vielleicht.«

Er streichelte den Hals des Pferdes wieder zärtlich, dann ging er durch den Hof und hielt am Tor zu einem letzten, kurzen Blick an.

Am Abend bevor sie in See stachen, oder vielmehr, bevor der General beschloß, an Bord der *Duc de Bourgogne* zu gehen und dort zu bleiben, bis das Wetter das Auslaufen ermöglichte, schrieb Robert einen Brief an Louise:

»Endlich brechen wir also auf oder rüsten uns dazu. Fast der halbe April ist vergangen, und wir sollten jetzt schon mitten auf dem Ozean sein. Der Müßiggang war für alle schlecht. Ich weiß jetzt, daß ich, wenn all das vorbei ist, nach Irland zurückkehren werde, wie wir gesagt hatten, daß wir es tun würden.

Unser Vetter Arthur Dillon ist sehr freundlich zu mir. Er scheint ein ausgezeichneter Mann zu sein, aber vorige

Woche hat er sich unerlaubt von der Truppe entfernt und ist mit zwei Säbelwunden zurückgekommen. Der General hat ihn unter Hausarrest gestellt. Er war nach Nantes geritten, um sich zu duellieren, stell dir das vor. Jetzt ist er in seinem Gasthaus eingesperrt und liegt im Bett, um seine Wunden zu heilen. Niemand weiß, mit wem er sich schlug oder warum, aber man vermutet, es habe sich um eine Frau gehandelt. Er wird mit uns kommen, obwohl sehr viele unter dem Befehl von Graf Wittgenstein zurückbleiben müssen, weil es nicht genug Schiffe gibt. Ohne unseren General wäre ich einer von ihnen gewesen. Er sagte, ich solle mitkommen, weil es ihm gefiel, wie ich mich um seine Pferde kümmerte. Ich glaube, er ist der größte General der Welt. Wir hoffen, morgen früh in See zu stechen, wenn die Gezeiten günstig sind. André de Lacy ist gerade eingetroffen und kommt mit, so daß du siehst, daß ich in guter Gesellschaft bin.«

Dann beendete er den Brief rasch, denn mit einemmal wurde ihm entsetzlich klar, was er vorhatte. Es war, als hätte die ganze Welt eine halbe Minute lang aufgehört, sich zu drehen, als ob alles an Ort und Stelle blieb, jeder Gegenstand deutlich zu sehen und jeder Schmerz stechend zu spüren war. Mount Brien mit dem Park und den Rasenflächen, den Booten auf dem Fluß, dem Schrei der Dohlen auf den hohen, rauschenden Fichten, dem abendlichem Ruf des Wachtelkönigs, der anscheinend so unerklärlich von einem Ort zum anderen durch die weiten Wiesen gewandert war, den freundlichen Landleuten, die er sein Leben lang gekannt hatte – würde er all das wiedersehen? Er legte den Kopf auf die Arme und weinte, was er nicht getan hatte, als er Irland verließ.

Dritter Teil

12

Im letzten Augenblick kam Graf André de Lacy nach Brest, um sich an Bord eines der Kriegsschiffe zu begeben, die den Truppentransportern Geleitschutz gewähren sollten. Teresas Verhalten war ihm keineswegs gleichgültig gewesen, vielmehr fühlte er sich beleidigt und gedemütigt. In Brest bat er den ersten Soldaten, den er traf, ihm den Weg zu dem Gasthaus zu weisen, wo sein Cousin, Oberst Arthur Dillon, abgestiegen war, und wurde hinauf in sein Zimmer geführt. Arthur durfte das Gasthaus nicht verlassen und war praktisch noch unter Arrest. Er lag auf dem Rücken auf einem Sessel, die Füße auf einem Hocker, und trug mehrere Verbände. Sein hübsches Gesicht sah gelangweilt und mißmutig aus. André blieb auf der Schwelle stehen und fragte:

»Was um Himmels willen ist dir denn zugestoßen? Hat der Krieg schon angefangen?«

Arthur nahm seine langen Beine vom Hocker, sichtbar erfreut über den Besuch.

»Hast du es nicht gehört? Ich bin bei einem Duell verwundet worden. Mir ist zu Ohren gekommen, daß auch dir etwas zugestoßen ist. Ich habe den jungen Robert Brien hier. Er sagte, du habest ihn geschickt.«

»Hat er dir Einzelheiten erzählt?«

»Nicht allzu viele, aber meine Frau hat noch einiges beigesteuert. Sie kam mit Lucie nach Amiens, um mich zu besuchen. Sie ist nach Brüssel zu ihrer Schwester zurückgefahren, wird aber bald in Paris sein. Lucie freut sich sehr darauf, Louise Brien zur Gesellschaft zu haben.«

»Wie geht es deiner Frau?«

»Mit ihrer Gesundheit steht es nie zum besten, nicht mehr, seit das letzte Kind starb. Ich hoffe, ihre Mutter wird sich um sie kümmern. Ich wünschte, ich müßte sie nicht verlassen, aber mir bleibt nichts anderes übrig. Kommst du mit mir? Du brauchst es nur zu sagen, wenn du es willst.«

»Ich möchte gern mitkommen. Du wirst Leute brauchen, die Englisch sprechen. Und ich bin schon in Amerika gewesen.«

»Es ist nicht sicher, daß wir nach Amerika gehen. Manche sagen, in die Kolonien. Ich werde dafür sorgen, daß du mitkommst, obwohl halb Frankreich offenbar bei uns sein will. De Lauzun wird es mir zuliebe ermöglichen.«

Er zögerte einen Augenblick, als ob er sich das, was er hatte sagen wollen, anders überlegt hätte, dann sagte er:

»Du bist gerade erst zurückgekommen.«

»Ich hatte vorgehabt, hier zu bleiben«, erwiderte André, »aber jetzt will ich so schnell wie möglich wieder weg.«

»Derlei Dinge passieren jeden Tag.«

»Ja, ich hatte mich darauf gefreut, mich hier niederzulassen. Ich hatte alle möglichen Pläne für das Gut in der Nähe von Bordeaux. Vielleicht ist es ein Fingerzeig Gottes. In Amerika werde ich nützlicher sein, wenn es das ist, wo wir hingehen. Cousin Charles Lally betreibt jetzt Landwirtschaft in Connecticut. Er soll für uns organisieren, aber ich habe in letzter Zeit nichts darüber gehört, wie er vorankommt. Weißt du, wovon ich rede?«

»Irland? Das arme alte Irland!«

»Würdest du uns helfen?«

Arthur lachte verlegen. »Militär und Politik lassen sich nicht verquicken.«

»La Fayette verquickt beides.«

»Es hätte ihn fast den Kopf gekostet, ohne Genehmigung nach Amerika auszureißen und in eine ausländische Armee einzutreten. Glaubst du, die Amerikaner werden Irland helfen? Mir scheint, sie haben selbst genug Schwierigkeiten.«

»Sie haben versprochen zu helfen, wenn sie ihre eigenen Angelegenheiten geregelt haben. Auf Grund dieses Versprechens habe ich gerade in Irland Rekruten für Washingtons Armee angeworben.«

»Das klingt, als würde es noch lange dauern.«

»Mag sein, aber es wird kommen.« André ging zum Fenster und schaute hinunter auf den Marktplatz. »Was für eine Jahreszeit, um Tausende von Männern in ein Dorf dieser Größe zu bringen! Die Straßen bestehen nur noch aus Schlamm. Ich glaubte, mein Pferd würde versinken.«

»Ich sollte mich vermutlich freuen, nicht draußen zu sein, aber Papa Rochambeau ist wütend.«

Dillon feixte frohgemut, und Andrés Stimmung hob sich. Arthur und er waren fast gleichaltrig und kannten sich seit der Kindheit. Trotz ihrer so unterschiedlichen Veranlagung waren sie immer Freunde gewesen. Arthur konnte nie lange trübsinnig sein. Er liebte elegante Kleidung und gute Gesellschaft. Selbst seine Spielschulden, die jeden anderen zum Selbstmord getrieben hätten, schienen ihn nicht sehr zu bekümmern. Allerdings hielten sie ihn in Trab. Nachdem er sein väterliches Erbe durchgebracht und kein anderes Einkommen hatte als durch das von seinem Großvater geerbte Regiment, war er ständig unterwegs zu diesem oder jenem Krieg, wie auch jetzt. Obwohl André ihn gern hatte, verspürte er keine Neigung, Arthur anzuvertrauen, was er in Wirklichkeit für Teresa empfand.

Die Wahrheit entsprach keineswegs dem Eindruck, den er wohlweislich bei Robert erweckt hatte. André hatte sich in Teresa verliebt, als sie vierzehn war, hatte sofort bei ihrer Mutter um sie angehalten und war abgewiesen worden. Charlotte machte kein Geheimnis aus der Tatsache, daß sie auf etwas Besseres hoffte, und hatte ungeduldig die Aufzählung seiner Vermögenswerte angehört, das Gut in der Nähe von Bordeaux, das kleine Haus in Paris, das Gut in Irland, das in den Händen eines Cousins war, der offiziell Protestant geworden war, es aber ehrlicherweise würde zurückgeben müssen, wenn die Gesetze gegen Katholiken aufgehoben würden. Er hatte gehofft, Charlotte werde mit der Zeit anderen Sinnes werden, und war überglücklich, als ihr Bruder spontan angeregt hatte, er solle es noch einmal versuchen. Dann, sogar nachdem seine Werbung angenommen worden war, zögerte er, zurückzukommen. Charlottes abschätzige Bemerkungen über seine Vermögenslage fielen ihm immer wieder ein, und er begann zu argwöhnen, sie habe der Heirat nur zugestimmt, weil kein anderer Bewerber da war, und sie könnte es sich später vielleicht noch einmal anders überlegen.

Während dieser Zeit hatte er sich oft gefragt, welche Gefühle Teresa für ihn hegte, ob sie die Anziehungskraft spürte, die sie auf ihn ausübte, oder ob sie überhaupt zu Rate gezogen worden war. Er hielt es für unwahrscheinlich, daß Charlotte es ohne ihre Einwilligung arrangiert haben würde.

Er hatte sie einmal geküßt, beiläufig, bei einem dieser langen, öden Spiele, die auf Gesellschaften gespielt wurden, und war verblüfft, als er feststellte, daß ihre Lippen sich so gekonnt auf seine preßten. Sein ganzer Körper reagierte darauf, und das war der Beginn seiner Liebe. Gewiß erinnerte sie sich an diese Gelegenheit. Zuerst war er bestürzt gewesen, aber dann überlegte er sich, daß sie ein Kind war, sich gerade erst in eine Frau verwandelte, und ihr triumphierendes Lächeln ließ darauf schließen, daß sie ihre eigenen Möglichkeiten entdeckt hatte.

Jetzt war es offensichtlich, daß sie das Spiel allzu gut gelernt hatte. Sowohl Robert, der so unschuldig wie ein Kätzchen war, als auch Philippe de Loudun, diesen ausgemachten Lebemann, hatte sie zu befriedigen vermocht. André wünschte sich verzweifelt, er könnte glauben, daß ihre gräßliche Mutter der einzige Bösewicht sei, aber er wußte, daß Teresa bereitwillig mitgemacht haben mußte. Sie hätte sich leicht wieder in ihr Kloster flüchten können, als der Plan ausgeheckt wurde, aber nichts dergleichen hatte sie getan. Er konnte nur den Schluß ziehen, daß sie an einer gewissen Art von Aufreizung Geschmack fand. Sich auszumalen, was ihre eigenen Pläne waren, konnte er nicht ertragen.

Daß er auf demselben Schiff sein würde wie Robert, war eine unangenehme Überraschung. Als er fragte, wie das komme, wurde ihm gleich gesagt, der General habe einen Narren an dem Jungen gefressen. André fürchtete, es würde alle möglichen unwillkommenen Vertraulichkeiten geben, aber er stellte bald fest, daß Robert keine Neigung dazu erkennen ließ. Tatsächlich schien er den ganzen Vorfall abgetan zu haben und absichtlich von allem möglichen zu sprechen, nur nicht von dem Anlaß, der sie zusammengeführt hatte. Kurz vor der Abfahrt der Schiffe fragte ihn André:

»Haben Sie nun, da Sie der französischen Armee angehören, vor, den Rest Ihres Lebens in Frankreich zu verbringen?«

»Es sieht so aus, als würde ich überhaupt nie wieder herkommen.«

»Natürlich. Diese Sache wird sich legen. De Loudun ist als Raufbold bekannt. Er wird demnächst in der Bastille landen, wenn er nicht vorsichtig ist.«

»Ich kann es mir nicht leisten, zu weit vorauszuschauen.«

»Wollen Sie nach Irland zurückgehen?«

»Das würde ich tun, wenn ich die Wahl hätte.«

»Bald wird es ein unabhängiges Parlament wie den amerikanischen Kongreß geben.«

»Eine Revolution?«

»Sie wird vielleicht überhaupt nicht gewalttätig sein. Aber wenn sie nicht auf friedlichem Wege zustande kommt, wird es einen Aufstand geben.«

»Ein neues Parlament wird für die Katholiken nichts ändern. Es wird ein protestantisches Parlament sein, darauf können Sie sich verlassen.«

»Kein denkender Protestant will diese alten Gesetze fortbestehen lassen.«

»Zeigen Sie mir einen denkenden Protestanten. Als wir in Derrynane waren, sprachen wir mit einer jungen Witwe, Eileen O'Connell, die mit Arthur O'Leary verheiratet gewesen war. Er ist von den Soldaten erschossen worden auf Befehl eines Mannes, der O'Learys Pferd haben wollte. Dieses alte Gesetz ist noch in Kraft. Es ist erst sieben Jahre her, erzählten sie uns. Das Pferd hatte bei irgendeinem Rennen alle anderen geschlagen, und dieser Mann hat es fertiggebracht, die Armee auf den Eigentümer zu hetzen, weil er Katholik war.«

»Aber O'Leary hat das Pferd bei Rennen geritten.«

»Nur weil er die Gesetze vergessen hatte. Er war Oberst in der österreichischen Armee gewesen und erst ein paar Jahre zurück. Das ist Irland. Die Witwe verfaßte ein Klagelied für ihn, und in Derrynane schien es jeder auswendig zu können. Selbst in Mount Brien hüten wir uns, unsere besten Pferde sehen zu lassen. Am allerletzten Tag, ehe ich abreiste, hörte ich die Landleute vom Kämpfen reden.«

»Nun ja, vielleicht wird es dazu kommen. Aber in diesem Fall werden Protestanten und Katholiken Seite an Seite sein. Sie werden viele denkende irische Protestanten in Paris treffen, wenn Sie zurückkommen.«

»Glauben Sie, ich werde zurückkommen?«
»Natürlich.«
Plötzlich glich er Louise, hatte denselben intelligenten, freundlichen Ausdruck mit einem Anflug von Pfiffigkeit, den André allmählich als typisch für sie angesehen hatte. Unvermittelt fragte er:
»Sind Sie und Ihre Schwester Zwillinge?«
»Gott behüte! Sie ist drei Jahre jünger als ich. Sie ist erst sechzehn.«
Dann tat es André leid, daß er sie erwähnt hatte, denn Robert verfiel sofort in Schwermut.
Diejenigen, die mit dem General auf dem Flaggschiff waren, wußten ihr Glück zu schätzen. Es war ein prachtvolles Linienschiff mit achtzig Geschützen und keineswegs überbelegt. Der Sohn des Generals, Vicomte de Rochambeau, Monsieur Blanchard, der Quartiermeister, Monsieur Robin, der Feldgeistliche, und Admiral de Ternay waren sehr anregende Gesellschafter. Außerdem waren sie alle Gourmets, was bedeutete, daß die Verpflegung vorzüglich war. Rochambeaus Zuneigung zu seinem alten Freund de Ternay minderte sein Murren über ihre Verschwendungssucht, das sonst so manches köstliche Mahl beeinträchtigt haben würde. Die Offiziere saßen abwechselnd am Tisch des Admirals, und ihre eigenen Diener warteten ihnen auf. Lange bevor sie in See stachen, hatte sich der Tagesablauf sehr erfreulich eingespielt, und sogar der schöne Dillon war wieder in Gnaden aufgenommen, obwohl Rochambeau ihn dann und wann wortlos anknurrte. Den Anlaß zu seinem Duell verriet er nie; er hatte sich vorsorglich einen Sekundanten ausgesucht, der nicht an dem Feldzug teilnahm.
Die sechsunddreißig Transportschiffe sollten als erste ablegen, und die Leute waren begeistert, daß endlich etwas geschah, dabei war die Einschiffung alles andere als erfreulich. Ihre Holzschuhe sanken ein wie Steine,

der Schlamm packte sie an den Knöcheln und drohte, sie nach unten zu ziehen. Als sie aus dem Hafen hinaussegelten, trug die leichte Brise ihre Hurrarufe zur Stadt zurück. Früh am nächsten Morgen folgten ihnen die zwölf Kriegsschiffe des Geleitschutzes, aber an der Hafenausfahrt sprang der Wind um. Eine schwarze Kälte umgab sie, und der Wind, der am Vortag so sanft gewesen war, wurde schneidend. Zum Mißfallen von allen signalisierte der Admiral, daß sie umkehren und auf der Reede ankern sollten. Am späten Nachmittag kamen die Transporter zurück, vor dem Sturm segelnd.

Neunzehn Tage lagen sie fest, die Leute durften nicht an Land gehen, und alle Schiffe zerrten an ihren Ankerketten. Sie waren zu weit draußen, um die Stadt deutlich zu sehen, aber man konnte sich leicht vorstellen, wie die englischen Spione mit ihren Fernrohren die Segel zählten und sich seelenruhig Notizen machten. Der einzige Trost war, daß auch sie durch das Wetter behindert waren und keine Hoffnung hatten, Botschaften nach England zu schicken, ehe der Sturm sich legte.

Am 2. Mai konnten sie endlich aus dem Hafen auslaufen, aber eine kabbelige See und Gegenwinde ließen sie qualvoll langsam vorankommen. Als sie eine Woche auf See waren, erhob sich ein neuer Sturm, und jetzt gab es keinen Hafen nahe genug, der ihnen Zuflucht bieten konnte. André war belustigt, als Robert bemerkte, das sei lange nicht so schlimm wie die Fahrt von Irland im Januar, als das kleine Schiff der O'Connells das einzige war, das den Mut hatte, überhaupt in See zu stechen. Er fragte:

»Was halten Sie von den O'Connells?«

»Genau dasselbe wie Louise. Es geht ihnen zu gut, als daß sie nützlich sein können. Sie werden nie etwas ändern wollen.«

»Wenn sie etwas ändern wollen, dann werden sie es auf ihre Weise tun. Sie sind sehr wortgewandt und fürchten niemanden. Wir brauchen ein paar Leute in Irland, die gut reden können, wie es sie in Paris gibt. Wieviel haben Sie von Paris gesehen?«

»Herzlich wenig. Ich bin nicht einmal nach Versailles gekommen.«

Mitten auf dem Ozean beigedreht, überstanden sie den Sturm, aber viele der kleinen Schiffe waren in Gefahr, in Stücke geschlagen zu werden. Wann immer sich der Gischtschleier ein wenig hob, sah man zersplitterte Spieren auf den wogenden Wellen treiben, doch jede Zählung von der *Duc de Bourgogne* ergab, daß noch alle Schiffe da waren. Sie sahen die Matrosen wie Spinnen an den Schiffen hängen und die Schäden ausbessern, so gut es ging. Nach zehn Tagen ließ der Sturm nach, und vor einem kräftigen Wind segelten sie nach Südwesten. Die kleinen Schiffe hielten sich in Anbetracht dessen, daß sie Küstenfahrzeuge waren, erstaunlich gut, und die Kriegsschiffe paßten ihre Geschwindigkeit der ihren an, damit die ganze Flotte zusammenblieb. Aber allmählich legte sich der Wind, und Anfang Juni trieben sie dann irgendwo in der Nähe der Azoren hilflos hierhin und dorthin auf einem Meer, das so glatt war wie eine Schale Milch.

Es war ein herrliches Bild, im blaßblauen seidigen Wasser spiegelte sich der blaßblaue Himmel, hier und dort mit einer winzigen Kräuselung oder einer Bö, die erkennen ließen, daß der Ozean nicht völlig eingeschlafen war. Jeden Abend verwandelten sich die Farben in Hellgrün und Gelb, dann kam ein kurzer, farbenprächtiger Sonnenuntergang, und schließlich erstrahlte der Himmel mit vielen Sternen und der Mondsichel.

Admiral de Ternay und General Rochambeau gingen, um sich Bewegung zu verschaffen, auf dem Deck auf und ab, auf und ab, so abgesondert wie wilde Tiere in einem Gehege. Mit dem Verstreichen der Tage wurde die Spannung unerträglich. André sah, daß die anderen

Offiziere ihre beiden Vorgesetzten zuerst ehrfürchtig, dann ängstlich und schließlich feindselig beobachteten. Am Morgen des 3. Juni ließ der General André zu sich kommen und sagte gleichmütig:

»Graf, Sie können die Offiziere zu einer Besprechung zusammenrufen, einen von jedem Schiff – nein, alle Kommandeure und zwei höhere Offiziere von jedem.«

»Jetzt?«

»Glauben Sie, wir sollten länger warten?«

Rochambeau hatte den Mund zu einem Schnabel zusammengepreßt, hielt den Kopf lauschend schief und rollte besorgt die Augen, als sei er nicht sicher, was er tun solle. Dann holte er durch die Nase tief Luft und riß belustigt die Augen auf – seine Lieblingsmethode, um seine Offiziere zu necken.

»Ich werde selbst zu einigen der Schiffe fahren«, sagte André.

»Ja, das macht einen guten Eindruck. Tun Sie das.«

André ließ sich zuerst zur *Comtesse de Noailles* rudern, die am nächsten war. Er wurde an Bord begrüßt, als würde er verdurstenden Menschen Wasser bringen.

»Was geht vor? Was zum Teufel machen sie da drüben?«

Die Offiziere waren höchst erfreut, als sie hörten, daß endlich eine Besprechung stattfinden sollte. Baron von Closen war so aufgeregt, daß er André anflehte, er möge ihn zu den anderen Schiffen mitnehmen, und als sie im Heck des Beiboots Platz genommen hatten, sagte er:

»Ich werde den Verstand verlieren, wenn nicht bald etwas geschieht. Wir hätten schon längst irgendwo sein sollen. Ich hatte keine Ahnung, daß die Welt so groß ist. Wohin fahren wir? Weiß das jemand?«

»Ich glaube, wir werden das bei der Besprechung hören.«

»Gott sei Dank! Sie haben Glück, daß Sie auf der *Bourgogne* sind. Auf unserem Schiff langweilen wir uns zu Tode. Und da wir gerade von Gott sprechen, Sie sollten unseren Kapitän hören, wenn er abends und morgens betet. Ein Kirchenlied liebt er besonders.« Und zum Entzücken der Matrosen an den Riemen fing der Baron an zu singen:

»O meine Herrin, heilige Maria,
Ich empfehle dir all meine Hoffnung und Tröstung,
Das Leben und das Ende meines Lebens,
O Maria, immer hilf.

Er läßt das immer wie einen Grabgesang klingen, und von den Leuten wird erwartet, daß sie sich völlig respektvoll verhalten. Wenn er zufällig einen Matrosen sieht, der nicht richtig zuhört, stößt er eine Reihe von Flüchen aus, daß Ihnen die Haare zu Berge stehen würden. Die Matrosen scheinen noch sehr lebendig zu sein, aber unsere Leute sind schon in recht schlechtem Zustand. Sie werden keine sehr kampffähige Truppe abgeben, wenn das so weitergeht. Der Kahn, auf dem wir sind, ist fürchterlich. Mal werden wir vom Meer verschluckt, im nächsten Augenblick erklimmen wir den Gipfel einer Welle, dann geht es wieder abwärts. Und der Lärm! Mein Gott, der Lärm! Das hatte ich nie erwartet – Segel knallen wie Peitschen, Spanten krachen, als ob der ganze Pott zu Bruch ginge – festes Land für mich von jetzt an, das kann ich Ihnen sagen.«

André konnte sich nicht halten vor Lachen. »Dann wollen Sie also in Amerika bleiben?«

Sofort fragte von Closen: »Es ist also Amerika?«

»Das wird es wohl sein. Schadet nicht, das jetzt zu sagen.«

»Was soll all diese Geheimniskrämerei? Glaubt der General, jemand würde mit der Nachricht von hier nach Europa zurückfahren? Wenn er das glaubt, hat er selbst schuld.«

»Wenn es Amerika ist«, sagte André, »wird man uns

einen großartigen Empfang bereiten. Als ich das letztemal dort war, wurde Washington hart bedrängt.«

»In ihrer jetzigen Verfassung«, erwiderte von Closen, »werden unsere Leute nicht viel nützen. Wir haben sechshundert Mann und sechsundvierzig Offiziere. Kein Wunder, daß die Soldaten wie die Fliegen sterben. Sie fressen wie die Pferde aus der Krippe, Zwieback und Wein zum Frühstück, Pökelfleisch zu Mittag, Suppe und Sauerkraut am Abend. Sie haben nie einen so abstoßenden Speisezettel gesehen. Wir haben Zitronen und Zukker mitgebracht, aber das ist Offiziersverpflegung. Es tut mir leid um die Leute. Die Hälfte von ihnen hat Skorbut. Der Geruch ist so entsetzlich, daß ich es nicht mehr ertragen kann, nach unten in die Mannschaftsräume zu gehen. Es müßte frisches Gemüse geben, aber wie kann man Fünftausend in der Wüste ernähren? Die Matrosen machen es besser – sie scheinen ein Talent zum Überleben zu haben. Sie angeln und fangen jetzt fliegende Fische und braten sie in Kohlenpfannen auf Deck. Das ist erlaubt, soviel ich weiß, aber nur für die Matrosen, nicht für unsere Leute. Sie essen auch Seetang und sagen, der sei so gut wie Kohl gegen den Skorbut. Ohne das würden sie alle sterben, behaupten sie. Sie auf der *Bourgogne* haben es gut. Sie sollten mal vierundzwanzig Stunden auf unserem Pott verbringen.«

Er schwatzte weiter, während sie zur *Conquérant* und *Surveillante* und schließlich zur *Provence* fuhren, wo de Lauzun das Kommando führte. Er hatte die Regimentskapelle an Bord, und als er mit seinen eigenen Leuten im Beiboot seines Schiffs losfuhr, gab er Befehl, sie sollte aufspielen. Als all die Beiboote sich der *Duc de Bourgogne* näherten, erklangen Märsche und Tanzweisen, und von allen Schiffen kamen Hurrarufe.

Die Besprechung war in Rochambeaus Kajüte, alle quetschten sich irgendwie hinein und drängten sich an der Tür, damit ihnen kein Wort entgehe. Die Hitze war gewaltig. Arthur Dillon saß bereits neben dem General und machte auf der Bank Platz für André, so daß die drei den anderen Offizieren gegenübersaßen. Es war kaum Platz auf dem kleinen Tisch für Andrés Notizbuch. Rochambeau hatte einen Stoß Papiere vor sich, übersichtlich geordnet, die er noch dichter zusammenschob, bis völlige Stille eintrat. Dann richtete er seinen bedächtigen, unergründlichen Blick auf die Offiziere und sagte leise:

»Meine Herren, ich danke Ihnen, daß Sie gekommen sind.«

Niemand lächelte auch nur.

»Ich habe hier vor mir die Instruktionen des Königs für die Durchführung unseres Feldzuges, und auch genaue Anweisungen darüber, von wo aus wir vorrücken sollen. Das ist keine Neuigkeit für mich, obwohl ich erst heute morgen die Kiste, in der sich die Dokumente befanden, aufgemacht habe. Lange bevor wir Frankreich verließen, hatte ich viele Besprechungen mit dem König. Wir sind auf dem Weg nach Amerika, um dem Land bei seinem großen Kampf um die Unabhängigkeit zu helfen.«

In der Nähe der Tür rief eine hohe, knabenhafte Stimme:

»Bravo!«

Ein oder zwei andere stimmten schwach in den Ruf ein und schwiegen dann. Der General blickte zur Tür und sagte:

»Bravo, in der Tat. Es ist ein Privileg, und diesmal darf es keine Fehler geben. Das gesamte Ergebnis, Erfolg oder Mißerfolg, wird von unseren Offizieren abhängen. Dieses großartige Los ist das Ihre. Ich beneide Sie um Ihre Jugend.« Seine Stimme nahm einen rauhen Ton an. »Aber ich beneide Sie nicht um Ihre Unerfahrenheit. Jeder von Ihnen könnte in den nächsten Monaten schuld sein, daß die Bemühungen von Jahren zunichte werden und die Erlangung der Freiheit für diese große Nation verzögert oder vielleicht sogar unmöglich gemacht wird. Ich möchte dieser Mann nicht sein.«

Er hielt eine volle Minute inne, sah mit leerem Blick in die Runde, und seine ausdruckslosen Augen richteten sich auf ein Gesicht nach dem anderen. Nach einer Ewigkeit, wie es schien, fuhr er mit dieser leisen Stimme fort, die zu verstehen sich jeder anstrengen mußte:

»General de Washington ist unser General, meiner und Ihrer.«

Das rief ein knapp fünf Sekunden anhaltendes Gemurmel hervor. »Sie haben recht, meine Herren. Das ist der wichtigste Teil meiner Instruktionen. Der Marquis de La Fayette ist unsere Informationsquelle, nicht nur unter dem militärischen Gesichtspunkt, sondern auch im Hinblick auf unsere Beziehungen zu unseren Verbündeten. Wir dürfen nie das Ziel dieses Feldzugs aus den Augen verlieren. Wir kommen nicht, um zu erobern, sondern um zu helfen. Wir kommen nicht, um ein Land zu befreien, das nichts getan hat, um sich selbst zu befreien. Wir kommen, um behilflich zu sein, den letzten Schlag für die Freiheit eines Landes zu führen, das diese Freiheit durch seine eigenen Anstrengungen fast erlangt hat. Wir müssen uns klar sein, daß die Amerikaner ein dickköpfiges, rückständiges Volk sind. Ihr Leben ist hart und entbehrungsreich. Sie haben nichts von den Bequemlichkeiten, die uns selbstverständlich sind. Wenn wir nach Amerika kommen, werden alle unsere Leute Lager aufschlagen müssen. Sie, meine Herren, werden in den Städten einquartiert werden, und Sie müssen die größte Sorgfalt darauf verwenden, die Einheimischen nicht durch übermäßige Fröhlichkeit zu verärgern. Das ist der Rat des Marquis de La Fayette, der das Land gut kennt.«

Er senkte seine Stimme noch mehr und schien ein Selbstgespräch zu führen. »Sie meinen, das sei kein Thema für den General einer großen Armee. Sie werden vielleicht etwas lernen, meine Herren: es ist weitaus einfacher, in Feindesland zu kämpfen als in einem verbündeten Land. Für die Amerikaner werden wir ein großes fremdes Heer sein, das herumstreift, sich von Lebensmitteln ernährt, die sie für sich brauchen, das Pferde und Futter requiriert und sich vor allem gebärdet, als wäre es schimpflich, daß sie Hilfe aus dem Ausland anfordern mußten. Wären wir in Feindesland, könnten wir uns nehmen, was wir brauchen. Hier müssen wir dafür sorgen, daß alles bezahlt wird und nur angemessene Preise für das gefordert werden, was wir zum Verkauf mitgebracht haben. Für all das werden Sie verantwortlich sein, und es ist ebenso wichtig wie die Führung Ihrer Leute im Feld.

Noch etwas. Vergessen Sie niemals, daß General de Washington ein bedeutender Mann und ein großer General ist. Der Marquis de La Fayette sagte dem König, er habe die Amerikaner gegen Berufssoldaten aus Hessen und England so tapfer und rühmlich kämpfen sehen, als wären sie die Armee Frankreichs. Denken Sie daran, wir sind Hilfstruppen dieser amerikanischen Armee, und wir sind es gern. Wenn wir in Amerika eintreffen, wird der Marquis de La Fayette die Nachricht von unserem Kommen und dem des Flottengeschwaders aus Westindien unter dem Befehl des Grafen de Grasse schon nach Boston übermittelt haben.«

Wieder hielt er inne und starrte finster von einem Gesicht zum anderen, und sein zuerst verärgerter Ausdruck wurde allmählich verächtlich. Plötzlich brauste er voll Wut auf, und alle im Raum wurden von einem Schauder des Schreckens befallen: »Höflinge, Stutzer, Schulbuben – das sind die Hälfte von Ihnen. Unser Leben – Ihres und meines, wird von der anderen Hälfte abhängen. Ich habe nicht vor, mein Leben zu verlieren, wenn ich es vermeiden kann.«

Er ließ die Papiere sinken, die er ergriffen hatte, und legte den Kopf in die Hände, und André hätte schwören können, daß er Zähneknirschen hörte. Oberst Dillon stand auf und sagte:

»Das ist wohl alles, meine Herren. Sie können zu Ihren Schiffen zurückkehren.«

Der General hob immer noch nicht den Kopf, und erst, als die Kajüte fast leer war, sah er mit einemmal auf, dann preßte er die Lippen zusammen und sah zu, wie sich die letzten Offiziere durch die schmale Tür hinausdrängten.

Die durch die sogenannte Besprechung hervorgerufene Begeisterung begann schon zu verebben, als zwei Tage später der Ausguck auf der *Duc de Bourgogne* schrie, er sehe ein Geschwader von sechs Schiffen aus dem Osten herankommen. Sofort wurden Flaggen geschwenkt, Signale von einem Schiff zum anderen gegeben, und die *Duc de Bourgogne* begann zu summen wie ein Bienenstock, wenn eine Maus in die Nähe kommt. André war erstaunt und erfreut, wie sich die gelangweilten jungen Gesichter veränderten. Es würde Kampf geben, endlich eine richtige Seeschlacht, genau das, worauf sie gehofft hatten – ihre Fahrt nach Amerika würde also nicht so langweilig sein, daß sie keinen einzigen Schuß abzugeben brauchten.

Eine Weile sah es so aus, als würde ihnen ihr Wunsch erfüllt werden. Der Admiral zog seine sieben Linienschiffe zusammen und ließ sie dann kühn dem Feind die Stirn bieten. Das Geschwader segelte schnell vor dem Wind, während die englischen Schiffe in einem großen Bogen abdrehten, um heranzukommen, ihre riesigen Segel tauchten während des Kreuzens unter und wieder auf. Die ersten Schüsse kamen von ihnen und wurden von den Franzosen prompt erwidert. Plötzlich war die Luft verdunkelt und roch scharf nach verbranntem Pulver. Dann entfernte sich eines der englischen Schiffe von den anderen und kam in Reichweite der französischen Linie. Die Geschützmannschaften sprangen vor Aufregung hoch wie Hunde an der Leine, die ein Kaninchen erspäht haben. Flaggen wurden wie wild geschwenkt, und die Jagd begann, alle sieben französischen Schiffe verfolgten das eine englische, das jetzt verzweifelt zu fliehen versuchte. Hurrarufe stiegen von allen französischen Schiffen auf, als es sicher schien, daß sie den Feind aufbringen würden. Sie konnten die Gesichter der Matrosen erkennen, auf denen sich eine Mischung von Angst und Entschlossenheit malte, als sie näher und immer näher kamen.

Aber weitere Signale von der Brücke des Admirals zwangen alle französischen Schiffe, die Segel zu reffen und zurückzufallen, um bei der *Provence* zu bleiben, die mit den anderen nicht hatte Schritt halten können. Die Engländer segelten jetzt vor dem Wind und hatten ihren Vorteil offenbar erkannt. Sie begannen ein ausgedehntes Manöver, um die *Provence* abzuschneiden, aber de Ternay rächte sich, indem er ihr getrennt segelndes Schiff bedrohte. Es war wie ein riesiges Schachspiel, dachte André, gar nicht wie eine Schlacht zu Lande, wo man eigentlich nur wußte, was in unmittelbarer Nähe geschah.

Das vereinzelte englische Schiff war jetzt auf dem Rückweg zu seinem Geschwader, während die Franzosen ihm nutzlose Breitseiten hinterherfeuerten. Die Erregung auf der *Duc de Bourgogne* erreichte ihren Höhepunkt. Die beiden Geschwader beschossen sich gegenseitig. Unter Deck, wo die Geschütze waren, war der Pulverrauch so dick, daß die Geschützbedienung überhaupt nicht zu erkennen war. Alle Geschosse gingen zu kurz. Die sieben französischen Kriegsschiffe waren den kleinen Transportschiffen weit voraus, die beigedreht und sich zu einem kläglichen Haufen zusammengedrängt hatten wie eine ängstliche Kuhherde, während sie auf das Ende der Seeschlacht warteten. Ein großartiger, orangefarbener Sonnenuntergang färbte sich allmählich rot. Da stürmte de Ternay plötzlich von der Brücke herunter, stapfte in seine Kajüte und überließ es seinem Ersten Offizier, dafür zu sorgen, daß seine Instruktionen ausgeführt wurden. Sie sollten die Schlacht, die glorreiche Schlacht, aufgeben und ihren Weg fortsetzen. Niemand murrte, niemand machte eine rebellische Geste, aber auf all den wütenden jungen Gesichtern stand deutlich geschrieben, was sie dachten. General Rochambeau, der während der ganzen Schlacht neben de Ternay gestanden hatte, beobachtete sie jetzt und schien fast zu hoffen, daß einer von ihnen seine Entrüstung zum Ausdruck bringe. Niemand tat es, und schließlich sagte er ruhig:

»Gott hat uns einen Wind geschickt, meine Herren. Nützen wir ihn für das aus, wozu wir uns aufgemacht haben, und nicht, um Spielchen zu machen.«

Auch nachdem er in seiner Kajüte verschwunden war, wagte keiner auszusprechen, was alle dachten, aber später an jenem Abend wurde überall auf dem Schiff leise gemurrt, kaum lauter als ein Flüstern:

»Niemand wird auf dieser Reise reich werden, das ist sicher. Der General ist zu alt zum Kämpfen – er kennt das alles, und wir sind ihm völlig gleichgültig. Auch Frankreichs Ehre ist ihm gleichgültig. Selbst wenn uns sechs Schiffe in die Hand fallen, unternimmt er nichts. Das wird bestimmt ein langweiliger Feldzug.«

Am 18. Juni wurden sie fröhlicher, als ein einzelnes englisches Kaperschiff aus dem Frühmorgennebel auftauchte und der *Surveillante* in die Arme segelte. Es wurde aufgebracht, ehe Zeit war, den Admiral um Erlaubnis zu bitten, und alle, die so enttäuscht gewesen waren, frohlockten über die Wiederherstellung eines Stückchens der Ehre Frankreichs. Während die Vorräte seines Schiffes ausgeladen wurden, war der englische Kapitän zur *Duc de Bourgogne* gerudert worden und in der Kajüte des Chevalier de Ternay zum Abendessen mit Rochambeau und verschiedenen anderen Offizieren zu Gast. Der Kapitän brachte schlimme Nachrichten, die durch die Zeitungen, die er von seinem Schiff holte, bestätigt wurden. Charleston hatte kapituliert, und die Engländer hatten jetzt dort fünftausend Mann unter Lord Cornwallis in Garnison. Die übrigen Truppen, die an der Belagerung teilgenommen hatten, waren nach New York zurückgebracht worden mit General Clinton, der sie in Charleston kommandiert hatte. Durch sie verstärkte sich die New Yorker Garnison auf viertausend Mann. Der Kapitän sagte, er gehöre zu einem von Admiral Graves kommandierten Geschwader, vor mehreren Tagen habe er den Weg verloren, und mittlerweile werde sich der Admiral wohl fast sicher mit Admiral Arbuthnot in New York vereinigt haben. Er glaube, das englische Geschwader, dem die Franzosen fast eine Schlacht geliefert hätten, kehre nach Jamaica zurück, nachdem es einen Konvoi nach Bermuda geleitet habe.

Seit diesem Tage trat eine realistischere Besorgnis an die Stelle des bisherigen Optimismus. Als sie sich der amerikanischen Küste näherten, zwang Nebel die Schiffe, ihre Geschwindigkeit auf drei Knoten herabzusetzen, und das monotone Geräusch von Trommeln und Leuchtraketen hallte in der feuchten Luft wider. Dauernd fanden Besprechungen in der Kajüte des Admirals statt, zu denen höchstens vier oder fünf Offiziere zugezogen wurden, und immer wieder wurden die Instruktionen für die Landung erörtert und erwogen. Da es so ungewiß war, was sie erwartete, mußten hundert Vermutungen angestellt und hundert Pläne gemacht werden, um auf alle denkbaren Eventualitäten vorbereitet zu sein. Vor allem mußten sie vermeiden, einen Hafen anzulaufen, der von den Engländern, ohne daß sie es erfahren hatten, wieder besetzt war. Die englische Flotte hatte die Küste völlig unter Kontrolle, aber nicht alle Häfen. Sie brauchten nur ein wenig Pech zu haben, und sie würden in eine regelrechte Seeschlacht verwickelt werden. Immer wieder sagte Rochambeau:

»Wir müssen die Überlegenheit zur See haben, sonst können wir genausogut jetzt schon umkehren und nach Hause fahren.«

Erbost sagte de Ternay schließlich:

»Gut, mon général, dann können Sie das gleich tun, denn wir sind nicht überlegen. Ein Kind kann das sehen. Nennen Sie das eine Flotte? Wir werden kämpfen – wir werden um unser Leben kämpfen, wenn es sein muß, aber mir wurde gesagt, ich solle eine Armee nach Amerika bringen, und genau das tue ich.«

Er wurde mühsam besänftigt, und die Besprechung ging weiter. Die Armee sollte in Rhode Island an Land gehen, denn hier hatten sich die Engländer zurückgezogen, als sie beschlossen, sich auf die Verteidigung von New York zu konzentrieren. Mehrere französische Offiziere, die bei General Washington Dienst taten, sollten nach Block Island vor der Narragansett Bay kommen, sie dort erwarten und signalisieren, ob es ungefährlich sei, die Schiffe in die Bucht fahren zu lassen. Wenn die amerikanische Flagge gehißt wurde, würde es bedeuten, daß die Engländer wieder da seien und die Schiffe abscheren müßten. Die französische Flagge dagegen werde anzeigen, daß sie unbedenklich weiterfahren könnten. Wäre gar keine Flagge gehißt, solle das ganze Geschwader mit seinem Konvoi nach Boston Harbor segeln und weitere Instruktionen abwarten. In Rhode Island sollte die Parole »Saint-Louis und Philadelphia« lauten. Falls der Konvoi durch widrige Winde nach Süden abgetrieben werde, solle er zu den Vorgebirgen von Virginia segeln. Ein französischer Offizier werde auf Cape Henry postiert und sie dort erwarten. Hier sollte die Losung »Marie und Boston« lauten und dieselben Flaggen gehißt werden, aber General Washington würde dann möglicherweise beschließen, das ganze Geschwader dort zu lassen und es nicht wieder gen Norden nach Rhode Island zu schikken.

Zu guter Letzt erwies sich wenig von dieser wohldurchdachten Planung als nützlich. Am Abend des 9. Juli, als sie neunundsechzig Tage auf See gewesen waren, sichteten sie einen kleinen, gedrungenen Küstenfahrer, der bald nah genug kam und in Rufweite war. Als er längsseits der *Duc de Bourgogne* war, erschien der Admiral selbst, um mit dem Kapitän zu sprechen, der von der Brücke seines Schiffes neugierig zu den Fremden hinaufschaute. André wurde gerufen, um zu dolmetschen.

»Wo sind wir?«

»No Man's Island.« Der Mann lachte, als ob er sich zum erstenmal darüber klar wurde, wie wunderlich der Name Niemandsinsel war. »Martha's Vineyard ist dort drüben, wenn der Nebel es Sie sehen lassen würde.«

»Wohin fahren Sie jetzt?«

»Nach Hause auf die Insel – das heißt Rhode Island.«

»Sind die Engländer wieder hier?«

»Nein, Sir, nichts zu sehen oder zu hören von ihnen, und das ist kein Schade.«

»Können Sie uns einen Lotsen schicken?«

»Gewiß. Wo werden Sie sein?«

»Hier.«

»Gut.«

Aus eigenem Antrieb fragte André: »Wie heißen Sie?«

»John Sullivan, Sir, bin ein guter Ire und freue mich, Sie in dieser Gegend herzlich willkommen zu heißen, wenn meine Vermutung richtig ist, warum Sie hier sind.«

»Ich bin selbst Ire.«

»Französisch-irisch?«

»Ja.«

»Sie sind jedenfalls willkommen.«

Als er weitergefahren war, drehte das ganze Geschwader bei und ankerte für die Nacht. Zwei Lotsen kamen am Mittag des nächsten Tages, aber erst gegen Abend sahen sie das Festland deutlich, und als ob ihnen ein letzter Streich gespielt werden sollte, stieg dann dichter Nebel vom Meer auf und hüllte sie völlig ein. Nach mehreren Stunden hob er sich, und endlich konnten sie die französische Flagge erkennen, die an einem Fahnenmast an der Landspitze in einem leichten Wind flatterte. Diesmal fuhren die Kriegsschiffe voraus und bahnten sich auf ruhiger See vorsichtig den Weg in die Newport Bay.

Niemand war in der Stimmung, zu sprechen. Das Ganze schien wie eine Flotte von Toten, eine Geisterflotte, dachte André, verfolgt von den Hunderten, die während der Reise gestorben waren, deren Leichen man im Dunkel der Nacht durch die Geschützpforten ins Meer gleiten ließ, um diejenigen nicht zu entmutigen, die übriggeblieben waren. Gespenstische Gestalten kamen herauf aus den Tiefen der Schiffe ringsum, hagere, abgezehrte Gesichter betrachteten ungläubig oder teilnahmslos das Land, um dessentwillen sie so lange und so viel gelitten hatten, und kaum einer vermochte die Augen zu erheben, um die Fahne anzusehen, die sie hierher gebracht hatte. Dann senkte sich wieder dichter, feuchter Nebel auf Land und Meer.

13

Rochambeau bestimmte, daß André zu den Offizieren gehörte, die an Land gingen. Der Vicomte de Rochambeau und der Marquis de Laval, die während des größten Teils der langen Fahrt entsetzlich seekrank gewesen waren, gingen als erste ins Beiboot. Als nächste kamen mehrere Adjutanten und dann Arthur Dillon, der prächtig aussah in seiner Uniform mit einer roten Feder, die zu den roten Aufschlägen seines Rocks paßte. Das Jabot an seinem weißen Hemd glänzte von Stärke, ein Wunder nach einer solchen Seereise, und sein Diener stand dabei und betrachtete ihn voller Stolz, wie ein Reitknecht ein Lieblingspferd betrachtet.

André half dem General das Fallreep hinunter, und dessen Uniform sah aus, als habe er sie eine Woche lang nicht ausgezogen. Sein schmächtiger Wuchs wurde unterstrichen durch sein Hinken, das sich während der Reise verschlimmert hatte. Vier Matrosen ruderten, jeweils einer an einem langen Riemen. Der Nebel, der über dem Wasser hing, erschwerte das Atmen. Dicht am Hafen sahen sie mehrere verlassene Fischerboote, ganz reglos auf dem stillen Wasser, und dahinter die Dächer der Stadt. Es war nichts zu hören außer dem sanften Eintauchen der Ruder und einem gelegentlichen Wellenschlag am Ufer. Als André zurückblickte, erschienen ihm die Kriegsschiffe wie Schemen, kaum sichtbar in dem Nebel. Rochambeau hielt den Blick auf das Festland gerichtet und hatte den Oberkörper vorgebeugt, als wollte er das Boot antreiben.

An der Anlegestelle hallten ihre Stimmen seltsam von den Steinstufen wider. Arthur war der erste an Land und reichte Rochambeau die Hand, der sich umblickte und nach den langen Wochen auf See leicht schwankte. Keine Menschenseele war zu sehen. Der General sagte ruhig:

»Saint Louis und Philadelphia! Ich frage mich, ob das überhaupt die Neue Welt ist. Wo sind all die Menschen? Der Kapitän des kleinen Schiffes gestern muß ihnen doch gesagt haben, daß wir angekommen sind.«

»Vielleicht hatte er Angst, mon général«, sagte André. »Wir haben ihm keine Anweisungen gegeben.«

»Nun, irgendwo müssen sie ja sein. Lassen Sie uns gehen und sie suchen.«

Er marschierte los, während die letzten aus dem Beiboot noch an Land kletterten. André eilte sich, um ihn einzuholen, und Rochambeau sagte leise:

»Es wird sehr wichtig sein, die Mannschaften bei Laune zu halten, Graf. Das ist ein seltsamer Empfang. Niemand darf daran Kritik üben. Kritik zerstört nur, baut niemals auf. Ist Ihr Englisch gut?«

»So gut wie mein Französisch.«

»Dann bleiben Sie in meiner Nähe. Ich habe mich nie mit Sprachen abgegeben. Deutsch und Englisch hätte ich lernen sollen, sehr nützliche Sprachen, aber ich hatte nie Zeit. Latein, ja, Latein beherrsche ich, aber wer in diesem von keiner Kultur beleckten Land wird mit mir Lateinisch sprechen?«

»Ich habe gebildete Menschen hier kennengelernt.«

»Ach, richtig, Sie sind ja schon hier gewesen. Graf Dillon hat von Ihnen gesprochen. Großartig. Sie werden sehr nützlich sein. Jeder, der Englisch kann und das Land kennt, muß bei mir bleiben.«

Als sie in die Stadt kamen, waren in der trüben, dunstigen Beleuchtung hier und dort einige Menschen zu sehen. Mehrmals merkten sie, daß Vorhänge beiseite gezogen wurden und furchtsame Gesichter sie einen Augenblick anstarrten, ehe die Gardinen wieder herabfielen. Aber die französische Fahne war ja gehißt worden. Jemand hatte dafür gesorgt. Wo war der Gemeinderat, der Gouverneur, wo waren die wichtigsten Bürger dieses trostlosen Dorfes?

Auf einem Platz, der der Marktplatz zu sein schien, blieb Rochambeau stehen und sagte zu denjenigen, die mit ihm hatten Schritt halten können:

»Meine Herren, dieses Willkommen ist der Traum eines Soldaten. Die andere Möglichkeit ist, mit Kanonenfeuer begrüßt zu werden. Das dort sieht wie ein Gasthaus aus. Wollen wir doch mal sehen, ob sie Zimmer haben.«

Das Gasthaus sei wegen des Krieges leer, sagte der Wirt und fragte mißtrauisch, ob sie Geld hätten. Rochambeau gab einem seiner Adjutanten einen Wink, der vortrat und freundlich lächelnd eine Handvoll Goldmünzen auf die Theke legte. Der Wirt bot rasch einige einfache, saubere Zimmer an, und André fragte, nachdem er ihn beiseite genommen und ihm erklärt hatte, wer seine Gäste seien, ob sie für die ganze Gesellschaft Abendessen haben könnten.

»Ich hätte es an Ihrer ausgefallenen Kleidung erkennen sollen«, sagte der Mann. »Sie werden bestimmt herzlich willkommen geheißen. Darf ich den Jungen zu einigen Leuten schicken, die sehr froh sein werden, Sie zu sehen?«

»Bitte tun Sie das.«

Ein etwa zehn- oder elfjähriger Junge war seit ihrer Ankunft im Hintergrund herumgesaust und kam jetzt herangehüpft wie ein Vogel, vor Aufregung zappelnd. Lange ehe das Abendessen serviert werden konnte, kamen fünf Männer mittleren Alters mit grimmigen Gesichtern in den Speisesaal, wo die Franzosen warteten, blieben stehen und starrten schweigend von einem Offizier zum anderen, als ob sie dem ganzen französischen Volk mißtrauten. Rochambeau beobachtete sie zuerst gereizt, dann mitleidig, und sagte schließlich zu André:

»Um Gottes willen, bringen Sie sie dazu, etwas zu sagen. Fragen Sie sie, wo Gouverneur Greene ist. Sagen Sie ihnen, wir müssen ihn sofort sprechen.«

»Er ist in Providence, Sir«, antwortete einer der Männer und richtete sich dabei direkt an Rochambeau.

»Fragen Sie ihn, ob er ihm eine Botschaft schicken kann.«

Derselbe Mann sagte:

»Gewiß. Ich glaube, ich weiß, wo er zu finden ist.«

Ein anderer sagte:

»Ich werde selbst gehen. Was soll ich ihm ausrichten?«

»Daß die Franzosen mit fünftausend Soldaten gelandet sind und mindestens die doppelte Anzahl unterwegs ist. Sie können sagen, wir haben Befehl, die amerikanische Armee auf jede nur mögliche Weise zu unterstützen, mit Truppen und Geld und vor allem mit Berufssoldaten. Deswegen sind wir hergekommen. Es gibt nichts zu befürchten. Der König von Frankreich ist der Freund von General de Washington und seiner Armee. Wir wissen, wie Sie gelitten haben. Das ist jetzt vorbei. Mißerfolg soll uns alle lehren, wie man siegt. Morgen werden wir beginnen, unsere Armee auszuschiffen und die Kranken zu versorgen und Vorkehrungen zu treffen, um unsere Leute zu kasernieren. All das wird erledigt werden. Bald wird jedermann in Frieden schlafen können.«

Als André das übersetzte, begannen die mürrischen Gesichter freundlicher auszusehen, und ein oder zwei der zusammengepreßten Münder verzogen sich sogar zu einem Lächeln. Dann sagte der erste Mann:

»Es stimmt, die Lage war hier sehr schlimm. Wir haben seit vier Jahren Krieg, könnte man sagen, und unsere Stadt und das ganze Land ringsum sind zugrunde gerichtet. Die englischen Fouragetrupps beschlagnahmten alles und stahlen nebenher noch eine Menge für sich. Wir haben ein wenig Angst, die Franzosen könnten es genauso machen, und das ist die Wahrheit.«

»Nichts dergleichen wird geschehen«, sagte Rochambeau nachdrücklich, als ihm das übersetzt worden war. »Wir sind hier, um zu geben, nicht um zu stehlen.«

»Sehr gut, sehr gut. Es war eine Enttäuschung für uns, als sich herausstellte, daß der letzte Admiral, der aus Frankreich gekommen war, es mit den Engländern nicht aufnehmen konnte. Aber ich möchte eine persönliche Bemerkung machen, Sir.« Er sprach Rochambeau immer noch direkt an, ganz unbekümmert darum, daß er nicht verstanden wurde. »Sie sind von ganz anderem Kaliber als der letzte. Er schien zu glauben, mit viel Angabe werde man auch eine Schlacht gewinnen. Wir mochten ihn nicht, Sir. Mit Ihnen wird es anders sein.«

André übersetzte:

»Er sagt, Sie flößen ihm mehr Vertrauen ein als Admiral d'Estaing.«

Rochambeau verbeugte sich höflich. Als die Amerikaner gegangen waren, sagte er bedrückt:

»Morgen werden wir also die Armee ausschiffen und sehen, wieviele Leute arbeitsfähig sind.«

Während er noch sprach, hörten sie die laute Stimme des Wirts in der Diele:

»Ja, ja, natürlich sind sie hier. Habe ich Ihnen nicht eine Nachricht geschickt? Was glauben Sie, warum ich sonst Licht gemacht hätte?«

Die Tür wurde aufgerissen, und mehrere Offiziere in abgetragenen, graubraunen Uniformen kamen rasch herein. Sie blieben stehen und starrten erstaunt auf die Franzosen, die farbenprächtig wie Pfaue waren, dann trat der ranghöchste Offizier vor und sagte zu Rochambeau:

»Oberst de Corny, mon général. Wir haben uns vor zwei Jahren in Paris kennengelernt.«

»Ja, natürlich. Sagen Sie ihm, ich freue mich, ihn zu sehen. Sagen Sie ihm, ich habe geglaubt, wir seien in das falsche Land gekommen. Sagen Sie ihm, es tut gut, eine Uniform zu sehen.«

»Wir hätten hier sein sollen, um Sie zu empfangen. Wir haben so lange gewartet. Ich bin gerade erst vor einer Stunde aus Providence zurückgekommen, meine Kameraden auch. Wir haben uns um Quartiere gekümmert und um ein Lazarett für Ihre Leute. Direkt hier vor der Haustür trafen wir Mr. Varney und Mr. Willetts und einige andere.«

»Kommen Sie und setzen Sie sich zu uns«, sagte Rochambeau. »Sie sind noch rechtzeitig gekommen.«

Gerade da wurde das Abendessen aufgetragen, eine wässrige Suppe und ein paar alte, gekochte Hühner. De Corny und seine Adjutanten saßen mit am Tisch, während die Franzosen aßen, und berichteten über ihre Vorbereitungen in Providence. Alles gehe reibungslos, sagten sie. Rochambeau fragte sofort:

»Das Lazarett ist also verfügbar? Das ist das Wichtigste. Zwei Drittel meiner Leute haben Skorbut.«

»Ja, ja, alles ist bereit. Damit hatten wir große Schwierigkeiten. Es ist nämlich das Kolleg-Gebäude, das war gerade erst zurückgegeben worden. Wir hatten das Kolleg mit unseren Soldaten belegt, während die Engländer in Newport waren. Sie wollten es nicht wieder kampflos hergeben, aber General Greene und Dr. Craick erreichten es schließlich. Vorläufig werden die übrigen Mannschaften in Zelten untergebracht.«

»Darüber wird es keine Beschwerden geben«, sagte Rochambeau. »Festes Land unter den Füßen zu haben wird ihnen die Hauptsache sein.«

»Und ich habe eine Botschaft von General Heath. Er hatte in der Narragansett Bay mehrere Tage auf Sie gewartet, aber sein Schiff ist in eine Flaute geraten. In ein oder zwei Tagen wird er hier sein. Es war ein abscheuliches Wetter, nichts als Nebel und Sprühregen. Dadurch ist es Ihnen gelungen, ungesehen an Land zu kommen.«

»Ich hoffe, wir werden die letzten sein, denen das gelingt. Wie sind die Quartiere?«

Alle in Frage kommenden Gebäude würden vor Einbruch des Winters für die Truppen zur Verfügung gestellt, sagte de Corny, aber sie müßten erst nach und nach in Ordnung gebracht werden.

Um drei Uhr am nächsten Morgen begann die Ausschiffung von Mannschaften und Ausrüstung und dauerte während der Stunden mit Tageslicht zwölf Tage. Als Generalmajor Heath eintraf, konnte er fünftausend Milizsoldaten aus Massachusetts und Rhode Island abkommandieren, um die Sache zu beschleunigen. Die Amerikaner waren erstaunt über die Fröhlichkeit der Franzosen, die bei der Arbeit sangen und pfiffen, als ob sie ihnen Spaß machte. M. Blanchard, der Quartiermeister, kaufte gleich Äpfel und frisches Gemüse für die Franzosen, und nach wenigen Tagen waren die armen Teufel, die mühselig an Land gekrochen waren, nicht wiederzuerkennen.

Als erstes wurden die Bronzekanonen aller Größen, von Vier- bis Achtundvierzigpfündern, ausgeladen. Rochambeau ließ Geschützstellungen für sie ausheben, flankiert von Außenwerken und geschützt durch Schützengräben an allen Stellen, wo der Feind womöglich landen könnte. Die von der britischen Armee geräumten Verteidigungsanlagen ließ er ausbessern und brauchbar machen. Die kranken Soldaten wurden auf Ochsenkarren ins Lazarett nach Providence gebracht, eine traurige Prozession, aber die übrigen arbeiteten gut und waren, wie der General gesagt hatte, dankbar, auf festem Land und am Leben zu sein. Ihre Zelte standen auf schönem Ackerland auf einer Anhöhe oberhalb der Stadt. Tagtäglich schickte M. Blanchard Offiziere aus, um Aufträge für Lebensmittellieferungen zu erteilen, und sie berichteten, wie erstaunt die Farmer waren, als sie hörten, daß sie dafür bezahlt werden würden. Brennholz war schwer aufzutreiben, denn die Engländer hatten das brauchbare Nutzholz auf der ganzen Insel Baum für Baum gefällt. Um Nutzholz zu bekommen, mußten Fouragezüge weit ins Land fahren, und nach ein paar Tagen begann es auf Ochsenkarren heranzurollen. Werkstätten wurden eingerichtet für Sattler und Geschirrmacher, Schuster und Schneider, ferner eine Gießerei und eine Hufschmiede, und ihre Werkzeuge und Materialien wurden herangeschafft. Ein verfallenes Gebäude in der Stadt wurde die Bäckerei.

In den ersten beiden Tagen beobachteten die Einwohner von Newport die emsigen Franzosen voll Mißtrauen, aber am Abend des zweiten Tages beschloß der Gemeinderat auf einer eilig einberufenen Sitzung, daß eine Feier stattfinden solle. Alle Haushalte wurden angewiesen, Kerzen in die Fenster zu stellen, um den Befreiern einen Willkommensgruß zu entbieten. Wer sich keine Kerzen leisten konnte, sollte sie auf Kosten der Stadt erhalten. Gouverneur Greene kam an diesem Tag aus Providence herüber und ging überall mit Rochambeau hin, requirierte Quartiere für die Offiziere und traf Vereinbarungen mit den Hausbesitzern, sie aufzunehmen. Am Abend läuteten die Kirchenglocken, und ein paar Feuerwerkskörper wurden abgeschossen, aber die Begeisterung war nicht groß. Am Tage darauf kam der Marquis de La Fayette.

Er kam auf den Platz galoppiert mit einem Trupp Diener und Soldaten und brachte eine Stimmung von Festlichkeit und Zuversicht mit. Er trug die blau-weiß-goldene Uniform eines amerikanischen Generalmajors mit einer schwarz-weißen Kokarde, dem neuen Emblem für das Bündnis zwischen Frankreich und Amerika. Eine kleine Gruppe von Offizieren kam aus dem Gasthaus, als sie das Hufgetrappel hörten, und der Marquis rief fröhlich:

»Der General! Sagt ihm, daß ich hier bin.«

»Das sehe ich, mein Junge, das sehe ich.«

La Fayette saß ab und kam angerannt, um Rochambeau die Hand zu geben:

»Verzeihen Sie, ich habe Sie unter den anderen nicht gesehen.«

»Ich war im Hintergrund. Ich bin oft im Hintergrund. Sie sehen prächtig aus. Wo ist General de Washington? Kommt er?«

»Er entbietet seine Grüße und ein herzliches Willkommen. Der Weg ist zu weit für ihn.«

»Zu weit? Mein Weg war auch ziemlich weit.«

»General Washington weiß das zu würdigen. Er sagte, ich solle Ihnen genau berichten, wie der Krieg verläuft, und Pläne für den nächsten Abschnitt machen.«

»Sie sind also der Oberbefehlshaber?«

»Nein, nein. Ich spreche nur für den General.«

»So, so. Nun, ich spreche für mich selbst, aber ich bin altmodisch. Kommen Sie herein. Wir wollen alle nach drinnen gehen.«

Kaum hatten sie an dem langen Tisch im Speisesaal Platz genommen, der ihnen einstweilen als Schreibstube diente, da begann La Fayette:

»Am besten, am dringendsten ist es jetzt, New York anzugreifen. General Washington wünscht das vor allen Dingen. Es ist jetzt unbedingt notwendig. Nichts anderes kommt in Frage.«

Rochambeau lehnte sich auf seinem Stuhl zurück, als würde er körperlich angegriffen.

»Aber wir haben die notwendige Kampfstärke nicht. Die Hälfte unserer Truppen mußten wir zurücklassen. Wir haben keine Unterstützung von See. Hätten wir fünfunddreißig Kriegsschiffe, ließe es sich machen, aber mit dem, was wir jetzt haben, ist es ganz unmöglich.«

»Es ist nicht unmöglich. Es kann nicht unmöglich sein. Jetzt ist der richtige Zeitpunkt für einen Angriff. Ich kenne dieses Land. General Washington stimmt mir zu.«

Er starrte Rochambeau voll rasender Ungeduld an, der seinen Blick ruhig erwiderte mit dem Ausdruck insgeheimer Belustigung in den Augen, den seine aktiven Offiziere gut kannten. »Jetzt ist der richtige Zeitpunkt für einen Angriff«, wiederholte La Fayette. »New York ist das letzte Bollwerk der Engländer. Wenn wir sie von dort vertreiben können, gehört uns der ganze Kontinent. Wir brauchen die Marine nicht. Es lohnt nicht, auf sie zu warten. Diese Schiffe werden womöglich nie kommen.«

»Wir müssen warten«, sagte Rochambeau. »Wir müssen warten. Sie werden kommen. Mir ist ein zweites

Detachement versprochen worden, zehntausend Mann und zwanzig Schiffe mit genügend Geschützen, um die englische Flotte zu vertreiben, während wir zu Lande ans Werk gehen. Die Infanterie kann es allein nicht schaffen.«

»Die französische Infanterie ist unbesiegbar! Die französische Armee ist die beste der Welt!«

»Zweifellos, mein Junge, aber nicht die ganze französische Armee ist hier.«

»General Washington pflichtet mir bei, daß die Zeit gekommen ist, hart zuzuschlagen, am richtigen Ort.«

»Monsieur de Washington würde mir beipflichten, wenn er hier wäre, daß der richtige Ort der schwächste ist, nicht der stärkste. Wir werden New York zu guter Letzt angreifen, aber jetzt noch nicht.«

»Die Wirkung wäre enorm. Das Volk ist entmutigt. Es ist kriegsmüde. Es braucht etwas Spektakuläres, um wieder Mut zu schöpfen.«

»Das wird Ihre schöne Uniform besorgen, ebenso wie die unsrigen. Wir haben einander widersprechende Berichte über die Moral des Volkes gehört. Unser Konsul in Boston sagt, es wolle um jeden Preis Frieden schließen. Unser außerordentlicher Gesandter in Philadelphia behauptet das Gegenteil, das Volk sei bereit, bis zum Sieg zu kämpfen. Wem sollen wir Glauben schenken?«

»Dem Gesandten«, erwiderte La Fayette rasch. »Es stimmt, das Volk ist beunruhigt über Gerüchte, daß der Krieg einen toten Punkt erreicht habe, aber beim ersten Anzeichen, daß die Führung gut ist, wird es kämpfen. Das amerikanische Geld ist jetzt nichts wert, und die Preise sind auch gestiegen, selbst wenn mit Gold bezahlt wird. Lebensmittel sind knapp, Kleidung ebenfalls. Schuhe, die früher einen halben Dollar kosteten, kosten jetzt sechs – derlei Dinge hört man. Und die *Royal Gazette* brachte einen Bericht, daß die Franzosen sich hier festsetzen und nie wieder heimkehren wollen, sie würden

den guten Protestanten in Amerika den Katholizismus aufzwingen. Aber Sie werden sehen, daß das Volk noch voller Mut ist und nicht alles glaubt, was es hört. Es braucht einen Sieg, General. Das braucht es mehr als alles andere.«

»Ein Sieg muß sorgfältig geplant werden. Eine Niederlage würde der Moral des Volkes nicht gut tun. Ich muß General de Washington so bald als möglich sprechen. Sagen Sie ihm das.«

»Er spricht nicht Französisch. Er hat mir seine Ansichten dargelegt und mich beauftragt, sie Ihnen zu übermitteln.«

»In Ihrem Alter, mein Junge, können Sie sich unmöglich in die Ansichten eines Generals hineindenken. Seien Sie nicht beleidigt. Ich muß ihn so bald als möglich sprechen. Nun berichten Sie mir vom Zustand der amerikanischen Armee.«

»Sie ist knapp an allem – Kleidung, Geschütze, Nahrungsmittel – es gibt immer genug Rinder, aber nie genug Brot. Seit Monaten haben die Leute keinen Sold bekommen. Aber sie haben Mut, wie ich Ihnen sagte, und sie kämpfen um ihre Heimstätten.« La Fayette schien nicht zu merken, daß Rochambeau ihn neckte, oder er war zu aufgeregt, als daß es ihm etwas ausmachte. »Die Iststärke ist mal höher, mal niedriger. In unserem Sinne ist es überhaupt keine Armee. Die Milizsoldaten verlassen ihre Farmen und kämpfen, wenn sie wissen, daß sie gebraucht werden. Dann gehen sie wieder nach Hause und bestellen ihre Felder. Sie gehen nie weit von zu Hause weg, deshalb muß man überall neue Armeen aufstellen. In mancher Beziehung ist das System gar nicht übel, es spart eine Menge Transportwege. General Washington hoffte auf zwanzigtausend Franzosen.«

»Ich ebenfalls«, erwiderte Rochambeau trocken. »Ich habe schwer darum gekämpft, sie zu bekommen, das kann ich Ihnen sagen. Zuletzt mußte ich nehmen, was ich kriegen konnte. Wir müssen damit auskommen, so gut wir können. Eine gute Nachricht für den General ist, daß wir eine Menge französisches Geld mitgebracht haben und noch mehr kommen wird. Wir brauchen sofort ein größeres Heer – achthundert Mann der Landtruppen sind krank, fünfzehnhundert von der Flotte. So ist es immer, wenn wir sie nach Übersee bringen. Mittlerweile muß Admiral Clinton sicher wissen, daß wir hier sind.«

La Fayette sah Rochambeau betrübt und vorwurfsvoll an.

»So ist es immer, niemals genug Leute, niemals rechtzeitig.«

»So ist der Lauf der Dinge nun mal. Clinton kann jederzeit angreifen. Können Sie uns unterstützen?«

»Ich wünschte, wir könnten als erste angreifen.«

Als La Fayette gegangen war, sagte Rochambeau nachsichtig:

» Was für eine Begeisterung. Nun ja, man ist nur einmal jung.«

Der befürchtete Angriff schien einige Tage später unmittelbar bevorzustehen. Admiral de Ternay und Gouverneur Greene inspizierten mit dem General die Befestigungen, als ein Kurier kam und berichtete, zwölf englische Linienschiffe bedrohten das in der Bucht vor Anker liegende französische Geschwader. De Ternay ließ sich sofort zu seinem Schiff rudern, während de Lauzun und André den General und den Gouverneur auf die kleine Anhöhe oberhalb des Hauptlagers begleiteten, von der sie die ganze Bucht übersehen konnten.

Obwohl der Himmel klar war, kräuselte ein kräftiger Nordostwind die Meeresoberfläche und ließ das tiefe Blau undurchsichtig erscheinen, ins Graue spielend durch die Gischt, die ständig darüberflog. Weiter draußen wurde diese Gischt ein Dunst, der den in einer Meile Entfernung beigedrehten englischen Schiffen ein gespenstisches, unwirkliches Aussehen verlieh. Die französischen Schlachtschiffe hatten sich so dicht am Ufer, wie sie nur heranzukommen wagten, zu einer geschlossenen Linie formiert, und in ihrem Schutz waren die Transportschiffe verankert, deren Beiboote immer noch mit Ausrüstungsgegenständen hin- und herfuhren. Von Soldaten, die am Ufer warteten, wurden sie entladen und das Material dann auf Handkarren in die in der Stadt requirierten Lagerräume gebracht. Rochambeau sagte: »Was für ein hübscher Anblick!« Er betrachtete das ganze Panorama, als wären sie zu ihrem Vergnügen hier heraufspaziert, dann deutete er mit dem Ellbogen auf die Schiffe. »Wir können warten. Stellen Sie Wachtposten hier auf und behalten Sie sie im Auge. Was in New York geschieht, ist wichtiger. Ich möchte jeden Boten sofort sehen, wenn er ankommt.«

Einer kam vor Einbruch der Nacht. Admiral Graves war durch schlechtes Wetter aufgehalten worden und dann dadurch, daß er ein Schiff mit einer vollen Ladung für die *Compagnie française des Indes* aufbrachte. Er konnte der Versuchung nicht widerstehen und schleppte das Schiff tatsächlich nach New York zurück. Wie die Franzosen, waren auch seine Leute krank, und ihnen mußte eine Woche zugestanden werden, damit sie sich erholen. Das Beste von allem war, daß Sir Henry Clinton und Admiral Arbuthnot untereinander uneins waren. Die englischen Schiffe, die jetzt vor der Küste von Rhode Island lagen, waren auf die Hilfe ihrer Landtruppen angewiesen, und trotz Clintons Bitten weigerte sich Arbuthnot, sie zu entsenden.

Im Morgengrauen des nächsten Tages traf ein weiterer Kurier ein, die Kleidung dick verstaubt vom Ritt und das Gesicht kaum zu sehen unter einer schweißigen Schmutzschicht. Clinton habe seinen Willen durchgesetzt und tatsächlich schon sechstausend Mann in Throgs Neck eingeschifft, als er hörte, eine Armee von fünfzehntausend Mann sei auf dem Marsch nach New York. Das war nur La Fayettes Traumarmee, aber die Nachricht hatte New York schnell erreicht. Clinton habe sein Unternehmen sofort aufgegeben und kehrtgemacht, um seine Truppen auf Long Island an Land zu setzen. Mittlerweile seien sie wahrscheinlich alle ausgeschifft.

Die englischen Schiffe warteten nur noch einen Tag und segelten dann ab, und es schien, als würden die Franzosen für immer im friedlichen Besitz des größten Teils der amerikanischen Ostküste bleiben. Der General schickte die Milizsoldaten nach Hause, damit sie die Ernte einbringen konnten.

André bezog ein Zimmer im ersten Stock eines schlichten, weißgestrichenen Holzhauses an einer Straßenecke, das Rochambeau als sein Hauptquartier überlassen worden war. Als die Wochen vergingen, wurde der General immer reizbarer und konnte es nicht erwarten, daß der Nachschub aus Frankreich käme. Dennoch war er niemals auch nur einen Augenblick müßig. Er überwachte die Unterbringung und Disziplin seiner Truppen, hielt Paraden und Truppenschauen ab, als wäre er zu Hause in Frankreich. Er las und beantwortete Berichte und dachte sich neue Kodewörter aus. Er empfing Besucher und gab Abendgesellschaften, angetan mit seiner besten Uniform, und ging zu Diners, die seine Offiziere und die Honoratioren von Newport gaben. Immer machte er den Eindruck, als lausche er einer fernen Stimme, und manchmal schien er sich nicht zu erinnern, in wessen Haus er war oder warum er dort war. Im Garten des Hauses, in dem er einquartiert war, ließ er einen Gesellschaftssaal bauen, damit die Offiziere einen Raum hatten für ihre Bälle und Kartenspiele, und er spornte sie an, lange Ritte durch das Land zu unternehmen und sich mit Leuten anzufreunden, die sie dann in ihre Häuser einluden. Wenn sie nicht kämpften, sagte er, sollten sie sich auf andere Weise Bewegung verschaffen.

Doch der Mann, den er unbedingt sprechen wollte, General Washington, kam nicht, sondern schickte nur jenen Knaben, wie Rochambeau La Fayette nannte, mit Botschaften, in denen er seinen Wunsch wiederholte, New York anzugreifen. Rochambeau antwortete mit einem geduldigen Brief nach dem anderen und sagte, er sei nicht stark genug. Bedächtig diktierte er:

»General Clinton erwartet, daß wir New York angreifen, weil wir in Savannah geschlagen wurden. Wir haben nicht Rache im Sinn, sondern nur den Sieg. Ich glaube, man sollte dem Feind niemals den Gefallen erweisen, das zu tun, was er erwartet. Dadurch, daß wir das Unerwartete tun, verdoppeln wir unsere Stärke. In diesem Augenblick ist die Zeit noch nicht reif für den Sieg, aber sie wird kommen.«

Jeder Brief endete auf dieselbe Weise:

»Vor allem, mein lieber General, wünsche ich mir, daß wir uns so bald als möglich treffen. In einem Gespräch von fünfzehn Minuten würden wir ein Einvernehmen erreichen, das mit hundert Briefen nicht erzielt werden könnte.«

Erst in der zweiten Septemberwoche wurde ihm sein Wunsch erfüllt. Washington hatte endlich Zeit, und sie sollten sich in Hartford treffen. Er werde zwei Tage für den Ritt von Preakness in New Jersey brauchen, und Rochambeau etwa ebenso lange von Rhode Island aus. Der Treffpunkt sollte das Haus von Oberst Jeremiah Wadsworth sein, der Tag der 20. September.

»Wadsworth, Wadsworth – was für ein Name«, sagte Rochambeau. »Nun können wir, dem lieben Gott sei gedankt, anfangen, Pläne zu machen.«

14

Eine Vorausabteilung verließ Newport zwei Tage, bevor Rochambeau und Admiral de Ternay aufbrachen, um Vorkehrungen für deren Unterkünfte unterwegs zu treffen und sich um die Quartiere in Hartford zu kümmern. André machte sich schon einige Tage vorher auf den Weg, weil er seinen Cousin Charles Lally besuchen wollte, dessen Farm zwanzig Meilen östlich von Hartford lag. Am Nachmittag vor seinem Aufbruch wurde er im letzten Augenblick vom Herzog de Lauzun zum Abendessen in Mrs. Hunters Haus, wo der Herzog einquartiert war, eingeladen. Es sollten zwanzig Gäste dort sein einschließlich Mrs. Hunter und ihren drei Töchtern, und de Lauzun schien sich keine Gedanken darüber zu machen, daß diese Anzahl das Doppelte dessen war, was das kleine Wohnzimmer aufnehmen konnte. Als André kam, stellte er fest, daß die meisten Gäste schon da waren. De Lauzun kam sofort herüber, um ihn zu begrüßen.

»Mein lieber Freund, ich freue mich, daß Sie kommen konnten.« Mit leiser Stimme fuhr er dann rasch fort: »Um Gottes willen, gehen Sie zu dem alten Mann dort in der Ecke und reden Sie mit ihm. Die meisten von uns verstehen nur die Hälfte von dem, was er sagt, eine Menge häßlicher Bemerkungen über unsere Armee und unser Land, und keiner von uns außer de Ségur kann genug Englisch, um ihm Rede und Antwort zu stehen. Ihn stört das nicht. Er lacht bloß.«

Er schob André in Richtung der hinteren Ecke des Zimmers, wo sich trotz der Menschenmenge ein freier Raum um einen kleinen Mann in Schwarz gebildet hatte, der sich mit hoher, nörgelnder Stimme mit niemandem im besonderen unterhielt. Offenbar hatte er bemerkt, daß seine Zuhörer sich zurückzogen, denn er redete André sofort an und richtete seine blaßblauen Augen auf ihn, als ob diese Unterhaltung für sie beide von größter

Wichtigkeit wäre. Mit dem adretten schwarzen Anzug und dem durch ein schwarzes Band zurückgehaltenen weißen Haar erinnerte er André an eine Mantelmöwe. Er hatte auch dieselben scharfen, runden Augen und einen zusammengepreßten, schnabelähnlichen Mund, was ihm einen völlig unbegründeten Anschein von Weisheit verlieh. Als die am nächsten stehenden Offiziere sahen, daß André bereit war, ihm Aufmerksamkeit zu schenken, entfernten sie sich noch weiter.

»Sie sehen also, mein lieber Sir, der Fehler bestand darin, daß vor dem Angriff auf Spring Hill keine volle Information vorlag. Simeon Dean, Ihr Diener, Sir.« Er machte eine kleine Verbeugung. »Nun, warum lag Admiral d'Estaing diese Information nicht vor? Antworten Sie nicht, Sir. Ich kenne die Antwort. Ich spreche auf diese Weise, um deutlicher zu machen, worauf ich hinaus will. Ihm lag diese Information nicht vor, weil er sich nicht die Zeit nahm, sie zu erhalten. Warum nahm er sich nicht die Zeit? Weil die Franzosen es immer eilig haben. Sie kommen her und bleiben eine Weile, dann zieht es sie wieder nach Hause. Sie verbringen hier möglichst wenig Zeit und verlieren Hunderte von Soldaten bei jedem Feldzug. So manches Mal habe ich ihnen gesagt, daß all das vermieden werden könnte, wenn sie sich bloß mehr Zeit ließen.«

»Es ist nicht so einfach, überhaupt eine Armee hierher zu bekommen«, sagte André nachsichtig.

»Aha! Sie geben es zu! Sie geben es zu! Und wenn sie kommen, dann sind es nie genug. Ich weiß, daß d'Estaing in dieser Schlacht verwundet wurde, aber was nützt das, wenn er nicht gewinnt? Das sind keine ehrenhaften Wunden.«

»Was sind denn Ihrer Ansicht nach ehrenhafte Wunden, Sir?«

»Wunden, die während eines Sieges empfangen werden, natürlich.« Dean schien verwundert über die Frage.

»Wunden, die während einer Niederlage empfangen werden, vermehren die Schande nur. Aber ich muß zugeben, Sir, daß Frankreich das einzige Land ist, das uns überhaupt zu Hilfe gekommen ist, und das einzige Land, das uns jetzt retten kann. Das können Sie Ihrem General sagen. Sie haben meine Erlaubnis. Und Sie können ihm auch sagen, daß diese Tatenlosigkeit ein Verhängnis ist, ein Verhängnis. Sofort muß etwas getan werden, sofort.«

»Ich glaube, unser General würde Ihnen zustimmen.«

André merkte, daß eine junge Frau, die in der Nähe stand, seine Rettung sein könnte. Er wandte sich rasch um und sagte:

»Miss Lawton, Mr. Dean spricht mit mir über ehrenhafte Wunden.«

Sie sagte ernsthaft:

»Es gibt keine ehrenhaften Wunden, und du weißt es, Mr. Dean. Jeder Krieg ist Unrecht.«

Er brauste auf:

»Wie kann ein Krieg gegen die Ungerechtigkeit Unrecht sein? Glauben Sie, dieses Land sollte für immer von England unterjocht bleiben, nur weil die ersten Siedler Engländer waren? Sollen wir einem Land und einem König Steuern zahlen, die nichts für uns tun?«

»Unsere Pflicht und Schuldigkeit gebührt dem König, Sir, ob er seine Pflicht uns gegenüber kennt oder nicht.«

»Welchem König? Welchem König? Warum nicht dem König von Timbuktu? Beantworten Sie mir das, wenn Sie können.«

»Wir sollten uns«, sagte sie ruhig, »niemals in anderer Leute Angelegenheiten einmischen, es sei denn, um sie zu versöhnen und Blutvergießen zu verhindern.«

»Es ist unsere eigene Angelegenheit, Miss. Wir mischen uns nicht ein. Wir schützen uns vor Unterdrückung.«

»Dann sind es die Franzosen, die sich einmischen.«

»Nach Ihrer Auffassung ja, doch wir alle segnen sie dafür. Wenn sich niemand in unsere Angelegenheiten einmischt, werden wir für immer Sklaven sein. Würden Sie das für gut halten?«

»Gewiß, wenn Gott es so bestimmt hat. Dann müssen wir uns fügen.«

»Billigen Sie die Sklaverei?« Andrés Neugier war geweckt.

»Nein, Sir, das tue ich nicht. Aber ich weiß, wenn man einen schweren Schlag mit einem schwereren erwidert, dann führt das zu nichts Gutem, denn der Feind erwidert ihn mit einem noch schwereren, und so geht es weiter.«

»Die Leute in Newport sind am Guinea-Handel beteiligt und kaufen und verkaufen Sklaven.«

»Das ist ein abscheulicher Handel. Man darf keinen Menschen verkaufen.«

Nun, da sie sich ihnen angeschlossen hatte, kamen die Zuhörer, die sich verflüchtigt hatten, zurück. Daß sie von ihnen bewundert wurde, schien Miss Lawton gar nicht zu bemerken. Wie alle Quäker-Mädchen hatte sie es sich angelegen sein lassen, sich so wenig anziehend wie möglich zu machen mit einem schlichten weißen Musselinkleid und einer weißen Leinenmütze, die ihr Haar bis auf ein paar blonde Locken an den Schläfen bedeckte. Ihr blasses, hübsches Gesicht war genau so, wie die Natur es geschaffen hatte. André dachte an Versailles und die aufgeputzte Gesellschaft dort und stellte sich einen Augenblick vor, wie es wäre, wenn er sie dort einführte. Graf de Ségur drängte sich heran, richtete die runden, wachsamen Hundeaugen auf ihr Gesicht und fragte:

»Miss Polly, mein König hat angeordnet, daß ich hierherkomme und für Sie gegen Ihre Feinde kämpfe. Finden Sie, ich hätte mich weigern sollen?«

»Ich habe keine Feinde, Sir«, antwortete Miss Lawton

mit ihrer sanften Stimme, während all die jungen Männer mit halb geschlossenen Augen lauschten, als ob sie Musik hörten. »Der König hat dir befohlen, etwas Ungerechtes, Unmenschliches zu tun, das dem Gesetz Gottes zuwider läuft. Du solltest deinem Gott gehorchen und dich deinem König widersetzen. Gott bewahrt, der König zerstört.«

»Entzückend!«

Sie sah de Ségur ruhig und prüfend an, ohne eine Spur Mißbilligung in ihren großen grauen Augen.

Der Raum hatte sich unerträglich gefüllt, und jetzt rief der Haushofmeister an der Tür, daß das Abendessen angerichtet sei. Der Herzog de Lauzun bot Miss Lawton den Arm und führte sie ins Speisezimmer, wo zwei lange Tische gedeckt waren. Die persönlichen Bedienten der Offiziere standen schon hinter den Stühlen ihrer Herren, und andere warteten am Buffet, wo riesige silberne Platten mit Braten und Gemüse bereitstanden. Auf einem anderen Tisch waren der Wein in silbernen Kübeln, jeder mit de Lauzuns Wappen, und ein Tablett mit Gläsern abgestellt. Als alle saßen, sprach Simeon Dean ein langes Tischgebet, und das Mahl begann. Mit dem abnehmenden Tageslicht wurde der sanfte Schein der Kerzen heller, schimmerte auf den weißen Tischtüchern und spiegelte sich in dem blankgeputzten Silber und Glas. De Lauzun wurde sehr fröhlich und drängte alle, ihre Gläser zu füllen und auf General Washington und General Heath anzustoßen, dann auf die Freiheit für alle Völker unter der Sonne.

Ungeachtet seiner Mißbilligung der französischen Kriegführung brachte Simeon Dean einen Toast auf die Gesundheit des Königs von Frankreich aus und dann auf General Rochambeau und Admiral de Ternay.

Kurz darauf gab de Lauzun bekannt, daß es in einer Stunde eine Tanzerei im Gesellschaftssaal geben werde, wozu die Regimentskapelle aufspiele. André ging in einer

massa-märkte

21 FEB

oo04.00 1

oo04.00 BAR

MASSA - Dörnigheim
Bücher
Vielen Dank!

seltsam erregten Stimmung durch die sich verdunkelnden Straßen nach Hause. Dadurch, daß sich in einer solchen Gesellschaft, wie er sie gerade verlassen hatte, ein junges Mädchen gegen Krieg und Sklaverei aussprach, war ihm die Szene in Derrynane wieder ins Gedächtnis gerufen worden, als Louise die ganze Sippe der O'Connells verurteilt hatte. Ein etwas scharfer Duft von Herbstblumen drang aus irgendeinem Garten zu ihm, und er blieb stehen, um ihn zu schnuppern. Was wäre, wenn die Gräfin de Rothe eine Heirat für sie arrangierte, während er weg war? Als ob er sich an jemand anderen richtete, sagte er zu sich: »So ist das also! Du hast die ganze Zeit an sie gedacht. Du hättest sie haben können.« Der Gedanke war herrlich einfach. Polly Lawtons Verhalten hatte ihm die Augen geöffnet, obwohl er *sie* ebensowenig hätte heiraten wie mit einer Marmorstatue schlafen wollen.

Warum sollte er noch warten? Seine schon längst aufgelöste Verlobung mit Teresa schien jetzt überhaupt niemals wirklich gewesen zu sein. In seinem Zimmer im Vernon-Haus setzte er sich an den Tisch, nahm einen neuen Federkiel und schrieb einen Brief an die Gräfin de Rothe, in dem er um Louises Hand anhielt und seine finanzielle Lage in höchst sachlicher Weise darlegte. Dann machte er sich auf den Weg, um Robert zu suchen.

Er fand ihn im Kartenspielzimmer in der Gesellschaftshalle neben dem Tanzsaal. Die Musik und das rhythmische Stampfen von Füßen beschleunigte seinen Puls, so daß er große Lust verspürte, sich den Tänzern anzuschließen. Robert spielte Karten mit drei anderen jungen irischen Offizieren, Charlie Kilmaine, Séamus O'Moran und Tommy Morgan. Sie schlugen alle mit den Füßen den Takt der Musik und sahen ziemlich erhitzt aus, als ob sie gerade erst hergekommen seien, um sich auszuruhen. André hatte Robert seit mehreren Tagen nicht gesehen, denn ihm war die Aufsicht über den Abschnitt des

Lagers übertragen worden, der am weitesten von der Stadt entfernt war.

Robert fühlte sich in seiner Umgebung so wohl und war so in das Spiel vertieft, daß er Andrés Kommen nicht gleich bemerkte. Dann drehte er sich plötzlich um und sagte:

»André! Wie schön! Wollen Sie mithalten?«

»Nein, danke«, lächelte André. »Ich breche morgen früh auf und gehe aufs Land. Ich habe nur einen Brief hergebracht, den ich nach Frankreich schicken möchte.«

Die anderen hatten das Spiel höflich unterbrochen und hielten ihre Karten abwartend in der Hand. Kilmaine seufzte in vorgetäuschter Verzweiflung:

»Ich habe schon ein Dutzend Briefe nach Frankreich geschickt und keine einzige Antwort bekommen. Mein Vater hatte mir versprochen, jede Woche zu schreiben. Vielleicht ist Frankreich im Meer versunken.«

»Wenn das der Fall ist«, sagte Robert, »dann können wir hierbleiben. Wir heiraten Indianerinnen und bestellen das Land weit draußen in der Wildnis.«

»Wahrscheinlich werdet ihr eine Waggonladung Briefe auf einmal bekommen«, meinte Morgan.

André stand mit dem Brief in der Hand da und war sich nicht klar, ob er Robert sagen sollte, was darin stand, oder nicht. Nach einem Augenblick fragte er:

»Kann ich Sie einen Augenblick sprechen?«

»Natürlich.«

Robert stand sofort auf, und sie gingen zusammen an den Tänzern vorbei durch die Gesellschaftshalle und dann hinaus in den Garten. Die Nacht war heraufgezogen, und die Luft war erfüllt von den endlosen Chören der Grillen und Frösche. Am Himmel funkelten die Sterne. Robert holte tief Luft und sagte hingerissen:

»Was für eine schöne Nacht – was für ein schönes

Land!« Er lachte verlegen. »Ich hätte nie geglaubt, daß ich das Leben so bald wieder genießen könnte. Hier liegt irgend etwas Zauberhaftes in der Luft. Frankreich habe ich fast vergessen.«

»Sie sind in sehr guter Gesellschaft.«

»Sie mögen sie? Ich finde, sie sind die besten Menschen der Welt. Charlies Vater ist Arzt in der Charente, aber Séamus und Tommy kommen aus Irland, wie ich. Sie sind beide auf dem Irischen Kolleg gewesen. Komisch, daß Pater Burke darauf bestand, ich solle auf die Sorbonne gehen. Er sagte, ich würde ein großer Gelehrter werden, und ich glaubte ihm. Jetzt glaube ich, daß ich mit knapper Not davongekommen bin. Mir gefällt das Leben in der Armee. In den letzten drei Monaten habe ich mehr gelernt als in meinem ganzen bisherigen Leben. Oberst Dillon ist sehr freundlich zu mir – er behandelt mich wie einen jüngeren Bruder. Mehrmals hat er mit mir über die Heimat gesprochen und über Louise, so daß ich nicht mehr so unglücklich darüber bin, daß ich sie allein zurückließ.«

»Würden Sie sie mir anvertrauen?«

»Ist das der Inhalt Ihres Briefes?« Die spontane Freude in seiner Stimme war nicht zu überhören. »Wollen Sie Louise heiraten?«

»Ja. Ich habe an die Gräfin de Rothe geschrieben. Auch an Ihren Vater werde ich noch schreiben. Er weiß Bescheid über mich.«

»Er wird sich freuen. Vor unserer Abreise sagte er mir, er mache sich Sorgen über ihre Verheiratung, aber er vertraue darauf, daß Cousine Charlotte etwas arrangieren werde. Eine bessere Nachricht könnte er nicht bekommen.«

»Glauben Sie, sie wird mich akzeptieren?«

»Ich werde ihr sofort schreiben und sagen, daß sie es muß.«

Beunruhigt sagte André:

»Ist das eine gute Idee? Wird sie auf Sie hören?«

»Natürlich. Louise und ich sind immer füreinander eingetreten. Sie werden es sehen, wenn Sie nach Mount Brien kommen. André, Sie werden mein Schwager! Das müssen wir feiern!«

»Warten Sie, warten Sie. Sie hat mich noch nicht akzeptiert. Vielleicht sagt ihr der Gedanke gar nicht zu.«

»Natürlich wird sie es wollen.«

»Ich möchte nicht, daß sie mich bloß aus Pflichtgefühl akzeptiert. Erwähnen Sie das in Ihrem Brief.«

»Na, schon gut«, sagte Robert. »Ich werde ihr sagen, es stehe ihr frei, Sie abzulehnen, aber es wäre sehr töricht. Sieh da, Sie grinsen von einem Ohr zum anderen. Sie wissen, daß sie nicht ablehnen wird. Wie könnte sie auch?«

»Nun ja«, lachte André. »Aber es wird nicht gefeiert, ehe ihre Antwort kommt.«

Als sie zur Gesellschaftshalle zurückgingen, stimmte die Kapelle eine Quadrille an. Robert fragte:

»Glauben Sie, wir werden hier lange bleiben? Wir haben gerade Befehl erhalten, die Truppen in einem Monat in die Winterquartiere zu bringen. Meine Leute arbeiten schon an den Häusern. Wie lange, glauben Sie, wird es dauern, bis wir zum Einsatz kommen?«

»Wir müssen auf die zweite Division und eine gewisse Unterstützung durch die Marine warten, ohne die wir nichts unternehmen können. Genießen Sie einstweilen die Ruhe. Denn davon werden Sie nicht viel haben, wenn es erst losgeht.«

»Ich beneide Sie – Sie waren bei d'Estaing, nicht wahr?«

»Nicht die ganze Zeit.«

»Ich wünschte, ich hätte dabei sein können, aber ich wäre nicht alt genug gewesen. Nun, solange wir in Newport bleiben können, werden wir uns nicht beklagen.

Kennen Sie meinen Diener, Martin Jordan? Er hat eine neue Schrulle, seit wir hier sind, und zwar rennt er mit den Offizieren mit, wenn wir ausreiten. Die französischen Bedienten sind wütend darüber, aber Martin gehörte in der Heimat zu den Dienern, die vor der Kutsche herlaufen mußten, und so ist er gut in Übung. Er kennt nichts Schöneres, als hinter uns herzurasen, wenn wir durchs Land streifen. Er sagt, er sieht die Welt. Es macht ihm überhaupt nichts aus, wenn die Amerikaner beim Anblick eines halb angezogenen Mannes lachen, der hinter den Pferden hertrabt.« An der Tür hielt er André an, indem er ihm zögernd die Hand auf den Arm legte. »Ich bin wirklich sehr froh über Louise. Ich wünschte, es könnte etwas dergleichen für mich geben.«

»Lassen Sie sich Zeit«, meinte André verlegen. »Sie sind ja noch jung.«

»Das sagen die Leute immer – du bist noch jung, du wirst darüber hinwegkommen. Ich glaube nicht, daß ich über Teresa je hinwegkomme.«

All seine Fröhlichkeit war verflogen, und seine Stimme war vor Kummer tonlos geworden. André sagte freundlich:

»Es sollte nicht hartherzig klingen. Es gibt noch andere Mädchen. Ich weiß, daß Sie sich wieder verlieben werden.«

»Ein Mädchen wie Teresa werde ich nie wieder finden. Sie ist eine unter einer Million. Sie halten mich bestimmt für einen Narren, aber ich weiß, daß es die Wahrheit ist.«

»Sie können nicht den Rest Ihres Lebens damit verbringen, ihr nachzutrauern.«

»Man hat keine Wahl. Sie haben besonderes Glück, das ist alles.«

15

Der Ritt nach Hartford hätte zwei volle Tage in Anspruch nehmen sollen, aber da sie überhaupt keine Ruhepause einlegten, vermochten André und sein Diener die Farm der Lallys am späten Nachmittag des zweiten Tages zu erreichen. Sie waren der Postkutschenstraße durch Wälder und Ackerland gefolgt. André kannte den Weg, denn er war vor zwei Jahren hiergewesen. Es war ein altes Holländerhaus mit weißgestrichenen Schindeln. Auf der ganzen Länge der Fassade war eine breite, tiefe Veranda angebaut worden. Eine grüne Rasenfläche zog sich hinunter zu einem kleinen Fluß, auf dem zwei Kanus vertäut waren. André liebte die Atmosphäre von Wohlstand und friedlicher Ordnung, die das Besitztum umgab. Jetzt im Herbst hingen die Apfelbäume im Obstgarten neben dem Haus voller Früchte, und die allmählich vergilbenden Blätter der Bäume rings um das Anwesen begannen sich deren Farbe anzupassen. Rotklee war unter den Bäumen ausgesät worden und jetzt fast zum Schnitt bereit. Lallys Rinder grasten auf der ausgedehnten Weide hinter dem Haus und wurden von einem kleinen Negerjungen gehütet. Als sie heranritten, schnupperten sie köstliche Düfte aus dem Küchengebäude, an dessen Tür sich andere schwarze Kinder erwartungsvoll versammelt hatten.

Eine der Haussklavinnen kam heraus, als sie das Hufgetrappel hörte. André kannte sie von seinem letzten Besuch und rief ihr auf Englisch zu:

»Guten Tag, Agnes! Ist der Herr zu Hause?«

»Mr. Andrew, Sir, willkommen. Er ist zum Gasthaus hinübergegangen, um zu hören, ob es Neuigkeiten gibt, aber er wird gleich da sein. Mistress ist hier – kommen Sie herein, kommen Sie herein!«

Er fand Pauline in dem großen Wohnzimmer, das Aussicht auf den Rasen und den Fluß gewährte. Sie war eine hübsche Frau mit einem kätzchenhaften Gesicht, die eigentlich hätte zufrieden aussehen sollen, aber statt dessen einen ständig ängstlichen Ausdruck hatte. Zwei Kinder waren bei ihr, ein Junge und ein Mädchen von etwa sieben und acht Jahren. Sie saß mit ihnen an einem Tisch am Fenster und überwachte ihre Hausaufgaben. Sie sprang sofort auf, als sie André an der Tür hörte, und kam ihm entgegen, und er sah, daß sie wieder schwanger war. Er nahm ihre Hände und erkundigte sich nach der Gesundheit der Familie.

»Das Baby ist gestorben«, sagte sie gleich, »der Junge, der gerade geboren war, als Sie zuletzt hier waren.«

»Das tut mir leid.«

»Er hat nur zwei Monate gelebt. Er war von Anfang an nicht gesund. Es heißt hier, Kinder sollten im Frühling geboren werden wie Lämmer, aber wie kann man das einrichten?«

Ihr verbitterter Ton war unerfreulich. Um das Thema zu wechseln, sagte er:

»Das Anwesen sieht schöner aus denn je.«

»Es ist kein gesunder Ort.«

Noch während sie ihn zu einem Sessel geleitete, warf sie ängstliche Blicke auf ihre Kinder. Die fuhren friedlich mit ihrer Arbeit fort und schrieben in kleine Hefte, vermutlich Aufgaben, die sie ihnen gestellt hatte.

»Charles ist auf dem anderen Flußufer, um zu hören, was es Neues gibt«, sagte sie. »Die Postkutsche muß inzwischen da sein. Haben Sie sie gesehen?«

»Wir haben sie vor etwa drei Meilen überholt. Darf ich ein oder zwei Tage bei Ihnen bleiben? Ich habe nur einen Mann bei mir.«

»Natürlich. Wir haben so wenig Gäste, es ist ein Vergnügen, wenn jemand kommt.« Das Kätzchengesicht nahm einen fast bösartigen Ausdruck an, und sie beugte sich vor und sagte halb flüsternd: »Ehe er zurückkommt, möchte ich Ihnen sagen, daß ich ihn dazu bringen möchte, wieder nach Frankreich zurückzukehren.« Sie rang verzweifelt und so heftig die Hände, daß die Knöchel weiß wurden. »Wir können hier nicht bleiben. Ich will hier nicht sterben. Die Kinder haben nicht den richtigen Umgang. Sie lernen diese schreckliche Sprache, die die Nigger sprechen – alle Vokale langgezogen, ich kann es nicht einmal nachmachen. Die amerikanischen Frauen sind daran gewöhnt. Sie erwarten nichts Besseres. Sie glauben, wenn man von sechs Kindern zwei aufzieht, dann habe man es gut gemacht. Sie sagen, es sei Gottes Wille, und fügen sich. Wenn ich noch einmal ›Ich füge mich‹ höre, werde ich den Verstand verlieren. Ich will mich nicht fügen, das will ich nicht. Charles scheint es nichts auszumachen. Er hat seine Farm und seine Pferde, sie beschäftigen ihn und machen ihn glücklich. Man könnte denken, er sei nie in einem zivilisierten Salon gewesen. Ich möchte in die Heimat zurückkehren.«

Sie blickte hinunter auf ihre Hände und hörte auf, sie zu ringen, als bedürfe es dazu einer bewußten Willenskraft, dann hob sie den Kopf und warf ihm einen flehenden Blick zu, als sie fortfuhr: »Bitte, ergreifen Sie meine Partei. Charles wird auf Sie hören.«

»Fühlen Sie sich denn mit der Farm gar nicht verbunden? Haben Sie hier nicht Wurzeln geschlagen? Als Sie herkamen, waren Sie voller Mut.«

»Ich glaubte an Charles. Ich folgte ihm einfach. Sie werden also seine Partei ergreifen.«

»Pauline, um Gottes willen, es wird da keine Parteien geben. Natürlich werde ich Ihnen helfen, Ihren Standpunkt darzulegen. Ich möchte mir nur über Ihre Ansicht im klaren sein.«

Sie ließ das gelten und sah ihn abschätzend an, als wollte sie seine Fähigkeit als Verteidiger beurteilen. Er fragte:

»Wie lange sind Sie jetzt hier? Fünf Jahre?«

»Sechs. Emilie war gerade geboren. Natürlich wollte

ich herkommen. Es war etwas Neues und Aufregendes, und ich wollte Land und Leute kennenlernen. Damals hatte ich wohl eine Zeitlang Mut. Ich glaubte, die Lage würde sich bessern, aber das tat sie nicht. Das Haus ist hübsch, zwar nicht wie ein französisches Haus, aber ganz in Ordnung.« Sie blickte sich vage in dem wohnlichen Raum um und schien ihn kaum zu sehen. »Aber wenn alle meine Kinder hier sterben...« Sie hielt inne, als wäre sie selbst entsetzt über das, was sie sagte, als würde sie ihr Unglück dadurch, daß sie es aussprach, wahrer machen. Dann sah sie ihn plötzlich an. »Das ist es, was nicht in Ordnung ist und nie besser werden wird. Das Kind, das ich jetzt erwarte, wird geboren werden, ich werde es ein paar Wochen oder ein paar Monate sehen, vielleicht sogar ein oder zwei Jahre. Dann wird es sterben. So ist das immer.«

Bestürzt fragte André:

»Wieviele Kinder sind gestorben, Pauline?«

»Vier. Hier haben sie immer einen Namen für die Krankheit, gewöhnlich ein bösartiges Fieber. So nennen sie es. Es kommt vom Fluß. Das sagen sie, aber ich glaube, es liegt in der Luft. Ich kann es nicht länger ertragen. Wir waren sieben Kinder in unserer Familie, und nur eins starb. Ich weiß, wie man Kinder in einem guten Land gesund erhält, aber hier kann ich nichts tun. Warum sollen wir all das erleiden? Was für einen Zweck hat es, am Leben zu sein und Leben zu schenken, wenn wir die Kinder nur auf die Welt bringen, damit sie sterben? Es ist wie Mord. Und ich werde Ihnen etwas sagen, André, das ich Charles nicht sagen kann. Die Kinder wissen es. Sie wissen, daß sie sterben werden, sie fürchten sich und nehmen es mir übel, daß ich ihnen nicht helfen kann, und in ihren letzten Augenblicken sehen sie mich so traurig an...«

Sie senkte den Kopf, um ihre Tränen zu verbergen, und trocknete sich geistesabwesend die Augen mit einer

Stickerei, die neben ihr auf dem Sofa lag, dann merkte sie, was sie tat, und schob die Handarbeit heftig weg. »Ich verliere den Verstand. Es ist, als ginge man durch ein großes Moor, von dem man weiß, daß es dort Giftschlangen gibt, oder wo man jeden Augenblick versinken kann, und obwohl man sich retten könnte, indem man umkehrt, geht man stumpfsinnig weiter, als bestünde keine Gefahr. Ich habe mit Charles diskutiert, bis es nichts mehr zu sagen gab. Bitte, André, bitte reden Sie mit ihm.«

»Natürlich. Ich werde es versuchen. Haben Sie noch das Gut im Languedoc?«

»Nein. Das wurde verkauft, auch das Château, um dieses Anwesen zu kaufen und uns herzubringen. Wir mußten Sklaven und Vieh kaufen, als wir ankamen. Charles sagt, wenn wir auch nur noch ein paar Jahre hierbleiben können, werde sich die Lage bessern, aber in ein paar Jahren bin ich zu alt, um Kinder zu bekommen, und diese werden alle tot sein...«

Sie hatte die Stimme erhoben zu einer fast hysterischen Tonlage, und die Kinder sahen vom anderen Ende des Zimmers aus herüber und hörten zu.

»Pst, Pauline«, sagte André. »Lassen Sie sie so etwas nicht hören.«

»Was macht das schon?« entgegnete sie bitter. »Sie sind wahrscheinlich mittlerweile daran gewöhnt. Jetzt schauen sie die Neugeborenen überhaupt kaum an. Sie wissen, es lohnt sich nicht, sie liebzugewinnen. Sie ziehen ihre Puppen vor.«

Als Charles ein paar Minuten später hereinkam, hatte sie sich wieder gefaßt und ließ sich ihren Kummer nicht anmerken. Auch die Kinder zeigten nicht, daß sie bestürzt gewesen waren, aber André hatte gesehen, daß sie die Köpfe zusammengesteckt hatten, als flüsterten sie sich gegenseitig Trost zu.

Obwohl sie nicht sehr nah verwandt waren, hatten

Charles und André eine Familienähnlichkeit in der Gesichts- und Haarfarbe und einer charakteristischen Schwere der Augenlider, die sie ebenso wie ihr hoher Wuchs wie Brüder aussehen ließ. Nachdem sie sich umarmt hatten, sagte Charles:

»Ich war drüben im Gasthaus, um Neuigkeiten zu erfahren, die mit der Postkutsche gekommen sein könnten, und hier in meinem Haus ist längst der beste Nachrichtenüberbringer überhaupt. Wie stehen die Dinge in Providence?«

»Ich komme aus Newport.«

»Noch in Newport! Vor ein paar Wochen bekamen wir Ihren Brief und dachten, daß Sie mittlerweile auf dem Marsch nach New York seien.«

»Wir warten noch auf Verstärkungen.«

Während sie über den Krieg redeten, saß Pauline schweigend dabei und drehte sich vom einen zum anderen, als ob sie ihre Sprache nicht verstünde. Vertieft in ihre Unterhaltung, schien Charles das nicht zu bemerken, aber später, als sie nach dem Abendessen allein waren, nachdem Pauline mit den Kindern gegangen war, brachte er selber das Gespräch auf sie:

»Hat Pauline Ihnen gesagt, daß sie nach Frankreich zurückkehren möchte?«

»Ja, wegen der Kinder. Wollen Sie das nicht ihr zuliebe tun? Ich sehe, wieviel Arbeit Sie hier geleistet haben und wieviel Sorgfalt und Überlegungen Sie hineingesteckt haben, aber was nützt es, wenn Sie zuletzt keine Kinder haben?«

»Ich habe zwei. Sie haben sie gesehen. Sie sind ganz gesund.«

»Seien Sie nicht gekränkt. Dazu ist es zu ernst. Finden Sie, ich sollte nichts von dem sagen, was mich bewegt?«

»Natürlich nicht. Pauline spricht endlos mit mir über die Heimkehr. Was kann ich ihr sagen? Sie kennt meine Gründe, aber sie hält sie nicht für so gewichtig wie ihre.

Ich weiß es, ich bin überzeugt davon, ich wittere die schrecklichen Dinge geradezu, die in Frankreich geschehen werden. Das Volk wird immer unzufriedener. Es wird gewaltigen Aufstand irgendeiner Art geben, und wenn es dazu kommt, wird er eine Größenordnung haben, die wir uns nie haben träumen lassen. Ich traue niemandem, nicht einmal dem König und der Königin. Als ich sah, wie es unserem Cousin Thomas Lally erging, nachdem er sein Leben lang im Dienste Frankreichs gestanden hatte, als er zur öffentlichen Hinrichtung geschleppt wurde, und diese Masse von Bestien zusah, als ob es ein Schauspiel wäre, da wußte ich, daß ich niemals einem König dienen könnte, der zuläßt, daß derlei Dinge geschehen.«

»Es war ein anderer König.«

»Das Volk ist dasselbe. Die Literaten reden ununterbrochen vom Zeitalter der Aufklärung, während sie sich gleichzeitig wie ausgemachte Narren aufführen. Zuletzt werden sie eine schreckliche, folgenschwere Gewalt freisetzen.«

»Das könnte für Irland gut sein.«

»Sie hören nie auf, an Irland zu denken.«

»Das ist doch mein ganzer Lebensinhalt«, erwiderte André überrascht. »Sie wissen das. In einer Beziehung empfinde ich so wie Sie, daß wir einen Platz für uns haben sollten. Sie haben versprochen, noch einige Rekruten für uns anzuwerben. Ist es Ihnen gelungen?«

»Nur einige. Der Krieg hier beschäftigt jetzt alle. Wenn er je zu Ende geht, wird es eine Menge Rekruten für Irland geben. Hätte ich eine Irin geheiratet, wären meine Vorstellungen wohl dieselben wie Ihre. Es war verrückt, Pauline herzubringen. Ich hatte keine Ahnung, daß ihr die Verpflanzung so schlecht bekommen würde. Zu Anfang war sie voller Begeisterung.« Er rutschte unruhig hin und her, dann fuhr er ärgerlich auf: »Es verwundert mich, daß sie sich so um ihre Kinder sorgt.

Sie konnte in Paris an einer Hinrichtung vorbeifahren und die Schreie des Opfers hören, ohne mit der Wimper zu zucken.«

»Das gehört dort zum täglichen Leben.«

»Es soll nicht zu meinem gehören. Das Volk von Paris ist barbarisch. Seit dem Tag von Cousin Thomas' Hinrichtung, vor vierzehn Jahren, als Sie und ich noch Knaben waren, habe ich Frankreich verlassen wollen. Selbst wenn ich nichts zu verkaufen gehabt hätte, wäre ich hierhergekommen. Vielleicht wäre ich sogar nach Irland zurückgegangen.«

»Denken Sie daran, jetzt dorthin zurückzukehren?«

»Das wäre nur eine Torheit anderer Art, obwohl das Klima gesünder ist. Wäre ich Protestant – meinen Sie, ich sollte konvertieren?«

»Manche tun es, aber ich glaube nicht, daß es jetzt nötig wäre. Sie könnten nicht ins Parlament gewählt werden, aber das würden Sie wahrscheinlich sowieso nicht wollen. Die Lage wird sich sehr bald ändern. Der König ist jetzt recht interessiert und auch Fürst de Monbarey; ich wußte, daß es von unserem Standpunkt aus gut sein würde, ihn zu ernennen. Wenn dieser Krieg vorbei ist, werden sie uns eine Armee nach Irland schicken.«

»Mehr Kriege, mehr Kämpfe. Sind Sie überzeugt, daß die Amerikaner hier gewinnen werden?«

»Wenn sie lange genug durchhalten. Als wir zuerst herkamen, wurde uns gesagt, sie seien am Ende, fix und fertig, hätten ganz den Mut verloren, aber wir wissen jetzt, daß das nicht stimmt. Hätten sie Gewehre, würden sie Leute haben, und die Gewehre kommen.«

»Vertrauen Sie darauf, daß der König sein Versprechen in bezug auf Irland halten wird?«

»Bis jetzt hat er es noch nicht versprochen, aber wenn er es tut, wird er wohl dazu stehen. Schließlich ist er der König.«

Mit Überzeugung sagte Charles:

»Keiner von uns beiden wird je ein Vaterland haben, André. Ich möchte, daß das mit meiner Generation aufhört. Ich möchte keine Lieder mehr hören über die abgeschiedenen Seelen der Iren in Frankreich, die heim nach Irland segeln, um ein friedliches Grab zu finden. Ich habe jetzt eine Chance, seßhaft zu werden und ein vernünftiges Leben zu führen, und meine Kinder nach mir, an einem Ort, bei dem wir niemals das Gefühl zu haben brauchen, daß es nicht unser eigener ist.«

»Ihre Kinder?«

»Würden sie woanders länger leben?«

»Pauline glaubt das. Wenn Sie zurückkehren wollen, dann ist da mein Gut in Saint-André. Es hat Einkünfte durch die Zollbrücke und noch aus einigen anderen Quellen. Sie könnten dort leben, bis Sie ein eigenes Gut finden. Ich werde deswegen an den Verwalter schreiben. Das kann nichts schaden, auch wenn Sie nie hingehen. Das Haus ist alt, aber in gutem Zustand. Charles! Bedeutet es Ihnen so viel, hierzubleiben?«

»Ich habe Ihnen gesagt, ich will dieses Land niemals verlassen. Ich will niemals wieder in Frankreich leben. Vielleicht wird sich die Lage dort bessern, wie Sie sagten, aber ich glaube es nicht.«

Nach einem Augenblick fragte André:

»Dann gehören Sie der Miliz von Connecticut an?«

»Nein. Warum sollte ich? Ich halte nichts vom Krieg. Die Welt wird nie bewohnbar sein, ehe alle Kriege ein Ende nehmen.«

»Eine unwahrscheinliche Vorstellung!«

»Warum eigentlich? Sobald die Leute sich die Armut, das Elend, das Leiden klarmachen, das sie verursachen, werden sie auf Kriege verzichten. Jetzt geben sie mehr Geld für Eroberungen aus, als die Beute wert ist. Zu guter Letzt müssen sie erkennen, daß der Sieg ebenso kostspielig ist wie die Niederlage.«

»Ich glaube nicht, daß dieser Tag je kommen wird. Es

müßte ein Abkommen getroffen werden, sonst würden die stärksten Länder einfach die anderen kujonieren, wie Rußland es jetzt kann oder wie England es zu tun pflegte.«

»Sie meinen, England sei erledigt?«

»Noch nicht, und wenn der Fall eintreten sollte, würde es mir leid tun. Die Engländer sind ein bedeutendes Volk, den Franzosen sehr ähnlich. Sie mögen einander. Sie hätten es sehen sollen, als ich Paris verließ, war alles Englische die große Mode, Pferde, Hunde, Bediente, Kleidung. Ich war erstaunt.«

»Trotz des Krieges?«

»Vielleicht gerade deswegen. Charles, ich wünschte, Sie würden zurückkommen. Man kann unmöglich verstehen, was in Frankreich vor sich geht, wenn man nicht dort lebt. Es ist sehr anregend.«

»Ich will nicht auf diese Weise angeregt werden. Das hier ist jetzt mein Land«, sagte Charles bestimmt.

Aber später sprach er von den Schwierigkeiten, in Amerika Landwirtschaft zu betreiben. Das Klima sei ein unerbittlicher Feind. Monatelang sei der Boden mit Schnee bedeckt, so daß alle Tiere in den Ställen bleiben müßten. Das bedeute, daß man keine großen Schafherden halten könne und Wolle für die Kleidung knapp sei. Es gebe reichlich Leinen, aber für warme Kleidung sei man weitgehend auf Pelz angewiesen. Die Sklaven würden immer teurer, je länger der Krieg dauere, und manche meinten sogar, wenn er vorbei sei, würden alle Sklaven freigelassen werden müssen, aber Charles habe mehrere Familien mit Kindern auf dem Gut, so daß er vorläufig keine Schwierigkeiten haben werde. Jedes Jahr lerne er immer mehr, und Pauline ebenso. Wenn ihre Kinder gesünder wären, würde sie absolut glücklich sein. Dann sagte er:

»Natürlich wünschte ich, ich könnte in Frankreich leben. In meinen Träumen sehe ich die Szenerie immer –

kleine Berge mit Schlössern auf dem Gipfel und lächerliche Straßen, die zu ihnen führen, langsam dahinströmende Flüsse, die niemals Überschwemmungen hervorrufen, kleine Städte, die es seit tausend Jahren gibt, alte Wälder – aber ich weiß, ich werde alles verändert finden, wenn ich zurückkehren muß. Sie sagten, es könne möglich sein, in Irland zu leben?«

»Ja. Wenn ich heirate, dann werde ich das tun.«

»Sie und heiraten? Das kann ich mir nicht vorstellen.«

André spürte, wie Zorn in ihm aufwallte, und er fragte:

»Warum nicht?«

»Sie sind von anderen Dingen so in Anspruch genommen. Als wir alle nach den hübschen Mädchen schmachteten, standen Sie dabei und sahen belustigt aus, als ob Sie uns für lauter Narren hielten, die wir ja auch waren. Aber wir waren jung, und das waren Sie auch, und dennoch beteiligten Sie sich nicht. Sie waren so vernünftig. Das hatte ich in Wirklichkeit gemeint. Natürlich werden Sie heiraten. Haben Sie Ihre Wahl schon getroffen?«

»Ja, wenn sie mich haben will. Ich habe gerade ihretwegen an Arthurs Schwiegermutter geschrieben.«

»Gräfin de Rothe? Es ist doch bestimmt nicht Arthurs Tochter – sie ist ja noch ein Kind. Oder ist die Zeit schneller vergangen, als ich glaubte?«

»Nein, nein. Sie haben völlig recht. Lucie ist noch ein Kind, aber unsere Cousine Louise Brien lebt jetzt in diesem Haus. Sie ist im Januar aus Irland gekommen. Sie ist eine Schönheit, ganz unverdorben.«

»Blond oder dunkel?«

»Blond wie alle Dillons.«

»Warum haben Sie das nicht geregelt, ehe Sie Frankreich verließen? Es wird lange dauern, bis ihre Antwort kommt.«

»Es gab Gründe«, sagte André, der keine Einzelheiten über die unerfreuliche Angelegenheit mit Teresa berichten wollte, denn Charles hatte gar nicht von seinem Verlöbnis mit ihr gewußt, »warum es nur auf diese Weise geregelt werden konnte. Ich bin sicher, daß sie meinen Antrag annehmen wird. Mein ganzes Leben wird sich dann ändern. Vielleicht nehme ich Urlaub von der Politik und werde so häuslich wie Sie.«

»Ich hätte nie geglaubt, das von Ihnen zu hören. Sie muß ein Juwel sein.«

»Das ist sie.«

Irgend etwas hielt André davon ab, selbst mit Charles so offen zu sprechen, wie er es gern gewollt hätte. Charles sah ihn so gütig und mit so viel liebevollem Verständnis an, daß es jedenfalls nicht nötig war, mehr zu sagen. Ehe sie ins Bett gingen, kam er auf ihr Gespräch zurück:

»André, ungeachtet dessen, was ich gesagt habe, kann ich, wenn dieses Kind stirbt, Pauline nicht länger hier halten. Ich weiß das. Vielleicht schreiben Sie doch lieber an den Verwalter in Saint-André für den Fall, daß wir ein Dach über dem Kopf brauchen. Bordeaux müßte ungefährlicher sein als Paris.«

»Ungefährlicher!«

»Wahrscheinlich rede ich Unsinn. Sie sind es, der eine gute Nase für Politik hat. Ja, es ist sicher Unsinn.«

»Es ist wirklich Unsinn. Die Dinge haben sich geändert, seit Sie Frankreich verließen. Es hat niemals soviel gesunden Menschenverstand dort gegeben wie jetzt. Warum, glauben Sie, sind wir hier? Alle stimmen mit den amerikanischen Ideen überein, alles wird auf eine neue Art und Weise angepackt werden.«

»Auch was die Armen in Paris und in den Dörfern auf dem Land betrifft?«

»Unweigerlich. Alle denken jetzt im Sinne des Volkes. Die Aristokratie wirkt allmählich altmodisch. Tüchtigkeit wird das einzige Kriterium dafür sein, ob ein Mann ein öffentliches Amt erhalten sollte.«

»Nun, ich werde es glauben, wenn ich es sehe. So spät am Abend wollen wir uns nicht streiten. Wie schon gesagt, ich habe keinen politischen Verstand. Ich mag Könige nicht, aber ich glaube an die Monarchie. Das werde ich immer tun. Hier in Amerika ist es ideal – der König ist dreitausend Meilen weit weg.«

Charles hatte sich mit einigen Nachbarn zu einer Eichhörnchenjagd am nächsten Tag verabredet, und André begleitete sie. Den ganzen Tag, während sie über das weite Land hinter ihrer lächerlichen kleinen Jagdbeute hergaloppierten, stellte er fest, daß er die Unterhaltung vom Vorabend nicht vergessen konnte. Obwohl er Charles' Befürchtungen für unbegründet hielt, hatten sie doch ein Gefühl starker Unruhe bei ihm hervorgerufen. Er war bisher nie auf den Gedanken gekommen, daß die in Paris Mode gewordene Philosophie gefährlich sein könnte. Die Reformen würden langsam kommen, aber sie waren jetzt unvermeidlich. Gewiß war es merkwürdig, daß der König so erpicht darauf war, den Republikanern in Amerika zu helfen und offenbar nicht erkannte, daß damit eine Gefahr für die Monarchie und für ihn selbst verbunden war.

Frankreich war nicht zu erschüttern. Das war die Antwort. Pauline sagte es zu ihm kurz vor seinem Aufbruch, als sie ihn allein in der Halle wartend fand, während Charles die Pferde bringen ließ. Sie sagte halb flüsternd:

»Charles hat mir erzählt, daß Sie uns das Haus in der Nähe von Bordeaux angeboten haben. Ich bin so dankbar dafür. Wenn wir erst heimgekehrt sind, wird alles wieder in Ordnung sein. Wir brauchen nicht nach Paris zu gehen – ich werde gern in der Provinz bleiben. Es ist genug, wieder in Frankreich zu sein.«

»Hat er Ihnen also versprochen, zurückzukehren?«

»Ja, ja, sobald das Kind geboren ist. Oh, André, ich danke Ihnen, daß Sie das für uns tun!«

Es war eine völlige Verwandlung. Ihre Kinder kamen angelaufen, und sie stand da, an jeder Hand eins, als ob sie selbst ein Kind wäre, und sie schwangen die Hände sanft hin und her, ein Bild der Zufriedenheit. Dann kam Charles aus den Ställen, und gleich darauf erschienen die Pferde an der Haustür, geführt von Andrés Diener und einem der Reitknechte. Als er fortritt, blickte André zurück und winkte seinen auf der Treppe stehenden Gastgebern und ihren Kindern zu, die auf eine reizende Weise veranschaulichten, wie Familienleben sein sollte.

16

Nach seiner Rückkehr aus Hartford war André mehrere Monate lang völlig zufrieden. Seine Arbeit klappte gut, und der General lobte ihn immer wieder wegen der fachmännischen Art und Weise, wie er seine Berichte auf Englisch und Französisch abfaßte. Es geschah alles automatisch, denn die ganze Armee lebte in einem Zustand der Unwirklichkeit. Ihre schreckliche Überquerung des Atlantiks schien gar nicht zu ihrer eigenen Vergangenheit zu gehören, und ihre Zukunft war so vage, daß niemand Vermutungen darüber anstellen konnte. André, der nur Gedanken an Louise und sein zukünftiges häusliches Glück im Kopf hatte, empfand die Ungewißheit als angenehm. Er war ganz und gar zuversichtlich. Es war nichts zu befürchten. Daß sich der Tag hinauszögerte, an dem er ihre Antwort erhalten würde, erschien ihm eher als ein Segen denn eine schmerzliche Notwendigkeit, fast als hätte er diesen Aufschub selbst bewerkstelligt, um die angenehme Vorfreude zu erhöhen. Er wußte, das war töricht, aber er konnte über sich und sein Hirngespinst nur lächeln. Er sprach mit niemandem darüber. Es war zu kindisch, um darüber zu reden, zu persönlich und geheimnisvoll, als daß es jemand verstehen konnte, nicht einmal er selbst. Er stürzte sich in die endlose Arbeit, die seine Stellung als Verbindungsoffizier des Generals mit sich brachte, und fiel jeden Abend hundemüde ins Bett.

Waren die Tage leichter, tanzte er bis zur Erschöpfung und hielt das Tempo der jungen Männer durch, die unverwüstlich zu sein schienen und den amerikanischen Mädchen unentwegt den Hof machten, den Hunters, den Robinsons, den Lawtons, den Steeles, die es offenbar alle als ihre Pflicht ansahen, die französischen Offiziere während ihrer langen Wartezeit zu unterhalten und zu beschäftigen.

Zu Andrés Aufgaben gehörten die Verhandlungen mit den Städtern über die Unterbringung von Offizieren und Mannschaften, deren Frauen und Kinder nachgekommen waren. Geschult in der Heerestradition, hatte er nie viel Gedanken an die Behaglichkeit der einfachen Soldaten verschwendet, sondern sie eher wie wertvolle und liebenswerte Tiere betrachtet. Jetzt stellte er fest, daß er ein neues Gefühl der Zusammengehörigkeit mit ihnen empfand. Die Männer, deren Frauen hatten herkommen können, waren die besten Arbeiter und machten einen besonders zufriedenen Eindruck, wenn sie abends in ihre Unterkünfte gingen, als wären sie in ihren Heimatdörfern. Es waren hauptsächlich Handwerker, Zimmerleute, Sattler, Hufschmiede, Müller und Bäcker. Sie hatten Sondergenehmigungen erhalten, um ihre Familien kommen zu lassen. André sorgte dafür, daß ihre kahlen Quartiere so behaglich und gemütlich wie möglich hergerichtet wurden, und er war erstaunt und erfreut, daß die Frauen sehr bald noch kleine Verschönerungen vornahmen, damit es wie ein Zuhause aussah – ein Glas mit ein paar Wiesenblumen, eine Schale mit Äpfeln, eine gestickte Decke oder ein Kissen, all das schien im Handumdrehen herbeigezaubert zu sein.

Das ganze Lager bekam ein erfreuliches, geruhsames

Aussehen. Papa Rochambeau war zufrieden. Er und General Washington hatten sich sofort gut verstanden und ihre Pläne miteinander abgesprochen, und sie wollten sich bald wieder treffen. Vicomte de Rochambeau, der Sohn des Generals, wurde auf einer schnellen Fregatte nach Frankreich geschickt, um dort darauf zu drängen, daß sofort Verstärkung entsandt werden müßten. De Lauzun erhielt Befehl, über den er sich lauthals beklagte, mit seiner Kavallerie, zu der auch das Dillon-Regiment gehörte, in Lebanon Winterquartier zu beziehen, da es auf Rhode Island nicht genug Futter für all die Pferde gab. Robert mußte mitgehen.

Als er fort war, stellte André fest, wie sehr er ihm fehlte. Es war ihm zur Gewohnheit geworden, ihn jeden Tag aufzusuchen, um sich ein paar Minuten mit ihm zu unterhalten. Es war ein stillschweigendes Übereinkommen, daß sie es vermieden, von Louise zu sprechen. Die einzige Briefsendung, die gekommen war, hatte ein Handelsschiff gebracht, und die Briefe trugen das Datum des Vortages ihrer Abfahrt von Brest.

Der Winter setzte mit heftigen Schneefällen ein, und der Boden war vereist. Harsche Winde, mit Salz geschwängert, peitschten den Franzosen ins Gesicht. Es war ein völlig neues Erlebnis für sie. Irgendwie kamen die Ochsenkarren mit Brennholz vom Festland herüber, und die Soldaten wurden schichtweise hinausgeschickt, um es zu hacken und aufzustapeln. Die Bewohner von Newport gingen wie gewöhnlich ihren Geschäften nach und schienen keine Notiz von dem Wetter zu nehmen, aber André fiel auf, daß jetzt weniger Kinder zu sehen waren. Dann starb zwei Wochen vor Weihnachten Admiral de Ternay, der Freund des Generals, der einzige Mann, mit dem er sich wirklich gut verstanden hatte. Wie nicht anders zu erwarten, nannten die ortsansässigen Ärzte seine Krankheit ein bösartiges Fieber und vermochten nichts dagegen zu tun. Der General zog die französischen Stabsärzte hinzu, die sagten, so etwas hätten sie in ihrem ganzen Leben nicht gesehen. André dachte an die arme Pauline und alle ihre toten Säuglinge.

An jenem Tag endete sein Seelenfrieden. Er wußte genau, wann die Qual begann: als er die Vorkehrungen im Manton-Haus überwachte, wo der Sarg des Admirals aufgebahrt werden sollte. Er wurde zuerst mit schwarzem Krepp bedeckt, dann mit der Fahne der Vereinigten Staaten. Der Hut, das Schwert, die Epauletten und alle anderen Rangabzeichen des Chevaliers wurden darauf gelegt. Die Ehrenwache – Matrosen der *Duc de Bourgogne* – stand reglos zu beiden Seiten, jede Uniform korrekt, jedes Gesicht ernst und feierlich. André, der die Aufsicht führte, hatte mit einemmal eine Vision von der Leiche, die im Sarg lag. Es war Louise. Sie lag ruhig da, ihr schönes Gesicht voll Frieden, die langen, schlanken Arme seitlich am Körper, und ihr weißes Kleid sorgfältig in Falten gelegt. Er hatte einmal ein Mädchen in einem Sarg gesehen und wußte, wie Leichen hineingelegt wurden. Aber ihre Hände hätten gefaltet sein müssen. Er trat einen Schritt vor und hätte fast einen Schmerzensschrei ausgestoßen. Er sah, daß zwei der Matrosen ihm aus dem Augenwinkel einen Blick zuwarfen und dann regloser denn je dastanden. Er flüsterte:

»Es ist schon gut. Alles ist in Ordnung.«

Er konnte das abscheuliche Bild nicht abschütteln. Schwarze Vorhänge bedeckten die Fenster völlig und schluckten das Licht vieler Kerzen. Kein Laut war zu hören außer dem Schlurfen von Füßen, als die Städter hereinkamen, um dem Toten die letzte Ehre zu erweisen. Am Spätnachmittag, kurz vor Einbruch der Dunkelheit, setzte sich der Trauerzug zum Friedhof in Bewegung, zwölf Priester gingen dem Sarg voraus, und jeder trug eine brennende Kerze.

André wurde von Panik ergriffen. Sie brachten Louise

weg. Das war Wahnsinn. Manchmal wurden Männer verrückt vor Sehnsucht nach ihren Familien, wie die Ärzte behaupteten. War das bei ihm der Fall? In seinem Alter, und wegen eines sechzehnjährigen Mädchens? Wenn nur Arthur Dillon da wäre. Er hatte so oft seine schöne Frau zurückgelassen und mußte mittlerweile gelernt haben, ohne sie zu leben. Aber Arthur war mit de Lauzun in Lebanon, und kein anderer war da, mit dem er über seine Gedanken sprechen konnte. Nie zuvor hatte er etwas derartiges erlebt. Er begann mit den Priestern zu beten: »*De profundis clamavi ad te, Domine. Domine, exaudi vocem meam.*« Aus der Tiefe rufe ich, Herr, zu dir, höre, o Herr, meine Stimme. Laß deine Ohren achten auf mein Rufen und Flehn. Wolltest du, Herr, der Sünden gedenken, Herr, wer würde dann noch bestehn?« Er fand, daß er ruhiger wurde, aber die Vision war noch da.

Rochambeau weinte unverhohlen, als der Sarg seines alten Freundes unter dem traurigen Klang der Trompeten ins Grab gesenkt wurde. Nach dem Begräbnis, als die Kapelle die traditionellen munteren Weisen anstimmte und die Soldaten in ihre Quartiere zurückmarschierten, empfand André ein heftiges Widerstreben, Louise zu verlassen. Das Krankhafte dieser Wahnvorstellung erschütterte ihn und brachte ihn wieder so weit zur Besinnung, daß er schleunigst in seine Unterkunft zurückging.

In diesen Breitengraden brachte der Februar statt der ersten Anzeichen des Frühlings schlechteres Wetter. Wie die französischen Nachrichtenoffiziere berichteten, waren die Amerikaner ganz mutlos. Wenn nicht bald Hilfe käme, würden die Südstaaten kapitulieren und einen Separatfrieden schließen. Immer noch stapfte Rochambeau herum, überwachte alles, drängte Offiziere und Mannschaften, gut in Form zu bleiben, sprach mit den einfachen Soldaten, nannte sie beim Namen, versprach ihnen, daß der Tag der Schlacht nicht mehr fern sei, und erfand Vorwände, um sie zu beschäftigen und bei Laune zu halten. Einer dieser Vorwände war die Feier von Washingtons Geburtstag mit einer großen Parade, obwohl niemand herausfinden konnte, wie er erfahren haben wollte, welches der richtige Tag war. Niemand außer Rochambeau wäre auf eine solche Idee gekommen.

»Und Sie können ihm die Zeremonie ausführlich beschreiben«, sagte er zu André. »Sagen Sie ihm, daß wir ihn gern dabei gehabt hätten und hoffen, er werde bald kommen. Gott im Himmel, wie zum Teufel können wir Pläne machen, wenn er nicht kommt? Das schreiben Sie aber nicht. Wir wollen sehen, ob dieser Brief ihn nicht herbringt.«

Ein paar Wochen später kam Washington. Es gab weitere Besprechungen und Paraden und Bälle. Dann besserte sich das Wetter, und einige der Soldaten dachten laut darüber nach, ob es sich lohnen würde, Gemüse für den nächsten Winter anzubauen, denn es schien, als würden sie für immer und ewig auf Rhode Island bleiben.

In der zweiten Maiwoche traf die Nachricht ein, daß die Fregatte *Concorde* und andere Schiffe mit dem Vicomte de Rochambeau aus Frankreich eingetroffen und in Boston Harbor seien. André war abwechselnd von Höllenqualen gepeinigt und von freudiger Erwartung erfüllt. Er erfand einen Grund, um in das alte Lager zu gehen und das Gelände zu inspizieren, wo die Zelte gestanden hatten, falls sie wieder gebraucht würden.

Die Apfelbäume waren dort in voller Blüte und erinnerten ihn an die riesigen Obstgärten um das Haus seines Onkels in der Nähe von Rouen, wo er als Knabe oft zu Besuch gewesen war. Ihr Duft umfing ihn, als er unter den Bäumen dahinging. Die Luft war erfüllt vom Summen der Bienen. Pauline hatte doch recht. Es gab kein Land auf der Welt, das Frankreich gleichkam. Er würde wieder dorthin zurückkehren, wenn all das hier vorbei wäre, und mit Louise auf seinem anderen Gut bei Saintes leben, wo er seit dem Tod seines Vaters kaum gewesen war. Was Irland betraf, so stimmte es vielleicht, daß sich die Lage dort jetzt bessern würde. Alles würde sich ändern, sobald die amerikanischen Kolonien unabhängig wären. Die Engländer waren den Krieg leid. Der König war von seinem Bruder öffentlich aufgefordert worden, damit aufzuhören und den amerikanischen Kolonisten die traditionelle britische Gerechtigkeit widerfahren zu lassen, so daß sie auf immerdar Freunde und Verbündete sein könnten.

In Irland bedurfte es nur einiger Drohungen, und alles andere würde folgen. Wenn die Amerikaner Hilfe versprächen und es ein nationales Parlament anstelle des unsinnigen Konfessionsausschusses geben würde, dann bräche ein neues Zeitalter an. Iren, die bisher in Amerika gelebt hatten, würden in die Heimat zurückkehren und das Fundament für eine neue Lebensweise legen. Die bewaffnete Rebellion, die insgeheim geplant wurde, wäre nicht nötig. Es würde Frieden herrschen. Er hatte genug getan. Es war Zeit, daß andere jetzt das Ruder ergriffen. Schließlich war er Franzose.

Für Charles war es nicht schwierig, zu diesem Schluß zu kommen, aber Charles klangen nicht wie André die bitteren Worte eines sterbenden Vaters in den Ohren: »Du wirst nach Irland zurückkehren. Zu deiner Zeit werden die de Lacys wieder ihren rechtmäßigen Besitz erlangen.« Niemand sollte einen weinenden vierzehnjährigen Jungen schwören lassen, er werde eine Revolution zustande bringen. Noch jetzt war ihm das ganze Grauen dieser Szene gegenwärtig, der bittere Geruch des Todes, die Kerze, die seines Vaters Schwester hielt, als ob sie dafür sorgen wollte, daß die ganze Qual voll beleuchtet sei, das plötzliche Aufbäumen seines Vaters, dann sein allmähliches Zurückfallen auf das Kissen und sein erstaunlich ruhiger Tod. Das waren Erinnerungen, die er nicht so ohne weiteres abschütteln konnte, jedenfalls nicht, ehe er mit Louise verheiratet war. Dann würden sie ihn vielleicht in Ruhe lassen.

Keine Menschenseele war zu sehen, als er zur Stadt zurückging, aber als er zu dem kleinen Platz kam, wimmelte er von Menschen. Die ersten Eilbotschaften waren eingetroffen, und alle waren hergekommen in der Hoffnung, etwas Neues zu hören. Ihm wurde klar, daß er hätte zur Stelle sein sollen, falls der General ihn brauchte, und er drängelte sich durch die Menge bis zur Tür des Vernon-Hauses. Die Leute wollten ihn nicht durchlassen. Ellbogen stießen ihm in die Rippen, und wütende Stimmen sagten:

»Wir sind vor Ihnen hier gewesen. Wer zuerst kommt, mahlt zuerst. Schluß mit der Drängelei.«

Dann sagte ein Mann:

»Das ist ein Offizier. Laßt ihn rein.«

Sie schoben ihn durch, und in der kühlen Diele blieb er einen Augenblick stehen, um Atem zu holen. Er hörte Stimmen in dem Raum links, wo der General seinen Schreibtisch hatte. Es waren schon viele Menschen im Zimmer, als er sich noch hineindrängte. Der General saß auf seinem üblichen Sessel und sah erhitzt aus, als ob er in dem Gewühl heißer Körper an Luftmangel litte. Er sagte:

»Es ist alles bestens, es ist alles bestens. Das müssen wir weiterhin allen sagen. Damit sie Mut schöpfen. Alle Dolmetscher müssen gleich wieder an die Arbeit gehen. Keine Verzögerungen. Wenn Gouverneur Greene kommt, sagen Sie ihm, wir brauchen jeden Ochsenkarren auf dieser verdammten Insel, um unser Zeug zur Bristol-Fähre zu bringen. Wir werden auch jedes kleine Boot brauchen, um Truppen und Material hinüberzuschaffen. Bringen Sie Ihre Leute auf Vordermann. Wir haben vierhundert in Boston, natürlich ist die Hälfte krank. Vierhundert! Und ich habe von Viertausend geredet! Jesus und Maria, was für eine Armee! Geld allerdings, eine Menge Geld. Das könnte einige Amerikaner von ihren Zweifeln befreien. Am besten geht jemand hinaus und sagt diesem Pöbelhaufen draußen, daß die Nachrichten gut sind, eine Menge gutes, französisches Geld, achtunddreißig Schiffe auf dem Weg hierher – Sie, de Lacy! Entschuldigen Sie, Graf! Die Leute verstehen Ihre Sorte Englisch. Gehen Sie hinaus und sagen Sie es ihnen.«

Plötzlich merkte André, wie er von einer sich herandrängelnden, lachenden Schar von Offizieren hochgehoben und, auf ihren Schultern sitzend, hinausgetragen wurde zu der Menge, die jetzt plötzlich ruhig wurde und ihre Erregung nur mit leisem Murren und Rufen äußerte. Alle Gesichter waren gespannt auf ihn gerichtet. Er kam sich hilflos vor und hatte das Gefühl, es werde unzulänglich sein, was immer er auch zu sagen vermöchte. Seine Lage war höchst unbehaglich, halb hängend und halb rittlings auf den Schultern der anderen. Der Mann rechts von ihm blickte zu ihm auf, und seine Augen sahen in diesem seltsamen Winkel unnatürlich groß aus. Er sagte heiser:

»Der General möchte, daß Sie ihnen sagen, die französische Armee sei entschlossen, den Sieg davonzutragen...«

Der Mann blickte verzweifelt drein. Was sagte er da? André schrie plötzlich aus voller Kehle:

»Gute Nachrichten! Alles ist bestens. Hilfe ist gekommen! Wir brechen sofort auf. *Vive l'Amérique! Vive la France!*«

Es wirkte. Jetzt jubelten und schrien alle miteinander. Mehr brauchten sie nicht – nur Geschrei. André erhob wieder die Stimme:

»Sieg! Sieg!«

Die französischen Soldaten, die hier und dort in der Menge standen, verstanden das englische Wort, das dem ihrer Sprache ähnlich war und stimmten in den Ruf mit ein. André sagte zu den Männern, die ihn trugen:

»Lassen Sie mich um Gottes willen herunter, ehe Sie mir das Kreuz brechen.«

Sie taten es, und dann gingen sie alle wieder ins Haus und ließen eine begeisterte Menge draußen zurück, die sang und jubelte, als hätte er eine lange und aufrüttelnde Rede gehalten.

In der Diele fragten die anderen Offiziere einander, wann wohl die persönlichen Briefe ausgehändigt würden. Sie waren eingetroffen, sie waren schon irgendwo im Haus, manche glaubten sogar, sie lägen in der großen Kiste, die neben Rochambeaus Stuhl stand. Niemand wagte danach zu fragen. Bis auf die höheren Offiziere hatten jetzt fast alle den Raum verlassen. André blieb bei den anderen in der Halle.

Eine Stunde verging. Keiner wollte weggehen. Mehrmals hörten sie eine erhobene schrille Stimme, auf die der General immer mit seinem bärenhaften Brummen antwortete. Die jungen Offiziere in der Halle waren fröhlich, jetzt ganz sicher, daß sie bald zum Einsatz kommen würden und bis dahin alles sehr lustig sei. André kam sich alt vor, und an der Art und Weise, wie die anderen mit ihm sprachen, merkte er, daß sie es auch so empfanden. Die Menge auf der Straße war schon lange nach Hause gegangen. Jemand machte die Tür auf, und die feuchte Nachtluft, schwer von dem Duft der Robinienblüten, drang herein. In diesem Augenblick kam Baron de Vioménil aus dem Büro. Er blieb stehen und betrachtete überrascht die erwartungsvolle Gruppe, dann sagte er: »Ach ja, Briefe. Einige sind da, nicht viele. Es kommen noch welche, glaube ich. Graf, wollen Sie sie holen? Sie liegen auf dem Schreibtisch.«

Der General hatte sich in seinem Sessel zurückgelehnt und sprach sehr schnell und vergnügt mit de Ségur und von Closen.

»Blanchard muß sofort herkommen. Er schätzt lange

Märsche nicht. Sie können ihn begleiten, Graf«, sagte er zu André, als wäre er während der ganzen Besprechung im Zimmer gewesen. »Er wird Sie auf Schritt und Tritt brauchen. Mühlen, Bäckereien, Futter – all das, was ihn nachts nicht schlafen läßt. Suchen Sie ihn, suchen Sie ihn jetzt. Bringen Sie ihn her, ja, je eher, desto besser.«

»Die jungen Leute warten auf ihre Briefe, mon général.«

»Nehmen Sie sie, nehmen Sie sie. Dann machen Sie sich gleich auf die Suche nach Blanchard. Ich weiß, er ist irgendwo im Haus. Lassen Sie die Briefe von jemand anderem verteilen.«

Sein eigener Brief war der oberste auf dem Stapel. Er kannte die zierliche, gedrechselte Handschrift nicht. Es konnte nur die der Gräfin de Rothe sein. Er nahm den Stapel und ging hinaus, steckte seinen eigenen Brief in die Tasche und machte sich auf die Suche nach Blanchard.

Es war nicht einfach, aber schließlich erfuhr André, daß Blanchard in sein Quartier gegangen war, wo er immer übernachtete, wenn er in Newport war. Während der Diener hinaufging, um ihn zu holen, brach André inzwischen seinen Brief auf. Die schweren Siegel schienen absichtlich fest zu kleben. Warum hatte sie so viel Wachs genommen? Er zog den dünnen Bogen Papier heraus, der dabei zerknitterte, so daß er kostbare Zeit aufwenden mußte, um ihn wieder zu glätten. Dann ging er hinüber zu einer Lampe und hielt ihn unter das Licht. Während er las, hörte er sich leise wimmern wie eine Maus, mit der eine Katze spielt.

»Lieber Graf de Lacy«, schrieb Gräfin de Rothe, »es tut mir leid, daß Ihr Heiratsantrag nicht früher kam, denn ich glaube, Sie wären eine sehr geeignete Partie für Miss Louise Brien gewesen. Es ist bedauerlich für Sie, daß Louise am 15. Dezember geheiratet hat. Ihr Ehemann ist Graf Armand de La Touche, unser Verwandter, nicht der Graf de La Touche, der in der Nähe von Rouen lebt, sondern einer der älteren Generation, der selten nach Paris kommt. Seine erste Frau war Helen Sheldon. Sein Sohn ist auf Grenada gefallen, und er hat keinen männlichen Erben. Seine Tochter Hélène ist mit dem Grafen de Blezelle von Montpellier, unserem Cousin, verheiratet, und Graf de La Touche hat dort auch ein Gut. Er lebt meistens in Angers. Er ist eine gute Partie für ein Mädchen ohne Vermögen. Ich hoffe, Sie werden bald eine andere junge Dame von ebensolchem Liebreiz finden. Bitte lassen Sie mich wissen, ob ich dabei behilflich sein kann. Wir hoffen, daß der Krieg in Amerika bald vorüber sein wird. Der König und die Königin erfreuen sich beide bester Gesundheit, und uns geht es in Frankreich so gut wie nie zuvor. Wenn Sie Arthur Dillon sehen, können Sie ihm berichten, daß seine Frau schwere Anfälle hat und nicht mehr lange leben kann.«

So sprach sie von ihrer eigenen Tochter – in der ersten Erschütterung über ihre Nachricht war es das, was ihn am stärksten beeindruckte. Der König und die Königin erfreuen sich beide bester Gesundheit – der Krieg in Amerika wird bald vorüber sein. Dann wurde er sich mit einemmal über alles klar. Er hatte sie verloren. Er würde sie jetzt niemals bekommen. Sie war die Gräfin de La Touche. Armand – er hatte diesen alten Einfaltspinsel einmal gesehen. Wie konnten sie das tun? Wie konnten sie es über sich bringen, das zu tun? Es war seine eigene Schuld. Er hätte um sie anhalten sollen, ehe er Frankreich verließ, trotz Teresa, trotz allem. Er war zu dumm gewesen. Seine Vision von ihr – der 15. Dezember, das war der Tag von Admiral de Ternays Begräbnis. Voll Widerwillen ließ er die Hand mit dem Brief sinken. Blanchard stürmte ins Zimmer.

»Es geht jetzt also los? Ich hasse lange Märsche. Dieser wird Wochen dauern, wenn ich mich nicht sehr irre. Und ich soll mir die Truppenverpflegung aus den Rippen schneiden – Graf, was ist mit Ihnen los? Sind Sie krank?« Sein Blick fiel auf den herabhängenden Brief. »Schlechte Nachrichten aus der Heimat?«

»Ja.«

Mehr gab es nicht zu sagen. Schweigend gingen sie zurück zum Vernon-Haus, wo sie den General und die französischen Obersten fanden, die mit den Amerikanern Landkarten studierten und die Märsche planten. Noch mehr Amerikaner kamen herein, es wurden Entschlüsse darüber gefaßt, wann und wo angefangen werden solle, Blanchard erklärte sich bereit, sich mit fünfzig Husaren zu de Lauzun nach Lebanon zu begeben, und André sollte ihn begleiten. De Custine, Baron de Viomenil und sein Bruder und Rochambeau selbst würden alle ihre eigenen Pflichten und Verantwortlichkeiten haben, von denen das Schicksal Amerikas abhing. Es würde keine Zeit zum Nachdenken geben. Manchmal vergaß André Louise mehrere Minuten lang, während er sich darauf konzentrierte, die Vorstellungen und Pläne der Franzosen genau richtig zu übersetzen. Es war schon nach Mitternacht, als einer der Amerikaner einen tiefen Seufzer ausstieß, den Kopf auf die Arme auf dem Tisch vor sich legte und einschlief. Rochambeau blickte ihn kühl an und sagte:

»Also dann morgen früh um sechs Uhr.«

Als der General gegangen war, konnte sich André endlich in sein Zimmer zurückziehen. Er holte den Brief heraus, betrachtete ihn voll Abscheu und verbrannte ihn dann in der Flamme seiner Kerze. Als sein Diener ihn auszog, stand er wie versteinert da, und der Mann sah ihn immer wieder ängstlich an, als ob er glaubte, er müsse jeden Augenblick einem Schlag ausweichen. Als André das bemerkte, sagte er leise:

»Geh ins Bett, Pierre. Ich mache mich allein fertig.«

Der Diener verdrückte sich schleunigst. Er mochte recht gehabt haben. Was André in diesem Augenblick erfüllte, war reiner Haß, Haß auf die ganze Menschheit, der ihn tatsächlich hätte dazu bringen können, gewalttätig zu werden.

Vierter Teil

17

Die ersten Wochen, die Louise im Hause der Gräfin de Rothe verbrachte, waren recht friedlich. Obwohl Cousine Charlotte nur ein paar Häuser entfernt wohnte, sah Louise sie nie und erkannte bald, daß die Familie froh über einen Vorwand gewesen war, nichts mehr mit ihr zu tun zu haben. Charlotte war niemals sehr vernünftig gewesen, und jetzt als Witwe war ihre Dummheit in Gelddingen ein ständiges Ärgernis und eine Gefahr für die übrigen Verwandten. Niemand wollte plötzlich um ein großes Darlehen gebeten werden oder um das Aushandeln einer mitgiftlosen Heirat oder um die Einführung eines schlecht angezogenen Mädchens in die Gesellschaft. Von Charlottes drei Töchtern war Teresa die einzige, die überhaupt präsentabel war, und selbst von ihr wußte man, daß sie ein und dasselbe Kleid allzu oft trug und sich nicht an die Modefarben hielt, nicht aus Armut, sondern um Aufmerksamkeit zu erregen. Biddy war die Quelle einiger dieser Informationen, die Louise begierig zur Kenntnis nahm. Sie wußte, daß sie sich den Klatsch einer Kammerzofe nicht anhören sollte, aber sie sah in Biddy immer nur eine Freundin und Verbündete, und außerdem brauchte sie alle nur mögliche Hilfe.

Die Wutanfälle der Gräfin de Rothe seien Gegenstand ängstlichen Geflüsters unter der Dienerschaft, sagte Biddy. Sie ereigneten sich fast täglich, wenn Madame Dillon zu Hause war, und als Louise den ersten erlebte, war sie durch die Berichte von früheren Szenen gut darauf vorbereitet. Sie bewahrte im Gedächtnis, was sie gehört hatte, obwohl sie es kaum glaubte, denn die Gräfin behandelte sie so formell und höflich. Tagtäglich kamen zahlreiche Gäste zum Mittag- und Abendessen, der Erzbischof war immer anwesend, und wenn er Louise vorstellte, war seine Vorliebe für sie unverkennbar. Sofern sie nicht in die Oper fuhren, ging Louise früh zu Bett, küßte die Gräfin und wünschte ihr gute Nacht, ehe sie den Raum verließ, begleitet von befriedigten Ausrufen:

»Reizend!«

»Eine kleine Schönheit!«

»Wunderbare Manieren!«

»Man würde sie nie für eine Ausländerin halten.«

»Wie eine Engländerin – eine wahre Aristokratin.«

Die Wunden, die sie bei Cousine Charlotte davongetragen hatte, verheilten allmählich, und sie gewann den Eindruck, daß die Gräfin liebevoll und vertrauenswürdig sei. Schließlich hatte sie Louise in ihr Haus aufgenommen, und alles übrige würde sich von selbst ergeben.

Nach den ersten Tagen verfügte die Gräfin, daß Louise sie auf ihren Ausfahrten begleiten solle, und sie war bemüht, immer pünktlich zur Stelle zu sein, tadellos angezogen und das Haar von dem neuen Diener frisiert, der ihr zugeteilt worden war. Sie liebte diese Ausflüge. Es war Frühling geworden, und die schmalen Straßen wimmelten von Menschen, wenn sie zum Bois de Boulogne fuhren, wo die Kutsche anhielt, so daß sie aussteigen und ein wenig spazierengehen und Bekannte treffen konnten, die frische Luft schöpften. Ein starker Strom von Vitalität und Tatkraft pulsierte in diesem Land, alle Farben und Düfte waren kräftiger, die Sonne schien heller, und vor allem fiel ihr auf, daß die Menschen aus allen Schichten lebhafter und fröhlicher zu sein schienen als die bedrückten Männer und Frauen, die man in Irland auf den Straßen sah.

Abgesehen davon, daß es lächerlich war, Galway mit Paris zu vergleichen, war sie nicht so töricht, in dieser Gesellschaft von den Schrecken des Lebens in Irland zu sprechen. Alle redeten von Philosophie und den Menschenrechten, aber sie hatte bemerkt, daß man, sobald man diese Gedanken auf wirkliche Menschen bezog, mit einem verständnislosen Blick bedacht wurde, als habe man eine grobe Ungezogenheit begangen.

Vorbereitungen für den Umzug aufs Land wurden getroffen. Ein Raum im Erdgeschoß wurde für Reisekoffer frei gemacht, und ganze Arme voll Kleidern wurden dort eingepackt. Bettlaken kamen in Weidenkörbe, und einer war für Stiefel aller Art vorgesehen. Die Abreise war für den zweiten Dienstag im Mai anberaumt, und noch immer hatte Madame Dillon nichts von sich hören lassen. Dann, am frühen Nachmittag des Tages vor der Abreise, kamen sie und ihre Tochter nach Hause.

Louise hörte die Unruhe, die ihre Ankunft hervorrief, in ihrem Zimmer im zweiten Stock. Es ging auf den Hof, und die Fenster standen weit offen, um die warme Luft hereinzulassen. Von hier oben konnte sie die Wipfel der Kastanien am Seine-Ufer mit dem hellen Grün ihrer jungen Blätter sehen. Sie hörte, daß die beiden großen Torflügel geöffnet wurden, beugte sich aus dem Fenster und sah eine fremde Kutsche hereinfahren.

Zuerst kletterte ein blondes, etwa zehnjähriges Mädchen heraus, ihr folgte eine beleibte Frau in einer Schürze, offenbar die Kinderfrau. Dann kam noch eine Kammerjungfer und schließlich, sehr langsam und mühselig, die letzte Reisende. Als ihre Füße den Boden berührten, lehnte sie sich an die Kutsche, um sich zu stützen, und die Pferde zogen erschreckt an, so daß ihre Jungfer sie festhalten mußte, damit sie nicht hinfiel. Dann richtete sie sich auf und ging, auf den Arm der

Jungfer gestützt, zur Treppe, das kleine Mädchen dicht neben ihr.

Ohne lange zu überlegen, eilte Louise nach unten. Als sie in den ersten Stock kam, war die Reisegesellschaft in der Halle. Die Sonne schien durch die geöffnete Tür in einem breiten Strahl, in dem Stäubchen von draußen tanzten, während Diener die Koffer hereintrugen. Die Mädchen waren um Madame Dillon bemüht, nahmen ihr den Umhang ab, geleiteten sie zu der langen Bank, die unter der Treppenrundung stand, damit sie sich dort hinsetze und sich ausruhe, ehe sie in ihr Zimmer hinaufging. Ein kleiner Wirbelwind sauste an Louise vorbei, die Gräfin stürzte hinunter zur Halle und zischte boshaft, ehe sie die letzte Stufe erreichte:

»Du bist also zurückgekommen. Wenigstens rechtzeitig, gerade rechtzeitig. Du hättest eine Nachricht schikken können. Ich war außer mir, weil ich nicht wußte, was ich tun sollte. Zu guter Letzt habe ich einfach alle Vorbereitungen getroffen. Warum hast du nicht geschrieben? Ein Brief braucht nicht so lange.«

»Ich habe geschrieben, Mama. Haben Sie meinen Brief nicht erhalten? Ich habe ihn vor mehr als einer Woche abgeschickt.«

»Wie? Wie hast du ihn geschickt? Natürlich durch irgendeinen Narren, wie gewöhnlich. Nicht einmal die kleinste Kleinigkeit kannst du richtig erledigen. Nicht, daß es viel ausmacht. Ich verlasse mich nie auf dich. Warum sitzt du da? Glaubst du, eine Dame sollte in der Halle sitzen?«

»Ich bin krank.«

Sie antwortete so sanft und freundlich, daß es ein Herz von Stein hätte erweichen müssen, aber die Gräfin schnaubte verächtlich:

»Krank! Du bist immer krank, dennoch vermagst du alles zu tun, was du willst, alles, was dir Spaß macht. Du kannst auf die Jagd gehen und tanzen und singen, wenn du willst, aber du bist immer zu krank, um meine Wünsche zu berücksichtigen.«

Das weibliche Personal war zur Seite getreten und etwas entfernt stehengeblieben und tat so, als wäre es taub gegen all das. Die Männer waren gegangen und hatten die Tür fast ganz geschlossen, so daß nur noch durch eine schmale Ritze Licht hereinfiel. Louise stand immer noch auf der Treppe, wußte, daß die Gräfin sie gesehen hatte, war nicht gewillt, die Flucht zu ergreifen, hatte vielleicht auch das Gefühl, daß ihr das verübelt würde, oder daß sie dableiben sollte, um etwas Nützliches zu tun, aber sie wußte nicht was. Die kleine Lucie stand neben ihrer Mutter und sah ihre Großmutter starr an, aber ebenso wie die Dienerinnen mit ausdruckslosem Gesicht. Gräfin de Rothe hob die Stimme hysterisch und gestikulierte vor Wut mit den Händen:

»Steh auf. Erhebe dich. Geh nach oben. Das hier ist schändlich. Ich weiß, was du im Schilde führst. Du willst nicht nach Hautefontaine fahren. Du willst in Paris bleiben und dich amüsieren. Du suchst immer nach einer Ausrede. Steh jetzt sofort auf.«

Drohend ging sie einen Schritt auf ihre Tochter zu, und Madame Dillon stand gleich auf und sah sie ruhig an. Die Gräfin fuhr höhnisch fort:

»Du kannst also stehen. Nun gehe.«

Das kleine Mädchen blieb immer noch bei seiner Mutter, drückte sich an ihren Rock, hielt vielleicht, verborgen in den Falten, ihre Hand, während sie zusammen die Treppe hinaufgingen. Die Gräfin folgte ihnen. Louise wich in die Ecke des Treppenabsatzes zurück und wußte nicht, was sie tun oder wohin sie blicken sollte, aber als Madame Dillon an ihr vorbeikam, schenkte sie ihr ein schmerzliches Lächeln voller Freundlichkeit, als wollte sie sagen: »Sie werden dergleichen noch oft erleben, wenn Sie hier wohnen.« Die Gräfin schwieg, bis sie den ersten Stock erreicht hatten, dann sagte sie:

»Du brauchst nicht zu glauben, daß du in deinem Zimmer bleiben kannst. Das Diner wird gleich serviert. Dein Gepäck ist bereit. Morgen kannst du dasselbe Reisekleid tragen.«

»Morgen?« Madame Dillons Stimme klang, als würden ihr die Sinne schwinden.

»Morgen um acht Uhr fahren wir nach Hautefontaine.«

»Mama, das kann ich nicht. Ich bin krank. Ich habe es Ihnen gesagt, ich habe es kaum geschafft, hierher zu kommen. Ich sehne mich danach, mich auszuruhen und gesund zu werden. Bitte, lassen Sie mich ein paar Tage hierbleiben. Dann komme ich nach, das verspreche ich Ihnen.«

Es war, wie wenn ein Kind um etwas bittet, das es unbedingt haben möchte, sehr seltsam bei einer erwachsenen Frau, die selbst die Mutter einer zehnjährigen Tochter war. Zum erstenmal hatte ihre Stimme einen kläglichen Ton angenommen, aber das schien die Gräfin nur noch mehr zu erzürnen. Sie sagte:

»Nachkommen! Meinst du, ich glaube das? Wenn du dich ausruhen wolltest, dann hättest du eine Woche früher kommen können, aber du hast dich zu gut amüsiert, du warst froh, daß du nicht beaufsichtigt wurdest. Finde dich damit ab. Hier traue ich dir nicht. Du hättest zehn Verehrer im Haus, sobald ich den Rücken kehre, würdest es entehren, das Haus eines Erzbischofs ...«

»Das Haus gehört mir, Mama.«

»Du drohst mir also! Du denkst wohl daran, mich auf die Straße zu werfen! Hast du das im Sinn? Und den Erzbischof vielleicht auch?«

Es war der Beginn einer langen Tirade, in deren Verlauf sich die Gräfin in eine schrille Wut hineinsteigerte, während ihre Tochter sich an die Wand kauerte, sich krampfhaft an der Schulter ihres Kindes festhielt und kein Wort erwiderte. Louise schlich hinunter in die Hal-

le, angetrieben von einem animalischen Instinkt, sich zu schützen, aber dort blieb sie wie gebannt stehen, bis die Gräfin Madame Dillon mit den Fäusten bearbeitete und ihr zwischen wütenden Schluchzern Beschimpfungen und Beschuldigungen ins Gesicht schleuderte. Dann konnte Louise es nicht länger ertragen. Sie flüchtete in die Gesinderäume und von dort über die Hintertreppe in ihr Zimmer, wo sie Biddy fand, die mit bleichem Gesicht auf ihrem üblichen Platz saß und so tat, als nähte sie den Saum eines Kleides. Biddy sagte sofort:
»Gott im Himmel, Miss Louise, die ist ja vom Teufel besessen. Ich habe die anderen darüber reden hören, aber ich hatte keine Ahnung, daß es so sein könnte. Ich wünschte, ich wäre zu Hause, das wünsche ich wirklich.« Sie stach mit ihrer Nadel zu und schrie vor Schmerz, als sie ihr in den Finger drang, dann sagte sie, während sie daran lutschte: »Daß sich zwei Frauen streiten, habe ich schon früher erlebt, aber diese Dame hat etwas Schreckliches an sich. Es ist nicht recht, es ist nicht anständig.«

»Wir müssen uns damit abfinden«, sagte Louise matt. »Wir können nirgendwo anders hin.«

Nach einer Weile schickte sie Biddy hinunter, um herauszufinden, was vorging, und wartete in einem Zustand entsetzlicher Spannung, bis Biddy mit der Nachricht zurückkam, daß alles ganz ruhig und friedlich sei. Das Diner werde gerade serviert, etwas später als gewöhnlich wegen Madame Dillons Ankunft, aber immerhin sei es erst drei Uhr. Der Erzbischof warte schon, und die Gäste seien eingetroffen.

Louise kleidete sich in aller Eile an und ging hinunter. Zu ihrer Verwunderung war Madame Dillon bereits da, lächelte gelassen, sah wunderschön und völlig zufrieden aus, trug ein weißes, besticktes und tief ausgeschnittenes Kleid und hatte Perlen und Bänder im Haar. Wie sie das in der kurzen Zeit seit ihrer Ankunft hatte bewerkstelligen können, war ein Wunder. Zweifellos war es das

Ergebnis langer Übung. Während des Essens und den langen Nachmittag hindurch blieb sie in der Nähe ihrer Mutter, während Gäste kamen und gingen, oder wanderte durch den Salon, um mit verschiedenen Menschen zu sprechen, als ob sie sich ganz wohl fühlte. Das aschblonde Haar, die helle Haut und die schlanke Figur machten sie zur elegantesten Frau dort, aber Louise empfand nur Grauen vor ihrem Zustand, als ob sie schon ein Skelett oder ein Geist wäre. Bestimmt konnte ihre Mutter sehen, wie krank sie war. Doch wie üblich war die Gräfin vollauf damit beschäftigt, soviel Aufmerksamkeit wie möglich auf sich selbst zu lenken. Sie war die Gastgeberin des Erzbischofs, der auf seinem gewohnten Sessel saß, und brachte ständig Leute zu ihm, damit sie mit ihm reden konnten, die er mit einem huldvollen, gleichmütigen Lächeln empfing.

Louise konnte Madame Dillons Worte nicht vergessen, die die letzte Szene ausgelöst hatten: daß das Haus ihr gehöre. Diese Bemerkung hatte genügt, ihre Mutter rasend zu machen. Louise hatte das Gefühl, von Geheimnissen und Lug und Trug umgeben zu sein. Niemand war da, dem sie vertrauen konnte, niemand, der ihre Fragen zu beantworten vermochte. Tatsächlich wußte sie kaum, was sie eigentlich erfahren wollte, und sich nach dem zu erkundigen, was sie bewegte, erschien taktlos. Das waren vor allem zwei Punkte. Hatte Cousine Charlotte tatsächlich ihr gesamtes Erbe durchgebracht? Eine Frage danach würde darauf hindeuten, daß sie auch den Dillons nicht traute. Der zweite Punkt war ihre unmittelbare Zukunft, ob sie im Hôtel Dillon bleiben könnte oder ob geplant sei, sie irgendwo anders unterzubringen. Wenn niemand diese beiden Fragen zur Sprache brächte, blieb ihr nichts anderes übrig, als zu schweigen und darauf zu warten, daß sich die Antworten mit der Zeit von selbst einstellten.

Die Ablenkungen des nächsten Morgens verdrängten

diese Sorgen für eine Weile. Der ganze Haushalt war kurz nach fünf Uhr schon auf den Beinen. Um sieben waren fünf oder sechs Kutschen mit Gästen eingetroffen und standen wartend auf der Straße, während die Herrschaften hereinkamen und im Salon Kaffee tranken. Der Morgen war kühl und klar, es wehte kein Wind, und die Vögel auf den Bäumen im Hof sangen ihre Sommerlieder. Madame Dillon erschien erst ein paar Minuten vor acht. Sie sah etwas besser aus, wenngleich noch entsetzlich bleich, und küßte ihre Mutter, als wären sie immer nur die besten Freunde gewesen. Pünktlich um acht Uhr fuhren die Kutschen der Familie zum Tor hinaus, wie die Gräfin gesagt hatte. Louise wurde zu der Kutsche gewiesen, in der Lucie, ihre Mutter und die Gräfin Platz nahmen, während Biddy zusammen mit Lucies Kinderfrau Marguerite und drei anderen Mädchen fuhr.

In jeder anderen Gesellschaft wäre die Reise ein Vergnügen gewesen, aber in dieser war es die reine Tortur. Als sie in den Vororten waren, lehnte sich Louise in den Kissen zurück und fuhr hoch, als die Gräfin bellte:

»Sitzen Sie gerade, Mademoiselle! Eine Dame lümmelt sich nicht.«

Tatsächlich saßen die drei anderen so gerade, als hätten sie einen Ladestock im Kreuz. Louise hatte sich vorgestellt, daß die Bräuche auf einer so langen Reise nicht so streng sein würden, aber sie war klug genug, sich nicht zu verteidigen. Lucie warf ihr ein schüchternes Lächeln zu, das Hoffnung auf Freundschaft und Sympathie erweckte, und von diesem Augenblick an war Louise entschlossen, möglichst viel Zeit mit diesem weltklugen kleinen Mädchen zu verbringen.

Nach sieben Stunden mit einer kurzen Unterbrechung in einem Gasthaus zum Déjeuner kamen sie am Nachmittag nach Hautefontaine. Das Château war ein altmodisches Haus aus grauem Stein, ganz schlicht, und überblickte ein langes, grünes Tal, das in einer Schlucht und

den Ausläufern des Waldes von Compiègne endete. Um das Schloß zu erreichen, fuhren die Kutschen durch Wälder und Wiesen und an einem See entlang, den sie auf einer Brücke überquerten, und dann hielten sie am Fuß einer langen Treppe, auf der schon Diener heruntereilten, um ihnen behilflich zu sein. Ehe sie es unterdrücken konnte, sagte Louise:
»Es ist, wie wenn man nach Mount Brien kommt.«
Freunde von Madame Dillon, die schon am Morgen eingetroffen waren, warteten darauf, sie zu begrüßen. Die Gräfin sprach mit ihrem Bedienten, der den Kutscher anweisen sollte, den Wagen sofort wegzubringen, damit andere an die Treppe heranfahren könnten. Errötend stellte Louise fest, daß niemand sie gehört hatte außer Lucie, die offenbar in Gegenwart von Erwachsenen aus Vorsicht überhaupt nicht sprach.
Hautefontaine war, wie sich herausstellte, viel großartiger als Mount Brien. Es gab fünfundzwanzig Gästezimmer, und sie schienen alle belegt zu sein, hauptsächlich von verheirateten Frauen, deren Männer mit der Armee im Ausland waren. Auch ein paar ältere Herren waren da, angeheiratete oder Blutsverwandte, von denen sie einige schon in Paris kennengelernt hatte. Sehr bald erkannte Louise, daß das hier einfach Paris an einem anderen Ort war. Es gab dieselben Bälle und Soupers, nur daß jetzt niemand nach Hause ging, so daß alle noch in den frühen Morgenstunden in einem nicht enden wollenden Wirbel des Vergnügens befangen waren. Überall, zu allen Zeiten, wurde Karten gespielt. War das Wetter gut, wurden Angelpartien und Bootsfahrten unternommen, oder Spaziergänge und Ausritte zu den kleinen Lusthäusern, die hier und dort im Wald verstreut waren.
Die Mittagszeit war der Musik und den Proben in einem Salon im ersten Stock vorbehalten, denn einige der Anwesenden hatten vor, später eine Oper aufzufüh-

ren. Madame Dillon hatte die Hauptrolle und sang ihre Arien immer wieder mit einem kräftigen, klaren Sopran, von dem der italienische Komponist Piccini ganz hingerissen war. Als er eines Tages Louise sah, die sich im Hintergrund herumdrückte, ließ er sie etwas singen, unterbrach sie aber gleich und sagte:

»Spielen Sie lieber Clavicembalo. Das paßt zu Ihrer Stimme.«

Das wurde von einigen der Damen und sogar von ein oder zwei Herren mit speichelleckerischem Gekicher quittiert. Louise hatte sich immer darüber verwundert, daß diese arroganten Menschen so erpicht waren auf ein Lob von Piccini. Durch den Umgang mit ihnen hatte deren Verehrung für ihn etwas auf sie abgefärbt, und jetzt fand sie es demütigend, daß er ihre Stimme häßlich fand. Sie wußte, daß sie für Musik nicht begabt war, und nur aus Höflichkeit hatte sie gesungen, als er sie dazu aufforderte. Er wandte sich an Madame Dillon, legte die Hände in einer typischen Geste der Bewunderung zusammen und sagte:

»Wie kann eine Amsel eine Cousine haben, die eine Krähe ist?«

Das rief wieder Gelächter hervor, aber auch einige mitleidige Ausrufe, als Louise in Tränen ausbrach und aus dem Zimmer lief. Sie hätte es nicht ertragen können, noch einen weiteren Augenblick dort zu bleiben. Warum war sie je in dieses gräßliche Land gekommen, zu diesen eitlen Pfauen, diesen menschlichen Spieldosen, diesen Marionetten? Konnte ihr Vater gewußt haben, was er ihr antat, als er sie diesen Leuten auf Gnade und Ungnade auslieferte? Sie rannte den Korridor entlang und warf sich längelang auf ein Sofa unter einem Fenster, geschüttelt von kindischem Schluchzen; sie war sich der Gefahr bewußt, von der Gräfin bei einem ihrer häufigen Streifzüge durch das Haus entdeckt zu werden, aber es war ihr jetzt gleichgültig, was aus ihr wurde. Undeutlich erkannte sie, daß Piccinis unverblümte Grobheit nicht der wahre Grund für ihre Tränen war; eine Anhäufung von Kümmernissen hatte sie hervorgerufen, und vor allem die Hoffnungslosigkeit, jemals all dem entfliehen zu können. Selbst die Erinnerung an Andrés freundliches Gesicht, die ihr täglicher Trost war, schien jetzt verblaßt und verschwunden zu sein. Daß Robert sie im Stich gelassen und Cousine Charlotte sie betrogen hatte, die ständigen Nadelstiche der Mißbilligung, all das kam zu der üblichen Qual und Unsicherheit des Jungseins hinzu und war offenbar mehr, als sie ertragen konnte.

Sie hörte auf zu wimmern, als sie Schritte auf dem Korridor hörte, die sich von der Treppe eilig näherten. Sie setzte sich auf und fand es jetzt demütigend, daß sie eine Erklärung würde abgeben müssen. Halb blind vor Tränen, sah sie zu ihrer Erleichterung, daß es der alte Armand de La Touche war. Er erinnerte sie ein bißchen an ihren Vater, obwohl er älter war, aber jedenfalls mochte sie ihn, weil er der einzige unter den alten Herren war, der sie nicht gepackt und getätschelt hatte, seit sie nach Hautefontaine gekommen war. Die anderen waren Scheusale. Sie schienen sich ihres Alters, ihres unerfreulichen Geruchs, ihrer knochigen Hände, ihrer blöden Glotzaugen gar nicht bewußt zu sein, wenn sie sich bei jeder Gelegenheit an sie heranmachten und sie lüstern an sich drückten. Bei jedem anderen als dem Grafen de La Touche wäre sie, Höflichkeit hin, Höflichkeit her, weggerannt. Nichts hatten die alten Knaben lieber, als ein unglückliches junges Mädchen zu finden. Sie konnte fast sehen, wie ihre Augen funkelten wie die eines Wiesels, ehe es sich auf das Kaninchen stürzt. Zum erstenmal hatte Louise es erlebt, als sie in einer Kutsche am Luxembourg-Park vorbeifuhr und die Pferde sich durch eine riesige Volksmenge kämpften, die von einer öffentlichen Hinrichtung durch den Strang zurückkam. Louise hatte die Erhängten gesehen, einen Mann und eine Frau, und einen Entsetzensschrei ausgestoßen. Sofort hatte der alte Graf Pasquier, in dessen Kutsche sie zur Oper fuhren, sie um die Taille gefaßt und sie nicht loslassen wollen, obwohl Biddy ihnen gegenübersaß und die Augen aufriß. Er beachtete sie ebensowenig, wie er einen Hund beachtet hätte, bis Biddy in ihrem neuen, eigenartigen Französisch sagte:

»Monsieur, wenn Sie die junge Dame nicht loslassen, werde ich der Gräfin sagen, was ich gesehen habe.«

Da ließ er sofort von Louise ab, obwohl er sehr gereizt war, als ob er es wäre, der Grund zur Klage hatte. Als sie sich dieses Vorfalls erinnerte, hob sich Louises Stimmung ein wenig, und durch ihre nassen Wimpern sah sie, daß der alte Mann vor ihr stand mit einem großen, ziemlich sauberen Taschentuch in der Hand. Sie nahm es, trocknete sich die Augen und sagte:

»Entschuldigung. Ich hätte in mein Zimmer gehen sollen.« Dann verlangte es sie plötzlich danach, die Wahrheit zu sagen: »Sie sind solche Ekel!«

»Wer?« fragte er begierig.

»Diese... diese... *Opernsänger*.« Der Ton ihrer Stimme ließ das Wort wie eine Verunglimpfung klingen. Sie sah, daß er wußte, was sie meinte. Seine Augen leuchteten mitfühlend und voll Verständnis auf, und das hatte, soviel sie feststellen konnte, nichts mit ihrer Weiblichkeit zu tun.

»Ach ja. Man muß lernen, sie zu verstehen und sich ihnen dann anzupassen. Das müssen alle Damen. Täuschen Sie sich da nicht, sie sind sehr intelligent. Man kann eine Menge von ihnen lernen, sehr notwendige Dinge.«

»Ich will mich ihnen nicht anpassen. Ich hasse sie, ihr Gehabe, ihre Philosophie, ihre Vorstellungen von allen möglichen Dingen, von denen sie nichts verstehen.« Sie ballte wütend die Fäuste und drückte das feuchte Taschentuch fest zusammen. »Haben Sie das Gerede gehört über die Disziplin in der Armee? Haben Sie diese langen Diskussionen darüber gehört, ob es den Soldaten gut tun würde, mit der flachen Seite eines Säbels geschlagen zu werden? Nicht mit einem Stock – das wäre eine Beleidigung für einen Franzosen –, aber wenn man sie mit einem Säbel schlägt, dann wäre es etwas Mannhaftes. In meinem ganzen Leben habe ich solchen Unsinn nicht gehört. Eine solche Diskussion können sie stundenlang führen. Musik, ja, von Musik verstehen sie etwas, aber alles andere ist bloß Spielerei für sie.«

»Sie werden in Paris nie Erfolg haben mit solchen Vorstellungen.«

Er war wirklich der freundlichste von der ganzen Gesellschaft. Er hatte die Augenbrauen hochgezogen, so daß sie einen großen Bogen beschrieben und ihn aussehen ließen wie die Bilder von Don Quixote, aber seine Augen waren so freundlich, daß man wirklich nicht über ihn lachen konnte.

»Ich will in Paris keinen Erfolg haben«, erwiderte sie hitzig. »Ich wünschte, ich lebte auf dem Land. Bestimmt gibt es dort etwas Natürliches, alle müssen aufrichtiger und gut sein, da könnte es solche Intrigen und Lügen – und Unmoral – nicht geben. Das muß so sein – auf dem Land muß es besser sein.«

»Wir sind doch auf dem Land.«

»Das nennen Sie Land? Das hat mit dem Land nichts zu tun. Es ist nur zufällig weit weg von Paris.«

»Sie sind eine sehr nachdenkliche junge Dame.«

»Ich habe denken müssen.«

Plötzlich verlegen, hatte sie den Kopf gesenkt, so daß ihre Stimme gedämpft war, während sie immer noch das große Taschentuch zerknüllte. Sie hatte zuviel geredet. Wenn sie aufschaute, würde sie den ironischen, verächtlichen Ausdruck sehen, den jeder in dieser abscheulichen Gesellschaft zur Schau trug. Man sollte diese Leute niemals auch nur die kleinste Bresche in der eigenen

Verteidigungsanlage erkennen lassen. Er hatte recht gehabt, als er sagte, sie seien intelligent. Er war selbst einer von ihnen. Aber als sie sich zwang, wieder aufzublicken, hatte er sich nicht verändert. Er war immer noch derselbe, sanft und freundlich und ein bißchen rührend, weil das Alter ihm schon zugesetzt hatte. Sie hatte schon früher bemerkt, daß er die aufreizende Gewohnheit hatte, leise zu zirpen, ehe er etwas sagte, das er für tiefschürfend oder wichtig hielt. Jetzt zirpte er, aber sie war entschlossen, nicht unduldsam gegen ihn zu sein. Sie mußte sich jede einzelne Person merken, die ihr vielleicht helfen könnte. Dieser alte Mann würde zweifellos an erster Stelle auf der Liste stehen. Sie begann sich zu überlegen, auf welche Weise er nützlich sein könnte. Schließlich war er ein Verwandter und sollte einigen Einfluß in der Familie besitzen. Gemeinsam könnten er und Pater Burke erreichen, sollte es sich als notwendig erweisen, daß sie nach Irland zurückkehrte, nach Hause zu Grand-mère. Er könnte ihr Schutz bieten. Zuerst nahm sie kaum auf, was er sagte, es entsprach so genau den Gedanken, die ihr durch den Kopf gingen:

»Wenn Sie gern auf dem Land leben, könnten Sie zu mir kommen. Ich habe ein hübsches Anwesen in Angers. Das ist auf dem Land, ein Landhaus, kleiner als dieses hier, etwa so groß wie das Ihrer Familie in Irland. Ich bin nie in Irland gewesen, aber ich erinnere mich, daß Ihr Onkel ein Bild des Hauses mitbrachte, als er nach Frankreich kam. Sie haben recht. Hautefontaine ist zu groß. Man muß die Räume mit Gästen füllen, und dann sind zu viele da, als daß es gemütlich wäre.«

»Sie leben also allein?«

»Nein, nein, mit meinen beiden Schwestern. Sie schätzen ein ruhiges Leben. Sie verlassen das Land nie. In dieser Beziehung sind sie wie Sie.«

»Aber Sie verlassen es manchmal?«

»Ja, manchmal, seit meine Frau starb und meine Tochter verheiratet ist. Es ist recht einsam. Ich hätte dort gern mehr Gesellschaft. Wollen Sie zu mir kommen?«

»Ja, ja, danke...«

Mit einemmal merkte sie, daß sie einen entsetzlichen Fehler beging. Sie verstieß gegen alle Regeln, die die Gräfin ihr beigebracht hatte. Es war unschicklich, es war gefährlich, so viel Zeit allein mit einem Herrn zu verbringen, gleichgültig, wie alt er war. Sie kannte diese Regeln. Schwach drangen die Klänge der Musik aus dem Salon herüber. Sie stand auf, gab ihm sein Taschentuch zurück, das, wie sie jetzt erkannte, der abscheuliche Gegenstand war, der sie in erster Linie kompromittiert hatte, und sagte klar und deutlich:

»Danke, Graf. Sie sind sehr freundlich zu mir gewesen. Ich bin nur ein törichtes Mädchen. Ich werde es in Zukunft besser machen.«

Er nahm ihre Hand und hielt sie in seinen dürren Fingern, aber mit respektvollem Gebaren, obwohl er es ohne ihre Erlaubnis getan hatte.

»Sie können sich viel Zeit lassen. Es ist still in Angers. Sie werden dort so mancherlei lernen.«

Dann drückte er die Lippen auf ihre Hand, wobei sein struppiger Schnurrbart sie am Handgelenk kitzelte, und ließ sie gehen. Sie bemerkte, daß seine blaßblauen Augen merkwürdig glitzerten, als er ihr ins Gesicht blickte.

Mit einem Angstgefühl, als würde sie von einem wilden Tier oder einem bösen Geist verfolgt, ging sie den Korridor entlang und wäre am liebsten gerannt, aber jetzt wußte sie endlich, daß sie ihre Würde wahren mußte. Sie spürte nur, daß er ihr nachblickte, obwohl sie nicht einmal am Ende des Korridors, wo die Treppe es natürlich hätte erscheinen lassen, wagte, den Kopf zu drehen. Als sie außer Sicht war, eilte sie in ihr Zimmer, legte sich aufs Bett und starrte keuchend an die bemalte Decke, bis sie das Gefühl hatte, sie würde ihr auf den Kopf fallen.

Nichts war geschehen. Warum war sie dann so voller Angst und Schrecken? Die anderen würden daran denken, daß sie ja noch ein Kind war, noch dazu eine Ausländerin, die nicht genau wußte, wie man sich in kritischen Situationen zu verhalten habe. Aber sie alle hatten ihr Komplimente gemacht über ihr vollendetes Benehmen. Sie waren ihre Verwandten, in einer Beziehung auch Ausländer, wenngleich sie schon so lange hier lebten. Vielleicht würden sie ihr gegenüber Nachsicht üben. Pater Burke – aber sie hatte nichts von alledem getan, was er ihr aufgegeben hatte. Ihre Hefte waren fast leer – all die Hefte, in die sie ihre Geometrie-Aufgaben hätte schreiben sollen. Und die Briefe, die sie auf Latein hätte schreiben sollen!

Sie würde ihm jetzt schreiben, so schnell wie möglich, und ihm von der schrecklichen Gefahr berichten, in der sie war. Aber was für eine Gefahr? Was konnte sie ihm schreiben? Betrübt sah sie ein, daß es nichts zu sagen gab, außer daß sie nach Hause zu ihrer Großmutter gehen wollte, daß sie das Gefühl hatte, von Feinden umgeben zu sein, daß etwas getan werden müßte, ehe es zu spät war.

Sie stand vom Bett auf und holte ihre Bücher heraus, breitete sie auf dem Schreibtisch aus und betrachtete sie verständnislos. Sie schlug ein oder zwei auf, dann wurde sie sich klar, daß sie mindestens einen halben Tag brauchen würde, um ihren Verstand zusammenzunehmen, damit sie überhaupt arbeiten könnte. Entschlossen setzte sie sich hin und begann mit Plinius, mit dem gelassenen Brief, in dem er das ideale Leben mit sorgfältig ausgewogener Lektüre, Gesprächen und Leibesübungen beschrieb.

Zur Tischzeit schickte sie Biddy hinunter und ließ ausrichten, sie könne nicht kommen, sie habe Kopfschmerzen. Um fünf Uhr hatte sie sie tatsächlich, sie legte sich wieder aufs Bett und spürte den rasenden Schmerz überall in ihrem Kopf, während sie sich hilflos krümmte und wand. Biddy brachte nasse Tücher, um den Schmerz zu lindern, und strich ihr mit sanften Fingern über die Schläfen, aber nichts half. Sie empfand einige Erleichterung, als die Dunkelheit hereinbrach und die Kerzen wie kleine Sonnen glühten, jede in ihrem eigenen Strahlenkranz. Wenn nur André oder Robert hier wären, sie fänden für alles eine Lösung.

Ab und zu, wenn ein leichtes Abklingen des Schmerzes ihr zu denken ermöglichte, versuchte sie, André zurückzubringen, wie er bisher so oft zu ihr gekommen war, aber der Versuch machte nur alles schlimmer. Manchmal stellte sie sich vor, alles würde noch gut werden, ihre Dummheit, ihre Eigenwilligkeit, ihr Mangel an Disziplin hätten sie noch nicht zugrunde gerichtet, aber immer wurde sie sich rasch darüber klar, daß sie sich bei der Voraussage ihres Schicksals nicht irrte.

18

Daß sie recht gehabt hatte, erwies sich, als die Gräfin schließlich kam. Es mußte mindestens zehn Uhr sein. Die Kerzen waren schon ganz heruntergebrannt. Biddy saß erschöpft am Tisch und hatte den Kopf in die Hände gestützt, als läse sie Plinius. Die Tür wurde ohne Förmlichkeit geöffnet, und die aufgebrachte kleine Frau war plötzlich da, stand am Bett, vor Zorn summend wie eine wütende Wespe. Ihr Atem zischte zwischen den einzelnen Sätzen durch die Zähne. Louises Schweigen schien ihr gleichgültig zu sein, obwohl sie viele Fragen stellte.

»Was haben Sie getan? Haben Sie alles selbst in die Hand genommen? Wird in Ihrem Land so für Gastfreundschaft gedankt? Haben Sie nichts gelernt? Haben Sie Ihre eigenen Ansichten? Sie bilden sich Ihr ganz persönliches Urteil über uns alle. Wir entsprechen Ihren

Maßstäben nicht. Wir mögen Verwandte sein, aber Sie akzeptieren uns nicht.« Es konnte doch nicht wahr sein, daß er weitererzählt hatte, was sie gesagt hatte, das konnte doch nicht sein! Aber er hatte es getan. »Lügen und Unmoral! Nun, Mademoiselle, Sie werden von alledem befreit sein. Er hat mich überzeugt. Wir haben eine lange Besprechung gehabt. Sie haben seinen Antrag angenommen. Das genügt. Auf diese Art und Weise wird in Frankreich die Heirat einer Dame nicht gestiftet, aber Sie schätzen ja unsere Bräuche nicht.«

»O nein!«

Daraufhin beschloß die Gräfin, ihren Ton zu ändern und so zu tun, als wäre sie auf Louises Seite.

»Es ist gut, daß Sie Ihre Wahl selbst getroffen haben. Zu unserer Zeit haben wir das nie getan. Wir hielten es für so wichtig, daß wir der Meinung waren, wir sollten Rat einholen. Unsere Eltern waren so freundlich, uns zu beraten, und wenn sie es nicht taten, unsere Großeltern. Die Zeiten haben sich geändert. Die jungen Leute wissen es immer am besten. Meine Pläne für Sie wären vielleicht nicht besser gewesen. Vermutlich haben Sie den Herrn gar nicht bemerkt. Vielleicht haben Sie ihn für zu jung oder zu alt oder zu arm gehalten, obwohl er nicht so arm ist, wie es den Anschein hat. Und dann ist er in den Krieg gezogen. Vielleicht konnten Sie nicht warten. Vielleicht ist Ihr Blut zu heiß.«

Die Gräfin schien sich an Louises elendem Zustand regelrecht zu weiden, beobachtete ihr Gesicht gespannt, während sie sprach, und ging dann hinüber, um eine Kerze zu holen, damit sie es deutlicher sah, ohne sich um Biddy zu kümmern, die jetzt auf dem Boden neben Louise kniete und ihr über die Stirn strich, wie sie es vorher getan hatte, um ihre Kopfschmerzen zu lindern. Die Gräfin sagte:

»Jetzt haben wir Mai. Ich habe ihn dazu bewogen, zu warten. Ach, das freut Sie, aber es bedeutet nicht, daß

Sie sich dem entziehen können. Sie haben Ihr Eheversprechen gegeben.«

»Das habe ich nicht!« sagte Louise aufgebracht, endlich imstande, den Versuch zu unternehmen, sich zu verteidigen. »Er hat mich mißverstanden. Er hat mir keinen Heiratsantrag gemacht. Hätte er es getan, hätte ich gesagt, daß ich Sie erst fragen müßte. Ich kann ihn nicht heiraten. Es ist lächerlich.«

»Ich finde es nicht lächerlich, Mademoiselle. Sie haben überhaupt kein Geld. Einen Ehemann für Sie zu finden, der gewillt wäre, Sie ohne etwas zu nehmen, wäre praktisch unmöglich. Vielleicht haben Sie auf mich gezählt, womöglich geglaubt, ich würde für Sie aufkommen, oder der Erzbischof.«

»Nein, nein . . .«

»Das freut mich.« Plötzlich drehte sie sich zu Biddy um und stürzte sich auf sie mit einer hastigen Bewegung, als ob sie eine Katze oder einen kleinen Hund wegscheuchen wollte. »Hinaus mit dir! Was treibst du hier! Hinaus, hinaus!«

Biddy flüchtete ins Nebenzimmer und machte die Tür zu. Gräfin de Rothe wartete, bis sie geschlossen war, ehe sie sich wieder zu Louise umdrehte und dann bedächtig und wohlüberlegt sagte:

»Von mir können Sie nichts erhoffen. Ich habe nichts. Dieses Haus hier, das Hôtel Dillon in Paris und alles, was drinnen ist, gehört meiner Tochter. Der Erzbischof und ich, wir stecken beide bis über die Ohren in Schulden. Ich habe ihm Geld geliehen, Tausende von Francs, und er kann sie mir nie zurückzahlen. Er hat Cousin Arthur Geld geliehen, meinem Schwiegersohn, aber er wird nie etwas davon zu sehen bekommen, es sei denn, ein Wunder würde geschehen. Das erschüttert Sie, nicht wahr? Was glauben Sie, wie wir all diese Bälle und Gesellschaften bezahlen, für all diese Gäste aufkommen? Meine Tochter bezahlt. Wir haben zwar unser Einkommen, aber das reicht nicht. Und dann habe ich ja eine Enkelin, an die ich denken muß. Sie erbt all das, aber nicht Sie. Wenn Sie sich eingebildet hatten, Sie könnten ihr das Erbe streitig machen, dann sollten Sie sich den Gedanken aus dem Kopf schlagen.«

»Nein, nein, das habe ich mir nie eingebildet!«

»Ich glaube Ihnen. Jetzt können Sie sehen, daß der Heiratsantrag des Grafen de La Touche sehr gelegen kommt. Ich hätte Sie nicht für immer hierbehalten können. Ich habe Sie in die Gesellschaft eingeführt. Damit habe ich schon eine Menge für Sie getan. Das sehen Sie doch ein, nicht wahr? Nun müssen Sie sich damit abfinden, wie jedes andere junge Mädchen. Seine erste Frau war, glaube ich, recht glücklich mit ihm. Er ist reich, da unten in Angers. Er brennt seinen Weinbrand selbst.«

Das wurde mit verächtlicher Verwunderung gesagt, und sie hielt inne, als dächte sie über die Seltsamkeit eines solchen Verhaltens nach, ehe sie sich wieder Louises Problemen zuwandte. »Sie können sich glücklich schätzen. Er wird Sie nicht viel belästigen, sobald Sie ihm einen Sohn geschenkt haben, und ich werde dafür sorgen, daß Sie ein gut Teil seines Vermögens erben. Er muß damit rechnen, etwas zu bezahlen. Er hat keinen anderen Erben. Sein einziger Sohn ist auf Grenada gefallen. Seine Tochter ist in der Nähe von Montpellier verheiratet. Graf de La Touche hat dort auch ein Château.« Dann sagte sie mit der größtmöglichen Freundlichkeit, die Louise je bei ihr beobachtet hatte: »Es bedeutet nicht den Weltuntergang. Er ist ein stattlicher alter Herr mit guten Manieren für einen Provinzler. Schließlich ist er ein de La Touche und ein Cousin, so nahe mit Ihnen verwandt wie ich. Sie hätten es viel schlechter treffen können. Versuchen Sie es als Ihre Chance anzusehen, unabhängig zu werden. Ein junges Mädchen ohne Geld, selbst wenn es so hübsch ist wie Sie, hat kaum Aussicht, überhaupt einen Mann zu finden. Jetzt haben Sie tatsächlich einen Heiratsantrag. Ich glaubte, Sie würden nie einen bekommen. Sie sollten dankbar sein. Die Art und Weise, wie Sie es bewerkstelligt haben, war schmachvoll, und ich glaube jetzt, daß Sie nicht wußten, was Sie taten, aber da es nun mal geschehen ist, nehmen Sie den Antrag an.«

»Ich weiß es nicht«, flüsterte Louise. »Ich weiß nicht, was ich tun soll.«

»Sie werden doch nicht versuchen, sich ein Leid anzutun?«

»Nein.« Das hatte Louise niemals im Sinn gehabt, aber der Gedanke war interessant. Die momentane Unsicherheit der Gräfin machte ihr Mut. Sie sagte: »Dieser andere Mann – Sie sagten, da sei jemand.«

»Das war nichts, nur ein Gedanke, der mir kam. Ich habe es ihm gegenüber nicht einmal erwähnt. Jetzt ist es zu spät. Das hier wird genügen müssen. Bis ganz zuletzt werden wir es niemandem sagen, denken Sie daran. Ich will kein Aufsehen und keinen Skandal haben. Alles wird genauso weitergehen wie gewöhnlich. Graf de La Touche ist damit einverstanden. Für einen Witwer seines Alters ist es besser. Sie werden keine Hochzeitsgeschenke brauchen. Er hat alles, was sich ein junges Mädchen nur wünschen kann.« Sie schien an dieser Feststellung nichts ironisch zu finden.

»Können Sie nicht einsehen, daß das die Chance Ihres Lebens ist? Besitzen Sie kein Verantwortungsgefühl? Wie steht's mit Ihrem Vater? Haben Sie an ihn gedacht? Wollten Sie ihm wieder zur Last fallen?«

Jetzt begannen die Hände der Gräfin zu zucken wie immer, wenn sie sich in eine Wut hineinsteigerte, und ihre Stimme nahm wieder die vertraute Schärfe an.

Louise konnte es nicht mehr ertragen. Sie zwang sich, sich aufzusetzen, dann aufzustehen, und stellte fest, daß sie jetzt klarer denken konnte. Sie sah die Gräfin direkt an und merkte, daß sie zum erstenmal in ihrem Leben drauf und dran war, jemanden zu schlagen. Sie hätte es nicht fertiggebracht, aber etwas davon mag in ihren Augen zu erkennen gewesen sein, denn die Gräfin trat einen Schritt zurück und sagte dann überstürzt:

»Sie werden daran festhalten. Sie werden jetzt keinen Rückzieher machen. Es läßt sich nun nicht mehr ändern. Geben Sie mir Ihr Wort, daß Sie bei der Stange bleiben. Sie haben keine andere Wahl.«

»Wann?« Louise konnte es nicht über sich bringen, ausdrücklich zuzustimmen, aber sie sah ein, daß ihr wirklich keine andere Wahl blieb.

»Im Winter. Niemand wird dann Notiz davon nehmen. Hier oder in Angers. Die Leute werden nicht erwarten, aufs Land eingeladen zu werden. Vielleicht wird sich der Erzbischof bereit finden, Sie zu trauen.«

»Weiß er davon?«

»Ja. Er erteilt Ihnen seinen Segen.«

Sie blickte sich suchend um, fast als hätte sie den Segen in einer Tasche mitgebracht und vergessen, wo sie sie abgestellt hatte. Louise hatte gewußt, daß sie nicht auf Hilfe vom Erzbischof hoffen konnte, und sie war weder überrascht noch enttäuscht. Wahrscheinlich würde er ihr in den nächsten Tagen aus dem Weg gehen und eine geistesabwesende, kühle Miene aufsetzen, wie er es Madame Dillon gegenüber immer tat, wenn ihre Mutter nicht gut auf sie zu sprechen war und er auf eine Klimaänderung wartete. Die Gräfin sagte:

»Es wird besser sein, mit ihm nicht darüber zu sprechen. Er hat so viele größere Probleme als Ihres. Wäre Ihr Bruder hier gewesen, hätte er vielleicht etwas tun können, um einen Ehemann für Sie zu finden, aber er ist zu weit weg. Alles ist wirklich die Schuld von Cousine Charlotte. Graf de La Touche hat sehr viel Verständnis für all das. Wenn Sie unbedingt jemandem einen Vorwurf machen müssen, dann Cousine Charlotte und sich selbst.«

»Ich werde niemandem einen Vorwurf machen.«

»Oder Ihrer Mutter. Sie hatte keinen Geschäftssinn. Sie hätte versuchen müssen, alles viel genauer festzulegen, nicht daß sie es vermocht hätte. Aber sie hätte es versuchen können. Ihr Vater vielleicht – aber es hat keinen Zweck, jetzt darüber zu reden. Ich werde ihm gleich morgen schreiben. Sie müssen seine Genehmigung haben. Er wird fragen, ob Sie mit der Heirat einverstanden sind. Er wünschte ausdrücklich, daß Sie jemanden aus der Familie heiraten. Er müßte sich freuen. Ich kann Ihnen seinen Brief zeigen, wenn Sie wollen.«

»Wann hat er diesen Brief geschrieben?«

»Als Sie nach Frankreich kamen. Ich habe ihn von Charlotte bekommen. Ich habe die Vollmacht, einen Ehemann für Sie zu finden. Charlotte hat sie mir abgetreten. Verstehen Sie das? Sehen Sie nicht so bestürzt aus.«

»Ja, ich verstehe es.«

»Dann ist es ja gut. Ich kann Ihrem Vater also schreiben, daß Sie einverstanden sind. Sie haben noch nicht gesagt, daß Sie einverstanden sind. Es wird für die kirchliche Trauung wichtig sein. Sie müssen Ihre Einwilligung geben.«

»Ich gebe meine Einwilligung.«

»Sie werden sie nicht zurückziehen? Sie werden nicht im letzten Augenblick etwas Törichtes tun? Mir gefällt Ihre Miene nicht, Miss Brien.«

»Ich werde sie nicht zurückziehen. Ich werde nicht anderen Sinnes werden. Darauf können Sie sich verlassen.«

»Gut. Dann können Sie Ihren Verlobten morgen in meiner Gegenwart sehen. Es ist sehr unschicklich, daß Sie ihn überhaupt sehen, aber in diesem Fall, glaube ich, wird es das Beste sein. Sie dürfen niemals jemandem sagen, wie all das zustande kam, oder daß Sie bereits mit ihm gesprochen haben. Wenn das bekannt wird, ist es um Ihren Ruf geschehen. Er wird Hautefontaine morgen verlassen, und Sie werden ihn erst wiedersehen, wenn der Vertrag aufgesetzt ist. Dann wird er von Angers herkommen und vielleicht noch einmal vor der Heirat. Er weiß, daß auch er sich nicht korrekt benommen hat, indem er selbst mit Ihnen gesprochen hat, und er ist bereit, auf diese Bedingungen einzugehen.«

Da legte Louise das Gelübde ab, das ihr über den nächsten Abschnitt ihres Lebens hinweghalf, daß sie niemandem gegenüber, nicht einmal Biddy gegenüber, den geringsten Zweifel oder auch nur Unzufriedenheit in bezug auf ihre Heirat äußern würde, ehe alles vorüber wäre. Sie wollte es Madame Dillon gleichtun, die angesichts des Todes fröhlich sang und spielte und tanzte und ritt und auf die Jagd ging. Niemand sollte sie noch mehr zum Gegenstand des Klatsches machen, als sie sowieso war oder unvermeidlich sein würde, wenn der ihr gemachte Heiratsantrag bekannt würde. Sie wußte ganz genau, wie pikant die näheren Einzelheiten ihre Geschichte machen würden. Ein Glück, daß auch die Gräfin sie geheimhalten wollte, obwohl sie es sicherlich genossen hätte, mit ihren Freundinnen darüber zu kichern.

Während des ganzen langen Sommers gab Louise acht, ob die Gräfin von ihrem Entschluß abwich. Sie tat es nicht. Sie hielt das Verlöbnis geheim, wie sie gesagt hatte, bis die Saison vorüber war, sogar noch, als die Herren von den Sommermanövern zurückkamen und von den Jagdpartien mit der Hirschhundmeute des Erzbischofs, an denen forsche junge Männer teilgenommen hatten, die alle entschlossen schienen, ihre Verführungskünste bei Louise zu erproben. Nicht einer von ihnen war wirklich an ihr interessiert, aber sie merkte, daß sie die Gesellschaft der hübscheren Mädchen vorzogen, dieweil sie darauf warteten, daß die reichen sich einstellten.

Louise verbrachte möglichst viel Zeit mit der kleinen Lucie und spielte mit ihr, als sei sie selbst noch ein Kind.

Stundenlang streiften sie durch riesige Lagerhäuser, die an den großen Schloßhof angebaut waren und in denen eine ganze Schiffsladung aus Ostindien aufbewahrt wurde. Der Erzbischof hatte sie mit einer fürstlichen Geste vor einem Jahr gekauft, und da er Verwendung dafür hatte, wurden die Sachen hier eingelagert. Ein alter Wächter hatte die Aufsicht darüber, und an Regentagen erlaubte er Louise und Lucie, begleitet von Marguerite, Lucies Kinderfrau, und manchmal von Biddy, dort Tausendundeine Nacht zu spielen. Da gab es chinesische und japanische Krüge und Töpfe und Schüsseln und Teller, ballenweise Seide und Damast und satinierte Baumwolle, Teppiche und Wandbehänge und Lacktruhen und Gemälde auf Holz. Hier konnten sie das laute Gelächter im Schloß vergessen. Diese Schätze würde Lucie erben, aber eines Tages sagte sie ganz ernst zu Louise:

»Das ist lauter Spielzeug. Ich habe nicht vor, mich mit Spielsachen abzugeben, wenn ich erwachsen bin. Ich möchte wie Sie sein.«

»Wie ich? Aber ich spiele doch jetzt mit Spielsachen.«

»Nur, um mich zu unterhalten. Ich weiß, daß Sie im Grunde anders sind. Sie sind wie Marguerite. Sie sind vernünftig und verstehen alles mögliche, was ich gern könnte, wie man kocht und den Haushalt führt, die Hühner versorgt und buttert und sich um Kühe und Pferde kümmert. Ich werde Ihnen etwas sagen.« Sie blickte zur Tür, wo Marguerite saß und einen Strumpf strickte, den glattgekämmten Kopf über eine schwierige Prozedur am Hacken gebeugt. »Ich liebe Marguerite genauso wie Mama.«

»Das gehört sich aber nicht.«

»Was kann ich dafür, wenn ich jemanden liebe? Überall höre ich, daß Mama sterben wird. Dann habe ich wenigstens Marguerite.«

»Mich wirst du auch haben.«

»Ja, Sie werde ich immer haben. Jedesmal, wenn Marguerite nach Hause geht, lasse ich mir, wenn sie zurückkommt, von ihrem Dorf berichten, wer das Brot bäckt, wer die Pferde beschlägt, wer die Steinmetzen und Zimmerleute und Dachdecker und Schuhmacher sind. Es gibt zwei Schuhmacher in ihrem Dorf, obwohl es so klein ist. Ich weiß alle ihre Namen und die Namen ihrer Kinder. Jetzt erzählen Sie mir von Mount Brien.«

»Es ist beileibe nicht so großartig wie Hautefontaine.«

»Das ist einer der Gründe, warum ich Sie so liebe, weil Sie große Schlösser nämlich ebensowenig mögen wie ich. Ihr Gesicht verrät es.«

»Das sollte es nicht. Meine Umgangsformen sind nicht gut, fürchte ich.«

»›Gute Umgangsformen‹ mag ich auch nicht.«

»Warum willst du etwas von Mount Brien hören?«

»Vielleicht fahre ich da eines Tages hin, um Sie zu besuchen. Ich möchte alles wissen. Ich finde, wir haben zu viel. Ich glaube, es kann nicht immer so bleiben, daß Leute wie wir so viel haben, und die armen Leute haben gar nichts. Wenn sich die Zeiten ändern, werde ich wissen müssen, wie man näht und den Haushalt führt, wie Marguerite und Sie. Wie haben Sie es gelernt?«

»Durch Zuschauen. Und meine Großmutter hat mir viel beigebracht.«

»Erzählen Sie mir von Ihrer Großmutter. Sie können mit ihr anfangen und dann von den anderen sprechen.«

So munterten sie sich trotz des Altersunterschiedes mehrere Wochen lang gegenseitig auf, und abgesehen davon, daß Louise es genoß, mit diesem lebhaften, intelligenten Kind zusammenzusein, fand sie es tröstlich, sich Lucie zuliebe alle Einzelheiten ihres Lebens in Irland wieder ins Gedächtnis zu rufen.

Da sie sich Biddy nicht anvertrauen durfte, vermied sie Gespräche mit ihr, mußte aber zugeben, daß Pläne bestanden, sie zu verheiraten.

»Kein Schaden, von diesen Leuten wegzukommen«, fand Biddy. »Die würden uns beide im Nu zugrunde richten. Wo lebt er, Ihr Zukünftiger? Warum kommt er nicht und freit um Sie wie jeder anständige Mann?«

»Ich darf ihn nicht sehen. Das ist hier so üblich.«

»Eine sehr komische Art und Weise, wenn Sie mich fragen.«

»Er lebt auf dem Land«, sagte Louise, denn sie wußte, daß Biddy sich freuen würde, das zu hören.

»Gott sei Dank. Vielleicht werden Sie da gesund werden. Es ist ein natürliches Leben.«

Kein Brief kam von ihrem Vater. Von Zeit zu Zeit gab sie sich sogar dem Glauben hin, sie würde gerettet, ihr Vater würde seine Einwilligung verweigern und verlangen, daß sie zurückgeschickt oder für eine Weile in einem Nonnenkloster untergebracht werde. Irgendwohin, jeder Ort wäre recht, um sich zu fangen, ein gewisses Maß an Standhaftigkeit wiederzuerlangen. Aber allmählich erkannte sie, daß nichts für sie getan werden konnte, es sei denn, ihr Vater käme persönlich, und das würde Tante Fanny niemals zulassen.

Ihr Groll gegen den Grafen de La Touche hatte sich verstärkt seit dem Tag seines Heiratsantrags. Im Salon, als sie gerufen wurde, um mit ihm zusammenzusein, sah er ganz schüchtern und reumütig aus. Sie hatte seinen Blick vermieden und kaum ein Wort gesprochen, und seit damals versucht, nicht an ihn zu denken. Aber ihr bitterster Haß richtete sich gegen die Gräfin, die sich dessen offensichtlich bewußt war, sich indes nicht das mindeste daraus zu machen schien. Im Gegenteil, sie war hoch entzückt über all die Unmutsbekundungen, die sich in diesem Haus über ihrem Kopf zusammenbrauten. Louise wußte, daß auch die meisten von Madame Dillons Freunden die Gräfin nicht mochten, aber sie beteiligte sich nie an deren geflüsterten Unterhaltungen über sie. Das sonderte Louise noch mehr ab, doch war sie froh darüber, weil es ihr die Möglichkeit gab, mit Lucie zusammenzusein.

Dann, am 3. November, dem Tag der Hubertusjagd, wurde ihr auch diese Zuflucht genommen. Die englischen Reitknechte waren schon tagelang mit den Vorbereitungen dafür beschäftigt gewesen, Sättel und Geschirr wurden gewichst, Pferde beschlagen, junge Pferde erprobt, alte daraufhin beurteilt, ob sie für ältere Gäste geeignet seien. Ein großes Festmahl wurde für den Abend des großen Tages vorbereitet. Kardinal Rohans Neffe, der Prinz Guéménée, war da und machte Madame Dillon den Hof, die er offenbar verehrte und die schöner denn je aussah in einem Reitkleid aus dunkelgrünem Samt und einem Hut mit einer Straußenfeder, die ihre bleiche Wange streichelte. Der Tag begann mit der Messe für den heiligen Hubertus und der Segnung der Pferde und Hunde durch den Erzbischof, dann machte sich die Jagdgesellschaft auf den Weg durch das Tal.

Hunderte und Aberhunderte von Bauern waren vorausgegangen, um das Wild aufzujagen. Das Wetter war prächtig, schneidend kalt, aber die Sonne ging klar auf. Die bunten Jagdanzüge, die blank gestriegelten Pferde, die Meute von Hunden, die galoppierenden Jäger, die die Jagdgesellschaft umkreisen wie Schäferhunde, boten ein herrliches Bild gegen das sich lichtende Laub des Waldes.

Louise war an diesem Tag fast glücklich. Einer der Reitknechte, der sie mochte und immer Englisch mit ihr sprach, hatte ihr ein weit besseres Pferd gegeben, als die Gräfin erlaubt hätte. Bis zum letzten Augenblick fürchtete sie, sie werde geheißen werden, es gegen ein schlechteres zu tauschen, aber als es dann bemerkt wurde, waren alle anderen schon aufgesessen. Lucies Pony, auf dem sie gewöhnlich ritt, war an dem Tag nicht in Form, und ihr wurde ein anderes, viel größeres Pferd gegeben, auf dem sie zur großen Belustigung der älteren Mitglieder der Gesellschaft auf und ab ritt, ehe die Jagd begann.

Dieses Pferd war noch nie von einem Kind geritten worden. Louise verlor Lucie aus den Augen, die von Anfang an der ganzen Gruppe weit voraus gewesen zu sein schien. Dann, am späten Nachmittag, als sich alle verstreut hatten und Louises Reitknecht sein Horn blies als Antwort auf ein anderes in der Ferne, sah sie eine langsame Prozession auf sich zukommen. Es waren vier Pferde mit einer Tragbahre aus Ästen zwischen ihnen, und auf der Tragbahre lag Lucie, die starke Schmerzen hatte. Als Louise dicht genug herangekommen war, um mit ihr zu sprechen, sagte Lucie:

»Ich bin von diesem schönen Pferde heruntergefallen. Es war meine Schuld, nicht seine. Es war wie fliegen. Ich ließ es zu schnell laufen. Mein Bein ist es, das am meisten weh tut.«

Louise begleitete sie nach Hause, und das war das letztemal, daß sie mit ihrer Freundin allein sein konnte. Die Gäste hatten ein neues Spielzeug gefunden. Es war Winter geworden, und Spaziergänge waren nicht mehr so erfreulich. Während ihr Bein heilte, lag Lucie in einem Zimmer, das durch ein gewaltiges Holzfeuer erwärmt wurde, und einer der Gäste nach dem anderen kam, um ihr vorzulesen, Marionetten zu kostümieren und Stücke in einem Marionettentheater aufzuführen, das an ihr Bett herangerollt wurde, und vor einem neuen und amüsanten Hintergrund ihr Ränkespiel fortzusetzen. Es wurde beschlossen, daß alle bis Weihnachten hierbleiben würden, und in der letzten Novemberwoche ließ die Gräfin Louise zu sich kommen und sagte:

»Ihr Vater hat endlich geschrieben. Die Hochzeit wird am fünfzehnten des nächsten Monats stattfinden.«

»Darf ich den Brief sehen?«

»Es ist kein Brief, bloß die formelle Erlaubnis. Hier ist sie.«

Da war sie, in der Handschrift ihres Vaters, daß er die Erlaubnis gebe zur Heirat seiner Tochter Louise mit Graf Armand de La Touche aus Angers und Montpellier, sobald es nach Erhalt dieses Dokuments passend sei.

»Ein Brief, ein Brief«, sagte Louise benommen.

»Es gibt keinen Brief. Zweifeln Sie an meiner Ehrlichkeit, Miss Brien?«

»Könnten wir nicht bis nach Weihnachten warten?«

»Nein. Es ist eine glückliche Fügung, daß wir hierbleiben müssen. Die Trauung kann in der Schloßkapelle stattfinden. Es ist Advent, aber der Erzbischof kann Ihnen Dispens erteilen. Würden Sie gern in Notre-Dame de Paris getraut werden, nach dem, was Sie getan haben?«

»Wird Pater Burke kommen?«

»Ich habe ihm geschrieben, aber keine Antwort erhalten.«

Damit war ihre letzte Hoffnung zu Grabe getragen. Was Robert betraf, so war er sicherlich schon tot.

Es bestand jetzt kein Grund mehr, Biddy nicht zu sagen, wer der Bräutigam war. Sie reagierte sofort und unmißverständlich. Nach einem entsetzten Aufschrei brach sie in Tränen aus und jammerte:

»Dafür sind wir über den großen Ozean gefahren? Wegen diesem alten Kerl? Da hätten Sie was Besseres in Irland finden können, ohne daß Sie Ihr Zuhause oder ich meine Mutter verlassen mußte. Dieser alte Kerl ist schon Großvater, da möchte ich schwören.«

»Ja, das ist er. Aber bitte, Biddy, schrei nicht so laut. Es könnte jemand kommen. Es ist alles festgelegt. Ich kann nichts daran ändern.«

»Die Alte hat das festgelegt, da können Sie Gift drauf nehmen. Und ich möchte schwören, daß er ihr Geld dafür gegeben hat.«

»Biddy!«

»Ich will nicht behaupten, daß das sein Gedanke war,

aber wohl ihrer. An dem Tag, als sie mich aus dem Zimmer gejagt hat, da habe ich an der Tür gelauscht, an dem Tag, als sie Ihnen verkündet hat, wie arm sie ist und der alte Erzbischof, Gott verzeihe ihm.«

»Du hast an der Tür gelauscht – Biddy, wie konntest du?«

»Was hätte ich sonst tun können? Habe ich Madame nicht versprochen, ich würde Sie nie im Stich lassen, auch nicht für tausend Taler vom Teufel, und das tue ich auch nicht, auch nicht wegen irgendeinem alten Weibsstück, wie hochgeboren auch immer...«

Das ging zu weit, Louise mußte dem Einhalt gebieten und sie versprechen lassen, nie wieder in solchen Ausdrücken von der Gräfin de Rothe zu sprechen.

Biddy war selbst erschrocken über das, was sie gesagt hatte, und entschuldigte sich immer wieder, aber ihre Beschuldigung nahm sie nicht zurück, und Louise war es leid, weiter darüber zu reden.

Kaum war das Datum der Hochzeit festgesetzt, begann Graf de La Touche, Geschenke für Louise zu schicken, Musselin und Seide und Spitze, Schmuckkästchen, Handschuhe, Hauben, Pantoffeln, Dutzende von Dingen, die sie in ihrem ganzen Leben nicht besessen hatte. Die Gräfin betrachtete die Sachen sardonisch und sagte, sie nehme an, er sei ganz aufgeregt wegen der Hochzeit. Dann steuerte sie selbst etwas Haushaltswäsche bei und ließ ihre Schneiderinnen kommen, um die neuen Stoffe zu verarbeiten. Das Hochzeitskleid war weiß mit weißen Spitzenrüschen auf den Ärmeln, dazu gehörte eine weiße Haube mit langen, flatternden Bändern und ein kleiner Strauß aus künstlichen Orangenblüten für ihr Haar. Ein Zimmer mußte für ihre neue Habe freigemacht werden, und es wurde erwartet, daß sie dort hineinging und der Reihe nach jedem Gast ihre Schätze zeigte. Einige fügten noch ihre Geschenke hinzu. Der ganze gelangweilte Haushalt redete von nichts als der Hochzeit. Die Gräfin sei sehr schlau gewesen, sagten sie, daß sie dem alten Armand die ganze Brautausstattung abgepreßt habe. Man müsse sie deswegen bewundern. Obwohl sie wie ein Schießhund aufpaßte, sah Louise auf keinem Gesicht Anzeichen von Spott oder auch nur Mitleid. Einige der Damen schienen sie zu beneiden, und mit einemmal wurde ihr der simple Grund dafür klar: nicht einen Augenblick glaubte irgend jemand, daß sie ihren zukünftigen Mann liebte. Sie errang neuen Respekt, indem sie einen Mann heiratete, der bald sterben würde, und dann wäre sie reich und unabhängig.

Am Hochzeitstag versammelten sich alle mittags im Salon und gingen dann gemeinsam zur Kapelle, wo der Erzbischof wartete mit dem Gemeindepfarrer des Dorfes, der die Messe lesen sollte. Auf den Altarstufen sah Louise den Grafen de La Touche zum erstenmal seit dem Tag, an dem der Ehekontrakt unterzeichnet worden war. Er war am Tag zuvor aus Angers eingetroffen, aber obwohl er ins Schloß gekommen war in der Hoffnung, Louise zu sehen, hatte die Gräfin es nicht erlaubt. Offenbar fürchtete sie immer noch, Louise würde die Heirat verweigern, oder vielleicht war es wiederum eine Gepflogenheit.

Louise hatte sich nicht anders besonnen. Sie zwang sich, ihn anzusehen. Er hatte sich die Augenbrauen stutzen lassen und trug einen eleganten Rock mit Tressen, seine Perücke war schön gelockt und schneeweiß gepudert. Er erwiderte ihren Blick mit einem sehr verlegenen. Fast schien es, daß die Komödie, die sie aufführten, für ihn ebenso lächerlich und peinlich war wie für sie. Sie schenkte dem, was während der Zeremonie vor sich ging, kaum Beachtung. Erinnerungen an ihre Großmutter und ihre letzten Worte zu ihr gingen ihr durch den Kopf: »Heirate aus Liebe – laß dich nicht verschachern – heirate nicht, um ihnen gefällig zu sein.« Genau das war es, was sie jetzt tat, und jetzt gab es keinerlei Fluchtmöglichkeiten mehr.

19

Angers war eine Stadt der Glocken. Man konnte sie nie vergessen, denn die Luft, die man atmete, war Tag und Nacht von ihren Schwingungen erfüllt. Jedes Gespräch auf dem Marktplatz mußte unterbrochen werden, wenn die neun Glocken der Kathedrale Saint-Maurice ohrenbetäubend erklangen. Ihnen folgten unmittelbar das Geläut der nahegelegenen Kirche Sainte-Croix, dann die vier Glocken der Franziskaner, im Verein mit denen der Augustiner und den neun kleinen Glocken der Dominikaner. Die einzige schwere, dumpfe Glocke der Kapuziner in Réculée war aus der Ferne zu vernehmen.

Jedes Nonnen- und Mönchskloster in dieser überaus frommen Stadt hatte seine eigene Stimme, und sie alle richteten sich nach der Uhr der Kathedrale, die die vollen und halben Stunden mit der Melodie des Marienlobs schlug: »Inviolata, integra et castra«. Die ganze Nacht hindurch riefen Klosterglocken zu bestimmten Stunden zum Gebet. Bei Tage läuteten außer den Glocken anläßlich von Messe, Benediktion und Liturgie langsam und regelmäßig die Totenglocken, die zwischen den einzelnen Schlägen Zeit für ein Ave Maria ließen und alle Viertelstunden eine längere Pause einlegten, so daß ein Miserere gebetet werden konnte. Der Angelus wurde um sechs Uhr morgens, um zwölf Uhr mittags und dann wieder um sechs Uhr abends geläutet.

Armand hatte gesagt, er lebe auf dem Land. Louise zermarterte sich das Hirn, ob er sie absichtlich getäuscht habe, aber das konnte sie von ihm nicht glauben. Er hatte gesagt, Angers sei auf dem Land, nicht, daß er auf dem Land in der Nähe von Angers lebe. Sie bekam

Kopfschmerzen, wenn sie daran zurückdachte. Tatsächlich lag sein Haus am Stadtrand, in Hörweite von etwa zehn Geläuten dieser verwünschten Glocken, die ihr Tag und Nacht in den Ohren dröhnten, bis sie glaubte verrückt zu werden.

Im Vergleich zu Hautefontaine war das Schloß klein, insgesamt nicht mehr als zwanzig Zimmer, die Mauern aus gelblichem Stein und das Dach mit Ziegeln gedeckt. Auf drei Seiten war es von einem hübschen kleinen Park umgeben mit Gemüsegärten direkt unter den Fenstern. Die vierte Seite ging zur Straße. Es gab hohe Bäume im Park und einen natürlichen Teich, auf dem sich Enten und Gänse tummelten und an dessen Ufer auch ein Gartenhaus stand, zu dem Louise mit Biddy bei gutem Wetter zu gehen pflegte, um dem Schloß zu entkommen. Dort hörten sie manchmal zwischen dem Glockenläuten hoch oben Dohlen krächzen, fast genauso wie in Mount Brien, und manchmal klang auch das tröstliche Gackern von Hühnern im Wirtschaftshof wie die Sprache der Heimat.

Die Reise von Hautefontaine hatte drei Tage gedauert. Sie fuhren in einer Kutsche mit sechs Pferden, Armand und Louise auf den bequemsten Sitzen, die hinten waren, Biddy und Francis, Armands Diener, auf den mittleren Plätzen. Zwei weitere Diener saßen auf der vorderen Bank, die hart wie Stein war. Einer der beiden war Louises Friseur, der auch in den Gasthöfen mit dem Gepäck behilflich war. Sie hatten überdies drei Vorreiter, zwei, die neben der Kutsche ritten, und einen, der eine halbe Stunde voraus war, um zu sehen, ob die Straße frei sei, und um Mahlzeiten und Unterkunft zu bestellen. Eine zweite Kutsche mit den schweren Koffern war schon zwei Tage vorher abgefahren und sollte dafür sorgen, daß bei jeder Poststation neun frische Pferde bereitstünden.

Armand hatte ihr gesagt, sie würden am frühen Nachmittag ankommen, so daß sie das Haus noch bei Tageslicht sehen könne, aber sie hatten sich verspätet. Es war fast vier Uhr, als er sie darauf hinwies. Von außen wirkte es sehr erfreulich, aber kaum waren sie in der Halle und die Tür hinter ihnen ins Schloß gefallen, da hatte sie das Gefühl, in einer feuchten Falle gefangen zu sein. Sie beschloß automatisch, dem sogleich abzuhelfen und die Fenster zu öffnen, um frische Luft hereinzulassen. Der Raum wirkte bedrückend mit den alten, schweren, rustikalen Möbeln, glatten Truhen, langen, massiven Tischen und den roten Damastvorhängen, aber die Livree der beiden Diener, die ihnen aufwarteten, war neu und schmuck. Ihr fiel auf, daß Armand sie beobachtete und von ihr zu den Männern und wieder zu ihr blickte, um zu sehen, ob sie das bemerkt habe. Sie unterdrückte ihre Gereiztheit und folgte ihm aus der riesigen Halle in den großen Salon.

Zwei verblühte alte Damen saßen dort und warteten. Beide waren schwarzgekleidet und beide trugen traurig wirkende schwarze Hauben mit einem winzigen weißen Besatz. Die dünnere und bläßlichere stand auf und kam ihnen entgegen, doch die andere rührte sich nicht. Armand sagte ängstlich:

»Meine Schwestern, Zéphirine und Camille. Zizine, das ist Louise.« Und er blickte wieder von den beiden zu ihr, wie er es bei den Dienern gemacht hatte.

Die zweite alte Dame, deren Gesicht pergamentfarben war, mühte sich mit Hilfe eines Stocks aufzustehen. Das Zimmer war bitterkalt. Louise knickste nach Pariser Art und sah, wie sich Zizines Mund mißbilligend zusammenpreßte, ehe sie herankam und sie auf beide Wangen küßte. Trockenes, ganz trockenes altes Fleisch, halbtot, mit einem seltsam pflanzenhaften Geruch – dieser Gedanke, der ihr durch den Kopf schoß, erschreckte Louise, und sie zwang sich, Zizine herzlich zu umarmen und zu der anderen Schwester zu sagen:

»Bitte, stehen Sie nicht auf.«

Zizine sagte klagend: »Die arme Lili hat im Winter so unter ihrem Rheumatismus zu leiden, aber sie bestand darauf, herunterzukommen, um Sie zu sehen.« Dann in völlig verändertem Ton: »Monsieur, Sie kommen spät«, und Armand sah gleich zerknirscht aus und begann sich sofort zu entschuldigen:

»Die Kutsche war in tadellosem Zustand, als wir Hautefontaine verließen, aber heute schien ein Rad dauernd zu knarren. Ich konnte die Leute nicht schneller fahren lassen. Haben Sie lange gewartet?«

»Über eine Stunde.«

»Nun ja, da kann man nichts machen, da kann man nichts machen.«

Er schickte sich an, zur Tür zu gehen, dann fiel ihm Louise ein, er drehte sich rasch um und sagte:

»Ja, ja, ihr Zimmer muß ihr gezeigt werden. Zizine, ja, es ist besser, wenn Sie das tun.«

Dann war er weg. Camille hinkte schweigend durch eine andere Tür aus dem Salon, und Zéphirine ging Louise auf der Haupttreppe voran. Durch eine offene Tür ein Stück weiter an einem Korridor hörten sie Biddy mit einem der Diener sprechen, und als sie an die Tür kamen, sagte sie:

»Meine Herrin wird keine einzige Nacht in diesem Zimmer verbringen, wenn nicht geheizt wird. Es muß sofort Feuer gemacht werden, denn es wird Stunden dauern, bis die Feuchtigkeit vertrieben ist. Ihr hättet hier schon in der vorigen Woche heizen sollen, als ihr wußtet, daß sie kommt. Mir ist es gleich, wo du das Holz hernimmst – fort mit dir und hole es!«

Der Mann kam aus dem Zimmer gerannt und wäre fast mit ihnen zusammengestoßen. Er blieb stehen, blickte von einer zur anderen und sagte dann zu Zéphirine:

»Darf ich Feuer machen, Mademoiselle?«

»Frage Madame«, antwortete Zizine mit einem gequälten Ausdruck, deutete mit einer schlaffen rechten Hand auf Louise und blickte dann wütend auf ihre Schuhspitzen.

Louise erinnerte sich, wie sie unten zu Armand gesprochen hatte, und sagte:

»Ja, bitte mache Feuer. Gibt es genug Holz?«

»Ja, Madame, genug Holz.«

Er stürzte los, den Blick auf den Boden gerichtet, als hätte er Angst, angegriffen zu werden. Louise sah Zéphirine prüfend an und versuchte herauszufinden, was sie dachte. Ihr Gesicht war ausdruckslos. Die Augen waren glasig und der Blick leer, doch ein leichtes Zittern der Lippen ließ erkennen, daß irgend etwas in ihr vorging. Was wäre, wenn die alte Dame in Tränen ausbrechen würde? Entsetzt über diese Vorstellung, streckte Louise die Hand aus und legte sie ihr mit einer freundschaftlichen Geste auf den Arm. Zéphirine zupfte die Hand mit den Fingern ab, als wäre sie eine Klette, die sich bei einem Spaziergang da festgesetzt hatte, dann schnalzte sie ein- oder zweimal mit den Fingern, als müßte sie sie säubern, faßte nach ihrem Gürtel, wo ein gewaltiges Schlüsselbund hing, nahm es ab und hielt es Louise wütend hin. Halb flüsternd sagte sie:

»Sie wollen also die Schlüssel?«

»Nein, nein. Ich will Ihren Platz nicht einnehmen. Ich bin sehr jung. Ich habe noch viel zu lernen.«

»Die Frau meines Bruders hatte sie immer«, sagte Zéphirine und befestigte das Schlüsselbund wieder an ihrem Gürtel.

Nach einem Augenblick sagte Louise: »Danke. Ist das mein Zimmer? Wie hübsch es ist.«

Sie ging hinein, schaute sich um und bemerkte das große Fenster und die Bank darunter, und die schrägen Strahlen der Nachmittagssonne fielen auf die schmutzige Wandbespannung aus rotem Samt und den nackten

Fußboden. Schon kam der Diener im Laufschritt zurück mit einem kleinen Korb voller Holzscheite, der zwischen ihm und einem anderen Mann baumelte. Biddy kam vom Bett herüber, wo sie besorgt die Decken befühlt hatte, die sie eine nach der anderen zurückgeschlagen hatte, und überwachte das Anlegen und Anzünden des Feuers. Vielleicht eine Minute lang stand Zéphirine an der Tür und beobachtete diese ganze Geschäftigkeit, dann wandte sie sich schweigend ab. Louise ging ihr rasch einen Schritt nach und sah von der Schwelle aus, wie sie den Korridor entlangstapfte.

Als das Feuer gut brannte, schickte Biddy die Männer weg. Sie machte die Tür zu, und die beiden Mädchen sahen sich bestürzt an. Dann sagte Louise:

»Mach ein Fenster auf.«

Als Biddy das unverzüglich tat, war der Raum vom Klang der Glocken erfüllt, ohrenbetäubend, jeden Gedanken abwürgend, so unbarmherzig quälend, bis Biddy das Fenster wieder schloß. Sie drehte sich um und sagte:

»Gott im Himmel, Miss Louise, sind wir in ein Tollhaus gekommen?«

»Nein, nein, Biddy, das sind nur die Glocken. Hör doch, sie werden schon leiser. Wir werden uns daran gewöhnen.«

»Dieses Zimmer!« Biddy sah sich um. »Francis sagte mir, es habe leer gestanden, seit Madame starb, und das war vor sechs Jahren. Die Alte hätte es saubermachen und heizen lassen sollen, aber sie hat es einfach nicht angeordnet. Sie werden Gottes Angesicht nie erblicken, keiner von ihnen.«

Louise tat ihr möglichstes, um sie zu beschwichtigen, und bedauerte es, daß Biddy die Sache mit den Schlüsseln miterlebt hatte. Mehrmals sagte Biddy:

»Denken Sie an meine Worte, Miss Louise, Sie werden

einen harten Kampf führen müssen, um Ihre Stellung in diesem Haus zu behaupten.«

Sie mußten sich eilen, um sich zum Diner anzukleiden, das schon verspätet war. Einige Gäste hatten sich anläßlich ihrer Ankunft eingestellt, verschiedene Geistliche und einige benachbarte Gutsbesitzer. Sie warteten im Salon, Gläser in der Hand, und bildeten einen Kreis, um Louise zu begutachten.

Dann sagte ein alter Herr mit einer ungepflegten Perücke herzlich:

»Sie haben Ihre Sache gut gemacht, alter Freund. Nirgends findet man so hübsche Mädchen wie in Paris, obwohl man glauben sollte, daß wir auf dem Land Besseres zu bieten haben.«

Das wurde laut und einstimmig belacht, und dann warfen mehrere Gäste Zéphirine und den Geistlichen verlegene Blicke zu, als fürchteten sie deren Mißbilligung. Armand sagte:

»Danke, danke. Kein großes Festmahl heute abend, Fisch und Bohnen, eh, Zizine? Advent, wissen Sie, Advent.«

Ein anderer Gast sagte zu einem der Domherren:

»Haben Sie ein wachsames Auge auf uns – wer weiß, was wir anstellen würden, wenn Sie nicht hier wären, um auf uns aufzupassen.«

Diese Bemerkung wurde mit einem schallenden Gelächter quittiert, und der Priester erwiderte in einem kühlen, gezierten Ton, als würde er etwas Denkwürdiges sagen:

»Fasten ist das Leben der Seele, heißt es, aber ein bißchen reicht lange.«

Dann und wann blickte Armand in die Runde und sagte:

»Ja, ja, ja, es tut gut, wieder zu Hause zu sein und zusammen mit alten Freunden.«

Schließlich begaben sie sich ins Speisezimmer. Louise

war froh, all den starrenden Augen zu entgehen, und wäre es auch nur für ein paar Minuten. Armand setzte sie zu seiner Rechten und sagte zu seiner Schwester, die gerade dort Platz nehmen wollte:

»Nun, nun, Zizine, es ist Zeit, daß Sie hinunterrücken. Sie haben lange genug obenan gesessen, ja, lange genug obenan.«

Zéphirine errötete vor Zorn, und Louise sagte:

»Bitte, Mademoiselle, nehmen Sie Ihren gewohnten Platz ein.«

Aber Zizine ging ans andere Ende des Tisches, ohne zu antworten. Camille war schon zu einem Stuhl auf der anderen Seite des unteren Endes geschlurft. Tränen der Scham traten Louise in die Augen, aber indem sie den Kopf zurücklegte, trockneten sie von selbst.

Die Mahlzeit zog sich in die Länge. Die Damen sprachen wenig, und Louise richtete sich danach, obwohl sie es nicht über sich brachte, so zu lachen wie sie. Sie sah sich um nach einem freundlichen Gesicht. Die Jüngste kam Louise fast alt genug vor, um ihre Mutter zu sein, aber sie schien noch die Beste zu sein. Es war Eve d'Ernemont, und sie wurde von ihrer Schwiegermutter begleitet, da ihr Mann sich nicht wohl genug fühlte, um auszugehen. Die anderen Gäste nannten sie Fifine. Sie war sehr vertraut mit allen, und besonders mit Armand, obwohl sie, wie sie Louise gleich erklärte, nicht aus Angers gebürtig sei. Mehrmals während des Essens fing Louise ihren Blick auf, und immer lächelte sie rätselhaft, vielleicht brachte sie damit ihr Mitgefühl für Louises Isolierung und ihren offenkundigen Mangel an Verständnis für diese Art von Gesellschaft zum Ausdruck. Die alte Madame d'Ernemont ächzte und stöhnte und schenkte niemandem Aufmerksamkeit, aß aber herzhaft.

Eine Unterhaltung wie diese hatte Louise noch nie gehört. Für jede Bemerkung schien es eine feststehende

Erwiderung zu geben, und das Erbringen der geeigneten Antwort rief immer eine Beifallssalve hervor, als wäre etwas außerordentlich Geistreiches geäußert worden. Sie versuchte sich vorzustellen, daß sie diese neue Sprache lernte. Da wurden Sprichwörter und volkstümliche Redensarten zitiert, als wären sie neu erfunden, und dann legten alle außer den Priestern den Kopf zurück und lachten laut und im Takt. Nach einer Weile kam sie zu dem Schluß, daß das, worin für diese Leute eine erfreuliche Abendunterhaltung bestand, das Lachen war, mit oder ohne Grund.

Als sie den Fisch und die Bohnen gegessen hatten, gab es einen trockenen Kuchen mit Wein, und dann gingen sie wieder in den Salon zurück. Louise stand ein wenig abseits von Armand, während er Komplimente und Glückwünsche entgegennahm. Sie lächelte, bis ihr die Wangen weh taten, sagte aber kein einziges Wort, und mehr schien auch niemand von ihr zu erwarten. Ein Segen, daß die Gäste früh aufbrachen.

Kaum waren sie allein, kam Armand zu ihr, legte ihr die Hände auf die Schultern, blickte auf sie hinunter, lächelte behäbig und sagte:

»Nun, wie gefallen Ihnen Ihre neuen Freunde? Sie werden noch andere kennenlernen, aber diese stehen mir am nächsten, gute, treue, alte Freunde.«

Sie mußte eine Antwort geben. »Sie scheinen recht naiv zu sein.«

»Sie fanden Paris zu gekünstelt. Sie sagten, Sie mögen das Landleben.«

»Ich meinte richtiges Landleben, Pferde, Kühe, Wälder, Stille.«

»Hier ist es still.«

»Bis auf die Glocken.«

»Mögen Sie sie nicht? Mögen Sie unsere Glocken nicht? Sie sind ganz berühmt, wissen Sie, ganz berühmt.«

»Ich werde mich wohl daran gewöhnen.«
Es hatte keinen Zweck. Sie hatte einen dummen Fehler in Paris gemacht und dann immer noch einen nach dem anderen. Selbst auf den Stufen des Altars hätte sie sich noch weigern können, ihn zu heiraten, wenn sie energischer gewesen wäre. Aber was war Energie? Sie hatte genug davon für gewöhnliche Unterfangen und glaubte noch immer, sie könne sie negativ einsetzen, um es zu ertragen. Als sie jetzt Armands verdutzten Ausdruck sah, wurde sie fast überwältigt von etwas, das über bloße Verärgerung weit hinausging. Sie warf ihm einen kalten, harten Blick zu, der es mit dem seiner Schwestern aufnehmen konnte. Er wandte sich ab und sagte:
»Sie sind zu lange in Paris gewesen. Ja, das ist es, nachgerade zu lange. Sie haben mit allen möglichen superklugen Leuten Umgang gehabt. Wir in der Provinz sind nicht so. Ich schätze kritische Bemerkungen über meine Freunde nicht. Einige sind gebildeter, als ihr Äußeres erkennen läßt. Sie sind viel zu jung, um so von älteren Personen zu sprechen, ja, viel zu jung.« Er seufzte tief. »Ja, ja, es war zu erwarten. Da kann man nichts machen, da kann man nichts machen.«
Und er setzte dieselbe Miene auf wie vorhin bei Zizine. Louise spürte, daß sie drauf und dran war, dem Ärger Luft zu machen, der sich seit Tagen aufgespeichert hatte, seit dem Hochzeitstag, seit den ersten Nächten der Demütigung und der Angst und des Abscheues, als ihre Unwissenheit bewirkt hatte, daß sie alles falsch machte, und Armands Ungeduld nur alles schlimmer gemacht hatte. Er hatte nicht gewagt, sich zu waschen, um sich nicht zu erkälten, so daß es ein wahrer Albtraum war, mit ihm zu schlafen, aber sie hatte sich mit alledem abgefunden. Jetzt schien es, als wäre er derjenige, der Grund zur Klage habe.
Sie schnappte vor Wut nach Luft und begann zu sprechen. Es wäre eine lange Rede geworden, mit der sie ihn

und seinen ganzen Haushalt, den unfreundlichen Empfang hier und seine provinziellen Freunde angeprangert und den Kummer über ihren Abschied von Irland und die Hoffnungslosigkeit erwähnt hätte, ein gutes Verhältnis zu ihm herzustellen, hunderterlei, was nie hätte geäußert werden dürfen. Aber Armand hatte sich einfach umgedreht und war aus dem Zimmer getrottet. Sie hörte ihn durch die Halle gehen und lachte hysterisch auf, dann wurde sie sich klar, daß die Diener in der Nähe waren und darauf warteten, den Salon aufzuräumen. Einen Augenblick später kam Biddy, um ihr beim Zubettgehen behilflich zu sein. Sie sah Louise scharf an und sagte:

»Um Gottes willen, lassen Sie das niemanden hören. Es wäre unser Untergang! Wie eine Närrin hier ganz allein zu lachen! Kommen Sie jetzt sofort mit. Es wird alles gut sein, sobald Sie im Bett sind.«

Louise sah sie mit einem so irren Blick an, daß Biddy sie am Arm packte und schüttelte und sagte:

»Bitte, Miss Louise, seien Sie brav. Oh, ich wünschte, Madame wäre hier. Was soll ich bloß mit ihr machen?«

Mühsam faßte sich Louise wieder, die Erwähnung ihrer Großmutter hatte sie wieder zur Vernunft gebracht. Es gelang ihr sogar zu lächeln, als sie Biddys Hand nahm und in ganz normalem Ton sagte:

»Es ist nichts. Diese Leute haben bloß zuviel dummes Zeug geredet, und ich konnte erst lachen, als sie weg waren. Jetzt ist es vorbei, Biddy. Ich bin sehr brav gewesen, solange sie hier waren. Nun wollen wir gleich nach oben gehen. Ist das Feuer gut in Gang?«

»Ja, und das ganze Zimmer sieht viel besser aus. Es fängt an auszutrocknen. In ein paar Tagen wird es gut sein, Sie werden es sehen. Ich will eine von den seidenen Bettdecken herausholen, wenn ich die Koffer auspacken kann – ich habe vergessen, in welchem sie sind, aber ich werde sie bald finden. Es wird ein sehr hübsches Zimmer werden. Ich glaube, Sie haben die Alte heute verscheucht, Miss Louise. Wenn ich mich nicht sehr irre, werden wir nicht allzuviel von ihr zu sehen bekommen. Francis hat mir das auch gesagt, und er meinte, es sei schade, daß Sie ihr die Schlüssel nicht abgenommen haben, als die Gelegenheit dazu bestand. Glauben Sie, es wird sich noch eine bieten?«

»Ich werde auf eine lauern«, sagte Louise, die bereit war, ihr alles zu versprechen, um sie abzulenken.

Auf den Tischen brannten Kerzen, und der ganze Raum war erfüllt von ihrem Schein und dem Schein des Feuers. Frisches Holz war gerade nachgelegt worden, und Funken stoben ins Zimmer. Ein hübsches dunkelhaariges Mädchen mit blitzenden Augen stand am Kamin, als sie hereinkamen. Biddy sagte:

»Das ist Marie. Sie ist unser Zimmermädchen. Ich habe sie hiergelassen, damit sie auf das Feuer achtet. Ist das nicht großartig? Sie soll alles tun, was ich ihr sage. Ich hätte nie geglaubt, daß ich den Tag erleben würde, an dem ich ein Mädchen für mich habe.«

»Wer hat sie zu dir geschickt?«

»Die Alte.«

»Biddy, du mußt aufhören, sie ›die Alte‹ zu nennen.«

»Ja, Sie haben recht. Ich muß es aufgeben. Ich werde mir einen anderen Namen für sie ausdenken.«

Die ganze Zeit, während sie Louise auskleidete, sah sie sie immer wieder besorgt an, aber Louise hatte sich tatsächlich beruhigt. Sie war selbst erschreckt gewesen über ihren Ausbruch. War sie wirklich drauf und dran gewesen, Armand Vorwürfe zu machen? Es hätte ihn verwundert, daß sie solche Gedanken hegte. Nach seinem Verständnis hatte sie kein Recht, ihn, seine Freunde oder seine Lebensweise zu kritisieren. Er war ihr gegenüber sehr großzügig gewesen. Sie hatte viele Gelegenheiten gehabt, sich anders zu besinnen, Wochen und aber Wochen, bis zum Tag der Hochzeit, aber sie hatte nichts dergleichen getan. Es war alles ihre eigene Schuld. Entfliehen, der Gräfin de Rothe, Cousine Charlotte, Paris entfliehen, all den entsetzlichen Geschehnissen in den letzten Monaten, seit sie Irland verlassen hatte – sie hatte die Gelegenheit ergriffen, von all diesen Leuten wegzukommen, und sie hatte es allein sich selbst zuzuschreiben.

Als sie in dem warmen Bett lag und darauf wartete, daß Armand hereingetrottet käme, begann sie sich in ihrer Verzweiflung auszumalen, daß sie mit André hergekommen wäre; Hand in Hand hätten sie das Haus betreten, und dann hätte er ihr die Meierei, den Hühnerhof, die Backstube, die Küchenräume, die Bibliothek und die Salons gezeigt. Nichts ließ darauf schließen, daß André sie liebte, und doch hatte sie im Grunde ihres Herzens das Gefühl, daß es wahr sein könnte. Aber mittlerweile hatte er sie wahrscheinlich vergessen, so weit weg, wie er war, und mit so vielen anderen Dingen beschäftigt. Ja, er würde sie vergessen, aber sie konnte ihn nicht vergessen. Das war ebenso unmöglich, wie daß Wasser bergauf fließt oder Fische fliegen. Der Text eines alten Liedes, das sie die Küchenmädchen auf Mount Brien hatte singen hören, ging ihr durch den Kopf:

Ich wünscht, ich wünscht für mich allein,
Könnt ich nur wieder Jungfrau sein,
Doch ist das bloß ein eitler Traum,
Eh nicht Birnen wachsen am Apfelbaum.

Voll Schrecken wurde sie sich klar, daß das eine Sünde war, was sie dachte. Sie könnte dafür zum ewigen Höllenfeuer verdammt werden. Die Kirche sagte, sie müsse Armand lieben, aber selbst das Kind Lucie wußte, daß man nicht auf Befehl lieben kann. Dann wenigstens nicht hassen: das war die Antwort. Sie wußte, daß Armand sie nicht liebte, aber für Männer galten andere Regeln, obwohl niemand es aussprach. Sie würde sehr still sein, sehr still und brav, wie Biddy sich ausdrückte. Sie würde lernen, nicht viel zu reden – das war eine von Grandmères Maximen: wenn du dich unter Menschen befindest, die dich nicht mögen, ist es gut, wenn du schweigst. Dann können sie deine Worte nicht gegen dich ausspielen. Du schließt dich von ihnen ab. Das ist ebensogut wie eine starke Mauer zu bauen.

Morgen würde sie ihr Leben ändern. Sie würde Biddy sagen, sie solle die eleganteren Kleider weglegen, in Angers würde sie nur die schlichten tragen. Zéphirine hatte entsetzt die Samtkapuze an ihrem Reise-Umhang betrachtet, als sie ankam, und mit mehr Grund das tief ausgeschnittene Kleid und das aufgetürmte Haar mit Perlen und Blumen beim Diner. Louise hatte das vorausgesehen und Jean angefleht, er solle sie nicht so frisieren wie in Paris und Hautefontaine. Aber er hatte sich nicht darum gekümmert. In Zukunft würde mit alledem Schluß sein. Sie würde lernen, über die Witze und die vulgären albernen Sprüche der Freunde zu lächeln, sie würde allmählich die verschiedenen Glocken unterscheiden können, sie würde die Namen der vornehmen Familien lernen und sich am Klatsch über sie beteiligen, die Hullin de la Maillardière, die d'Ernemont, die Chaussard, die Le Perrochel, die de la Chochetière – sie erinnerte sich schon an einige der Namen. In ein paar Jahren würden alle den seltsamen kleinen Paradiesvogel vergessen haben, den der alte Armand de La Touche von einer seiner Reisen nach Paris mitgebracht hatte. Bestenfalls würde sie eine Taube sein, schlimmstenfalls eine Krähe. So hatte Piccini sie an jenem verhängnisvollen Tag genannt.

20

Es war einfacher, als sie geglaubt hatte. Jeden Morgen ging sie zur Messe in die Kathedrale, dann kümmerte sie sich ein bißchen um den Haushalt oder schaute vielmehr zu, wie Zéphirine den Haushalt überwachte, denn sie hatte die Schlüssel behalten. Louise hatte nie ernstlich versucht, sie zu bekommen. Dann machte sie vielleicht einen Spaziergang, wenn das Wetter schön war, oder setzte sich bis Mittag hin und klöppelte Spitze wie Sophie, wenn sie erregt war. Besucher kamen zuhauf, meist Geistliche, denen das zurückhaltende Wesen der kleinen Hausfrau sehr lobenswert erschien und die Armand zu seiner glücklichen Wahl gratulierten, als hätte er einen guten Hund erworben. Das Diner war hier früher, und es gab weder Oper noch Theater, aber immer mehrere Kartentische. Sie sah keinen Mann unter fünfunddreißig, der nicht wenigstens Diakon war.

Als es Sommer wurde, begann sie herauszufinden, wie Armand seine Güter verwaltete, und entdeckte, daß der Weinbrand, den er herstellte, vortrefflich war. Er wurde in ganz Frankreich verkauft und sogar illegal nach Irland exportiert. Als er ihr das erzählte, konnte sie sich vor Lachen nicht halten. Er sagte verdrossen:

»Es gibt nicht viel, was ich für unser Land tun kann. Vergessen Sie nicht, daß wir alle in Wirklichkeit Iren sind.«

Er zeigte ihr seine kleine Brennerei, für die er einige erfahrene Leute aus Cognac eingestellt hatte, die stolz darauf waren, daß der angevinische Weinbrand ein ganz charakteristisches Aroma besaß. Wie alle Arbeiter auf den Gütern mochten diese Männer Louise, weil sie zwischen ihnen und Zéphirine vermitteln konnte. Biddy war nicht die einzige unter der Dienerschaft, die sie »die Alte« titulierte.

Camille zählte überhaupt nicht wegen ihrer schlechten

Gesundheit, aber Zéphirine war ein Drachen, und sobald ihr an einem Arbeiter irgend etwas mißfiel, entließ sie ihn auf der Stelle. Einer von Louises Triumphen war die Einsetzung eines kleinen Gerichts, bei dem der Delinquent erst von Armand verurteilt werden mußte, ehe er weggeschickt werden durfte. Das hatte außerdem die gute Auswirkung, daß Armands Autorität wiederhergestellt wurde, so daß er es fast aufgab, aus dem Zimmer zu trotten und zu sagen: »Da kann man nichts machen, da kann man nichts machen.«

Armand gefiel Louises neue Art sich zu kleiden, das flach über den Ohren liegende, schöne blonde Haar, die dunklen und schlichten Kleider. Er sagte:

»Das ist schicklicher, da Sie jetzt Mutter werden. Sie sehen älter und verständiger aus. Zizine sagt das auch. Zizine stimmt mir zu, und sie sagt, Sie sollten Flanellunterröcke tragen. Haben Sie genug Flanellunterröcke? Zizine würde Ihnen welche machen lassen.«

»Danke, das ist nicht nötig.«

Die Aussicht auf die Geburt versetzte ihn immer in einen Taumel des Glücks, an dem er seine alten Freunde unbedingt teilhaben lassen mußte.

»Sehen Sie nur, sie ist guter Hoffnung, meine kleine Frau ist guter Hoffnung«, pflegte er zu sagen und mit der Hand auf sie zu deuten. »Sie wird einen Sohn bekommen. Man sieht es ihr an.«

Ihr glattes, ausdrucksloses Gesicht verbarg völlig, daß sie vor Wut kochte über diese beifälligen Blicke.

Die älteren Frauen warteten auf ihre Gelegenheit, bis die Männer durch eigene Gespräche in Anspruch genommen waren, dann fragten sie:

»Haben Sie Sodbrennen? Das ist ein Zeichen, daß es ein Knabe wird. Sind Ihre Brüste geschwollen? Schlafen Sie schlecht? Sie müssen für zwei essen, oder vielleicht für drei. In der Familie La Touche gibt es Zwillinge.« Sie schwatzten eine Weile über diese Aussicht. »Und vom sechsten Monat an müssen Sie den alten Armand fernhalten, sonst ergeht es Ihnen schrecklich. Ich werde nie meinen Alexandre vergessen, es war, als würde man in Stücke gerissen. Es hieß, meine Schreie seien lauter gewesen als die Glocken. Ja, wir können alle ein Lied davon singen. Armand wird nichts dagegen haben, Sie können es uns glauben. Er wird gut beschäftigt sein. Ihm mangelt es nie an dem, was er will.«

»Was meinen Sie damit? Wovon reden Sie?«

Aber dann sahen sie verlegen aus und wollten ihr nichts weiter sagen.

Ein Segen war, daß Armand nicht den sechsten Monat abwartete, sondern schon vorher nicht mehr in ihr Bett kam. Er erließ alle möglichen Vorschriften für sie. Sie durfte sich nicht recken, nicht rennen, sich nicht rasch umdrehen und auch bestimmte Speisen nicht essen – er hatte eine nicht enden wollende Verbotsliste für Frauen in anderen Umständen, und wenn Louise deren Vernünftigkeit in Zweifel zog, wurde er ganz ärgerlich und sagte beleidigt:

»Vergessen Sie nicht, daß ich Erfahrung darin habe. Und es ist für mich sehr wichtig, einen gesunden Erben zu haben.«

Sie hatte Ruhe nötig und Spaziergänge auf dem Land, sie sehnte sich danach, wenigstens für ein paar Tage den abscheulichen Glocken von Angers zu entkommen, damit sie schlafen könnte, aber Armand sagte, in ihrem jetzigen Zustand könne sie Angers unmöglich verlassen.

»Das sind Weiberlaunen. Zuhause sind Sie am besten aufgehoben. Sie sehen es ja, alle Frauen bleiben zu Hause, wo sie am besten versorgt werden. Dr. Chardin ist hier und wird Sie betreuen. Warum wollen Sie etwas anderes als alle anderen?«

Sie saß wirklich in der Falle. Das einzige, was er ihr versprach, war, daß sie später die Güter in Montpellier aufsuchen würden:

»Gedulden Sie sich bis nach Weihnachten, wenn das Kind geboren ist. Dann werden wir nach Montpellier fahren. Würde Ihnen das gefallen?«

»Ja, ja, irgendwohin.«

»Nun, wir werden sehen. Aber ich betrachte Angers immer als mein Zuhause.«

Sie fragte ihn genau nach seinen anderen Gütern aus. Sie erbrachten beide ausreichende Einkünfte aus Wäldern mit gutem Bauholz und Weinbergen, dazu kamen Zollbrücken und Pachtgeld aus verschiedenen kleinen Städten in der Nachbarschaft. Das Gut in Bordeaux sei besonders schön, sagte er, es habe einen in Terrassen angelegten Garten, der an einem kleinen See ende. Das Haus in Montpellier sei ordentlich, liege aber direkt in der Stadt in einer dunklen, engen Straße. Armand hielt sich dort immer im Frühjahr auf, aber sonst wurde das Haus nur von Erzbischof Dillon bewohnt. Armands Verwalter vermietete es ihm jedes Jahr für die wenigen Wochen, die er in Montpellier verbrachte, wenn die Stände des Languedoc tagten. Aufgrund seines kirchlichen Amtes führte der Erzbischof den Vorsitz bei dieser Versammlung, und der Gouverneur der Provinz, der Graf von Périgord, vertrat bei der Eröffnungssitzung der Stände den König.

»Meine Tochter Hélène sagt, für eine Provinzfeierlichkeit sei es sehr großartig«, sagte Armand. »Vielleicht möchten Sie gern dabei sein?«

»Ja, ja!«

»Natürlich. Junge Leute werden nie müde, sich zu amüsieren. Meine Schwiegertochter wird eines Tages aus Martinique zurückkommen, vielleicht will sie in einem dieser Schlösser wohnen, obwohl ich es bezweifle. Sie hat genug eigene.«

»Hat sie Kinder?«

»Einen Sohn und eine Tochter. Sie brauchen sich nicht zu beunruhigen. Ihre Kinder haben den ersten Erbanspruch auf mein ganzes Vermögen. Das steht im Ehekontrakt.«

»Ich war nicht beunruhigt. Ich würde sie gern eines Tages kennenlernen.«

»Warum?«

»Warum nicht?«

Er blickte sie besorgt an, aber sie wußte mittlerweile, daß er ihre Gedankengänge niemals richtig verstehen würde. Sie hatte es nur komisch gefunden, daß er annahm, sie würde sich Sorgen machen über das Erbe eines unbekannten Wesens, das in ihr strampelte. In ihrer Vorstellung war das Kind immer ein Mädchen – hätte Armand das gewußt, wäre er wirklich besorgt gewesen, denn er glaubte, alles, was sie jetzt dachte und tat, würde sich in jeder Weise auf das Kind auswirken.

Der Arzt stimmte ihm darin zu. Er war gebürtiger Angeviner, groß und mager, hatte eine gelbliche Haut, eine Hakennase und einen seltsam hüpfenden Gang, der, wie es hieß, eine Folge seiner Gewohnheit sei, zu Fuß von Patient zu Patient zu eilen. Louise hatte gehört, seine erfolgreiche Tätigkeit als Geburtshelfer in der Stadt in den letzten dreißig Jahren sei darauf zurückzuführen, daß seine Hände von dem frommen Abt von Saint-Lazare gesegnet worden waren. Manchmal schien er Louise mit Armands verstorbener Frau zu verwechseln, wenn er von ihren Leberbeschwerden oder ihrem Rheumatismus sprach, aber dann korrigierte er sich immer rasch und sagte:

»Ah, bei dieser wird es anders sein.«

Eines Abends Anfang November saß Louise mit den beiden alten Herren in dem kleinen Salon neben dem Speisezimmer, und der Arzt nippte an einem Glas Weinbrand, das bei jedem seiner Besuche zum Ritual gehörte. Es war jetzt schon richtig Winter geworden, und fast schien es, als habe die Sonne am Morgen das Aufgehen vergessen. Ein bleierner Schein lag auf den Fensterscheiben, die das Licht der Kerzen widerspiegelten, als ob es draußen dunkel wäre, aber das ganze Haus hatte sich verwandelt und war nicht mehr ein düsteres Gefängnis wie vor einem Jahr. In allen Zimmern brannten Feuer, und Louise hatte auf einem Speicher einen ganzen Vorrat von türkischen Teppichen gefunden, die sie auf die Fußböden hatte legen lassen. Die Holztäfelung an den Wänden war mit Bienenwachs eingerieben und schimmerte dunkel. Langsam und bedächtig seinen Weinbrand trinkend, sagte der Arzt:

»Was für ein gemütlicher Raum ist das, Monsieur de La Touche! Ich bin nicht erpicht, in die Kälte hinauszugehen. Heute abend weht ein Wind von der Loire, der könnte einem Bronze-Affen die Nase abfrieren.« Natürlich lachten sie beide lauthals, obwohl der Witz alt war. Dann sagte Armand:

»Meiner Frau gebührt die Anerkennung. Sie hat das ganze Haus umgemodelt. Ihre freundliche Wesensart hat jetzt überall Ausdruck gefunden.«

Louise sah auf ihre Schuhspitzen, nahm das Kompliment entgegen und erwartete mehr dergleichen von dem Arzt. Statt dessen stellte er mit feierlichem Gehabe sein Glas hin, richtete sich auf seinem Sessel auf und sagte:

»Manche Gelehrte vertreten die Ansicht, daß eine Frau von häuslichen Dingen ferngehalten werden müsse, wenn sie einen Sohn bekommen soll. Sie sollte an galoppierende Pferde denken, an Duelle, an Schlachten, an derlei Dinge.«

»Das habe ich ihr gesagt«, warf Armand ein, »allerdings bin ich nicht so weit gegangen. Glauben Sie das wirklich?«

»Ich kann nicht umhin zu glauben, daß etwas dran ist. Wir wissen, daß der Körper aus verschiedenen Säften besteht und jeder von ihnen sich auf alles auswirkt, was wir tun. Nun glaube ich nicht, daß ein Schreck gut für sie wäre, lautes Geknalle oder dergleichen, obwohl manche sogar ihre Frauen in die Schlacht mitnehmen, damit das ungeborene Kind es einmal erlebt hat. Aber Musik, häusliche Dinge, Malen, Sticken können nur Mädchen hervorbringen, alles schön und gut, wenn man ein Mädchen haben will, aber mir scheint, Sie haben schon genug Haushälterinnen.«

Keiner der beiden merkte, daß Louise aufgestanden und aus dem Zimmer geschlichen war. Sie ging nach oben, so schnell ihr schwerfälliger Körper es zuließ, warf sich auf ihr Bett und lachte so unbändig, daß ihr die Tränen über die Wangen rannen. Biddy sprang bestürzt von ihrem Stuhl am Fenster auf, wo sie ein Tragkleidchen für den Säugling genäht hatte.

»Miss Louise! Was ist geschehen? Haben Sie Wehen?«

»Nein, nein. Es ist bloß alles so lächerlich. Wenn du sie hättest hören können – wenn du das gehört hättest...«

Mittlerweile schrie sie vor Lachen und konnte einfach nicht aufhören. Biddy rief nach Marie und gemeinsam brachten sie Louise ins Bett, dann stand Dr. Chardin da, schaute mißbilligend auf sie herunter und sagte:

»Hysterie! Haben Sie kein Verantwortungsgefühl Ihrem Kind gegenüber?«

Aber sie lachte immer noch, denn er hatte sich in einen Adler verwandelt mit einem gelben Schnabel und zwei Fängen, die er beschützend um ein Ei gelegt hatte. Sein kahler Kopf hob und senkte sich darüber. Einmal hatten sie und Robert, als sie in der Nähe von Oughterard über die Berge ritten, einen Adler gesehen. Die Landleute behaupteten, Adler würden Säuglinge stehlen, wenn sie Gelegenheit dazu hätten. War das ein Säugling in dem Ei, das er beschützte? Er redete immerzu von Säuglingen. Sie lehnte sich aus dem Bett, um zu sehen, ob sich das Ei bewegte, aber Biddy und der Arzt schoben sie wieder zurück. Sie mußte sie verlassen: das war das einzige, was sie tun konnte. Sie begann den ganzen Weg

nach Irland zurückzuwandern, auf derselben Strecke, auf der sie gekommen war, zuerst nach Paris, dann nach Le Havre, dann über das Meer nach Kerry und durch das Haus der O'Connells, wo all die alten Leute sie ansahen und gar nicht überrascht waren. Einer sagte:
»Wir wußten, daß Sie zurückkommen würden. Wir haben immer gewußt, daß Sie kommen würden.«
Dann über die lange, holprige Straße nach Galway, aber irgendwo unterwegs durchdrang sie ein Strahl der Vernunft, und sie wußte, daß sie in Armands Haus im Bett lag, daß das Kind sich anstrengte, geboren zu werden, und daß ihr gesagt wurde, sie solle sich auch anstrengen. Sie hörte scharfe, angevinische Stimmen, voller Mißbilligung, weil sie nicht fähig war, eine so einfache Aufgabe auszuführen. Das bedeutete, daß die beiden alten Hebammen gekommen waren. War es das also, was ihrer Mutter widerfahren war? Sie hörte jemanden am anderen Ende des Raums lachen, und eine Stimme sagte deutlich:
»Sie wird sterben wie ihre Mutter.«
Sie setzte sich mühsam auf, um sie anzusehen, und sie starrten zurück wie Kinder, die bei irgendwelchem Unfug erwischt worden waren, aber sie hatten die Körper von alten Krähen, zwei alte Krähen in Schwarz. Sie hörte Armands Stimme an der Tür und Getuschel, und er ging weg. Biddy saß neben ihr, sprach leise auf Irisch und schloß all die Fremden aus, die hier nichts zu suchen hatten, obwohl sie wußte, daß sie es gut meinten. Biddy schien viel mehr über das zu wissen, was ihr widerfuhr, als sie selbst, und statt wegzurennen vor Schreck über Louises Schmerzensschreie – Schreie, die nichts mit ihr zu tun hatten und die keine Dame ausstoßen sollte –, saß sie da und hielt ihre Hand und sprach beruhigend auf sie ein in der Sprache, die niemand außer ihnen verstand. Selbst als der Adler und die Krähen über sie herfielen und begannen, sie in Stücke zu reißen, war Biddy uner-

schütterlich, obwohl man sie weghaben wollte, sie sei im Weg, wurde behauptet. Schließlich sagte der Arzt:

»Laßt sie da. Vielleicht ist sie ganz nützlich. Diese verdammten kleinen Aristokratinnen taugen gar nichts, wenn es darum geht, Kinder zu bekommen.«

Es wäre ein Vergnügen gewesen, ihm eine Ohrfeige zu versetzen, aber er trat gerade rechtzeitig einen Schritt zurück. Was hatte er mit seiner Perücke gemacht? Der arme Dr. Chardin! Später wurde ihr gesagt, wenn er seine Perücke ablege, dann sei es ein Zeichen, daß das Kind gleich zur Welt komme. Jetzt machte seine Unterhaltung mit den Hebammen über Ammen und Säuglingskleidung sie bloß wütend. Bei einer der wenigen Unterbrechungen ihres Phantasierens hatte sie den klaren Gedanken, daß das etwas sei, worüber die Philosophen nachdenken könnten. War es möglich, daß all diese Damen mit den geschürzten Lippen und geschminkten Gesichtern und überspannten Ideen das durchgemacht hatten, was ihr jetzt widerfuhr? Es mußte wohl so sein, aber es war entsetzlich, es sich auch nur vorzustellen. Es war eine Erklärung, warum sie junge Menschen niemals in ihre Zunft aufnahmen, sie wußten, daß es etwas gab, worüber sie nicht mitreden konnten. Erst jetzt, jetzt würde sie es mit ihnen aufnehmen können, falls sie sich jemals wiedersehen sollten.

Gegen Morgen, als ihre Halluzinationen fast unerträglich geworden waren und seltsame Tiere und Vögel im Zimmer kläfften und trillerten, kam ein alter Priester in einem schwarz-weißen Talar und sprach Gebete an ihrem Bett, und sie dachte: Ich werde also sterben. Ich hatte nicht geglaubt, daß es mir so ergehen würde. Es wird besser sein als der jetzige Zustand, alles wird besser sein als das.

Dunkelheit senkte sich wieder über sie, dann kam der allerschlimmste Schmerz, dann war mit einemmal alles ausgelöscht wie eine ausgeblasene Kerze.

Ihre ersten Gedanken beim Aufwachen waren: Warum mußte ich zurückkommen? Es war angenehm, tot zu sein.

Das Zimmer war sehr still. Biddy saß immer noch neben ihr, und drüben am Fenster, wo der Tag anzubrechen begann, stand Zéphirine. Biddy beugte sich über sie und schaute sie an, als wollte sie sich überzeugen, daß sie wirklich am Leben sei, dann sagte sie leise:

»Miss Louise, Sie haben einen Sohn.«

»Wo? Bist du sicher?«

»Bestimmt. Sie haben ihn weggebracht, um ihn zu füttern. Er ist kräftig und gesund, Gott sei Dank. Ich glaubte, Sie würden nie mehr aufwachen.«

Jetzt kam Zéphirine herüber, blickte auf sie herab, nahm Louises schlaffe Hand, hielt sie eine Sekunde in ihrer und sagte: »Sie armes Kind, Sie armes Kind.«

Dann trat sie beiseite, sah erschreckt aus und verließ das Zimmer. Biddy sagte:

»Der Doktor schläft. Er sagte, sie solle ihn rufen, wenn Sie aufwachen.«

»Ist sie die ganze Zeit hier gewesen?«

»Marie hat sie schon vor langer Zeit aus ihrem Zimmer geholt. Befehl des Grafen. Er fühlt sich wie im siebenten Himmel wegen des Kindes.«

»Im Namen von allem, was heilig ist, was glaubt er denn, daß Zizine von Säuglingen weiß?«

»Nun, Miss Louise, fangen Sie nur nicht wieder an zu lachen.«

Sie schwiegen eine Weile, beide dachten daran, wie sie gelacht hatte. Dann fragte Louise:

»Wem sieht er ähnlich?«

»Seinem Vater. Gott verzeihe mir, ich hatte gehofft, er würde Ihrem Vater nachschlagen, aber er ist dem Grafen wie aus dem Gesicht geschnitten. Trotzdem habe ich gesagt, als ich ihn sah: ›Er sieht Sir Maurice ähnlich, dem sieht er ähnlich‹.«

»Dann will ich ihn nicht sehen. Sorge dafür, daß er nicht hergebracht wird.«

Es war jetzt hell geworden, durch die Fenster drang kaltes, weißes Licht herein, das einen Stich ins Gelbliche hatte, als ob es Schnee geben würde. Sie glaubte gesehen zu haben, daß heimlich und verstohlen ein paar Flocken fielen. Sie durfte keine solchen verrückten Halluzinationen mehr haben. Sie könnten nur zu schlimmerem Unglück als dem jetzigen führen. Aber was war Unglück? Und was war Wirklichkeit? In ihren ersten Briefen an ihre Großmutter hatte sie geschrieben, sie sei bei bester Gesundheit, ihr neues Leben sei interessant und biete ihr Beschäftigung. Dann hatte sie ebenso sachlich berichtet, daß ihr Mann wieder mit seiner alten Mätresse schlafe und manchmal mit einem der Hausmädchen, aber nachdem sie sich daran gewöhnt habe, mache sie sich nichts mehr draus. Was sollte man sonst sagen? Ereignisse waren die Wirklichkeit, nicht Einstellungen oder Menschen. Wie einfach und leicht würde das Leben sein, wenn man sich bloß mit der Realität befassen könnte. Aber als der Arzt kam, um sich zu überzeugen, daß sie wirklich am Leben sei, vermied sie es geflissentlich, seine Füße anzusehen, um keine Klauen zu erblicken.

Fünfter Teil

21

Am 19. Juni verließ André Providence mit Baron von Closen und dem Royal Deux-Ponts-Regiment. Er sah zu, wie der Troß aufbrach. Es waren Hunderte von Wagen, die jeweils von zwei Paar Ochsen und einem Pferd gezogen wurden, und auf den über die Ladung gelegten Matratzen saßen die Frauen und Kinder der Soldaten und wurden hin- und hergeschaukelt. Ihr schrilles Gelächter und ihre Aufgeregtheit gaben ihm einen Stich ins Herz, denn ihre Fröhlichkeit schien ihm nun für immer versagt zu sein.

In seiner ersten zornigen Benommenheit hatte er kaum gewußt, was er tat, und er schrieb einen langen Brief an Sophie, in dem er sein Entsetzen und seine Empörung über Louises Schicksal zum Ausdruck brachte. Auf den Gedanken, an Louises Vater zu schreiben, kam er gar nicht. Bei seinen Besuchen auf Mount Brien hatte er gesehen, wie sehr Sir Maurice von der schrecklichen Fanny beherrscht wurde und fast Angst vor ihr zu haben schien, als ob sie über geheime Mittel und Wege verfüge, ihn für jede Unbotmäßigkeit büßen zu lassen.

Dennoch hatte André Fanny bedauert. In einem anderen Haushalt wäre sie erfolgreich gewesen, hätte Brot gebacken, sich um die Geflügelaufzucht und die Milchwirtschaft gekümmert, Einfluß auf das Leben von allen genommen, kleinere Krankheiten mit den üblichen Heilmitteln behandelt – in einer solchen Rolle konnte er sich

Fanny sehr gut vorstellen, aber all das war auf Mount Brien nicht möglich. Die Anwesenheit ihrer Schwester, die sie zu ihrem Trost und ihrer Unterstützung hatte kommen lassen, verstärkte nur die Unterschiede zwischen den beiden und den Briens. Andererseits hätten sich die Briens möglicherweise Fannys Maßstäben angepaßt, wäre Sophie nicht gewesen, und das hätte ihnen nur gut getan.

Er erinnerte sich sehr deutlich an den ganzen Haushalt. In der frohen Erwartung, Louise zu heiraten, hatte er vermutet, er habe immer eine Ahnung gehabt, daß diese Familie für ihn wichtig sei, aber jetzt wußte er, daß Sophie diejenige gewesen war, die ihn zuerst gefesselt hatte, und Louise, die ihr so ähnlich war, erst viel später.

Er konnte nicht verstehen, daß Sophie dieses Unglück hatte geschehen lassen. Es war kaum glaublich, daß man sie nicht zu Rate gezogen hatte, und doch wurde das durch ihren ersten Brief bestätigt. Maurice hatte die ganze Angelegenheit in die Hand genommen und die Ehegenehmigung erteilt, ohne überhaupt mit ihr darüber zu sprechen. André konnte sich vorstellen, wie diese Entscheidung den Frieden in der Familie seitdem gestört hatte; Sophie würde es verstehen, ihren Verdruß deutlich zu machen. Sie bestätigte das mehr oder weniger in ihrem ersten Brief, der ihn Anfang Juli erreichte. Sie mußte an eben dem Tag geantwortet haben, an dem seiner angekommen war. Seit es Sommer geworden war, überquerten die Schiffe den Atlantik oft in weniger als drei Wochen.

»Ebenso wie Sie«, schrieb sie, »bin ich der Meinung, daß ein entsetzliches Unrecht geschehen ist, und ich vermag es meinem Sohn nicht zu verzeihen. Ich glaube, daß Robert nach Amerika gegangen ist, war ein schwerer Schlag für ihn, wie auch für mich, aber ich verzweifle nie. Ich ziehe es vor, mich zur Wehr zu setzen, und das habe ich ihm auch erklärt. Ich sagte ihm, er habe Louise geopfert, weil er über Robert so enttäuscht war, und er hat es nicht bestritten.«

An einer anderen Stelle schrieb sie:

»Ich spreche sehr offen mit Ihnen, denn Sie wären mir als Schwiegersohn willkommen gewesen.« Dieser Schnitzer, wenn es denn ein Schnitzer war, verwunderte ihn. »Fanny sagte mit ihrem üblichen Takt, Louise habe es sehr geschickt angefangen, denn der alte Mann werde bald sterben und ihr sein Vermögen hinterlassen. Fanny und ich haben seit dem Tag nicht miteinander gesprochen, und ich bezweifle, ob ich es je über mich bringen werde, in diesem Leben wieder mit ihr zu sprechen. Ich habe Briefe von Louise aus Angers bekommen, wo sie jetzt lebt. Mr. Burke ist in Bordeaux, aber er ist ihr nicht zu Hilfe gekommen, wie er es hätte tun sollen. Vielleicht tue ich ihm Unrecht, denn er hätte nicht viel machen können angesichts der schriftlichen Genehmigung ihres Vaters.«

Das dünne Papier schien die zierliche Schrift zu verschlucken, und er mußte den Brief dicht ans Licht halten, um ihn lesen zu können. »Sie werden nicht gekränkt sein, wenn ich Ihnen einen Rat gebe, da ich viel älter bin. Wenn sich ein Unglück ereignet, ist es gut, ihm direkt ins Angesicht zu sehen. Dann kann es in Schranken gehalten und mit dem richtigen Namen bezeichnet werden. Ich werde mich freuen, wieder von Ihnen zu hören, wenn Sie den schlimmsten Teil Ihrer Enttäuschung überwunden haben. Dann werden wir sehen, was sich machen läßt.

Wir vernehmen wunderbare Gerüchte über Amerika und die tapfere französische Armee dort, aber wir fragen uns, wieviele davon wahr sind. Die armen Leute hier werden verrückt gemacht und reden unaufhörlich vom Kampf für die irische Freiheit, wenn die Amerikaner die ihre erlangt haben. Sie werden hier sehr viel mehr Mut vorfinden als bei Ihrem letzten Aufenthalt in Irland, aber ich fürchte, das alles wird zu schrecklichen Geschehnissen führen.

Louise schreibt, sie habe sich in Angers eingelebt, aber es sei entsetzlich provinziell, die Menschen äußerlich alle sehr respektabel, aber innerlich voller Intrigen. Ich finde, daß ihr Mann in dieser Beziehung nicht besser ist als die anderen. Sie überraschte ihn mit einem ihrer Mädchen, nicht dem irischen Mädchen, das ich mit ihr nach Frankreich geschickt habe, sondern mit einem französischen, das zum Haus gehört. Er hat zwei alte Schwestern, keine sehr anregende Gesellschaft für ein junges Mädchen. Sie sagt, es gehe ihr sehr gut. Hören Sie nicht auf, an sie zu denken. Ich bete, daß Sie gesund und vor allen Gefahren bewahrt bleiben mögen.«

Dieser Brief wurde ihm eines Morgens ausgehändigt, als sie seit sieben Tagen auf dem Marsch waren. Die Royal Deux-Ponts hatten, nachdem sie fünfundzwanzig Meilen zurückgelegt hatten, am Tag zuvor North Castle erreicht, nicht weit von Long Island Sound. Schon zu dieser frühen Stunde war es sehr heiß, aber die Mannschaften waren in guter Stimmung. Sie waren unaufhörlich marschiert und hätten guten Grund gehabt, mißmutig zu sein, aber André hörte sie pfeifen und singen, während sie unter Aufsicht den jüngeren Offizieren tüchtig und geschickt das Lager aufschlugen. An jenem Morgen sollte André mit von Closen und einer kleinen Abteilung aufbrechen, um eine Zusammenkunft von Rochambeau und Washington vorzubereiten, die endlich ihre Streitkräfte vereinigen sollten. Sie wurden begleitet von Oberst Cobb, einem Amerikaner, der, von Washington entsandt, seit mehreren Tagen bei den Deux-Ponts war, sie über die Stellung der amerikanischen Armee unterrichtet hatte und bei der Planung der Märsche behilflich sein sollte.

Einige Meilen östlich fanden sie die amerikanischen Offiziere in einem kleinen Wirtshaus am Kreuzungspunkt zweier Straßen dicht bei ihrem Lager. Es hieß White Plains und lag in einer hügeligen, sandigen, unwirtlichen Gegend, wo nichts wuchs außer Heidekraut und Dornsträuchern. Philipsburg war das dem Lager am nächsten gelegene Dorf. Das Wirtshaus wimmelte von Spinnen aller Art, von kleinen farblosen bis zu schwarzen, die so groß wie Spatzen waren und blitzschnell über den Fußboden huschten. Dem Wirt war das schrecklich peinlich und er trat dauernd auf sie, wenn sie an ihm vorbeiflitzten. Ab und zu sagte er zu demjenigen, der zufällig in seiner Nähe war:

»Wird wohl Regen geben, Sir. Wir haben seit Wochen keine Spinne im Haus gesehen.«

Während die Amerikaner zu General Washington gingen, um ihm die Ankunft der Franzosen zu melden und ihn ins Wirtshaus zu holen, machten sich von Closen und André auf, um einen Blick auf das amerikanische Lager zu werfen.

Andrés erster Gedanke war, es wäre gut, wenn man verhindern könnte, daß die französischen Soldaten es sehen. Die Zelte waren zerfetzt und boten nur noch symbolisch Schutz gegen Regen oder Sonne, obwohl sie so ordentlich in Reihen standen, als wären sie ein regelrechtes Biwak. Es waren sehr viele, zu viele, wie es schien, für die verstreuten Gruppen von Soldaten. Die Leute sahen jämmerlich unterernährt aus. Sie waren nicht nur in Lumpen gekleidet, sondern fast nackt. Sie trugen keine Hemden, sondern kurze, weiße, ausgefranste Baumwolljacken und zerlöcherte Hosen. Die meisten hatten keine Strümpfe und Schuhwerk von jeder nur denkbaren Art, verschlissen und ausgetreten. Manche hatten ihre Stiefel ausgezogen. André fühlte sich unbehaglich und befangen in seiner schmucken Uniform und den blankgeputzten Stiefeln, vor allem, als die Soldaten sich um sie scharten, um sie zu bewundern wie preisgekrönte Bullen auf einer Landwirtschaftsausstellung.

»Du meine Güte, sehen die aber schmuck aus! Wenn unsere Offiziere solche Uniformen haben könnten – aber sie hätten gar nicht das entsprechende Auftreten. Drehen Sie sich mal um, Sir, und lassen Sie uns die Rückseite sehen. Ebenso schmuck, ganz genauso schmuck. Sie nehmen es uns doch nicht übel, Sir, wenn wir kein Blatt vor den Mund nehmen, aber wird es nicht heiß sein, in diesen Röcken zu kämpfen?«

Es war alles so freundlich gesagt worden, daß man es nicht übelnehmen konnte, und die Tatsache, daß die Leute vor einem Offizier nicht in Ehrfurcht erstarben, gefiel André, so daß er antwortete:

»Nicht heißer als das Fell für ein Pferd. Eure Kleidung scheint sehr angenehm zu sein an einem so warmen Tag.«

Etwa ein Viertel der Soldaten waren Schwarze, und einer von ihnen zuckte die nackten Schultern und sagte:

»Im Sommer ist das schön und gut, aber wir müssen mit diesem Krieg fertig werden, ehe es Winter wird, sonst erfrieren wir, und der Feind kann uns wagenweise wegkarren.«

Sie waren am Tag zuvor bei einem Vorpostengefecht eingesetzt gewesen, waren noch voller Begeisterung und hofften auf mehr. Als André und er zum Wirtshaus zurückgingen, sagte von Closen:

»Wie können sie so vergnügt sein in ihrer Lage?«

»Sie kämpfen für eine gute Sache, selbst wenn nicht alle genau wissen, worin sie besteht.«

»Sie sind ein Zyniker.«

»Nein. Aber hier ist der Beweis, daß sich Menschen für eine gute Sache wirklich einsetzen.«

»Natürlich. Wir tun das auch. Wie konnten Sie daran zweifeln?«

»Die Motive unserer Armee sind recht mannigfaltig, wenn Sie mich fragen. Die Offiziere sind hauptsächlich hier, weil es ihnen Spaß macht oder sie keinen anderen Beruf haben, oder weil sie mit zwölf Jahren von ihren Vätern ins Heer gesteckt wurden. Die Mannschaften sind aus denselben Gründen hier, aber keiner von ihnen hatte überhaupt eine Wahl.«

»Warum sind Sie hier?« fragte von Closen und sah ihn neugierig an. »Sie reden, als wären Sie ein Außenseiter.«

»Ich bin wohl wegen einer guten Sache hier«, erwiderte André. »Bald wird die ganze Welt den gleichen Weg einschlagen wie Amerika. Es wird keine Könige mehr geben, oder nur sehr wenige, und die werden nur schmückendes Beiwerk sein. Amerika hat einen Hasen aufgescheucht, der nie gefangen wird. Ich möchte, daß Irland mithalten kann, wenn es soweit ist.«

»Ach ja, Irland«, sagte von Closen nachsichtig. »Ihr Iren liebt euer kleines Land, glaube ich.«

»Lieben ist ein fragwürdiges Wort. In diesem Augenblick ist es eher das, was man für eine schwachsinnige Schwester empfindet, die Schutz braucht. Sind Sie verheiratet?«

»Nein, aber meine Verlobte wird schon auf mich warten, wenn ich heimkomme. Und Sie? Aber ich habe die anderen sagen hören, Sie seien mit Irland verheiratet. Sagen Sie mal, warum kommen nicht all die unzufriedenen Iren nach Amerika? Es ist doch schon ein freies Land, freier als jedes andere, das ich kenne, und war es sogar schon vor Beginn dieses Krieges. Alle Menschen sind gleich. Sie beugen sich keinem. Sobald man das Land bestellt, ist man so gut wie der andere. Es gibt keine religiösen Verfolgungen. Katholiken und Lutheraner und Presbyterianer leben Seite an Seite und verfolgen einander nie. Jeder lebt auf seine Weise. Mir scheint, je mehr Iren herkommen, um so besser.«

»Glauben Sie mir, sie haben daran gedacht«, sagte André, »aber sie kommen hier auf keinen grünen Zweig.«

»Warum nicht? Jedem gelingt das hier, soweit ich feststellen kann.«

»Ich weiß nicht, ob es stimmt, aber mir ist gesagt worden, sie trinken und streiten, arbeiten aber nicht genug. Es könnte sein, daß sie schlechte Gewohnheiten haben, sie haben so wenig in der Heimat – niemand, der das Land nicht gesehen hat, wird glauben, wie schlimm die Verhältnisse dort sind. Die Tiere sind besser untergebracht als die Bauern.«

»Das ist Sparsamkeit am falschen Fleck.«

»Ja, und verdammt ungemütlich für die Bauern. Sie sollten irgendwann mal hinfahren. Wenn all das hier vorbei ist, werden wir in Frankreich ein Heer aufstellen und uns unsere hiesigen Erfahrungen zunutze machen und Irland befreien. Alle werden uns folgen.«

»Ein Pöbelhaufen, könnte man meinen.«

»Ebensowenig ein Pöbelhaufen wie diese Armee, die wir heute sahen. Was sie brauchen, sind gute Generäle und genug Waffen, und dann werden sie kämpfen.«

»Sagen Sie mir Bescheid, wenn es soweit ist.«

»Das werde ich bestimmt.«

»Glauben Sie, daß Leute wie General Washington die Könige der Welt werden?«

»So etwas Ähnliches. Große Veränderungen stehen bevor. Er würde ein hübscher König sein. Und wie steht's mit Ihnen?« André sah auf von Closen herab, belustigt von seiner Idee. »Sie würden einen reizenden kleinen König abgeben.«

»Ich glaube nicht, daß ich das gern wäre, vielen Dank. Ich hoffe, König Washington ist inzwischen eingetroffen.«

Ein paar Minuten, nachdem sie wieder im Wirtshaus waren, kam er. Sie aßen ein rasch bereitetes und schlecht gekochtes Mahl mit ihm, Schweinefleisch und Bohnen. Die Franzosen waren entsetzt, wie der berühmte Mann behandelt wurde, aber der General seufzte nur, als er seinen Teller musterte, ehe er zu essen begann. Er hatte beschlossen, am nächsten Tag General Rochambeau ein Stück entgegenzukommen und ihn zum amerikanischen Lager zu geleiten, wo sie dann eine lange Besprechung führen würden. Das bedeutete, daß die Deux-Ponts sich einen Tag ausruhen konnten, ehe sie sich auf den kurzen, aber schwierigen Marsch nach White Plains machten.

Der Feind hatte sich nach Manhattan zurückgezogen und war so unangreifbar wie eh und je. Washington gelüstete es immer noch, ihn dort anzugreifen, vielleicht weil es der Schauplatz seiner früheren Niederlage war, aber er stimmte jetzt Rochambeau uneingeschränkt zu, daß das taktisch unklug wäre.

In der erfrischenden Abendkühle ritten die Offiziere und ihre Begleitung nach North Castle zurück. Zu von Closens Entzücken scheuchten sie einen Fuchs bei dessen abendlichem Beutegang auf, und er redete allen zu, ihm nachzujagen. Sehr bald schlüpfte der Fuchs ins Gebüsch, verhielt dort und starrte sie an, das kleine Hundegesicht voller Wut. Sie setzten die Pferde zum Sprung auf das Gebüsch an, die hatten aber mehr Verstand als die Reiter und verweigerten. Dann verschwand der Fuchs lautlos, und eine Minute später sah man ihn über ein offenes Gelände springen, sein langer buschiger Schwanz schien ihn über den Boden zu tragen.

Seit André bei den Deux-Ponts war, hatte er Lauzuns Legion aus den Augen verloren, obwohl die beiden Regimenter oft nicht weit voneinander waren. Auf dem Marsch war die Legion von den Deux-Ponts detachiert worden, um deren linke Flanke zu decken und in Verbindung mit der amerikanischen Armee getrennt zu operieren. Kuriere hatten die Nachricht gebracht, daß sie Tarletons Dragonern und den hessischen Jägern Gefechte geliefert und diese gezwungen hatten, den East River wieder zu überschreiten. An dem Tag, an dem sie von

North Castle nach White Plains marschierten, traf André Robert zum erstenmal, seit die Nachricht von Louises Verheiratung gekommen war. Um zwei Uhr morgens hatten sie das Lager abgebrochen und waren bei Tageslicht durch rauhes, hügeliges Gelände gekommen auf schmalen, sandigen Wegen, die unter den Tritten der Armee rutschig wurden und wegzusacken schienen. Die Leute arbeiteten sich voran, so gut sie konnten, und mußten oft die Wagen mit den Ochsen und Pferden schieben oder ziehen.

Die Wagenkolonne in Ordnung zu halten war die Aufgabe der jüngeren Offiziere, und es war erstaunlich, wieviel besser sie das meisterten, seit sie von Newport aufgebrochen waren. Sie marschierten vorneweg, ermutigten die Mannschaften unermüdlich, trieben sie zusammen wie eine Schafherde oder ließen sie einzeln hintereinander fahren, je nach den Gegebenheiten des Geländes. Schließlich ging es einen langen Hang hinunter, und dann kamen sie auf einen besseren Weg. Vor ihnen lagen einige Farmen, und dort rastete auf einer Wiese Lauzuns Legion. Die Royal Deux-Ponts wurden mit Hurrarufen begrüßt, und nach wenigen Minuten versuchten alle Soldaten, ihre Freunde zu finden und Einzelheiten über ihre Märsche auszutauschen. André hielt Ausschau nach Arthur Dillon und sah ihn mit seinem Cousin Theobald plaudern. Die Pferde waren von ihrem kleinen Wagen ausgespannt, und die beiden Obersten vertraten sich die Beine und sprachen mit Theobalds Sohn, der Oberleutnant war.

Dann sah er Robert zusammen mit mehreren jungen Offizieren, die alle dem Dillon-Regiment angehörten. André erkannte O'Moran und Morgan, die in Newport Roberts besondere Freunde gewesen waren. Während er noch hinschaute, warf Robert den Kopf zurück und lachte, und in diesem Augenblick sah er Louise so ähnlich, daß André ein plötzlicher Schmerz durchfuhr.

Er trat rasch einen Schritt vor, und da sah Robert ihn und kam herübergerannt.

»André! Ich habe Sie schon gesucht. Was habt ihr denn getrieben? Wir haben eine herrliche Zeit gehabt. Ich bin zum Leutnant befördert worden. Das ist schnell gegangen, nicht wahr? Der Oberst hat mich kommen lassen und es mir selbst mitgeteilt. Ich hätte das Zeug zum Offizier, sagte er, obwohl ich kaum weiß, wie er das herausgefunden hat. Wir sind im Gefecht gewesen.« Er hielt plötzlich inne und fragte dann nach einer Pause: »Was ist mit Ihnen los? Ist etwas nicht in Ordnung? Sie sehen ja wie ein Leichenbitter aus. Louise? Handelt es sich um Louise? Ist sie krank? Haben Sie Nachricht aus Paris?«

»Sie ist nicht krank. Erst vor zwei Tagen habe ich gehört, daß es ihr sehr gut geht.«

»Was dann? Sie hat Ihren Antrag abgelehnt? Das kann ich nicht glauben.«

»Sie hat meinen Antrag nicht abgelehnt. Er kam zu spät.«

»Zu spät? Was meinen Sie damit? Ist sie schon mit jemandem versprochen? Um Gottes willen! Warum habe ich sie je verlassen?«

André nahm ihn an der Schulter und führte ihn ein Stückchen weg von den anderen. Der fröhliche Junge, der er noch vor einem Augenblick gewesen war, war verschwunden. Jetzt sah er wütend aus, ratlos, fast sprachlos. André sagte ruhig:

»Sie war schon verheiratet, als mein Brief eintraf.«

»Mit wem? Mit wem?«

»Mit einem Cousin, den Sie nicht kennengelernt haben, Armand de La Touche.«

»Nun? Das ist noch nicht alles. Fahren Sie fort.«

»Er ist vierundsechzig. Die Gräfin de Rothe schrieb es mir. Ich hatte auch einen Brief von Ihrer Großmutter. Armands Sohn ist auf Martinique oder Grenada gefallen, und er hat keinen Erben... Robert! Warten Sie! Robert!«

Aber Robert war losgerannt, bergauf, den Kopf gesenkt und so schnell und die Arme schwenkend, als verfolgte ihn eine Meute Hunde. André zögerte eine Sekunde, dann rannte er ihm nach, aber er hatte keine Aussicht, ihn einzuholen. Doch nach zwei Minuten warf sich Robert atemlos auf den Boden, verkrallte sich im Gras und schlug wiederholt mit den Fäusten, während er halb auf der Seite lag. Als André zu ihm kam, blickte er einen Moment auf ihn hinunter und sagte dann leise:

»Ich empfinde genau wie Sie, aber da kann man nichts machen. Alles ist korrekt vonstatten gegangen. Sie hatte die Genehmigung ihres Vaters.«

»Sie hat keinen Vater! Welches Recht hatte er, ihr das anzutun? Genehmigung! Sie kann es nicht gewollt haben, unmöglich.«

»Vielleicht meinte sie, es sei ihre Pflicht.«

»Dann hat diese alte Kanaille de Rothe es ihr eingeredet. Ein Herz aus Stein. Haben Sie ihr je in die Augen gesehen? Wie Blei, wie Glas – haben Sie sie je richtig angesehen?«

»Das habe ich, in der Tat. Ich bin ganz Ihrer Meinung. Aber vielleicht hat sie geglaubt, gut für Louise gesorgt zu haben.«

»Nein. Sie wollte sie los sein. Ihr Wohlergehen war ihr völlig gleichgültig. Vielleicht hat der alte Knabe ihr Geld gegeben – Geld würde sie von jedem nehmen. Das habe ich öfters über sie gehört, seit ich hier bin. Jeder kennt sie. Sie ist berüchtigt. Wir hätten Louise nie bei ihr lassen dürfen.«

»Ich hatte mich darauf verlassen, daß Madame Dillon sich um sie kümmert.«

»Sie ist so machtlos wie Louise. Grand-mère hatte sich darauf verlassen, daß ich mich um sie kümmere. Es ist alles meine Schuld.«

Jetzt legte er sich mit dem Gesicht nach unten flach auf den Boden, als drückte ihn die Verzweiflung nieder und überwöge den Zorn. André sagte:

»Sie hätten sie vielleicht auch nicht retten können, wenn Sie dagewesen wären. Und sie muß ihre Einwilligung am Altar gegeben haben, sonst hätten sie nicht getraut werden können.«

»Das ist Unsinn – die Mädchen wissen genau, daß keine Hoffnung für sie besteht, wenn sie sich am Altar weigern. Was hat der Priester getan, das möchte ich wissen! Es war seine Aufgabe, schon vorher herauszufinden, ob sie ihre Einwilligung freiwillig gegeben hatte oder nicht. Aber das tun sie nie. Sie halten sich an die Spielregeln, genau wie die anderen Intriganten. Geld – nur das wollen sie, Geld und Stellungen und Macht, und dann mehr Geld, um die Machtposition zu halten. Ich wünsche sie alle zum Teufel.«

»Wir können nichts tun.«

»Es ist das zweitemal, daß Sie das sagen.« Plötzlich setzte sich Robert auf und sah André feindselig an. »Was meinen Sie damit?«

»Ich meine, daß es zu spät ist. Wir müssen uns damit abfinden. Es hat keinen Zweck, zu kämpfen. Was sonst könnte ich meinen!«

»Wenn Kämpfen keinen Zweck hat, warum sind wir dann hier und marschieren in diesem wüsten Land hin und her?«

»Das ist eine andere Art des Kämpfens.«

»Ich sehe da keinen Unterschied. Man ist entweder ein Mann oder ein Wurm. Wir sind am Leben – wir denken – wir fühlen. Wenn uns etwas auf der Welt nicht gefällt, dann machen wir uns daran, es zu ändern, so wie wir es jetzt tun. Sagen Sie mal...«, fragte er mit plötzlicher, eindringlicher Bitterkeit, »gehört das zum Altwerden?«

»Was?«

»Was Ihnen widerfahren ist. Liegt Ihnen nicht genug

an Louise, um sie dort herauszuholen? Haben Sie nicht den Wunsch, daß all das nie geschehen wäre? Wünschen Sie nicht, Sie könnten nach Paris zurückkehren, wenn das hier vorbei ist, und würden sie dort auf Sie wartend vorfinden, sich nach Ihnen sehnend, auf Sie rechnend? Ich will Ihnen etwas sagen: vor zwei Tagen, als wir wußten, daß wir uns hier mit den Amerikanern vereinigen würden, erhielt ich für sechs meiner Leute die Erlaubnis, nach Newport zu gehen, ich verschaffte ihnen Pferde, damit sie die ganze Strecke zurückreiten konnten, um ihre Liebsten zu sehen, die dort in Newport zurückgeblieben waren. Sie werden zurückkommen, oder wir werden jemanden hinschicken müssen, um sie zu holen, aber wieviel Mühe sie uns auch machen, wir hätten sie nie daran gehindert, nach Newport zu reiten. Sie waren zum Sterben verliebt, und ich glaube, sie wären tatsächlich daran gestorben. Und schauen Sie mal dort unten am Fuß des Hügels, wo die Troßwagen stehen. Die Frauen und Kinder einiger unserer Soldaten sind mit ihnen aus Frankreich gekommen oder ihnen nachgefahren und haben in dieser abscheulichen Hitze die zweihundert Meilen von Providence auf diesen Wagen zurückgelegt, um mit ihren Männern zusammenzusein.« Er starrte André verächtlich an. »Und Sie wollen Louise aufgeben, als wäre sie weniger wert als die Frauen dieser armseligen Soldaten, als wäre sie es nicht wert, noch an sie zu denken...«

»Das habe ich nicht... was sagen Sie? Sie ist verheiratet, ich habe Ihnen doch gesagt, daß sie mit dem alten Grafen de La Touche verheiratet ist.«

»Das habe ich gehört. Was gedenken Sie zu unternehmen?«

»Was kann ich tun? Sie schlagen etwas Entsetzliches vor, viel schlimmer als...«

»Schlimmer als was? Schlimmer, als wie eine Kuh zum Stier gebracht zu werden?«

Plötzlich ballte André die Fäuste und ging auf Robert los, der sich rasch in Sicherheit brachte, auf dem Rücken lag, auf die Ellbogen gestützt, zu ihm aufsah und mit einem teuflischen Grinsen sagte:

»Das ist besser. Wie eine Kuh zum Stier gebracht.« Er wiederholte den Satz absichtlich und schien Andrés Wut auszukosten. »Um dem alten Narren, der sonst keine Verwendung für sie hat, einen Sohn zu gebären. Glauben Sie, er ist ihr treu? Haben Sie je erlebt, daß auch nur einer von diesen ganzen Adligen es sich versagte, eine oder zwei Mätressen auszuhalten? Es ist diese Leichtfertigkeit, die mich hierher gebracht hat. Ich habe Glück – ich weiß, daß ich Glück habe. Sie sind Franzose. Wie können Sie so töricht reden? Wie können Sie sie ihrem Schicksal überlassen, als wäre sie ein Tier, das zum Schlachthof gebracht wird?«

»Seien Sie vorsichtig mit dem, was Sie über sie sagen.«

»Das bringt Sie auf, nicht wahr? Das soll es auch. Diese Leute in Paris und ihre Freunde auf dem Land, die sind alle erledigt. Die Spielchen, die sie treiben, werden sie fertig machen. Sie sind wie die irischen Grundbesitzer, obwohl sie sich so überlegen vorkommen. Sie sind so kurzsichtig. Wo lebt Louise jetzt?«

»In Angers.«

»Ich wette, da sind sie genauso verderbt.«

»Genau das hat Ihre Großmutter gesagt, Louises Mann sei nicht besser als die anderen.«

»Schon? Woher weiß sie das?«

»Briefe von Louise.«

»Da habe ich also recht gehabt. Wer war es?«

»Ihre Zofe.«

»Biddy? Das glaube ich nicht.«

»Nicht Biddy. Eine Französin.«

»Worauf warten Sie dann eigentlich? Wie können Sie warten? Ich weiß, was ich tun würde, wenn ich an Ihrer

Stelle wäre. Ich würde bei der ersten Gelegenheit nach Frankreich fahren, sie aufsuchen und ihr klar machen, daß sie sich mit diesem Leben nicht abzufinden braucht, das andere für sie arrangiert haben. Sie können sie da herausholen. Wollen Sie sie herausholen?«

»Natürlich.«

»Dann haben Sie meine Genehmigung, da Sie solchen Wert auf Genehmigungen legen.« Er sah André spöttisch an. »Wann können Sie losfahren?«

»Sie sind verrückt.«

»Ja. Wann können Sie losfahren?«

»Jetzt werde ich kaum Urlaub bekommen.«

»Werden Sie das Urlaubsgesuch einreichen?«

»Ich brauche Bedenkzeit.«

»Warum?«

»Ihre Großmutter schrieb in ihrem Brief, ich sollte etwas unternehmen. Sie deutete dasselbe an.«

»Wo ist der Brief?«

»Hier in meiner Tasche.«

»Zeigen Sie ihn mir.«

»Nein.«

»Das habe ich mir gedacht, daß Sie ihn mir nicht zeigen würden. Sie schrieb, Sie sollten etwas unternehmen. Das war es, was sie meinte. Sie meinte, Louise dürfe nicht im Stich gelassen werden. Ich frage mich, ob sie wohl selbst nach Angers fahren würde – ich glaube, sie mag daran gedacht haben. Sie sehen, daß Sie auch ihre Genehmigung haben.«

»Verspotten Sie mich nicht.«

»Gehen Sie und holen Sie sie da heraus.«

»Das ist gesetzwidrig.«

»Was wir jetzt tun, in diesem Augenblick, ist gegen das Gesetz dieser Kolonie. Sie machen Ausflüchte.«

»Sie haben für alles eine Antwort.«

»Ja. Ich könnte selbst hinfahren, aber Louise würde meinem Urteil nicht so trauen wie Ihrem.«

»Ich weiß nicht, wo mir der Kopf steht. Was erwarten Sie von mir?«

»Daß Sie nach Angers fahren und sie da herausholen, sie entführen, wenn Sie wollen. Warum können Sie mich nicht verstehen? Ich habe es ganz deutlich gesagt.«

»Es ist eine strafbare Handlung. Wohin sollten wir gehen? Man würde sie finden und zurückbringen, und dann wäre ihre Lage schlimmer als vorher.«

»Nicht, wenn Sie hierher kommen.« Robert lachte. »Sehen Sie, Sie fangen an, es zu begreifen. Derlei Dinge wie Gesetz oder Wahrheit gibt es nicht, sofern man sie nicht will. Die schafft man sich selbst. Das ist etwas, das ich in Paris gelernt habe. Sie könnten nach Amerika kommen. Niemand würde irgendwelche Fragen stellen. Sie könnte Ihre Frau sein, Sie könnten als Mann und Frau ankommen.«

»Das ist eine abscheuliche Idee.«

»Nennen Sie es, wie Sie wollen. In Wirklichkeit halten Sie es nicht für eine abscheuliche Idee. Ich kann geradezu sehen, wie Ihr Gehirn arbeitet. Lassen Sie sich Zeit, um es zu überlegen – das müssen Sie sowieso. Wir sind mit diesem Krieg noch längst nicht fertig, sagt der Oberst. Wir wollen uns nicht streiten. Gewiß werden Sie irgendwann einsehen, daß es vernünftig ist, was ich sage. Sie denken jetzt gerade darüber nach, nicht wahr?«

»Ja, ja.«

»Das wußte ich. Das steht Ihnen im Gesicht geschrieben. Sie werden nach Frankreich zurückfahren – dringende Familienangelegenheit, welcher Grund auch immer –, sobald Sie Urlaub bekommen können – sagen Sie ihr, ich habe Sie aufgefordert, sie da herauszuholen – ich werde Ihnen einen Brief für sie mitgeben – sagen Sie ihr – sagen Sie ihr...«

Teilweise, um ihn zu beruhigen, fragte André:

»Und wenn sie nicht mitkommen will? Wenn sie in Angers ganz glücklich ist?«

»Wenn sie glücklich wäre, hätte sie dann an Grandmère über die Untreue ihres Mannes geschrieben?«
»Nein.«
Robert sprang auf, strich sich mit der Hand über den Ärmel und verzichtete darauf, sich auch von den restlichen trockenen Grashalmen zu befreien, die an seinem Rock hingen. Er sagte:
»Es ist also abgemacht. Sie werden nichts zurücknehmen. Es ist abgemacht?«
»Ja.«
»Wann?«
»Sobald als möglich. Es wird einige Zeit dauern, bis ich Urlaub bekommen kann.«
»Sie werden es mir sagen, wenn es soweit ist?«
»Natürlich, wenn ich Sie finden kann.«
»Werden wir wieder getrennt?«
»Ich glaube nicht. Soweit ich feststellen kann, werden wir, Amerikaner und Franzosen, von jetzt an zusammen bleiben.«
Robert sagte besorgt: »Und wir werden uns nicht streiten?«
»Nein. Wir werden uns niemals streiten.«

22

Die beiden Armeen blieben mehrere Wochen in Philipsburg, ehe sie nach Süden zogen. Nach ein paar Tagen begannen die amerikanischen Soldaten, sich nach Hause davonzuschleichen. Wurden sie geschnappt, brachte man sie zurück und peitschte sie aus, genau wie die Franzosen, obwohl man der Meinung sein konnte, als Freiwillige hätten sie anders behandelt werden sollen. General Washington mußte seinen ganzen Einfluß aufbieten, damit die Getreuen den Mut nicht sinken ließen. Gräßliche Berichte trafen ein über Grausamkeiten, die von beiden Seiten begangen wurden, als Verzweiflung und Besorgnis wuchsen. Unwillkürlich ließ sogar Washington seine Unsicherheit erkennen, aber nur in Gegenwart seiner höheren Offiziere. Den Mannschaften gegenüber war er immer bewundernswert zuversichtlich, versprach, daß sie bald bezahlt würden, daß der Krieg bald vorbei sein werde und es in alle Ewigkeit auf amerikanischem Boden nie wieder einen geben würde.

Keine Nachrichten kamen aus den südlichen Kolonien, obwohl er immer wieder Boten mit Briefen entsandte, um zu fragen, mit welcher Unterstützung er rechnen könne, wenn er mit seiner Armee La Fayette zu Hilfe komme, der mit seiner kleinen Streitmacht zu verhindern versuchte, daß sich Lord Cornwallis nach Nord- und Süd-Carolina zurückzog. All das war um so ärgerlicher, als von verschiedenen Verbindungsleuten berichtet wurde, daß General Clinton in New York und Lord Cornwallis untereinander uneins seien. Clinton weigerte sich, die Verstärkungen zu schicken, die Cornwallis haben wollte, und verlangte sogar, er solle die drei Bataillone zurückschicken, die er Cornwallis geliehen hatte, um seine Stellung zu stärken.

Ganz besonders enttäuschend war die Tatsache, daß Connecticut nur ein paar hundert Mann geschickt hatte statt der sechstausend, die angefordert worden waren, und nicht einmal Washington vermochte dieser Handvoll das Aussehen einer Armee zu verleihen. Von den zweitausend, die er hatte, waren die meisten alte Männer oder Knaben, darunter sehr viele Schwarze, aber sie waren ihrem General absolut ergeben. Sie boten einen jämmerlichen Anblick. Als die französischen Offiziere aufgefordert wurden, sie zu inspizieren, lächelte niemand über ihre seltsame Aufmachung.

André erkannte, daß er unmöglich nach Frankreich aufbrechen konnte, ehe dieser Feldzug beendet war. Er wurde ständig von beiden Armeen als Dolmetscher gebraucht. Am 15. August erhielt Rochambeau Nachricht aus Newport, daß Admiral de Grasse von Westindien unterwegs sei mit achtundzwanzig Linienschiffen, dreitausend Mann, Feld- und Belagerungsgeschützen und einer Million zweihunderttausend Livres in gutem französischem Geld. Er halte Kurs auf Chesapeake Bay, und Rochambeau solle rechtzeitig dort sein und den Feldzugsplan bereit haben, denn de Grasse schrieb, er könne nicht über den 15. Oktober hinaus bleiben.

Rochambeau forderte André auf, ihn zu begleiten, um Washington die gute Nachricht zu überbringen, und die beiden Generale machten sich daran, ihre Pläne im einzelnen auszuarbeiten. Mit Scharmützeln und Spähtruppunternehmen sollte Schluß gemacht werden. Clinton sollte in New York in einem Zustand der Ungewißheit gehalten werden und ständig einen Angriff befürchten müssen. Er weigerte sich immer noch, Cornwallis zu Hilfe zu kommen, der gerade eine kleine Stadt in Virginia mit Namen Yorktown eingenommen hatte und dabei war, sie zu befestigen. General de La Fayette schrieb, er glaube, daß er Cornwallis' Entkommen verhindern könne, bis die französische und die amerikanische Armee eintreffen, aber seine Worte hatten einen neuen, verzweifelten Beiklang.

Ein wesentlicher Teil des Plans war, daß die französische Intendantur Mehl und Lebensmittel kaufen und Backöfen am rechten Ufer des North River errichten sollte. Spione würden das Clinton sofort berichten, der es als einen neuen Beweis dafür ansehen würde, daß die Franzosen New York angreifen wollten. Derweil sollten Boten nach Newport reiten mit Instruktionen, daß die Flotte mit den Geschützen, die in ihrer Obhut geblieben waren, sofort zur Chesapeake Bay segeln sollte. Die beiden Armeen in White Plains sollten so schnell wie möglich nach Süden marschieren und sich mit de Grasse und La Fayette vereinigen. Ihr Ziel müsse absolut geheimgehalten werden, sagte Washington, denn seine Leute würden sich wahrscheinlich allesamt davonmachen, wenn sie wüßten, wohin der Marsch gehe.

Obwohl das Geheimnis durchaus gewahrt wurde, glichen beide Lager plötzlich Bienenstöcken vor dem Ausschwärmen. Gerüchte schossen wie Pilze aus dem Boden und verbreiteten sich mit erstaunlicher Schnelligkeit. Das amerikanische Lager lag eine Viertelmeile entfernt vom französischen und am anderen Ufer eines kleinen Bachs, aber die Gerüchte gingen hin und her, als ob es keine Sprachschranke zwischen ihnen gäbe. Das hartnäckigste Gerücht besagte, beide Armeen würden gemeinsam einen Angriff auf New York unternehmen, unterstützt von See durch die französische Flotte aus Newport. Es war die Rede von einem großen Sieg im Süden durch La Fayette, und dann wieder von seiner Niederlage und seinem Tod. Es regnete in Strömen, so daß draußen nicht gearbeitet werden konnte, und die Leute kauerten in ihren Biwaks und erzählten sich flüsternd diese seltsamen Geschichten. Es war eine ungeheure Erleichterung, als endlich der Befehl kam, das Lager abzubrechen und nach North Castle zurückzumarschieren, wo ein kleiner Außenposten zurückgeblieben war.

Der Rückweg nach North Castle erwies sich als der schlimmste Teil des ganzen Marsches. Der Regen hatte die Straße weitgehend weggewaschen, die von Anfang an nicht sehr gut gewesen war. Dutzende von Wagen gingen in die Brüche, verloren Räder oder blieben in dem tiefen Schlamm stecken. Es dauerte Stunden, sie wieder frei zu bekommen, und sie verstopften die Straße dermaßen, daß die Nachhut, die aus den Grenadieren und Chasseuren der Deux-Ponts und Soissonais sowie der Legion von de Lauzun bestand, für die Nacht biwakieren mußte, nachdem sie erst sechs Meilen zurückgelegt hatte.

Naß bis auf die Haut, ging André mit de Vioménil und von Closen und verschiedenen anderen Offizieren zu

Fuß zu einem Haus nicht weit von der Straße, in dem ein Licht brannte. Es war ein langes, niedriges Haus, eine Blockhütte, die ausgebaut und erweitert worden war und eine Veranda hatte, die an der ganzen Länge entlanglief. Der Regen tropfte heftig von den Bäumen ringsum. Ein Hund erhob sich von seinem Platz an der Tür und knurrte wütend, dann begann er wild und beängstigend zu bellen. Es verging keine Sekunde, da öffnete sich die Tür und ein ungeheuer großer alter Mann mit groben Gesichtszügen, der eine Lederjacke trug und eine Öllampe hochhielt, schaute zu ihnen hinaus. In mürrischem Ton rief er:

»Wer ist da? Antworten Sie, oder ich lasse den Hund los.«

»Gott sei Dank, daß er angebunden ist«, sagte André laut. »Dürfen wir hereinkommen und unsere Kleider an Ihrem Feuer trocknen?«

»Wer sind Sie?«

»Französische Offiziere auf dem Marsch. Unsere Leute kampieren am Straßenrand.«

Er hörte, daß hinter ihm vorsichtshalber Degen gezogen wurden, aber der alte Mann sagte:

»Kommen Sie herein, kommen Sie herein. Wieviele sind Sie? Hier lang, hier lang.« Er sprach leise mit dem Hund, der sofort aufhörte zu bellen. »Kommen Sie mit, haben Sie keine Angst. Er wird Sie jetzt nicht anrühren.«

Gefolgt von ihren wachsamen Dienern, gingen die Offiziere ins Haus und direkt in ein großes, spärlich möbliertes Wohnzimmer. Ein kleines Holzfeuer brannte wohltuend an einer Seite. Einfache Holzbänke und ein einziger, gepolsterter Sessel standen daneben. Auf dem langen Eßtisch lag lediglich eine große Bibel mit goldfarbenen Schließen. Es schien niemand sonst im Haus zu sein.

»Alexander Bird ist mein Name«, sagte der Mann. »Ich

kann Sie nicht zu allem, was ich habe, einladen, denn ich habe nichts, was ich Ihnen anbieten könnte.«

»Wir brauchen nichts«, antwortete André, »sondern möchten uns nur eine Weile an Ihr Feuer setzen, und wenn Sie es erlauben, unser Abendessen holen lassen. Wir haben lange nichts gegessen.«

»Franzosen, sagten Sie? Gut. Ich freue mich, Sie willkommen zu heißen. Sie können etwas für mich tun, nachdem Sie gegessen haben.«

»Gern.«

Er legte mehr Holzscheite auf das Feuer, das bald aufflammte, und die Franzosen hatten das große Vergnügen, sich davor zu drehen, zu beobachten, wie Dampf aus ihren Kleidern aufstieg, und zu spüren, wie die köstliche Wärme sich in ihrem Körper ausbreitete.

»Warum marschieren Sie bei diesem Wetter?« fragte Bird. »Warum warten Sie nicht, bis es sich aufgeklärt hat?«

»So werden Kriege nicht geführt«, sagte Vioménil, nachdem André es übersetzt hatte, dann wartete er, bis seine Antwort auf Englisch wiederholt worden war.

Bird fragte erstaunt:

»Ist es das, was er gesagt hat? Das klingt mächtig komisch. Ist das Französisch? Wie lange wird er brauchen, um Englisch zu lernen?«

»Ich bezweifle, ob er dazu Zeit haben wird. Wir hoffen, in ein paar Wochen diesen Krieg zu beenden und nach Frankreich zurückzukehren.«

»Sie selbst sprechen ein feines Englisch. Wie kommt das?«

»Ich bin mehr Ire als Franzose. Ich bin oft in Amerika gewesen.«

»Ire sind Sie? Ich kenne ein paar Iren. Sie kämpfen für die Engländer. Aber Ihre Freunde sind Franzosen. Glauben Sie, einer von ihnen würde mir die Haare schneiden?«

»Das bezweifle ich. Warum sollten sie das tun?«
Vioménil fragte:
»Was in aller Welt erzählt er da? Haare schneiden?«
»Er fragt, ob einer von Ihnen ihm das Haar schneiden würde«, sagte André ernst.
Bird sah besorgt von einem zum anderen. Dann sagte er:
»Das ist doch nicht zuviel verlangt. Der nächste Barbier ist fünf Meilen weit weg, und Sie haben ja gesehen, in welchem Zustand unsere Straßen sind. Bei diesem warmen Wetter muß ich meine Haare geschnitten bekommen. Ich hätte warten sollen, bis Sie gegessen haben. Dann würden Sie mir diese Gefälligkeit nicht abschlagen.«
»Ich glaube nicht, daß einer von uns es auch nach dem Essen tun könnte«, sagte André. »Unsere Diener schneiden uns die Haare. Meiner wird es für Sie tun, wenn er zurückkommt. Ich werde es ihm sagen.«
»Ihre Diener! Meinen Sie diese Herren, die weggegangen sind, um Ihr Essen zu holen?«
»Ja. Meiner ist ein recht guter Barbier.«
»Na, man lernt nie aus. Mir wurde immer gesagt, alle Franzosen seien entweder Barbiere oder Fiedler. Kann einer von Ihnen die Fiedel spielen?«
»Ich glaube nicht.«
Kurz darauf kamen die Diener zurück mit Weißbrot, kaltem Braten und Weinflaschen, und sie deckten den Tisch mit dem Silber und den Gläsern ihrer Herren so sorgfältig, als würden sie zu Hause bedienen. Bird sah schweigend zu, bis sich die Offiziere hingesetzt hatten, dann sagte er leise:
»Ein solches Festmahl habe ich noch nie gesehen. Mir scheint, Sie sind reichlich versehen. Darf ich mithalten?«
»Natürlich.«
Er wollte keinen Wein trinken, sondern füllte ein Glas

mit Whiskey aus einem kleinen Faß, das auf dem Boden in der Nähe des Feuers stand, wobei er ihnen den Rücken zuwandte.

»Selbst gebrannt«, sagte er über die Schulter. »Ist fast alle. Ich finde, man kann heutzutage nicht gutes Korn verschwenden, um Whiskey zu brennen. Die Soldaten haben sich mit allem, was ich noch hatte, davongemacht, und ich brenne keinen mehr, ehe der Krieg nicht auf die eine oder andere Weise zu Ende ist.«

»Französische Soldaten?«

»Ich habe mein Lebtag keinen Franzosen gesehen bis zu dieser Stunde. Es waren gute Amerikaner, wie sie sagten, kämpfen für die Freiheit. Das ist der Grund, warum ich einen Hund vor der Haustür habe. Man lernt nie aus, man lernt nie aus. General Washington redet von Freiheit, aber wie soll ein armer Mann Saatgut für seine Farm kaufen, wenn ihm sein ganzes Hab und Gut genommen wird? Ich habe ihnen das gesagt, und sie lachten und erklärten, sie hätten kein Geld. Ich habe nicht gelacht. Ich habe sie mit meinem Gewehr hier weggejagt. Sie werden nicht zurückkommen, glaube ich.«

»Wann war das?«

»Im Frühling. Wir in dieser Gegend haben sie herzlich satt samt ihrem Krieg, das kann ich Ihnen sagen. Es stimmt, daß die Lage schlecht ist, die Steuern können einen um den Verstand bringen, wir sehen die Leute nie, die die Verfügungen erlassen, aber wenn wir solche Leute haben sollen wie die, die statt dessen meine Scheune ausgeraubt haben, dann gebe ich mich lieber mit der englischen Herrschaft zufrieden.«

»Es werden nicht dieselben Leute sein. Das waren ja bloß Soldaten.«

»Geschickt von General Washington, sagten sie, aber ich weiß, daß er nie von mir gehört hat. Sie zogen los mit meinem Whiskey, meinen Gänsen und Hühnern, und sie hätten auch meine Kühe und mein Pferd genommen, wenn ich sie nicht versteckt hätte. Sie nahmen meine letzten Ballen Heu aus der Scheune und überließen es mir, meinen Kühen zu erklären, daß sie warten müßten, bis das Frühlingsgras wächst. Hätte ich nicht gute Nachbarn droben auf dem Berg gehabt, wären wir alle verhungert. Mein Sohn ist in Philadelphia und gießt Öl ins Feuer. Wenn er es je wagt, zurückzukommen, wenn er die Nase hier hereinsteckt, kriegt er eine Schrotladung von mir, die ihm zu denken geben wird.«

»Sie werden vielleicht bald anderen Sinnes werden«, sagte André. »Womöglich werden Sie ihm eines Tages dankbar sein.«

»Meinen Sie?«

»Ja. Bald wird alles vorbei sein. Im nächsten Jahr werden Sie sehen, daß sich die Lage bessert. Wohnen Sie hier allein?«

»Ja, seit dem Tod meiner Frau. Ich hatte immer drei Sklaven, aber sie sind alle davongelaufen, zur Armee, mit meinem Sohn. Ich habe eine Schwester in Hartford. Sie kommt manchmal und besucht mich. Sie haben guten Boden da oben, am Fluß. Hier ist er zu steinig. Ich habe schon eine Menge weggeschafft, aber jetzt kann ich anscheinend nicht mehr nachkommen. Das Alter ist keine schöne Zeit, junger Mann.«

»Ich kenne Hartford. Da ist der Boden gut, sagen Sie?«

»Der beste, sofern Sie nicht nach Süden gehen, und das ist für mich zu heiß. Warum fragen Sie? Sie sehen nicht aus wie ein Farmer.«

»Ich bin ein wenig Farmer, wenn ich in Frankreich bin. Ich werde das wieder aufnehmen, wenn der Krieg vorbei ist.«

»Möge der Tag bald kommen. Mein Sohn schrieb, er habe jetzt eine kleine Kerzenmanufaktur in Phildelphia, und das, glaubt er, sei besser für ihn als die Landwirtschaft. Nathaniel Bird – vielleicht begegnen Sie ihm zufällig, sollten Sie nach Süden gehen. Wohin gehen Sie jetzt?«

»Wir sind auf dem Weg nach North Castle.«

»Da finden die Kämpfe nicht statt. Warum gehen Sie nicht nach New York?«

»Wir befolgen Befehle. Wir tun, was wir geheißen werden.«

»Alle Armeen sind gleich, aber es heißt, die Franzosen sind ehrlich und bezahlen das, was sie sich nehmen. Ich fange an, es zu glauben. Mein Sohn hat ein Quäker-Mädchen geheiratet. Die sind auch ehrlich, wie ich höre. Die Soldaten, die mein Hab und Gut nahmen, sagten, sie würden eine Liste aufstellen, und eines Tages würde ich es bezahlt bekommen. Glauben Sie, das ist wahr? Glauben Sie, ich werde es bezahlt bekommen, wenn der Krieg vorbei ist? Ich habe gehört, General Washington lebt wie ein König. Ich habe gehört, er wird zu guter Letzt ein reicher Mann sein mit seinem Plündern und all dem. Glauben Sie, das ist wahr?«

»Kein Wort davon. Er hat alles verloren. Er kann nie nach Hause gehen und sich um seine Plantage kümmern. Er schläft die meiste Zeit draußen in einem Zelt, um bei seinen Leuten zu sein. General Washington ist ein wirklich großer Mann, und mein Leben lang werde ich froh sein, ihn gekannt zu haben.«

»Nun, nun, junger Mann, werden Sie nicht wütend. Sie sagen das sehr hitzig. Aber was soll ein armer Mann glauben? Ich habe ihn nie kennengelernt. Sie glauben also, er ist ein guter Mann, ein ehrlicher Mann? Ja, man lernt nie aus. Ich kann es jetzt glauben, da ich es von jemandem gehört habe, der ihn kennt. Kennen diese Herren ihn auch?«

»Ja, sie kennen ihn alle. Sie würden Ihnen dasselbe sagen.«

»Und haben sie auch Farmen in der Heimat wie Sie?«

»Ja, und außerdem Häuser in Paris.«

»Und all das haben Sie verlassen, um herzukommen und für uns zu kämpfen, so habe ich gehört. Meinen Sie, sie hätten etwas dagegen, wenn ich ihnen die Hand schüttele?«

»Keineswegs. Es würde sie sehr freuen.«

Der alte Mann stand auf, ging um den Tisch herum und schüttelte zur großen Freude seiner Gäste jedem feierlich die Hand, zuletzt André. Dann gab er den Dienern die Hand, nachdem er sich erst besorgt erkundigt hatte, ob sie Sklaven seien. André versicherte ihm. daß sie es nicht seien, und Bird sagte:

»Das habe ich mir gedacht, da sie weiße Männer sind, aber in anderen Teilen der Welt gibt es so seltsame Dinge, daß ich dachte, ich frage lieber. Sie haben natürlich schwarze Sklaven in Frankreich?«

»Nein, nur Bauern und Diener wie diese.«

»Es muß schwer sein, ohne Sklaven eine Farm zu bewirtschaften.«

Andrés Diener Pierre schnitt dem alten Mann in der Waschküche die Haare, während die Offiziere am Feuer ein wenig schlummerten. Um drei Uhr morgens wurden sie von einem Melder mit einer Nachricht von Rochambeau geweckt, André und von Closen sollten ihn sofort zu General Washingtons Quartier in Peekskill begleiten, dem kleinen Dorf am North River, wo die französische Armee ihr Pulvermagazin und Versorgungslager gehabt hatte, als sie in Philipsburg lagerte. Das war sehr viel erfreulicher, als sich der langsam vorankommenden Armee wieder anzuschließen, die sich immer noch aus dem Schlamm ausgrub. Binnen einer Stunde machten sie sich wohlgemut auf den Weg, nachdem sie Mr. Bird versprochen hatten, ihn zu besuchen, wann immer sie in der Gegend sein sollten.

Mit von Closen zusammenzusein war sehr anregend. Er wollte alles sehen und alles erforschen und sich ein Bild von den ersten Feldzügen des Krieges machen. Am

North River bestand er darauf, die Forts zu besichtigen und Karten zu zeichnen, um sie mit nach Europa zu nehmen. Dann mußte er einen Abstecher machen, um einen berühmten Wasserfall zu sehen, zu Pferde nur eine halbe Stunde entfernt, und anhalten, um mit jedem Farmer über seine Arbeitsweise zu reden und die Rinder- und Schafrassen mit denen zu vergleichen, die er in der Heimat hatte. Alles interessierte ihn, und mit seiner Begeisterung steckte er alle anderen an.

In Philadelphia hatte er eine herrliche Zeit. Rochambeau gab Befehl, daß die Leute für den Marsch durch die Stadt im Paradeanzug erscheinen sollten, und um das zu bewerkstelligen, hielt die Armee drei Meilen außerhalb an und machte sich daran, sich in Schale zu werfen. Am zweiten Tag begleiteten von Closen und André Rochambeau und de Vioménil und einige andere höhere Offiziere in die Stadt. Sie wurden von einer kleinen, berittenen Freiwilligentruppe unter Führung des Gouverneurs des Staates, der Reed hieß, empfangen und in die Stadt geleitet. Dort wurden sie in einer Versammlungshalle von de Luzerne, dem französischen Botschafter beim Kongreß, sowie dem Präsidenten und allen Honoratioren des Staates erwartet und begrüßt und dann in de Luzernes Haus gebracht, wo sie wie Könige behandelt wurden.

Es war fabelhaft, wie Papa Rochambeau sich im Hintergrund hielt, um sicher zu sein, daß Washington immer als erster geehrt wurde, aber dennoch herumstapfte, jedem die Hand schüttelte, im Herrenklub Rumpunsch trank, sich im Haus des Finanzministers durch eine gewaltige Mahlzeit hindurchaß, so tat, als trinke er, wenn die Gläser zu einem Trinkspruch nach dem anderen gehoben wurden, auf den Sieg, auf Frankreich, auf Washington, auf den Kongreß, auf die Freiheit, auf König Ludwig, und nur dann und wann mit einem winzigen Zucken der Lippen seine Ungeduld erkennen ließ. Einmal flüsterte er André zu:

»Sagen Sie den Leuten, wenn sie wollen, daß wir diesen Krieg gewinnen, dann sollten wir jetzt unterwegs sein, statt hier Orgien zu feiern. Sie hätten ihrem großen General etwas von dem Geld geben sollen, das sie für diese Protzerei ausgeben.«

Aber als Mr. Reed einen Augenblick später kam und ihn zum Abendessen am nächsten Tag zu sich einlud, sagte er sofort zu und fragte nur, ob General Washington auch dort sein werde. Er war da, und der Hauptgang war eine riesige Schildkröte von neunzig Pfund, und zu Ehren der Gäste gab es dazu guten französischen Wein.

Am nächsten Tag, dem Tag vor der großen Parade, gingen die beiden Generale und ihre Offiziere zum Schlachtfeld von Germantown, sechs Meilen von Philadelphia entfernt, und General Washington sprach über die Zufälle, die sich zu seinen Gunsten ausgewirkt hatten. Von Closen war in seinem Element und stellte ein Dutzend Fragen, alle eingegeben von der fast kindlichen Wißbegierde, die ihn veranlaßte, in jeder Stadt, durch die sie kamen, Museen und Ausstellungen zu besuchen. Washington sagte schließlich:

»Krieg ist eine abscheuliche Angelegenheit. Hätte Cornwallis nicht mehrere Fehler begangen und hätte er sich meine Fehler zunutze gemacht, wären wir nach unserer Niederlage bei Camden in einer hoffnungslosen Lage gewesen. Er sieht den Krieg als ein Spiel an. Wir kämpfen um unser Leben. Schmutz, Zerstörungen, Grausamkeit, Armut, Krankheiten – das ist es, was der Krieg mit sich bringt. Wäre jeder Krieg ein Kampf bis aufs Messer, würde es weniger Kriege geben. Das ist Ketzerei, nicht wahr, meine Herren?« sagte er zu den jungen französischen Offizieren, die kaum wußten, wovon er sprach.

An jenem Tag speisten sie zu Abend im Haus des französischen Konsuls Holker, aber von Closen machte sich mit seinem Freund du Bourg davon, um sich ein weiteres Museum anzusehen.

Der Einzug der französischen Armee in Philadelphia wirkte auf alle ermutigend, Amerikaner und Franzosen gleichermaßen. Rochambeau ritt an der Spitze seiner Truppen, die Musikkorps spielten, die Leute marschierten tadellos, als hätten sie nie im Leben einen Wagen aus dem Schlamm gezogen oder Eimer voll Wasser zu den Feldküchen geschleppt. Der General und seine Begleitung hielten zwischen den Ulanen und Husaren von de Lauzuns Legion an, um vor den Mitgliedern des Kongresses und dem Präsidenten auf dem Balkon ihrer Halle zu salutieren. Als sie an der französischen Botschaft vorbeiritten, sah André, daß auf dem Balkon dort viele Damen saßen, deren schmeichelhafte Bemerkungen die Ohren der Offiziere erreichten und sie vor Freude erröten ließen. Eine helle, blitzende Uniform fiel André auf, und er sah, daß von Closen, dessen Auftritt bei der Zeremonie beendet war, es fertiggebracht hatte, dort hinaufzugelangen, und jetzt mit den Frauen und Töchtern der Honoratioren von Philadelphia plauderte, als hätte er sie sein Leben lang gekannt.

In diesen Tagen des Müßiggangs stellte André fest, daß ihm Roberts Worte unablässig durch den Kopf gingen. Fahren Sie nach Angers und holen Sie sie da heraus, entführen Sie sie notfalls, kommen Sie als Mann und Frau nach Amerika zurück, wie eine Kuh zum Stier – immer, wenn ihm diese Worte einfielen, die ihn damals so erbittert und die zu seiner Abmachung mit Robert geführt hatten, dachte er daran, daß er ja versprochen hatte, nach Angers zu fahren. Sobald als möglich, hatte er gesagt, und er werde Robert verständigen, wenn es soweit sei.

Ehe er Philadelphia verließ, schrieb er Charles Lally einen Brief und bot ihm an, sein Haus und das Gut bei Saint André de Cubzac gegen Charles' Farm und Haus in

Hartford zu tauschen. Von diesem Tag an wußte er, daß er nach Frankreich zurückfahren und Louise entführen würde.

23

Das Schachspiel endete in Yorktown. Springer, Läufer, Könige, Damen und Türme blieben auf dem Brett. In der kleinen Stadt lag ein Durcheinander von Bauern, mehrere Arme und Beine, verwesende Rümpfe von Leichen in roten Röcken, wahllos, unbegraben auf den Straßen oder wo immer sie gefallen waren. Ein entsetzlicher Gestank hing über allem, und ein paar unglückliche Leute schlichen herum, Taschentücher vor dem Gesicht, um sich davor zu schützen. Die Häuser waren rissig oder durchlöchert von Kanonenschüssen, die Straßen alle paar Ellen aufgerissen und ausgehöhlt, wo Bomben gefallen waren. André ritt mit Oberst Dumas, von Closen und einer Begleitmannschaft in die Stadt, um mit den Engländern zu verhandeln und die Zahl der Gefangenen festzustellen. Nach einer eiligen Besprechung war beschlossen worden, daß die Franzosen diese Aufgabe übernehmen sollten, wobei nur Dumas die Amerikaner vertrat, von denen einige begonnen hatten, von Vergeltung und Rache wegen des Todes einiger ihrer in Gefangenschaft geratenen Waffengefährten zu reden. Einer davon war Oberst Scammell. Man erzählte sich, er sei auf Befehl von Tarleton hinterrücks erschossen worden, nachdem er sich schon ergeben hatte. Das war vor mehr als zwei Wochen gewesen, und es ließ sich nicht feststellen, ob die Geschichte stimmte. Von Closen sagte zu André:

»Diese Amerikaner verstehen nichts von Kriegskunst. Sie haben alles verkehrt angefangen. Wären wir nicht dagewesen, hätten sie versucht, ohne Vorbereitung nach

Yorktown hineinzuschwärmen, und hätten alle ihre Leute verloren. Jetzt zweifle ich, ob sie wissen, wie man eine Belagerung beendet.«

Er war untadelig schmuck bei diesem Anlaß, kein Stäubchen auf seiner Uniform, sogar sein Pferd war blitzblank gestriegelt. André erwiderte trocken:

»Es ist einfacher für uns. Es ist nicht unser Krieg.«

»Wissen Sie«, fuhr von Closen fort, »daß Oberst Laurens und einige andere der Meinung waren, die Engländer sollten nicht zum Abendessen gebeten werden? Ich glaube gar, sie haben sich eingebildet, wir würden Lord Cornwallis und die Offiziere mit den Soldaten ins Lager schicken.«

Die Meinungsverschiedenheiten waren fast von dem Augenblick an zutage getreten, als die Belagerung begann. Die Franzosen befolgten eine komplizierte Serie von Regeln bei der Einnahme einer Stadt, aber obwohl sie den Amerikanern diese immer wieder erklärten, merkten sie, daß sie nicht verstanden wurden.

»Was ist der Zweck von alledem?« fragte Laurens. »Sie aushungern und ausbomben, das eine oder andere. Warum soviel Aufhebens machen?«

»Es ist wirkungsvoll«, erwiderte Vioménil geduldig. »Es sorgt für Ordnung. Wir wollen nicht mehr Schaden anrichten als unbedingt nötig.«

»Die machen sich nicht viel Gedanken darüber. Sie haben jahrelang geplündert und alles niedergebrannt. Es wird Zeit, daß sie es am eigenen Leibe erfahren.«

Die Beziehungen zwischen ihnen waren noch recht gut gewesen, als sie vom zwölf Meilen entfernten Williamsburg zum *Förmlichen Angriff* aufbrachen. Die Musikzüge spielten abwechselnd französische und amerikanische Märsche. Die Sonne schien brennend heiß, und die ganze Marschkolonne wurde von Mücken und Fliegen geplagt und von den giftigen Ausdünstungen der Sümpfe auf beiden Seiten der miserablen Straße. Hier gab es lichte

Wälder, die dichter wurden, als sie sich Yorktown näherten. Die französischen Soldaten waren jetzt guten Muts, da etwas geschehen sollte. Es war schwierig gewesen, sie auf dem langen Marsch vom Norden bei Laune zu halten, aber ihr kurzer Aufenthalt in Williamsburg hatte ihnen wieder Auftrieb gegeben. Dennoch zwang die Hitze Hunderte von ihnen, wegzutreten und darauf zu warten, daß die Wagen sie mitnahmen.

In Yorktown verging eine Woche damit, das Feldlager aufzuschlagen und von den Soldaten die Körbe flechten zu lassen, in denen die Erde aus den Laufgräben weggeschafft werden sollte, und die langen, wurstförmigen Sandsäcke zu ihrem Schutz herzustellen. Als die Wagen ankamen, wurden viertausend Hacken und Schaufeln ausgeladen und einsatzbereit in einer Reihe hingelegt. Die Pioniere hatten bereits die Beschaffenheit des Bodens geprüft und ausgerechnet, wieviele Körbe täglich von jedem Mann weggetragen werden konnten. Schließlich ordnete General Rochambeau am Abend des 7. Oktobers an, daß der Feldgeistliche das übliche Gebet bei dem feierlichen Beginn der Schanzarbeiten sprechen solle. Als die Nacht hereinbrach, begann die Arbeit an der ersten Parallele in völliger Stille, und die amerikanischen Offiziere sagten:

»So, das ist einleuchtend. Das ist eine praktische Art, die Sache anzupacken.«

Aber sie schienen immer noch nicht zu begreifen, daß Regeln Ordnung bedeuten und Ordnung Sieg. Als zwei Tage später die ersten Redouten gestürmt wurden, rannten die Amerikaner wie wilde Tiere hinauf und über die Verteidigungsanlagen hinweg, statt zu warten, bis Leute mit Äxten kamen und die Holzpfosten abhackten. General d'Aboville von der französischen Artillerie wurde sehr besorgt und gab Befehl, seine Leute so weit wie möglich von den Amerikanern fernzuhalten, damit das schlechte Beispiel nicht dazu führe, daß sie ihre Ausbildung vergäßen. Um das zu verhindern, befahl er einige Vorführungen, bei denen die Franzosen den Amerikanern ihre Fertigkeiten zeigen konnten. Das spektakulärste Bravourstück war, daß die Kanoniere ihre Kugeln in ihren Öfen erhitzten, sie geschickt mit Zangen herausholten, dann luden und sie auf ein britisches Schiff auf dem Fluß abfeuerten, und gleich sah das ganze Lager Flammen aus dem Schiff aufsteigen, das mehrere Stunden lang brannte.

All das war jetzt vorbei. Nach tagelangem Bombardement und einem *baroud d'honneur,* ein Zeichen, daß auch Lord Cornwallis die Regeln kannte, ließ dieser am Morgen des 19. Oktober einen Trommlerjungen vom höchsten Punkt des zerstörten Festungswalls Schamade schlagen. Der Geschützdonner war so laut, daß man ihn unmöglich hören konnte, aber neben der kleinen Gestalt im roten Rock sahen die Beobachter einen Soldaten, der eine weiße Fahne schwenkte. Innerhalb von fünf Minuten schwiegen alle Kanonen.

Die Besprechung in Rochambeaus Zelt war kurz und erregt. Der alte Mann bekundete weniger Geduld als gewöhnlich, sein Gesicht lief ständig rot an von dem Fieber, gegen das er jetzt schon seit mehreren Tagen ankämpfte. Oberst Laurens und der Marquis de Noailles setzten die Kapitulationsbedingungen auf, und als er das Dokument schließlich unterzeichnete, sagte Rochambeau laut:

»Ich verlange nur, was schicklich und angemessen ist. Wir haben schon genug Regelwidrigkeiten gehabt. Lord Cornwallis hat sich korrekt verhalten, und das werden wir auch tun. Das einzige, worin er fehlte, war, daß er den Durchbruch durch die Wälle nicht abwartete, und vielleicht wird er uns seine Gründe dafür sagen. Es wird kein ungebührliches Verhalten geben. Wir behalten unsere Positionen, Franzosen links, Amerikaner auf dem Ehrenplatz rechts. Ein Dolmetscher wird hineingehen mit den Offizieren, die die Stadt in Besitz nehmen, und alles klar machen. Sie marschieren heraus auf die übliche Weise mit klingendem Spiel und fliegenden Fahnen, Geschütze geladen. Lord Cornwallis reitet voraus mit dem stellvertretenden Kommandanten.«

Aber als das für General Washington übersetzt wurde, weigerte er sich absolut, es zuzulassen.

»Sie sagen, er habe sich korrekt verhalten, Sir, aber wenn ich und meine Leute hier allein wären, nur Amerikaner, dann würde er sich anders benehmen. Er ist nicht hergekommen, um diese Urkunde zu unterzeichnen, und ich glaube auch nicht, daß er an der Spitze seiner Truppen herausreiten wird. Keiner meiner Leute würde ihn zu sehen bekommen, wenn sie in der Stadt wären. Er hat uns in Charleston geringschätzig behandelt, und wenn er die Regeln kannte, so hat er sich gewiß nicht daran gehalten. Was dem einen recht ist, ist dem anderen billig, sage ich. Wir werden uns vielleicht in einer anderen Stadt wieder gegenüberstehen, und bis dahin hat er hoffentlich eine Lehre daraus gezogen.«

»Nun ja, aus dem Grund vielleicht«, stimmte Rochambeau zu, aber er war sichtlich verärgert. »Sie haben eine andere Vorstellung, wie wir verfahren sollten. Und zwar wie?«

»Fahnen umhüllt, keine Kanonen – wir werden hineingehen und sie uns selbst herausholen. Und ich will nicht, daß ein britisches Musikkorps amerikanische Märsche spielt.«

»Aber das ist eine Beleidigung. Wenn wir die besiegte Armee unsere Märsche ebenso wie ihre spielen lassen, dann zollen wir dem Mut der Besiegten Anerkennung. Sie haben tapfer gekämpft. Sie sind Ehrenmänner.«

»Ich kann Ihnen nicht zustimmen. Sie haben uns nicht nach ihren Regeln behandelt. Meine Leute werden das nicht dulden. General Lincoln war in Charleston. Er wird Ihnen sagen, wie ihre Einstellung ist. Die Engländer zwangen uns, unsere Fahnen aufzurollen, und wir durften keinen amerikanischen Marsch spielen. Außerdem haben sie unsere Soldaten abscheulich behandelt, als sie sie gefangennahmen. Ihr General Gage rächte sich in Boston, indem er unsere Leute folterte, Lord Dunmore befahl in Virginia die Exekution unschuldiger Menschen, brannte friedliche Häuser und Städte nieder. Ich sage Ihnen, Sir, sie haben es nicht verdient, als Ehrenmänner behandelt zu werden.«

»Das ist alles wahr, General«, sagte La Fayette leise. »Es ist eine andere Art der Kriegführung, nicht wie unsere. Sie bekamen ihre Befehle aus London, Feuer und Schwert, und sie haben diese Befehle ausgeführt. An diesen Geschichten muß was Wahres sein – ich habe zu viele davon gehört. Die Engländer haben jedem Indianer eine Belohnung versprochen, der ihnen einen amerikanischen Skalp bringt – und dergleichen mehr. Und Sie wissen, daß sie vorsätzlich die Brunnen auf unserem Weg hierher mit Leichen verseuchten. Sie halten sich nicht an dieselben Regeln. Offenbar müssen sie den Feind hassen.«

»Ich möchte nicht, daß meine Leute von derlei Dingen hören«, sagte Rochambeau aufgebracht. »Wir werden nach Ihren Wünschen verfahren, Monsieur de Washington, aber wenn sie nur französische Märsche spielen, wird es nicht wie ein amerikanischer Sieg aussehen.«

»Wissen Sie, was sie spielen sollen«, sagte General Lincoln, »sie können eine ihrer eigenen Melodien spielen, die sie so gern haben, ›Die Welt ist auf den Kopf gestellt‹. Das kommt mir sehr passend vor.«

Die anderen anwesenden Amerikaner lachten leise, aber Rochambeau wandte sich ab und sagte:

»Na gut. Kümmern Sie sich darum.«

Angewidert von den Greueln, die er in der kleinen Stadt gesehen hatte, ritt André um zwei Uhr mit Oberst Dumas hinaus. Die Engländer hatten sich sehr bemüht, sich zu säubern, und in Anbetracht dessen, wie lange sie gelitten hatten, war es erstaunlich, daß es ihnen gelungen war, so schmuck auszusehen. Das Musikkorps marschierte zackig und spielte auf muntere, lebhafte Weise das umstrittene Lied, und die Offiziere schritten mit ausdruckslosem Gesicht kräftig aus. General Washington hatte recht gehabt. Lord Cornwallis hatte sich im letzten Augenblick geweigert, seine Truppen anzuführen, und behauptete, er sei krank, aber wenn diese das als eine Demütigung empfanden, dann verbargen sie es. Sie wurden statt dessen von Brigadekommandeur O'Hara von der Garde des Königs angeführt, der André fragte, als sie begannen, langsam zwischen der Doppelreihe der Sieger hindurchzuziehen:

»Welcher von ihnen ist General de Rochambeau?«

»An der Spitze, direkt vor Ihnen.«

»Da sind zwei. Welcher ist der Franzose?«

Dumas fragte beunruhigt: »Was sagt er? Ich kann ihn nicht hören. Was bekümmert ihn?«

»Er will wissen, welcher von beiden General de Rochambeau ist.«

»Sagen Sie es ihm.«

»General de Rochambeau steht links, Sir«, sagte André.

Sofort gab O'Hara seinem Pferd die Sporen und galoppierte los. André und Dumas folgten ihm, so gut sie konnten, und merkten, daß von den rechts aufgestellten Amerikanern ein scharfes Zischen kam. O'Hara hielt vor Rochambeau an, zog mit schwungvoller Gebärde seinen Degen und bot ihn dar, den Griff voraus. Der General sah ihn eine Sekunde erstaunt an, dann machte er die seinen Offizieren so vertraute Bewegung mit dem Ellbogen in Richtung auf General Washington. O'Hara stutzte, er und Washington sahen einander starr an, dann sagte Washington:

»Sir, ich kann den Degen nicht aus einer so würdigen

Hand nehmen. General Lincoln wird die Honneurs machen.«

Mit einem wütenden Ausdruck überreichte O'Hara Lincoln den Degen, dann wandte er sein Pferd, als ob er an die Spitze seiner Kolonne zurückgaloppieren wollte. Indes hielt er an und wartete ruhig, während die Engländer herankamen und ihre Waffen in zwei Haufen niederlegten, obenauf die umhüllten Fahnen.

Als die gefangenengenommene Armee in die Stadt zurückmarschierte, sah André, daß einige der jüngeren Offiziere Tränen in den Augen hatten, doch den meisten gelang es, einen unbeteiligten Ausdruck zu bewahren.

Während das vor sich ging, hörte man ziemlich vernehmbares Gelächter aus den Reihen der Amerikaner, und sogar lautes Zischen. Washington runzelte die Stirn und blickte zornig hinüber, bemüht, sie aus der Ferne zum Schweigen zu bringen, aber aus dem schlampigen Zustand der Uniformen der Amerikaner und der Art und Weise, wie sie lässig dastanden ohne das Kommando »Rührt euch!«, ließ sich entnehmen, daß niemand ihr Verhalten bei dieser Gelegenheit beeinflussen konnte.

Washington war der einzige Amerikaner, der es offenbar vermochte, zu den Engländern höflich zu sein, die mit unverschämten Gebärden in Richtung der Amerikaner auf deren Verhalten zu reagieren begannen. Ebenso deutlich, als wenn sie es geschrien hätten, sagten ihre Blicke, was sie von dieser schäbigen Armee hielten. Die Amerikaner murrten ärgerlich, und ein oder zwei ältere englische Offiziere gingen die Linie entlang und sprachen beruhigend auf ihre Leute ein. Bis die Zeremonie zu Ende war, hatten auch die meisten französischen Offiziere zu murren begonnen, aber ihre Bemerkungen richteten sich vor allem gegen die Amerikaner:

»Können sie sich nicht benehmen? Haben sie keine Manieren? Haben sie geglaubt, wir sollten alle diese armen Soldaten abschlachten, nachdem wir sie gefangengenommen haben? Ich wäre nicht gern einer ihrer Kriegsgefangenen.«

Eine Geschichte begann die Runde zu machen, nämlich daß die Amerikaner Lord Rawdon überstellt haben wollten, damit sie ihn für all die Grausamkeiten büßen lassen könnten, die seine Armee in Süd-Carolina begangen hatte, aber Admiral de Grasse hielt ihn auf seinem Schiff in sicherem Gewahrsam und weigerte sich, ihn auszuliefern. Mehrere französische Offiziere fragten André, ob das wahr sein könne, und er machte unendliche Ausflüchte, um nicht zugeben zu müssen, daß es stimmte. Zum Glück hatten die meisten Amerikaner keine Ahnung, worüber die Franzosen sprachen, aber sie konnten aus ihren Blicken eine Menge erraten.

Nach allgemeiner Übereinkunft waren bei dem Essen, das Rochambeau abends für die englischen Offiziere gab, keine Amerikaner anwesend. Als O'Hara das Zelt des Generals betrat, sah er sich rasch um, dann sagte er, als ihm ein Glas Wein gereicht wurde:

»Ich sehe, daß wir unter uns sein werden. Welche Erleichterung! Ich hatte heute morgen geglaubt, diese wilden Männer würden über uns herfallen, sie sahen so wütend aus.«

André übersetzte für Rochambeau:

»Der General bedauert, daß er General Washington nicht treffen wird.«

O'Hara sah ihn über den Rand seines Glases an, während Rochambeau sagte:

»Im Augenblick ist es besser, unsere Armeen getrennt zu halten. Der General läßt sich empfehlen und hofft, daß Sie sich wohlfühlen.«

Wie sich später herausstellte, sprach O'Hara sehr gut Französisch, und André entfernte sich kurz darauf, um sich um andere Angehörige der englischen Abordnung zu kümmern. Später befand er sich wieder in O'Haras Nähe und konnte leise zu ihm sagen:

»Ich hoffe, Sie werden mich nicht verraten. Ich habe geantwortet, ohne nachzudenken. Den ganzen Tag habe ich versucht, den Löwen dazu zu bringen, sich neben dem Lamm niederzulegen.«

»Keine Sorge. Ich werde nicht petzen. Sie sind Ire?«

»Französisch-irisch.«

»Ich bin englisch-irisch, wenn Sie es so nennen wollen. Ich bedauere, General Washington nicht zu treffen, ungeachtet dessen, was ich sagte. Ich glaube, er ist ein hervorragender Mann, ein guter Feind, obwohl ich froh bin, daß er uns nicht ohne fremde Hilfe gefangengenommen hat. Nun, reden wir von anderen Dingen. Wann waren Sie zuletzt in Frankreich?«

»Es ist länger als ein Jahr her. Ich will sobald als möglich hinfahren. Ich werde gleich Urlaub einreichen.«

»Sie haben Frau und Kinder dort, nehme ich an?«

»Noch nicht.«

»Dann sind Sie verlobt?«

»Ja.«

O'Hara trank sein Glas und wartete ab, bis ein Diener es wieder gefüllt hatte, dann sagte er:

»Ich beneide Sie. Gott weiß, wohin wir jetzt geschickt werden. Wir haben eine ganze Menge Iren hier bei uns, in der Gruppe, die aus Cork kam. Großartige Kämpfer, jeder einzelne, sehr gescheit, verstehen sofort jeden Befehl. Ohne sie hätten wir Fort Ninety-Six niemals entsetzt.« Er lachte. »Sie hätten eigentlich hier sein sollen. Sie waren für Lord Cornwallis bestimmt, aber Lord Rawdon hat sie in die andere Richtung geschickt.«

»An Ihrer Stelle würde ich Lord Rawdon den Amerikanern gegenüber nicht erwähnen.«

»Kann ich mir denken. Es ist verständlich. Unter uns gesagt, ich fand, daß Rawdon das Verwüsten übertrieb. Was hat es überhaupt für einen Zweck, wenn man die Infanterie nicht dort hinbringen kann? Als er schließlich damit aufhörte, gab es kaum ein Dorf mehr, in dem er sich für den Winter einquartieren konnte. Mir gefällt die Art und Weise besser, wie ihr Franzosen vorgeht. Müssen Sie Ihre Leute nicht wenigstens ein bißchen plündern lassen? Ich meine, wie können Sie es verhindern? Wir verschließen die Augen davor, es sei denn, das Zeug sollte der Armee zukommen.«

»Wir erlauben es überhaupt nicht. Der General bestand darauf, daß wir alles bezahlen.« Er fügte nicht hinzu, daß auch die Amerikaner darauf bestanden, bezahlt zu werden, nachdem sie erlebt hatten, wie die Engländer plünderten.

»Sehr merkwürdig, sehr seltsam«, sagte O'Hara. »Wir haben es uns zur Regel gemacht, vom Land zu leben. Es wirkt sich letztlich besser aus.«

Kaum war das Essen beendet, da machten sich einige der höheren Offiziere auf, Lord Cornwallis in seinem Zelt einen Besuch abzustatten. O'Hara sah ihnen nach, dann sagte er zu André:

»Ich bin heilfroh, daß sie mich nicht aufforderten, mitzugehen. Ich habe den Kerl und seine Wutanfälle herzlich satt. Er hört nie auf – er ist immer bloß General, jede Minute und jede Stunde des Tages.« Er hob sein Glas, dann leerte er es. »Jetzt bin ich dran, Sie zu bitten, mich nicht zu verraten. Da sprach der Wein aus mir. Sagen Sie das um Gottes willen nicht weiter.«

»Natürlich nicht.«

»Er macht mich verrückt, gibt vor, krank zu sein, um all das zu vermeiden, wie ein Schuljunge. Er ist ebensowenig krank wie ich.«

»Einige von uns haben das erraten.«

»Sie scheinen viel ungezwungener mit Ihren Vorgesetzten zu verkehren als wir. Ich sehe eine Menge junger Offiziere auf so freundschaftlichem Fuß mit ihren Obersten, als wären sie ihresgleichen. Das ist sehr nett, aber ich bezweifle, ob wir das zulassen würden, es sei denn, der junge Offizier wäre ein Herzog.«

»Einige von ihnen sind das.«

»Ach so? Und Sie?«

»Graf de Lacy. Ich hoffe, wir werden uns irgendwann wiedersehen. Es wäre mir ein Vergnügen, mit Ihnen zusammen zu sein.«

»Das hoffe ich auch, aber unter anderen Umständen. Ihr alter General – der ist eine Persönlichkeit. Na, wer weiß, vielleicht gehe ich eines Tages nach Frankreich zurück, und nicht dienstlich.«

Zwei Tage später machte sich André auf die Suche nach Robert. Er fand ihn bei der Beaufsichtigung einer Gruppe Soldaten, die die Gräben wieder zuschütteten, die sie vor so kurzer Zeit so mühsam ausgehoben hatten. Sie hatten auf Befehl von Rochambeau eine Sonderzulage in Höhe der Löhnung für zwei Tage erhalten und waren sehr vergnügt, machten Witze und lachten, während sie arbeiteten. Ausrüstung und Verpflegung wurden von den Amerikanern aus der Stadt herausgekarrt, und die mit Handfeuerwaffen beladenen Wagen rumpelten knarrend vorbei. Die amerikanischen Soldaten waren jetzt auch besser gekleidet, denn in Yorktown hatten sich einige tausend Uniformen befunden, die sie sofort an ihre Truppen ausgaben. Wolken von Moskitos hingen über den Ochsenkarren und den Männern, die in der späterbstlichen Hitze in den Gräben arbeiteten. Robert drehte sich schnell um, als André herankam, und sagte:

»Sie haben Ihren Urlaub erhalten. Das sehe ich an Ihrem Gesicht.«

»Ja. Ich soll mich morgen mit de Lauzun auf der *Surveillante* einschiffen.«

»Sagen Sie ihr, daß wir es besprochen haben. Sagen Sie ihr, es ist das Beste, sagen Sie ihr, ich habe gesagt, sie müsse mit Ihnen mitgehen. Sagen Sie ihr, sie sei überhaupt nicht verheiratet.«

»Ich weiß, was ich ihr zu sagen habe.«

»Es war nicht böse gemeint. Sie werden meine Hilfe brauchen, um ihr klarzumachen, daß es das Richtige ist. Ich gebe Ihnen einen Brief für sie mit, den können Sie ihr gleich aushändigen, wenn Sie sie sehen, ehe Sie überhaupt anfangen, mit ihr zu reden. Wollen Sie das tun?«

»Und wenn sie sich dennoch weigert, mitzukommen?«

»Sie muß mitkommen, sie kann da nicht länger bleiben.«

»Ich kann sie nicht zwingen. Sie könnten es, ich nicht.«

»Warum nicht? Das sehe ich nicht ein.«

»Sie muß freiwillig mit mir mitkommen. Würde ich versuchen, sie zu zwingen, wäre es genauso schlimm wie das, was ihr schon angetan wurde.«

»Dann werde ich das in meinem Brief erwähnen. Ich wünschte, ich könnte mit Ihnen gehen – nein, wenn es Ihnen nicht gelingt, werde ich später hinfahren. Wäre ich nicht ein solcher Narr gewesen, wäre das niemals passiert. Wäre ich dagewesen, hätte man ihr das nicht antun können.«

»Sie hätten vielleicht gar nichts tun können.«

»Ich hätte sie alle umgebracht, auch all diese alten Weiber, den Erzbischof, die ganze Gesellschaft, ehe ich das zugelassen hätte.«

»Da bin ich nicht so sicher. Man fügt sich den Bräuchen.«

»Wenn Sie so reden, traue ich Ihnen nicht zu, daß Sie es durchführen.«

»Keine Sorge, ich werde es durchführen.«

Den Rest des Tages lief André herum, als ob er halb schliefe oder krank wäre. Die Banalität des Gesprächs mit Robert hatte seine erregte Stimmung nicht gemindert. Es war, als hätten alle ihre Worte eine doppelte Bedeutung gehabt. Er reiste zu ihr, er würde sie mitnehmen, sie würde die Seine werden, der Albtraum wäre vorüber, als hätte er ihn überhaupt nie geträumt. Er legte die Hand auf den rauhen Tisch an seinem Feldbett und fühlte ihre weiche Hand unter seiner. Er sah zur Öffnung seines Zelts, und da stand sie und lächelte ihm zu. Als sein Diener Pierre ihn etwas fragte, war es ihre Stimme, die er hörte.

War das nicht lächerlich, dachte er hin und wieder, in seinem Alter! Verrückt, sich derart hineinzusteigern, aber er mochte sich nicht bremsen. Es würde ihm später Kraft geben. Wenn sie ihn sähe, würde sie seine Unnachgiebigkeit erkennen und nicht anders können, als einzuwilligen. Er würde sie überzeugen, und sie würde staunend erkennen, daß auch sie es im Grunde gewollte hatte.

Sechster Teil

24

Louise saß auf der Fensterbank in ihrem Schlafzimmer und bemühte sich, durch das Schneetreiben das Gartenhaus zu sehen. Sie wünschte, es wäre Sommer, so daß sie dort hingehen und allein sein könnte. In ihrem Traum war alles grün, das frische Gras, die jungen Blätter, die gestrichenen Pfosten des Gartenhauses, wo sie vor ein paar Monaten einigermaßen glücklich gewesen war. Vor dem Ausgehen hatte Biddy sie in eine lange, mit Daunen gefüllte und mit Rosen verzierte Decke eingewickelt, und jedesmal, wenn sie sich bewegte, verschwanden die Rosen in den Falten und kamen wieder zum Vorschein. Sie streckte einen Finger aus und berührte den satinierten Stoff genau im Mittelpunkt einer der Rosen. Sie besaß eine Vielfalt von Farben wie eine wirkliche Rose, wie die winzigen Rosen in der Hecke von Mount Brien Court.

Das gewaltige Holzfeuer erwärmte den ganzen Raum, und sie war ganz ungefährdet am Fenster, aber Biddy hatte gewollt, daß Louise sich während ihrer Abwesenheit neben den Kamin setze. Doch Louise hatte das Bedürfnis, hinauszusehen. Als es zu schneien aufhörte, lag ein rosa Schimmer auf der Schneedecke, und die Unterseite der Äste wurde tiefschwarz. Ein leichter Wind blies den Schnee von den dünnen Zweigen und ließ ihn in Wölkchen zu Boden rieseln. Als die Glocken erklangen, war ihr Ton heller, sogar die Glocke der Kathedrale, als ob ihr Glockenturm im Schnee versinke und dort begraben werde. Dann wurde langsam alles dunkel in einer kalten, unschönen Beleuchtung, die sich an das Fenster heranschlich, zuerst die fernen Dächer erfaßte, dann die Bäume, schließlich die rosa-weiße Farbe auslöschte und sie durch Grau mit indigoblauen Schattierungen ersetzte.

Die Fensterscheibe neben ihr war kalt. Jetzt, da sich das Zimmer in ihr spiegelte, hatte es keinen Sinn mehr, hier zu sitzen. Die Nacht blickte zu ihr herein. Als sie sich aus der Decke auszuwickeln begann, drang die Kälte sofort auf sie ein. Sie rief ärgerlich:

»Marie! Wo bist du?«

Die arme Marie kam gleich von ihrem Stuhl an der Tür herüber, wo Biddy sie hingesetzt hatte. Sie sollte sich nicht von der Stelle rühren und Louise nicht einen Augenblick allein lassen. Sie sollte stricken und still sein, hatte Biddy wütend gesagt, obwohl Marie immer fügsam und gutwillig war. Diejenige, der Biddy mißtraute, war Louise selbst, die Marie wohl wegschicken würde, sobald Biddy den Rücken gekehrt hatte, aber Louise hatte versprochen, brav zu sein, und nur gefragt:

»Warum mußt du ausgehen? Warum schickst du nicht Marie und bleibst hier bei mir?«

»Ich muß Borte für mein Kleid kaufen. Wie kann ich ihr das überlassen? Sie ist nur ein Landmädchen – sie würde etwas Scheußliches herbringen, und sobald es abgeschnitten ist, kann man es nicht mehr umtauschen, wie Sie genau wissen. Und ich möchte auch ein bißchen frische Luft schnappen. Ich ersticke hier im Hause, und Sie auch. Ein Spaziergang würde Ihnen nur gut tun. Der alte Arzt möchte wohl warten, bis das Baby laufen kann, ehe er Sie hinausläßt. Es ist nicht natürlich, es ist nicht recht.«

Louise begann leise zu weinen, sie wußte, daß sie Biddy damit Kummer machte, aber sie konnte sich nicht zurückhalten.

»Dann nimm mich mit.«

»Du lieber Gott, Miss Louise, das könnte ich nicht ohne Erlaubnis. Der Graf würde mir die Tür weisen. Ich werde ihn in den nächsten Tagen selbst darum bitten. Wenn er auf Sie nicht hört, wird er vielleicht auf mich hören.«

Sofort versiegten Louises Tränen, und sie sagte:

»Ja, tu das. Vielleicht kann er den Arzt überreden, wenn du ihn darum bittest.«

Etwas in ihrem Ton veranlaßte Biddy, ihr einen befremdeten Blick zuzuwerfen, aber sie antwortete nicht. Louise wußte sehr wohl, warum Armand vielleicht tun würde, worum Biddy ihn bat. Er hatte allmählich genug von Jeanne, dem Hausmädchen, dem er seit Juni seine Gunst geschenkt hatte, und Andeutungen gemacht, sie sollte wegen Unverschämtheit bald entlassen werden. Jetzt hatte er ein Auge auf Biddy geworfen. Sie und Louise wußten es beide, aber nichts konnte sie dazu bringen, darüber zu reden. Mehr als einmal sagte Armand zu Louise:

»Ein hübsches Mädchen, Ihre Biddy. Gibt es viele wie sie in Irland?«

Er verfolgte sie mit den Blicken, wann immer er im Zimmer war, kindisch, wie ein Knabe, der einen jungen Hund beobachtet. Das war viel schlimmer als die Tatsache, daß er sein Verhältnis mit Fifine d'Ernemont wieder aufgenommen hatte. Louise war noch nicht lange in Angers, als ihr diese alte Geschichte erzählt wurde, und sie begriff, daß die Klatschmäuler sich fragten, wie lange die junge irische Ehefrau wohl Armand würde fesseln können. Kaum stand ihre Schwangerschaft eindeutig fest, da war er im Handumdrehen wieder bei Fifine, und ihr Entsetzen über sein skandalöses Verhalten war insgeheim vermischt mit Erleichterung, daß er ihr Bett nie mehr aufsuchte.

Aber das war sündhaft von ihr, mindestens ebenso wie

seine Sündhaftigkeit. Sie hätte ihn wieder zu seinen ehelichen Pflichten verlocken müssen. Nicht um alles in der Welt konnte sie das einem der mit ihm befreundeten Priester beichten, die ständig ins Haus kamen und sie auf Armands Bitten mit Segenssprüchen gegen Fehlgeburt und Krankheit überschütteten. Indes ging sie eines Tages bis nach Réculée zu den Kapuzinern und versuchte, einem müden alten Priester ihre Gewissensnot zu erklären, der schließlich sagte:

»Denke daran, daß du letztlich nur für dich selbst verantwortlich bist, für deine eigene Seele. Gott erwartet nicht von dir, daß du das sittliche Verhalten deines Mannes änderst. Darum wird sich Gott selbst kümmern. Du bist ein gutes Kind, aber eine Frau kann nur gewisse Dinge tun. Bete für deinen Mann, und ich werde für dich beten.«

Das war zuerst ein magerer Trost, aber nach einer Weile bewirkte etwas – vielleicht die Gebete des Kapuziners –, daß sie sich mit Armand und seinen Freunden besser abfand. Zwar hatte sie ihn nie geliebt, doch zuerst eine gewisse tolerante Zuneigung zu ihm empfunden, die sie glauben ließ, sie könnte ihn mit der Zeit vielleicht lieben. Jetzt kam das nicht mehr in Frage, aber nach ihrem Besuch in Réculée verspürte sie nicht mehr den kalten Abscheu, der das Leben in seinem Haus zu einem Albtraum gemacht hätte.

Spuren des Albtraums waren indes noch da, und deshalb wollte sie allein sein, um sie Stunde um Stunde zu überprüfen und herauszufinden, ob sie sie ertragen könne. Sie merkte, daß Biddy glaubte, sie werde verrückt, vor allem weil sie es ablehnte, etwas mit dem Kind zu tun zu haben. Die Amme brachte es pflichtschuldig jeden Tag zu ihr, und sie sah es an und sah wieder weg, aber sie nahm es niemals auf oder streichelte es oder behandelte es, als wäre es wirklich ihr Kind. Die Amme liebkoste es und wiegte es auf den Armen, wobei sie

Louise ängstlich ansah, sie offensichtlich herzlos fand und glaubte, es könne sie auf geheimnisvolle Weise rühren, wenn sie sähe, daß eine andere Frau ihr Kind hielt, aber Louise ließ sich nie rühren. Das Kind war die Ursache all ihres Kummers. Ihr Verstand sagte ihr, daß es absurd sei, ihm die Schuld zuzuschreiben, und sie schrieb sie ihm auch nicht zu, aber sie hatte instinktiv eine böse Vorahnung, daß man sich des Kindes bedienen könnte, um sie mehr leiden zu lassen, und sie hatte das Gefühl, daß sie dem nicht gewachsen wäre. Insofern hatte Biddy recht. Sie sah in Louises Augen einen verschreckten Ausdruck, wann immer ihr das Kind gebracht wurde, und sie fand mit Recht, daß das ein gefährlicher und unnatürlicher Geisteszustand bei einer jungen Mutter war.

»Können Sie ihn denn nicht einmal in den Arm nehmen, ihn küssen oder sonst etwas für ihn tun?« sagte sie zu Louise. »Was ist überhaupt mit Ihnen los? Er ist ein prächtiger kleiner Bursche. Wäre er eine Puppe, würden Sie ihn unweigerlich gern haben, und er ist Ihr eigener Sohn. Sie sind krank, das ist es«, sagte sie, als Louise nicht antwortete. »Es wird Ihnen bald besser gehen. Ich wünschte zu Gott, ich hätte Sie wieder in Irland und Madame würde vernünftig mit Ihnen reden.«

Dann hatte Louise Mitleid mit Biddy und sagte:

»Es wird alles gut werden. Laß mir nur Zeit. Ich muß nachdenken.«

Louise wußte, daß Biddy sie nie hintergehen würde. Sie fürchtete nicht im mindesten, daß sie auf Armands Aufmerksamkeiten hereinfallen oder sich geschmeichelt fühlen könnte. Aber manches an Biddys Verhalten in den letzten Tagen hatte sie beunruhigt, zum Beispiel daß sie an diesem verschneiten Nachmittag ausgegangen war, um für ihr altes Kleid etwas Borte zu kaufen. Und wenn Biddy sie verließe? Wenn sie jemanden heiraten wollte und weggehen würde, um woanders zu leben? Der Gedanke rief bei Louise einen dieser kurzen, heftigen

Anfälle von Kopfschmerz hervor, die sie in letzter Zeit häufig hatte. Marie, die ihr auf ihren Sessel am Kamin half, sah sie besorgt an und fragte ängstlich:

»Geht es Ihnen gut, Gräfin?«

»Ja, ja, mir geht es gut.«

Marie wich zurück, beobachtete sie und nahm ihr Strickzeug wieder auf. Dann saß Louise ganz still, sogar als Marie eine Kerze anzündete und die ausgebrannten Holzscheite langsam herabfielen. Als Biddy etwas später ins Zimmer kam, schickte sie Marie weg und sagte:

»Wirklich, Sie sehen so behaglich aus wie eine Großmutter. Es friert draußen über dem Schnee. Sie haben Glück, hier drinnen zu sein, wo es gemütlich warm ist.« Sie kniete vor dem Kamin nieder und schichtete die Scheite wieder auf, dann wärmte sie sich die Hände an den gleich auflodernden Flammen. Louise saß völlig still da, die Hände auf den klauenförmigen Armlehnen ihres Sessels, den Blick auf Biddys gerötetes Gesicht geheftet. Sie sah erregt aus, fast als sei sie gerannt. Locken ihres pechschwarzen Haars kamen unter ihrer Mütze hervor, und ihr schwerer Umhang saß schief auf ihren Schultern. Da war etwas, bestimmt gab es einen Grund für ihre Aufregung. Francis, Armands Diener? Biddy würde einen besseren Geschmack haben. Louise sagte:

»Zeig mir die Borte.«

»Hier ist sie, in meiner Tasche.«

Biddy holte das Päckchen heraus, machte es auf und hielt ein Stück schwarze Litze mit eingewebten Rosen hoch. Als Louise es ihr abnahm, um es zu bewundern, spürte sie eine Wärme, die sie durchflutete, eine Spur wiederkehrenden Lebens, leichtfüßig wie eine Maus von Biddys Hand zu ihrer gleitend. Sie beugte sich weit vor und ergriff Biddys Hände, dann drückte sie sie an ihre Wange und sagte:

»Biddy, bitte sage mir, was dich beunruhigt. Ich weiß, da ist etwas, und zwar schon seit Tagen. Liegt es daran, daß ich gereizt und streitsüchtig mit dir bin? Das bin ich nicht wirklich, das weißt du doch. Ich bin jetzt einfach geschwächt durch das Kind, aber wenn ich wieder kräftiger werde, wenn der Sommer kommt, dann wirst du sehen, daß es besser wird. Ich habe Angst, daß du auch krank wirst. Wenn wir beide geschwächt sind, was wird dann aus uns? Wenn du mich verläßt, wird es für mich überhaupt keine Hoffnung mehr geben.«

»Ich werde Sie nie verlassen.« Aber Biddy wandte ihr rasch den Rücken zu, dann stand sie auf und holte noch eine Kerze, zündete sie an der ersten an und stellte sie auf den Tisch neben Louise, als ob sie lesen oder nähen wollte. Dann blieb sie verwirrt stehen und sagte schließlich: »Ich weiß nicht, wie ich es sagen soll – manche Dinge auszusprechen fällt einem zu schwer.«

»Was? Du mußt es sagen. Der Graf?«

»Nein, Gott sei gedankt. Er weiß nichts.«

»Weiß nichts? Was hast du getrieben? Du gehst weg und triffst dich mit jemandem. Ist es das?«

»Ja, ja, das ist es.«

»Jemand von zu Hause? Jemand aus Irland?«

»Ja. Nein, das nicht.«

»Robert? Nachrichten von Robert?«

Louise stand vom Sessel auf, packte Biddy an den Schultern, schüttelte sie sanft, hielt sie eine Sekunde fest, ließ dann ihre Hände an Biddys Armen heruntergleiten und umklammerte ihre Ellbogen. Biddy sagte halb flüsternd:

»Ja, Nachrichten von Herrn Robert auch. Oh, Miss Louise, es ist Graf de Lacy – er ist hier in Angers. Ich habe ihm gesagt, daß Sie krank sind und er Sie nicht sehen kann. Jeden Tag sagt er, ich müsse morgen wiederkommen; er läßt nicht locker. Er sagt, er wird warten, bis Sie wieder gesund sind.«

»Warten – worauf warten?«

»Um Sie mitzunehmen. Oh, Gott steh mir bei, ich

hätte das nie sagen dürfen. Ich habe ihm gesagt, ich würde niemals eine solche Botschaft überbringen, aber er redet und redet, und zuletzt tue ich es. Ich sagte, Sie sind jetzt verheiratet, und er müsse weggehen. Ich sagte, Sie haben Ihr Kind und Ihre Pflicht gegenüber Ihrem Mann und Ihrem Gott, und immer ging er noch nicht weg, sondern wartete weiter auf mich und sagte, ich müsse am nächsten Tag wiederkommen. Er bringt mich um den Verstand, wirklich.«

»Aber du bist jeden Tag wieder hingegangen?«

»Was konnte ich tun? Er ist ein Edelmann, er muß seinen Willen bekommen. Wie konnte ich ihn wegjagen? Er wäre vielleicht ins Haus gekommen, er sagte, er würde ins Haus kommen und nach Ihnen fragen, wenn ich nicht zu ihm käme.«

»Wo habt ihr euch getroffen?«

»In dem Haus, wo er Wohnung genommen hat, ganz nahe der Kathedrale.«

»Und Robert?«

»Herr Robert ist gesund und munter. Er ließ ihn im Krieg in Amerika zurück und kam allein hierher. Sie waren beide in dieser großen Schlacht, die gewonnen wurde, und er wurde hergeschickt, um dem König Bericht zu erstatten. Nicht die kleinste Schramme hat Herr Robert davongetragen. Setzen Sie sich sofort wieder hin, sonst sage ich kein Wort mehr.«

Louise gehorchte automatisch und setzte sich hin, dann sprang sie wieder auf, packte Biddy von neuem an den Schultern und fragte:

»Was hast du da gesagt? Ist das wahr?«

»Gott im Himmel, Miss Louise, wie hätte ich mir so etwas ausdenken können?«

»Natürlich nicht.« Louise lachte hysterisch, dann hielt sie inne, war entsetzt über sich und schämte sich vor Biddy. »Mach weiter. Erzähle es mir. Du hast ihm gesagt, er soll weggehen.«

»Ja, jeden Tag sage ich ihm das, und er sagt, er geht nicht weg. Am zweiten Tag hat er mir einen Brief in die Hand gedrückt, und ich sagte, ich würde ihn Ihnen nie geben, und jeden Tag fragt er mich, ob ich ihn Ihnen schon gegeben habe. Manchmal glaube ich, er wird mich umbringen, aber jetzt nehme ich an, Sie können den Brief auch lesen, da Sie nun wissen, daß Graf de Lacy hier ist.«
»Ja, ja, gib ihn mir.«
»Das hatte ich vor, heute und in eben dieser Stunde. Darum habe ich die Kerze angezündet, und Sie werden sich hinsetzen, Miss Louise, und den Brief verstecken, wenn der Graf hereinkommt.«
Louise sank benommen auf ihren Sessel. Biddy fummelte wieder in ihrer Tasche und übergab ihr dann einen Brief von Robert, der zerknittert und fleckig war, nachdem Biddy ihn tagelang bei sich getragen hatte. Sie sagte:
»Vielleicht hätte ich Ihnen den Brief gleich geben sollen, aber Graf de Lacy sagte, da steht etwas drin über seinen Plan, und ich hatte Angst...«
In den Brief vertieft, hörte Louise sie kaum. Robert, ja, Robert drängte darauf, sie solle Armand verlassen und mit André weggehen. Sie mußte es mehrmals lesen, ehe sie das begriff. Er schrieb, sie sei vor Gott überhaupt nicht verheiratet, und sie solle jetzt die Gelegenheit ergreifen, die sich ihr biete. Sie könne André vertrauen. Ihr sei Unrecht angetan worden, und sie hätte nie einzuwilligen brauchen. Armand habe kein Recht, sie bei sich zu behalten, denn er habe sie gezwungen, ihn zu heiraten. Robert wußte, daß ihr Vater seine Einwilligung gegeben hatte, aber Grand-mère sei überhaupt nicht zu Rate gezogen worden, und auch sie habe gesagt, Louise solle sich von André entführen lassen. Grand-mère! Ihre Briefe an Louise waren offensichtlich für Armands Augen bestimmt gewesen, aber sie hatten rätselhafte

Stellen enthalten, die Louise vielleicht diese Gedanken übermitteln sollten. Sie hatte sie nie richtig verstanden. Grand-mère habe seit Louises Heirat immer wieder an André geschrieben, sagte Robert. Andrés Brief, mit dem er um Louise anhielt, sei zu spät eingetroffen, das jedenfalls behauptete die Gräfin de Rothe. Er hatte an sie geschrieben und um Louise angehalten.

Louise lehnte sich auf ihrem Sessel zurück und ließ den Brief von ihrer Hand herabhängen. Als Biddy sah, daß sie ihn zu Ende gelesen hatte, nahm sie ihn ihr ab, stopfte ihn wieder tief in ihre Tasche und sagte:

»Ich weiß, was drin steht. Er hat es mir noch und noch gesagt. Herr Robert will, daß Sie mit ihm gehen. Er sagte zu Graf de Lacy, wenn er dagewesen wäre, hätte er nie zugelassen, daß Sie verheiratet werden. Aber ich bin es leid, ihm zu sagen, daß es zu spät ist. Sie können nicht weggehen. Wäre er vor einem Jahr gekommen, gleich nach der Hochzeit, vielleicht, oder auch, ehe Sie das Kind bekamen, aber jetzt können Sie nicht...«

»Hör auf zu schwatzen, Biddy. Wann wirst du ihn wiedersehen?«

»Morgen, Gott steh mir bei.« »Dann gehe ich mit.«

»Oh, Miss Louise, das können Sie nicht.«

»Warum nicht? Mir geht es jetzt ausgezeichnet. Es ist Zeit, daß ich ins Freie gehe. Du wirst sehen, daß ich das einrichten kann. Du hast selbst gesagt, es sei Zeit, daß ich ausgehe. Jetzt berichte mir alles. Wie sieht er aus?«

»Sie erinnern sich doch sicher genau an ihn. Er ist ein schöner Herr. Ich werde Ihnen kein Wort sagen, wenn Sie nicht ruhig sind. Ihr Gesicht ist rot. Seien Sie still. Er kannte mich von damals, als er mich in Kerry sah. Er wartete auf mich, als ich in die Stadt kam. Ich erkannte ihn auch gleich wieder, als ich ihn sah, so daß ich kein bißchen Angst vor ihm hatte. Ich dachte, er würde mich fragen, welches Ihr Haus sei, denn ich erriet sofort, daß es das war, was ihn hergeführt hatte.«

»Wie hast du das erraten? Wie?«

»Ist er nicht Ihr Cousin? Was sonst hätte ihn nach Angers geführt, als Sie zu sehen? Aber er ging mit mir an jenem ersten Tag in die Kathedrale, und da haben wir uns unterhalten. Er kam nicht gleich mit allem heraus, sondern fragte zuerst, wie es Ihnen geht. Dann sagte er nach einer Weile, er sei gekommen, um Sie mitzunehmen. Ich sagte, das könne er nicht. Ich ging mit ihm zu Gottes Altar und sagte, Sie sind jetzt verheiratet, und Sie haben Ihr Kind, und Ihr Leben ist jetzt hier in Angers bei Ihrer Familie. Dann sagte er, er habe Roberts Brief, und ich sagte, Robert ist nicht Ihr Vater, er hat kein Recht, Ihnen zu sagen, was Sie tun sollen. Aber er verlangte immer wieder von mir, Ihnen den Brief und seine Botschaft zu bringen. Schließlich ließ er mich gehen, aber er sagte, ich soll am nächsten Tag wiederkommen. Kein Wunder, daß ich verstört aussah, kein Wunder, daß Sie es in meinem Gesicht gesehen haben.«

»Wolltest du es mir nie sagen?«

»Ich hatte vor, es heute zu tun, aber dann hatte ich Angst. Das ist die Wahrheit. Aber es ist besser so. Wenn Sie morgen mit mir mitkommen, können Sie ihn selbst sehen und es ihm selbst sagen, denn ich weiß jetzt, daß er mir nie glauben wird. Er muß es aus Ihrem eigenen Mund hören, daß er zu spät kommt. Das ist der Lauf der Welt. Er wird die bittere Pille schlucken müssen wie jeder andere auch.«

25

Noch ein ganzer Tag verging, ehe es Louise gelang, aus dem Haus herauszukommen. Sie litt Höllenqualen. Die Gefängnistür war offen, aber sie war nicht begnadigt worden. Wenn sie wegging, dann als Flüchtling. An die Stelle ihrer ersten Hoffnungsseligkeit, daß sie gerettet werden könnte, war die Furcht getreten, sie würde nicht nur verfolgt werden, sondern auch einen schlimmeren Fehler als den letzten begehen. Sie hatte Armand mit offenen Augen akzeptiert und geglaubt, sie wäre stark genug und es würde einen Ausgleich geben für alle offenkundigen Nachteile ihres neuen Lebens. In jeder Hinsicht hatte sie unrecht gehabt. Warum sollte sie diesmal recht haben? Vielleicht zeigte sich hier wieder dieselbe Dummheit, durch die sie in ihre jetzige mißliche Lage geraten war. Biddy mit ihrem gesunden Menschenverstand sagte, es sei zu spät, einfach zu spät, und Biddy mangelte es nicht an Mut. Aber was wäre, wenn Biddy ihr genommen würde? Und wenn Louise Biddy die Treue brechen sollte? In letzter Zeit war Louise mehrmals der schreckliche Gedanke durch den Kopf gegangen, daß sie mit Armand ein Abkommen treffen könnte, ihn Biddy haben zu lassen, wenn er sie dafür in Frieden ließ. Es war ein abscheulicher, gottloser Gedanke, aber er war ihr immer wieder gekommen, und das war ein Beweis, daß sie nicht besser war als die anderen Frauen in Angers, schlechter als viele von ihnen.

Wenn sie sich einverstanden erklären sollte, mit André mitzugehen, müßte Biddy natürlich auch mitkommen. Würde sie zurückgelassen und ihre Rolle bei dem Komplott entdeckt oder auch nur vermutet werden, würde sie gefoltert und vielleicht geköpft. Würden sie beide auf ihrer Flucht geschnappt, wäre Biddys Schicksal das gleiche. Armand wäre berechtigt, Louise für den Rest ihres Lebens in ein Kloster zu stecken, und niemand würde auch nur einen Finger für sie rühren. Aber Biddy würde totgetreten wie ein Käfer.

So war sie zwischen Angst und Hoffnung hin- und hergerissen, als sie auf Armands Rückkehr wartete, der den Tag auf dem Land verbracht hatte. Vielleicht hätte sie es wagen können, in seiner Abwesenheit auszugehen, aber er hatte bei Zéphirine die Anweisung hinterlassen, daß sie in ihrem Zimmer bleiben müsse, fast als ob er etwas vermutete. Zéphirine war sehr früh, vor sieben Uhr, mit dieser Botschaft gekommen und hatte sie mit ihren trüben Augen angestarrt. Als Armand abends zu ihr kam, sagte Louise mürrisch:

»Warum haben Sie gesagt, ich solle im Haus bleiben? Es war ein so schöner Tag, die Sonne schien auf den Schnee, und ich fühlte mich so viel besser, ich hätte gern einen kleinen Spaziergang gemacht.«

»Sie fühlen sich also besser? Das freut mich zu hören, ja, das freut mich zu hören.« Er sah sie auf eine neue, berechnende Weise an, die sie erschreckte. Sie wußte jetzt ebensowenig wie an dem Tag, an dem sie ihn heiratete, was in seinem Kopf vorging. Sie hätte genausogut ein Kind oder ein Gast sein können. Sie fuhr fort, ohne ihn anzusehen:

»Ich werde nie richtig gesund werden, wenn ich nicht ins Freie gehe. Ich will nicht weit gehen, nur bis zur Kathedrale, mit Biddy.«

Er war einverstanden, und irgendwann während des Schlafs wurde ihr Entschluß ohne ihr Wissen gefaßt. So kam es ihr vor, als sie am nächsten Tag gegen Mittag auf dem Weg nach draußen durch die Räume ging. Sie merkte, daß sie sie abschätzte und ebenso das, was sie in diesem ganzen Haus bewirkt hatte, denn sie wußte schon, daß sie es bald für immer verlassen würde. Hier war nichts, dem sie nachtrauern würde. Ihre Gedanken eilten voraus, und sie sah Armand schon wieder in Zizines Obhut, vermutlich erleichtert, daß diese törichte Phase seines Lebens vorbei war. Ihr fiel eine Sage aus Galway ein, die vielleicht von einer der Inseln stammte und von einem jungen Mann handelte, der ein schönes junges Mädchen aus einem fernen Ort geheiratet hatte, das eine Weile bei ihm blieb und dann verschwand. Nach der Darstellung des Ehemanns hatten sie sich eines Tages gestritten, und vor seinen Augen verwandelte sich seine Frau in einen Fuchs, rannte zur Tür hinaus und ward nie wieder gesehen. Diese Geschichte gehörte zu einem ganzen Sagenzyklus von Füchsen, die böse Geschöpfe sein sollen. Vielleicht würde sich Armand eine solche Geschichte über sie ausdenken.

Sie merkte, daß Biddy sie besorgt beobachtete, und versuchte, ruhig zu sprechen:

»Du hast ihm gesagt, wir würden kurz nach Mittag kommen?«

»Ja. Er wird dort sein. Gestern hat er den ganzen Tag gewartet, weil er hoffte, Sie würden kommen. Ich habe Ihnen ja schon gesagt, es wird keine Schwierigkeiten geben.«

»Warum siehst du dann so verstört aus?«

»Sie sind es, die verstört aussehen. Gehen Sie langsam. Halten Sie den Blick gesenkt, damit Sie nicht auffallen. Hier, stützen Sie sich auf meinen Arm. Ihr erster Ausgang. Sie gehen zur Kathedrale, um Gott für Ihr Kind zu danken. Was könnte natürlicher sein?«

»Biddy, ich werde ihm sagen, daß ich mit ihm gehen will.«

»O Gott im Himmel! Was wird aus uns werden?«

»Wir müssen vorsichtig sein. Wenn sie uns erwischen, sind wir erledigt.«

»Ich habe Angst.«

»Ich auch, aber es bleibt nichts anderes übrig. Wird uns jemand sehen, wenn wir mit ihm reden?«

»Möglich, aber um diese Tageszeit wird die Kirche wohl leer sein.«

»Du gehst doch in seine Wohnung.«

»Das kann ich tun, Sie aber nicht. Wenn jemand Sie hineingehen sieht, würden sie der Geschichte Beine machen und sie durch ganz Angers schicken. Sie wäre schon vor Ihnen im Haus, ehe Sie heimkommen.«

»Sieh nicht so aufgeregt aus. Die Leute beobachten uns.«

Das war die Rache für Biddys Warnung vor einem Augenblick. Niemand beobachtete sie. Es war gerade Marktschluß, und die Buden vor der Kathedrale wurden eine nach der anderen abgebaut und auf Handkarren geladen, um weggefahren zu werden. Die Marktfrauen und ihre Männer waren so beschäftigt mit ihren eigenen Angelegenheiten, daß sie den beiden jungen Frauen in schweren, dunklen Umhängen, offenbar Herrin und Dienerin, die zum Beten in die Kathedrale gingen, nicht die geringste Aufmerksamkeit schenkten.

Er war da. Sie sah ihn sofort, weit drüben auf der linken Seite stand er an einer Säule, die Arme verschränkt, als hätte er viel Zeit. Abgesehen von ihm war die riesige Kirche leer, aber als sie hereinkamen, eilte der Sakristan aus einer Tür weiter oben heraus, warf rasch einen Blick auf den Hochaltar und verschwand wieder, ließ die Tür indes angelehnt.

Jetzt, da sie ihn sah, wurde sie überwältigt von dem, was sie tat. Es war sündhaft, in Gottes Hohem Haus rachsüchtige und wütende Gedanken zu hegen, aber sie hatte das Gefühl, daß sie Armand mit seinen Augenbrauen wie Don Quijote und seinem Gerede, er wolle sie mitnehmen zu einem gesicherten, ruhigen Leben auf dem Lande, unmöglich verzeihen konnte. In ihrer Jugend und Unschuld war sie nie auf den Gedanken gekommen, daß er ihr untreu sein könnte oder daß sie es übelnehmen würde, wenn er es wäre. Verheiratete Frauen auf dem Lande sahen zufrieden aus, friedlich, nicht wie diese fragwürdigen Damen in Paris. Zufrieden würde sie mit Armand leben, und er hatte es ihr ausdrücklich versprochen. Sie dachte daran, daß sie ihm vertraut hatte, weil er nicht so war wie die anderen alten Herren. Dann hatte er sie betrogen, zuerst mit seinen vulgären aufdringlichen Freunden, dann mit Fifine und Jeanne. Er verdiente ihre Rache. Sie würde sich rächen. Sie würde ihren Sohn mitnehmen.

Diese konfusen und wirren Gedanken schossen ihr wie Vögel durch den Kopf. Rache, Kummer, die Wonne, Armand zu verletzen, wie er sie verletzt und gedemütigt hatte – nur zwanzig Sekunden lang erwog sie diese Gedanken. Sie erschienen kindisch und töricht, als sie sie aus ihrem nebelhaften Versteck herauszog und im Lichte des gesunden Menschenverstands überprüfte. Rache konnte keine Befriedigung verursachen, nur mehr Kummer und sogar mehr Fesseln. Nichts ist so schwer zu vergessen wie der Kummer, den man anderen bereitet.

André hörte ihre Schritte. Er drehte sich rasch um, dann kam er ihnen entgegen. Louise merkte, daß ihr Tränen in die Augen stiegen in eben diesem Augenblick, in dem sie vor allem standhaft zu sein wünschte. Früher hätte sie nicht geweint. Aber sie hatte geweint, als Armand sie fand und es sich zunutze machte. Der Gedanke beruhigte sie, so daß sie André direkt anzusehen vermochte, ihm die Hand entgegenstreckte und flüsternd, weil sie in der Kathedrale waren, sagte:

»Danke, daß Sie gekommen sind. Danke für Roberts Brief.«

»Sie haben ihn gelesen. Sie wissen, was er möchte?«

»Ja.«

»Werden Sie mit mir kommen?'

»Ja, ich werde mitkommen.« Das würde sie nie zurücknehmen können. »Wohin werden wir gehen?«

»Nach Amerika.«

Daran hatte sie nicht gedacht.

»Können wir nicht nach Irland zurückkehren?«

»Noch nicht. In Bordeaux ist ein amerikanisches Schiff, das uns erwartet.« Wie sicher er gewesen war, daß sie mitkommen würde! Als ob er ihre Gedanken gelesen hätte, fuhr er fort: »Hätten Sie es abgelehnt, hätte ich dem Kapitän eine Nachricht geschickt, daß er ohne uns abfahren soll. Sie sind sehr krank gewesen, sagt Biddy.«

»Ja, nach der Niederkunft, aber jetzt geht es mir recht gut.«

»Biddy sagt, Sie haben einen Sohn.«

»Ja.« Jetzt war der Augenblick gekommen, das nächste, wichtigste zu sagen, das letztlich der Kernpunkt von allem war. Sie sagte es, weil die Zeit drängte. »Ich möchte ihn zurücklassen.«

Nach einem Augenblick fragte er: »Werden Sie das über sich bringen?«

»Ja.«

»Biddy sagt, Ihnen liegt überhaupt nichts mehr an ihm.«

»Doch, doch, aber er gehört Armand. Er ist alles, was Armand von mir wollte. Er kann ihn also haben. Es ist für alle besser, ihn hier zu lassen. Ich komme mir nicht wie eine Mutter vor, obwohl ich es sollte.«

Sie flüsterten nicht mehr. Der Sakristan steckte den Kopf zur Tür neben dem Altar heraus und blickte scharf zu ihnen herüber, wie eine Maus, die ein paar Katzen beobachtet, dann schoß er wieder zurück. Biddy beobachtete sie auch, hielt sich aber so fern von ihnen, daß sie ihr Gespräch nicht hören konnte. Als Louise merkte, daß sie jetzt hysterisch klang, sagte sie ruhiger:

»Biddy sagt, es sei zu spät. Sie sagt, ich sollte mich mit meinem Schicksal abfinden und ihm die beste Seite abgewinnen. Sie sagt, es gebe für mich jetzt keinen Ausweg.«

»Es gibt einen Ausweg, und Sie haben ihm zugestimmt. Sie haben Roberts Brief gelesen.«

»Ja, ja. Ich werde tun, was er sagt. Ich werde keine Angst haben.«

»Etwas muß ich Sie fragen: Haben Sie Armand de La Touche je geliebt?«

»Nein. Wie könnte ich? Was für eine komische Vorstellung. Er hat mich auch nie geliebt, höchstens wie er vielleicht eine gute Kuh auf einem seiner Güter lieben würde. So sieht er mich an, schätzt mich ab, überlegt sich, welchen Wert ich für ihn habe.«

»Robert sagte etwas ähnliches. Louise, glauben Sie, Sie könnten mich lieben?«

Sie sah ihn direkt an, dann wandte sie den Blick ab und sagte: »Ja, das könnte ich.«

»Sie wissen, daß es das ist, was Robert will. Er möchte, daß wir heiraten.«

»Aber ich bin schon verheiratet. Wir können nicht heiraten.«

»In Amerika wird es niemand wissen.«

Sie sagte rasch: »Aber das ist mir gleichgültig. Ich habe zwei Tage Zeit gehabt, darüber nachzudenken, und das reichte. Robert sagt, es sei nicht Gottes Gebot, daß ich bei Armand bleiben müsse, und er habe mich auch nicht fürs ganze Leben gezeichnet, so daß ich nie zu einem anderen gehen könnte. Ich glaube jetzt, daß er recht hat. Gott steh mir bei, vielleicht bin ich eine große Sünderin. Ich weiß es nicht. Es gibt Tausende und Abertausende von Dingen, die ich nicht weiß, aber so gewiß, wie wir in dieser Minute in Gottes Haus sind, weiß ich, daß ich mit Ihnen mitgehen will. Ich hatte Angst, als ich zuließ, daß diese Leute mich mit Armand verheirateten, aber ich werde nie wieder solche Angst haben, so lange ich lebe.«

Trotz dieser Worte wurde sie plötzlich von Panik ergriffen. Angenommen, er würde sie für gewissenlos halten, weil sie ihren Mann und ihr Kind zu leichthin im Stich ließ? Den Damen in Angers zufolge waren alle Männer so, bedrängten einen um alle möglichen Gunstbezeigungen und waren entrüstet und verachtungsvoll, wenn man nachgab und die Gunst gewährte. Eine Clique dieser Damen hatte sie einmal in eine Ecke gezogen, bei derselben Gelegenheit, als sie ihr gesagt hatten, daß Armand es wieder mit Fifine aufgenommen habe, und ihr umsichtig Ratschläge für ihr eigenes Verhalten erteilt.

Sie solle sich auch einen Geliebten anschaffen, nicht gleich, aber nach der Geburt des Kindes, und sie nannten sogar ein oder zwei Männer, die sich freuen würden, von ihr ausgezeichnet zu werden.

André fragte: »Dann werden Sie keine Angst vor mir haben?«

»Wie könnte ich vor Ihnen Angst haben? Sie waren immer gut zu mir.«

Jetzt beobachtete sie der Sakristan tatsächlich und ging sogar einen Schritt vor, als wollte er ihnen Vorhaltungen machen über den Mißbrauch seiner Kirche. Ihre angeregte Unterhaltung konnte nichts mit Gebeten zu tun haben. Die Glocken begannen die halbe Stunde zu schlagen. Biddy kam zu ihnen herüber und sagte:

»Er hat Sie bemerkt, Miss Louise. Wir müssen nach Hause gehen. Knien Sie nochmal nieder und sagen Sie ein paar Gebete, um ihn abzulenken.«

»Ja.«

»Biddy«, sagte André, »kannst du um fünf zu mir kommen? Dann wird es schon fast dunkel sein. Ich werde dir sagen, was zu tun ist.«

Louise zog die Kapuze ihres Umhangs nach vorn, um ihr Gesicht zu verbergen, dann verließ sie die beiden, ging zum Hochaltar und kniete dort, bis Biddy kam, ihre Schulter berührte und flüsterte:

»Er ist weg. Oh, Miss Louise, wir sind jetzt bestimmt zugrunde gerichtet. Er sagt, er bringt uns nach Amerika. Ich habe Madame versprochen, ich würde für Sie sorgen, und nun sehen Sie, was geschieht, Sie verlassen Ihr Haus und Ihren Mann und Ihr Kind...«

»Erwähne das Kind nie wieder!« sagte Louise wütend, stand auf und drehte sich zu Biddy um. »Das hat keinen Zweck. Es ist nicht mein Kind. Es gehört meinem Mann. Das ist es, was er wollte, und das hat er bekommen. Grand-mère sagte, ich soll mit Graf de Lacy mitgehen. Es steht in Roberts Brief. Wem soll ich vertrauen?«

»Ich wünschte, er würde uns nach Irland zurückbringen. Wir sollten heimkehren.«

»Er sagt, wir können da einstweilen nicht hingehen. Biddy, ich stehe auch Qualen aus, aber ich werde mich daran gewöhnen, und du auch, so wie wir uns an eine chronische Krankheit gewöhnen würden. An dem Tag, an dem wir Irland verließen, begann unser ganzes Mißgeschick. Ich habe Glück, daß ich dem jetzt entkommen kann. Die meisten Menschen hätten bis zum Tod keine Hoffnung. Das Kind – ich will jetzt nicht daran denken. Ich weiß, daß das, was ich tue, richtig ist. Eines Tages werde ich zurückkommen und das Kind sehen, wenn es am Leben bleibt und ich am Leben bleibe. Wenn ich jetzt anfange nachzudenken, werde ich anderen Sinnes werden. Dann werde ich nicht weggehen. Ich werde hierbleiben, bis ich eine alte Frau ohne Zähne und ohne Haare bin, oder ich werde eines Morgens früh aufstehen und von der Brücke in den Fluß springen. Wäre das besser? Ich werde das nicht tun. Das ist etwas für andere Menschen, nicht für mich. Wir sollten dankbar sein, daß wir einen so guten Freund haben, der uns hilft.«

»Er hat zu lange gewartet. Er hätte Sie gleich heiraten sollen, oder wenigstens um Sie anhalten.«

»Er wußte nicht, was mir widerfahren würde.«

Sie erkannte jetzt, daß es grausam war, Biddy auf diese Weise ihre Gedanken mitzuteilen. Es konnte dem schlichten, arglosen Mädchen nur schaden, denn bei all ihrer Verständigkeit hatte sie die Vorschriften der Priester und der Herrschaften nie in Zweifel gezogen. Selbst bei so revolutionären Reden, wie sie sie in der Heimat gehört hatten, bestand für sie überhaupt kein Zusammenhang mit dem täglichen Leben, sondern nur mit dem fernen Parlament in Dublin, an das sie weniger glaubte als an Gott.

»Er war zu spät dran mit seinem Antrag«, sagte Louise. »Jetzt gehe ich mit ihm mit. Vielleicht ist es nicht recht, was ich tue, aber ich habe das Gefühl, als würde ich im Augenblick des Todes gerettet. Wir wollen nicht wieder davon reden. Nun sieh nicht so ängstlich und bekümmert aus, sonst könnten sie sagen, ich darf mit dir nicht wieder ausgehen.«

Es war fast dunkel, als Biddy sich zu Andrés Logis aufmachte und Louise entsetzlich allein blieb mit ihren alten Ängsten, die sich nicht legen wollten. Seit der Geburt des Kindes war nichts wirklich, sie lebte in einer unechten Welt, wie in einem Bühnenbild, einer Welt, die zusammengeklappt und weggestellt und vergessen werden konnte, als hätte es sie nie gegeben. Selbst André erschien jetzt unwirklich. Kaum hatte sie ihn verlassen, hörte sie auf, an ihn zu glauben. Warum sollte er sein Leben und Vermögen für sie aufs Spiel setzen? Ein vernünftiger Mann würde sie sich aus dem Kopf schlagen und sich eine andere Braut suchen, die ihm zusagte, würde nicht eine Schiffsreise um die halbe Welt machen, um sich eine zu holen, die schon die Frau eines anderen war.

Gräfin de Rothe würde wütend sein – der Gedanke schoß ihr durch den verwirrten Kopf und belustigte sie unwillkürlich, ehe sie wieder von Angst und Schrecken erfüllt wurde.

Sie waren beide verantwortungslos. Und wenn André sie in Wirklichkeit gar nicht liebte, wenn auch er einem törichten Traum nachjagte, aus dem sie beide erwachen und feststellen würden, daß sie eine Welt zerstört hatten, ohne eine andere zu erschaffen? Sie ging hinüber zum Fenster und schaute hinaus auf die sich verdunkelnde Stadt, die jetzt durch die Kerzen und Lampen in den Fenstern der Häuser beleuchtet war. Wie beständig und verläßlich waren sie! Alles in der Welt würde sie hergeben für dieses unschätzbare Licht des Friedens, das nur zu Hause brennen kann, das warme Licht, das immer Liebe und Vertrauen und geheime Hoffnung anzeigt. Als diese Gedanken sie überfluteten, erinnerte sie sich an André und spürte seine Hände auf ihren, als ob er im Zimmer wäre. Dann fiel alle Verwirrung von ihr ab, und sie wußte, daß das, was sie vorhatte, unvermeidlich war, und daß ihre Zweifel und Ängste nicht die Wirklichkeit waren, sondern der Traum.

26

Vier Tage später verließen sie Angers kurz nach Einbruch der Dunkelheit. Es hatte wieder geschneit, und die große Treppe, die zum Platz vor der Kathedrale hinaufführte, sah wie eine glatte, abschüssige Straße aus. Die Leute in den Häusern, die an der Treppe lagen, mußten ihre Hintertüren benutzen oder ganz dicht an den Wänden entlangkriechen. Herdfeuer und Lampenlicht schimmerten von drinnen und überzogen die Fenster mit einem sich bewegenden, orangefarbenen Schein. Als Louise im Vorbeigehen in ein Fenster hineinblickte, sah sie Kinder an einem Küchentisch sitzen, ihre Löffel hoch erhoben und lachend, während die Mutter ihnen Suppe in ihre Schüsseln schöpfte. Das waren wirkliche Kinder, nicht wie ihr Sohn. Sie hatte ihn heute tatsächlich im Arm gehalten, als die Amme ihn brachte, denn sie fand, sie sollte wenigstens versuchen, sich an sein Gesicht zu erinnern. Die Amme nickte und lächelte ermutigend, offenbar hoffte sie, daß Louise endlich zur Besinnung kommen würde. Sie fühlte sich nicht hingezogen zu diesem verhutzelten kleinen Geschöpf, das Armand so ähnlich sah, dennoch war sie froh, daß sie es getan hatte. Betäubt von Angst, wie sie war, tat es ihr nicht weh, ihren Sohn zu verlassen. Sie wollte nichts von Armand haben, und dieses Kind war sein Eigentum. Das sagte sie sich immer wieder und hoffte, es möge wahr sein.

An einem solchen Abend waren wenig Menschen

unterwegs, obwohl ein klarer Mond und Sterne voraussagten, mit dem Schneien sei es vorbei. Die dunkle Berline an der Tür von Andrés Logis war das einzige Fahrzeug auf der Straße. Als sie näherkamen, sahen sie, wie unter der Aufsicht des Kutschers und von Andrés Diener Pierre gerade die letzten Gepäckstücke auf dem Dach festgeschnallt wurden. Biddy trug einen Korb und eine Reisetasche, aber sie hatte jeden Tag schon kleinere Bündel mit Sachen hergebracht und in den Koffer gepackt, den André ihr gegeben hatte.

Er wartete schon auf sie und drängte sie sofort in die Kutsche. Kurz darauf stiegen die Diener ein, der Kutscher war auf dem Bock, und sie fuhren los. In der Dunkelheit nahm er Louises Hand und fragte auf Englisch:

»Sie haben für den Grafen de La Touche einen Brief hinterlassen?«

Sie merkte, daß sie kaum zu sprechen vermochte.

»Ja. Wir wiesen Marie an zu sagen, daß ich mich nicht wohl fühlte und heute abend nicht gestört werden wolle. Armand ist früh ausgegangen und macht Besuche. Er wird den Brief morgen haben.« Sie lachte hysterisch. »Er wird sagen: ›Da kann man nichts machen, da kann man nichts machen‹.«

Nur Biddy, die steif und starr auf dem Sitz vor ihnen saß, konnte es verstehen, und sie zuckte mißbilligend die Schultern. Nach einem Augenblick fragte Louise:

»Fahren wir die ganze Nacht durch?«

»Heute nacht müssen wir das, außer um Pferde zu wechseln und vielleicht etwas zu essen. Ich habe einen von meinen Leuten früh vorausgeschickt, und er sagt, die Straßen von Angers nach Süden seien frei. Von morgen an können wir in Gasthäusern schlafen. Ich habe in meinem Logis Andeutungen gemacht, ich wolle nach Brest fahren, falls man uns nachsetzen sollte. Niemand wird an Bordeaux denken.«

»Ich wünschte, wir hätten zu einem anderen Hafen fahren können. Sie wissen doch, daß Pater Burke in Bordeaux ist.«

»Ja, aber er wird uns nicht sehen.«

»Ich habe Angst. Mir ist, als wäre ich von einem Dach aus ins Leere getreten. Ihre Hand hält mich aufrecht.«

»Wir gehen an einen sicheren Ort. Sobald wir auf dem Schiff sind, werden Sie keine Angst mehr haben.«

»Nein. Wissen Sie, wohin wir in Amerika gehen?«

»Haben Sie eben erst daran gedacht?«

»Ja.«

»Es ist eine Farm in der Nähe von Hartford in Connecticut. Cousin Charles Lally hat sich bereit erklärt, sie gegen mein Haus in Saint-André zu tauschen. Wir werden dort anhalten, damit ich meinem Verwalter darüber Bescheid sagen kann.«

Der Diener hatte sich geirrt, und die letzten Meilen vor der ersten Poststation waren fast unpassierbar. Die Pferde schwitzten und zogen verzweifelt, und der Schnee knirschte unter den Kutschenrädern. Heller Mondschein zeigte rundum eine ausgedehnte weiße, leere Landschaft, soweit das Auge reichte, und niemand außer ihnen war unterwegs. Der Wirt im Gasthaus war erstaunt, daß sie so weit hatten kommen können.

»Aber jetzt sind Sie in Sicherheit«, sagte er. »Sie und Ihre Frau und deren Zofe können oben schlafen. Die Männer kommen in die Scheune. Da ist eine Menge Heu. Es ist warm und trocken. Weiterfahren kommt nicht in Frage. Sind Sie verrückt? Auf mehrere Meilen nach Süden sind die Straßen unbefahrbar, aber manche Leute meinen, es gibt Tauwetter. Ich würde keinen Hund auf die Straße schicken, und meine Pferde lasse ich bestimmt nicht hinaus. So, damit ist der Entschluß für Sie gefaßt. Ohne Pferde können Sie nicht fahren. Also hinein mit Ihnen. Wir haben ein gutes Abendessen bereit, zu gut für uns selbst, aber wir hätten es gegessen, wenn niemand gekommen wäre. Ich sagte zu meiner Frau, ein gutes Abendessen ist nie vergeudet, und sie war einverstanden, daß wir es selbst essen, obwohl ihr der Gedanke nicht gefiel. Hinein jetzt, hinein.«

Er schob sie fast durch die Tür in die Gaststube, die heiß und dampferfüllt war von dem Herd im Hintergrund, auf dem das Abendessen aufgesetzt war und köstlich duftete. Die Wirtin sagte barsch zu Biddy:

»Sie, Mamsell, bringen die Sachen Ihrer Herrin hinauf ins Vorderzimmer. Befühlen Sie das Bett, wenn Sie wollen. Es ist gut, das beste im Haus. Sie werden nicht frieren. Sie können Feuer machen, wenn Sie wollen. Ich täte es an Ihrer Stelle. Dann können Sie herunterkommen und mir beim Abendessen helfen.«

Biddy nahm die Lampe, die ihr gegeben wurde, und kletterte die leiterähnliche Treppe hinauf, und sie hörten sie die Tür eines Schlafzimmers aufmachen. André sagte: »Ja, wir werden hierbleiben, aber sobald es Tauwetter gibt, müssen wir weiterfahren.«

»Warum haben Sie es so eilig?« Der Wirt sah sie neugierig an. »Mitten im Winter kann es niemand eilig haben.«

»Wir werden nicht weiterfahren, solange soviel Schnee liegt. Sie haben ganz recht. Wir haben Glück gehabt, daß wir bis hierher gekommen sind. Und Ihr Abendessen – wir werden herunterkommen und es mit dem größten Vergnügen zu uns nehmen. Wir hatten nicht mit so viel Behaglichkeit heute abend gerechnet.«

Im Schlafzimmer hatte Biddy die Lampe auf den Kaminsims gestellt. Sie sahen einander angstvoll an, und André fürchtete, er habe sie alle ins Verderben gestürzt. Was hatte er ihr angetan, was bot er ihr so anmaßend? Seine Gesellschaft, seine Liebe, sein sogenannter Schutz, all das setzte sie weit größeren Gefahren aus als irgendwelche, in denen sie sich je befunden hatte. Dann stieß Biddy einen Seufzer aus und sagte:

»Ein Feuer. Die Alte sagte, wir könnten Feuer machen.«

Sie eilte nach unten und ließ einen von Andrés Dienern Holzscheite und Kienspäne holen, und nach wenigen Minuten zischte und prasselte ein Feuer im Kamin. Noch in ihrem Umhang, stand Louise da und starrte ins Feuer, das Gesicht von den hellen Flammen beleuchtet. Plötzlich drehte sie sich rasch um und sagte:

»André, kommen Sie ans Feuer. Schauen Sie nur, es ist das schönste Feuer auf der Welt.« Sie nahm ihn am Arm und zog ihn neben sich, dann blickte sie ihm ins Gesicht, als ob sie ihn zum erstenmal richtig sähe. »André, wie alt sind Sie?«

»Neunundzwanzig.«

»So alt! Darum sind Sie so klug.«

»Ich komme mir nicht klug vor«, protestierte er.

»Wir werden hundert Jahre alt werden, nicht wahr?«

»Wenn Sie wollen.«

»Kein Wunder, daß Sie über mich lachen. Ich drücke mich schlecht aus. Ich habe Schmerzen, hier, rings um mein Herz, wegen allem, was für mich getan wird. Ich bin die Ursache von all diesen Schwierigkeiten, weil ich so dumm bin. Ich habe alle in Gefahr gebracht, Sie und Biddy und das Kind – all das wäre nicht nötig gewesen, wäre ich so klug gewesen wie Sie.«

»Ich bin nicht klug genug.«

»Überall, ringsum gab es etwas, das ich hätte tun können, aber ich sah es kaum. Madame Dillon und Lucy brauchten Hilfe. Ich war da und gewährte sie nicht. Ich wollte entfliehen. Ich dachte nur an mich. O Gott, wie kann man so selbstsüchtig sein? An ihnen allen hatte ich so viel auszusetzen, ich war so selbstgerecht und so überzeugt, besser zu sein als sie, und dann wurde ich eine von ihnen, ohne zu merken, was ich tat. Ich dachte damals an Sie, André, sogar in der Kirche, während ich doch damit einverstanden war, Armand zu heiraten, und ich machte mir ein Traumbild, daß Sie es seien. Das war eine Sünde gegen Armand. Kein Wunder, daß er nie glücklich mit mir war. Kein Wunder, daß er mich immer ansah, als wäre ich eine Fremde.«

»Armand hat einen schlechten Ruf. Sie machen sich unberechtigte Vorwürfe.«

»Ja? Vielleicht, was das betrifft, aber ich hätte nicht einen anderen Mann lieben dürfen, während ich mit ihm verheiratet war.«

»Sie wußten die ganze Zeit, daß Sie mich liebten?«

»Ja. Ich sandte Ihnen im Geist immer Botschaften, wo immer Sie auch waren, als ob sie durch einen Vogel überbracht werden könnten, oder durch irgendeinen Zauber. Ich wußte, daß es unrecht war, aber dennoch tat ich es immer wieder. Nachher fühlte ich mich dann stets gestärkt.«

»Vielleicht haben mich diese Botschaften erreicht.« Er scheute sich, von der Vision zu sprechen, die er an ihrem Hochzeitstag gehabt hatte.

»Halten Sie das für möglich?« fragte sie. »Damals hoffte ich es. Jetzt weiß ich nicht, was ich glauben soll. Vielleicht habe ich uns beide ins Verderben gestürzt. Ich habe den Sinn für Recht und Unrecht eingebüßt. Wenn Pater Burke hier wäre, würde er sagen, es sei meine Pflicht, bei Armand zu bleiben, weil ich das an Gottes Altar versprochen habe. Warum sage ich Ihnen all das? Sie könnten glauben, ich liebe Sie nicht genug.«

»Das werde ich nie glauben. Kommen Sie näher ans Feuer. Nehmen Sie Ihren Umhang ab.« Er zog ihn ihr von den Schultern. »Es ist lächerlich, daß Sie sich Vorwürfe machen über das Unrecht, das Ihnen angetan wurde. Ich weiß, daß Sie mich lieben. Ich spüre es am ganzen Leibe. Ich hätte Sie nie verlassen dürfen. Von jetzt an werden wir immer zusammen bleiben.«

Gongschläge riefen sie nach unten. Der Wirt setzte sich mit ihnen zu Tisch, während seine Frau und Biddy und Pierre das Essen servierten, ein Ragout aus irgendwelchem Wildbret, das sie nicht erkannten.

»Sie werden es nie raten«, sagte der Wirt, als André ihn danach fragte, »und ich werde es Ihnen auch nicht sagen. Hier in der Gegend halten wir dicht. So muß das in meinem Gewerbe sein.« Er schaute verschmitzt drein, und sein Blick wanderte von André zu Louise und wieder zurück. »Sie können unbesorgt schlafen, Herr Herzog. Am Morgen, wenn Sie auf dem Weg nach Süden sind, werde ich sagen, Sie sind nach Norden gefahren, und mich krank lachen, wenn ich sehe, wie sie die falsche Straße einschlagen.«

»Warum nennen Sie mich Herzog?« fragte André, während sich Louise über ihren Teller beugte, um ihr Erschrecken zu verbergen. »Ich bin kein Herzog.«

»Es spart Zeit. Ich fange immer ganz oben an. Seien Sie nicht beleidigt. Wir haben scharfe Augen in meinem Gewerbe, das kann ich Ihnen sagen.«

Aber nach einer Weile kam André zu dem Schluß, daß es nur eine bedeutungslose Neckerei gewesen war. Louise war von Panik ergriffen. Als sie wieder im Schlafzimmer waren, sagte sie dauernd:

»Vielleicht ist er in Angers gewesen. Vielleicht hat er mich da gesehen. Wir sind noch zu nahe. André, was soll ich tun, wenn ich wieder von Ihnen getrennt werde – was soll ich nur tun?«

Sie wollte auf der Stelle weiterfahren, ihre eigenen Pferde anschirren, um irgendwie den Weg bis zum nächsten Gasthaus zu schaffen, wie sie es geplant hatten, und er mußte sie davon überzeugen, daß das erst recht den Verdacht des unangenehmen Wirts erwecken würde. Sie wagten nicht zu schlafen und saßen bis kurz vor dem Morgengrauen am Feuer, als sie ein Tröpfeln und Rieseln von Wasser hörten, das wie Vogelgezwitscher klang. Das versprochene Tauwetter war gekommen. Sie weckten den Wirt, und binnen einer Stunde waren sie unterwegs; ihr Atem dampfte wie der der Pferde in der kalten Luft und hing wie kleine gelbe Wolken vor dem Lampenlicht.

Jetzt wurden die Straßen zu schlammigen Flüssen, als der Schnee schmolz. Immer wieder mußte der Kutscher den Dienern sagen, sie sollten aussteigen und den Wagen aus Furchen und Schlaglöchern herausschieben, die in dem Matsch unsichtbar waren, bis die Räder darin versanken. Er hatte zwei zusätzliche Pferde am Zugriemen neben den beiden Stangenpferden, und sie erwiesen sich als die Rettung. Zwei der Postillione ritten auf ihnen und vermochten alle vier Pferde zusammen auf der Straße zu halten, selbst wenn es so schien, als würde die ganze Equipage in den Graben rollen. Diese Postillione waren auch ihre Führer und leiteten sie über die schlechtesten Nebenstraßen, um die Bauernwagen zu vermeiden, die auf den Hauptstraßen fuhren. In der Nähe von Dörfern war die Lage besser, aber dann kamen die Leute an die Türen und starrten, und Louise fürchtete, jemand würde die Gelegenheit ergreifen und nach Angers reiten, um herauszufinden, ob eine Belohnung ausgeschrieben sei für eine durchgebrannte Ehefrau und ihren Geliebten. André beruhigte sie, so gut er konnte, und sagte:

»Dieses schlechte Wetter ist ein Geschenk des Himmels. Genau das, was wir brauchen. Niemand wird unterwegs sein, niemand kann vorankommen, ehe die Straßen nicht trocken sind. Bis dahin sind wir so weit, daß sie uns nicht finden werden.«

Dann entspannte sie sich eine Weile, bis sie im nächsten Gasthaus feststellte, daß sich Leute dort bloß deswegen einfanden, um die Herrschaften zu sehen, die nicht genug Verstand hatten, um bei diesem schlechten Wetter zu Hause zu bleiben. Aber der Diener, der immer vorausritt, hatte für frische Pferde und Postillione gesorgt, und die Wirte waren froh, überhaupt Gäste zu dieser Jahreszeit zu haben.

Am zweiten Tag waren die Straßen trocken. Staubwolken wirbelten durch die Luft und drangen durch alle Ritzen und Spalten der Kutsche, bis ihre Lungen und Augen voller Sand waren. Keiner beklagte sich indes, denn sie fanden, daß alles besser war als der Schnee. Als sie weiter nach Süden kamen, merkte André, wie Louises Stimmung sich hob, denn der Himmel klärte sich und die Luft wurde wärmer. Ab und zu stiegen sie und Biddy aus und gingen ein paar Schritte oder rannten auf den grasigen Böschungen an der Straße, hielten sich an den Händen wie Kinder und riefen ihm zu, er möge doch zu ihnen kommen. Louises verschreckte Miene verschwand allmählich, denn es gab keine Anzeichen, daß sie verfolgt wurden, und als sie am dritten Tag morgens das Gasthaus verließen, sagte sie sogar:

»Vielleicht war Armand froh, mich loszuwerden. Er hat mich nie gemocht und nie anerkannt, obwohl er sich das, was er mißbilligte, zunutze gemacht hatte, um mich zu bekommen.« Sie erzählte ihm, daß sie Armand anvertraut hatte, wie abscheulich sie die Pariser Gesellschaft fand, und er es der Gräfin de Rothe berichtete. »Das war der Grund, warum ich mich einverstanden erklärte, ihn zu heiraten, denn ich hatte zu niemandem mehr Vertrauen. Es erscheint jetzt verrückt, daß ich mich ausgerechnet demjenigen ausgeliefert habe, der mich am meisten gekränkt hatte, aber genau das tat ich.«

»Robert konnte nicht verstehen, warum Sie sich einverstanden erklärt hatten.«

»Wäre er dagewesen, wäre das alles nicht geschehen.«

»Geben Sie also ihm die Schuld daran?«

»Ich kann niemandem die Schuld geben außer mir selbst. Wir waren zwei kleine Narren. Es war nicht schwer, uns zu täuschen. Alle diese Konventionen – wir glaubten, es stecke etwas dahinter. Es dauerte lange, bis wir erkannten, daß sie hohl waren.«

Es machte ihm Vergnügen, sie zu beobachten, wenn sie in dieser Stimmung war, ihre halb geschlossenen Augen und das erhobene Kinn ließen sie um Jahre älter aussehen. Unvermittelt sagte er:
»Jetzt sehen Sie wie Ihre Großmutter aus.«
»Ja? Das freut mich. Ich werde gern alt werden.«
»Ich auch, wenn Sie so aussehen.«
»Ich wünschte, wir führen zu ihr. Sie schrieb mir so seltsame Briefe, versuchte mir zu sagen, daß ich nicht von allen im Stich gelassen sei. Ich konnte nicht verstehen, was sie damit meinte. Armand las alle ihre Briefe, wurde aber auch nicht daraus schlau. Vermutlich deutete sie an, daß Sie vielleicht kommen würden. Das konnte sie nie sagen. Ich schrieb ihr über das Kind und daß Armand wieder zu Fifine d'Ernemont zurückgekehrt war. Ihren nächsten Brief warf er vor mir auf den Tisch und sagte: ›Die alte Dame scheint den Verstand zu verlieren‹. Die Schrift war krakelig und die Sätze ganz zusammenhanglos – es sah aus, als wäre sie nicht ganz bei Sinnen. Ihr nächster Brief war dann wieder völlig in Ordnung, überhaupt nichts daran auszusetzen.«
»Hat er Ihre Briefe selbst geöffnet?«
»Immer, aber Biddy schickte meine ab, ohne daß er sie sah. Es war mir gräßlich, ihn zu hintergehen, aber mir blieb keine Wahl. Ein Brief von Robert ärgerte ihn sehr, und er hat ihn mir überhaupt nicht gegeben. Robert hätte taktvoller sein sollen.«
»Dann wußte er also, daß Robert empört war über Ihre Heirat. War das sein einziger Brief an Sie?«
»Ich habe nie einen zweiten bekommen. Ich dachte, er habe mich vergessen. Aber Grand-mère schrieb mir, daß Sie die ganze Zeit zusammen gewesen sind. Ich dachte jeden Abend an Sie beide, ehe ich einschlief. Erzählen Sie mir von der Schlacht. Waren Sie beide dabei?«
»Ja. Arthur Dillon auch. Alle Schlachten sind schrecklich.«

»Waren Sie in Gefahr?«

»Nein, aber einige der jüngeren Offiziere, Robert und ein paar seiner Freunde. Es ist immer schlimmer für die einfachen Soldaten. Einige Hundert sind gefallen, aber sie haben gut gekämpft. Die Verluste der Engländer waren viel höher, und es waren auch Deutsche auf der englischen Seite. Ich wünschte, ich brauchte nie wieder zur Armee zu gehen, nicht bis der Krieg für Irland geführt wird.«

Ein paar Meilen vor Bordeaux bogen sie ab nach Saint-André de Cubzac. Die ebenen Äcker waren schon gepflügt und alle Reben in den gepflegten, kahlen Weinbergen bereits beschnitten und für den Frühjahrsaustrieb an Pfählen festgebunden. Sie erreichten das kleine Château über eine kurze Allee. Es war ein schlichtes, langes, dreistöckiges Haus mit einer Pergola an einem Ende, bedeckt mit den kahlen Stämmen von Weinstöcken und Kletterpflanzen. Louise gefiel es sofort, und jetzt erfüllte sich ihr Traum, als André sie bei seinem Besichtigungsrundgang durch das ganze Haus führte und auch durch die Ställe und den Wirtschaftshof. Der Verwalter war durch Andrés Diener herbeigerufen worden, die ihm offenbar von den Abenteuern ihres Herrn berichtet hatten, denn er sah Louise merkwürdig an, obwohl er sie behandelte, als wäre sie Andrés Frau und die Herrin des Hauses. Er war sehr enttäuscht, als er hörte, daß sie auf dem Weg nach Amerika seien. Er sagte:

»Ich hatte gehofft, Sie würden hierbleiben und sich selbst um den Besitz kümmern, Graf. Es ist lange her, daß eine Familie in dem Haus lebte, und das braucht es. Die Leute arbeiten alle gut, aber sie sind nicht mit Leib und Seele dabei. Sie sollten etwa eine Meile auf der Straße weiterfahren und sich das Haus ansehen, das Graf de La Tour du Pin dort baut. Es ist wie Versailles, heißt es, obwohl ich das nie gesehen habe. Es wird eine Galerie an der Fassade haben und Säulen, und von dem großen Salon im ersten Stock führen Fenstertüren auf einen langen Balkon. Es heißt, sein Sohn hält Ausschau nach einer Frau und wird dort mit ihr leben. Haben Sie im Sinn, ein Haus wie dieses zu bauen, Graf? Der Architekt kommt jede Woche aus Bordeaux, um die Arbeiten zu überwachen. Das ist ein Haus, wie es einem Edelmann ansteht.«

»Ich habe an kleineren Häusern Gefallen gefunden, als ich in Amerika war«, sagte André. »Aber Sie werden bald eine Familie hier haben.«

Während er Anweisungen für den Empfang der Lallys gab, wanderten Louise und Biddy durch das Haus, schauten in die Schlaf- und Wohnzimmer hinein und öffneten die schweren Fensterläden, um den Sonnenschein hereinzulassen, in dem Stäubchen tanzten. Biddy sagte:

»Ich wünschte, wir könnten hier für immer bleiben, Miss Louise. Das ist ein Haus, in dem ich mich wohlfühlen könnte, und wir würden alle glücklich darin sein. Warum hat Gott uns so viel Mißgeschick gesandt?«

Sie hatten Angst, die Nacht in Saint-André zu verbringen, falls sie verfolgt würden. Deshalb überquerten sie den Fluß in einer Furt und fuhren weiter nach Bordeaux, wo sie in einem Gasthaus weit unten am Quai des Chartrons abstiegen. Es regnete abscheulich. Dicker Nebel hing über den Watten der Flußmündung, aber weit draußen in Richtung des Ozeans konnten sie die Masten von einigen kleinen Schiffen erkennen. Möwen kreischten und umkreisten das Gasthaus, nach Nahrung aus der Küche Ausschau haltend. Die schrillen Schreie bestürzten Louise und Biddy, und sie standen am Fenster, hatten einander die Arme um die Taille gelegt und starrten voll Schrecken auf den gräßlichen Anblick vor ihnen. Zum Glück war André ausgegangen, um den Kapitän des Schiffs zu suchen, und als er zurückkam, vermochten sie etwas fröhlicher auszusehen.

Er hatte den Kapitän mitgebracht, einen Amerikaner mit Namen Gilbert, der eine Ladung Nägel und Handwerkzeug für Boston an Bord hatte. Er machte kein Geheimnis daraus, daß er Passagiere nicht schätzte, aber die Zeiten seien zu schlecht, als daß er sich erlauben dürfte, wählerisch zu sein. Wenn er seine Nägel an Land bringen und verkaufen könnte, wollte er zurückkommen und noch mehr holen und sich dann auf Nantucket niederlassen und Walfang betreiben. Er erzählte ihnen das alles beim Abendessen, sah sie mit seinen großen, ernsten, braunen Augen an und sprach sehr langsam, als ob er fürchtete, sie würden nicht verstehen, was er sagte. Obwohl André ihm von dem Sieg bei Yorktown berichtete, wollte er nicht glauben, daß der Krieg vorbei sei, und wiederholte dauernd:

»Viel einfacher, einen Krieg anzufangen als ihn zu beenden. Sie werden sehen, daß dieser noch drei Jahre dauert.«

Schließlich ging er weg. Das Beiboot sollte sie um fünf Uhr morgens abholen, um die Tide auszunutzen. Es war ihre letzte Nacht in Frankreich, ein Augenblick der Freude, daß ihre Flucht gelungen war. Louise zog die Vorhänge auf, um hinauszuschauen. Die Kaianlagen waren verlassen und menschenleer. Schütteres Mondlicht lag über den Watten und dem düsteren Wasser des Flußes, und schwarze Stellen zeigten an, wo Landzungen in die bleiern schimmernde Fläche hineinragten.

Völlig unerwartet tauchte plötzlich das Gesicht ihres Kindes vor ihr auf, so daß sie einen Schmerzensruf ausstieß wie ein verletztes Tier. André kam sofort zu ihr und nahm sie in die Arme. Sie klammerte sich an ihn und weinte verzweifelt. Es war nicht nötig, ihren Kummer in Worte zu fassen. Er verstand sofort, was in ihr vorging, und er drückte sie lange Zeit an sich, bis er sehen und fühlen konnte, daß sie langsam ruhiger wurde. Dann sagte er:

»Sie können immer noch zurückgehen, wenn Sie es nicht ertragen können.«

»Ich kann nicht zurückgehen. Sie wissen, daß ich es nicht kann. Ich will es auch nicht. Aber ich ahnte nicht, daß es so schlimm sein würde.«

Sie vermochte kein Wort mehr zu sagen. Von diesem Augenblick an wußte sie, daß es für sie kein Entrinnen gab. Ihr Sohn war hilflos, ungeliebt, unerwünscht, aber sie würde ihn nie vergessen können.

27

Der Fluß war zugefroren und die ganze Farm in Schnee gebettet, als sie Hartford erreichten, aber Louise liebte sie vom ersten Augenblick an.

Ihr Willkommen war nicht gerade ermutigend, und als die Tage vergingen, wurde Charles immer häufiger von tiefer Schwermut befallen. Es war absolut klar, daß er nicht weggehen wollte, und wenn noch irgendwelche Zweifel daran bestanden, dann wären sie von Paulines leisen Gesprächen mit Louise, wann immer sie allein waren, ausgeräumt worden. Sie wartete, bis Charles und André das Zimmer verließen, genau wie ein Hausmädchen, das wartete, um sich mit einem anderen über die Herrschaft zu unterhalten, dann sagte sie:

»Charles ist verbauert. Ihm liegt nichts mehr an zivilisierter Gesellschaft. Er will bloß noch mit anderen Farmern über Tiere und Feldfrüchte und das Wetter reden, wie die Bauern daheim. Wenn wir hierbleiben, würde er, glaube ich, ganz und gar vergessen, wie man einen französischen Salon betritt. Und die Kinder – Männer scheinen sich um Kinder nicht so viel Gedanken zu machen wie Frauen.«

Louise sagte: »Ich glaube, Charles liebt seine Kinder.«

Pauline schien darüber einen Augenblick nachzudenken, dann änderte sich ihr Ton und wurde ein wenig fröhlicher.

»Ich sehne mich danach, zurückzukehren. Erzählen Sie mir von dem Haus in Saint-André.«

Es war nicht schwierig, es zu rühmen, aber Pauline fragte:

»Wollten Sie nicht dort bleiben? Ich merke, daß Sie es lieben. Vielleicht tut André Ihnen dasselbe an, was Charles mir angetan hat: Sie versprechen einem das Blaue vom Himmel, und dann stellt man fest, kein Wort davon war ernst gemeint. André hat Ihnen wahrscheinlich gesagt, daß Amerika ein wundervolles Land ist. Alle Offiziere, die zum Kämpfen herkamen, erzählen dieselbe Geschichte – es ist das Land der Freien, die große Neue Welt, wo alle gleich sind, aber ich mag es gar nicht, daß alle gleich sind, und sie sind es sowieso niemals. Und jetzt hat Charles die Bedingung gestellt, daß wir, wenn wir zurückkehren, nie nach Paris gehen, und ich mußte einwilligen, sonst hätte er der Heimkehr überhaupt nicht zugestimmt.« Nun wurde ihr Ton gereizt und jammernd. »Er redet und redet darüber. Er führt eine Menge Gründe an. Sein Cousin Thomas Arthur Lally wurde da wegen Hochverrat oder dergleichen hingerichtet, zu Unrecht, sagt Charles, und vielleicht war es auch ungerecht. Er hatte in Indien Schlachten verloren, und der König hätte ihn retten sollen. Charles kann gar nicht aufhören davon. Es ist so lange her, 1766 – aber er sagt, er habe ein Gelübde abgelegt, nie wieder in Paris zu leben, und er sagt, es werde einen Krieg geben zwischen den Reichen und den Armen. Was halten Sie davon?«

Louise drückte sich bewußt in einer einfachen Sprache aus, als ob sie mit einem Kind spräche:

»Ich habe gehört, all das Gerede von Freiheit werde schlecht sein für die armen Leute in Frankreich, aber ich habe nie gehört, daß es einen Krieg geben wird. Haben Sie dann nicht Angst, zurückzukehren?«

»Warum sollte ich Angst haben? Ich werde wieder ordentliche Bediente haben und richtige Abendgesellschaften geben, werde mir das Haar frisieren lassen können und meine Freundinnen zum Kaffee besuchen, meine Kinder werden anständiges Französisch lernen, Emilie wird eine gute Gouvernante haben, eine Dame, alles, was ich auch hatte, und wir können einen geeigneten Ehemann für sie suchen, wenn die Zeit gekommen ist. Hier müßte sie irgend jemanden heiraten, einen Farmer, einen Holzfäller, wen auch immer. Patrick kann einen Hauslehrer haben. Vielleicht bekommen wir auch noch mehr Kinder. Erzählen Sie mir alles von Ihrer Hochzeit. Wo fand sie statt? Wie war Ihr Brautkleid? Haben Sie erst eine Hochzeitsreise gemacht, oder sind Sie gleich hergekommen?«

»Es war in Hautefontaine.«

»Sie erröten – Sie sind wirklich verliebt. Das wundert mich nicht, ich wäre auch in André verliebt, wenn ich mit ihm verheiratet wäre. Männer wie er sind sehr selten.«

Die harten Falten um ihren Mund, der scharfe Klang ihrer Stimme und die Art, wie sie die Augen verdrehte und das Kinn vorstreckte, all das verlieh ihr ein unangenehmes, giftiges Aussehen. Hätte André sie nicht warnend darauf hingewiesen, daß Pauline zu bemitleiden sei, wäre Louise für immer aus ihrer Gesellschaft geflohen. So, wie die Dinge lagen, sagte sie:

»Es war schön, in Hautefontaine statt in Paris zu heiraten. Ich liebe das Landleben. Gräfin de Rothe sorgte für alles. Mein Kleid war sehr hübsch.«

»Lassen Sie Biddy es herunterholen. Ich möchte es sehen.« »Ich habe es nicht mitgebracht.«

»Ihr Brautkleid nicht mitgebracht! Wie konnten Sie es ertragen, es zurückzulassen?«

»Das Schiff war so klein. Viele Dinge mußten zurückgelassen werden.«

»Ich werde jedes Stück mitnehmen, alle meine Pelzmäntel und Umhänge, und meine Kleider und Hüte und Hauben. Ich habe sie alle kaum getragen. Sie werden ganz aus der Mode sein, aber ich werde sie umarbeiten lassen. Ich nehme an, man kann in Frankreich noch gute Putzmacherinnen finden. Hier kann man kaum mehr Blumen für den Kleiderausschnitt kaufen. Es heißt, Leinen sei knapp wegen des Krieges, aber die Frauen sind hier sowieso Barbaren. Sie machen Blumen aus alten Leinentaschentüchern, aber gebrauchtes Leinen nimmt die Stärke nicht richtig an, und sie werden sofort schlaff. Haben Sie einige Ansteckblumen mitgebracht?«

»Nein.«

Wieder dieser giftige, berechnende Blick, kühl Louises Gesicht beobachtend, und dann die Bemerkung:

»Sie werden es vielleicht besser machen als ich. Sie sehen nicht wie ein unschuldiges junges Mädchen aus. Als ich herkam, war ich so einfältig, ich hatte keine Ahnung, wie es ist, ein Kind zu haben und es zu versorgen. Ich glaubte, alles würde einfach sein. Man brauche sie nur gut zu ernähren, und sie werden gesund und kräftig sein.« Dann fügte sie rasch hinzu: »Ja, Sie werden es besser machen als ich.«

»Emilie und Patrick sehen sehr gesund aus«, sagte Louise.

»Ja. Emilie ist in Frankreich geboren.«

Pauline stand auf und ging durchs Zimmer, dann kam sie zurück und sagte:

»Es tut mir leid, daß ich so nervös bin. Sie finden mich sicher ungehobelt.«

»Keineswegs. Bitte entschuldigen Sie sich nicht. Kommen Sie und setzen Sie sich hin. Erzählen Sie mir von der Farm.«

»Damit hatte ich natürlich nichts zu tun, und ich rate Ihnen, sich nicht darum zu kümmern. Die Nigger machen das alles. Sie können ganz nett und freundlich sein, vor allem Agnes. Erzählen Sie mir mehr über die Hochzeit. Wie sah André aus? Wir glaubten, er würde nie heiraten, dann hörten wir ein Gerücht über eine Cousine, das müssen Sie gewesen sein. Es tut mir leid, daß wir uns nicht so nahe sein können, um Freundinnen zu werden. Es ist so wohltuend, mit einer anderen Frau zu reden. Charles taugt nicht zum Plaudern. Er nennt das Konversation machen. Es wird alles anders sein, wenn wir wieder in Frankreich sind. Dann werde ich nie wieder ängstlich sein.«

Louise hoffte, daß sie das Hochzeitsthema aufgegeben habe, aber sie kam wieder darauf zurück.

»Wer ist zur Hochzeit gekommen? Waren viele Verwandte da?«

»Nicht viele, denn es war Winter.« Sie beschrieb ihre Hochzeit mit Armand, als wäre André der Bräutigam gewesen und als hätte sich alles vor ein paar Monaten abgespielt, statt ein Jahr zuvor. Pauline sagte:

»Erzählen Sie mir von der Gräfin de Rothe. Mochten Sie sie gern? Ich bin sicher, daß sie Sie gern hatte, Sie sind so lieb und unschuldig.« Sie konnte das nicht verächtlich gemeint haben. »Ich habe diese Dillons nie kennengelernt, weil ich mit einem Lally verheiratet bin. Die Dillons sagen, alle Lallys seien Lumpen, und sie wollen nicht, daß sie sich mit Mary Dillon anfreunden, weil sie fürchten, sie könnte ihnen ihr Geld hinterlassen.« Louise bemerkte, daß Pauline den Namen Dillon auf die altmodische Art aussprach, »de Lioune«, wie es die Iren taten. Pauline fuhr fort: »In Hautefontaine gibt es wundervolle Gesellschaften, das habe ich immer gehört. Das ist nicht Paris – vielleicht wird Charles bereit sein, da hinzugehen. Könnten Sie an die Gräfin schreiben und sie bitten, uns einzuladen?«

»Sie mag mich nicht«, erwiderte Louise. »Es wird besser sein, wenn Sie sich selbst mit ihr in Verbindung setzen.«

Es war deutlich zu sehen, daß Pauline das schäbig fand. Das ganze Spiel lohnte sich eigentlich sowieso nicht, denn die Lallys würden alles über ihre Eskapade hören, sobald sie nach Frankreich kamen, wenn nicht schon früher. Pauline sagte:

»Dann mußten Sie also alles verlassen und André zuliebe hierherkommen. Haben Sie ihn gebeten, noch eine Weile dort zu bleiben und Sie bei Hof einzuführen? Das ist es, was ich mir am allermeisten wünsche. Und das ist auch nicht Paris – es ist Versailles. Ich will versuchen, Charles dazu zu bringen, mich einzuführen.«

»Ich wollte eigentlich gar nicht bei Hof vorgestellt werden«, sagte Louise. Es war ihr letzter Versuch, Pauline von ihrer Verstiegenheit abzubringen. »Ich war auf vielen Gesellschaften in Paris, als ich dort hinkam, und mir gefielen die Leute überhaupt nicht, vor allem die Frauen nicht. Sie sind so gekünstelt, man sieht das schon daran, wie sie sich zurechtmachen. Ich habe gehört, der König und die Königin sind sehr schlicht und nehmen einem jede Befangenheit, aber ich würde das alles zu beängstigend finden.«

»Ja, das kann ich mir denken.«

Einen unwahrscheinlicheren Höfling als Charles mit seiner Lederjacke, den Langschäftern und dem ausholenden Gang eines Bauern konnte man sich schwer vorstellen. In den letzten Tagen mußte er seine Tiere ein dutzendmal besucht haben, hatte sich einen Vorwand nach dem anderen ausgedacht, um André mit in die Ställe zu nehmen, und endlos seine Anweisungen wiederholt, wie sie versorgt werden müßten. Er nahm dann eine Sense oder seine Lieblingsbaumschere in die Hand, drehte den abgenutzten Griff immer wieder herum und sagte:

»Die habe ich, seit wir herkamen. Wir mußten uns die meisten Werkzeuge selber machen. Ja, ich weiß, Sie werden sie in Ehren halten.« Einmal sagte er mit erstickter Stimme: »Sie hatte recht, André. Das letzte Kind starb mit vier Monaten. Es ist ein Wunder, daß sie überhaupt noch geistig gesund ist.«

»Das tut mir leid, Charles.«

»Das weiß ich. Ich hoffe, Sie haben mehr Glück. Das Leben hier ist wundervoll.«

André kam sich allmählich wie ein Dieb vor, aber er sah, daß Charles nicht versuchte, sich aus der Abmachung zurückzuziehen. Pauline gegenüber war er von unendlicher Geduld. Nachts waren Schreie und hysterisches Schluchzen durch die dünne Wand zwischen den Schlafzimmern zu hören, und wenn Pauline mit Charles sprach, wurde ihr Ton von Tag zu Tag verdrossener. Die Kinder beäugten sie ängstlich und waren unnatürlich still. Schließlich waren ihre schweren Kisten und Koffer gepackt und wurden mit vier Dienern auf einem Pferdeschlitten nach Boston geschickt. Mehrere Tage später, an einem frischen, sonnigen Morgen, wurde der Reiseschlitten zur Haustür gebracht. Pauline war in einem Zustand unbändiger Erregung und konnte sich kaum lange genug beherrschen, um Louise flüchtig zu küssen, ehe sie hinauseilte und einstieg. Louise stand am Wohnzimmerfenster und sah zu, wie Charles sie so fürsorglich in Pelze einwickelte, als wäre sie krank, ihre Kinder saßen schweigend rechts und links dicht neben ihr. André war draußen, sah sehr fremd aus mit einer hohen Mütze aus Fuchspelz, half, die Gurte festzuschnallen, und sprach mit den Kindern, die ihn mit großen Augen und ohne zu lächeln ansahen. Dann kamen die beiden Männer zurück ins Haus. Charles stellte sich an das lodernde Kaminfeuer im Wohnzimmer und sagte:

»Es tut mir leid, daß Sie so viele Launen von Pauline ertragen mußten. Ihr wird erheblich wohler sein, sobald wir unterwegs sind. Der Schlitten wird in ein paar Wochen von Boston zurückkommen. Der andere ist nicht ganz so groß, aber Sie werden bis dahin damit auskommen. Wir hätten den weniger guten nehmen sollen, aber sie bestand auf diesem.«

»Charles, bitte! Wir sind ganz zufrieden. Machen Sie sich um uns keine Gedanken. Sorgen Sie für Ihre Familie. Nur das ist wichtig.«

»Ich habe das Gefühl, als würde ich sie in die Löwengrube bringen. In meinem ganzen Leben habe ich nichts so Dummes gemacht. Aber Sie haben recht, es läßt sich nicht ändern.«

Als er sie umarmte, sahen sie, daß er Tränen in den Augen hatte. Er ging steif hinaus zum Schlitten und stieg ein, der Kutscher knallte sofort mit der Peitsche über dem Rücken der Pferde, und sie glitten leise davon, den Hügel hinunter, über den zugefrorenen Fluß zu der schneebedeckten Straße am anderen Ufer.

Jetzt erschien ihnen das Haus verlassen und leer. Sie gingen überall herum, in jedes Zimmer, kamen sich zuerst wie Eindringlinge vor und waren dann von einem zögernden Glücksgefühl erfüllt, das sich verstärkte, wann immer sie Biddy trafen. Sie war in ihrem Element, ließ überall die Möbel umstellen und vor allem Andrés und Louises Sachen in das Elternschlafzimmer bringen. Dennoch wurde Louise von Zeit zu Zeit von einem alten Kummer befallen, den sie mittlerweile als den Kummer um den Verlust ihres Sohnes erkannt hatte. Er war leichter zu ertragen, weil sie machtlos war, aber auch, weil sie vermutete, daß sie bereits wieder ein Kind erwartete, und hoffte, es werde ein Ersatz sein für den zurückgelassenen Sohn.

Durch Agnes, die oberste Haussklavin, erfuhr sie von Paulines Unglück. Louise fiel auf, daß Agnes an den Vorbereitungen für das erwartete Kind nicht sehr interessiert war, und glaubte zuerst, der Gram um die abgereisten Kinder sei daran schuld. Wenn sie Louise beim Nähen fand, pflegte sich Agnes abrupt abzuwenden, oft mit Tränen in den Augen. Es war fast unmöglich, sie zu einem Gespräch über das Kind zu bewegen, nicht einmal, wenn Louise ihren Rat erbat, welches Zimmer geeignet sei und welche von den Sklavinnen wahrscheinlich als Amme in Frage kommen würde oder ob die Lallys eine Wiege im Haus gelassen hatten, die wiederverwendet werden könnte. Dann, als Louise an einem ersten warmen Nachmittage im Mai im Garten saß und ruhte, sah sie Agnes aus dem Haus kommen und auf einem schmalen Pfad neben dem Küchengarten den Abhang hinaufgehen. Sie fiel Louise vor allem deswegen auf, weil sie ab und zu anhielt und wilde Blumen am Wegrand pflückte, die sie, während sie weiterging, mit Gras sorgfältig zu einem Strauß band. Leise stand Louise auf und folgte ihr. Agnes war so vertieft in ihre Tätigkeit, daß sie es nicht merkte. Sie sang leise und wiegte sich von einer Seite zur anderen wie bei einem langsamen Tanz, und manchmal bückte sie sich, um noch eine Blume für ihren Strauß zu pflücken. Als Louise näher kam, konnte sie den Text des Liedes verstehen, der immer wiederholt wurde:

»Ich weiß, der Himmel ist ein schöner Ort.
Ich weiß, der Himmel ist ein schöner Ort.
Amme kommt schon, Amme kommt mit Blumen.
Ich weiß, der Himmel ist ein schöner Ort.«

Als sie weiter vom Haus weg war, sang sie lauter, nicht mehr besorgt, daß man sie hörte, aber sie sah sich kein einzigesmal um. An einer Biegung verließ sie den Pfad und ging, etwas schneller, über eine Wiese. Der Friedhof! Louise wurde jetzt klar, wohin Agnes ging. Sie war vor kurzer Zeit einmal mit André dort gewesen, als der Schnee schmolz und sie endlich ihr ganzes Gut durchwandern konnten. Der Friedhof war ein trauriges Stückchen Erde, umgeben von einer Steinmauer, die Gräber gekennzeichnet durch roh behauene Grabsteine, auf denen oft nur ein einziger Name stand – Peter oder John oder Isaac, Namen von Sklaven, die längst vergessen waren oder an die man sich höchstens wie an einen toten Hund erinnerte. Damals war ihr ein ordentlicherer, besser gepflegter Teil aufgefallen, aber André war mit ihr weitergegangen, und sie hatte ihn sich nicht genau ansehen können. Jetzt, da ein größerer Abstand zwischen ihnen war, sah sie Agnes auf diese Stelle zugehen, wo sie sich hinkniete und ihren Strauß auf eines der Gräber legte. Dann warf sie sich plötzlich bäuchlings auf den Boden, zuckend und leise stöhnend, fast als umarmte sie in ihrer Qual die Erde. Louise eilte zu ihr, und sagte, als sie dicht genug war:

»Agnes! Was ist denn? Agnes!«

Sofort sprang Agnes auf und rief unwillig: »Zurück! Gehen Sie zurück! Schwangere Frauen dürfen hier nicht herkommen. Zurück!«

Louise blieb dennoch stehen und sagte: »Ja, ich kehre um, aber du mußt mir sagen, wessen Gräber das sind.«

Agnes strich mit den Händen über ihren Rock, den Kopf gesenkt, dann nahm sie Louise am Arm, führte sie rasch auf die Wiese zurück und sagte barsch: »Das sind Miss Paulines Kinder. Ich muß manchmal zu ihnen kommen mit Blumen.«

»Ja, natürlich. Wieviele Kinder?«

»Fünf. Sie leisten einander Gesellschaft.« Sie warf Louise rasch von der Seite einen Blick zu. »Miss Pauline hatte kein Glück mit Säuglingen. Keine Liebe, kein Glück. Aber ich liebte sie alle, Agnes liebte jedes. Wäre ich jung genug gewesen, um die Amme zu sein, wäre keins von ihnen gestorben. Sie verkaufte jedesmal die Amme, aber es war nie anders. Eine von ihnen war meine Tochter, aber sie konnte nichts dafür, das weiß ich.«

»Verkaufte sie!«

»Ja, Ma'am, das tat sie, aber es war nicht deren Schuld. Ihre eigenen Kinder sind nicht gestorben. Das war ein Zeichen, daß die Mütter gesund waren, aber Miss Pauline sagte, es war ein Zeichen, daß sie ihren Kindern den bösen Blick gaben und ihnen die Milch nicht gönnten.«

»Glaubst du das?«

»Nein, Ma'am, ich glaube es nicht. Habe ich Ihnen nicht gesagt, daß eine von ihnen meine Tochter war? Diese Frauen waren so betrübt über Miss Paulines Kinder, als wenn es ihre eigenen gewesen wären, aber sie wurden trotzdem verkauft.«

»Wo sind sie hingekommen?«

»Auf verschiedene Farmen in der Umgegend, nicht sehr weit. Master sorgte dafür, wegen ihren Männern. Er ist immer gut, aber trotzdem hat er ein paar schlechte Masters ausgesucht, vielleicht ohne es zu wissen.« Plötzlich ängstlich, fragte sie: »Wußten Sie nichts von diesen Kindern? Haben Sie es nicht gewußt, als Sie herkamen?«

»Nein, aber es spielt keine Rolle. Ich hätte es früher oder später gehört.«

»Ja, Ma'am, von den Nachbarn.«

»Was ist mit deren Kindern? Ist es bei allen Leuten so?«

»Sie meinen, bei allen weißen Leuten?«

»Ja.«

»Nur bei reichen Leuten, bei denen, die glauben, es schicke sich für eine Dame nicht, ihr Kind selbst zu stillen.«

Agnes murmelte diese letzten Worte mit gesenktem Kopf, als sei das eine Ungehörigkeit.

»Dann glaubst du, wenn Mistress ihre Kinder selbst genährt hätte, wären sie nicht gestorben?«

»Woher soll ich das wissen? Ich sagte es einmal zu ihr und glaubte, sie würde mich umbringen, sie wurde so wütend. Sie war keine Dame, der man viel sagen konnte.«

Das war also die Geschichte der armen Pauline, eine wahrlich traurige Geschichte. Die natürliche Lebensweise war in Paris erst Mode geworden, nachdem sie die Stadt verlassen hatte, und noch nicht bis Angers vorgedrungen, was Louise sich zunutze gemacht hatte, um ihren Sohn von einer Amme nähren zu lassen. Hätte Pauline ihre Kinder selbst gestillt, wären sie vielleicht alle am Leben geblieben. Wahrscheinlich waren sie an Unsauberkeit gestorben und an den Krankheiten, an die die Schwarzen gewöhnt waren. Louise war der Schmutz in den Unterkünften der Neger schon aufgefallen, und sie hatte sich vorgenommen, sie ausbauen zu lassen. Sie erinnerten sie an die elenden Hütten auf dem Besitz von Burke in Moycullen.

Später, als sie André von diesem Gespräch erzählte, fragte sie:

»Wußten Sie das von Paulines Kindern?«

»Ja.«

»Warum haben Sie es mir nicht erzählt?«

»Warum sollte ich? Pauline macht alles schlecht. Bei Ihnen habe ich keine Befürchtungen.«

»Sie haben nicht Angst um das Kind? Sie glauben nicht, daß hier etwas in der Luft liegt?«

»Das glaube ich nicht. Ihre Kinder werden ganz anders sein.«

»Ja, sie werden anders sein. Ich war gar nicht so vor der Geburt meines anderen Kindes. André, was soll ich machen, wenn dieses stirbt wie Paulines Kinder?«

»Es ist ein Jammer, daß Sie diese Gräber gesehen haben.«

»Sie sind so nahe, daß ich sie unweigerlich früher oder später sehen mußte. Ich werde es jetzt vergessen, wirklich. Ich werde es mir aus dem Kopf schlagen.«

Aber in den folgenden Monaten fiel ihr die Szene immer wieder ein und verfolgte sie ebenso wie Agnes' leiser Gesang.

Robert kam Mitte Juni, endlich aus der Armee entlassen. Er kam allein, denn schon seit mehreren Meilen war er schneller geritten als Martin Jordan und mit Höchstgeschwindigkeit galoppiert, so daß sein Pferd schaumbedeckt war und keuchend an der Haustür stand, als ob es tot umfallen würde. Louise schaute aus dem Wohnzimmerfenster und sah ihn da neben dem schwitzenden Pferd stehen und besorgt die Tür betrachtend, als sei er nicht sicher, ob er das richtige Haus gefunden habe. Mit einem Freudenschrei rannte sie hinaus, blieb eine Sekunde auf der Schwelle stehen, um ihn anzuschauen, dann breitete sie die Arme weit aus und wartete, daß er sich hineinstürze. Sie hielten sich eng umschlungen, weinten und lachten und weinten wieder, bis sie ihn auf Armeslänge von sich abhielt, ihm prüfend ins Gesicht sah und etwas zu sagen versuchte, aber ihr fiel nichts ein. Dann zog sie ihn wieder an sich und hörte ihn etwas sagen, doch verstand sie es in ihrer Aufregung kaum. Dann kam André um die Hausecke in seiner ärmellosen Lederjacke, einen Dreschflegel in der Hand, den er repariert hatte. Als Louise mitansah, wie er und Robert sich umarmten, wurde ihr erst richtig klar, daß ihr Bruder wirklich gekommen war, daß er tatsächlich da war, und dann konnte sie sich nicht länger beherrschen und brach in kindisches Schluchzen aus.

Später am Abend saßen sie im Wohnzimmer und lasen die Briefe, die Robert mitgebracht hatte. Louise blickte ungefähr alle Minute auf, als fürchtete sie, er könnte verschwunden sein. Jedesmal merkte sie, daß er sie auch beobachtete und über ihre Torheit lächelte. Er hatte Briefe von Sophie mitgebracht und wollte auch alle ihre Briefe an André und Louise lesen. Sophie frohlockte über das Gelingen des gewagten Unternehmens der beiden. An Robert hatte sie geschrieben:

»Endlich wurde der Gerechtigkeit Genüge getan. Ich habe Pater Burke einen scharfen Brief geschrieben und ihm gesagt, daß er seine Pflichten nicht wahrgenommen hat. Er hätte diese skandalöse Heirat mit allen ihm zur Verfügung stehenden Mitteln verhindern müssen. Nicht, daß ich ihn nicht gewarnt hatte. Er hätte nach Hautefontaine gehen und sie wegholen sollen. Er hat geantwortet, er sei mit seiner Landwirtschaft beschäftigt gewesen – mitten im Winter! –, und als ihm die Tatsache bewußt wurde, sei es zu spät gewesen. Landwirtschaft! Ich habe ihm gesagt, er sei ein Priester, kein Landwirt, und er sei vom französischen Liberalismus angesteckt.«

An Louise hatte sie geschrieben:

»Nach langen Jahren der Qual bin ich jetzt glücklich, als ob ich mein eigenes Leben noch einmal lebte. Es wird eine gesegnete Ehe sein, und Deine Kinder werden in Liebe geboren werden. Graf de La Touche ist unerhört wütend, aber wir geben ihm keine Satisfaktion. Dein Vater leidet stumm, was ihm recht geschieht, denn er hätte das Ganze gleich zu Anfang unterbinden können. Fanny sagt, Du habest der Familie Schande bereitet, aber ihr geht es darum, für andere Dinge gerächt zu werden. Ich habe festgestellt, daß in diesem Teil der Welt niemand Deine Geschichte kennt, obwohl die Leute sie zweifellos später hören werden. Ich habe Fanny ermahnt, nicht darüber zu reden. Es gibt auch ohne Dich genug Stoff zum Klatschen.«

Robert las den letzten Teil des Briefes noch einmal laut und sagte dann:

»Fanny tut mir fast leid. Sie stiftet immer Unfrieden. Was soll das sein, Rache für andere Dinge?«

»Die üblichen Kämpfe, nehme ich an. In Grand-mères Briefen stehen verschiedene rätselhafte Dinge. Mir tut Pater Burke leid. Er hat tatsächlich versucht, mich zu schützen, indem er mich zum Studieren anhielt, aber ich war träge und faul. Er wird wohl die Lust verloren haben.«

Sie blickte sich in dem stillen Raum um, der von mehreren Armleuchtern erhellt und vom Kaminfeuer erwärmt war, denn die Abende waren noch kühl. »Paris könnte genausogut auf dem Mond liegen, der Salon von Cousine Charlotte, die Gesellschaften bei Kardinal Rohan, Hautefontaine – Robert, kannst du nicht hier bei uns bleiben? Du könntest eine Farm wie unsere haben – André wird dir alles darüber sagen –, du brauchst niemals nach Paris zurückzugehen.«

»Ich habe bereits beschlossen, nicht dorthin zurückzugehen.«

»Du wirst hierbleiben! André! Robert bleibt in Amerika, wir werden nie wieder getrennt sein, er kann eine Farm in unserer Nähe kaufen, wir werden für immer und ewig zusammen sein...«

Sie hielt inne, denn sie merkte, daß er auf ihre Begeisterung nicht reagierte, dann fragte sie ängstlich:

»Was dann? Wohin willst du? Nach Kanada? Das Leben dort ist viel schwerer, das Klima ist grimmig, sagen alle.«

»Nein, auch nicht nach Kanada. Ich gehe zurück nach Irland.«

»Nach Hause, nach Mount Brien?«

»Ja.« Er hob das Kinn und sah sie direkt an, als ob er Widerspruch erwartete. »Celia und ich werden heiraten. Ihr Vater wird einverstanden sein. Wir werden auf Castle Nugent wohnen.« Louise äußerte sich nicht dazu, obwohl er deutlich eine Stellungnahme erwartete. »Grand-mère schrieb, daß Celias Mutter voriges Jahr gestorben ist, ein paar Monate nach unserer Abreise. Es wird also nur noch ihr Vater da sein. Papa wird uns behilflich sein bei der Bewirtschaftung des Gutes, und Grand-mère wird uns Ratschläge für das Haus geben.«

»Freut sie sich?«

»Sie weiß noch nichts von meinen Plänen, aber sie wird sich freuen.«

»Hast du mit Celia alles abgesprochen?«

Statt darauf zu antworten, sagte er: »Warum bist du so kühl? Würdest du mich lieber mit jemandem wie Teresa sehen?«

Als André die beiden beobachtete, die einander so ähnlich waren, sich zueinander vorbeugten, deren Stimmen leiser wurden und die schneller sprachen, während sie einander in die Augen sahen, wurde ihm klar, daß die Worte, die sie gebrauchten, weit weniger vermittelten als eine andere Art von Verständigung, die zwischen ihnen stattfand und von der er und jeder andere Zuhörer ausgeschlossen war. Er verhielt sich ganz still, und nach einem langen Schweigen sagte Louise, als ob sie und ihr Bruder ihre Unterhaltung fortgesetzt hätten: »Ja, du hast recht, sie mag irische Bräute nicht, aber bei Celia wird sie eine Ausnahme machen. Bist du sicher, daß du sie liebst?«

»Mehr, als ich wußte, daß man lieben kann.«

»Grand-mère wird eine Verbündete gegen Fanny und Sarah haben. Wie steht's mit ihnen?«

»All das scheint jetzt unwichtig.«

»Aus einer anderen Welt, einem anderen Leben.«

»Ja.«

»Wann wirst du abreisen?«

»In der zweiten Juliwoche, von Boston nach Le Havre. Dann nach Irland, wenn ich ein Schiff bekommen kann, vielleicht wieder von den O'Connells, oder ich könnte es diesmal wagen, nach Galway zu fahren.«

»Du wirst unter Umständen auf ein Schiff warten müssen. Du könntest nach Angers gehen.«

»Ich würde womöglich erkannt. Wir sind uns so ähnlich.«

»Eine dunkle Perücke.«

»Na gut, ich werde es versuchen.«

Wieder schwiegen sie und sahen einander an, und André schien es, daß sich eine Unmenge von Gedanken zwischen ihnen drängten. Dann sagte Robert:

»Ja, all das werde ich tun und dir dann schreiben und dir berichten, was ich gesehen habe.«

Er blieb drei Wochen bei ihnen, bis zum Ende der ersten Juliwoche, dann machte er sich mit Martin Jordan zu dem Zwei-Tage-Ritt nach Boston und zu dem Schiff auf, das ihn nach Frankreich bringen sollte.

Siebter Teil

28

In den Wochen nach Roberts und Louises Abreise saß Celia tagtäglich stundenlang am Nähtisch im Zimmer ihrer Mutter und träumte von ihm. Dabei hielt sie immer eine genaue Reihenfolge ein: Zuerst rief sie sich in Erinnerung, wie sie sich als kleine Kinder kennengelernt hatten, und verweilte hier lange; dann richtete sie ihre Aufmerksamkeit auf jedes spätere Treffen, den Ort und den Anlaß und dessen Bedeutung für ihre wachsende Freundschaft. Sehr oft hatten sie sich nicht getroffen, denn ihre Mutter erfand alle möglichen Gründe, um sie zu Hause zu behalten, und hatte vor allem immer dafür gesorgt, daß Celias Besuche auf Mount Brien Court kurz waren, indem sie ihr in letzter Minute nachrief:

»Celia! Komm aber bestimmt früh nach Hause. Andere Mädchen können lange bleiben, aber dich brauche ich hier. Die Leute verstehen das nicht, wohlhabende Leute wie die Briens, die eine große Dienerschaft haben, obwohl es ein Rätsel ist, daß einem Katholiken erlaubt wird, ein solches Haus zu führen...«

Die letzte Bemerkung lief auf eine Drohung gegen die Briens hinaus, und um sie zu beschwichtigen, versprach Celia es immer. Das war der hohe Preis, den sie dafür bezahlte, überhaupt hingehen zu dürfen. Sophies Intrigen bewirkten, daß sie und Robert sich noch seltener trafen. Es wäre nur natürlich gewesen, Celia zu Picknicks und Ausflügen im Sommer einzuladen, wenn die ganze

Familie mit dem großen Boot über den See zu den Inseln fuhr, aber Sophie wollte es nie darauf ankommen lassen, daß die beiden so lange zusammen waren.

Das Wunder war dennoch geschehen. Der aufregendste Teil des Traums kam, wenn sie sich daran erinnerte, wie Robert an dem Tag, als er herübergekommen war, um ihr zu sagen, daß er nach Frankreich gehe, sie im Wohnzimmer in den Arm genommen hatte. Es war alles ganz ohne Vorbedacht geschehen. Plötzlich und auf geheimnisvolle und wunderbare Weise war sie von ihrem Kummer überwältigt worden und hatte freimütig Worte ausgesprochen, von denen sie geglaubt hatte, sie wären in ihrem Inneren verschlossen. Ihre Worte hatten seine ausgelöst, und mit einemmal hatten sie beide gewußt, daß sie sich liebten.

Es bereitete ihr keine Schwierigkeiten, jeden ihrer Besuche auf Mount Brien, nachdem Robert ihr seine Liebe erklärt hatte, noch einmal durchzugehen. Sie begann dabei mit ihren Vorbereitungen zu Hause, mit den manchmal unwahren Erklärungen, die sie ihrer Mutter gab, warum sie ausgehen müsse, mit dem Satteln ihres Pferdes, wenn Mickey nicht da war, um ihr zu helfen, dann kam ihr Ritt auf der überwucherten Allee und der scharfe, herrliche Galopp auf dem Gras neben der Straße zum Tor von Mount Brien. Maurices Willkommen war dann eine Wohltat im Vergleich zu den finsteren Mienen der Damen, der alten Lady Brien und dieser ungebildeten Frauenzimmer, Fanny und Sarah. Maurice war immer überaus ritterlich.

Aber seltsamerweise konnte sie sich an das allerletzte Mal, als sie Robert sah, nur bruchstückweise erinnern. Nachdem er sie bis zu ihrer Haustür begleitet hatte und sie beide abgesessen waren, hatte er sie in die Arme genommen und dann sehr sanft geküßt, und seine Lippen hatten sich einen Augenblick an ihren festgesaugt. Sie konnte sich nicht erinnern, daß sie ins Haus gegangen war, obwohl das Hufgeklapper des davongaloppierenden Pferdes ihr noch in den Ohren klang, und auch seine letzten Worte:

»Ich liebe dich, Celia. Wir müssen warten.«

Da hörte der Traum auf und hinterließ bei ihr manchmal das beklommene Gefühl, sie habe etwas Törichtes gesagt oder getan, aber sie konnte sich nie erinnern, was das gewesen war. Seit Januar war sie ganz in Anspruch genommen durch die schwere Krankheit ihrer Mutter, und wenn sie mit ihrer ewigen Näherei bei ihr saß, überlegte sich Celia manchmal, es wäre der rechte Zeitpunkt, wenn ihre Mutter jetzt stürbe. Sie empfand keine Liebe für sie, nur ein gewisses Mitleid, und selbst das hatte abgenommen, nachdem sie jahrelang ihre Klagen hatte anhören müssen. Mrs. Nugent hatte eine aufreizende Art, mit ihrer Stimme zu spielen, benutzte besondere Tonlagen, um ihr forderndes Gejammer wirkungsvoller zu machen, zog Wörter unnatürlich in die Länge oder ließ den Schluß ihrer Sätze in scheinbarer Hilflosigkeit verklingen: »Celia, Celiaaa, komm... komm...« Dabei hob sich die Stimme, dann kam ein ächzendes Seufzen. »Komm schnell, schnell...« Wenn Celia aufstand und mit ihrem üblichen Schritt zu ihr kam, pflegte ihre Mutter sie feindselig anzusehen und zu sagen:

»Ist das alles, was du für mich tun kannst? Siehst du nicht, daß ich im Sterben liege?«

Jetzt starb sie wirklich, und wenn Robert zurückkam, würde kein Hindernis mehr für sie bestehen. Ihr Vater, der nutzlos in der Gegend herumstolperte, würde keine Schwierigkeiten machen. Er verlangte niemals Aufmerksamkeit, legte nicht einmal den geringsten Wert darauf, denn er mußte wissen, daß sie seine Besuche bei Mrs. James Burke mißbilligte, zu der er jeden Nachmittag, den Gott werden ließ, ging und sich in ihr Wohnzimmer setzte. Daran war nichts Anstößiges, denn er saß immer bloß da und gaffte; Mrs. Burke schien ihn zu ermutigen, ihr den Hof zu machen, und sich darüber zu freuen, obwohl er für die Kinder und die Dienerschaft der Burkes ein Gegenstand des Spotts war.

Mrs. Nugent starb eines qualvollen und schweren Todes. In den letzten Tagen, gegen Ende April, bemühte sich Celia, ihr etwas Erleichterung zu verschaffen, doch wurde sie von einem immer stärker werdenden Drang ergriffen, aus dem Haus zu laufen und all das Grauen hinter sich zu lassen. Zwei alte Dienerinnen wechselten sich ab, um bei der Pflege zu helfen, und eine von ihnen, Maggie, die früher die Köchin gewesen war, sagte eines Tages freundlich:

»Es ist schwerer für Sie als für uns, Miss Celia, auch wenn sie niemals Ihre Mutter war. Wir sehen den Tod jeden Tag. Gehen Sie eine Weile hinaus und vergessen Sie es. Ich werde hier sein und meine Gebete sprechen. Ich werde gut für sie sorgen. Wenn sie nach Ihnen fragt, werde ich sagen, Sie werden bald wieder da sein. Ich werde sagen, ich hätte Sie weggeschickt, damit Sie schlafen.«

Es war ein Segen, dem Haus zu entfliehen, hinauszugehen in den klaren Frühlingsmorgen. Der Winter war ungewöhnlich hart gewesen, aber jetzt schien, als sei das Grün früher herausgekommen denn je. Celias Großvater, der Erbauer des Hauses, hatte Gefallen daran gefunden, an einer Ecke des Rasens einen Birnbaum zu pflanzen, und jetzt waren seine hochaufragenden Äste überladen mit weißen Blüten. Niemand wußte, wie er beschnitten werden mußte. Eines Tages, dachte Celia, wird er wohl bei einem Sturm umstürzen und die Wohnzimmerfenster einschlagen.

Sie eilte über den verunkrauteten Kiesweg und durch das Tor zur Allee. Dort überquerte sie den Bach, der die Wiese von der Allee trennte, und merkte, daß ihre Schuhe von dem üppigen Gras schon durchnäßt waren, und der Saum ihres Rocks war schwer von Feuchtigkeit. Es war kalt. Sie begann, immer wieder seinen Namen zu sagen, Robert, Robert, Robert, als ob sie ihn zu sich rufen könnte, als ob er über die Meilen von Land und Wasser, die zwischen ihnen lagen, ihren Kummer und ihre Sehnsucht nach ihm fühlen könnte. Er hätte ihr schreiben sollen. Mittlerweile mußten sie auf Mount Brien erraten haben, daß er ihr nicht geschrieben hatte und das der Grund war, warum sie so oft uneingeladen dort hinkam, um aus zweiter Hand Nachricht von ihm zu erhalten. Jetzt waren es fast zwei Wochen, daß sie nicht hatte hingehen können, weil es ihrer Mutter so viel schlechter ging.

In ihrer Seelenqual begann sie über die Wiese zu rennen und stieß dann etwas weiter unten wieder auf die Allee. Hier verlangsamte sie ihren Schritt, ihr Atem ging so schnell, daß es ihr weh tat, und sie hielt den Blick auf den Boden gerichtet, als fürchtete sie, über irgendein Hindernis auf ihrem Weg zu stürzen. An dem halb verfallenen Pförtnerhaus erschien für einen Augenblick Sally Flahertys zerzauster, ungekämmter Kopf in der Schwärze des Türeingangs, aber sie verschwand gleich wieder in ihrem Rattenloch. Celia wußte, daß die Leute in den elenden Hütten, an denen sie vorbeikam, sie beobachteten, aber sie konnten mit ihr nur Mitleid empfinden, denn sie alle wußten von der Krankheit ihrer Mutter. Sie grüßte keinen von ihnen. Jetzt schien auch die trügerische Sonne nicht mehr, und ein kalter Wind blies durch den dünnen Stoff ihres Kleides. Sie wußte, daß es verrückt war, was sie tat, und doch konnte sie es nicht lassen, nicht einmal, wenn es entehrend war, nicht einmal, wenn sie den letzten Rest ihrer Würde und ihres Rufes dabei aufs Spiel setzte.

Am Tor von Mount Brien schlüpfte sie durch das Pförtchen, ohne gesehen zu werden, und ging gleich auf der Allee weiter. Nach hundert Ellen blieb sie stehen. Ein Reiter kam ihr entgegen. Sie blickte sich verstört um.

Das kahle Weideland auf beiden Seiten bot keine Deckung. Sie stürzte nach links, erkannte dann die Nutzlosigkeit und blieb wieder stehen wie ein erschreckter Hase, der ringsum Hunde hört. Der Reiter war jetzt ganz dicht, gemächlich auf dem sauberen Kies trabend. Benommen merkte sie, daß er das Pferd auf das Gras gelenkt hatte, sie hob endlich den Blick und sah, daß es Sir Maurice war, der besorgt und freundlich auf sie herabschaute. Er saß dann sofort ab und ging langsam auf sie zu, als ob sie gefährlich wäre, zog sein Pferd am Zügel hinter sich her und fragte:

»Celia, was ist denn?«

»Ach, alles, alles...«

Sie konnte nicht mehr sagen. Tränen rannen ihr über das Gesicht, aber sie achtete nicht darauf. Sie zupfte an ihren Ärmeln, denn es hatte leicht zu regnen begonnen. Maurice ließ die Zügel los, zog seine Jacke aus, legte sie ihr um und sagte dann:

»Kommen Sie mit mir ins Haus. Sie frieren sich ja hier zu Tode.«

»Nein... nein...«

»Sie brauchen niemanden zu sehen. Wir gehen durch den Hintereingang in meine Rentkammer. Da brennt ein Feuer. Niemand wird merken, daß Sie überhaupt im Haus sind. Kommen Sie jetzt mit.«

Er nahm die Zügel wieder auf, und sie ließ sich von ihm überreden, mit ins Haus zu gehen, über den großen, ordentlichen Wirtschaftshof, wo Knechte aufschauten, aber keine Bemerkungen machten, und durch den Hintereingang, an der Küche vorbei, wo Maurice rief: »Patty! Einen Teller Suppe sofort in die Rentkammer!«

Dann führte er sie in einen kleinen, holzgetäfelten Raum, wo ein Torffeuer fast den ganzen Kamin ausfüllte, ließ sie auf einem Ledersessel Platz nehmen, kniete sich hin, um ihr die nassen Schuhe auszuziehen, nahm ihre kalten Hände und rieb sie sanft zwischen seinen, kurz, er tat alles, was Robert getan hätte, wäre er dagewesen. Die unerwartete Freundlichkeit, die ihr in so reichem Maße zuteil wurde, die Wärme des Feuers, die Stille in diesem abgelegenen Raum, all das zusammen löste die innere Spannung, in der sie sich in den letzten Wochen befunden hatte. Ein Gefühl schierer Beglücktheit durchströmte sie. Sie zog ein Taschentuch aus der Rocktasche, trocknete sich das Gesicht ab und strich sich mit mehreren langsamen Bewegungen das schöne schwarze Haar zurück, dann ließ sie die Hand auf die Sessellehne fallen. Sie merkte, daß Maurice sie mit einem merkwürdigen Ausdruck betrachtete, aber sie konnte noch keine Erklärungen abgeben. Doch empfand sie keine Verlegenheit, er war ihr so vertraut. Er hatte sie nie eingeschüchtert.

Ein Küchenmädchen brachte die Suppe, Celia aß sie heißhungrig und fühlte jeden Augenblick, wie eine geheimnisvolle Lebenskraft in ihr stärker wurde. Noch schwieg Maurice, und erst als sie aufgegessen hatte, sagte er zögernd:

»Jetzt sehen Sie besser aus. Seit zehn Tagen oder länger sind Sie nicht bei uns gewesen.«

»Meiner Mutter geht es viel schlechter. Dr. Brady sagt, ihr Ende sei sehr nahe. Ich bin Tag und Nacht bei ihr geblieben – aber heute mußte ich einfach mal hinaus.«

»Das kann ich verstehen. Ihr Vater berichtete mir davon. Ich war gerade auf dem Weg zu Ihnen.«

»Ich hätte mich über Ihren Besuch gefreut.«

»Ich bat ihn, Ihnen zu sagen, Sie möchten uns besuchen, aber er meinte, Sie würden nicht kommen können.«

»Wann war das?«

»Vor drei Tagen. Hat er es Ihnen nicht ausgerichtet?«

»Nein.«

»Natürlich hätte ich sofort zu Ihnen kommen sollen. Ich sehe das jetzt ein.«

»Warum? Warum hätten Sie kommen sollen? Robert?«

»Ja.« Maurice streckte die Hände zum Feuer, als ob ihm kalt wäre. Sie hatte früher schon bemerkt, was für breite, kräftige Hände er hatte, obwohl sie nicht grob waren. Er sagte leise: »Er hat uns leider alle enttäuscht. Er ist nach Amerika gegangen mit dem Dillon-Regiment.«

Sie konnte das gar nicht begreifen und fragte verständnislos: »Amerika? Aber Robert ist doch im Januar, erst vor drei Monaten, nach Frankreich gegangen.« Sie starrte ihn erschreckt an und flüsterte dann: »Haben Sie Amerika gesagt?«

»Er ist nicht sicher, aber er glaubt, das Regiment werde nach Amerika geschickt. Es hat irgendeinen Skandal gegeben, er äußert sich nicht eindeutig, ein Duell, eine junge Dame, etwas, was ich nie von Robert erwartet hätte.« Er hatte sich jetzt von ihr abgewandt, um ihr Zeit zu lassen, sich zu fassen. »Louise hat auch geschrieben.«

»Eine junge Dame? Welche junge Dame?«

»Seine Cousine Teresa. Er schreibt bloß, sie habe ihn getäuscht. Er geht nicht auf Einzelheiten ein.«

Langsam stand Celia auf, steckte ihr Taschentuch mit unnötiger Wucht in die Tasche, als wollte sie beweisen, daß sie es nicht brauchte. Sie würde nicht weinen. Lachen wäre vernünftiger. Robert! Ihr ganzer Traum hatte sich um ein Gespenst gedreht, ja, um jemanden, den es überhaupt nie gegeben hatte. Sie stieß einen harten, halb hysterischen Schluchzer aus, dann ballte sie die Fäuste, entschlossen, nicht zusammenzubrechen, aber dann fiel ihr das letzte Zusammensein mit ihm ein, wie tröstlich und beruhigend es war, als er sie im Arm hielt und seine Lippen die ihren zu sich gezogen hatten. Das war es, was sie nie vergessen würde, die Aussicht auf unendliches Glück und neue Erfahrungen und zunehmendes Kennenlernen und Vertrauen. All das war in diesem einzigen, aufrichtigen, liebevollen Kuß enthalten gewesen, weit gewisser, als irgendwelche Worte hätten sein können.

Maurice war auch aufgestanden und dicht an sie herangetreten, und er fragte besorgt:

»Celia, fühlen Sie sich wohl? Sie werden doch nicht ohnmächtig?«

»Nein, nein...«

»Setzen Sie sich. Eilen Sie nicht gleich weg. Warten Sie eine Weile. Ruhen Sie ein wenig.«

»Ruhen!« Sie lachte bitter, zornig. »Ich brauche nicht zu ruhen. Sie sagen, er hat uns alle enttäuscht. Was hat er über mich in seinem Brief geschrieben?«

»Nichts. Er hat Sie überhaupt nicht erwähnt.«

Sie war so überzeugt gewesen, daß er es getan hatte, sie hatte so zuversichtlich gefragt, aber sie hätte die Antwort wissen müssen nach allem, was Maurice berichtet hatte. Das Wirbeln in ihrem Kopf war erschreckend, so etwas hatte sie überhaupt noch nie erlebt. Sie war noch niemals ohnmächtig geworden, aber diese Empfindung war so, wie das Sterben sein mußte, ein völliger Verlust des Fühlens, ein quälendes Nichtsein. Sie tastete nach der Sessellehne und merkte, daß Maurice sie stützte und sie dann sanft auf den Sessel gleiten ließ. Er kniete auf dem Fußboden neben ihr nieder und streichelte ihr die Hände, dann zog er ihren Kopf an seine Schulter und drückte sie an sich. Nach langer Zeit sagte er leise:

»Ich habe versucht, kaum an ihn zu denken, aber ich vermag es einfach nicht.«

»Ich kann überhaupt nicht denken.«

»Fanny sagt, sie habe immer gewußt, daß er schwach sei.«

»Fanny selbst ist stark.«

»Ja. Sie sagt, ich sei auch schwach, ich solle ihn enterben, ihn niemals wiedersehen, nichts mehr mit ihm zu tun haben.«

»Was sagt Lady Brien – Ihre Mutter, meine ich.«

»Sie hat überhaupt nicht mit mir gesprochen, seit der Brief kam. Sie bleibt in ihrem Zimmer. Sie will niemanden sehen außer Amélie.«

»Wird Ihre Mutter ihn enterben?«

»Nein. Das könnte sie auch gar nicht.«

»Was ist mit mir? Was soll ich tun?«

»Sie müssen das alles beiseite schieben, weglegen und lernen, jemand anderen zu lieben. Die zweite Liebe wird die erste nicht zerstören. Sie mag ihr sogar eine besondere Bedeutung verleihen.«

»Haben Sie das erlebt? Nach Ihren Worten könnte man es annehmen.«

»Einiges davon. Ich hatte damals nicht den Verstand, den ich heute habe.«

Sie sagte halb hysterisch:

»Ich kann nicht denken. Wie können Sie von zweiter Liebe reden, als ob das etwas wäre, das man im Laden kaufen kann? Was nützt all Ihr gesunder Menschenverstand, wenn ich überall einen Schmerz habe, als würde ein Schwert meine Seele durchbohren? Jetzt weiß ich, was es bedeutet: ›Ein Schwert soll deine Seele durchbohren‹.«

Sie sprang auf und begann in dem kleinen Raum auf- und abzugehen, zwei oder drei Schritte jeweils, und ihre zuckenden Hände zu ringen, und ihr ganzer Körper wurde von trockenem, gequältem Schluchzen geschüttelt. An der Tür blieb sie stehen und griff nach der Klinke, um sie aufzumachen und aus dem Raum zu fliehen, dann ließ sie sie los, weil ihr klar wurde, daß sich das Gefängnis auch draußen in jeder Richtung erstreckte. Halb im Traum hörte sie Maurice ihren Namen rufen, und sie hob die Hände an die Schläfen, um es nicht zu hören. Sie merkte, daß er aufgestanden war und sie mit demselben besorgten Ausdruck anschaute, den er gehabt hatte, als er sie auf der Allee fand. Sie blickte ihm in die

Augen und sah, daß sie voller Kummer waren, der ebenso heftig und unheilbar wie der ihre zu sein schien. Er tat einen einzigen Schritt auf sie zu, dann nahm er sie sanft in die Arme, genau wie Robert es getan hatte, küßte sie auf den Mund und zog ihre Lippen zu seinen, genau wie Robert es getan hatte, so daß ihr Körper mit demselben Feuer brannte, das Robert entfacht hatte. Sie löste sich nach einem Augenblick und flüsterte:

»Wir haben ihn beide geliebt, Sie und ich haben ihn geliebt.«

Dann drückte Maurice sie fester an sich, so daß ihr Kopf an seiner Schulter lag, und sie ließ sich von seinen Armen stützen. Sie wurde wieder von Angst ergriffen, Jahre und aber Jahre würde sie mit diesem Kummer leben müssen, sie würde Mount Brien jetzt verlassen müssen und ihren neuen Kummer wie ein wildes Tier an einer Leine mit sich nehmen, ihn anbinden und für immer und ewig behalten. Sie klammerte sich verzweifelt an Maurice, dann spürte sie, daß er ihr Gesicht wieder sanft zu seinem drehte, und bei seinen Küssen erlebte sie von neuem einen Augenblick des Friedens. Sie sagte:

»Ich muß nach Hause. Ich bin zu lange weggewesen.«

Er hielt sie noch eine Sekunde fest, dann ließ er die Arme sinken, und sie sahen einander traurig an, und beide vermochten nicht zu verstehen, was ihnen widerfahren war. Als sie gedankenverloren die Hände hob, um ihr Haar ein wenig zu glätten, öffnete sich völlig geräuschlos die Tür, und da war Sarah, sah sie beide scharf an und sagte:

»Ich hörte von Patty, daß Miss Nugent gekommen ist. Sie sagte, Sie seien halb erfroren und ganz matt gewesen. Ich sehe, daß Sie sich erholt haben, Miss Nugent.«

Benommen, drehten sich beide um und sahen sie an. Sie ging an ihnen vorbei, nahm das kleine Tablett mit dem Suppenteller und zog sich dann, um sie im Auge zu behalten, rückwärtsgehend aus dem Zimmer zurück, das Tablett hoch erhoben in einer Hand. Als sie die Tür schloß, schnaufte sie heftig, als ob sie ein Lachen unterdrückte, dann war sie weg. Maurice sagte:

»Ich lasse den Phaeton anspannen und werde Sie nach Hause fahren.«

»Ja, danke.«

»Warten Sie hier. Ich hole Sie dann.«

»Ja.«

Aber wenn Sarah sehen würde, daß er hinausging, und zurückkäme, um sie zu peinigen? Sie sagte kläglich:

»Lassen Sie mich nicht allein – bitte, lassen Sie mich nicht allein.«

»Nun gut, dann kommen Sie mit. Haben Sie keine Angst.«

»Ich habe Angst.«

Tatsächlich, als sie auf dem Weg zu den Ställen an der Küche vorbeikamen, war Sarah da und schlich wie eine Katze auf den Korridor, der zum vorderen Teil des Hauses führte. Sie drehte sich halb um und fragte leise:

»Bringen Sie Miss Nugent nach Hause, Sir Maurice?«

»Ja«, erwiderte er kurz angebunden und drängte Celia hinaus auf den sonnigen Hof. Während der Phaeton herausgerollt und das Pony angeschirrt wurde, stand er schweigend da, hielt Celia am Arm, die buschigen schwarzen Augenbrauen wütend zusammengezogen und den Mund fest zusammengepreßt.

Als sie nach Castle Nugent kamen, erfuhren sie, daß Celias Mutter während ihrer Abwesenheit gestorben war.

29

Als sich der Sommer des Jahres 1780 seinem Ende zuneigte, waren Maurice und Celia ein Liebespaar geworden. Fanny und Sarah beobachteten die Entwicklung mit einer Mischung von hämischer Faszination und Furcht. Zum erstenmal in ihrem Leben hatte Fanny vor Maurice Angst und hütete sich, ihn auszuzanken und über Celia zu keifen, wie sie es bei jeder anderen Angelegenheit getan hätte. Weder sie noch ihre Schwester hatten den Mut, Sophie zu sagen, was vor sich ging, und sie waren sehr dankbar, daß sich die alte Dame fast völlig in ihr Wohnzimmer zurückgezogen hatte und die Tage mit Briefeschreiben verbrachte. Während des ganzen Herbstes und zu Beginn des Winters pflegten sich die beiden Schwestern in abgelegenen Winkeln des Hauses oder im Garten zu treffen und miteinander zu tuscheln:

»Er ist wieder zu ihr gegangen. Er hat den Braunen selbst geholt, hat nicht gewartet, bis jemand kam, hat einfach den Sattel hinaufgeworfen und das Geschirr angelegt und ist losgaloppiert.«

»Wann? Wann?«

»Um zwei Uhr.«

»Vielleicht will er nach Galway.«

»Nein. Er ritt über die hintere Allee. Er hat neue weiße Handschuhe gekauft und weitere sechs Paar bei dem Handschuhmacher in der William Street in Galway bestellt.«

»Woher weißt du das?«

»Von Patty natürlich. Er ist der Vetter ihrer Schwägerin.«

»Ich habe seinen neuen seidenen Schal gesehen. Er muß ein Vermögen gekostet haben.«

»Und seine Stiefel! Spanisches Leder, weich wie Seide. Es ist gefährlich für einen katholischen Gutsbesitzer, so elegant angezogen herumzulaufen. Als nächstes wird er französischen Wollstoff mit Goldtressen haben wollen.«

»Ja, weißt du denn nicht, daß er den schon bestellt hat? Einen schönen neuen Anzug. Ja! Schneider Cross hat es mir erzählt, er ist nach Galway geritten, statt ihn kommen zu lassen, weil er glaubte, wir würden es nicht herausfinden. Werden wir den Anzug nicht sowieso sehen, wenn er fertig ist? Jemand wird es merken, daß er jetzt nicht mehr in seinen mausgrauen Anzügen ausgeht, die nicht fein genug sind, nicht gut genug für die kleine Miss Nugent, die seines eigenen Sohnes Liebste war.«

»Welche Schande, welche Schmach!«

»Die Männer sind alle gleich, selbst mein Herr und Gebieter. Was wird als nächstes kommen? Ein Kind, da fresse ich einen Besen. Alle werden lachen. Lady Sophie allerdings wird nicht lachen.«

»Sie weiß es nicht. Sie ist jetzt zu durcheinander wegen Louise, um zu sehen, was direkt vor ihrer Nase vorgeht. Sie haben nicht lange über die Stränge geschlagen, diese beiden feinen jungen Leute. Louises zukünftiger Mann ist alt wie der Wald, hat aber Geld wie Heu. Man sollte glauben, sie sei zu vornehm, um ihn zu nehmen.«

»Niemand ist zu vornehm, um Geld zu nehmen. Miss Nugent hat ein neues Kleid, schwarz, wegen ihrer Mutter natürlich, aber der Stoff ist zu gut. Ich würde gern wissen, wer das bezahlt hat.«

»Ich auch. Wo hast du es gesehen?«

»Ich habe es nicht gesehen. Katty Joyce hat es mir erzählt, als sie die Wolle brachte. Und Pat Cooney hat gestern abend in der Küche gesagt, daß ein Lied über die beiden die Runde macht. Ich habe ihn gehört, als ich an der Tür stand. Niemand hat mich gesehen, ich war so leise.«

»Was für ein Lied ist das? Oh, wie geht es? Hast du es gehört? Hat er es gesungen?«

»Ich habe es gehört, aber ich erinnere mich nur noch an die erste Strophe. Ich lag letzte Nacht wach und

dachte immer darüber nach, aber ich kam nicht über den Anfang hinaus.«
»Wie war der Anfang? Erinnerst du dich daran?«
»Ja, ja, der lautete:

Ach, buhle mit mir, sprach der junge Herr,
Dann magst du mit Vater buhlen.
Hält er dich lieb und traut im Arm,
Bin ich über Land und Meer.

Da ist auch die Rede von der toten Mutter des jungen Herrn, der französischen Dame, daß sie in ihrem Grab keine Ruhe findet, und von Sir Maurices Mutter, die vor Scham vergehen wird.«
»Sie weiß nichts davon, überhaupt nichts.«
»Bei der kann man nie sicher sein, was sie weiß.«
»Bestimmt wird sie es früher oder später erfahren.«
»Vielleicht, vielleicht auch nicht. Wer soll es ihr sagen?«
»Ich nicht.«
»Ich auch nicht. Sie spricht mit Sir Maurice nicht, weil er eingewilligt hatte, daß Louise den alten Kerl heiratet. Ich sagte, es sei doch ganz natürlich, daß Louise mal ein bißchen flott leben möchte, zumal er nach dem, was man über ihn hört, bald abkratzen wird, und da wurde Lady Sophie so wütend wie eine angesengte Katze. Man kann es ihr nicht recht machen.«
»Aber sie könnte einen Brief bekommen, der ihr alles über ihren feinen Sohn sagt.«
»Oh. Aber das müßte im richtigen Augenblick sein, nicht zu bald. Manchmal ist Buchwissen nützlich. Du kannst ebensowenig schreiben wie ich.«
»Trotzdem wäre es möglich. Es gibt Leute, die können schreiben und würden es gegen Entgelt tun.«
»Aber jetzt noch nicht.«
»Nein, jetzt noch nicht.«

Klatsch flitzte die Straße zwischen Mount Brien Court und Castle Nugent hinauf und hinunter und natürlich durch Oughterard und Moycullen und Galway, hinein und hinaus aus den Häusern der armen Leute und der Grundbesitzer gleichermaßen. Celia war sich darüber klar, aber sie konnte Maurice nicht davon überzeugen, daß es gefährlich sei. Er sagte:

»Es hat immer Gerede über uns gegeben und wird es immer geben. Ich kann mich über solchen Tratsch nicht aufregen. Es geht niemanden etwas an.«

»Sie könnten Ihnen schaden!«

»Wie? Sollen sie erst mal vor ihrer eigenen Tür kehren, ehe sie bei mir anfangen.«

Celia empfand es als demütigend, daß sie mit den ausgehaltenen Frauen und dirnenhaften Mätressen der benachbarten Gutsbesitzer auf eine Stufe gestellt wurde, aber in Wirklichkeit war ihre Lage tausendmal schmachvoller als deren. Ab und zu kam ihr eine plötzliche Einsicht, und ihr wurde klar, daß sie mit Maurice brechen und sich retten könnte, aber dann wurde sie wieder vom Kummer und dem Gefühl der Verlassenheit überwältigt, die jeden vernünftigen Gedanken vertrieben. Daß sie Maurices Schwäche erkannte, demütigte sie zusätzlich. Abgesehen von seiner Landwirtschaft und seiner Mühle schien er an nichts interessiert zu sein. Die Hoffnung, Robert jemals wiederzusehen, hatte er aufgegeben. Es war jetzt allgemein bekannt, daß das Dillon-Regiment in Amerika war und an General Rochambeaus Feldzug zur Unterstützung der Aufständischen teilnahm. Sie würden alle umkommen. Sie hatten die mächtige englische Armee gegen sich. Daß der alte Graf de La Touche um Louise angehalten hatte, war der letzte Schlag. Darüber und über seine Einwilligung sprach er mit Celia und sagte:

»Soll er sie haben. Sie ist sowieso zugrunde gerichtet. Ich kann nichts für sie tun. Robert – Louise – meine beiden Kinder sind verloren. Jetzt habe ich überhaupt nichts mehr; niemanden außer Ihnen, Celia.«

Beide hielten Fannys drei Söhne überhaupt nicht für erwähnenswert.

»Könnten Sie Louise nicht nach Hause holen?« fragte Celia, entsetzt über das Schicksal des jungen Mädchens, das ebenso verlassen war wie sie.

»Nach Hause? Zu Fanny? Bei dem alten Mann ist sie besser aufgehoben, als sie es bei Fanny wäre.«

Und Celia selbst war ein weiteres Hindernis. Sie erkannte: Solange sie Maurices Geliebte war, mußte Louise geopfert werden. Sie fragte:

»Können wir nicht weggehen?«

»Wohin?«

»Irgendwohin – nach London oder auch Dublin.«

»Unmöglich. Ich habe hier Verpflichtungen, meine Mutter, Fanny und die Kinder, das Gut und die Mühle und all die Pächter – wie können Sie so etwas von mir verlangen? Außer auf Mount Brien könnte ich nirgends in Irland leben, ohne belästigt zu werden. Wissen Sie das nicht? Solange ich hier bleibe, wo ich bekannt bin, bin ich ungefährdet, und meine Familie auch.«

Verzweifelt sagte sie: »Aber Sie haben erklärt, Ihnen liege nichts an ihnen. Sie haben gesagt, Sie hätten niemanden außer mir.«

»Trotzdem muß ich für sie sorgen. Würde ich weggehen, hätten sie keinen Schutz. Sie wären hinter ihnen her wie ein Rudel Wölfe.«

»Wer? Wer wäre hinter ihnen her?«

»Ihre protestantischen Freunde.«

»Die sind, weiß Gott, nicht meine Freunde.«

Dann ließ sie das Thema fallen, denn sie wußte, daß er recht hatte. Erst vor einem Jahr hatte ihr Vater versucht, sich einen Teil des Grund und Bodens von Mount Brien anzueignen nach einem alten Gesetz, wonach ein Katholik aus einem Gut nicht mehr Gewinn herauswirtschaften dürfe als ein Drittel seines Werts, aber bei dem Anwalt in Galway, den Nugent mit seinem Fall betrauen wollte, war er abgeblitzt. Als der Anwalt Celia in Galway traf, hielt er sie an, erzählte ihr davon und bat sie:

»Sagen Sie Ihrem Vater, er soll die Briens in Frieden lassen. Sie haben überall einflußreiche Freunde. Dieses Gesetz gilt nicht für Leute wie die Briens, sondern für kleine katholische Landwirte und Gutsbesitzer. Ich habe Ihrem Vater gründlich die Meinung gesagt, das kann ich Ihnen versichern, und Sie können mich unterstützen. Ich sagte ihm, wenn er sich etwas mehr um seinen Besitz und weniger um seine Nachbarn kümmern würde, hätte er im Handumdrehen Geld auf der Bank.«

Celia wagte es nie, ihrem Vater auszurichten, was der Anwalt gesagt hatte, aber sie war sehr erschüttert über seine Hinterhältigkeit. Jetzt mußte sie Maurice zustimmen, daß es keine Fluchtmöglichkeit gab. Doch der Gedanke an Flucht ließ sie nicht los. Kurz nach Weihnachten, als sie merkte, daß sie schwanger war, wurde der Gedanke zu einer Obsession. Nun gab es keine Alternative – sie mußte ihr Zuhause verlassen, sie würde unmöglich all die schrecklichen Dinge, die auf sie zukamen, durchstehen können. Nach Luft ringend, sprach sie mit Maurice über ihre Ängste:

»Was soll ich nur tun? Wohin soll ich gehen? Ich glaubte, ich hätte schon das Schlimmste erlebt, das die Welt mir antun könnte, und jetzt das!«

»Was haben Sie erwartet?« fragte Maurice in einem neuen, scharfen Ton, der sie erschreckte. »Wir schlafen mehrmals in der Woche miteinander. Wußten Sie nicht, daß das passieren könnte?«

»Ja, ja, aber doch nicht mir, nicht mir.«

»Sie hätten vorsichtiger sein sollen.«

»Denken Sie doch nur daran, was geredet werden wird, die Burkes, die Flahertys, die d'Arcys, alle in Connaught...«

»Ich wußte nicht, daß Sie sie wichtig finden. Niemand sonst tut es.«

»Ihre Mutter... Fanny...«

»Es ist zu spät, an sie zu denken. Was macht es schon aus? Mittlerweile müssen sie alles über uns gehört haben.« »Ich muß weggehen, unbedingt.«

Im alten Ton, den sie kannte, fragte er: »Sie würden mich also leichthin verlassen?«

»Leichthin! Quälen Sie mich nicht.«

»Es wäre wie ständige Nacht. Ich würde sterben.«

»Wenn Sie mich liebten, würden Sie wollen, daß ich weggehe.«

»Ich kann Sie nicht gehen lassen. Lieben! Sie sind mein Atem, mein Puls, mein Leben. Wenn Sie weggehen, werde ich sterben.«

»Und wenn ich hierbleibe, werde *ich* sterben.«

»Dann gehen Sie«, sagte er verzweifelt. »Ich sehe ein, daß Sie es müssen«. Warum sollte ich an mich denken? Ich habe Sie abscheulich behandelt, ich habe Sie zugrunde gerichtet, ich habe Ihnen alle Chancen verdorben. Damals, als Sie in meinen Armen weinten, hätte ich das alles voraussehen müssen, aber ich dachte nur an mich und an Robert. Ich wollte Sie haben, weil ich Sie liebte und Fanny haßte, ja, ich hasse sie. Das ist wahr, und es ist schon lange so gewesen. Und es ist auch wahr, daß ich Sie liebte, schon seit Robert wegging und Sie immer kamen, um Neues von ihm zu hören, und Sie dann immer so verlassen und betrübt aussahen. Ich wollte die Arme um Sie legen und Ihnen sagen, daß er nicht zurückkommen werde, daß ihm nichts an Ihnen liege.«

»Das wußten Sie also damals!«

»Ja. Meine Mutter hatte ihn beeinflußt, obwohl ich nicht glaube, daß er es weiß. Er sollte eine Französin heiraten. Eine Irin wäre nicht gut genug für ihn.«

»Er sagte einmal zu mir, daß sie nur eine französische Ehefrau gutheißen würde.«

»Dann wußte er es also. Ich habe es vermutet. Junge Menschen können derlei Dinge fühlen, oder vielleicht hat sie es gesagt, obwohl ich sie bat, es nicht zu tun. Wenn man älter wird, begreift man, daß man es nicht jedermann recht machen muß, und man trifft eine bessere Entscheidung.«

»Treffen Sie eine bessere Entscheidung für mich, wenn Sie sagen, ich sollte trotz allem hierbleiben?« Sie brachte es nicht über sich, das Kind noch einmal zu erwähnen; sie glaubte selbst kaum daran, obwohl es die Ursache ihrer schlimmsten Ängste war.

»Nein, keine bessere Entscheidung, sondern die einzig mögliche. Was können wir tun? Nichts wird richtig sein. Hier kann ich für Sie sorgen. Wenn Sie weggehen, wird es für immer sein. Bestenfalls könnte ich Sie ein paarmal im Jahr sehen. Was nützt uns das?«

»Ich habe eine Tante in Dublin, die Schwester meiner Mutter. Vielleicht nimmt sie mich auf.«

»Dann gehen Sie, gehen Sie zu ihr, wenn Sie wollen«, sagte er wütend, aber dann weinte sie so bitterlich, daß er sie eine lange Zeit an sich drücken und ihr versprechen mußte, er werde sie nie verlassen, obwohl sie es ja war, die wegzugehen drohte.

Als die Wochen vergingen und die letzte graue Kälte das Lebensgefühl eines jeden schwächte, wuchs dieses beängstigende Leben unerbittlich in ihr. Sie empfand es wie ein Krebsgeschwür, eine Krankheit, unheilbar und erschreckend, und dennoch schien sie manchmal von einem kräftigen Lichtstrahl durchdrungen zu werden, so daß ihr ganzes Dasein von Beglücktheit überflutet wurde. Wenn das Licht verblaßte, war sie wie vorher voller Furcht, aber mit einem Rest von geheimnisvoller Vitalität.

Ihr Vater beobachtete sie. Mehrmals überraschte sie ihn dabei, fast als wäre er über ihre mißliche Lage im Bilde, aber er sagte nie etwas, das es bestätigte. Er mußte von Maurices Besuchen gehört haben, immer nachmittags, wenn Nugent bei Mrs. Burke war und sie mit den Augen verschlang. Vielleicht war das der Grund, warum er schwieg, denn es lag auf der Hand, was Celia ihm erwidern würde. Wenn sie sich zufällig trafen, maßen sie einander vorsichtig mit den Blicken, aber sie ging ihm nach Möglichkeit aus dem Weg.

Wenn sie mit Maurice zusammen war, stellte sie sich manchmal vor, ein Wunder würde sie retten und alles würde gut werden. Seine Geschenke beschwichtigten sie, Stoff für zwei neue schwarze Kleider, die sie selbst nähte, um die Bemerkungen der Schneiderin über ihre sich ändernde Figur zu vermeiden, und ein paar alte Halsketten ohne großen Wert. Er hatte sie lose in der Tasche, zog sie verlegen heraus, legte sie ihr eigenhändig um den Hals, eine über der anderen, so daß sie die Perlen anheben mußte, um sie zu betrachten. Er sagte:

»Es freut mich, wenn Sie sie tragen. Es ist altes Glas aus Venedig, Elfenbein, Bernstein – nichts Großartiges.«

Er sagte nicht, wem sie einst gehört hatten.

In den folgenden Monaten hielt sie sie aufgerollt in der Hand oder hatte sie in der Rocktasche, wo niemand sie sehen konnte. Nach einer Weile begann sie ein Spiel zu erfinden, daß es Geschenke von Robert seien. Er erschien eines Morgens ganz früh, ehe jemand auf war. Er stand in der Zimmerecke, nicht an der Tür, und er kam zum Bett, in dem sie halbwach lag, verschlafen, ziemlich hoch auf den Kissen, weil das Kind in ihr zappelte. Er legte ihr die Hand auf die Stirn, dann zog er die Ketten aus der Tasche und legte sie ihr um den Hals, über ihrem Nachthemd, dann blieb er eine Weile stehen und blickte auf sie herunter, bis er verschwand. Er sprach niemals, wenn er auf diese Weise kam, aber Wörter waren zwischen ihnen nicht nötig. Sie konnte seine Gedanken sofort erfassen – mein Schatz, meine Liebste, mein Herzblatt, mein Liebling –, und sie wiederholte diese Liebeswörter immer von neuem als Antwort. Wenn er verschwunden war, mochte sie stundenlang mit niemandem sprechen, deshalb blieb sie einfach im Bett liegen und dachte an ihn, bis die alte Maggie kam und sie zum Aufstehen drängte.

Maggie war die einzige von der Dienerschaft, die wußte, wie es um Celia stand, wenngleich die anderen es vielleicht vermuteten. Zumindest sagte niemand von ihnen etwas. Zweifellos trauten sie sich nicht, und wenn sie es wußten, mußten sie sich Sorgen gemacht haben, was aus ihnen würde. Ihr Schicksal hing ganz und gar vom Überleben dieser heruntergekommenen Familie ab, denn Castle Nugent war das einzige protestantische Haus auf Meilen im Umkreis, das Katholiken in Dienst nahm. Der Grund war einfach: Es wurden keine Löhne bezahlt, doch ein Dach über dem Kopf und das tägliche Brot und im Winter ein Platz am Feuer waren ihnen sicher. Daß die Nugents katholische Dienstboten hatten, war letztlich der Grund, warum sie von den anderen protestantischen Gutsbesitzern verachtet wurden. Maggie gehörte zu den wenigen, die nicht vergessen hatten, daß sie nicht aus schierer Not hier waren. Denn John Nugents Mutter war es gewesen, die als junge Frau vier katholische Schwestern bei sich aufgenommen und sie persönlich angelernt und zu brauchbaren Hausmädchen gemacht hatte. Sie hatte es sich erlauben können, weil sie Engländerin war, und die Dienstboten übernahmen soweit als möglich ihren Akzent, wenn sie Englisch sprachen, als wäre das eine schützende Amtstracht. Maggie war die letzte Überlebende der vier Schwestern, aber Haus und Hof wimmelten von ihren Vettern und Basen, Neffen und Nichten, für die Castle Nugent der Wirkungskreis geworden war, in dem sie etwas galten.

Maggie erkannte, daß etwas sehr Merkwürdiges in Celias Kopf vorging. Es war schlimm genug zu wissen, was sich in ihrem Körper abspielte – auch Maggie hatte die Ballade gehört und sehr früh vermutet, daß die arme Celia für ihre Sünde schwer würde büßen müssen. Aber sie hatte nicht erwartet, daß sie den Verstand verlieren würde. Zuerst glaubte Maggie es kaum. Aus reiner Freundlichkeit, denn sie war längst von allen Pflichten entbunden, brachte sie eines Tages gegen Mittag ein Teetablett in Celias Zimmer. Celia war noch nicht heruntergekommen, und Maggie fürchtete, sie werde die unselige Gewohnheit ihrer Mutter annehmen, den halben Tag im Bett zu bleiben. Sie kam forsch ins Zimmer und sagte:

»Nun, Miss Celia, Zeit zum Aufstehen. Sie würden nicht den ganzen Tag so herumlungern, wenn Ihre Mutter hier wäre. Was! Noch im Dunkeln! Lassen Sie das Licht dieses schönen Sommermorgens herein.«

Als sie sich umdrehte, nachdem sie die Vorhänge aufgezogen hatte, merkte sie, daß Celias Augen starr auf sie gerichtet waren mit einem harten, unnatürlichen Glitzern wie bei offenen Augen von Toten. Maggie murmelte halb vor sich hin:

»Gott im Himmel, Miss Celia, was ist mit Ihnen los? Haben Sie Fieber? Geben Sie mir Ihre Hand.«

Die Hand war kühl und nicht fiebrig, aber Celias Stimme war hoch und hatte einen verrückten, singenden Tonfall:

»Er war hier, er stand am Fenster, heute ist er wieder gekommen und wird auch morgen kommen...«

»Wer kam? Es war niemand hier«, sagte Maggie verwirrt und vermied es, diese glänzenden Augen anzuschauen; sie glaubte, Celia habe von Sir Maurice gesprochen. Alle wußten, daß er immer erst nachmittags kam, und gingen ihm geflissentlich aus dem Weg. Es würde neue Schwierigkeiten geben, wenn er sich angewöhnen würde, vormittags zu kommen. Sie wiederholte: »Niemand ist gekommen.«

»Robert war hier, er stand am Fenster...« Sie hielt inne und runzelte die Stirn, als versuchte sie, sich an etwas zu erinnern, dann sagte sie in völlig normalem Ton: »Du hast mir Tee gebracht. Danke, Maggie. Ja, ich werde jetzt aufstehen.« Etwas lauter und eine Spur gereizt fuhr sie fort: »Nun, gibt es sonst noch etwas?«

»Nein, weiter nichts. Fühlen Sie sich gut?«

»Ja. Warum sollte ich mich nicht gut fühlen?«

Der alten Dienerin war der Wind aus den Segeln genommen, und ohne ein weiteres Wort verließ sie das Zimmer, aber von jetzt an kam sie jeden Tag und achtete darauf, ob die von ihr bemerkten Anzeichen von Verrücktheit sich wieder zeigten. Ein- oder zweimal erkannte sie sie in anderer Form, als ein Starren und Murmeln, und oft als ein unverwandtes Lächeln in Richtung der Zimmerecke. Aber jetzt war Celia dazu übergegangen, Maggie mit einem listigen Ausdruck zu beobachten, und sie sprach Roberts Namen nie wieder aus. Manchmal glaubte Maggie, sie habe sich wieder gefangen, vor allem wenn sie um zwei Uhr zum frühen Dinner nach unten kam und gepflegt und adrett aussah in ihrem neuen schwarzen Kleid, an dem sie Tage und aber Tage genäht hatte, aber mehrere unvermittelte Zornausbrüche zeigten, daß sie sich nur mit Mühe im Zaum hielt. Maggie unternahm noch einen Versuch, sie zum Sprechen zu bringen. Sie bereute es bitterlich. Mitte Juli, als jedermann sehen konnte, daß Celia in anderen Umständen war, brachte Maggie ihr eines Tages das Mittagstablett ins Schlafzimmer, nahm Celias Hand in ihre und sagte:

»Sie brauchen Hilfe, mein armes Kind. Versuchen Sie nicht, es allein zu tragen. Keiner von uns kann das. Lassen Sie mich Dr. Brady holen...«

Weiter kam sie nicht. Celia setzte sich auf und funkelte sie wütend an.

»Dr. Brady?« Sie wurde von einem krampfhaften Zittern befallen. »Ich will ihn nicht. Maggie, ich werde sterben. Robert ist tot. Er kommt oft zu mir. Er ist in Amerika gestorben. Jetzt ist er da drüben.« Sie deutete mit dem Kinn auf die Ecke am Fenster, und unwillkürlich drehte sich Maggie um und warf einen Blick auf die leere Wand. »Dann werde ich für immer bei ihm sein, aber ich müsse warten, sagt er, ich müsse warten.« Sie hielt inne, sah Maggie ausdruckslos an und brach dann in hysterisches, gequältes Schluchzen aus, das allmählich in Schauer überging, die wie Mäuse über ihren ganzen Körper liefen. Maggie hielt sie im Arm, bis sie entweder ohnmächtig oder eingeschlafen war, dann zog sie sanft ihren Arm zurück und rannte die Treppe hinunter wie eine zwanzig Jahre jüngere Frau. Unten suchte sie ihre Base Sabina, die ein Hausmädchen war, und sagte:

»Geh zu ihr, geh zu Miss Celia. Laß niemanden herein, überhaupt niemanden, bis ich zurückkomme.«

»Was ist mit Sir Maurice?« fragte Sabina keck, und Maggie versetzte ihr eine Ohrfeige.

»Niemand, habe ich gesagt, niemand. Wenn er kommt, kann er im Wohnzimmer auf mich warten.«

»Auf dich!«

Sabina sprang beiseite, falls noch eine Maulschelle kommen sollte, und machte sich auf den Weg nach oben.

Maggie hatte sie vergessen, denn sie wußte, daß Sabina tun würde, wie ihr geheißen. Sie rannte zur Dachstube über der Küche, wo sie mit der jetzigen Köchin schlief, und nahm ihren nach Torf riechenden Schal vom Haken hinter der Tür. Dann lief sie, so schnell sie konnte, über die Wiesen nach Mount Brien Court.

30

Den ganzen langen, heißen Nachmittag blieb Sophie am Fenster ihres Wohnzimmers sitzen, das den vorderen Rasen und die Allee überblickte, sie starrte hinaus und vermochte nicht aufzustehen, als ob sie krank wäre. Seit Maggies Besuch war sie ganz benommen. Es war eine völlige Überraschung für sie gewesen. Nicht ein Wort, nicht ein Gemunkel von dem Klatsch war zu ihr gedrungen. Maggie war verblüfft, und ihr Entsetzen, daß Sophie von der Affäre von Maurice und Celia nichts wußte, war ebenso groß wie das von Sophie, davon zu hören. Sie sagte immer wieder:

»Es tut mir leid, My Lady, es tut mir herzlich leid, Ihnen das zu sagen. Natürlich glaubte ich, Sie wären darüber im Bilde, so wie Sie immer alles wissen. Es tut mir leid, es tut mir wirklich leid.«

Als Maggie schließlich ging, war Sophie etwas ruhiger, hatte ihr nicht den geringsten Vorwurf gemacht, daß sie nicht früher gekommen war, und ihr versprochen, sofort etwas Vernünftiges für Celia zu tun.

Ihr Ruf, immer alles zu wissen, war mit ein Grund, warum Sophie nicht erfahren hatte, was vorging. Wie war es möglich, daß es ihr entgangen war? Sie vergeudete viel Zeit damit, sich Anzeichen in Erinnerung zu rufen, die sie falsch gedeutet hatte: Maurices gesundes Aussehen in letzter Zeit und seine neuen Anzüge hatte sie so ausgelegt, daß das Mißgeschick seiner Kinder ihn gelehrt habe, selbst mehr Mut zu haben; das Aufhören von Celias Besuchen als ein Zeichen, daß sie ihre Vernarrtheit in Robert überwunden habe; das Flüstern und Tuscheln von Fanny und Sarah als ein Zeichen, daß sie endlich begriffen hatten, wohin sie gehörten. Sie begann im Geist Sätze, die sie indes nie beendete: »Aber ich dachte...« – »Er hätte...« – »Warum hat er nicht...« Dann war ihr nach Weinen zumute, aber der Zorn trieb ihr das bald aus. Sie war nie auf den Gedanken gekommen, daß Maurice sich von seinem Kummer so übermannen lassen könnte. Sie hatte ihn für zu gefühllos gehalten. Was er getan hatte, war derart niederträchtig, daß ihr jedes Verständnis dafür fehlte.

Sie sind alle gleich, sagte sie sich, unbewußt Fannys Bemerkung wiederholend, sogar Maurice. Er hat keinen Familienstolz, kein Schamgefühl, er weiß nicht, was er seinen Kindern oder seinem Namen schuldig ist.

Insgeheim hatte sie das Gefühl, daß sie selbst daran schuld war. Sie hätte ihn mit seinen Brüdern zur Armee schicken sollen, weg aus diesem verdammungswürdigen Land. Diesen Fehler konnte sie nie ganz zugeben, nicht einmal sich selbst gegenüber, aber er nagte dauernd an ihr und störte ihre sich vage bildenden Pläne für Celia. Unmöglich, in einem Fall wie diesem vernünftig zu überlegen. Es war eine nicht wiedergutzumachende Katastrophe. Maurice – Robert –, jedesmal, wenn sie an die beiden dachte, stieg ihr das Blut in den Kopf, und sie mußte um Luft ringen. Sie hätte das alles mit Robert endgültig klären müssen, ehe er abreiste, sie hätte mit Celia, wenn sie wie eine verlorene Katze kam und nach ihm fragte, Freundschaft schließen sollen. Was sie alles hätte tun sollen oder getan hätte, wenn sie eine Ahnung gehabt hätte – aber jetzt war das alles zwecklos.

Ein Kind! Wenn sie daran dachte, wurde ihr übel, und sie kam sich alt und gedemütigt vor. Das war nicht die Tochter eines Pachthäuslers, die dafür bezahlt wird, daß sie einen gelangweilten reichen Gutsbesitzer ergötzt. Die Briens waren immer stolz darauf gewesen, daß sie so etwas niemals taten. Ein armer Mann, der eine hübsche Frau oder Tochter hatte, mußte sie vor den protestantischen Gutsbesitzern ebenso verstecken wie die Briens ihre Jagd- und Kutschpferde. Jetzt hatte sich Maurice auf eine Stufe mit diesen gräßlichen Leuten gestellt und die ganze Familie mit hinuntergezogen. Ein ehrbares junges

Mädchen, eine Nachbarin, die gerade erst die Mutter verloren hatte und seinen eigenen Sohn liebte – Sophie stöhnte vor Schmerz. Maurice war ein Narr, ein ebenso großer Narr wie sein Vater. Aber das war etwas, das sie ebenfalls nie sagen durfte, wie erbost sie auch war.

Sie außer Landes schaffen – das war die einzige Lösung. Sophies Finger zuckten, als würde sie Celia mit den Händen packen und sofort an einen fernen Ort abschieben, irgendwohin, fort mit ihr, weg mit ihr. Schwanger? Im siebenten Monat? Wie weit könnte sie in diesem Zustand reisen? Sie könnte sterben – einen Augenblick erleichterte der häßliche Gedanke Sophie und gab ihr Hoffnung, ehe er sie mit Abscheu erfüllte. Unter allen Umständen mußte sie an einen sicheren Ort gebracht werden, wenigstens bis zur Geburt des Kindes. Schließlich war es ein Brien. Aber diese Überlegung versetzte Sophie von neuem in Wut. Warum sollten die Briens für diese kleine Dirne sorgen, die doppelt treulos war, doppelt verachtenswert, da sie mit einem Schlag Vater und Sohn ins Unglück stürzte? Aber wenn die Briens es nicht täten, sagte ihr der gesunde Menschenverstand sofort, würden Celia und ihr Kind in der Nähe leben und ihnen immer und ewig Schande bereiten. Maurice würde sie weiterhin besuchen, und Gott allein wußte, was geschähe, sollte Robert heimkommen.

Diese letzte Überlegung ließ sie aufspringen und im Zimmer auf- und abgehen, aber bald kehrte sie wieder zu ihrem Sessel am Fenster zurück und starrte von neuem hinaus auf den Rasen. Es war ein herrlicher Julitag, und die Wiesen wurden dunkel durch das reifende Gras. Die Vögel waren still geworden in der Hitze. Auf der Wiese am Fluß hatten sich alle Kühe im Schatten der riesigen Ulme versammelt. Während sie noch hinschaute, kam eine Schar Knechte und Mägde, um sie zum Melken in den Stall zu treiben. Seltsam, daß so alltägliche Dinge vor sich gingen, während die Familie von einem so entsetzlichen Unglück befallen war. Jetzt traute sie keinem von ihnen mehr; nicht einer von der Dienerschaft, denen sie so viel Freundlichkeit bekundet hatte, war zu ihr gekommen, um ihr zu berichten, was geschah, obwohl sie es alle wußten. War sie so furchterregend, oder hintergingen einen diese Leute, wie vertraut man auch mit ihnen zu sein glaubte, immer noch? Ohne Maggie hätte sie vielleicht erst davon erfahren, wenn es zu spät war. Wenn sie Maggie nur ausführlicher hätte ausfragen können – ihr war, als wäre sie um die Einzelheiten betrogen worden, die sie gern gewußt hätte. Wie oft war Maurice auf Castle Nugent? Wie lange blieb er? In welchem Zimmer hielten sie sich auf? Nahm sie ihn schamlos mit nach oben in ihr Schlafzimmer? Wußte ihr Vater davon? Nichts von alledem war wichtig, aber die Antworten auf diese Fragen hätten der ganzen Geschichte eine Spur Wirklichkeit verliehen. Sie hatte es nicht über sich gebracht, Maggie mehr als ein paar Fragen zu stellen, sondern sie einfach reden lassen, bis sie das Wesentliche gesagt hatte, daß Maurice Celia verführt habe, die nun den Verstand verliere. Die Beschreibung ihrer Geistesverwirrung war der schlimmste Schlag von allen.

Sarah entging nichts. Bestimmt hatte sie Maggie kommen sehen und, listig wie sie war, den Zweck ihres Besuchs erraten. Mittlerweile würden sie und Fanny wohl in diesem oder jenem Winkel zusammen tuscheln. Sophie sah sich verstört in ihrem Zimmer um, als wäre sie dort eine Gefangene, eingesperrt von diesen beiden Harpyien. Sie würde schließlich hinausgehen müssen. Sie schickte sich an, ihren üblichen Ausdruck aufzusetzen, als wäre es ein Kleidungsstück, ging zum Spiegel, um ihr Gesicht zu überprüfen, und zog die Augenbrauen hoch – ein mühsamer Versuch, verachtungsvoll auszusehen, aber es nützte nichts. Verletzte alte Augen blickten sie aus dem Spiegel an, erschreckt und unglücklich. In diesem Moment wurde ihr etwas klar. Sie würde Celia sehen müssen. Es gab keine andere Möglichkeit. Kein einziger Plan konnte gemacht, keine Entscheidung getroffen werden, ehe sie sie nicht gesehen und mit ihr gesprochen hatte.

Das zurückgezogene Leben, das sie führte, machte ihren nächsten Schritt doppelt schwierig. Sie unternahm jetzt nie Spazierfahrten und machte auch keine Besuche bei Nachbarn. Das Reiten hatte sie verlernt. Zum Laufen war die Entfernung zu groß. Sie erwog kurz, Celia nach Mount Brien Court kommen zu lassen, aber vieles sprach dagegen, und außerdem würde sie vielleicht gar nicht kommen. Zuletzt erkannte sie, daß es nur eine Möglichkeit gab. Sie nahm einen Schal und ging nach unten, dann hinüber zum Wirtschaftshof, wo sie den ersten Stalljungen, den sie sah, anwies, den Kutscher Mike Conran zu holen. Er kam angerannt und starrte sie verwundert an. Sie sagte:

»Die Kutsche, sofort.«

Dann blieb sie dabei stehen, während die Pferde angeschirrt wurden und der schwere Wagen ächzend aus der Remise rollte, wo er seit Roberts und Louises Abreise gestanden hatte. Denn als sie nach Kerry fuhren, war er das letztemal benutzt worden. Für die Rückfahrt hatte er eine Woche oder noch länger gebraucht und war seit dieser langen Reise nicht mehr der gleiche gewesen. Aber Sophie bemerkte, daß er tadellos sauber und gewichst war, vielleicht für einen Notfall wie diesen, wenn jemand aus dem Haus marschierte und völlig unerwartet die Kutsche verlangte. Mike war ein guter Kutscher, wie sein Vater vor ihm. Seine beiden Postillione saßen gut zu Pferde und waren schmuck gekleidet, als ob sie sich auf Abruf bereitgehalten hätten. Außerdem war Mike diskret. Er fuhr die Kutsche vom Kopfsteinpflaster herunter, half ihr selbst hinein und fragte erst dann leise:

»Wohin fahren wir, My Lady?«

»Nach Castle Nugent.«

Sofort sah sie, daß er alles über Maurice und Celia wußte. Sie alle wußten es, jeder von ihnen, nur sie nicht. Sie schloß die Augen, lehnte sich auf der Kutschbank zurück und wartete auf das Anziehen der Pferde; dann wurde sie sich eines Durcheinanders auf dem Hof bewußt. Zorn flammte in ihr auf bei dem Gedanken, Fanny könnte herausgekommen sein, um ihr Fragen zu stellen. Sie wußte, daß ihre Chance, ungesehen wegzukommen, gering war. Aber es war das Gesicht der alten Amélie, das am Kutschfenster erschien, und aufgeregt stotterte sie:

»Madame... Madame Sophie... wohin fahren Sie? Was, allein? Wie können Sie? Ich komme, ja, ich komme mit, wo immer Sie hinfahren.«

Mühsam stieg sie ein und fiel auf dem Sitz zurück, als die Kutsche anfuhr. Sophie sagte scharf:

»Wenn man dich hört, könnte man glauben, daß ich bis ans Ende der Welt fahre.«

Amélie war ebenso ahnungslos, wie sie es gewesen war. Sophie beobachtete sie genau und sah das, und nichts hätte tröstlicher für sie sein können. Amélies rundes, ehrliches Gesicht war völlig arglos. Wäre sie in das Geheimnis eingeweiht gewesen und hätte es für sich behalten, hätte Sophie keinen einzigen Freund mehr auf der Welt gehabt. Die irischen Dienstboten hatten Amélie nie in ihren Kreis aufgenommen, und sie hatte deren Sprache nie gelernt. Jetzt war sie über Siebzig, konnte nicht mehr viel arbeiten und verbrachte die meiste Zeit im Ankleidezimmer, wo sie sich Sophies alte Kleider immer wieder vornahm und sie mit winzigen, unsichtbaren Stichen ausbesserte, obwohl keins von ihnen noch einmal getragen werden würde. Sophie fragte:

»Woher wußtest du, daß ich hinausgegangen war?«

»Ich sah Mademoiselle Sarah am Fenster auf dem Treppenpodest stehen und ging hin, weil ich wissen wollte, was ihre Aufmerksamkeit erregte.«

»Hat sie etwas gesagt?« Sophie schämte sich, diese Frage zu stellen, aber bei Amélie brauchte sie keine Zurückhaltung zu üben.

»Sie lachte ein bißchen, wie eine quiekende Maus, und sagte etwas wie ›Soweit ist es gekommen‹. Was ist soweit gekommen? Wovon sprach sie? Handelt es sich um Robert?«

Wie konnte sie es ihr sagen? Sie verhaspelte sich bei mehreren Versuchen und sagte schließlich nur, Celia werde bald ein Kind bekommen, und sie wolle ihr Hilfe anbieten. Sie sah Amélies verwirrten Ausdruck, die unausgesprochenen Fragen, auf die es keine Antwort geben konnte, und schließlich ihre Entschlossenheit, keine weiteren zu stellen. Sophie seufzte tief und lehnte sich an die Kissen zurück. Amélies Gegenwart gab ihr Mut. Durch das Sprechen mit ihr hatte sie angefangen, auf Französisch zu denken, und dann hatte sie immer einen klaren Kopf. Sollte sie John Nugent treffen, würde sie ihm so gründlich die Meinung sagen, daß er es sein Lebtag nicht vergäße, aber wahrscheinlich war er bei Mrs. Burke, der albernen, fetten, kleinen Mrs. Burke, die ihn in die Küche schickte, wenn dort etwas auszurichten war, sich von ihm Kissen bringen ließ und ihn zur Belohnung dann und wann mit einem langen, romantischen Blick aus weit aufgerissenen Augen bedachte. Dieser Klatsch war rasch zu Sophie vorgedrungen. Warum, um Himmels willen, der andere nicht?

Sie setzte sich auf, um durch die Scheibe zu schauen, als die Kutsche auf die Allee von Castle Nugent einbog. Ein altes Weib mit zerzaustem Haar und einem dunklen Gesicht sah aus dem geschwärzten Türeingang des zinnenbewehrten Pförtnerhauses heraus, eine Fassade, hinter der nichts als eine elende Hütte mit einem einzigen Raum lag. Sumpfblätteriger Ampfer und Brennesseln wucherten ringsum, und der Platz vor der Tür war übersät mit Kartoffelschalen und Kohlstrünken. Mike ließ die Pferde nur noch voranschleichen, weil er die alten Wagenspuren und Schlaglöcher der Allee fürchtete. Das Gras zwischen den Bäumen auf beiden Seiten war nicht abgeweidet, vergeudet wie alles andere hier. Das eiserne Tor am Ende der Allee brach vor Rost fast zusammen. Ein Pferd lief in der Nähe der Haustür frei herum. Es hob den Kopf und wieherte, als die Kutsche herankam, dann sprang es über das Tor und trabte ihnen entgegen. Mike knallte mit der Peitsche, so daß es zurückgaloppierte.

Als die Kutsche vor der Haustür hielt, kamen mehrere zerlumpte Bediente um die Hausecke und scheuchten das Pferd mit lautem Geschrei zu den Ställen. Mike wartete, bis sich der Trubel gelegt hatte, dann öffnete er die Kutschentür und half Sophie heraus. Als sie auf dem verunkrauteten Kies stand, zögerte sie einen Moment und sagte dann zu Amélie:

»Warte hier auf mich, ja, warte hier. Nicht nötig, mit hereinzukommen, nur wenn ich nach dir schicke.«

Maggie hatte ihre geräuschvolle Ankunft gehört und stand in der Halle hinter dem Diener, der auf Mikes Klopfen hin die Tür geöffnet hatte. Tatsächlich mußte es der ganze Haushalt gehört haben. Eilige Schritte entfernten sich, und im düsteren hinteren Teil der Halle, wo eine mit Filz ausgeschlagene Tür halb offen stand, wurde geflüstert. Als Sophie hereinkam, drehte sich Maggie um und knallte die Tür zu, dann kam sie nach vorn, schob den Diener mit dem Ellbogen beiseite und sagte:

»Gott sei Dank, daß Sie gekommen sind, My Lady. Kommen Sie bitte mit mir hier herein.«

Sie ging voraus in das Zimmer rechts von der Halle, als wäre sie die Herrin des Hauses. Es war ein schäbiger Raum mit ausgeblichenen Chintzbezügen auf den Sesseln, einer Chaiselongue und einem Spinett, dessen Gehäuse hier und da gesprungen war, weil die Sonne durch die vorhanglosen Fenster daraufschien. Ein schwaches

Summen von Bienen kam aus einer Ecke, und Sophie sah hoch oben an der Wand Honigspuren, wo sie ihr Nest hatten. Sie sagte: »Ich hätte früher kommen sollen. Aber ich habe den ganzen Tag gebraucht, um ruhiger zu werden.«

»Nehmen Sie Platz, My Lady. Hier, auf diesem Sessel. Erholen Sie sich zuerst ein wenig.«

Sie bot Sophie einen Sessel neben dem riesigen leeren Kamin an und blieb vor ihr stehen, denn sie fand es unpassend, sich in ihrer Gegenwart hinzusetzen. Gereizt sagte Sophie:

»Setz dich, Maggie, um Himmels willen. Mr. Nugent ist hoffentlich nicht zu Hause.«

»Nein, er wird wohl zu Mrs. Burke gegangen sein. Sie nehmen es nicht übel, wenn ich frage, wo Sir Maurice ist?«

»In Cong, glaube ich, aber woher soll ich wissen, wo er ist? Er könnte jetzt genausogut in diesem Haus sein.«

»In letzter Zeit kommt er nicht so oft.«

Sophie schloß die Augen, als wollte sie diese neue Treulosigkeit nicht sehen, aber zu ihrer Überraschung empfand sie die erste Spur von Mitleid mit Maurice. Sie sagte:

»Wir brauchen weder den einen noch den anderen. Ich muß Celia sehen.«

»Ja, My Lady.«

Maggie hatte sich doch nicht hingesetzt, und Sophie fand die klobige Gestalt, die zu dicht vor ihr stand, irgendwie beängstigend. Sie fragte:

»Kann sie herunterkommen?«

»Ich werde sie zu Ihnen holen, wenn ich kann. Vielleicht will sie nicht kommen.«

»Dann gehe ich lieber zu ihr.«

»Lassen Sie mich zuerst mit ihr sprechen.«

Als Maggie gegangen war, saß Sophie völlig still da und lauschte dem Summen der Bienen, in ihrem Kopf herrschte völlige Leere. Mike hatte die Kutsche von der Haustür weggezogen, so daß sie sie nicht mehr durch die Fenster sehen konnte. Zehn Minuten vergingen. Ihr kam der Gedanke, daß Celia sich geweigert haben könnte, sie zu sehen, und daß sie dessenungeachtet in ihr Zimmer hinaufgehen müsse. Aber ihr fielen keine Worte ein, nichts bot sich an als Einleitung zu diesem ungewöhnlichen Gespräch. Ihr Vorhaltungen zu machen, war überflüssig, denn es ließ sich ja nichts daran ändern, mit ihr vernünftig zu reden, war zwecklos, denn nach Maggies Aussage war sie nicht bei Sinnen.

Sophie war von einem dumpfen Haß erfüllt, daß ihr Leben diese Wendung genommen hatte, daß jeder, den sie noch zu lieben wagte, durch ein unentrinnbares Schicksal vernichtet wurde, wie ihre Töchter vor langer Zeit durch Krankheit dahingerafft worden waren. Maurice hatte alles wiedergutmachen sollen, aber jetzt hatte er mit einem Schlag die Vernichtung besiegelt. Davon würden sich die Briens nie wieder erholen. Was noch an Leben in ihnen steckte, war dem Untergang geweiht.

Sophie war auf dem Weg zur Tür, als sie Maggies eilige Schritte auf dem kahlen Steinfußboden der Halle hörte. Sie blieb mitten im Zimmer stehen und wartete, bis sich die Tür öffnete. Maggie war verwirrt, als sie sie dort sah, und sagte gleich:

»Es hat lange gedauert, My Lady, aber Sie können jetzt heraufkommen. Sie wollte Sie nicht im Bett empfangen. Ich mußte ihr beim Aufstehen helfen und sie auf einen Sessel setzen.«

»Kann sie das nicht allein tun? Braucht sie dafür eine Zofe?«

»Oh, My Lady, warten Sie, bis Sie sie gesehen haben.«

Maggie eilte voraus, die knarrenden Stufen hinauf, die durch ein hohes Bogenfenster erhellt waren, über einen breiten Podest, dessen morscher Fußboden hier und da

Löcher aufwies, dann auf einer zweiten Treppenflucht zu dem Flur, an dem die Schlafzimmer des Hauses lagen. Staub tanzte in den Sonnenstrahlen, die durch buntes Glas fielen und ein bizarres Muster in Rot, Blau und Gelb auf den Fußboden zeichneten. Eine Tür auf der rechten Seite stand halb offen, als ob Maggie in ihrer Eile vergessen hätte, sie zu schließen. Als sie jetzt darauf zuging, hielt Sophie sie zurück und sagte:

»Ich werde allein hineingehen. Amélie wartet schon lange. Vielleicht könntest du sie ins Haus holen.«

Maggie zögerte, offensichtlich wollte sie Sophie nicht allein hineingehen lassen. Einer plötzlichen Regung folgend, sagte Sophie:

»Es wird gut gehen, Maggie. Ich werde sie behutsam behandeln.«

Dann ging sie ins Zimmer und schloß die Tür hinter sich.

Celia saß am Fenster auf einem großen, niedrigen Sessel, und die bauschigen Falten ihres schwarzen Kleides bedeckten ihre Füße. Als Sophie hereinkam, wandte sie das bleiche, teilnahmslose Gesicht zur Tür, sah einen Augenblick erschreckt aus und ließ dann apathisch den Kopf sinken. Sophie fragte leise:

»Wie geht es Ihnen, Celia?«

Wieder sah sie erschreckt aus, dann schüttelte sie den Kopf, als habe sie die Sprache verloren. Sophie ging durchs Zimmer und stand ratlos vor ihr, den Blick auf Celias gewölbten Leib gerichtet, als könnte sie durch den Stoff das kleine Wesen darin sehen. Mit einer plötzlichen, schützenden Bewegung legte Celia beide Hände auf den Leib, während Sophie vor ihr niederkniete und sagte:

»Ich bin hier, um Ihnen zu helfen, Celia. Darum bin ich gekommen. Haben Sie keine Angst.« Sie nahm Celias Hände in ihre, die von ihren Tränen naß waren, dann hob sie sie an die Lippen, küßte sie viele Male und versuchte, den entsetzlich verstörten Blick zu beruhigen, den sie jedesmal sah, wenn Celia die Augen hob. Schließlich sagte Celia:

»Sie weinen um Robert, Grand-mère. Dann wissen Sie also, daß er tot ist.«

»Nein, mein Liebes, ich weine um Sie.«

»Das ist nicht nötig. Er sagt, ich soll warten, und wir werden zusammen sein.« Sie hielt inne und runzelte ängstlich die Stirn. »Das klingt falsch. Werde ich sterben? Ja, das war es. Nicht hier, im Himmel. Weinen Sie nicht, Grand-mère. Sie sehen dann so traurig aus.«

Was um alles in der Welt sollte sie mit ihr machen? Sophie sah sich verstört um, bereute, daß sie Maggie weggeschickt hatte, und hoffte, sie habe die Anweisung nicht befolgt. Jetzt war niemand da, der ihr helfen konnte. Ein Plan, der ihr durch den Kopf gegangen war, nahm jetzt als der einzig mögliche feste Formen an. Sie sprach schnell, nicht, als ob sie mit jemandem spräche, der halb oder ganz verrückt war, sondern als ob sie sich an eine durchaus vernünftige Frau richte:

»Hören Sie, Celia, Sie können nicht länger hier bleiben. Sie müssen mich für Sie sorgen lassen. Wir haben noch ein Haus in Cong, nicht im Dorf, sondern in Dooras. Sie können dort hingehen, bis das Kind geboren ist. Ich werde eine alte Dienerin von uns, Katta, mitschicken. Hat Robert je mit Ihnen über Katta gesprochen? Oder erinnern Sie sich vielleicht an sie?«

»Ja, seine Amme.«

Ein Funken von Vernunft, Gott sei Dank, dachte Sophie und fuhr rasch fort:

»Sie werden dort in Sicherheit sein, bis das Kind geboren ist, und dann können Sie weggehen. Würde Ihnen das zusagen?«

»Ja, ja, irgendwohin. Das ist es, was ich möchte.«

Aber dann hielt sie inne, und Sophie erriet, daß sie diesen Narren Maurice gebeten hatte, sie wegzubringen, und er es abgelehnt hatte. Was für ein Ungeheuer würde das Kind eines solchen Paares sein? Darüber könnte man später weinen. Katta war eine Eingebung, sie verstand es meisterhaft mit Kindern. Robert und Louise verdankten ihr beide das Leben. Celia fragte in völlig vernünftigem Ton:

»Wann kann ich nach Dooras gehen?«

»Es wird ein paar Tage dauern, die Vorkehrungen zu treffen.«

Erleichtert, daß Celia anscheinend wieder normal geworden war, stand Sophie auf, blieb aber dicht bei ihr stehen, um immer noch Freundschaft zu bekunden. Dann fragte Celia:

»Wird Robert mich in Dooras finden? Er wird wie gewöhnlich hierher kommen und mich suchen, und ich werde weg sein.«

Es war ein Albtraum, aus dem es kein Entrinnen gab. Solange Sophie bei ihr war, schien Celias Verstand einmal da zu sein und dann wieder zu verschwinden, aber zuletzt ergriff sie Sophies Hände und sagte:

»Ich weiß, daß etwas in meinem Kopf nicht stimmt. Da ist ein Schmerz und ein Summen, und ich glaube, ich phantasiere. Können Sie mir verzeihen?«

»Ja, ja, ich bin doch gekommen, um für Sie zu sorgen. Jetzt geht es Ihnen nicht gut, aber nach der Geburt werden Sie sich besser fühlen.«

Fast stammelnd flüchtete sie aus dem Zimmer auf den Treppenpodest und ging zu einer breiten Fensterbank mit dem Blick auf die vernachlässigten Felder, auf der sie sitzen blieb, bis Maggie nach oben kam, um nach ihr zu schauen. Mittlerweile hatte sie sich so weit gefaßt, daß sie aufstehen und sagen konnte:

»Sie ist einverstanden, nach Cong zu gehen. Ich werde Katta mit ihr dort hinschicken, die die Amme meiner Enkel war – warum starrst du mich so an? Was kann ich sonst tun? Sie sprach von Robert. Ich kann es nicht ändern. Es gibt niemanden sonst, dem ich vertrauen kann.«

»Schicken Sie mich auch mit, My Lady. Ich bin nicht zu alt.«

»Nein. Ja... ich weiß nicht, was ich rede. Ja, du kannst auch mitgehen. Ich werde gleich jemanden losschicken, um Bescheid zu sagen. Ich habe ihr erklärt, daß es ein paar Tage dauern wird. Der Birnbaum muß beschnitten werden.«

»Sie haben recht. Niemand kümmert sich darum.«

»Was ist mit Mr. Nugent? Wenn er jetzt zu Hause ist, sollte ich mit ihm sprechen.«

Plötzlich spuckte Maggie wütend in ihre rechte Hand, dann rieb sie beide Hände aneinander und sagte:

»Cromwells Fluch über ihn als Vater. Möge er nicht sterben, ehe das Haus über ihm zusammenbricht. Warum wollen Sie ihn sehen oder mit ihm sprechen? Er kümmert sich überhaupt nicht um sie.«

»Aber sie ist seine Tochter.«

»Sie müßten vielleicht bis zum Einbruch der Nacht auf ihn warten.«

Schließlich schrieb ihm Sophie einen kurzen Brief und hinterließ ihn bei Maggie. Dann ging sie erschöpft hinaus zur Kutsche und wurde nach Hause gefahren, die schweigende Amélie neben ihr. Schatten bewegten sich hinter den Fenstern, als sie sich Mount Brien näherten. Sie wußte, daß sie von Fanny und Sarah und vielleicht sogar von Maurice belauert wurde, aber sie wußte auch, daß keiner von ihnen es wagen würde, ihr Fragen zu stellen. Von Amélie ließ sie sich das Abendessen auf einem Tablett bringen, aber dann hatte sie das Gefühl, das könnte den Eindruck erwecken, daß sie niedergeschmettert sei. Um neun Uhr ging sie nach unten. Die Hitze des Tages hielt sich noch in den leeren Räumen. Sarah kam aus einer dunklen Ecke in die Halle geschlichen und sagte:

»Wir glaubten, es gehe Ihnen nicht gut, Madame.«
»Wo ist mein Sohn?«
»In der Rentkammer.«
Sarah wußte immer, wo alle waren. Er saß da und machte seine Abrechnungen oder tat wenigstens so. Er legte den Gänsekiel hin und sah sie wortlos an. Sie sagte:
»Ich bin heute nach Castle Nugent gefahren.«
»Ich weiß. Fanny sagte es mir.«
»Sie ist sehr krank.«
»Ja.«
»Ich überlasse es Gott, ein Urteil über dich zu fällen. Morgen schicke ich nach Katta, und sie kann sie für die Geburt nach Dooras bringen. Dann werde ich an Pater Burke schreiben und ihm sagen, er soll ein geeignetes Nonnenkloster irgendwo in Bordeaux für sie suchen, wo sie leben kann.«
»Nein!«
»Du würdest sie wohl gern behalten? Sie womöglich in dieses Haus bringen? Du hast sie noch nicht ganz zugrunde gerichtet.«
Maurice legte die Arme auf den Schreibtisch, bettete den Kopf darauf und weinte. Sie hörte sein Schluchzen, herzzerreißend, qualvoll, als ob es ihm die Kehle zuschnürte und er kaum atmen könnte. Sie betrachtete ihn ein oder zwei Minuten schweigend, dann wandte sie sich ab und verließ das Zimmer.

Achter Teil

31

Mitte November 1782 ritt Robert über den Berg, um Katta zu besuchen. Er wußte jetzt, daß es nicht der kürzeste Weg war, aber er wollte ihn nehmen, weil er und Louise vor fast drei Jahren auf diesem Pfad geritten waren. Das Wetter war auch wie damals im Januar mit einem harschen Wind, der den fernen See kräuselte, und jagenden weißen Wolken, die ab und zu Fleckchen von plötzlichem Blau freigaben. Der Pfad war noch nicht zerfurcht vom Winterregen, und an manchen Stellen schimmerten zu beiden Seiten die noch nicht abgestorbenen Binsen richtig grün.

Bald kam er durch das Dorf mit den elenden Hütten hoch oben auf dem Berg. Rauch strömte aus den geschwärzten Türöffnungen oder aus den Löchern im Dach, die als Schornsteine dienten. Leute kamen herausgerannt, um zu sehen, wer vorbeikam, aber diesmal erkannten sie ihn sofort und verschwanden wieder. Es gab keinen freundlichen Gruß; niemand wollte mit einem Brien sprechen. Später würden sie wahrscheinlich den Rest des Tages damit verbringen, über ihn zu reden und vielleicht die abscheuliche Ballade singen, von der Sarah ihm berichtet hatte:

Ach, buhle mit mir, sprach der junge Herr,
Dann magst du mit Vater buhlen ...

Er sollte darüber Bescheid wissen zu seinem eigenen Schutz, hatte Sarah gesagt, und ehe er ihr Einhalt gebieten konnte, hatte sie mit tremolierender Stimme die ersten Zeilen hergesagt. Dann merkte sie, daß er wutentbrannt war, und sprang beiseite, als er nach ihr ausholte. Er hätte sie nicht geschlagen – man schlägt ja auch eine Katze nicht –, aber es war nützlich, sie in Angst und Schrecken versetzt zu haben. Das war drei Tage nach seiner Heimkehr, am ersten Tag, an dem er mit ihr allein gewesen war, seit er von Sophie nur das unbedingt Notwendige von Celias Geschichte gehört hatte. Nachdem er Sarah eingeschüchtert hatte, drängte er sie in eine Zimmerecke und preßte ihr immer mehr Auskünfte ab, und jedesmal, wenn sie innehielt, hob er die Faust. Ihr Gesicht ließ zuerst schiere Angst erkennen, aber dann entdeckte er einen Schimmer von Befriedigung und wußte, daß es Zeit war, sie gehen zu lassen. Seitdem hatte er sie kaum gesehen. Fanny war ihm fast völlig aus dem Weg gegangen, obwohl er sie manchmal dabei überraschte, daß sie die drei kleinen Jungen mit vielsagendem Geflüster wegtrieb, als ob er gefährlich wäre. Der Himmel allein wußte, was sie ihnen erzählt hatte. Fanny tat ihm irgendwie leid, aber ihre Schwester flößte ihm nichts als Abscheu ein.

Diesmal brauchte er nicht nach dem Weg zu fragen, um Creevagh zu finden. Er sah das Gewirr von Lehmhütten am Seeufer schon lange, ehe er zu der Stelle kam, wo der Bach überquert werden mußte. Ziegen und Esel weideten zwischen den Häusern, und mehrere Menschen gingen hin und her. Er gab dem Pferd die Peitsche, so daß es über den Bach sprang, dann zügelte er es und ließ es im Schritt zu Kattas Kate gehen. Er saß ab und warf die Zügel über den Stein neben der Tür, denn er wußte, daß das Pferd nicht umherstreifen würde.

Katta stand in der Mitte des Raums. Sie ging einen Schritt vor, dann bedeckte sie das Gesicht mit beiden

Händen wie ein Kind, das glaubt, es werde nicht gesehen, sobald es selbst nicht mehr sehen kann. Er ging zu ihr hinüber, den Dreispitz in der linken Hand, die rechte frei, um sie auf die alte, zärtliche Weise zu umarmen, an die sie sich erinnern mußte. Sie lugte zwischen den Fingern nach ihm, er warf den Hut auf einen Hocker, zog ihr die Hände vom Gesicht und sagte auf Irisch:

»Katta, warum siehst du mich nicht an? Wenn du mich abweist, wohin kann ich dann gehen?«

»Ich werde dich nie abweisen.«

»Du warst bei ihr. Ich bin gekommen, um dich zu bitten, mir darüber zu berichten.«

»Deine Großmutter wird das tun.«

»Sie war nicht in Dooras. Sarah hat mir einiges erzählt, aber nicht alles.«

»Robert, wie kann ich es erzählen? Seither finde ich keine Ruhe mehr.«

»Ich auch nicht. Es war im August, nicht wahr?«

»Ja. An Mariä Himmelfahrt, am fünfzehnten, wurde das Kind geboren, aber da war sie schon ein paar Wochen in Dooras gewesen.«

»Ist mein Vater gekommen?«

»Wie kannst du mich das fragen? Hast du kein Mitleid mit mir?«

»Doch, Katta, doch, aber ich muß jede Einzelheit wissen. Wie oft ist er gekommen?«

»Zweimal. Nach dem zweiten Mal war es zwecklos. Sein Herz war gebrochen. Wir konnten das sehen, Maggie und ich. Als er sie das letztemal verließ, glaubte ich, er würde an dem Leid sterben, das er trug.«

»Warum ist er nicht wiedergekommen? Warum war es zwecklos?«

»Hat deine Großmutter dir das nicht gesagt?«

»Sie hat mir fast nichts erzählt. Sie spricht jetzt überhaupt kaum, weder mit mir noch mit sonst jemandem.«

»Vielleicht wird sie es später tun.«

»Warum ist er nicht wiedergekommen?«

»Sie hat ihn weggeschickt. Das erstemal nannte sie ihn Robert und war sehr liebevoll und freundlich, und er glaubte, es werde sich geben und sie werde ihn wieder erkennen, aber als er das zweitemal kam, sagte sie, er sei ein böser Geist und gekommen, um sie zu quälen, und sie wolle niemanden außer Robert haben, der sie jeden Tag besuche und bei ihr bleibe und der Vater ihres Kindes sei.« Katta stieß einen Jammerruf aus, der wie ein Möwenschrei klang. »Verlange nicht, daß ich dir davon erzähle. Habe Mitleid mit mir und mit deinem Vater.«

»Mit dir ja, nicht mit ihm. Sie war dann also allein?«

»Was konnte er tun? Maggie und ich waren bei ihr. Er hatte Angst, er würde ihr weh tun. Wenn du ihn damals gesehen hättest, wie ich ihn gesehen habe, hättest du Mitleid mit ihm.«

»Das war die Maggie von Castle Nugent, wie ich von Sarah gehört habe.«

»Ja, sie war die ganze Zeit mit mir da. Miss Celia mochte sie gern, und ich wußte, als sie jünger war, hat man sie in Notfällen oft geholt, weil sie so geschickt war. Sie hat Miss Celia dann schließlich entbunden.«

»Rede weiter. Warum hörst du jetzt auf?«

»Wie kann ich mit einem unreifen Knaben darüber reden?«

»Ich bin kein unreifer Knabe. Ich war im Krieg. Ich bin um die halbe Welt gereist.«

»Ein Jammer, daß du nicht dortgeblieben bist. Warum bist du zurückgekommen?«

»Um Celia zu heiraten.«

Sofort fragte Katta:

»Wart ihr einander versprochen, ehe du weggingst? Lady Brien sagte, ihr wart es nicht. Sie sagte, das sei alles in Miss Celias Kopf, und ihr hättet sowieso niemals heiraten können, weil es gegen das Gesetz des Landes ist, daß ein Katholik eine Protestantin heiratet.«

»Celia wußte nichts von dem Gesetz, und Grand-mère wußte nichts über Celia und mich. In ihren Briefen an mich oder an Louise sagte sie nichts über Celia. Man könnte glauben, sie wußte gar nicht, was vorging.«

»Das stimmt, sie hat bis Juli nichts gewußt, als Maggie es ihr sagte, einen Monat, ehe das Kind geboren wurde.«

»Dann hätte sie schreiben können, sie hätte es uns dann oder danach sagen können. Sie hat nie ein Wort gesagt.«

»Über deinen eigenen Vater?«

»Ja. Es wäre besser gewesen, es von ihr zu hören als von Fremden. Die ersten Gerüchte kamen mir in Frankreich zu Ohren. Ich glaubte sie nicht. Ich bestritt sie, weil ich nichts darüber von Grand-mère gehört hatte.«

»Wo hast du es gehört?«

»In Paris, von Verwandten.«

»Es wäre hart für deine Großmutter gewesen, dir zu sagen, wie ihr Haus erniedrigt wurde.«

»Ist sie mit dir nach Cong gefahren?«

»Nein, aber sie war vorher da, um nachzusehen, ob das Haus in gutem Zustand sei. Robert, sie tat alles für Miss Celia, alles.«

»Und dann hat sie sie außer Landes geschickt.«

»Was konnte sie sonst tun? Es war die Rettung.«

»Rettung? Wieso Rettung?«

»Die Leute sagten, sie habe das Kind umgebracht – hast du das noch nicht gehört? Ja, das wurde erzählt, und Lady Brien fürchtete, sie würde deswegen vor Gericht gestellt werden, und niemand würde glauben, daß das Kind eines natürlichen Todes gestorben ist. Robert, ich kann dir nicht mehr sagen. Mir wird das Herz stehenbleiben. Gott steh uns bei, kannst du es jetzt nicht alles ruhen lassen? Was für einen Zweck hat es, nach all diesen Dingen zu fragen? Es ist mehr als ein Jahr her, fünfzehn Monate, daß es geschah. Kannst du es nicht vergessen? Miss Celia ist in Sicherheit, es liegt jetzt alles hinter ihr, und mehr gibt es darüber nicht zu sagen.«

»Weißt du, wo sie ist?«

»Nein. Irgendwo in Frankreich. Pater Burke hat sie, glaube ich, in seine Obhut genommen. Lady Brien würde niemals mit meinesgleichen darüber reden.«

»Weiß mein Vater, wo sie ist?«

»Das weiß ich nicht. Wir haben sie nachts nach Galway gebracht, und sie ging auf eines der Schiffe, die Stoffe und Wein herbringen. Als ich danach fragte, wurde mir gesagt, es fahre nach Frankreich. Das ist alles, was ich weiß.«

»Erzähle mir von dem Kind.«

»Nein.«

»Sage es mir, Katta, um Gottes willen.«

»Es war ein Mädchen, sehr winzig, ein Achtmonatskind. Maggie sagte, sieben wär besser gewesen, wenn es schon zu früh kommen mußte. Ich habe das auch immer gehört. Es lebte einen Tag, lange genug, damit wir den Priester aus Cong holen konnten, um es taufen zu lassen. Es starb am zweiten Morgen.«

»Hat sie ihm einen Namen gegeben?«

»Ja, Louise. Jetzt weinst du. Ich hätte dir das nie sagen sollen. Niemand hat danach gefragt außer dir.«

»Sie wußte damals, was sie tat?«

»Sobald das Kind geboren war, wußte sie alles. So ist das immer. Sobald sie es sah, klärte sich ihr Geist wie Nebel, der sich verzieht, aber wir wünschten, es wäre nicht so gewesen, denn sie starb fast vor Kummer. Maggie blieb damals meist bei ihr, weil sie sie besser kannte. Es dauerte mehr als einen Monat, bis es ihr gut genug ging, um nach Galway zu fahren. Dort mußte sie noch ein paar Tage warten, bis ein Schiff einlief. Maggie ist die ganze Zeit bei ihr geblieben.«

»Wo ist Maggie jetzt?«

»In Dooras. Sie wollte nicht wieder nach Castle

Nugent, und My Lady sagte, sie könne so lange in Dooras bleiben, wie sie wolle. Sie hält das Haus in Ordnung, obwohl derzeit niemand außer ihr und einem Mann da ist, der auf dem Hof arbeitet.«

»Ich reite jetzt da hin. Ich kann im Haus übernachten.«

»Ja. Es gibt genug Betten.«

Katta wandte sich schwerfällig und müde ab. Ihm fiel auf, daß sie viel älter aussah als vor drei Jahren, als er sie zuletzt gesehen hatte; die weiße Strähne durchzog jetzt die Hälfte ihres kohlschwarzen Haars. Er fragte unvermittelt:

»Wo ist Matthias? Wo ist Colman?«

»Auf dem Feld. Die Jungen auch. Sie sind weggegangen, damit wir miteinander reden können. Una ist bei den Nachbarn.«

»Dann wissen alle, daß ich hier bin?«

»Haben wir denn nicht das Pferd den Berg heruntergekommen sehen? Ich wünschte, du hättest glücklicher zurückkommen können. Streite nicht mit deinem Vater.«

»Streiten! Es geht darüber hinaus.«

»Robert, hege keine bösen Gedanken gegen ihn. Es war Mitleid mit ihr und Kummer um dich, damit hat alles angefangen, so wahr ich hier stehe. Warum willst du wissen, wo sie ist? Du willst ihr doch nichts antun, Robert?«

»Daran dachte ich, als ich zuerst hörte, was geschehen ist, aber jetzt empfinde ich anders. Ich will alles wissen, was vorgegangen ist. Dieses Lied – hast du es gehört?« Er sah ihrem Gesicht an, daß sie es kannte. »Woher kam es? Woher wußten die Leute, daß Celia und ich – Celia und ich...«, er konnte keinen besseren Ausdruck finden als Katta, »...einander versprochen waren?«

»Ich habe gehört, daß sie immer nach Mount Brien kam, um nach dir zu fragen, und die junge Lady Brien sprach darüber. Ich glaube, so wird es gekommen sein.«

Es dauerte einen Augenblick, bis er begriff, wen sie meinte.

»Tante Fanny! Natürlich wird es Tante Fanny gewesen sein.«

»Ich weiß es nicht mit Sicherheit, aber ich weiß, daß ein Mann aus Galway, den sie gut kennt, das Lied verfaßt hat. Er dichtet viele Lieder, besonders von dieser Art. Ich könnte schwören, daß es ihr ebensowenig gefällt wie dir, aber so ist es vermutlich zustande gekommen.«

Robert ritt weiter nach Cong, wieder über den Berg, aber auf einem anderen Pfad, um hinter Oughterard auf die Hauptstraße von Galway zu stoßen. Er ließ das Pferd galoppieren, bis es naß von Schweiß war, dann mußte er anhalten und es bei Maam Cross tränken, ehe er sich auf den Weg durch das wilde Tal machte, das oben am Lough Corrib endet. Das Tageslicht war im Schwinden, als er die Furten erreichte, durch die er zum nördlichen Ufer gelangte. Es fiel ihm schwer, sich an den Weg zu erinnern, er war so selten hier gewesen und vor so langer Zeit. Mehrmals mußte er bei Katen, aus denen ein Lichtschimmer in die Dunkelheit drang, anhalten und nach dem Weg fragen. Ein Mann sagte besorgt zu ihm:

»Haben Sie denn keine Angst, so allein unterwegs zu dieser Nachtzeit?«

»Ist es gefährlich? Gibt es hier in der Gegend Räuber?«

»Nicht hier, nur Wilddiebe; die wollen mit Ihnen nichts zu tun haben. Wovon sollten Räuber hier leben, wo der Hunger herrscht? Aber die Geister der Toten gehen im November immer in den dunklen Nächten um, und sie sind schlimmer als irgendwelche Räuber. Sie können gern hier bei uns bleiben, wenn Sie wollen. Wir haben nicht viel anzubieten, aber bis es Tag wird, können Sie gern am Feuer liegen.«

Der Geruch, der aus seiner Kate drang, war unschwer als der von Schweinen zu erkennen. Robert sagte:

»Ich danke Ihnen, aber ich will weiterreiten. Es ist nicht weit, gleich hinter Dooras.«

»In einer Stunde werden Sie da sein. Ihr Pferd ist gut. Ihr Irisch ebenfalls. Woher kommen Sie?«

»Aus der Nähe von Oughterard.«

»Aha.«

Ehe er weitere Fragen stellen konnte, war Robert fort. Seit seiner Rückkehr nach Irland hatte er einen sechsten Sinn, der ihn warnte, wenn jemand nach seinem Namen fragen wollte. Er hörte, daß der Mann einen Segensspruch hinter ihm herrief, um die Geister fernzuhalten.

Etwas zu großspurig hieß das Haus der Briens Dooras Hall. Es war ein solides, schlichtes Gutshaus und lag am Ende einer langen Wiese, durch die eine schnurgerade Allee führte. Als er heranritt, sah er, daß durch die breite Lünette über der Tür ein Lichtschein fiel, aber die Fenster der Zimmer zu beiden Seiten waren dunkel. Maggie hielt sich wahrscheinlich hinten auf, wo die Küchenräume waren. Er band das Pferd an einem Ring am Aufsitzstein fest und hämmerte mit dem Peitschengriff an die Tür. Nach einer Weile, als er gerade wieder klopfen wollte, hörte er drinnen schlurfende Schritte und dann die verängstigte Stimme einer alten Frau, die fragte:

»Wer ist da? Bist du das, Johnny? Warum kommst du nicht nach hinten?«

»Robert Brien, Maggie. Mach auf!«

Er hörte sie auf Irisch Gebete oder Flüche murmeln, während sie die Riegel zurückschob. Sie riß die Tür weit auf und stand dann da und sah ihn an. Eine Lampe mit einer bunten Glasglocke auf dem Tisch in der Halle schien ihm einen Hauch warmer Luft entgegenzuschikken. Einen Augenblick lang war er von einem erstaunlichen Gefühl des Friedens erfüllt. Er sagte freundlich:

»Ich bin müde, Maggie. Ich bin heute die ganze Strekke von Mount Brien gekommen. Ich möchte ein oder zwei Tage hierbleiben und mit dir reden.«

»Sie wollen über sie reden?«

»Ja.«

»Dann kommen Sie herein. Es ist Ihr Haus. Sie haben das Recht, zu kommen und zu gehen, wann Sie wollen. Sie brauchen kein Willkommen von mir.«

»Ich würde mich trotzdem darüber freuen.«

»Was führt Sie her? Vor zwei Jahren wäre es besser gewesen.«

Er kam in die Halle und schloß leise die Tür. Maggie fuhr fort:

»Es gibt nicht viel zu essen, aber Sie können in die Küche kommen, wenn Sie wollen. Oder ich kann es ins Speisezimmer bringen.«

»Die Küche wird besser sein.«

Er folgte ihr durch die Halle, drei Stufen hinunter und in die Küche, wo sie ihm etwas kaltes Fleisch und Brot vorsetzte. Sie sah ihm beim Essen zu, saß auf einem hochlehnigen Stuhl neben dem Herd und stand auf, als er fast fertig war, um ihm aus einem Faß in der Ecke ein Glas Bier zu zapfen. Er nahm es als ein Zeichen der Freundschaft und sagte:

»Ich habe unterwegs in Creevagh eine Stunde haltgemacht, um mit Katta zu sprechen.«

»Geht es ihr gut?«

»Einigermaßen.«

»War sie freundlich zu Ihnen?«

»Katta ist meine Mutter.«

»Das will ich meinen.«

»Sie hat mir einiges erzählt von dem, was mit Celia geschah, und sagte, du würdest mir das übrige berichten.«

»Da gibt es nichts zu erzählen. Sie bekam ihr Kind, es starb, und sie mußte übers Meer fahren aus Angst vor dem Gesetz.«

»Das hast du auch gehört?«

»Es gab Leute, die wünschten ihren Tod. Als sie am Leben blieb, dachten sie sich andere Möglichkeiten aus, ihr zu schaden.«

»Wer war das? Wer wünschte ihren Tod?«

»Woher soll ich das wissen?«

»Mein Vater?«

»Gott vergebe Ihnen, ihm brach das Herz ihretwegen.«

»Meines Vaters Frau?«

»Ich weiß nicht, woher das Lügenmärchen kam. An einem Tag war nichts, am nächsten erzählte man sich in ganz Connaught, sie habe ihr Kind umgebracht.« Die alte Frau hatte jetzt bittere Tränen in den Augen und fuhr fort: »Warum fragen Sie mich? Es ist alles vorbei. Ich versuche, es zu vergessen. Sie sollten auch versuchen, es zu vergessen. Das ist das einzige, was Sie jetzt tun können, nachdem Sie nicht früher gekommen sind.«

»Bin ich an allem schuld? Willst du das damit sagen?«

»Es gibt Gebote für die Reichen und Gebote für die Armen. Vielleicht sind Sie nicht schuld. Sie waren ja noch ein Knabe. Ich habe kein Recht, so mit Ihnen zu sprechen. Sie haben mich dazu verleitet. Ihre Großmutter tat, was sie konnte, sobald sie wußte, was geschah. Ich habe sie selbst vor Miss Celia auf den Knien gesehen. Sie wußte nicht, daß ich sie sah; ich kam ins Zimmer, nachdem sie mich weggeschickt hatte.«

»Auf den Knien! Meine Großmutter!«

»Warum sind Sie so überrascht? Kniet sie vor Gott nicht nieder? Sie wußte, was zu tun war, und sie tat alles, was getan werden mußte.«

»Alles, was mein Vater hätte tun sollen. Er ist nur zweimal gekommen, sagte mir Katta.«

»Überlassen Sie ihn Gott. Er hätte Unheil anrichten können, wenn er wiedergekommen wäre.«

»Katta sagte, das Kind habe einen Tag gelebt.«

»Was wissen Sie von Kindern, der Sie ja selbst noch ein Knabe sind?«

»Es hätte meines sein sollen.«

Sie antwortete nicht, und er wußte, daß sie entrüstet war. Es war sehr ruhig in der Küche, eine jener stillen, grauen Novembernächte, in denen kein Geräusch zu hören ist außer der Asche, die im Feuer herabfällt, und der Uhr, die an der Wand tickt. Nach ein oder zwei Minuten sagte Robert:

»Ich bin nicht lange ein Knabe geblieben. Sage mir, was geschah, nachdem das Kind gestorben war.«

»Sie lag im Bett, und wir glaubten, sie würde auch sterben. Sie sah aus, als schliefe sie, aber ihre Augen bewegten sich die ganze Zeit unter den Lidern. Sie wollte nichts essen. Nach ein oder zwei Tagen schlief sie dann wirklich, und als wir ihr etwas Milch brachten, trank sie ein wenig. Dann fragte sie, wer im Haus sei, ob ihr Vater wisse, wo sie sei, und stellte noch ein paar vernünftige Fragen, und wir sahen, daß sie wieder bei Verstand war. Ihre Großmutter schickte mir eine Nachricht, daß Miss Celia nach Galway fahren solle, wenn es ihr gut genug gehe, aber sie kam nicht selbst wieder her.«

»Ist ihr Vater gekommen?«

»Nein.«

»Wollte sie, daß er komme?«

»Sie hat ihn nur das eine Mal erwähnt.«

»Maggie, warum ist das Kind vom Priester getauft worden und nicht vom Pfarrer?«

»Woher soll ich das wissen? Sie verlangte nach dem Priester, und es war einfach, ihn zu finden und herzubringen.«

»Wie heißt er?«

»Mr. O'Toole. Er wohnte in Cong, im Dorf, aber er mußte kurz danach weggehen, weil er nicht eingetragen war. Es ist angezeigt worden.«

»Hatte er keine Angst herzukommen?«

»Wenn er Angst hätte, wäre er überhaupt nicht in Irland.«

»Du bist mit ihr nach Galway gefahren, sagte Katta.«

»Ja, Ende September. Wir wohnten in Mr. Lynchs Haus in der Middle Street, zehn Tage lang, und warteten auf ein Schiff.«

»Fühlte sie sich gut zu dieser Zeit?«

»Ja, es ging ihr von Tag zu Tag besser. Sie war jung. Das Wetter war fast bis zuletzt warm, und sie saß im Garten in der Sonne. Ich wünschte, sie hätte immer dort bleiben können, und Mrs. Lynch hätte sie gern bei sich behalten, aber da war nichts zu machen. Sie mußte mitfahren, als das Schiff bereit war. Das Wetter wurde schlecht, und der Kapitän wollte nicht warten. Uns wurde erst drei Stunden vorher Bescheid gesagt, aber es machte nichts. Ich hatte alles für sie fertig, weil wir die Aufforderung tagtäglich erwarteten. Ich ging mit ihr hinunter zum Ufer und sah zu, wie sie im Boot hinausruderten, und das war das letzte, was ich von ihr sah.«

»Und meine Großmutter ist nicht gekommen, um sie in Galway noch einmal zu sehen?«

»Wie konnte sie? Sie geht so selten aus, und diejenigen, die hinter Miss Celia her waren, hätten rasch herausgefunden, wohin sie fuhr. Und die Kapitäne dieser Schiffe haben es nicht gern, wenn sie belauert werden. Derjenige, der sie mitnahm, hatte ein paar Priester ausgeschifft, als er kam, und nahm ein paar junge Leute mit, die nach Frankreich wollten, so wie Sie auch damals. Hätte er geglaubt, Miss Celia werde beobachtet, hätte er sie vielleicht gar nicht mitgenommen. Sie wollen unbedingt jemandem einen Vorwurf machen, das sehe ich. Machen Sie Ihrer Großmutter keinen Vorwurf. Ich habe das getan, bis ich herausfand, daß sie nichts von dem wußte, was geschah. Sobald sie es wußte, tat sie alles, was ein Mensch nur tun konnte.«

»Katta sagt dasselbe.«

»Warum auch nicht, wenn es die Wahrheit ist? Geben Sie sich selbst die Schuld, wenn Sie wollen. Miss Celia sagte eines Abends, kurz bevor das Kind kam, daß Sie ihr nicht einen einzigen Brief geschrieben haben. Sie redete irre und sagte, es sei besser so, weil Sie statt dessen zu ihr kämen.«

»Sie sagte euch, daß sie mich sah?«

»Ja, jeden Tag«, erwiderte Maggie barsch. »Es machte sie zufrieden, und daran lag uns vor allem. Wir sagten ihr nie, daß Sie nicht da waren und niemals da sein würden...« Sie hielt inne, vielleicht hatte sie das Gefühl, sie sei zu weit gegangen, aber Robert hatte kaum zugehört. Nach einem Augenblick fragte er:

»Wußte ihr Vater, wo sie war?«

»Wenn er es wußte oder es ihn interessierte, zeigte er es nicht. Er ging seine eigenen Wege.«

»Weiß er, wo sie jetzt ist?«

»Die einzige in Irland, die das weiß, ist Lady Brien. Wenn Sie es herausfinden wollen, müssen Sie sie fragen. Es ist zwecklos zu versuchen, es aus mir herauszuholen, denn ich weiß es nicht.«

»Sie ist irgendwo in Frankreich.«

»Ja. Pater Burke weiß es vermutlich auch, aber es hat geheißen, er werde nie wieder nach Irland kommen.«

Robert blieb zwei Nächte in Dooras, schlief in einem großen, kalten Schlafzimmer im vorderen Teil des Hauses mit dem Blick auf den bleigrauen See. Die Morgendämmerung kam spät, die orangefarbene Sonne mußte sich durch schwarze, stürmische Wolken hindurchzwängen. Am Nachmittag des zweiten Tages ließ Maggie sich herbei, ihm zu sagen, welches Celias Zimmer gewesen war, aber nur, weil er angedeutet hatte, es sei wohl das, in dem sie ihn untergebracht hatte. Sie sagte beleidigt:

»Glauben Sie, ich würde so etwas tun? Kommen Sie, ich zeige es Ihnen.«

Sie führte ihn durch einen kurzen Korridor in den hinteren Teil des Hauses und dort in ein Zimmer, das über den Küchenräumen lag und auf den Wirtschaftshof hinausblickte. Er ging hinein und sah sich um, schaute hierhin und dorthin, während sie ihn von der Tür aus beobachtete. Er war sich ihrer kaum bewußt. Hier hatte Celia diese Wochen der Qual und Angst und Verwirrung verbracht. Hier war ihr sein Geist erschienen und hatte ihr Beistand geleistet, und hier weilte ihr Geist noch und sprach zu ihm von ihrer Liebe, dieser bestürzenden, verrückten Liebe zu ihm, die sie zugrunde gerichtet hatte. Endlich verstand er ihr Vergehen, das in Wirklichkeit das seine war, und begriff ihre Unschuld und Tugend, an der er Verrat geübt hatte. Immer wieder gingen ihm einige unlogische Wörter wie ein sinnloser Refrain durch den Kopf: Sie ist für immer verschwunden, wir sind für immer getrennt.

Der Novembernachmittag verdunkelte sich, die alte Frau fror und sagte in einem neuen, freundlicheren Ton:

»Kommen Sie mit nach unten, junger Mann, und lassen Sie sie in Ruhe. Sie können nichts mehr für sie tun.«

»Geh hinunter, Maggie. Ich komme gleich nach.«

Aber nachdem sie gegangen war, blieb er lange dort, die Gedanken auf Celias Geist gerichtet, der jetzt das Zimmer zu erfüllen schien, und sprach mit ihr in unvollständigen Sätzen und einzelnen Wörtern, als würde sie ihn ständig unterbrechen:

»Ja, Liebste, ich hätte hier sein sollen – kannst du meine Tränen sehen?... ein unreifer Knabe ist einfältig... du hättest es wissen müssen... nichtsnutzig, arrogant... ich werde dich finden, du meine wahre Geliebte, meine einzige Geliebte... kein einziges Mal habe ich dich richtig im Arm gehalten, kein einziges Mal... Bist du denn hier? Wenn du hier bist, werde ich für immer hierbleiben... es wäre leicht, jetzt zu sterben... in der Schlacht hatte ich Angst... aber du bist irgendwo und am Leben... ich werde dich nicht verlassen...«

Eine Benommenheit im Kopf zwang ihn schließlich zu der Erkenntnis, daß es töricht war, was er tat, aber er blieb in dem Zimmer, bis er ruhiger war, ging ans Fenster und blickte in den Wirtschaftshof hinunter, der von kaltem Mondlicht erhellt war. Ein Strahl fiel auf das Bett, in dem sie gelegen hatte. Er kam vom Fenster zurück und streckte die Hand danach aus, fast als wollte er versuchen, ihn aufzuheben, dann fuhr er mehrmals glättend über die Steppdecke, starrte auf das Bett, sah nichts, was dort war, und lauschte verzweifelt, ob er ihre Stimme hörte.

Maggie kam zurück. Als sie, eine Öllampe hoch in der Hand haltend, den Korridor entlangschlurfte, kam er rasch aus dem Zimmer, nachdem er innen den Schlüssel abgezogen hatte. Dann machte er die Tür zu und verschloß sie. Er steckte den Schlüssel in die Tasche und sagte:

»Diese Tür wird nicht wieder aufgemacht. Ich nehme den Schlüssel mit.«

»Was soll ich Ihrem Vater sagen, wenn er kommt?«

»Du kannst sagen, daß ich die Anweisung gegeben habe. Aber er wird nicht kommen.«

32

Am nächsten Morgen ritt er zurück nach Mount Brien. Er kam am frühen Nachmittag an, übergab sein Pferd einem Reitknecht und ging durch die Hintertür ins Haus. Als er an der Rentkammer vorbeikam, blieb er einen

Augenblick stehen und hörte das vertraute Geräusch: Sein Vater stocherte unablässig mit dem Schürhaken im Feuer. Er war durchaus bei Sinnen, obwohl Robert es nicht geglaubt hatte, als er ihn das erstemal dabei überrascht hatte, die Schultern hochgezogen, den Kopf gesenkt, den Messingknauf des Schürhakens mit beiden Händen umklammernd und dessen Ende im brennenden Torf ständig von einer Seite zur anderen schiebend, in der Asche im Kamin scharrend wie eine riesige Ratte.

Robert ging weiter und die Treppe hinauf, und die lastende, leblose Atmosphäre des Hauses begann ihn schon zu bedrücken. Auf dem oberen Treppenpodest blieb er stehen, dann hörte er, daß sich die Tür von Sarahs Zimmer schloß. Er ging hinüber zu Sophies Wohnzimmer und drückte auf die Klinke. Die Tür war abgeschlossen. Er klopfte leise, und sie fragte:

»Wer ist da?«

»Robert. Lassen Sie mich ein, Grand-mère.«

Vor Ärger und Verlegenheit schwitzend, hörte er, daß Sarah ihre Tür wieder aufgemacht hatte, und wußte, daß sie dahinter stand und nach ihm spähte. Er klopfte noch einmal, und dicht an der Tür fragte Sophie:

»Was willst du?«

»Mit Ihnen reden.«

Er hörte sie den Schlüssel umdrehen, drückte sofort auf die Klinke, ging ins Zimmer und sagte wütend:

»Haben Sie geglaubt, wir sollten uns schreiend durch die Tür unterhalten, damit Sarah etwas davon hat?«

Aber dann hielt er inne, denn er sah, wie alt und gebrechlich sie geworden war, als sie durchs Zimmer schlurfte, zurück zu ihrem ewigen Platz am Fenster. Sie legte die Hände an die Schläfen und sagte in einem klagenden Ton, den er nie zuvor bei ihr gehört hatte:

»Bitte erhebe die Stimme nicht. Wo bist du gewesen? Ich habe dich vermißt, und niemand wußte, wohin du gegangen warst. Ich spürte förmlich, wie sie mich bedrängten, und glaubte, du wärst für immer weggegangen.«

»Ich war in Dooras. Zuerst habe ich mit Katta und dann mit Maggie gesprochen. Ich mußte zu ihnen gehen, da Sie nicht mit mir reden wollten.«

»Bist du immer noch damit beschäftigt? Warum vergißt du sie nicht und läßt sie in Ruhe?«

»Das haben die beiden auch gesagt. Aus den Augen, aus dem Sinn, das gilt überall als das Beste. Und das sagen Sie auch.«

»Robert, du benimmst dich sehr flegelhaft.«

Ehe sie sich hinsetzen konnte, nahm er sie an den Schultern, drückte sie an sich, und als er auf sie hinuntersah, fiel ihm auf, wie klein sie war und wie schwach ihre Knochen unter seinen Händen.

»Grand-mère, ich möchte nicht flegelhaft sein, aber Sie müssen mir sagen, wo Celia ist. Sie darf nicht im Stich gelassen werden.«

»Sie wird nicht im Stich gelassen. Sie wird gut betreut.«

»Woher wissen Sie das? Schreibt sie Ihnen?«

»Nein. Pater Burke hat einmal geschrieben, daß sie zufrieden und in Sicherheit sei.«

»Ist das alles, was sie je sein soll? Zufrieden und in Sicherheit?«

»Sie könnte in einer weit schlimmeren Lage sein«, sagte Sophie mit einem Anflug ihres früheren Temperaments.

Er ließ sie hinab auf ihren Sessel, dann kniete er vor ihr nieder, wie er es zu tun pflegte, als er klein war, und sagte:

»Grand-mère, sagen Sie mir um Gottes willen, wo sie ist. Wenn Sie es nicht tun, muß ich zu Pater Burke gehen und ihn dazu bringen, daß er es mir sagt.«

»Er wird es nicht sagen. Er hat es geschworen. Warum willst du es wissen? Hast du ihr noch nicht genug zuleide getan?«

»Ich will sie finden, wo immer sie ist, und sie für den Rest ihres und meines Lebens bei mir haben. Ich will sie heiraten.«

»Was läßt dich annehmen, sie wäre einverstanden? Außerdem verstößt es gegen das Gesetz, wenn du eine Protestantin heiratest.«

»Was kümmert mich das Gesetz? Eine Menge Gesetze sind verletzt worden. Weiß ihr Vater, wo sie ist?«

»Natürlich nicht. Er ist ein unglaublicher Schwächling. Es war töricht von mir, ihm überhaupt Bescheid über sie zukommen zu lassen.«

»Wußte er etwas von dem Lügenmärchen, daß sie ihr Kind umgebracht haben soll?«

»Keine Ahnung. Er hat sich nicht um sie gekümmert, überhaupt nicht. Dieses Lügenmärchen ist von Fanny aufgebracht worden.«

»Wie die Ballade.«

»Welche Ballade? Gibt es eine Ballade? Laß sie mich hören.«

»Nein.«

Sie starrten einander an, dann sagte Robert:

»Ich bin fest entschlossen, sie zu bitten, mich zu heiraten. Das ist das mindeste, was ich tun muß. Können Sie nicht einsehen, daß es richtig wäre?«

»Nein.«

»Wie können Sie das beurteilen? Wie können Sie bestimmen, was mit ihr geschehen soll, als ob sie Ihr Eigentum wäre?«

»Ihr habt das bestimmt, du und dein Vater.«

»Dann werde ich zu Mr. Burke gehen.«

»Er wird nichts sagen«, wiederholte sie. »Er hat es geschworen, und er wird es nicht tun.«

»Ich werde in jedes Haus in Bordeaux gehen, bis ich sie gefunden habe. Ich werde nicht ruhen, ehe ich sie wiedersehe.«

»Du wirst der Suche überdrüssig werden.«

»Wußten Sie, daß sie ihr Kind von einem Priester aus Cong auf den Namen Louise taufen ließ?«

»Das glaube ich nicht.« Sie war blaß geworden. »Wer hat dir das erzählt?«

»Eine, die dabei gewesen ist.«

»Ich habe nicht daran gedacht, ihnen zu sagen, sie sollten mit dir nicht darüber sprechen. Ich werde dir nie sagen, wo sie ist. Du wirst es nie herausfinden.«

»Warum hassen Sie sie jetzt?«

»Sie hassen! Das glaubst du? Robert, wenn du dich mit mir überwirfst, habe ich niemanden mehr, für den ich leben möchte. Ich hasse sie nicht. Wie könnte ich? Sie ist zugrunde gerichtet worden. Es ist, als wäre sie tot. Kannst du das nicht einsehen?«

»Es klingt, als wäre sie in einem Nonnenkloster. Können die Toten nicht auferstehen?«

»Ja, im Jenseits, nicht auf Erden. Ich kann das nicht mehr ertragen. Warum tust du mir das an?«

»Um ihretwillen. Ich muß sie finden.«

»Laß mich nachdenken. Du läßt mir keine Zeit. Du solltest sie hassen, wenn überhaupt jemand.«

»Das tat ich zuerst, aber jetzt nicht mehr. Ich habe kein Recht, sie zu hassen.«

»Glaubst du, es geht nach Recht? Nun ja, vielleicht. Die meisten Menschen hassen denjenigen, dem sie Unbill angetan haben.«

»Ich war es nicht, der ihr die größte Unbill angetan hat«, sagte er matt, stand langsam auf und blickte auf sie herab. »Oder wenn ich es tat, dann ohne es überhaupt zu wissen. Sie mögen recht haben, aber früher habe ich mich von Ihrem Urteil über sie leiten lassen. Sie haben nichts zu mir gesagt, aber ich wußte, was Sie dachten, und Sie hatten unrecht. Jetzt muß ich mich von meinem eigenen Urteil leiten lassen.«

»Habe ich so unrecht gehabt? Junge Menschen sind rasch mit einem Urteil bei der Hand.« Er merkte, daß er sie tief verletzt hatte, aber er empfand keine Reue. »Wie konnte ich tatenlos zusehen und erleben, wie sich dieses jämmerliche Leben in der nächsten Generation fortsetzt? Natürlich wollte ich euch heraushaben, um jeden Preis.«

»Uns beide? Louise auch? Waren Sie glücklich über das, was ihr widerfuhr?«

»Quäle mich nicht.« Sie legte den Kopf von einer Seite auf die andere, als wollte sie die unerträglichen Gedanken herausschütteln. »Ich wußte nicht, was ich tun sollte. Ich weiß nur, daß in diesem Land alles vergiftet ist. Es gibt keine Ordnung, keine Ehrlichkeit, keinen Fortschritt, keine Ideen, keine Aristokratie außer diesen grauenhaften, hochgestochenen Abenteurern, deren Väter und Großväter zu Geld gekommen sind, die ihre Zeit mit Saufen, Raufen und Huren verbringen, die dieses Land hassen und bei jeder sich bietenden Gelegenheit nach England gehen und über ihre eigene Heimat und über ihr eigenes Volk die Nase rümpfen. Diejenigen, die hier bleiben, sind genauso schlecht. Sieh dir Mr. Nugent an – sieh dir die Burkes und die d'Arcys an – wolltest du dein Leben mit solchen Leuten verbringen, wenn du in Frankreich mit gebildeten Menschen zusammensein kannst?«

Sie hielt plötzlich inne und sagte dann nach einem Augenblick: »Wie töricht das alles klingt. Ich habe es schlecht ausgedrückt. Du brauchst mich nicht zu bemitleiden; ich habe ein nützliches Leben gehabt und weiß es. Es tut mir leid, daß du meine Ansichten nicht teilst, aber ich konnte nicht anders urteilen. Du bist jetzt ein Mann. Du brauchst nicht mehr auf mich zu hören. Für Celia habe ich so gut gesorgt, wie ich konnte, und werde keinen Dank dafür ernten. Du kannst nach Frankreich fahren und nach ihr suchen, wenn du willst, aber ich werde dir nicht helfen. Es tut mir leid, daß wir so auseinandergehen...«

»Nein, nein, so werden wir nicht auseinandergehen.«
Er kniete sich wieder hin und legte den Kopf auf ihren Schoß. Nach einem Augenblick spürte er, wie ihre Finger ihm einmal leicht über den Nacken strichen, und glaubte, sie würde ihn nicht abweisen können. Er blickte zu ihr auf:

»Sagen Sie mir, wo sie ist. Ich kann nicht rasten und nicht ruhen, ehe ich sie gefunden habe.«

»Ich werde dir nie sagen, wo sie ist, solange ich lebe.«

»Dann werde ich zu Pater Burke gehen.«

»Du mußt tun und lassen, was du für richtig hältst. Ich bin sicher, daß er dir nichts sagen wird. Er hat kein Vertrauen mehr zu dir. Er wird nichts sagen.«

»Sie kämpfen wie ein guter General, Grand-mère. Ich kann mit Ihnen nicht streiten. In Yorktown saßen nach der Schlacht Freund und Feind beim Abendessen zusammen. Werden Sie sich mir gegenüber auch so verhalten?«

»Nur die toten Soldaten waren nicht dabei.«

»Ich werde gleich nach Frankreich zurückkehren.«

»Hier hast du nichts mehr zu erwarten.«

»Wären Sie nicht froh, wenn ich bliebe?«

»Nein, es würde deinen Vater zugrunde richten.«

»Derlei Dinge können auch in Frankreich geschehen.«

»Nicht ganz so, nach meiner Erinnerung.«

»Für Irland kommen bessere Zeiten.«

»Das werde ich glauben, wenn ich es sehe.«

»Ich komme bald mit Celia zurück.«

»Gott behüte. Quäle mich nicht. Ich bin zu alt.«

Es hatte keinen Zweck, das fortzusetzen. Er unternahm noch ein paar Versuche, die gewünschte Auskunft zu erhalten, aber sie wich und wankte nicht, und er mußte es aufgeben.

Erst Mitte Dezember, drei Wochen später, fand er ein

Schiff, das ihn von Galway nach Bordeaux bringen sollte. In dieser Zeit sprachen sie endlos von Louise, Sophie konnte nie genug hören von der Lally-Farm und dem Leben, das André und Louise dort führten. Die Vorstellung, daß André Kühe molk, belustigte sie so, daß sie laut auflachte, das erstemal seit Roberts Heimkehr, daß er sie lachen hörte. Mit derselben Hartnäckigkeit, mit der sie sich weigerte, zu verraten, wo Celia sich aufhielt, lehnte sie es auch ab, von Louises Sohn in Angers zu sprechen, obwohl Robert ihr gesagt hatte, er habe ihn gesehen. Es war, als versuchte sie, diesen Teil von Louises Leben einfach auszulöschen.

Am Tag vor seiner Abreise lauerte Robert Mr. Nugent auf, der auf seinem fetten, alten Gaul mit dem verschlissenen Geschirr mehr wie ein Schneidergeselle denn wie ein Landedelmann aussah und auf dem Weg zu Burkes war. Der Gaul blieb stehen, offenbar froh, sich auszuruhen, als Robert mit seinem stattlichen Jagdpferd die Straße versperrte. Mr. Nugent wirkte zuerst erschreckt, setzte dann aber eine außerordentlich trotzige Miene auf. Ohne Einleitung sagte Robert:

»Ich möchte Ihnen mitteilen, daß ich Ihre Tochter bitten werde, mich zu heiraten.«

»Celia?«

»Sie haben nur eine Tochter.«

»Ich weiß nicht, wo sie ist.« Der Ausdruck wurde verdrossen, dann verschlagen. »Gemeinsam haben Sie und Ihre Familie sie zugrunde gerichtet.«

»Ich weiß. Das ist einer der Gründe, warum ich sie heiraten will.«

»Wiedergutmachung?« Nugent lachte, er bekam offensichtlich wieder Mut. »Na, vielleicht werden Sie Erfolg haben. Lassen Sie sich von mir nicht abhalten. Sie hat nichts, wie Sie wahrscheinlich wissen. Ich bezweifle, ob auch Sie viel haben. Ich habe Ihrem Vater vertraut. Ich hielt ihn für meinen Freund.«

»Ach, geben Sie es auf, Nugent«, sagte Robert heftig. »Niemand wird auf diese Tour hereinfallen. Sie haben sie völlig vernachlässigt. Sie ließen sie einem Schurken in die Hände fallen.«

»So spricht man nicht von seinem Vater.«

»Glauben Sie, Väter haben besondere Rechte? Ich bin nicht Ihrer Meinung. Ich habe nicht um Ihre Erlaubnis gebeten, Celia zu heiraten, sondern Ihnen lediglich meine Pläne mitgeteilt und Sie gewarnt, sich besser nicht einzumischen.«

»Mich gewarnt? Sie sind ein unverschämter junger Mann, doppelt, ja, doppelt unverschämt in Anbetracht des Unrechts, das Ihr Vater ihr zugefügt hat. Ich habe geschworen, nie wieder mit ihm zu sprechen.« Der Gaul senkte den Kopf und begann Gras abzufressen, schob sich immer dichter heran und ließ die Schulterblätter hängen, so daß Mr. Nugent in Gefahr war, herunterzurutschen. Er gab dem Gaul ungeschickt einen Fußtritt, so daß er eine Hinterhand hob, als wollte er eine Fliege verjagen, und dann mit seinem Vorhaben fortfuhr, ein Grasbüschel unten im Graben neben der Straße zu erreichen. Seine unbekümmerte Zielstrebigkeit war so komisch, daß Robert laut auflachte.

Nugents Gesicht nahm eine eigentümlich purpurne Farbe an, und seine Augen wurden fischartig glasig. »Sie beleidigen mich, ja, Sie beleidigen mich. Glauben Sie, ich hätte ihr Einhalt gebieten können, oder Ihrem Vater? Wir sind eine unselige Familie; wir haben niemals Glück gehabt, und das wird vermutlich bis zum Ende so bleiben. Ich weiß nicht, warum Sie unser Mißgeschick mit dem Ihren verbinden wollen, aber das geht mich erfreulicherweise nichts an, betrifft mich nicht im mindesten. Vielleicht glauben Sie, ich hätte Ihren Vater fordern sollen. Die meisten Leute hätten es getan, aber ich finde, es lohnt sich nicht, wegen einer solchen Sache getötet zu werden. Ehrgefühl? Vielleicht können Sie mir sagen, was das ist. Besitze ich es? Besitzt es Ihr Vater? Besitzen Sie es? Wenn niemand Ehrgefühl besitzt, warum dann so viel Aufhebens machen von etwas, das es gar nicht gibt? Sie sitzen da hoch zu Roß und lachen über mein Pferd – ja, ich weiß, darüber lachen Sie, obwohl ich dieses Roß unter Ihnen wegholen könnte, wenn ich es haben wollte. Sie werden für dieses Land nicht taugen, junger Mann. Herablassendes Benehmen wird daran nichts ändern. Sie sind zu lange weggewesen, haben französische und amerikanische Gewohnheiten angenommen und vergessen, was für ein Land Irland ist. Wenn Sie über Irland Bescheid wissen wollen, schauen Sie Ihre Großmutter an. Sie ist eine große Dame, eine große Dame, und niemand in diesem ganzen Land wird es bestreiten.« Er zog scharf an den Zügeln, so daß der Kopf des Pferdes hochkam, das Maul offen stand und die rosa Zunge vor Schmerz heraushing. Dann ließ sich der Gaul wieder von seinem Reiter zur Straße umdrehen. »Wir haben einander nichts mehr zu sagen. Lassen Sie mich vorbei.«

»Es tut mir leid, daß ich über Sie gelacht habe.«

»Na, junger Mann, ist das eine weitere amerikanische Sitte, sich zu entschuldigen? Ich bezweifle, daß es eine französische ist.«

»Ich weiß nicht, woher sie kommt«, sagte Robert leise. »Sie haben recht, ich weiß jetzt nicht, welches Land meine Heimat ist oder sein wird.«

Er hielt inne, denn ihm wurde klar, daß jedes weitere Wort den verächtlichen Ausdruck auf Nugents Gesicht nur verstärken würde. Ohne ihn anzusehen, lenkte Robert sein Pferd beiseite und ließ den Gaul vorbei, dann blickte er auf und sah ihn die Straße entlangzokkeln und den Reiter im Sattel leicht schlingern.

33

Ein paar Tage vor Weihnachten kam Robert gegen Mittag in Bordeaux an. Die Watten in der Mündung der Garonne waren ein willkommener Anblick. Das ruhige Wetter, das den Kapitän verleitet hatte, von Galway aus in See zu stechen, war bald von heftigen Stürmen abgelöst worden, sie waren meilenweit von ihrem Kurs abgetrieben und konnten erst nach mehreren Tagen wieder wenden.

Der Kapitän war ein Mann aus West Waterford mit Namen Connery, der regelmäßig zwischen Irland und Frankreich hin- und herfuhr. Er war froh über Roberts Gesellschaft, ließ ihn in seiner winzigen Kajüte mit ihm essen und schien jedermann in Bordeaux zu kennen. Ein Mann aus Galway sei der Rektor dort, sagte er und bot an, Robert hinzuführen und vorzustellen, sobald sie gelandet seien.

»Pater Martin Glynn aus Tuam; vielleicht kennen Sie ihn. Aber was wollen Sie von ihm? Wollen Sie Arzt oder Priester werden? Waren Sie denn nicht in der Armee in Amerika? Das habe ich jedenfalls gehört.«

Es schien niemanden zu geben, der es nicht gehört hatte. Einer plötzlichen Eingebung folgend, fragte Robert:

»Haben Sie vor über einem Jahr eine junge Dame aus Galway mitgenommen? Sie kam im Herbst in Bordeaux an, Miss Celia Nugent.«

Connery sah ihn sonderbar an, als fände er es unanständig, daß Robert ihren Namen überhaupt erwähnte, doch antwortete er höflich:

»Nein, aber ich weiß, wer es war. Er ging auf der nächsten Reise mit seinem Schiff unter, ein verteufelter Winter, dem viele Schiffe zum Opfer gefallen sind.« Er sah Robert neugierig an. »Sie suchen diese junge Dame. Ja, sie ist heil angekommen. Ich merke, daß Ihnen eiskalt ums Herz wurde bei dem Gedanken, sie hätte auf dem Schiff sein können, das untergegangen ist, aber ich weiß, daß sie heil angekommen ist.«

»Wissen Sie, wohin sie in Bordeaux gegangen ist?«

»Das habe ich nie gehört, aber vielleicht ist sie bei den Lynchs. Ich habe oft gedacht, daß sie wohl da hingegangen ist. Sie haben ein schönes Haus an der Uferstraße, passend für ihresgleichen, und es war jemand von dieser Familie, der sie in Galway aufs Schiff brachte.«

»Sie wissen eine Menge über sie.«

»Seien Sie nicht beleidigt, junger Mann. Jeder weiß so etwas, wenn eine Dame allein reist; und Sie waren weit weg in Amerika. Es war eine traurige Geschichte.«

Robert fragte entsetzt:

»War sie denn nicht von einer Kammerjungfer begleitet?«

»Von keiner Menschenseele. Ich habe gehört, eine sollte mitfahren, aber sie wurde im letzten Augenblick krank, und der Kapitän konnte nicht warten.«

Robert hatte angenommen, daß Sophie eine von ihren Mädchen mitgeschickt habe. Er war davon so überzeugt gewesen, daß er gar nicht gefragt hatte, wer Celia begleitet hatte. Jetzt schien es, daß er, wohin er auch blickte, immer neue Kränkungen entdeckte, die seine Familie ihr angetan hatte. Der Kapitän fuhr fort:

»Aber sie war völlig ungefährdet. Die Leute, mit denen sie zusammen war, hätten ihr kein Haar gekrümmt, sobald sie wußten, daß die Briens ihre Freunde waren.«

Er schien das wirklich zu glauben, sein ehrliches Gesicht war ganz ohne Falsch, aber Robert war bedrückt, als er an die zusätzliche Demütigung und an die Gefahr dachte, der Celia ausgesetzt gewesen war. Wenn ihre Geschichte so bekannt war, wie es der Fall zu sein schien, hätten viele sich berechtigt geglaubt, ihre Lage auszunützen.

Er lehnte die Hilfe des Kapitäns nach der Landung ab,

fand selbst den Weg in die Stadt und mietete zwei Zimmer in einer kleinen Straße nahe der Kathedrale. Sie lagen in einem oberen Stockwerk und boten Ausblick auf den gepflegten, kahlen Park von Kardinal Rohans Palast. Der Wirt besorgte ihm sofort einen Diener und sagte, in ein paar Stunden werde er Pferde und eine Kutsche für ihn haben. Kaum waren diese Vereinbarungen getroffen, da machte sich Robert zu Fuß zum Irischen Kolleg auf.

Es war nicht weit, in der Rue du Hâ, die nach dem nahegelegenen Fort benannt war. Die schmale Straße wurde dunkel in der frühen winterlichen Dämmerung, und in dem Gebäude waren schon Lampen angezündet. Er fragte sofort nach Pater James Burke, aber der Pförtner sagte, er sei nicht da.

»Dann möchte ich Pater Martin Glynn sprechen.«
»Ach, möchten Sie das? Kennen Sie ihn vielleicht?«

Die Frage schien keiner Antwort zu bedürfen, und der Pförtner machte sich auf die Suche nach dem Rektor. Robert wartete in einem kleinen, kahlen Raum, der nur mit einer Bank, einem abgenutzten Tisch und einem Kruzifix ausgestattet war. Die Kälte drang ihm bis ins Mark. Es roch muffig nach feuchtem Holz, und der Putz war durch die Feuchtigkeit stellenweise gerissen. Er begann wie Espenlaub zu zittern und wurde sich klar, daß er sich die Zeit hätte nehmen sollen, erst etwas zu essen. Er verspürte eine heftige Gemütsbewegung, die ihn hoffnungstrunken machte, das ganze Gegenteil der abscheulichen Verzweiflung, die ihn in Irland übermannt hatte. Sie war hier, irgendwo in dieser Stadt. Bald würde er sie sehen, diese Celia, deren Wesen er so lange nicht begriffen hatte, das er erst jetzt in ihrer Abwesenheit erkannte, wie er es nie vermocht hatte, als sie ihm nahe war.

Er kam auf die verrückte Idee, daß sie unter eben diesem Dach sein könnte, aber in Anbetracht des klösterlichen Gepräges des Kollegs war das unmöglich. Er versuchte sich vorzustellen, wie sie wohl aussah, aber dann wurde er von der Furcht gepackt, sie könnte es ablehnen, ihn überhaupt zu empfangen. Sie hatte allen Grund, ihn zu hassen oder bestenfalls ihn zu verachten. Er sprang von der Bank auf und begann im Zimmer herumzugehen, dann überfiel ihn die Erinnerung, daß er in einem anderen Irischen Kolleg dasselbe wegen eines anderen Mädchens getan hatte. Es wirkte auf ihn wie eine kalte Dusche.

Er war ein Schwächling, ein Narr. Sie mußte das mittlerweile wissen. Grand-mère hatte recht gehabt, daß seine Anwesenheit hier das Unrecht nur verschlimmern würde, das er ihr schon angetan hatte. Sollte er also still und leise weggehen und versuchen, sie zu vergessen, aus Angst und Schwäche? Das konnte er nicht. Gegen alle Vernunft bestand noch Hoffnung. Sie liebte ihn noch; er wußte es, er spürte es in allen Fasern seines Herzens, genau wie er es in ihrem Zimmer in Dooras gefühlt hatte.

Als der Rektor zwanzig Minuten später kam, saß er ganz still auf der harten Bank, die Hände in den Falten seines Umhangs vergraben, um sie zu wärmen, so reglos wie ein wartender Kutscher. Der Rektor war ein etwa sechzigjähriger Mann mit weißen Haaren, einem schmalen, asketischen Gesicht und dem scharfen Auge eines Mannes, der ständig mit Jugendlichen zu tun hat. Er richtete seinen üblichen Blick auf Robert, als ob er dessen schulische Fähigkeiten abschätzte, aber er sprach höflich wie zu einem erwachsenen Mann:

»Ich hätte sofort kommen können. Der Pförtner fürchtet immer, mich zu stören, oder behauptet es jedenfalls. Ich habe ihn einmal zurechtgewiesen, und seitdem muß ich dafür büßen. Verzeihen Sie mir – ich hoffe, Sie haben nicht gefroren. Wir heizen nicht viel.«

»Ich bin auf der Suche nach Pater Burke. Ich hörte,

daß er hier wohne. Können Sie mir sagen, wo ich ihn finde?«

»Ach ja, Burke.« Der Name rief offenbar keine freundlichen Gefühle bei ihm hervor. »Ja, er ist oft zu Besuch hier. Er scheint die Stadt zu lieben, aber gewöhnlich lebt er in seiner Gemeinde. Das ist Saint Jacques d'Ambès. Morgen wird er wahrscheinlich herkommen.«

»Ist es weit nach Saint Jacques d'Ambès?«

»Man fährt eine gute Stunde. Es liegt am Zusammenfluß der Dordogne und der Garonne, nicht weit von Fronsac, nicht weit von Saint André de Cubzac. Kennen Sie Pater Burke gut?«

»Er war unser Hauslehrer, von meiner Schwester und mir.«

»Dann sind Sie ein Brien.«

»Ja.«

»Ich bin in Ihrem Elternhaus gewesen. Ich habe Ihren Vater kennengelernt. Wie geht es ihm?«

»Danke, gut.«

Anscheinend hatte er die Geschichte nicht gehört.

»Kommen Sie zum Studium nach Bordeaux?«

»Nein. Ich war mit dem Dillon-Regiment in Amerika.«

»Ah, ein Held. Dafür sehen Sie zu jung aus. Dann sind Sie also auf dem Heimweg.«

»Ich hoffe es.«

»Sie können morgen wiederkommen. Wenn Burke in Bordeaux ist, kommt er oft gegen Mittag.«

Robert dankte ihm und verabschiedete sich. Er wollte aber nicht auf diese vage Möglichkeit warten. Die Nacht war hereingebrochen. Fackeln beleuchteten die Straßenecken, und Wachtposten wurden um das schwarz aufragende Fort du Hâ sichtbar. Ein vom Hafen her wehender kalter Wind peitschte ihm den Regen ins Gesicht. Die Verzögerung bedrückte ihn, er empfand sie als ein schlechtes Vorzeichen. Wenn er Celia jetzt finden könnte, solange er noch voller Entschlußkraft war, würde sie ihn nicht abweisen können. Sie würde es erkennen und Mitleid mit ihm haben. Wo konnte sie nur sein? Irgendwo in dieser Stadt, vielleicht in einem Nonnenkloster. Es gab deren mehrere in der Nähe der Kathedrale, dunkle, hohe Mauern und geschlossene Tore und dahinter lichtlose Gebäude. Kapitän Connery hatte gesagt, sie könnte bei den Lynchs sein, die ein schönes Haus im Hafenviertel haben. Als er wieder in seinem Logis war, fragte er den Wirt:

»Kennen Sie eine irische Familie mit Namen Lynch, die ein Haus an den Kais hat?«

»Graf Jean-Baptiste Lynch, natürlich. Jeder kennt ihn. Er hat eine Weinhandlung, verkauft seine eigenen Weine und auch die von anderen.«

»Wo ist sein Weingut?«

»In der Nähe von Saint Jacques d'Ambès.«

Obwohl er vor Aufregung und Sehnsucht schwach wurde, fragte Robert in gleichmütigem Ton:

»Können Sie mir sagen, welches Haus es genau ist? Ich glaube, ich kenne die Familie Lynch.«

»Ihr Diener wird Sie hinbringen. Er kennt es gut.«

Das Haus war weit unten am Quay des Chartrons, ein hohes, graues Gebäude, das in dem strömenden Regen noch dunkler wirkte. Der Diener war ein fröhlicher junger Mann, der das Haus in der Tat gut kannte, denn er hatte früher für die Familie gearbeitet. Er war immer noch mit einem der anderen Bedienten befreundet und besuchte ihn gelegentlich. Robert fragte:

»Wann hast du für die Lynchs gearbeitet?«

»Vor zwei Jahren; nicht hier, sondern draußen in Saint Jacques d'Ambès, im Landhaus. Ich hatte das Land satt, da gab es nicht genug Leben für mich, aber in der Stadt hatten sie keine Arbeit für mich.«

»Wie groß ist die Familie? Wieviele Personen?«

»Jedesmal, wenn ich da bin, scheinen es mehr zu sein,

fünf Töchter, drei Söhne, vier Tanten, einige Onkel, mehrere Vettern, ein paar Großmütter, ein ständiges Kommen und Gehen.«

»Kommen sie aus Irland?«

»Von überall her – Paris, Lyon, Marseille – aus der ganzen Welt.« Von Irland hatte er nie gehört.

In seiner Eile hatte Robert nicht bedacht, daß er ohne eine vorherige Anmeldung vielleicht gar nicht ins Haus gelassen würde. Der Bediente ließ ihn am Eingang warten, während er hineinging, um zu fragen. Hinter der Tür waren Stimmen zu hören, eine weibliche, dann eine männliche. Er wurde von Panik ergriffen. Was sollte er diesen Leuten sagen? Wie könnte er sein Eindringen in ihr Haus erklären? Er begann sich Vorwände auszudenken, er sei auf der Durchreise in Bordeaux, er sei Ire und würde gern ihre Bekanntschaft machen, er überbringe Grüße aus Galway, eine ganze Reihe von Anbiederungsversuchen, von denen einer unverschämter klang als der andere. Als der Bediente zurückkam, sagte er:

»Graf Lynch ist ausgegangen. Sie könen morgen früh um zehn Uhr wiederkommen.«

Rasch fragte Robert: »Kann ich dann Miss Nugent sprechen?«

Der Mann sah ihn mißtrauisch an, dann warf er einen Blick auf die schäbige Mietkutsche, die auf der Straße wartete.

»Ich weiß es nicht. Der Herr ist nicht da.«

Er hatte nicht nein gesagt, hatte keine Überraschung erkennen lassen. Sie war hier, in diesem Haus, hinter dieser Tür. Verzweifelt sagte Robert, wobei er in seiner Aufregung unbewußt die Stimme hob:

»Ich bin aus Irland gekommen, um sie zu sehen. Und ich muß sie sehen. Sag ihr nur, daß ich hier bin, Robert Brien von Mount Brien Court.«

»Sie hören sich an wie ein Franzose; Sie sehen auch so aus.«

Hinten in der Halle kam jemand aus einem Zimmer und ging auf sie zu. Robert konnte die Person in der Düsterkeit nicht richtig sehen. Ein stärkerer Wind vom Fluß blies gegen die Glocke der Wandlampe, die die Halle beleuchtete, und ließ die Flamme bis oben an das Glas hinaufsteigen. Celia war es, plötzlich im Lichtschein, die weiße Spitze am Ausschnitt und an den Manschetten ihres dunklen Kleides schimmerte eine Sekunde, ehe die Flamme wieder schwächer wurde. Sie fragte:

»Wer ist da, Géry? Jemand für den Grafen?«

Der Bediente trat beiseite, immer noch zweifelnd, und Robert ging in die Halle und stellte sich unter die Lampe, so daß sie ihn sehen konnte. Sie zögerte, dann sagte sie leise:

»Führe den Herrn in das kleine Wohnzimmer, Géry. Es ist ein alter Freund.«

Sie hatte es fast geflüstert, hielt den Blick gesenkt und stand ganz still, während der Bediente eine Tür auf der linken Seite der Halle öffnete. Robert ging hinein und wartete auf sie, schmerzlich berührt von den Worten, die sie gebraucht hatte. Kaum war die Tür geschlossen, blieb sie dicht davor stehen, ohne sich zu rühren. Sie sahen einander schweigend an. Keiner von ihnen vermochte einen Schritt auf den anderen zuzugehen. Ihr Gesicht war bleicher, als er es je gesehen hatte, und drückte eine neue Traurigkeit aus, als hätten ihre Erlebnisse ihr sämtliche Illusionen geraubt und sie mit Gewalt in die Welt der Erwachsenen versetzt. Da war kaum noch eine Spur von dem lebhaften, ungehemmten jungen Mädchen, das er in seiner jugendlichen Dummheit so verachtet hatte. Er wurde überwältigt von Mitleid mit ihr und von einer so heftigen Liebe ergriffen, wie er sie sich nie zuvor hatte vorstellen können, nicht einmal in dem verwunschenen Zimmer in Dooras. Schließlich sagte er:

»Ich fürchtete, du würdest es ablehnen, mich zu sehen.«

»Nein – das würde ich nie tun.« Er merkte jetzt, daß sich auch ihre Stimme verändert hatte, sie war tief und ruhig geworden, ganz anders, als er sie in Erinnerung hatte. Er fand ihre neue Gelassenheit beängstigend und dachte an die Berichte, die er über ihre Halluzinationen vor der Geburt ihres Kindes gehört hatte. Er wurde beruhigt durch den verständnisvollen und vernünftigen Blick, den sie ihm schenkte. Dennoch hielt irgend etwas ihn davon ab, auf sie zuzugehen, obwohl es ihn danach verlangte, sie in die Arme zu nehmen und sich an sie zu schmiegen. Sie stieß einen Seufzer aus, den sie sofort unterdrückte, und sagte: »Ich habe mir so gewünscht, dich zu sehen, aber ich glaubte, in diesem Leben würde ich dich nie wiedersehen. Und dann standest du plötzlich da an der Tür.« Ihr versagte sie Stimme, aber nach einem Augenblick fuhr sie fort: »Ich habe deiner Familie viel Leid zugefügt.«

»Du hast uns Leid zugefügt?« Er war so entsetzt, daß er einen Schritt auf sie zuging. »Das glaubst du? Wir sind es, mein Vater und ich, die dir Unrecht getan haben. Wir können es nie wieder gutmachen, können nie auf Vergebung hoffen. Ich bin hergekommen, um dir das zu sagen, aber ich habe nicht im Traum daran gedacht, daß du unsere Schuld auf dich nehmen würdest. Das ist der letzte Schicksalsschlag. Ich werde jetzt weggehen, wenn du es möchtest. Ich werde dich verlassen und dich nie wieder belästigen. Ich sehe dein Gesicht und erkenne, daß du Entsetzliches durchgemacht hast. Selbst wenn du mich lieben könntest, wie ich dich liebe, sollte alles, was geschehen ist, besser vergessen werden. Du hast zuviel ertragen müssen. Wir sind eine verfluchte Familie. Wir richten jeden zugrunde, mit dem wir in Berührung kommen. Meine Großmutter hatte recht. Sie sagte, du solltest in Frieden gelassen werden. Sie sagte, wir haben dir soviel Leid zugefügt, und ich könnte es nur schlimmer machen, wenn ich dir nachfahre.«

Sehr leise sagte sie:

»Ich habe auf dich gewartet und immer nur gewartet. Ich glaubte, du würdest nie kommen. Wenn du weggehst und ich dich nie wiedersehe, werde ich sterben.«

Ihre Arme hingen schlaff herab. Er beugte sich rasch hinunter, ergriff ihre Hände und sah ihr fest in die Augen. Sie standen voll Tränen und ließen einen Schmerz und eine Sehnsucht erkennen, die ihn verwirrten und bekümmerten. Schließlich schüttelte er fast einfältig den Kopf, als könne er nicht glauben, was er gehört hatte, und sagte:

»Ist es möglich, ist es wirklich wahr, daß du mich noch liebst? In Dooras hörte ich deine Stimme, ich sprach mit dir, ich sandte dir meine Gedanken und meine Liebe durch die ganze Welt, wo immer du sein mochtest. Ich habe dir nichts zu bieten, nichts als den Namen unserer Familie, den wir befleckt haben, und ein Wanderleben. Ist das genug?«

»Robert, ich werde mit dir gehen, wo immer du hingehst, ich werde leben, wo immer du lebst, ich werde dich nie verlassen, bis ich sterbe.«

Ihre Stimme war jetzt so leise, daß er die Worte kaum hörte, in denen eine viel ältere Zeit widerhallte, als spräche Celia eine Maxime für Wahrhaftigkeit und Treue aus, die für sie wie für ihn galt. Sehr sanft nahm er sie in die Arme, küßte sie auf die Lippen, fühlte ihr Herz dicht an seinem schlagen und wußte, daß er endlich das höchste Gut erlangt hatte.

»Als Irlands Herz zu schlagen begann« – während der schrecklichen Hungersnot von 1847, setzt dieser gewaltige Roman ein, der Triumph und Tragödie der irischen Nation am Schicksal dreier Menschen durch siebzig wechselvolle Jahre lebendig macht. Was sich zwischen den drei Hauptfiguren abspielt, gehört zu den eindringlichsten Liebesgeschichten der Weltliteratur: das uralte Muster des Dreiecks ist hier so eng in die historischen und sozialen Bezüge verwoben, daß Zola gewiß, wie die *Sunday Times* schrieb, »auf diesen Roman hätte stolz sein können«.

Eilís Dillon, Uns bleibt nur, die Namen zu flüstern

Roman, 550 Seiten, 35 DM

»Vor dem Leser erwächst ein irisches Panorama von eindringlicher Deutlichkeit: die sanft melancholische Schönheit der Moor- und Heidelandschaft, die Felsgewalt der Aran-Inseln, die Wildheit und Weite des Meeres, die Armut der Hütten, die Aufsässigkeit der Unterdrückten, die Gastlichkeit und der verzwickte Humor in allem Elend. Wer die irischen Wirren von heute nur schwer zu begreifen vermag, der lese diesen Roman, der Verständnis erweckt für die irischen Probleme der Gegenwart.« *Welt am Sonntag*

Eilís Dillon, Blutsbande

Roman, 597 Seiten, 35 DM

RAINER WUNDERLICH VERLAG